读ADR | 文艺家

简·爱

蒋方舟导读版

**设计师联名书系
SHE 经典**

[英] 夏洛蒂·勃朗特/著
宋兆霖/译

北京燕山出版社
BEIJING YANSHAN PRESS

简·爱:蒋方舟导读版
[英]夏洛蒂·勃朗特 著
宋兆霖 译

Jane Eyre
By Charlotte Brontë

选题策划→	联合天际·文艺家工作室
特约编辑→	刘默
装帧设计→	typo_d

责任编辑→	王迪
出版→	北京燕山出版社有限公司
社址→	北京市丰台区东铁匠营 苇子坑 138 号嘉城商务中心 C 座
邮编→	100079
电话传真→	86-10-65240430(总编室)
发行→	未读(天津)文化传媒有限公司
印刷→	北京雅昌艺术印刷有限公司
开本→	787 毫米 ×1092 毫米　1/32
字数→	498 千字
印张→	23 印张
版次→	2020 年 9 月第 1 版
印次→	2020 年 9 月第 1 次印刷
书号→	ISBN 978-7-5402-4769-0
定价→	98.00 元

图书在版编目(CIP)数据

简·爱:蒋方舟导读版 /(英)夏洛蒂·勃朗特著;
宋兆霖译 . -- 北京:北京燕山出版社,2020.9
(设计师联名书系 . SHE 经典)
ISBN 978-7-5402-4769-0

Ⅰ.①简… Ⅱ.①夏…②宋… Ⅲ.①长篇小说-英
国-近代 Ⅳ.① I561.44

中国版本图书馆 CIP 数据核字 (2020) 第 079969 号

关注未读好书　　未读 CLUB
　　　　　　　　会员服务平台

本书若有质量问题,请与本公司图书销售中心联系调换
电话: (010) 5243 5752

未经许可,不得以任何方式复制或抄袭本书部分或全部内容
版权所有,侵权必究

推荐序

试图在《简·爱》中寻找爱情的蛛丝马迹是极大的浪费
蒋方舟 / 文

1850年6月的某一天,许多名流都来到了著名作家萨克雷的家中,准备参加一场重要的晚宴,这场晚宴的主角是一个神秘的女作家,她的书《简·爱》正在英国热卖,所有人都期待见到作家的真容。

这个女作家终于来了,她非常娇小,羞怯愁苦,带着一顶假发。而当她开始融入这个晚宴,所有人都失望了,大家没有想到她是一个如此乏味和无聊的人,她几乎不跟任何人交谈,少数几句跟人的寒暄也含糊其词。

当她离开,所有文人面面相觑,他们没想到这个写出让整个伦敦疯狂的作品的作家竟然如此不讨喜,一点儿也没有显出任何聪明伶俐的特质。

这个女作家就是夏洛蒂·勃朗特。

夏洛蒂·勃朗特看起来并不像人们心目当中的女作家，或许是因为在她的成长过程中，张扬的性情与讥诮的言语对她的生存从来就帮不上什么忙。

在她所生活的维多利亚时代，社会强调妇女作为母亲和妻子的社会角色，认为女性应该待在家中，女人是男人的附属品，女人应该成为"家庭天使"。

"家庭天使"的特征是美丽、忠贞、纯洁。维多利亚女王本人就是这样，她和丈夫关系和美，生了很多孩子，在丈夫去世之后，她长年以寡妇的形象来面对自己的子民。女王树立了一个榜样：当一个女人能够成功地抵御外界的诱惑，并且能够果决地忽略自己灵魂深处的欲望与野心时，她就具备了被人称赞的美德。

勃朗特姐妹所在的家庭也同样受着这种价值观的影响。1816年4月21日，夏洛蒂降生在英国约克郡一山区小镇的牧师家庭，1820年，四岁的夏洛蒂随家人一同搬到了更加偏僻封闭的山村哈沃斯。哈沃斯家园是勃朗特姐妹写作的秘密花园，也是夏洛蒂逐一送别挚爱的车站。1821年，她的母亲病逝；1848年，她的弟弟和两个妹妹相继离世；此后，她几乎在哈沃斯度过了自己短暂和坎坷的一生。中间，她数度离开，又再一次带着伤痛回来。

这样的成长环境和成长经历，变成了基因一般的东西，渗透在勃朗特姐妹们写作的字字句句中，所以，每当我们翻开她们的书，就像是被拽到了贫瘠的荒野高地上，完全暴露在暴躁粗狂的风暴之下。《简·爱》如此，《呼啸山庄》更甚。

勃朗特一家的希望在唯一的男孩——弟弟布兰威尔身上，

因而家庭所有的钱都花在了对布兰威尔的投资上,而姐妹们只能自谋生计。布兰威尔并非没有才华之人,他无休止地做着成名的美梦,但遗憾的是,他的才华让他看得到梦想,却够不到,他抵抗不了接连失败的残酷现实,酗酒成性,心碎而死。当弟弟的梦破碎,大鸣大放的希望才蹑手蹑脚地降临到家中的大姐夏洛蒂·勃朗特身上。

夏洛蒂·勃朗特的小说《简·爱》一经出版就获得了很大的成功。这种成功看起来具备很大的偶然性,因为小说的作者是一个普通的家庭教师,文坛的局外人,完全没有受过正规的文学训练,并且只认识四位活着的作家——她的父亲,她的弟弟和她的两个妹妹。

但是这种偶然性中也有必然,因为这个家庭中创作上的相互影响是巨大的。

勃朗特家的孩子早熟得惊人,在四五岁的时候就在家排练话剧,十岁上下就用成年人的谈吐议论国家政治。但他们生性羞涩,不爱讲话。勃朗特家的孩子从小便不爱讲话,父亲为了让他们说出自己真实的想法,就想了一个办法,让他们戴着面具,说出自己真实的想法。

"戴着面具说话"——这几乎是文学创作的本质。而小勃朗特们很早就开始了这种训练,这种训练还给他们带来了一个文学史上几乎空前绝后的奇妙关系:经验的共享。他们各自的生活经验并不丰富,而他们很早就开始练习经验的共享。在夏洛蒂·勃朗特少年时代的一首诗中,她写道:"我们织过一张童年的网,有时四个人合作,有时结成独立的两对。"在这张网中,最先退出的是弟弟布兰威尔,仅剩的三姐妹关系变得更紧密了,她们加速燃烧自己的创作与生命,如同预知到死亡终点线一点点地迫近。

夏洛蒂·勃朗特和简·奥斯丁是经常被并列谈论的一代作家。但事实上,夏洛蒂并不喜欢简·奥斯丁,她认为奥斯丁"是一个仔细用篱笆围起来的、精耕细作的花园,有整洁的边沿花坛和娇嫩的花朵"。

简·奥斯丁成长于一个条件优良的家庭,而夏洛蒂·勃朗特则是在粗粝的荒原中长大,这或许可以解释她们天生气质的不同,以及塑造作品、人物的不同。

简·奥斯丁的小说中最具代表性的人物,是她生前最后一部小说《劝导》中的安妮,安妮和简·爱一样,是一个被周围环境冷落的人,是一个在婚姻市场备受遇遇的女人,但安妮像水一样适应她所在的环境,静默地反映出她身边的每一个人。她是维多利亚时代的文人心目中的理想女性。

但简·爱不一样,她不美,不温柔,炽热得如烈火一样。

勃朗特三姐妹在很长一段时间里都保持着一个习惯:在晚上九点放下自己手中的针线活儿,于起居室里踱步,讨论彼此的故事。有一次,夏洛蒂告诉自己的妹妹,她们把自己小说中的女主人公写成是美丽的,这是错误的——甚至在道德上也是错误的。

她说:"我要给你们证明你们错了;我要塑造出一个女主人公给你们看,她像我一样矮小难看,开始她会像你们任何一个女主人公那样令人感兴趣。"

简·爱因此诞生了。

《简·爱》小说开头的场景描写一下子把读者带入了一个

热烈、沉郁、又有几分诡异的世界:"褶裥重重的猩红窗帘挡住了我右边的视线,左边却是明亮的玻璃窗,它保护着我,使我免受这十一月阴冷天气的侵袭,又不把我跟它完全隔绝。在翻书页的当儿,我偶尔眺望一下冬日午后的景色。远处,只见一片白茫茫的云雾,近处,是湿漉漉的草地和风雨摧打下的树丛。连绵不断的冷雨,在一阵阵凄厉寒风的驱赶下横扫而过。"

《简·爱》开创了主观主义的小说传统,简·爱所看到的世界,就是她对外部世界的反应。当简·爱描述她青春期居住的里德家的红房子时,所有读者都感到毛骨悚然。在里德家,简·爱过着寄人篱下、担惊受怕的日子。里德家的人稍有不满,就会把她拖进红房子里教训一番。在红房子里,简·爱受到威胁,用女仆的吊袜带绑起来。这一幕充满了青春期性的张力和耻辱。

"在盖茨海德府,我和谁都合不来,我和那儿的人都不相像。我跟里德太太,或者她的儿女,或者她宠爱的仆人,没有一点一致的地方。如果说他们不喜欢我,那么老实说,我也一样不喜欢他们。对他们来说,我是一个异类,无论在脾气、能力或爱好上,都跟他们相反……我知道,如果我是个聪明开朗、无忧无虑、美丽活泼的小女孩——哪怕同样是寄人篱下,无依无靠——里德太太就会满意一点,会对我比较容忍,她的孩子们也会待我真诚友好一些,仆人们也就不会在儿童室里动不动把我当成替罪羊了。"

简·爱这段红房子里的自白,道出了她心中的苦闷、骄傲和倔强,简·爱的性格一下子立体起来。这样的形象定位是她多年以后,拒绝罗切斯特的一个大大的伏笔。而当简·爱走进桑菲尔德府,在静悄悄的走廊上听见那些莫名其妙的窸窣声,那些没有欢乐的狂笑,让每个读者都看到了自己内心身处最恐怖的梦魇。

但是如果只是因为这样一个古怪、倔强而贫穷的女孩,遇到了一个贵族,还因此收获了爱情,就单纯地把《简·爱》看作"玛丽苏",或是一个"蓝胡子叔叔"的爱情故事,那未免太舍本取末,甚至在小说中去仔细寻找那些爱情的蛛丝马迹也是极大的浪费。

《简·爱》是一部难得的女性成长小说。简·爱在夏洛蒂笔下不是一个小说人物,而是一个正在不断成长的人,她的每一步变化都不像是小说家安排的,而更像是自我成长的结果:一个人物和她自己的经验齐头并进,逐渐发现自己。

这种创作方式塑造了文学史上几乎绝无仅有的一个女性。简·爱身上充满了矛盾,她难看又迷人,谦逊而高傲,充满反叛精神可又循规蹈矩。

简·爱选择了不羁粗犷的罗切斯特,而不是古典儒雅的里弗斯,很明显是受到了罗切斯特身上原始激情的吸引,但在知道他有精神失常的妻子之后,选择了离开他。

在简·爱身上存在着火一样的热情,但同样存在着自我牺牲与自我坚守,简·爱说:"我在乎我自己。越是孤单,越是没有朋友,越是没有生活来源,我就越是要尊重我自己。"

这种"在乎自己"成为对平等的爱情关系中近乎苛刻的追求。

当罗切斯特身陷残疾,而简·爱获得一大笔财产之后,简·爱才允许自己去爱他,"既可以当他的向导,又可以当他的拐杖"。

这种"平等"多少是有点不自然的,一方面是因为除去情感因素,其中还有些权力控制的意味:简·爱在情感上顺从罗切斯特,但在权力上却要拥有一定的控制权。另一方面这种"平等"是通过简·爱的地位升高,而罗切斯特的社会地位下降实现的。

这种对于"地位平等"的执拗或许和夏洛蒂·勃朗特自己的经历有关。她在离开学校之后,当过很长一段时间的家庭教师(和简·爱一样),在雇用的家庭当中,她太熟悉那种文化上超人一等,地位上却低人一截的感受。心智上的骄傲和现实中的谨小慎微成就了作者身上的克制忍耐,也成为简·爱在小说中无法冲破的隐形牢笼。而这种牢笼般的矛盾,是超越性别的,更是超越时间和空间的。它不只是女性的难题,更是一代代人的永恒课题。

经典的特征就是能够超越一切时间和空间的界限,让人听到它的声音。我总是忍不住去设想经典挣扎求生的场景,它抵御了各种攻击、误解,在漫长的时间之中被遗忘、被阅读点亮。各个时代的人,迷茫而找不到方向的人,依然可以从蒙灰的经典中找到答案和力量。

我眼中的女性经典也同样是不受时间的限制,无论它是脱胎于法国大革命还是维多利亚时代,都能让新的读者在翻看书的刹那,被引领进女作家的世界,聆听她的低语与自白:"我曾经这样热烈地生活过。"

译本序

宋兆霖/文

公元1846年,在英国北部一个偏僻的小山村里,一座牧师住宅二楼的窗前,坐着一个身材矮小、相貌平常的姑娘。在这座两层石屋的窗外,是一片了无生意的教堂墓地,墓地尽头是一望无际的长满石楠的荒原。窗前的姑娘正在奋笔疾书,用她的悲苦和怨愤、激情和想象,构建着一个既是内心也是外界、既是微观也是宏观的独特境界,叙述着一个朴实无华、真实感人的故事,塑造着一个生而不幸、历尽艰辛、敢于奋力抗争和顽强追求的倔强少女。一年后的1847年10月,姑娘写的这本书问世了。自那以后,迄今170多年来,社会在发展,生活在变化,价值标准在改变,文学潮流在更迭,审美情趣在转移,批评理论在更新,而夏洛蒂·勃朗特写的这部《简·爱》,却从未受到过冷落,依然在世界各国盛行不衰,始终受到广大读者的热烈喜爱,成为世界文学宝库中的一部不朽之作。它被翻译成几十种文字,出版了几百种版本,发行了近亿册,发表了上千种研究专著和文章,这实在是一个令人惊叹的文学现象。很显然,《简·爱》之所以能经久盛行不衰,简·爱之所以能一直活在人们中间,无疑有它的独到之处,必然有她的魅力所在。

01

《简·爱》是一本用第一人称叙述的自传体小说,书中写的虽然不全是作者本人的生平,但其中的许多情节都取材于作者的亲身经历,凝聚了作者的内心感受;作者的生活和个性,她的喜怒哀乐和追求憧憬,大都包含在这部作品之中。正因如此,《简·爱》以其真情实感博得了人们的普遍喜爱,同时也引得无数评论家和研究者热衷于通过简·爱来研究夏洛蒂,通过夏洛蒂来研究简·爱。

夏洛蒂·勃朗特于1816年4月21日出生于英国约克郡一山区小镇桑恩顿,她是乡村牧师帕特里克·勃朗特的第三个孩子。在她出生后的四年中,她的弟弟布兰威尔、妹妹艾米莉和安妮相继出世。1820年4月,随着父亲工作的调动,全家八口迁至约克郡凯利镇附近的偏僻山村哈沃斯。就在那座有八个房间的两层石砌牧师住宅里,夏洛蒂度过了自己的一生。迁到哈沃斯后的第二年,母亲便因病去世,5岁的夏洛蒂从此便失去了母爱。

三年后,8岁的夏洛蒂和大姐玛莉亚、二姐伊莉莎白、大妹艾米莉,相继被送进一所专收神职人员女儿的慈善学校——柯恩桥学校。这所学校就是《简·爱》中洛伍德学校的原型。正像小说中写的那样,这里的教养方法粗暴冷酷,生活条件极其恶劣,结果摧毁了孩子们的健康。四姐妹入学后的第二年,斑疹伤寒和肺结核在该校流行,11岁的玛莉亚和10岁的伊莉莎白都染上了肺结核，接回家后不久，即相继离开了人间。失去两个亲爱的姐姐，使夏洛蒂深受打击，《简·爱》中那个少年夭折的可爱小姑娘海伦·彭斯，写的就是她的大姐玛莉亚。做牧师的父亲生怕另外两个女儿也落入死神之手，急忙把她们接回家中。

此后的五年中，姐妹兄弟四人就在姨妈和父亲的教养下学习、生活，在哈沃斯这个与世隔绝的小天地里，相亲相爱，勤奋学习各种知识，但他们最大的爱好还是写作：写诗，写小说，写剧本，还把自己的"作品"手抄成册，装订成"书"。据夏洛蒂14岁时开列的个人"作品"目录，写下的即有22卷之多。虽然这些都是童年的习作，但也激发起她们的写作才能，锻炼了她们的写作技巧，为三姐妹日后的创作打下了良好的基础。学习之余，她们常去周围的荒原游玩，那一望无际的荒原，就成了她们酷爱的自由天地，荒原瘠土上那矮小、平常，但有顽强生命力的石楠，就成了她们姐妹三人风骨的象征。

1831年年初，为了接受更正规的教育，夏洛蒂到离家60英里的罗海德的伍勒小姐学校学习。这里和柯恩桥学校完全不同，师生关系亲密，学习环境良好，夏洛蒂的学业进步很快，曾数次获奖。这段经历对她的一生有着很大的影响，《简·爱》中谭波儿小姐身上，就有着伍勒小姐的影子。第二年的5月，夏洛蒂离开伍勒小姐学校，回哈沃斯家中教育弟妹。三年后，她又回伍勒小姐学校担任教师，并把两个妹妹带到该校学习，直到1838年才离开伍勒小姐学校回家休养。此后的五年中，她曾两度去有钱人家担任家庭教师，可是生性孤傲的夏洛蒂很难适应这个和仆人相差无几的职务，最后决定放弃这一职业。《简·爱》中贵妇人、阔小姐们对家庭教师的刻薄讥讽，正是作者亲身经历的当时英国社会中等级偏见的生动写照。

为了照顾家庭，能在家乡谋生和自立，夏洛蒂决定和两个妹妹在哈沃斯办一所像伍勒小姐那样的学校。为此她和艾米莉在姨妈的资助下，于1842年年初去比利时布鲁塞尔的埃热夫人学校学习法语和德语。同年11月，姨妈去世，姐妹俩回家奔丧。第二年年初，夏洛蒂又独自一人回布鲁塞尔继续学习并兼教英语。在这期间，夏洛蒂渐渐迷恋上自己的老师埃热先生。这位老师的思想、谈吐、才学和对她的关心，都使她如醉如痴。埃热夫人察觉了夏洛蒂对自己丈夫的感情，便设法不让他们两人接近。在沮丧绝望之余，夏洛蒂被迫于1844年元旦离开布鲁塞尔，回到哈沃斯。此后有很长一段时间，她情绪低落，精神不振，给埃热先生写过一些表露感情甚至几近恳求的信。信中说埃热先生的回信"对我来说，生命攸关，你最后的信支持着我——6个月的营养"，"给我写信就是你做件好事。只要我觉得你相当喜欢我，只要我有希望收到你的信，我就能安静下来，不太悲伤"，"当我一天天等待着你的来信，一天天的失望将我抛到难忍的痛苦之中……我就焦急——不想吃喝、失眠——日趋衰弱"。这种绝望的爱情给夏洛蒂已经不幸的生活带来极大的痛苦，此后夏洛蒂迟迟未嫁，也许和这段经历不无关系。埃热先生个性鲜明，聪明能干，博学多才，经历丰富，但极易激动。显然，《简·爱》中的罗切斯特身上，就有着他的影子；在疯女人的塑造上，很有可能也带有作者对埃热夫人的怨愤。

命运给夏洛蒂的打击并未就此罢休。她的办学计划因无人报名而归于失败，父亲的身体也变得越来越坏，患白内障的眼睛几近失明，做家庭教师的弟弟又因与东家太太发生感情纠葛被辞退回家,从此一蹶不振,染上酗酒、吸毒恶习,精神和身体都趋于崩溃,从而更增加了夏洛蒂和她妹妹的沉重负担。1845年秋,夏洛蒂偶然发现了艾米莉的一本诗稿,从童年时代开始的对文学写作的爱好,促使她走出了决定性的一步,在她的鼓动下,决定动用姨妈的遗产,用笔名出版一本三姐妹诗集《柯勒、埃利斯、阿克顿·贝尔诗集》。诗集于1846年5月出版后,没有引起什么反响,只有一篇短小的评论对艾米莉的诗稍加赞许,诗集也只卖出两本。

可是,这本诗集的出版大大增强了姐妹三人的信心,鼓舞了她们的创作热情,促使她们最终选择了文学事业,走上了文学创作的道路。她们很快就各自交出了一部长篇小说,夏洛蒂的《教授》,艾米莉的《呼啸山庄》和安妮的《艾格尼斯·格雷》。妹妹的两部小说都被出版商接受了,夏洛蒂的《教授》却遭到了退稿。可是夏洛蒂并没有灰心,她用全部热情,夜以继日,奋笔疾书,于一年后的1847年8月,写成了第二部长篇小说《简·爱》,并立即为出版商所接受,稿件寄出后不到两个月,《简·爱》即率先出版,震动了文坛,获得了极大成功。同年12月,《简·爱》再版,艾米莉的《呼啸山庄》和安妮的《艾格尼斯·格雷》也同时问世。姐妹三人几乎在同时出版了三部一举成名的长篇小说,这在世界文坛上是绝无仅有的事。《简·爱》和《呼啸山庄》都成了世界文学宝库中的不朽杰作,安妮的《艾格尼斯·格雷》也在英国文学史上取得了一定的地位。

三姐妹文学创作上的成功,给勃朗特一家带来极大的欢乐,然而仅仅过了9个月,更大的打击便落到了他们的头上,在短短的8个月内,死神竟连续三次向这一家人无情地伸出了手,布兰威尔、艾米莉和安妮都相继离开了人间,原来是一家八口，如今只留下夏洛蒂和年老多病的父亲。在此后的整整五年中，孤苦伶仃的夏洛蒂就在那座冷冷清清的两层石屋中，和年迈的父亲相依为命。但是，她牢记着小妹安妮临终时的最后一句话："勇敢些，夏洛蒂！"强忍住悲痛，吞咽下哀伤，继续在文学创作的道路上跋涉向前，先后又出版了长篇小说《雪莉》和《维莱特》。可是，当她独坐窗前举笔写作时，室内是老父的呻吟，屋外是呼号的山风，远方是苍凉的荒原，眼前是亲人的坟茔，其心境之悲苦不言而喻，真让人不忍思量。

1854年的6月29日，38岁的夏洛蒂终于克服固执的老父的反对，和阿·贝·尼科尔斯牧师结了婚。迟来的爱情给她带来了慰藉和欢乐，但婚后的幸福竟那么短暂，6个月后的一天，夏洛蒂和丈夫到离家数英里的荒原深处观看山涧瀑布，归途中遇雨受寒，此后便一病不起。1855年3月31日，39岁的夏洛蒂不幸离开人间，还带去了一个尚未出世的婴儿。

02

《简·爱》是夏洛蒂的成名作，也是她的代表作。它通过一个孤女坎坷不平的人生道路，成功地塑造了一个不安现状、不甘受辱、自尊自爱、自立自强、敢于抗争、敢于追求的女性形象，它反映了一个平凡心灵坦诚的倾诉、呼号和责难，一个小写的人对成为一个大写的人的渴望、追求和憧憬。在今天看来，这样一个故事，这样一个主人公，也许并无太多新颖独特之处。可是，在将近150年前，在维多利亚时代的英国，社会上贵族富豪踌躇满志，神父教士"神恩"浩荡，等级森严，习俗累累，金钱第一，男权至上，文学作品中则绅士淑女济济一堂，欢宴舞会连篇累牍。突然间,在那众多美丽英俊的男女主人公中,钻出了一个无财无貌的小女人,观念新颖独特,个性坚毅倔强,居然还敢批评宗教事业,嘲笑社会风习,藐视地位财力,主张男女平等,而且感情真挚,直率坦诚,难怪《简·爱》一经问世,在社会上就引起轰动,文学界就争相评论了。赞许者大呼"独特""新颖""真实""感人",诋毁者大骂"低级""粗野""反基督教"。

然而,一百多年来,《简·爱》之所以能经久不衰,简·爱之所以能一直活在人们心中,也许还在于这本书的主旨是告诉人们:一个小人物,依靠自己的正直品德和聪明才智,只要坚韧不拔地艰苦奋斗,勇往直前,是有可能冲破重重险阻,达到自己的目的的。而且简·爱这个小人物真实可信,是个有血有肉的凡人,她有凡人的优点,也有凡人的缺点。书中写的也不是什么重大题材,只是个人的生活、工作、爱情、婚姻、家庭之类的凡人琐事,诉说的也只是个人的喜怒哀乐和生活中的酸甜苦辣。但是这种凡人的真情实感,最能引起永远是占绝大多数的琐事缠身的凡人的共鸣。虽然人们并不一定遭受过女主人公那么多的苦难,但作为一个凡人,一生中多少也品尝过肉体上的痛苦和心灵上的屈辱。作者用自己的亲身体验、卓越才智和丰富想象所塑造的这个活生生的小人物,自然能博得凡人的同情和赞赏,会震动有正义感和同情心的人们的心弦。何况,凡人的日常生活和心态,本身就是人性最基本的层次,从中完全可以发掘出和升华成具有普遍意义的人生命题。

《简·爱》的故事情节,从表面看并不太复杂,它只是用第一人称叙述了女主人公从童年到成家的过程,内容分三部分,外加一个尾声。第一部分是在舅妈家和在慈善学校,第二部分是在桑菲尔德当家庭教师,第三部分是在沼泽山庄落脚,以及在莫尔顿当乡村教师,最后是在芬丁庄园成家的尾声。小简·爱在舅妈家的生活,孩童的所思所想,言行举止,写得最为真实生动。她虽然逆来顺受,依然挨打受骂,"竭力想赢得别人好感也白费力气",终于有一天她的恐惧和忍耐达到了极限,"像所有反抗的奴隶一样,在绝望中决定豁出去了",大骂表兄是"杀人犯",还和他对打起来,因而受到锁进"恐怖的红房子"的惩罚,她愤愤不平地喊出"不公平!——不公平啊!"最后发展到对舅妈当面反击,说她"坏透了""心肠毒得很",从而"有了一种前所未有的自由感和胜利感"。但接着便又做了自省自责,觉得这"又暖又醇"的报复滋味很快就变得"又涩又苦",感到这种既遭人恨又恨人的处境是可悲的。从而可以看出,表兄的凶暴专横、表姐的傲慢冷漠、舅妈的憎恨厌恶,使小小年纪的简·爱心智早熟了,这也初步表露了简·爱既倔强抗争又忍让克制的矛盾复杂的个性。

如果说在舅妈家对社会的不公有了初步体会,那么在洛伍德学校对宗教的虚伪则有了更深的认识。勃洛克赫斯特牧师的"惩罚肉体以拯救灵魂"的主张,他的一系列抑制人性的非人道做法,他那虚伪的假道学嘴脸,引起了简·爱的极大不满;深受宗教毒害、逆来顺受的海伦·彭斯的死,更激起了她的无限悲愤,也增强了她倔强抗争的意识。固然,由于后来洛伍德学校生活学习条件的改善,善良的谭波儿小姐的关心和教育,使得简·爱得以在那儿生活了8年,如她自己所说,"较为和谐的思想,较有节制的感情,已经在我的心中扎了根"。然而,谭波儿小姐的结婚离去给予她的刺激,使她感到"保持平静的理由已经不复存在",她追求的本性,她往日的激情,她青春的躁动,又在她矛盾复杂的个性中占了上风,使她想起"真正的世界是广阔的,一个充满希望和忧虑、激情和兴奋的变化纷呈的天地,正等待着敢于闯入、甘冒各种风险寻求人生真谛的人们"。她对8年来的生活常规突然感到了厌倦,要求变化和刺激,终于使她几近绝望地喊出:"我向往自由,我渴望自由……至少赐给我一份新的工作吧!"于是她毅然登了广告,应聘去桑菲尔德做了家庭教师,走上了新的人生旅程。

女主人公在桑菲尔德的经历,主要叙述她和罗切斯特曲折动人的爱情,但这绝不是一个简单的灰姑娘式的浪漫故事。女主人公在这段经历中进一步深化了自己倔强抗争的个性,在社会、生活、爱情、婚姻、宗教等问题上,都表现出鲜明的叛逆精神,特别是在维护妇女独立人格,主张婚姻独立自主以及男女权利平等方面,这不能不说是英国文学史上一个很大的突破。简·爱曾愤愤不平地说道:"通常认为女人是非常安静的,可是女人也有着和男人一样的感情。她们像她们的兄弟一样,也要施展自己的才能,也要有她们的用武之地。她们对过于严肃的束缚,对过于绝对的僵滞,也会和男人完全一样,感到十分痛苦。"她还曾义正词严地对罗切斯特说:"你以为因为我穷、低微、不美、矮小,我就没有灵魂,没有心吗?——你想错了!——我跟你一样有灵魂,——也完全一样有一颗心!……我现在不是凭着习俗、常规,甚至也不是凭着肉体凡胎跟你交谈,而是我的心灵在跟你的心灵说话,就好像我们都已离开人世,两人平等地一同站在上帝跟前——因为我们本来就是平等的!"家庭教师简·爱和庄园主人罗切斯特,从相遇、相识到相爱,直到婚礼上发生突变,简·爱出走,故事情节曲折,跌宕起伏,悬念丛生,引人入胜。但不可否认,有的情节由于在手法上未能很好地交融结合,多少留有通俗小说和情节剧的痕迹,如隐藏疯女人,打扮吉卜赛老妇等,虽然增加了神秘感和戏剧性,但也使得这一部分不像在舅妈家和洛伍德学校那段经历那么真实可信。

不过,在这段经历中,更重要的还是写出了一个青春少女的心路历程,她的情感纠葛,她的痛苦和欢乐,她的心灵矛盾和内心冲突,她对自由幸福生活的渴望、憧憬和追求。这一部分中情节的设计虽有欠缺,但从心灵世界的构建和情感氛围的营造来说,这是全书中最精彩的部分。作者通过心理描写和心理分析,通过内心独白和心灵对话,通过梦境和幻觉,通过预兆和感应,通过象征和隐喻,通过景色和外物的描绘等,十分真实生动地刻画出一个青春少女在爱情生活中丰富、复杂的心理活动,构建了她波澜起伏、动荡不安的内心世界,其独特创新之处,真可说是现代心理小说和情绪小说的先声。而且女主人公那种既热情奔放,敢于幻想,否定陈规,藐视习俗,追求个性解放,憧憬美满人生,又冷静稳重,严于律己,信守传统,重视道德,善于自省自责,主张自尊自重的矛盾复杂个性,表现得淋漓尽致。正因如此,我们的女主人公终于还是怀着极度矛盾痛苦的心情,毅然离开桑菲尔德,离开心爱的人,走上漂泊流浪之路,走向生死难卜的未来。

经过四天的流浪,简·爱终于被沼泽山庄收留,在那儿落了脚,后来又在离得不远的莫尔顿村当了乡村教师。在这一部分中,从情节看,主要是描写了简·爱和圣约翰的感情纠葛。发现沼泽山庄竟是她姑妈家,圣约翰三兄妹原来是她的表兄表姐,这一情节显然设计得过于巧合。至于简·爱获得遗产和均分遗产,表面看来是为了提高女主人公的经济实力,实际是为了进一步完美她的优秀品格。但这一部分的主旨是:通过简·爱和圣约翰之间的感情纠葛和矛盾纷争,展开了人性和"神恩"的搏斗,并以人性取胜而告终,阐明了女主人公对人性的珍视,对幸福的追求。

圣约翰自己是个被宗教"修剪驯化了天性的人",他进而又要"修剪驯化"简·爱的天性,要她成为神权的工具,要强娶她为妻,并要她跟他去印度传教。在圣约翰软硬兼施的进攻面前,个性矛盾复杂的简·爱有过退却和妥协,她听从他的安排学习印度斯坦语,答应作为他的助手跟他一起去印度传教,她想以此来"填补被剥夺了的爱情和被打破了的希望留下的空白"。但她要求不做他的妻子,保持自由身,因为她知道,嫁给他就是归顺神权,至少得"抛掉一半天性,扼杀一半才能";要是不嫁给他,"我还可求助于没有遭到摧残的自我,还可以跟我那未受奴役的真情实感互通心曲"。可是,圣约翰过于固执地笃信"神威"了,他说他绝不能代表上帝接受她半心半意的忠诚,她必须嫁给他。简·爱终于被激怒了:"我瞧不起你的爱情观!瞧不起你表达的这种虚假的感情。你这么做时,我瞧不起你!"尽管圣约翰以"要是你拒绝的话,你拒绝的并不是我,而是上帝"相威胁,可是简·爱认为:"要是我做了他的妻子,他不用从我血管中抽一滴血,便会把我杀死,而他那水晶般的良心绝不会沾上一点犯罪的污点。"圣约翰去剑桥前在晚祷中有针对性地宣读经文,以及过后对简·爱的个别"布道",有关天堂和地狱的劝诱和告诫,顷刻间曾使简·爱遗忘了自己的拒绝,瘫痪了自己的抗争,感到"宗教在召唤——天使在招手——上帝在命令——生命像画卷般卷了起来——死亡的大门敞开着，显示出门那边的永生。好像在说，为了那边的平安幸福，这儿的一切都可以立即牺牲"。如她自己所说，她差一点犯了"判断上的错误""做了傻瓜"，答应嫁给他。可就在这关键时刻，她突然受到电击似的震颤，听到罗切斯特"简！简！简！"的呼唤。这震颤和呼唤，是幻觉？是感应？这是心理活动的外化，是真真实实的心灵的呼唤！爱情的呼唤！人性的呼唤！它打开了心灵的牢门，挣断了心灵的锁链，把她从昏迷中唤醒，使她有了力量，占了上风，彻底摆脱掉圣约翰的"神恩"的控制和束缚，奔向自己幸福的目标。这样的揭露和批判，这样的冲突和结果，难怪《简·爱》一问世，就受到当时一些宗教界人士和宗教报刊的诋毁和中伤，斥之为"反基督教""道德上的雅各宾主义"，甚至进行人身攻击。但正如作者在本书再版序中指出的那样："习俗不等于道德，伪善不等于宗教，抨击前者不等于谴责后者。揭去法利赛人脸上的假面具，不等于向荆冠举起不敬的手。"

简·爱匆匆赶到桑菲尔德，只见到一片废墟，疯女人也烧死了，然后又赶到芬丁庄园，终于见到了手残眼瞎的心上人罗切斯特，他们如愿以偿，结了婚。婚后十年的生活一笔带过，最后简要交代了一下几个人物的生活和命运。总之，这个尾声行色匆匆，且有"大团圆结局""有情人终成眷属"和"善有善报，恶有恶报"之嫌。事实上，尾声主要说的是简·爱这个孤苦伶仃、无财无貌的小人物，依靠自己的艰苦奋斗，终于克服了贫穷、苦难、习俗、荣辱、金钱、"神恩"等阻碍，追求到自己心目中的幸福生活。现在的简·爱已从一个弱者变成了强者，已是个独立自主的人，和经过自责忏悔的罗切斯特，在心灵上已经完全平等，在财力上，特别是在体力上，双方的强弱地位已经发生互换,笼中鹰得请麻雀觅食,现在那个大男人得依靠这个小女人了,这也是作者对男女平权的一种奢求和想望。显而易见,这绝不是一般意义上的大团圆,这是艰苦奋斗、顽强追求的结果,也是人性取得胜利的果实。当然,其效果也使读者获得了心理上的满足。

03

《简·爱》是一部复杂的作品,其复杂性也表现在艺术技巧和创作手法上的双重性。作者的杰出之处就在于能将两者交融和结合成为一个和谐的整体,互增互补,达到独特创新。

《简·爱》真实地再现了小人物简·爱三十年的坎坷遭遇和勇敢追求,细腻地叙述了女主人公艰难的生存状态和复杂的心理活动,反对对人性的压抑和摧残,赞扬了妇女独立自主、自尊自强的精神,是一部现实主义的作品,但作品也充分表现了作者的主观理想,抒发了个人热烈的感情,在情节的构建、人物的刻画、心理的揭示和景物的描绘方面,都有着极为丰富的想象力,正是这种浪漫主义的艺术技巧和现实主义的题旨手法的交融和结合,使本书更加生动感人,更能引起人们的共鸣和联想。

夏洛蒂是第一个用小说披露个人情怀的小说家。《简·爱》虽然有着曲折感人的情节,但更侧重于写主人公丰富复杂的心路历程,再现她的精神世界。作者在书中所用的内心独白、心理分析、自我解剖、内心交谈,直至超现实的梦幻预兆、心灵感应等潜意识活动,都在于展示女主人公的内心世界、灵魂轨迹、心灵矛盾和内心冲突。如听到罗切斯特的呼唤、梦见桑菲尔德成为废墟,甚至是恐怖的幻觉、噩梦等哥特式手法的运用,都为了表露女主人公内心的渴望、忧虑、焦急和恐惧,再现女主人公的心理现实。这种心理描写的手法,并没有脱离生活的真实,它既进入心理意识之内,又步入社会现实之中。《简·爱》着重描写的虽然是女主人公内心世界的追求,但作者采用的这种展示内心和展示处境相结合的自叙形式,使我们同时看到女主人公的内心世界和她置身的现实世界。我们从人物的内心世界里,能清楚地看到现实世界的影子,从现实世界的描绘里,也能看到它在人物内心引起的反响。而且心理、言行交错,现实、想象并用。这就大大地增加了人物的立体感和真实感,加强了作品的深度和广度,使作品有了更大的生活容量、心理容量、审美容量和思想容量。

《简·爱》从题旨到手法都是一部严肃小说,但作者也运用了一些通俗小说和情节剧的手法,设置了悬念巧合,布下了险象疑团,渲染了神秘恐怖。正因如此,使《简·爱》得以喜闻乐见,雅俗共赏,有启示,也有快感。何况,雅俗界限本属游移,当代中外作家就在竭力穿透这条界限,至于当今的影视作品,就更加重视两者的结合了。

此外,《简·爱》在女主人公性格的刻画和景物的描写方面,也有其独到之处。从女主人公的个性看,存在着明显的双重性,既有浪漫气质,又有严谨作风;既有情感迸发,又有道德自律;既有自我发展,又有自我限制;既有抗议,又有顺从;既是火,又是冰……两者虽然矛盾,但作者使它们合于一体,从而使人物有了真正的生命,更加栩栩如生,更加真实可信,因为简·爱虽然是个坚强勇敢的知识女子,但毕竟生活在近150年前维多利亚时代的穷乡僻壤,多年的传统教育和宗教熏陶,时代、社会、家庭、教养、环境所给予她的影响,使她在道德标准、价值观念和行为准则等方面,时常处于矛盾冲突的中心,这是不足为怪的。夏洛蒂笔下的景物,不管是沼泽、风暴、云景、星空,还是小鸟、古树、家具、帆船,都不是单纯的背景点缀,而是心理意识的外化物化和形象表现,它们是感情,是心境,是欢乐,是悲伤,是怨愤,是恐惧,是渴望,是追求,是作品的意蕴和内涵中不可缺少的有机组成部分。

早在约170多年前,夏洛蒂就能如此巧妙地将现实主义和浪漫主义、心理现实和社会现实、严肃文学和通俗文学交融和结合在一起,而且其表现手法中还包含着某些现代主义精神,这不能不说是她的独特和创新之处。《简·爱》之所以有这么大的魅力,能如此长盛不衰,之所以有这么多读者,有这么多研究论著,简·爱之所以能一直活在人们中间,看来和这种巧妙的交融结合的艺术技巧和多种的表现手法不无关系。无可讳言,夏洛蒂这种创作上的探索,依然还有一些不能尽如人意的地方,如打扮吉卜赛老妇、表兄妹的巧遇等都明显留有融而未合的痕迹,让人感到不够真实。

《简·爱》是一部丰富而复杂的作品。正因如此,它成了众多学者考察研究的对象,也成了人们争辩讨论的话题。人们纷纷运用社会主义现实主义、现代主义、心理现实主义、后现代主义、女权主义、弗洛伊德主义等等观点对之进行解读和阐释,考察和研究,不断发掘出它潜藏的意蕴和内涵,微妙的技巧和手法,与此同时也就不断赋予它以新的灵魂。然而,有一些人为了标新立异,也发表了牵强附会、荒诞不经的论述,如说作者的创作动机是"为了满足受压制的性饥渴",对弟弟的感情是"心灵上的乱伦冲动",以及书中的疯女人是作者的亡母等,实在让人难以苟同。

　　《简·爱》已经在全世界盛行了170多年,看来它还将继续盛行下去,新的读者还会源源不断,评论家也还会继续对它进行评述和研究,新的文章还会陆续问世。这一切,当年那个坐在窗前奋笔疾书的小女人,恐怕是料想不到的。

作者序

《简·爱》第一版没有必要写序,所以我没有写;这第二版则需要说几句致谢的话,做一点凌杂的说明了。

我应当向三方面表示谢意。

感谢读者,用宽容的耳朵倾听了一个朴实无华的故事。

感谢报界,用真诚的赞许对一个默默无闻的有志者敞开了公正的园地。

感谢我的出版商,用他们的眼光,他们的魄力,他们的求实精神和坦诚慷慨,为一个无人推荐的无名作者提供了帮助。

对我来说,报界和读者还只是模糊的形象,所以我只得笼统地向他们表示感谢;而我的出版商却是清晰明确的,还有那些宽厚的评论家也是清晰明确的,他们鼓励我,只有豁达高尚的人才懂得那样鼓励一个苦苦奋斗的陌生人。对他们,即我的出版商和杰出的评论家们,我要诚挚地说,先生们,我由衷地感谢你们。

对那些一直帮助我、赞许我的人表示过这样的谢忱后,我要转向另一种人,就我所知,他们为数极少,但也不能因此就忽视他们。我指的是少数几个畏首畏尾或者吹毛求疵的人,他们对类似《简·爱》这样的书的倾向疑虑重重。在他们看来,凡是不同寻常的事物都是错误的;在他们听来,在任何对盲从——这个坏事之源——的抗议中,都有着对虔信——这位上帝在人间的摄政王——的侮辱。我要向这些疑虑者指出一些明显的区别,我愿提醒他们注意一些简单的真理。

习俗不等于道德,伪善不等于宗教,抨击前者不等于谴责后者。揭去法利赛人[1]脸上的假面具,不等于向荆冠[2]举起不敬的手。

这两类事情和行为都是截然相反的。它们之间的差异正如善恶之间的不同一般。人们老是把它们混淆起来,而它们是绝不应该混为一谈的。表面现象不应该误认为事实真相,只会取悦和抬高少数人的狭隘的世俗观念,不应该用来取代拯救世界的基督教义。我再重复一遍,这两者之间是有不同的;在它们之间清楚醒目地画一条分界线,是一件好事而不是坏事。

世人也许不喜欢看到这些概念给分开,因为他们已经习惯于把它们混淆起来,觉得把表面的虚饰当作真正的价值——让刷白的墙壁来证实殿堂的圣洁——是很方便的。世人也许会憎恶那种敢于探究和暴露、敢于刮去镀金使之露出里面的贱金属、敢于挖开墓穴使之现出里面的尸骸的人,但憎恶归憎恶,世人还是受惠于他。

---

1 法利赛人:一个犹太人宗派,标榜墨守传统宗教礼仪而自命圣洁。《圣经》中称他们为言行不一的伪善者。
2 荆冠:耶稣钉上十字架前被戴上用以戏弄的荆条编制的冠冕。详见《圣经·新约·马太福音》第 27 章。

亚哈不喜欢米该雅,因为米该雅为他做预言从不说吉语,单说凶言;也许他更喜欢基拿拿那个善于谄媚的儿子西底家;但是,如果当时亚哈不听谗言而听听忠告,他也许能逃过一场流血的惨死。[1]

在我们自己的这个时代,也有这么一个人[2],他的话就不是为迎合那些爱听好话的耳朵说的。我认为,他在社会上大人物的面前,就像音拉的儿子在犹大和以色列诸王的面前一样。他说出的真理同样非常深刻,他的话同样有着先知般的力量,能击中要害,他的神态也和音拉的儿子一样大胆无畏。写《名利场》的这位讽刺家在上层社会中受到赞扬吗?我不敢说。不过我认为,被他投掷过讽刺的火药,照射过谴责的电光的那些人,如果其中一些能及时接受他的警告,那他们和他们的子孙,也许还能逃脱基列的拉末城下的厄运哩。

我为什么要提到这个人呢?读者啊,我之所以提到他,是因为我认为,我在他身上看到了一位比他同时代人已经承认的更为渊博、更加杰出的智者;因为我把他看作当今的第一位社

1　据《圣经》记载,以色列王亚哈想去攻取基列的拉末,召集四百先知来问凶吉。基拿拿的儿子西底家迎合亚哈的意旨,预言此仗必胜。亚哈说:"还有一个人,是音拉的儿子米该雅,我们可以托他求问耶和华,只是我恨他,因为他指着我所说的预言,不说吉语,单说凶言。"米该雅被召来后,果然预言此仗必败,亚哈愤而将他下狱,率兵出征。结果在基列的拉末城下中箭流血而死。详见《圣经·旧约·列王纪上》第22章。

2　此处英国著名小说家威·梅·萨克雷(1811—1863)。他擅长用讽刺笔法描写英国上层社会的面貌,代表作有长篇小说《名利场》等。

会改革家,一位匡正时弊的志士仁人队伍的当然领袖;因为我认为,评论他作品的人至今还没有找到适合于他的比喻,没有找到恰如其分地描述他的才华的语言。他们说他像菲尔丁[1],他们谈到他的才智、幽默和诙谐的能力。说他像菲尔丁,就如说雄鹰像秃鹫一样。菲尔丁会扑向腐尸,而萨克雷却从来不会。他的才智是杰出的,他的幽默是迷人的,然而,这两者与他严肃的气质之间的关系,就像嬉戏在夏云边上的片状闪电与暗藏在云层深处致命的电光。最后,我之所以要提到萨克雷先生,是因为我要把这第二版的《简·爱》敬献给他——如果他愿意接受一个素不相识的人的馈赠的话。

柯勒·贝尔[2]
1847年12月21日

---

1 亨利·菲尔丁(1707—1754),英国著名小说家,代表作有长篇小说《汤姆·琼斯》等。
2 夏洛蒂·勃朗特发表这部作品时用的笔名。

第三版附记

我利用《简·爱》第三版提供的机会,再向读者做一个说明:我之所以能称为小说家,靠的只是这一部作品。因此,如果把另外一些小说也算作我的,那就是将荣誉给了不该得到它的人,而使理应得到的人反而得不到它。这个说明可以用来纠正可能已经发生的错误[1],也为了防止以后再出现这种错误。

柯勒·贝尔
1848 年 4 月 13 日

---

[1] 夏洛蒂·勃朗特的大妹艾米莉和小妹安妮于 1847 年出版各自的小说《呼啸山庄》和《艾格尼斯·格雷》时,分别用了埃利斯·贝尔和阿克顿·贝尔的笔名,因此有人误以为是同一个人,都是夏洛蒂·勃朗特的作品。

谨以此书
献给威·梅·萨克雷先生

01

那天，再出去散步是不可能了。没错，早上我们还在光秃秃的灌木林中漫步了一个小时，可是打从吃午饭起（只要没有客人，里德太太总是很早吃午饭），就刮起了冬日凛冽的寒风，随之而来的是阴沉的乌云和透骨的冷雨，这样一来，自然也就没法儿再到户外去活动了。这倒让我高兴，我一向不喜欢远出散步，尤其是在寒冷的下午。我觉得，在阴冷的黄昏时分回家实在可怕，手指、脚趾冻僵了不说，还要挨保姆贝茜的责骂，弄得心里挺不痛快的。再说，自己觉得身体又比里德家的伊丽莎、约翰和乔治安娜都纤弱，也感到低人一等。我刚才提到的伊丽莎、约翰和乔治安娜，这时都在客厅里，正团团围在他们的妈妈身边。里德太太斜靠在炉边的一张沙发上，让几个宝贝儿女簇拥着（这会儿既没争吵，也没哭闹），看上去非常快活。我嘛，她是不让我和他们这样聚在一起的。她说，她很遗憾，不得不叫我离他们远一点，除非她从贝茜口中听到而且自己亲眼看见，我确实是在认认真真地努力养成一种更加天真随和的性情，更加活泼可爱的举止——也就是说，更加轻松、坦率、自然一些——要不，她说什么也不能让我享受到只有那些知足快乐的小孩才配享受的待遇。

"贝茜说我干了什么啦？"我问。

"简，我可不喜欢爱找碴儿和寻根究底的人；再说，一个小孩子家竟敢这样对大人回嘴，实在有点不应该。找个地方坐着去。不会说讨人喜欢的话，就别作声。"

客厅隔壁是一间小小的早餐室，我溜进那间屋子，那儿有个书架，我很快就找了一本书，特意挑了一本有很多插图的。我爬上窗座[1]，缩起双脚，像土耳其人那样盘腿坐着，把波纹厚呢的红窗帘拉得差不多合拢，于是把自己加倍隐藏起来。褶裥重重的猩红窗帘挡住了我右边的视线，左边却是明亮的玻璃窗，它保护着我，使我免受这十一月阴冷天气的侵袭，又不把我跟它完全隔绝。在翻书页的当儿，我偶尔眺望一下冬日午后的景色。远处，只见一片白茫茫的云雾，近处，是湿漉漉的草地和风雨摧打下的树丛。连绵不断的冷雨，在一阵阵凄厉寒风的驱赶下横扫而过。我重又低头看我的书——我看的是比尤伊克[2]插图的《英国禽鸟史》。一

1　设在房屋窗龛里的座位。
2　比尤伊克（1753—1828），英国木刻家，著名的插图画家，他为柯茨所著《英国禽鸟史》创作的插图为其代表作。

般来说,我对这本书的文字部分不大感兴趣,但是有几页导言,虽说我还是个孩子,倒也不能当作空页一翻而过。其中讲到海鸟经常栖息的地方,讲到只有海鸟居住的"孤寂的岩石和海岬",讲到挪威的海岸,从最南端的林讷斯内斯角到最北的北角,星罗棋布着无数岛屿——

> 那里北冰洋卷起巨大的漩涡,
> 在极地荒凉的岛屿周围咆哮,
> 还有大西洋汹涌澎湃的波涛,
> 注入风狂雨暴的赫布里底群岛。[1]

不能不加注意就一翻而过的,还有讲到拉普兰、西伯利亚、斯匹次卑尔根岛、新地岛、冰岛和格陵兰的荒凉海岸的地方,还有"那辽阔无垠的北极地带,那些一片冷寂、渺无人烟的地区,那儿常年雪积冰封,经过千百个严冬的积聚,已经成了一片坚实的冰原,晶莹光亮,就像阿尔卑斯山上层层叠叠的高峰,环绕地极,使得严寒更加集中起它的无穷威力"。对这些一片惨白的区域,我有我自己的想法,它虽然朦朦胧胧,像所有依稀浮现在孩子脑海中那些似懂非懂的概念,但又出奇地生动。这几页导言里的文字,和后面的插图有着密切关系,使得那些屹立在波涛汹涌、浪花飞溅的大海中的礁石,搁浅在荒凉海岸上的破船,还有那从

---

[1] 苏格兰诗人汤姆逊(1700—1748)的《秋天》一诗中的诗句。

云缝间俯视着沉舟的幽灵般的冷月,都变得更加意味深长了。

我说不出在那片冷冷清清的墓地上,笼罩着一种什么情调,那里有刻着碑文的墓碑,一扇大门,两棵树,破墙围着的低矮地面,还有一弯初升的新月,表明已是黄昏时分。两艘船停泊在滞凝不动的海面上,我相信那准是海上的幽灵。魔鬼从后面摁住窃贼背上的包裹,我赶紧把这一页翻了过去。这情景太可怕了。这一幅也一样,头上长角的黑色怪物高坐在岩顶上,望着远处一群围着绞架的人。

每幅画都在讲述一个故事。对我这么个理解力还不强,鉴赏力也不够的孩子来说,常觉得它们神秘莫测,不过也感到十分有趣,就跟贝茜有时候讲的故事一样。在冬天的夜晚,碰上她心情好的时候,她会把熨衣桌搬到儿童室的壁炉旁,让我们坐在周围。她一边熨平里德太太的挑花褶边,把她的睡帽帽檐熨出褶裥,一边就讲些爱情和冒险的小故事,来满足我们这些全神贯注、急着要听故事的小听众。这些小故事大多来自古老的神话和更古老的谣曲,或者是(我后来发现)来自《帕梅拉》[1]和《莫兰伯爵亨利》[2]。

在我的膝头摊着比尤伊克的书时,那会儿我真快活,至少对我而言是如此。我什么都不怕,就怕有人来打扰我,可偏偏这么快就有人来打扰了。早餐室的门给打开了。

---

1 英国作家理查逊(1689—1761)所著小说,描写一位贞洁的女仆拒绝男主人的勾引,最后又正式嫁给他,她的美德得到了报偿。
2 约翰·韦斯利根据爱尔兰作家亨利·布鲁克(约1703—1783)小说《显赫的傻瓜》删减而成的一部畅销小说,于1781年首次出版。

"嘿！忧郁小姐！"约翰·里德的声音在叫唤。接着他突然停下不作声了，自以为房间里显然没有人。

"见鬼，她上哪儿去了？"他接着说，"丽茜[1]！乔琪[2]！（他在叫他的姐妹）琼[3]不在这儿。告诉妈妈，她跑到外面雨地里去了——这个坏东西！"

"幸亏我拉上了窗帘。"我心里想，同时急切地希望他不会发现我藏身的地方。靠约翰·里德自己是一定发现不了的，他这人眼睛不尖，头脑也欠灵。可是伊丽莎刚往门里一探头，就马上说道："她在窗座上呢。准是的，杰克[4]。"我赶紧跑了出来，我一想到会让这个杰克给硬拖出来就吓得发抖。

"你有什么事吗？"我局促不安地问道。

"应该说'你有什么事吗，里德少爷？'"这就是他的回答。"我要你过来。"说着，他在一张扶手椅上坐下，做了个手势，示意要我过去站在他面前。

约翰·里德是个十四岁的学生，比我大四岁，我才十岁。按他的年龄来说，他长得过于高大肥胖，肤色灰暗，显得不健康，他脸盘宽大，粗眉大眼，腿肥臂壮，手脚都很大。他吃起饭来总是狼吞虎咽的，结果弄得肝火很旺，两眼昏花，双颊松垂。眼下，他本该在学校里，可是他妈妈把他接回家来已住了一两个月，说

[1] 伊丽莎的昵称。
[2] 乔治安娜的昵称。
[3] 简的别称。
[4] 约翰的昵称。

是"因为他身体不好"。他的老师迈尔斯先生断言，只要他家里少给他送点糕饼甜食去，他准能过得很好。可是做母亲的却听不进这种刺耳的意见，宁愿抱着比较高雅的看法，把约翰的脸色不好归咎于用功过度，或许还归咎于想家。约翰对他的母亲和姐妹没有多少感情，对我则抱有一种恶感。他欺侮我，虐待我，一星期绝不是两三次，也不止一天一两回，而是连续不断。我身上的每根神经都怕他，只要他一走近我，我骨头上的每一块肌肉都会吓得直抽搐。有时候我都被他给吓呆了，因为无论他恫吓也罢，折磨也罢，我都无处申诉。仆人们都不愿意为帮我对付他而得罪了他们的小主人。里德太太对此则完全装聋作哑，她从来看不见他打我，也从来听不见他骂我，虽然他经常当着她的面打我骂我。不用说，他背着她打我骂我的次数就更多了。

我已经对约翰顺从惯了，于是便走到他的椅子跟前。他朝我伸出了舌头，足足有三分钟之久，就差没伸断舌根。我知道他就要动手打我了，一边心里担心着挨打，一边凝神打量着这个就要动手打我的人那副丑陋可厌的嘴脸。我不知道他是不是从我脸上看出了我的心思，因为他二话没说，就突然狠狠地给了我一拳。我一个踉跄，从他椅子跟前倒退了一两步才站稳身子。

"我这是因为你刚才给我妈回话时竟敢那么无礼。"他说，"是因为你鬼鬼祟祟躲在窗帘后面，还因为两分钟前你眼睛里露出的那副鬼神气，你这耗子！"

我已听惯了约翰·里德的谩骂，从来不想回嘴，我心里想的只是怎么挨过谩骂以后的这顿毒打。

"你躲在窗帘后面干什么?"他问。

"我在看书。"

"把书拿来。"

我回到窗口,把书拿了过来。

"你没资格动我们家的书。我妈说了,你是个靠别人养活的人。你没钱,你爸一分钱也没给你留下。你该去讨饭,不该在这儿跟我们这样上等人的孩子一起过活,跟我们吃一样的饭菜,穿我妈花钱买来的衣服。今天,我要好好教训教训你,你竟敢乱翻我的书架。这些书全是我的。这整幢房子都是我的,或者说,过不了几年都是我的。滚!站到门口去,别挨着镜子和窗子。"

我照着做了,起初还不明白他这是什么用意,可是当我看到他举起那本书,掂了掂,站起身来,看样子要朝我扔过来时,我惊叫一声,本能地往旁边一闪。但已经来不及了,书扔了过来,打在我的身上,我跌倒在地,头撞在门上,磕破了,磕破的地方淌出了血,疼得厉害。这时,我的恐惧已经超过了极限,另外的心理紧接着占了上风。

"你这个狠毒的坏孩子!"我说,"你简直像个杀人犯……你是个管奴隶的监工……你像那班罗马暴君!"

我看过哥尔德斯密斯[1]的《罗马史》,对尼禄和卡利古拉[2]一类

---

1 哥尔德斯密斯(1730—1774),英国著名诗人、剧作家、小说家,主要作品有小说《威克菲尔德的牧师》、长诗《荒村》、喜剧《委曲求全》。
2 尼禄(37—68)、卡利古拉(12—41)均为古罗马皇帝,都以专横残暴、荒淫无道闻名。

人，已经有我自己的看法。我曾在心里暗暗拿约翰和他们做过比较，可是从没想到会这样大声地说出来。

"什么！什么！"他嚷了起来，"你竟敢对我说这样的话？伊丽莎、乔治安娜，你们听见没有？我还能不去告诉妈妈？不过我先要……"他朝我直扑过来。我感到他揪住了我的头发，抓住了我的肩膀，他已经在跟一个无法无天的亡命之徒肉搏了。我看他真是个暴君、杀人犯。我觉出有几滴血从我头上一直顺着脖子流下，还感到有些剧痛难当。这些感觉一时压倒了我的恐惧，我发疯似的和他对打起来。我的双手究竟干了些什么，我自己也不大清楚，只听到他骂我"耗子！耗子！"还大声地吼叫着。帮手就在他身旁，伊丽莎和乔治安娜急忙跑去叫已经上楼的里德太太，这会儿她已赶来现场，后面还跟着贝茜和使女阿博特。我们给拉开了。只听得她们在说：

"哎呀！哎呀！这样撒泼，竟敢打起约翰少爷来了！"

"谁见过这样的坏脾气！"

里德太太又补了一句："把她拖到红房子里去关起来。"立刻就有四只手抓住了我，把我拖上楼去。

02

我一路反抗着,这在我是从来没有过的,可是这么一来,大大增加了贝茜和阿博特小姐对我的恶感。事实上,我确实有点儿失常,或者像法国人常说的那样,有点儿不能自制了。我意识到,一时的反抗难免会使我遭受种种别出心裁的惩罚,因此,我像所有反抗的奴隶一样,决定在绝望中豁出去。

"抓住她的胳膊,阿博特小姐。她简直像只疯猫。"

"真不害臊!真不害臊!"使女嚷嚷道,"多吓人的举动啊,爱小姐,居然动手打一位年轻绅士,你恩人的儿子,你的小主人!"

"主人!他怎么是我的主人?难道我是仆人?"

"不,你还比不上仆人哩!你白吃白住不干活,光靠别人来养活。得啦,坐下,好好想想你那臭脾气。"

这时,她们已把我拖进里德太太指定的那个房间,把我摁在一张凳子上。我猛地像弹簧似的蹦起来,她们的两双手立即抓住了我。

"要是你不肯乖乖地坐着,就把你绑起来。"贝茜说,"阿博特小姐,借你的吊袜带用用,我的那副准会给她一下就挣断的。"

阿博特小姐动手从粗壮的腿上解下要用的带子。这番捆绑前的准备,以及其中所包含的新的耻辱,使我的激愤情绪稍稍有所减弱。

"别解啦。"我喊道,"我不动就是了。"作为保证,我双手紧紧抓住了凳子。

"留神别动。"贝茜说。她确信我真的安静下来了,才松开抓住我的手。然后,她和阿博特小姐就都抱着胳膊站在那儿,板着脸,不放心地朝我打量着,好像还不相信我的神志完全正常。

"她以前从来没这样过。"临了,贝茜终于转过头去对那个"阿比盖尔"[1]说。

"可她那小心眼儿里一直就是这样的。"对方回答说,"我常跟太太说起对这孩子的看法,太太也同意我的看法。她是个诡计很多的小东西,我从没见过,像她这么点年纪的小女孩竟会这样狡猾。"

贝茜没有接腔,但稍过一会儿她就冲着我说道:"你得放明

---

1 英国剧作家波蒙和弗莱契所著《傲慢的贵妇人》中的一个人物,是典型的贵族家庭中的使女。

白点儿,小姐,你受着里德太太的恩惠,是她在养活你;她要是把你撵出去,你就只好进贫民院了。"

对此我无话可说。这些话对我来说并不新鲜,打从我小时有记忆起,我就听惯了诸如此类的暗示。这种指责我靠人养活的话,在我耳朵里已经成了意思含糊的老生常谈了。尽管听了让人非常痛苦,非常难受,却又让人有点儿似懂非懂。阿博特小姐也附和说:"你别因为太太好心,把你跟里德小姐、里德少爷放在一起抚养,就自以为可以和他们平起平坐了。他们将来都会有很多钱,可你连一个子儿也不会有。你应该低声下气,尽量顺着他们,这才是你的本分。"

"我们跟你说这些,全是为了你好,"贝茜接着说,口气温和了些,"你应该学得乖一些,多讨他们喜欢,那样也许你还能在这个家里待下去。要是你再粗暴无礼,爱使性子,我敢说,太太准会把你撵出去的。"

"再说,"阿博特小姐说,"上帝也会惩罚她的,会让她在使性子时突然死去。到那时,看她会去哪儿? 行了,贝茜,咱们走吧,随她去,反正说什么她都不会对我有好感。爱小姐,等剩你一个人的时候,好好做做祷告吧。你要是再不忏悔,说不定会有什么怪物从烟囱里钻进来把你抓走哩。"

她们走了,关上门,还上了锁。

红房子是间备用卧室,难得有人在里面过夜;真的,可以说从来不见有人住过,除非偶尔有大批客人拥到盖茨海德府来,不得不动用府里的所有房间时。不过,红房子却是这个府邸里最宽敞最堂皇的一间卧室。一张有粗大红木架子的床,挂着深红锦缎帐幔,像个神龛似的摆在房间正中;两个大窗子,百叶窗总是垂下,用同样料子的窗饰和窗帘半掩着;地毯是红的,床脚边的桌子上也铺着深红的桌布;墙是淡淡的黄褐色,稍微带点红色;衣橱、梳妆台、椅子全是乌黑油亮的老红木做的;床上的垫褥和枕头垫得高高的,上面蒙着雪白的马赛布[1]床罩,在周围的深色陈设中显得耀眼而突出。同样招眼的是床头边一张铺着坐垫的大安乐椅,也是白色的,跟前还放着一张脚凳,我觉得,它看上去就像是个苍白的宝座。

因为难得生火,这屋子很冷;由于离儿童室和厨房都很远,这儿也很静;还因极少有人进来,它显得庄严肃穆。只有女仆每逢星期六来擦抹一下镜子和家具,擦去一星期来积上的那点灰尘。里德太太自己则要隔好久才进来一次,查看一下大橱里一个秘密抽屉里的东西,那里面存放着各种羊皮纸文书契约,她的首饰盒,还有她亡夫的一帧小像,而红房子的秘密就在她的这位亡夫身上——也正是这一魔力,使得这间房子尽管富丽堂皇,却如此荒凉冷落。里德先生去世已经九年,他就是在这间卧室里咽下最后一口气的;他的灵堂也设在这儿,殡仪馆的人就是从这儿抬走了他的棺材。从那天起,这房子就有了一种哀伤的神圣感,使得人不常到这儿来了。

贝茜和恶毒的阿博特小姐让我一动不动坐着的,是放在大理

---

[1] 一种提花厚棉织品,常用来做床罩等。

石壁炉架旁的一张软垫矮凳。那张大床就在我的面前;我右边是那口黑魆魆的高大衣橱,微弱、散乱的反光使橱壁的光泽斑驳变幻;左边是遮掩住的窗户,在两个窗户中间,有一面大镜子,它重现了大床和房间里空寂肃穆的景象。我拿不准,她们是不是真的把门锁上了,因而待我稍敢动弹时,我就起身过去看了看。天哪,真的锁上了!连牢房也不会关得这么严实。我反身往回走时,不得不从那面镜子前经过。我的目光给吸引住了,不由自主地探究起镜中映出的深景来。在那片虚幻的深景中,一切都显得比现实中的更为冷漠,更为阴暗。里面那个瞪眼盯着我的古怪的小家伙儿,在昏暗朦胧中露出的苍白脸庞和胳膊,在一片死寂中,只有那对惊惶发亮的眼睛在不停地转动,看上去真像是个幽灵。我心里思忖,这小家伙儿就像一个半神半妖的小鬼,贝茜在晚上讲故事的时候说过,它们常从荒野里杂草丛生的幽谷中钻出,出现在夜行旅人的面前。我回到了我的矮凳上。

那时候我很迷信,不过这会儿它还没有到完全占上风的时候。我的火气正旺,反抗的奴隶的那种怨恨情绪还在激励着我,要我向可怕的现实低头,但那就得先堵住我回顾往事的急流。

约翰·里德的凶暴专横,他姐妹的傲慢冷漠,他母亲的憎厌,仆人们的偏心,所有这一切,就像污井里的淤泥沉渣,在我乱糟糟的脑海里翻腾起来。我为什么老受折磨,老受欺侮,老是挨骂,老是有错呢?为什么我总是不讨人喜欢?为什么我竭力想赢得别人好感却总是白费力气呢?伊丽莎既任性又自私,却受人尊敬。乔治安娜脾气已惯坏,刻薄恶毒,老爱寻事生非,蛮横无理,可大家都纵容她。她的美貌,她红红的双颊和金黄的鬈发,似乎能让每个见了她的人都喜欢,都能因此原谅她的任何一个缺点。至于约翰,谁也不会去违拗他,更不会去惩罚他,尽管他扭断鸽子的脖子,弄死小孔雀,放狗去咬羊,摘掉温室中葡萄藤上的葡萄,掰下花房里珍贵花木的幼芽;他还管他母亲叫"老姑娘",有时还因她跟他有一样的黑皮肤而辱骂她,对她的话全然不听,不止一次撕破和弄坏她的丝绸衣服,可他仍然是她的"心肝宝贝"。而我,虽说小小心心不敢犯一点错,竭力把该做的事做好,可是从早到晚,依然成天被说成淘气、讨厌、阴险、鬼头鬼脑的。

因为挨了打,又跌倒在地,我的头非常疼痛,伤口还在流血。约翰粗暴地打了我,没有人责备他,而我为了让他以后不再干出这种没有理性的暴行,却受到了众人的责难。

"不公平!——不公平啊!"我的理智告诉我说。在痛苦的刺激下,我的心智早熟了,一时变得坚强有力。同时,被激起的决心,也在怂恿我采取某种不同寻常的方法,来逃脱这难以忍受的迫害——譬如逃跑,或者万一逃跑不成,从此就不吃不喝,一死了之。

在那个凄惨的下午,我的心灵是多么惶恐不安,我的脑子里是多么混乱,我的心中是多么愤愤不平啊!然而这场心灵上的搏斗,又是多么盲目无知啊!我无法回答内心不断提出的这个问题:为什么我会活得这么苦?如今,隔了——我不愿说隔了多少年——我才看清这是怎么一回事。

在盖茨海德府,我和谁都合不来,我和那儿的人都不相像。

我跟里德太太，或者她的儿女，或者她宠爱的仆人，没有一点儿一致的地方。如果说他们不喜欢我，那么老实说，我也一样不喜欢他们。对他们来说，我是一个异类，无论在脾气、能力或爱好上，都跟他们相反；我是个没用的人，既不会给他们带来好处，也不能为他们增添乐趣；我是个害人精，浑身全是愤恨他们所受的待遇、鄙视他们的见解的毒菌；对我这样一个跟他们中间哪个人都没法儿和好相处的人，他们自然也就不会去关心爱护。我知道，如果我是个聪明开朗、无忧无虑、美丽活泼的小女孩——哪怕同样是寄人篱下，无依无靠——里德太太就会满意一点儿，会对我比较容忍，她的孩子们也会待我真诚友好一些，仆人们也就不会在儿童室里动不动把我当成替罪羊了。

  红房子里的光线开始渐渐变暗，已经过四点了，阴沉的下午正逐渐变为凄凉的黄昏。只听得雨点仍在不断地敲打着楼梯间的窗户，风还在宅子后面的林子里呼啸。我渐渐地变得像块石头一般冰凉，我的勇气也随之消失了。我惯常的那种自卑、缺乏自信、灰心沮丧的情绪，像冰水一样浇在我那行将熄灭的怒火上。人人都说我坏，也许我真的很坏。刚才我起了什么念头呀，竟想要让我自己饿死？这当然是个罪过。而且，我是真的想死吗？难道盖茨海德教堂圣坛下的墓穴真的那么诱人？听说里德先生就葬在那样的墓穴里。这一念头又引得我想起他来，我越想越害怕。我已经记不得他了，不过我知道他是我的亲舅舅——我母亲的哥哥——是他在我父母双亡成为孤儿后收养了我，在他临终时，还要求里德太太答应一定要像亲生儿女那样把我抚养成人。里德太太也许认为自己已经遵守了这一诺言。我觉得,就她生性能做到的范围讲,确实也是如此。我毕竟不是她家的人,她丈夫死后我和她更无关系,我只是一个碍手碍脚的外人,怎么能让她真正喜欢呢?由一个勉强许下的诺言束缚着,被迫做一个自己不喜欢的陌生孩子的母亲,眼睁睁看着一个与自己格格不入的人闯进自己的家庭小圈子,而且还要一直赖下去,这准是一桩让人最厌恶的事。

我脑子里突然闪过一个奇怪的念头。我毫不怀疑——从不怀疑——要是里德先生现在还活着,他一定会待我很好的。这时候,我坐在那儿,眼望着白色的大床和昏暗的四壁——偶尔还不由自主地转眼朝那面隐隐发亮的镜子看上一眼——开始想起了以前听说过的关于死人的事。据说,要是有人违背了死去的人的遗愿,死去的人在坟墓里也不会安宁,他们会重返人间,惩罚违背誓言的人,为受到虐待的人报仇。我想,里德先生的灵魂一定在为他的外甥女受到虐待而恼火,说不定会离开他的住处——不管是在教堂的墓穴里,还是在不可知的阴曹地府——来到这屋子里,突然出现在我的面前。我擦去眼泪,忍住啜泣,生怕一流露出悲恸欲绝的样子,就会招引某种超自然的声音来安慰我,或者从昏暗中引出一张光晕环绕的脸,带着怪异的怜悯表情俯视着我。这一念头,按理说能给人以安慰,可是我觉得,要是真的出现那种情景,那我可就吓坏了。我用尽全力来打消这一念头,拼命让自己镇静下来。我甩开挡在眼前的头发,抬起头,尽量壮起胆子,朝这间黑咕隆咚的屋子四周张望。就在这时,一道亮光射到了墙上,我暗自思忖,这会不会是从窗帘缝里透进的月光?不对,月光是不会动的,而这道亮光却在移动。就在我盯着它看时,它一下子溜到了天花板上,在我的头顶晃动。要是换了现在,我准能马上猜到,这亮光多半是穿过草地的人手中的提灯发出来的,可当时,我满脑子想的全是吓人的事,神经已经极度紧张,竟以为这道迅速跳动的亮光,是阴间来的鬼魂要出现的先兆。我的心怦怦直跳,脑袋发热,耳朵里充满嗡嗡声,我认为这是翅膀的扑动声;这时仿佛有什么东西靠近我的身旁,我感到压抑,感到透不过气来,我再也受不了啦;我起身冲到门边,不顾一切地使劲摇动门上的锁。门外过道里响起奔跑过来的脚步声,钥匙转动了一下,贝茜和阿博特走了进来。

"爱小姐,你病了吗?"贝茜说。

"多可怕的声音!简直要把我给震聋了!"阿博特大声嚷道。

"放我出去!让我到儿童室去!"我喊道。

"干吗?什么伤着你了?你看见什么了?"贝茜又追问道。

"哦!我看到一道亮光,我知道鬼就要来了。"这时我已经抓住贝茜的手,她也没有把手缩回去。

"她是故意这么大声嚷嚷的。"阿博特带着几分厌恶断定说,"瞧她嚷得多凶啊!她要是真的疼得厉害,那倒还情有可原,可她不过是要把我们都引到这儿来,我知道她那套鬼把戏。"

"这是怎么回事?"又一个声音厉声问道。里德太太从过道里走了过来,她头上松开的帽带飘动着,衣服沙沙作响。"阿博特、贝茜,我想我已经吩咐过你们,要让简·爱待在红房子里,直到我来找她。"

"可简小姐叫得太凶了,太太。"贝茜辩解说。

"让她去,"这是唯一的回答,"别抓住贝茜的手,小东西,放心吧,你用这样的办法是出不去的。我最恨作假,尤其是小孩子。我有责任让你明白,耍花招儿是没有用的,你现在还得在这儿待上一个小时,只有等你老老实实、文文静静了,我才会放你出去。"

"哦,舅妈,可怜可怜我,饶了我吧!我受不了啦——用别的办法惩罚我吧!这会要了我的命的,要是……"

"闭嘴!你这样胡闹真让人讨厌!"毫无疑问,她心里也准是这么想的。在她眼里,我是个早熟的演员,她真的把我看成个满腔恶意、心灵卑鄙、阴险狡诈的角色了。

这时我伤心到了极点,痛哭不止,里德太太见了很不耐烦,待贝茜和阿博特一走,就二话没说,猛地把我往屋里一推,锁上了门,不再跟我多费口舌。我听到她匆匆地离去了。她走后不久,我大概就昏过去了,这场风波以我的失去知觉做了终结。

03

接着,我记得,我感到自己仿佛刚从一场噩梦中醒了过来,只见眼前亮着一片红光,红光中画有一道道又粗又浓的黑杠。我还听见有人在说话,声音瓮声瓮气的,仿佛是被疾气或激流掩盖住。激动、不安,还有压倒一切的恐惧感,弄得我神志恍惚。不一会儿,我觉察到有人在摆弄我,把我扶了起来,让我靠在他身上坐着——以前从来没有人这样温存体贴地抱过我、扶过我,我把头靠在一个枕头上,或者是一条胳膊上,觉得很舒服。又过了五分钟,迷糊昏乱的阴云消散了。我非常清楚地觉出,我正躺在自己的床上,那片红光是儿童室里的炉火。这时已是晚上,桌上点着一支蜡烛,贝茜端着脸盆站在床脚边,还有一位先生坐在我枕头旁的椅子上,正俯身朝我望着。

当我知道屋子里有了一个陌生人,一个不是盖茨海德府的人,和里德太太也没有任何关系,心里有说不出的宽慰,我深信自己会受到保护,安全有了保障。我不再去看贝茜(虽说相比之下,她的在场远不如别人——如阿博特——那样让我讨厌),开始仔细打量起那位先生的脸来。我认出了他,他是劳埃德先生,是个药剂师。遇到仆人生病时,里德太太有时候会请他来。她自己和孩子们生病的话,她就请一位医生。

"瞧,我是谁?"他问道。

我说出了他的名字,同时向他伸出手。他握住我的手,笑着说:"我们用不了多久就会好的。"随后,他扶我躺下,并吩咐贝茜,要她多加小心,夜里别让我受到惊扰。他交代了几句,还说明天再来,然后就走了。这让我感到很难过,有他坐在我枕头旁的椅子上,我便觉得有了依靠,有人帮助。他走了,门一关上,整个屋子顿时变得阴暗无光,我的心又沉下去了,一种说不出的哀伤沉甸甸地压在我的心头。

"你觉得想睡了吗,小姐?"贝茜问道,口气相当温和。

我几乎不敢回答她,生怕她下一句话又会粗声粗气:"我试试看。"

"你想喝点儿什么,或者要吃点儿什么吗?"

"不啦,谢谢你,贝茜。"

"那我想我该去睡了,已经过了十二点了,夜里你要是需要什么,可以叫我一声。"

这样有礼貌真让人吃惊!这使我有勇气提了一个问题:

"贝茜,我是怎么了?是病了吗?"

"我想,你是在红房子里哭病了。你很快就会好起来的,没问题。"

贝茜到近旁的仆人的下房里去了。我听见她在说:

"萨拉,来跟我一起睡在儿童室里吧,今晚我可说什么都不敢一个人陪着那可怜的孩子了,说不定她会死掉的。真是桩怪事,她竟会昏了过去,我疑心她是不是看见什么了。太太未免也太狠心了。"

萨拉跟她一起回来,两人上床后,又叽叽咕咕地悄声说了半个来钟头的话才睡去。我断断续续地听到了几句,单凭这我就已经能猜出她们谈话的中心了。

"有什么东西打她身边经过,一身白色穿着,随后又不见了……"

"他后面还跟着一条大黑狗……"

"在房门上重重地敲了三下……"

"教堂的墓地里出现一道亮光,就在他的坟头上……"如此等等。

最后她们俩都睡着了,炉火和蜡烛也已熄灭,而我却在可怕的清醒中度过了这个不眠的漫漫长夜,耳朵、眼睛、脑袋,全都因恐惧而处于紧张状态中,这种恐惧是只有孩子才能感觉到的。

这次红房子事件,并没有给我肉体上带来什么严重的或长期的疾病,只是使我的精神受到了一次震撼,直到今天我还心有余悸。是啊,里德太太,是你使我在心灵上受到严重创伤,备受痛楚。不过我还是应该原谅你,因为你自己也不明白你做了些什么。

在你扯断我的心弦时，你还以为你是在根除我身上的坏习性哩。

第二天将近中午，我起来穿好衣服，裹了一条披巾坐在儿童室的壁炉旁。我觉得浑身无力，全身像散了架似的，但最使我感到难受的是心灵上的一种莫名的痛楚。这种痛楚使得我不断地默默流泪，我刚从脸颊上抹去一滴咸咸的泪珠，另一滴又紧跟着淌了下来。然而，我想我应该感到高兴，因为里德家的孩子都不在，他们全都跟他们的妈妈坐马车出门去了。阿博特也在另一间屋子里做针线活，至于贝茜，她正来来去去忙着收拾玩具，整理抽屉，一边还不时跟我说上一两句不常有的体贴话。我一向过惯了老是挨骂和费力不讨好的日子，眼前的这种情况，对我来说，本该是个宁静的天堂了，然而事实上，我那饱受摧残的精神已经处于这样的境地，没有任何宁静能使它得到抚慰，也没有一件乐事能使它欢快起来。

贝茜下楼到厨房里去了一趟，用一只釉彩鲜艳的瓷盘端来了一个馅饼。盘子上绘的是一只极乐鸟栖息在旋花和玫瑰花蕾编成的花环里，这图案曾令我赞叹不已，以前我多次提出过要求，让我把这盘子拿在手里细细瞧瞧，但都被认为不配有这个权利。现在，这件珍贵的瓷器就搁在我的膝盖上，贝茜还热情地要我尝尝盘中那圆圆的可口的油酥点心。好意落空了啊！就像别的许多日思夜盼却久久未能得到的恩惠那样，来得太迟了！我吃不下馅饼，就连图案中鸟儿的羽毛，花儿的色泽，似乎也奇怪地黯然失色了。我把盘子和馅饼都搁到一边。贝茜问我要不要看书。书这个字眼，就像一剂速效的兴奋剂似的起作用，我央求她到书房里去把那本《格列佛游记》¹拿来。这本书我曾津津有味地看过一遍又一遍。我认为书中讲的全是真事,而且还发现那里面有比神话中更有趣的东西,因为,就说神话中的那些小精灵吧,我曾在指顶花和风铃草丛中,在蘑菇下面,在布满连钱草的古老墙根下寻找过,但是一无所获。最终,我只好下决心承认这样一个可悲的事实:准是他们全都已经逃离了英国,到某个树林比较茂密、人口比较稀少的荒凉国度去了。然而小人国和大人国,我相信,它们都是地球上实际存在的地方,因而我毫不怀疑,早晚有一天,经过一次远航,我准能亲眼见到其中一个国度里的小小的田野、房舍、树木以及小人、小牛、小羊和小鸟,还有另一个国度里的森林般的麦田,高大的猛犬,巨兽似的猫和高塔般的男人和女人。可是此刻,当这本心爱的书交到了我手中,我一页页翻着它,在那些奇妙的插图中寻找往昔从未消失过的魅力时,一切却都变得怪诞而乏味了。那些巨人成了瘦骨嶙峋的妖魔,小人成了恶毒可怕的小鬼,而格列佛,则成了一个到过最险恶地区的最孤独的流浪汉。我合上书,不敢再看下去,把它放到桌上那个不曾尝过的馅饼旁。

贝茜这会儿已经拾掇完房间,洗过手,打开了一个里面装满漂亮的零碎绸缎的小抽屉,动手给乔治安娜的小娃娃做一顶新帽子。她一边做一边唱着歌,唱的是:

1　英国作家斯威夫特(1667—1745)所著的讽刺小说,书中有小人国和大人国等假想国。

> 当初我们一起去流浪,
> 那已经是在很久以前。[1]

这首歌我以前曾听过多次,每次听到都心情欢快,因为贝茜的嗓音甜美悦耳——至少,我觉得是这样。可是现在,尽管她的嗓音依然很甜,我却在她的声调里觉出有一种说不出的哀伤。有时,她做手里的活儿做得出了神,把这首歌唱得很低沉,拖得很长,"那已经是在很久以前"唱得就像挽歌中最哀伤的调子那样。随后她又唱起另外一首民谣,这次倒真是一首悲哀忧伤的歌了。

> 我双脚疼痛难当,四肢力竭;
> 　　路远迢迢,走不尽野岭荒岗;
> 天空中没有月亮,苍茫暮色
> 　　即将笼罩在苦命孤儿旅途上。
>
> 为何逼我走他乡,形单影只,
> 　　来到这满是沼泽灰岩的地方?
> 人心歹毒,唯有善良的天使
> 　　来保佑我苦命孤儿一路安康。

---

[1] 《当初我们一起去流浪》:埃德温·兰斯福特(1805—1876)写于1837年的一首歌。

远方轻轻地吹来夜晚的微风,

　　万里无云,晶莹的繁星闪亮;

上帝慈悲,一路上把我护送,

　　赐给我苦命孤儿安慰和希望。

即令我一时失足从断桥跌落,

　　为幻影所骗,误入沼泽泥塘;

天父仍将按他的许诺和祝福,

　　把苦命孤儿紧紧地拥入胸膛。

虽然我无处栖身,无亲可投,

　　有一个信念赋予我无穷力量;

上帝啊,你永远是我的朋友,

　　定会让苦命孤儿安息在天堂。

"好啦,简小姐,别哭了。"贝茜唱完后说道。她这样说,还不如去对火说"别烧了"哩。不过,她又怎么能理解我这个受折磨的人内心的痛苦呢?

这天上午,劳埃德先生又来了。

"怎么,已经起来了!"他一进儿童室就说,"哦,保姆,她怎么样?"

贝茜回答说我很好。

"那她应该显得快活些。到这儿来,简小姐。你叫简,对吗?"

"是的,先生,我叫简·爱。"

"哦,你在哭,简·爱小姐,你能告诉我为什么哭吗?是哪儿疼?"

"不,先生。"

"唔!我敢说,她准是为了没能跟太太一起坐马车出去才哭的。"贝茜插嘴说。

"绝不会!嘿,她已经不小了,不会这么任性的。"

我也是这么想的。这样毫无根据的指责,大大伤了我的自尊心,我立即反驳说:"我从来都没有为这种事哭过,我最讨厌坐马车出去了。我是因为自己不幸才哭的。"

"哎哟,小姐!"贝茜说。

好心的药剂师显得有些迷惑不解。我站在他面前,他目不转睛地朝我看着。他的眼睛是灰色的,很小,也不太有神,不过现在我敢说,我认为他的眼睛很锐利;他的脸长得难看,但却和蔼可亲。他不慌不忙地打量了我一番之后,问道:

"你昨天怎么会病的?"

"她摔倒了。"贝茜又插进来说。

"摔倒!嘿,这可又像是个娃娃了!她这么大了,还不会走路?她总有八九岁了吧。"

"我是给人打倒的,"自尊心再次受到伤害引起的不快,使得我直言不讳地解释说,"不过我生病不是因为这个。"我又补充了一句。

这时候,劳埃德先生拈了一撮鼻烟吸了起来。正当他把鼻烟盒放回到背心口袋里去时，响起了招呼仆人去吃饭的响亮铃声，他知道这是怎么回事。

"这是叫你哩，保姆，"他说，"你下去吧。我在这儿好好开导开导简小姐，等你回来。"

贝茜本想留下来，可她又不得不去，因为盖茨海德府一向严格执行准时吃饭的制度。

"你生病不是因为摔倒，那是因为什么呢？"贝茜走后，劳埃德先生接着问道。

"我被关在一间有鬼的屋子里，一直关到天黑。"

我看到劳埃德先生一面微笑，一面皱了皱眉头。"有鬼！咳，你到底还是个孩子！你怕鬼？"

"我怕里德先生的鬼魂，他就是死在那间屋子里的，还在那里停过灵。不管是贝茜还是别的什么人，晚上只要能不去那儿总是不去的。可是他们把我一个人关在那间屋子里，连支蜡烛也不点，真是狠心——太狠心了。这件事，我想我一辈子也忘不了。"

"瞎说！这就让你感到不幸了？现在白天，你还怕不怕？"

"不怕，可是黑夜马上又要来了，再说……我不快活……很不快活，还有别的事。"

"别的什么事？能说点儿给我听听吗？"

我多么希望自己能详详细细回答这个问题啊！可是真要回答起来又是多么困难啊！孩子们能够感觉到，但他们不会分析感觉到的东西，即使在脑子里能进行一些分析，也不知道该如何把分析的结果用语言表达出来。不过，我生怕错过这第一次也是唯一的一次机会,来吐一吐我心头的苦水,所以在稍稍犹豫一会儿之后,还是竭力做了回答。这回答尽管不够详尽,但完全真实。

"首先,我没有父母,也没有兄弟姐妹。"

"你有一位慈祥的舅妈,还有表兄表姐呀。"

我又犹豫了一下,接着鲁莽地说:"可约翰·里德把我打倒在地,我舅妈又把我关进红房子。"

劳埃德先生又掏出了他的鼻烟盒。

"你不觉得盖茨海德府是座非常漂亮的府邸吗?"他问道,"你有这样好的房子住,难道还不觉得非常幸福?"

"这不是我的家啊,先生。阿博特就说我根本没有资格住在这儿,还不如一个仆人哩。"

"啐!你总不会傻到想离开这么个好地方吧?"

"要是我有别的什么地方好去,我会很高兴离开这儿。不过在我成年以前,我是绝不会离开盖茨海德府的。"

"也许你会——谁知道呢?你除了里德太太之外,还有别的亲戚吗?"

"我想没有,先生。"

"你父亲那边也没人了吗?"

"我不知道。有一次,我问过里德舅妈,她说我可能还有几个姓爱的穷亲戚,不过她对他们的情况一点儿也不清楚。"

"要是你真有这样的亲戚,你愿意上他们那儿去吗?"

我想了一下,贫穷在成年人看来是可怕的,在孩子们心目中就更加如此了。他们不大懂得什么是辛勤劳动、值得尊敬的贫穷。

在他们脑子里，贫穷这个字眼，是只跟破烂的衣服、匮乏的食物、无火的炉子、粗暴的举止和卑劣的品行联系在一起的。在我看来，贫穷是堕落的同义语。

"不，我可不愿做穷人。"这是我的回答。

"要是他们待你很好，你也不愿意吗？"

我摇摇头。我不明白穷人怎么会待人好，何况还要学得像他们那样说话，养成他们那样的举止，变得没有教养，长大后成个穷女人，就像有时候我在盖茨海德村见到的那些女人那样，她们常在自己的茅屋门前洗衣服，奶孩子。不，我还没有足够的英雄气概，宁愿降低身份去换取自由。

"不过，你的亲戚真是那么穷？他们都是干活的吗？"

"我不清楚。里德舅妈说，就算我有什么亲戚的话，也准是些穷要饭的。我可不愿意去要饭。"

"那你愿意进学校吗？"

我又想了想。我不大清楚学校是什么。贝茜有时倒说起过，好像那儿的年轻小姐都得套着足枷，系上脊椎矫正板坐着，一个个行为都得非常规矩，举止也要十分文雅。约翰·里德恨透他的学校，大骂他的老师。不过约翰的好恶不能作为我的标准，而且尽管贝茜说的学校纪律（在来盖茨海德府之前，贝茜曾在另一家人家做过，这些话是她从那家人家的小姐那儿听来的）听起来有点吓人，但她说到那几位小姐在那儿学到的种种才艺，我觉得倒也挺让人感兴趣的。她把她们画的美丽的风景花卉，她们能唱的歌和能奏的曲子，她们编织的钱袋以及她们能翻译的法文书，大大夸耀吹嘘了一番,听得我心都动了,真盼望能和她们一样。再说,进学校可以彻底改变我的处境,意味着可以做一次长途旅行,完全离开盖茨海德府,进入一种全新的生活。

"我当然愿意进学校。"我细想了一番后,说出了这样的结论。

"嗯,好吧。谁知道会出什么事?"劳埃德先生说着站起身来。

"这孩子是该换换空气和环境了,"他又自言自语地补充说,"精神不怎么好啊。"

这时贝茜回来了,同时还传来了马车沿石子路驶近的辚辚声。

"是你家太太吧,保姆?"劳埃德先生问道,"我想在走之前跟她谈一谈。"

贝茜请他去早餐间,说着就带他出去了。从后来发生的事情看,我猜这位药剂师在随后跟里德太太的谈话中,准是大胆提出送我去学校的建议,这一建议无疑马上就被接受了。因为有一天晚上,阿博特和贝茜一起在儿童室里做针线活儿时,谈起了这件事。当时我已经上床睡觉,她们以为我已经睡着了。阿博特说:"我敢说,太太正巴不得能摆脱掉这个坏脾气的讨厌孩子哩。这孩子好像老在盯着每一个人,想要在暗地里搞什么阴谋似的。"我想,阿博特准是把我看成一个小小的"盖伊·福克斯"[1]了。

---

1 盖伊·福克斯(1570—1606),英国军官,他曾和其他天主教徒一起,企图在 1605 年 11 月 5 日炸毁国会大厦,杀死英王詹姆士一世及支持他的议员,后因事泄被捕,在国会大厦对面被处决。

就在这一次,我从阿博特小姐对贝茜说的话中,第一次知道我父亲是个穷牧师,我母亲不顾亲友们的反对,和他结了婚,亲友们都认为这桩婚事有失她的身份。我外祖父对她的违逆行为大为恼怒,和她断绝了关系,一分钱的遗产也没有留给她。我母亲跟我父亲结婚一年以后,父亲担任副牧师的那个大工业城市流行斑疹伤寒,我父亲在访问穷人时染上了这种病,我母亲也从他那儿受到了传染,在不到一个月的时间里,两人都相继去世了。

贝茜听了这番话,叹了口气,说道:"阿博特,苦命的简小姐也真够可怜的啊。"

"是啊,"阿博特回答说,"要是她是个漂亮可爱的孩子,那她的孤苦伶仃也能让人同情,可她偏偏是这么一个鬼丫头,实在没法儿让人喜欢。"

"的确不太讨人喜欢,"贝茜表示同意,"至少,像乔治安娜这样的美人儿要是落到这种地步,那就会招人同情得多了。"

"是啊,我太喜欢乔治安娜小姐了!"阿博特狂热地喊了起来,"这小宝贝!——长长的鬈发,蓝蓝的眼睛,脸蛋儿又那么可爱,简直就像画出来似的!……贝茜,我真想晚饭时能吃上威尔士兔子[1]。"

"我也想——再配上烤洋葱。走,咱们下楼去吧!"她们走了。

1　18世纪的英国美食,由奶酪、咸辣酱汁混合搅拌加热后,涂在吐司上烤制而成。现在依然存在,做法略有不同。

04

自从跟劳埃德先生做了交谈,听了前面说的贝茜和阿博特的议论后,我有了足够的信心,可以指望我的生活出现好的转机。一场变化似乎近在眼前——我默默地盼望着,等待着,可是它却迟迟不来。几天过去了,几个星期过去了,我已经恢复了健康,但是我朝思暮想的事却谁也没有再提起。里德太太有时用一种严厉的眼光打量我,但很少和我说话。自我生病以后,她在我和她的孩子之间画了一条比以前更加分明的界限。她指定我一个人睡在一个小房间里,罚我独自一人吃饭,还命令我整天待在儿童室里,而我的表兄表姐们却经常待在客厅里。有关送我进学校的事,她一句都没有提起,不过我还是出自本能地相信,她绝不会容我和她在同一座房子里久住下去了,因为现在她一看到我,她的目光中就流露出一种比以前更加无法克制的深恶痛绝的神情。

伊丽莎和乔治安娜显然是奉命行事，尽可能少跟我说话。约翰一看到我就伸舌头鼓腮帮做鬼脸，有一次还想要教训我，可是由于以前那种惹得我坏脾气大发的暴怒和拼死反抗的心情又激励了我，我立刻转身和他针锋相对，他一看觉得还是罢手为妙，便逃开了，一边逃一边咒骂，还说我打破了他的鼻子。说实话，我倒真的是对准了他那突出的部分，想使尽手劲儿狠狠揍他一拳。看到他被我的这一架势或者是我的神色吓破了胆的模样，我真想乘胜追击，可惜他已逃到他妈妈的身边了。我听见他哭哭啼啼地在诉说，"那个可恶的简·爱"像只疯猫似的朝他扑上去，但却被他厉声喝住了。

"别跟我说起她，约翰。我对你说过，叫你不要走近她，她不值得去理睬。我不愿意看到你和你姐妹跟她来往。"

听到这里，我从楼梯栏杆上扑出身子，不假思索地猛地大声嚷道："他们才不配跟我来往哩。"

里德太太是个相当胖的女人，可是她一听到这样无法无天的奇怪宣告，马上利索地奔上楼来，一阵旋风似的把我拖进儿童室，一下把我摁倒在我的小床床沿上，厉声恫吓我说，看我这一天还敢不敢从床上爬起来，敢不敢再说一个字。

"要是里德舅舅还活着，他会跟你怎么说呢？"我几乎是无意间这么问道。我说的几乎是无意间，是因为我的舌头似乎没有得到我的同意，就吐出了这句话，是不由自主地脱口而出。

"什么？"里德太太小声说，她那平时冷漠镇静的灰眼睛，被一种近于恐惧的神情弄得惶然不安了。她放开抓住我胳膊的手，两眼朝我直瞪着,仿佛弄不清我究竟是个孩子还是魔鬼。这一下我可没有退路了。

"我里德舅舅就在天上,不管你想什么做什么,他全能看见,我爸我妈他们也看得见。他们知道你怎样把我整天关着,还巴不得我死掉。"

里德太太很快就回过神来,她抓住我死命摇晃着,左右开弓,狠打我的耳光,然后一句话没说就走了。接下来,贝茜顶了她的缺,训了我足足一个小时,证实我确实是家庭中教养出来的最坏、最任性的孩子。我听了也半信半疑起来,因为我确实感到,在我的胸中只有恶意在翻腾。

十一月、十二月和半个一月都相继过去了。盖茨海德府像往常一样,在节日欢乐的气氛中度过了圣诞节和新年。人们互相赠送礼物,举办了宴会和晚会。不用说,所有这一切欢乐的事,全都没有我的份。

我仅有的乐趣,只能是看伊丽莎和乔治安娜每天盛装打扮,穿上薄纱衣裙,束着大红腰带,披着精心做过的鬈发,下楼到客厅去;然后就是倾听楼下钢琴和竖琴的弹奏声,听管事的和仆人来来回回的走动声,人们用茶点时杯盘相碰的叮当声,以及客厅门一开一闭时断续传来的嗡嗡谈话声。这一切听厌了,我就离开楼梯口,回到冷清寂寞的儿童室。在那儿,我虽然觉得有些悲伤,但并不感到痛苦。说实话,我一点儿也不想到人群中去,因为即使去了,别人也不会注意我。只有贝茜好一点,肯陪陪我,让我跟她一块儿安安静静度过晚上,不必到挤满女士先生们的房间里去，忍受里德太太的可怕目光，我就把这看成乐事一桩了。可是贝茜一伺候好她那两位小姐的穿着打扮，总是马上就去厨房和管家房间这些热闹的地方，而且常常把蜡烛也带走。因而我只好坐在那儿，把我的玩具娃娃抱在膝头，直坐到炉火渐渐微弱下去。我不时朝四下张望着，看看在这间阴暗的屋子里，是不是还有比我自己更坏的东西在作祟。一到炉中的余烬变成暗红色，我便赶紧脱衣服，使劲拉开那些结子和带子，爬到床上去躲避寒冷和黑暗。上床时，我总是抱着我的玩具娃娃。人总得有所爱，既然没有更珍贵的东西可以让我爱，我就只好靠疼爱一个小叫花子似的旧玩具娃娃来得到一点儿乐趣了。这事我现在回想起来仍感到有些困惑不解，我当时是多么可笑地真心疼爱着那个小小的玩具娃娃啊，我简直把它当成有生命、有感觉的东西了。不把它裹在我的睡衣里，我就睡不着；只有让它平平安安、暖暖乎乎地躺在那儿，我才比较快活，而且相信它也就快活了。

我等着客人离去，倾听着贝茜上楼来的脚步声，时间似乎过得特别慢。在这段时间里，贝茜偶尔会上楼来一趟，找她的顶针或剪刀，要不就是给我带点什么当晚饭——一个小甜面包或者一块奶酪饼——这时，她就坐在床上看着我吃，等我吃完了，她会把我的被子塞好，吻我两下，并且说："晚安，简小姐。"每当贝茜对我这样和和气气时，我就觉得她是世界上最好、最美、最善良的人。我真希望她能永远这样和颜悦色，再也不要像惯常那样把我推来搡去，动不动就骂我，或者支使我做过多的活儿。现在想来，贝茜实在是个很有禀赋的姑娘，因为她无论干起什么事来都干净利落，而且还有挺出色的讲故事的才能。至少，从她在儿童室里讲的那些童话故事给我留下的印象来看，我是这样认为的。至于她的脸蛋和身段，如果我没有记错的话，还是长得挺漂亮的。我记得她是个苗条的年轻女人，乌黑的头发，乌亮的眼睛，五官非常端正，肤色健康明净。可就是脾气有点急躁任性，原则问题上是非不分，缺少正义感。尽管如此，跟盖茨海德府里其他人比起来，我还是比较喜欢她。

一月十五日那天，上午九点光景，贝茜下楼吃早饭去了，我那几位表兄表姐还没有给叫到他们的妈妈那儿去。伊丽莎正戴上帽子，穿上到花园去穿的暖和衣服，准备去喂她的鸡。这是她喜欢干的活儿，她也同样喜欢把蛋卖给管家，把卖得的钱攒起来。她有做买卖的才能，也有攒钱的特殊嗜好，这不但表现在卖鸡蛋、卖小鸡上，同样也表现在跟花匠做花根、花种和插条买卖时的讨价还价上。花匠从里德太太那儿得到过命令，凡是小姐花坛上种出的东西，她想卖多少，他都得买下。而伊丽莎，只要能卖上个好价钱，哪怕卖掉自己的头发，她也不在乎。至于她的钱，她先是用破布或旧鬈发纸包起来，分藏在各个暗角里，可是其中有几包被女仆发现了，伊丽莎怕哪一天会丢掉这笔珍贵的财富，只好同意把它存在她母亲那里，但要收取很高的利息——百分之五十或百分之六十。这笔利息她每季度索取一次，及时地把账分毫不差地记在一个小本子上。

乔治安娜坐在一张高凳子上，在对着镜子梳理头发，她从阁楼上一个抽屉里找来了不少假花和旧羽毛，把它们一一插在自己的鬈发上。我在整理床铺，贝茜严厉地吩咐我，要我在她回来之前把床铺好（贝茜现在常把我当作下手使唤，要我做些打扫房间、擦抹椅子之类的活儿）。我铺好被子，折好自己的睡衣，就走到窗座跟前，打算把散得满地的图画书和玩具娃娃的家具收拾好。乔治安娜突然大喝一声，要我别去碰她的玩具（因为那些小椅子、小镜子、小巧可爱的小盘子和小杯子，全是她的财产），我立刻住了手。接下来，我没有别的事可做，便对着窗上凝结的霜花哈气，在玻璃上哈出一块透明的地方，透过这儿可以看到外面的庭园，那在严寒的威慑下，一切变得静悄悄，全都给吓呆了的地方。

透过这扇窗子，可以望见看门人的小屋和马车道，我刚把蒙在窗玻璃上的银白霜花哈化一大片，可以看到外面的景物，就见大门打开，一辆马车驶了进来。我眼见它驶上车道，但并没有多加注意。盖茨海德府常有马车来，但从未送来过我感兴趣的客人。马车在屋前停了下来，门铃大响，新来的客人被请进屋内，既然这一切都和我无关，我那没有着落的注意力，很快就给别的更为有趣的景象吸引住了。那是一只饿坏了的小知更鸟，它飞过来，停在窗前靠墙长着的一棵掉尽叶子的樱桃树树枝上，啾啾地叫着。我早饭吃剩的面包和牛奶还搁在桌子上，我弄碎一小块面包，推开窗子，打算把面包屑放到外面的窗台上。就在这时，贝茜奔上楼梯来到儿童室。

"简小姐，快把你的围裙解掉。你在那儿干什么？今天早上洗手洗脸了吗？"

我在回答之前又推了推窗子，因为我要让鸟儿吃到面包。窗

子推开了一点儿,我撒了些面包屑在石头窗台上,又撒了些在樱桃树上。然后才关上窗子,回答说:

"还没呢,贝茜,我刚打扫完房间。"

"你这粗心的讨厌孩子!那你这会儿又在干什么?你脸那么红,大概又捣了什么鬼吧。你刚才开窗干吗?"

我根本用不着费神去回答,因为贝茜看上去那么匆忙,她是顾不上听我解释的。她把我拖到脸盆架前,用肥皂、清水还有一块粗毛巾,把我的手和脸狠狠地擦洗了一番,幸好洗得时间不长。接着又用一个硬毛发刷给我梳了梳头发,解下我的围裙,然后就催我来到楼梯口,吩咐我马上下楼去,有人在早餐室里等着我。

我本想问问谁在等我,也想问问里德太太是不是在那儿,可是贝茜已经离去,把儿童室的门也给关上了。我只得慢吞吞地朝楼下走去。我差不多已有三个月没给叫到里德太太跟前去了。在儿童室里关了这么久,早餐室、餐厅和客厅都成了让我望而生畏的地方,我简直都不敢进去了。这会儿,我站在空荡荡的门厅里,面前就是早餐室的门,可我停下了,吓得直发抖。在那些日子里,不公正的惩罚引起的恐惧,把我变成了一个多么可怜的胆小鬼啊!我既不敢回儿童室,又怕进客厅,我站在那儿,忐忑不安,犹豫不决,足足有十分钟之久。直到早餐室里猛地响起响亮的铃声,我才下了决心。我不能不进去了。

"会有谁找我呢?"我一边暗自纳闷,一边用双手去拧那很紧的门把,拧了几次都没能拧开。"除了里德舅妈外,我还会在屋子里见到谁呢?——一个男人还是一个女人?"门把转动了一下，门开了。

我走进门去，恭恭敬敬行了个屈膝礼，抬头一看，只见——一根黑柱子！至少，猛一看，那个穿一身黑衣服，直挺挺地站在炉前地毯上的笔直细长个子，确实给我这样的感觉。而顶端那张冷酷的脸，就像是一个雕成的面具，当作柱头安在那柱子上。

里德太太还是坐在壁炉旁她常坐的那个位子上。她招手要我走上前去，我照着做了。她用下面这句话把我介绍给那个石像似的陌生人：

"这就是我向你提出申请的小姑娘。"

他（因为这是个男人）朝我站着的地方慢慢转过头来，两只爱好探究的灰眼睛在一对浓眉下闪着光芒，他打量了我一番后，用低沉的嗓音严肃地说道：

"她个子这么小，多大了？"

"十岁。"

"有这么大吗？"他的答话中流露出怀疑，说着又继续打量了我几分钟，然后问我说：

"你叫什么，小姑娘？"

"简·爱，先生。"

说着，我抬起头来。在我看来，他是一位很高大的先生。不过，我当时的个儿也实在太矮小。他的五官都很大，而且不仅五官，他整个身架都显得严峻刻板。

"哦，简·爱，你是个好孩子吗？"

我没法儿对这个问题做肯定的回答，因为我那个小天地里的人就有着截然相反的意见。我没有作声。里德太太代我做了回答,她意味深长地摇摇头,接着马上又补充了一句:"在这个问题上,也许还是少说为好,勃洛克赫斯特先生。"

"听到这话真是太遗憾了!我得跟她谈谈。"说着他不再直挺挺地站着,弯下身子,在里德太太对面的一张扶手椅上坐了下来。"过来。"他说。

我从地毯上走了过去,他让我端端正正地站在他面前。这时候,我们俩的脸几乎是正对着了。他有着一张怎样的脸啊!他的鼻子那么大!还有那张嘴!瞧他那牙,好大啊!

"再没有什么比看见一个淘气的孩子更让人难受的了,"他开口说道,"尤其是淘气的小姑娘。你知道坏人死后会去哪儿吗?"

"他们都下地狱。"我不假思索地做了正统的回答。

"那地狱又是什么?你能告诉我吗?"

"是个大火坑。"

"那你愿意掉进那个火坑,永远被火烧吗?"

"不愿意,先生。"

"为了不进火坑,你该怎么做呢?"

我仔细想了一会儿,可是我说出的回答却很不合适:"我得好好保持健康,不要死掉。"

"你怎么保持健康呢?每天都有比你小的孩子死去。就在一两天前,我还埋过一个五岁的孩子——一个很好的小孩,这会儿他的灵魂已经进了天堂。你要是去世了,恐怕就不能这么说了。"

我的处境使我没法儿消除他的怀疑,只好垂下眼睛,看着他那两只踩在地毯上的大脚,叹了口气,真希望离他越远越好。

"我希望这声叹息是从你内心发出的,但愿你已经后悔,不该给你这位了不起的恩人招来这么多烦恼。"

"恩人!恩人!"我心里在说,"他们都说里德太太是我的恩人。要真是这样,那恩人就是个讨厌的东西。"

"你早晚都做祷告吗?"盘问我的那个人继续问道。

"是的,先生。"

"你念《圣经》吗?"

"有时候念。"

"你高兴念吗?喜不喜欢《圣经》?"

"我喜欢《圣经》里的《启示录》《但以理书》《创世纪》《撒母耳记》,《出埃及记》中的一小部分,《列王纪》和《历代志》的一些段落,还有《约伯记》和《约拿书》。"

"《诗篇》呢?我想你总喜欢吧?"

"不,先生。"

"不喜欢?唉,真没想到!我有个小男孩,比你还小,已经记住六首赞美诗了。你问他,要吃一块姜汁饼干呢还是学一首赞美诗,他总是说:'哦,我要学一首赞美诗!天使们都唱赞美诗。'他还说:'我要做个人间的小天使。'他小小年纪就这么虔诚,于是他得到了两块饼干的奖赏。"

"《诗篇》没有趣味。"我说。

"这说明你的心不好,你应该祈求上帝给你换一颗,给你换颗新的——纯洁的心。拿走你那石头心,换上一颗有血有肉的心。"

我刚想问,给我换心的手术怎么做,里德太太插了进来。她叫我坐下,然后自顾说起话来。

"勃洛克赫斯特先生,我想我在三个星期前给你的信中已经说过,这个小女孩的性情脾气和我希望的不大一样。要是你肯把她收进洛伍德学校,让那些学监和教师对她严加看管,特别是提防她爱骗人这一最坏的缺点,我会很高兴的。简,我有意当着你的面说这话,就是为了要你别打算去欺骗勃洛克赫斯特先生。"

难怪我会那么害怕、那么憎恶里德太太了,因为残酷地伤害我,已经成了她的本性。我在她面前,从来不曾快活过。不管我怎么小心听话,不管我怎么使劲讨她欢心,我的种种努力总还是白费,她还是要用上面这样的一些话来报答我。现在,当着一个陌生人的面,她说出这样的责难话,简直把我的心伤透了。我隐隐感觉到,在她指定要我去过的那种新生活中,她已经先把我的一切希望都给消灭了。尽管我不能公开说出来,但是我心里明白,她这是在我未来的道路上播下嫌恶和刻毒的种子。眼看自己在勃洛克赫斯特先生的心目中成了一个狡诈邪恶的孩子,我又能有什么办法来补救这个伤害呢?

"没有任何办法,真的。"我一边想,一边竭力忍住啜泣,急忙拭去淌下的几滴泪水——这痛苦的、没用的见证。

"对孩子来说,欺骗确实是个可悲的缺点,"勃洛克赫斯特先生说,"它跟撒谎是分不开的,凡是撒谎的人,将来个个都要下到硫黄烈火熊熊燃烧的地狱中去受罪。不过,里德太太,会有人看管住她。我会跟谭波儿小姐和其他教师说的。"

"我希望能用一种和她前途相适应的方式去教养她,"我的恩人接着说,"使她成为一个有用的人,成为永远保持谦卑的人。至于假期,要是你允许,那就都让她在洛伍德过吧。"

"你的决定非常明智,太太。"勃洛克赫斯特先生回答说,"谦恭是基督徒的美德,它尤其适合于洛伍德的学生,因此我指示要特别注意在他们中间培养这种美德。对于怎样克服他们身上的世俗的傲慢情绪,我曾做过专门研究,就在几天之前,我又有了一个足以说明我获得成功的可喜证据。我的二女儿奥古斯塔跟她妈妈去参观学校,回来后直嚷道:'哦,亲爱的爸爸,洛伍德学校的女孩子看上去多文静、多朴素啊!掠到耳朵后面的头发,长长的围裙,还有那缝在衣服外面的小麻布口袋——她们几乎就像是穷人家的孩子了!还有,'她说,'她们老是盯着我和妈妈的衣服看,就像从来没见过绸衣服似的'。"

"我很赞成这样。"里德太太说,"我哪怕跑遍整个英国,也不见得能找到一种学校,可以更适合简·爱这样的孩子。坚忍,我亲爱的勃洛克赫斯特先生,在一切事情上,我都主张要坚忍。"

"坚忍,太太,是基督徒最要紧的本分。凡是跟洛伍德学校有关的一切事务,都是遵守这个本分的:粗淡的伙食、朴素的衣着、简陋的设备、勤劳艰苦的习惯,这就是学校和学校里所有人的生活准则。"

"很好,先生。这么说来,这孩子可以进洛伍德学校,可以在那儿接受适合她地位和前途的教育了?"

"是的,太太,她将会被安置到那座培育上帝选定的幼苗的苗圃里。我相信,她对自己有幸中选这份无上光荣,一定会感激不尽的。"

"既然如此,勃洛克赫斯特先生,我就尽快把她送去,因为老实说,我真巴不得早点摆脱掉这个越来越让人受不了的重担哩。"

"没问题,没问题,太太,那我这就告辞了。我要过一两个星期才能回勃洛克赫斯特府,因为我那位当副主教的好朋友绝不会放我早走的。我会给谭波儿小姐去个信,让她知道又有一个女孩要送去,这样收她进校就不会有什么问题了,再见。"

"再见,勃洛克赫斯特先生,代我问候勃洛克赫斯特太太和大小姐,问候奥古斯塔和西奥多,还有布劳顿·勃洛克赫斯特少爷。"

"好的,太太。小姑娘,这儿有本书叫《儿童必读》,做完祈祷就读读它,尤其是写'玛莎·吉——一个惯于说谎和欺骗的淘气孩子的暴死经过'那一部分。"

勃洛克赫斯特先生说着,往我手里塞了一本有封皮的小册子,接着打铃吩咐给他备马,然后就动身走了。

现在只剩下里德太太和我两个人。我们沉默了几分钟。她在做活儿,我望着她。里德太太当时三十六七岁;她是个身强体健的女人,肩膀宽阔,四肢结实,个儿不高,虽然壮实,但不算肥胖;她的脸盘很大,下颚发达结实;她的额头很低,下巴又大又突出,嘴和鼻子颇为端正,淡淡的眉毛下面闪着无情的目光;她皮肤黝黑,没有光泽,头发接近亚麻色;她体质极好,无病无痛。

她是一个精明严厉的当家人,她的一家大小和所有的佃户,全都在她管辖之下,只有她的儿女偶尔敢藐视和嘲笑她的权威。她很讲究服饰,而且也注重风度仪表,力求把她的漂亮衣着衬托得更美。

我坐在一张矮凳上,离她的扶手椅有几码远,打量着她的身材,端详着她的容貌。我手里拿着那本小册子,里面有描写那个撒谎者暴死的故事。刚才要我对这特别加以注意,是给我的一个适当警告。刚才发生的事,里德太太对勃洛克赫斯特先生讲的有关我的话,他们谈话的整个内容,我记忆犹新,心里感到阵阵刺痛。他们说的每一个字,我都能敏锐地感觉到,就像又在耳边清晰地响起一样。这时候,一阵愤恨之情涌上了我的心头。里德太太的目光离开手中的活计,抬起头来。我们俩人的目光相遇了,她那灵活的手指动作顿时停了下来。

"出去,回儿童室去。"她命令说。

准是我的目光或者别的什么冒犯了她。她虽然竭力克制,但口气还是极为恼怒。我站起身来,朝门口走去,可我又走了回来。我穿过整个房间,走到窗口,一直走到她的跟前。我一定要说。我一直遭到无情的虐待,我要反击。可是怎么反击呢?我有什么力量向我的仇敌反击呢?我绞尽脑汁,终于想出了这样几句直截了当的话来:

"我不会骗人。我要是会骗人,就会说我爱你了,可是我要说,我不爱你。除了约翰·里德,世界上我最恨的就是你了。至于这本有关撒谎者的书,你还是拿去给你女儿乔治安娜吧,因为爱撒谎的是她，不是我。"

里德太太的手仍一动不动地搁在她的活计上，她那冰冷的眼神，一直冷冷地盯着我。

"你还有什么要说的？"她问道，说话的口气，不像平常对待一个孩子，倒像是对待一个成年的仇人。

她那眼神、那声音，都激起我莫大的反感。我激动得无法自制，从头到脚浑身都在哆嗦。我继续往下说：

"我很高兴，你幸好不是我的亲人。我这一辈子绝不会再叫你一声舅妈，我长大后也绝不会来看你。要是有人问我喜不喜欢你，问我你待我怎么样，我就说，我一想起你就觉得恶心，你待我残酷到极点。"

"你怎么敢说这样的话，简·爱？"

"我怎么敢，里德太太？我怎么敢？因为这是事实。你以为我没有感情，以为我得不到一点爱、得不到一点关心也能过活。可我是没法儿这样过下去的。你没有一点点怜悯心。我到死都忘不了，你怎么推我——多么粗暴凶狠地推我——硬把我推回到那间红房子里，把我锁在里面。不管我多么痛苦，不管我怎么叫喊：'可怜可怜我！可怜可怜我，里德舅妈！'你都不肯放过我。你这样惩罚我，只是因为你那坏小子无缘无故打了我，把我打倒在地。谁要是问我，我就把这件事原原本本告诉他。别人都以为你是个好女人，其实你坏透了，心肠毒得很。你才骗人哩！"

还没等我把话说完，我心里就开始感到越来越舒畅、越来欢腾,有了一种前所未有的自由感和胜利感,仿佛挣脱了无形的枷锁,终于挣扎着进入了一个梦想不到的自由境界。这种感觉并不是毫无来由:里德太太看来吓坏了,她做的活计从膝头滑了下来;她举起双手,晃着身子,连脸都扭歪了,像是要哭了出来。

"简,你全错了。你到底怎么啦?干吗抖得这样厉害?要喝点水吗?"

"不要,里德太太。"

"那你想要点别的什么吗,简?相信我,我只想做你的朋友。"

"你才不呢!你跟勃洛克赫斯特先生说我脾气坏,爱骗人,我要让洛伍德所有的人都知道,你是什么样的人,你干了些什么?"

"简,这些事你还不懂,小孩子有缺点就得改正。"

"我可没有骗人的缺点!"我气哼哼地大声嚷了起来。

"可是你性子暴躁,简,这你总得承认。好了,现在回儿童室去吧,乖孩子,去躺一会儿。"

"我可不是你的乖孩子,我也躺不住。还是马上送我进学校吧,里德太太,我讨厌住在这儿。"

"我是得早点儿送她进学校了。"里德太太低声咕哝说,收起活儿,突然走出屋去。

只剩下我一个人了——一个战场上的得胜者。这是一场我经历过的最艰苦的战斗,也是我第一次获得胜利。我在勃洛克赫斯特站过的地毯上站了一会儿,享受着我这胜利者的孤寂。起初,我暗自笑着,心里美滋滋的,然而,就像我那一度加速的脉搏一样，这种狂喜很快就衰退了。一个孩子像我刚才那样跟长辈吵了架，毫无克制地发了一通脾气，事后是会感到后悔和随之而来的沮丧和煎熬的。一片着了火的灌木丛生的荒地，气势汹汹，光焰四射，吞食一切，可以作为我指责和威胁里德太太时心境的写照。同是这一块荒地，在烈火熄灭之后，变成一片乌黑的焦土，也同样反映了我事后的心境。经过半个小时的默默反省，我觉得自己的行为未免过于疯狂，深感我这种既遭人恨又恨人的处境，是多么可悲。

我第一次尝到了一点儿报复的滋味，它仿佛就像芬芳的美酒，刚入口时，又暖又醇，可是后味却又涩又苦，给了我一种喝了毒药似的感觉。现在我倒愿意去请求里德太太原谅，然而半凭经验，半凭直觉，我知道，这样做只会使她加倍瞧不起我，唾弃我，从而会激起我的火爆脾气再次发作。我要是能有某种比说刻毒话更高明的才能，能克服掉一些忧郁易怒的坏脾气就好了。

我拿起一本书——这是本阿拉伯故事集。我坐了下来，竭力想看下去，可我看不清书里在讲些什么，我的思绪老是游移在我和过去引我入迷的书页之间。我打开早餐室的玻璃门，只见灌木林静悄悄的，严霜覆盖着大地，没有一丝阳光和微风。我撩起外衣的裙摆，遮盖住头和胳膊，走出门外，来到一片十分僻静的林地里散了一会儿步。可是那静静的树木，掉落的枞果，还有那秋天的遗物——那被风扫成堆，而今冻结成团的枯黄落叶，我都没能从中找到自己的欢乐。我斜倚在门上，眺望着空旷的田野，那儿没有羊儿在吃草，矮矮的小草被严寒摧残得一片苍白。这是个异常阴沉的日子,预兆着"大雪将至"的昏暗天空笼罩着一切。天上不时飘下几片雪花,落在坚实的小路上和白蒙蒙的草地上,没有融化。我,一个可怜巴巴的孩子,呆立在那儿,一遍又一遍地喃喃自语:

"我该怎么办呢?我该怎么办呢?……"

突然间,我听到一个清晰的声音在喊:"简小姐!你在哪儿呀?快来吃饭!"

这是贝茜,我完全知道,可是我一动也没动。她迈着轻捷的脚步沿着小路走过来了。

"你这淘气的小家伙!"她说,"我叫你,你干吗不来?"

和刚才盘桓在我脑子里的念头相比,贝茜的到来,似乎倒是件让人愉快的事,虽然她跟往常一样,性子有点暴躁。事实上,经过和里德太太那一番较量而且取胜之后,我已经不那么在乎保姆的一时发火了。我倒真想分享到一点儿她那年轻人轻松愉快的心情哩。我只是用两条胳膊搂住她,说道:

"好啦,贝茜!别骂了。"

这个动作比我往常的任何举动都要坦率、大胆,不知怎的这使她很高兴。

"你真是个古怪的孩子,简小姐,"她低头看着我说,"一个脾气多变、性格孤僻的小家伙!我想,你快要去学校了吧?"

我点点头。

"离开可怜的贝茜,你不难过吗?"

"贝茜哪会把我放在心上呀?她老是骂我。"

"都怪你是这么个古怪、胆小、怕羞的小家伙。你该大胆些才好。"

"什么!要我多挨几次打吗?"

"胡说!不过,你是有些受亏待,这倒是真的。我妈上星期来看我时就说过,她可不愿让自己的孩子处在你这样的境地。——好啦,进来吧,我还有好消息要告诉你哩!"

"我看你不见得有,贝茜。"

"孩子!你这是什么意思?瞧你盯着我的那双眼睛有多忧郁!好吧,今天下午太太、小姐和约翰少爷都要去赴茶会,你可以跟我一块儿喝午茶。我要叫厨子给你烤个小蛋糕,过后你再帮我查看一下你的抽屉,因为我很快就得给你收拾行李了。太太打算让你过一两天就离开盖茨海德府,你还可以挑一些你想带去的玩具。"

"贝茜,你得答应我,我走以前不要再骂我。"

"好,我答应你。不过你也要记住,你是个挺乖的女孩,别再怕我。有时我说话凶一点,也别吓成那样。那才真让人生气哩。"

"我想我不会再怕你了,贝茜,因为我对你已经习惯了,我倒是马上要怕另外一些人了。"

"你要是怕他们,他们就会讨厌你。"

"就像你那样吗?贝茜?"

"我没有讨厌你,小姐。我相信,比起所有别的人来,我倒是更喜欢你哩。"

"可你并没有表示出来呀。"

"你这小家伙儿真厉害!你说话的口气跟以前不同了。是什么使你变得这么大胆的呀?"

"嗨,我马上就要离开你了呀,再说……"我正想说一点发生在我跟里德太太之间的事,可是再一想,觉得还是不说为好。

"这么说,你很高兴离开我喽?"

"没有的事,贝茜。说真的,这会儿我还有点儿难受呢。"

"这会儿!有点儿!我的小姐,这话说得多冷淡!我敢说,要是现在我要你吻我一下,你也许会不答应吧。你会说你有点不愿意。"

"我会吻你的,而且很乐意。快把头低下来。"

贝茜弯下腰来,我们互相拥抱在一起。然后,我心情舒畅地跟着她走进屋子。那个下午就在宁静和谐的气氛中度过了。晚上,贝茜给我讲了几个她最令人着迷的故事,还给我唱了几首她最动听的歌。即使像我这样的人,人生也会有阳光灿烂的时候。

05

一月十九日早晨,时钟刚敲五点,贝茜就举着一支蜡烛走进我的小房间。她发现我已经起床,而且衣服都快穿好了。她进来前半小时,我就起来了,还洗了脸。这时,半轮明月正在西沉,我借着从床边小窗射进的月光,穿上了衣服。就在这一天,我要乘坐早上六点经过大院门口的马车,离开盖茨海德府。只有贝茜一个人起来,她在儿童室里生好了火,现在正在给我准备早餐。想到要外出旅行,心情激动时,很少有孩子能吃得下饭的,我也一样。贝茜硬要我喝几口她给我准备的热牛奶,吃点面包。可是她白费了力气,只好用纸包了几片饼干,放进我的提袋。然后她帮我穿上大衣,戴上帽子,她自己也裹上一条披巾,就和我一起离开儿童室。经过里德太太卧室时,她问道:

"你要进去跟太太道个别吗?"

"不了,贝茜。昨天晚上你下楼吃晚饭时,她到我床前来过,要我早上不用去惊醒她,也不用去惊醒我表哥表姐了。她还要我记住,她始终是我最好的朋友,她要我对别人也这么说,还要我感激她。"

"那你是怎么说的呢,小姐?"

"什么也没说。我用被子蒙住脸,转身朝向墙壁,没有理她。"

"这就不对了,简小姐。"

"这完全对,贝茜,你那位太太从来就不是我的朋友,她一直是我的仇人。"

"哦,简小姐!可别这么说!"

"再见了,盖茨海德!"我们穿过大厅从前门出去时,我大声说了一句。

月亮已经西沉,天漆黑一团,贝茜提着一盏灯,灯光照得刚刚解冻、变得湿漉漉的台阶和石子路闪烁发光。冬日的清晨,又潮又冷,我沿着车道匆匆走去,牙齿直打战。看门人的小屋里有一线亮光,我们走到时,只见看门人的妻子正在生火。我的箱子头一天晚上已经先送下来,此时用绳子扎好放在门边。离六点只有几分钟了。六点敲过不久,远处传来车轮声,宣告马车来了。我走到门口,只见车上的灯光在黑暗中迅速逼近。

"她一个人走?"看门人的妻子问道。

"是的。"

"有多远?"

"五十英里。"

"多远的路啊!我真奇怪,里德太太怎么敢让她一个人走这么远的路。"

马车到了,在大门口停了下来。它套着四匹马,顶座上坐满了旅客。管车人和车夫大声催促着快上车。我的箱子被装到了车上,我搂着贝茜的脖子连连吻着,被人给拉开了。

"千万要照顾好她啊!"管车人把我抱上车时,贝茜大声喊着。

"行,行!"管车人回答说。车门砰的一声关上了,有人喊了一声"好啦",我们就出发了。就这样,我告别了贝茜,离开了盖茨海德府,被匆匆带往一个陌生的、在当时的我看来还是个遥远而又神秘的地方。

一路上的情况,我已记得不多了,只知道那一天在我看来长得出奇,我们像是走了好几百里的路。我们经过了好几个市镇,马车还在其中一个很大的市镇停了下来。马匹全给卸下,旅客也都下车去吃饭。管车人把我带到一家客店里,要我在那儿吃点东西,可是我不想吃,他便把我留在一间大屋子里。屋子的两头都有壁炉,天花板上挂着枝形吊灯,墙上的高处还钉有一个小小的红色陈列架,上面摆满了乐器。我在那儿来来回回踱了很长时间,心里感到很不自在,而且还非常害怕有人进来把我拐走。我相信有拐子,他们干的那些勾当,常常出现在贝茜在炉边讲的那些故事里。管车人终于回来了,我再一次给塞进马车。我的保护人爬上他自己的座位,吹响他那瓮声瓮气的号角,于是,我们就在鳞辚的车声中,驶过勒城的"石铺街道"[1],继续上路了。

下午天气变得潮湿,有点雾蒙蒙的。将近黄昏时分,我开始觉得我们真的离盖茨海德很远了。我们没有再经过市镇,野外的景色也变了,一座座灰蒙蒙的大山突起在四周的地平线上。暮色渐浓时,我们驶进了一个黑压压满是树木的山谷,当夜色笼罩住这周围的景色后很久,我听到狂风在树林间呼啸。在这种声音的催眠下,我终于睡着了。可是没睡多久,车子突然停下,把我惊醒了。车门开了,一个仆人模样的女人站在车门边。我借着灯光,看清了她的面容和衣着。

"车上有个叫简·爱的小姑娘吗?"她问道。

我应了声"有",接着就被抱下了马车,我的箱子也给递了下来,然后马车又立刻上路了。

因为坐得太久,我的身子都僵硬了,脑袋也给车子的声音和颠簸弄得晕晕乎乎。待到恢复正常后,我朝四周打量了一下,但见周围一片黑暗,风雨交加。不过,我还是隐约分辨出我面前有一堵墙,墙上有扇门开着。我跟着我的新向导,走进门内。我们一进去,她就随手关上门,上好锁。现在能看清了,这儿有一幢或者几幢房子——因为房子铺展得很远——房子有很多窗子,有的窗子里还有灯光。我们走上一条宽宽的石子路,踏着水往前走。走进一扇门后,那女仆又领着我经过一条走廊,最后走进一间生着火的房里,她让我一个人待在那儿。

---

1 引自拜伦长诗《恰尔德·哈洛尔德游记》。

我站在那儿，在火上烤了烤我冻麻的手指，然后朝四周打量了一下。房里没有点蜡烛，但是壁炉里摇曳不定的火光，不时会照亮糊有壁纸的墙壁，还有地毯、窗帘和闪闪发亮的红木家具。这是一间客厅，没有盖茨海德府的客厅那么宽敞，也没有那么富丽堂皇，但也够舒适的了。我正在为搞清墙上一幅画的内容而大伤脑筋，有个人举着一支蜡烛走了进来，后面还紧跟着另外一个人。走在前面的是位高个儿女士，黑头发，黑眼睛，有个苍白的宽阔前额。她的半个身子都裹在一条大披巾里，面容严肃，举止端庄。

"这孩子太小，不该让她一个人来。"说着她把蜡烛放到桌子上。她仔细端详了我一两分钟，又接着说："最好还是马上让她上床睡觉，她看来累坏了。你累吗？"她把手放在我肩上，问道。

"有一点儿，小姐。"

"也饿了吧，准是的。睡觉前先让她吃点儿饭，米勒小姐。你这是第一次离开父母进学校吗，我的小姑娘？"

我告诉她我没有父母。她问我他们去世已有多久，又问我多大了，叫什么名字，会不会读书写字，会不会做点儿针线活儿。然后她用食指轻轻摸摸我的脸颊说，她希望我做个好孩子，便打发我跟米勒小姐走了。

刚离开的那位小姐二十九岁的模样，和我一块走的那位看上去要小几岁。前一位小姐的声音、外表和风度，都给我留下了很深的印象。米勒小姐就比较平常，看面容虽然显得劳累过度，但脸色倒还红润。无论步履还是举止，都是匆匆忙忙，就像手头老是有很多事要做的人那样。她看样子很像一位助理教师,后来我知道她确实是助理教师。

我由她领着,在这座布局很不规则的大房子里,走过一个又一个房间,穿过一条又一条走廊。我们走过的这些地方都非常寂静,静得有点儿凄凉。但从这儿一走出去,就听到一片嗡嗡的嘈杂人声,接着来到一间又宽又长的屋子里。屋子两头各摆着两张很大的木板桌子,每张桌子上都点着一对蜡烛。一群年龄不等的姑娘,从九岁、十岁到二十岁的都有,坐在桌子周围的凳子上。从昏暗的烛光下看去,我觉得她们的人数似乎多得数不清,尽管实际上不会超过八十个。她们全都穿着式样古怪的褐色呢罩衫,系着长长的麻布围裙。这会儿是学习时间,她们正在用心熟读明天要查问的功课,我刚才听到的嗡嗡声,就是她们低声背诵发出来的声音。

米勒小姐示意叫我坐在靠近门口的一张凳子上,然后走到这间长屋子的上头,喊道:

"各班班长,把课本收起来放好!"

四个高个姑娘从各自的大板桌旁站起,沿桌子走了一圈,把书收集起来放到一旁。米勒小姐接着又命令道:

"各班班长,去把晚饭托盘端来!"

那几个高个姑娘走了出去,一会儿就回来了,每人端着一个大托盘,里面放着一份份分好的饭食,只是我不知道到底是什么。每个盘子的中央还放着一壶水和一个大杯子。一份份食物挨个儿递了过去。杯子是公用的,谁想喝就喝。轮到我的时候,我喝了几口水，因为我正感到口渴，但没有去动那食物，兴奋和疲劳弄得我什么也吃不下。不过，现在我看清了，那是一张薄薄的燕麦饼，给分成了许多块。

吃完饭，米勒小姐念了祈祷文，各班的姑娘便两人一排地排队上楼了。这会儿我已疲乏不堪，连卧室是个什么样子也没留心去看，只知道和教室差不多，也很长。今晚我得跟米勒小姐合睡一张床。她帮我脱掉衣服。躺下后，我看了看那长长的一排排床铺，每张床上都很快地睡上了两个人。十分钟后，唯一的一盏灯熄灭了，四周寂静无声，漆黑一片，我睡着了。

那一夜过得很快，我太疲倦了，连梦都没有做。我只醒过来一次，耳边只听得狂风怒号，下着倾盆大雨，而且觉出米勒小姐已经在我旁边睡下。待我再一次睁开眼睛时，正响着响亮的钟声。姑娘们都已起来，正在穿衣服，天还没有破晓，屋子里点着一两支灯草芯蜡烛。我也只好很不情愿地起了床。天冷得厉害，我打着哆嗦，好不容易才穿好衣服。等到有脸盆空时，去洗了脸。脸盆并不是很快就能等到的，因为六个姑娘合用一个，它就搁在屋子中间的脸盆架上。钟声又响了，大伙儿便两人一排地排队下楼，走进烛光昏暗的阴冷教室。进去后，米勒小姐念了祈祷文，接着，她大声喊道：

"分班！"

接下来是几分钟的秩序大乱，米勒小姐一再高喊"安静！""秩序！"待混乱过去后，我见大家已围坐成四个半圆形，分别面对着放在四张桌子旁的四张空椅子，人人手里都捧着书。

每张桌子上都有一本像是《圣经》的大书，就放在空椅子的前面。接下来是几秒钟的停歇，其间夹杂着姑娘们发出的低微模糊的嗡嗡声。米勒小姐从这一班走到那一班，把这种模糊不清的声音弹压了下去。远处传来钟声，立即有三位女士走进屋来，分别到一张桌子前就座。米勒小姐则在第四张空椅子上坐了下来。这个位置离门最近，围着的是一群年龄最小的孩子。我也被叫到这个低级班上，给安排在最末一个位置上。

一天的功课现在开始了。先是背诵这天的短祷文，接着念了几段经文，然后又曼声念了《圣经》中的几个章节，这样持续了一个小时。做完这些功课，天已大亮。这时，那不知疲倦的钟又敲响了第四遍。各个班又排好队，到另一间屋子里去吃早饭。眼看就要有东西吃，我高兴极了！前一天才吃了那么一丁点儿东西，这会儿我简直饿坏了。饭厅是个光线很暗的大房间，天花板很低，两张长桌子上放着几盆热气腾腾的东西，可是让我丧气的是，那味儿一点也引不起人们的食欲。我看到，这些命定得吃这种食物的人，鼻子一闻到这股气味，全都表示不满。从队列的最前面，第一班那几个高个姑娘中间，传出了小声的嘀咕声：

"讨厌！粥又烧煳了！"

"安静！"突然有人喊了一声，这不是米勒小姐，而是一位高级教师，一个皮肤黝黑的小个子，穿着很漂亮，但脸色有些阴沉。她坐在一张长桌的上首，另一张长桌的上首坐着一位比较健壮的女士。我想找寻头天晚上最初见到的那位女士，结果没有找到，她不在。米勒小姐坐在我那一桌的下首。一位模样像外国人的古怪老太太坐在另一桌的下首,后来我才知道,她是法语教师。

大家做了长长的感恩祷告,又唱了一首赞美诗,然后一个仆役给教师们端来了茶点,早饭才开始。我饿极了,这会儿已经有点头晕眼花,也就顾不上滋味如何,便狼吞虎咽地把我那份粥吞下了一两匙。可是当剧烈的饥饿感稍有缓和,我便发觉,我手里端的这盆东西实在令人作呕。烧煳的粥简直跟烂土豆一样难吃,就连饥肠辘辘时,也会给它弄得大倒胃口。人们手中的匙子缓缓地动着,我看到每个姑娘都尝了尝自己的食物,竭力想把它吞下去,但多数人都立即放弃了这种努力。早饭结束了,可谁也没有吃上早饭。我们又为这份实际上没有得到的恩赐感谢了上帝,又唱了一首赞美诗,然后才离开饭厅到教室去。我是最后一个离开的,走过桌子旁时,我看见有个教师端起一盆粥来尝了尝。她还朝别的教师看了看,她们脸上也都露出不快的神色,其中有一位,就是比较健壮的那位,低声说道:

"给人吃这种东西!太不像话了!"

要再过一刻钟才上课,这时候教室里乱哄哄地闹翻了天。在这段时间里,看来好像是允许较为随意地大声谈话的,大家也就充分利用了自己的这份特权。整个谈话都集中在这顿早饭上,人人都在大声痛骂。可怜的人啊!这是她们仅有的慰藉了。这时,教室里只有米勒小姐一个教师,一群大姑娘围着她,她们一边说着,一边还伴有庄重而愤怒的手势。我听到有几个人说话中提到了勃洛克赫斯特先生的名字。米勒小姐听了,不以为然地摇摇头,但并没有尽力去抑制这种普遍的愤怒情绪。无疑,她自己对这件事也有同感。

教室里的时钟敲了九下,米勒小姐离开围着她的那圈人,站到教室中央,叫道:"安静!坐到自己的座位上去!"

纪律占了上风,不到五分钟,乱哄哄的人群又变得秩序井然,相对,安静压倒了七嘴八舌的喧哗。这时,几位高级教师也已准时就座,不过大伙儿似乎还在等着什么。八十个姑娘一动不动地挨个儿端坐在屋子两侧的凳子上。她们看上去是一群颇为古怪的人物:头发一律平直地梳向脑后,看不到一缕鬈发,全都穿着褐色衣服,领子很高,颈部还围着一条窄窄的领饰,外衣前面还系有一个小小的麻布袋(样子有点像苏格兰人的钱袋),用来作为装活计的口袋;每个人都穿着羊毛长袜和用铜扣扣的土制鞋子。穿这种衣着的人当中,有二十来个是大姑娘,或者不如说是年轻妇女了;这身打扮对她们很不合适,哪怕最漂亮的姑娘,穿了也会显得怪模怪样的。

我依然看着她们,偶尔也看着那几位教师——她们当中没有一位是我真正喜欢的。身体健壮的那位有点粗俗,皮肤黑黑的那位一副凶相,那个外国人粗声粗气、怪模怪样,而米勒小姐呢,可怜的人啊!看上去脸色发紫,饱经风霜,而且操劳过度。正当我的目光从这张脸移到那张脸时,全校的人仿佛同一根发条带动似的,忽然同时站了起来。这是怎么回事?我没有听到有人发过口令呀,我简直给弄糊涂了。还没等我明白过来,各班的人又都坐下了。不过,这时大家的目光都投向一个地方,我也跟着看去,没想到竟看到了昨天晚上接待我的那个人。她站在长屋子那头的壁炉旁边——因为屋子两头各有一只壁炉。她神色庄重,默默地打量着坐成两排的姑娘。米勒小姐走上前去,大概向她请示一个问题,得到她的答复后,便回到自己的位置上,大声说:

"一班班长,去把地球仪拿来!"

在一班班长去执行指示时,下达指示的女士缓步朝房间这头走来。我想,我身上准有一个相当发达的专管崇敬的器官,因为时至今日,我依然保留着当时目光紧随她脚步时的那份敬仰之情。这会儿是大白天,她看上去修长、美丽、身材匀称。一对褐色的眼睛,眸子里透出慈祥的神情,周围那像描出来似的长长的睫毛,更衬出她宽宽的前额的白净。两鬓深褐色的头发,照当时时兴的发式,梳理成圆圆的发卷,当时光直的发辫和长长的鬈发还没有流行。她的衣服也是当时风行的款式,是紫色的,镶有黑丝绒的西班牙式饰边。一只金表(那时表还不像现在这样普遍)在她的腰带上闪闪发光。还是请读者自己去完成这幅肖像吧,你只需添上俊秀的容貌,略显苍白但很明净的肤色,以及端庄的仪态风度,至少就可以对谭波儿小姐的外貌,在文字所能清晰描述的限度内有一个较为正确的概念了。她的全名叫玛丽亚·谭波儿,这是后来我在她叫我带到教堂去的祈祷书上看到她的签名时才知道的。

洛伍德的学监(这是这位女士的职务)在一张桌子旁坐了下来,面前的桌子上放着两个地球仪。她把第一班的学生都叫到身边,开始给她们上地理课,另外几个班也被其他教师叫去背诵历史、语法等,这样持续了一个小时。接下来是习字和算术,此外还由谭波儿小姐给几个年纪大一些的姑娘上音乐课。每堂课的时间都按钟点规定,最后时钟终于敲响了十二点。学监站了起来。

"我还有句话要和同学们讲一讲。"她说。

下课时的喧闹声已经开始响起,但她一讲话,大家立刻静了下来。她接着说道:

"今天早上的早饭你们吃不下去,现在一定都饿了。我已经吩咐了,给大家供应一份面包加干酪做点心。"

教师们都用一种惊异的神情望着她。

"这件事情由我负责。"她又补充了一句,口气像是向她们解释,说罢就走出了教室。

面包和干酪一会儿就被端进来分给了大家,全校的人都欢天喜地。随后,"到花园去"的命令发出了。人人都戴上一顶系有染色帽带的粗草帽,穿上一件灰色的粗呢斗篷。我也是同样的打扮,随着人流朝外面跑去。

花园是一片很大的场院,四周围着高墙,把外面的景色挡得一点儿也看不见。花园的一侧有一条带顶的回廊,几条宽阔的散步道,围绕着划分成几十个小花坛的中央地带,这些小花坛就是分配给学生栽种的园地。每一个花坛都有一个主人。在百花盛开的季节,这儿无疑是很美丽的。可是眼下才一月底,一切都呈现出冬日的凋零枯萎景象。我站在那儿,朝四下张望着,冻得直打哆嗦。这样的天气,搞户外活动实在太冷了。尽管没有下雨,可是那黄色的蒙蒙细雾,使四周变得一片昏暗。由于昨天的那场大雨,脚下的一切都还是湿漉漉的。身体强健一些的姑娘跑来跑去,仍在做着活动量大的游戏,可是,几个脸色苍白、身体瘦弱的姑娘,却聚在一起,在回廊里寻找暖和的藏身之处。浓雾侵入了她们颤抖的躯体,我不时听到她们中间发出空洞的干咳声。

我还一直没跟别人说过话,别人好像也都没有注意到我。我一个人站立在那儿,十分孤单。不过我对这种孤独感已经习惯了,因而并不感到怎么难受。我倚在回廊的一根柱子上,用灰色斗篷裹紧身子,竭力想忘掉身外袭人的寒气,忘掉体内啃啮着我的尚未消除的饥饿,让自己沉湎到观察和思考之中。我的思绪太游移不定,太支离破碎了,不值得一记。我几乎到现在都还弄不清楚,我自己究竟身在何处。盖茨海德府和我以往的生活,已经飘离而去,飘向无穷的远方,而眼前的一切,又是这样陌生,这样模糊不清,至于未来,我更无从揣测,我环顾这个修道院似的花园,然后又抬头望望房子。这是一座庞大的建筑物,有一半看上去灰暗古旧,另一半却很新。新的部分包括教室和宿舍,一扇扇小格子窗闪闪发光,看起来像座教堂。门的上面有一块石匾,上面刻有这样的文字:

> 洛伍德义塾——这一部分于公元××××年由本郡勃洛克赫斯特府内奥米·勃洛克赫斯特重建。"你们的光也当这样照在人前,叫他们看见你们的好行为,便将荣耀归给你们在天上的父。"——《马太福音》第五章第十六节

我一遍又一遍地读着这段文字,总觉得它有某种含义,但是我不能完全理解其中的究竟。我正在揣摩"义塾"这两个字的意思,一心想弄明白前面那段文字和后面这段《圣经》引文之间的关系,就在这时,紧靠背后响起一声咳嗽,我不由得转过头去。只见一个姑娘坐在附近的石凳上,正在埋头看书,看得似乎出了神。从我站着的地方可以看到她手中那本书的书名——《拉塞拉斯》[1]。这书名我觉得很古怪,所以也就引起了我的兴趣。她在翻书页时,刚好抬起头来看了看,我便径直问她说:

"你那本书有趣吗?"我已经打算请她哪天把书借给我看。

"我很喜欢它。"她迟疑了一两秒钟,打量了我一下后才回答。

"里面都说些什么?"我接着问道,我简直不知道是从哪儿来的勇气,居然敢这样和一个陌生人攀谈,这跟我的天性和习惯是背道而驰的。不过我想,准是她那看书专注的神情,触动了我的哪一根心弦,引起了我的共鸣。因为我也爱看书,尽管看的都是些浅近幼稚的读物。真正严肃的和内容丰富的书,我还消化不了,也理解不了。

"你可以看看。"那姑娘回答,把书递给了我。

我接过书来看了看,只略略翻了一下,便觉得这书的内容并不像书名那么吸引人。对我那点儿浅薄的趣味来说,《拉塞拉斯》似乎太乏味了。我既看不到仙女,也看不到妖怪,在密密麻麻印满字的书页上,似乎并没有什么丰富多彩的东西。我把书递还给

---

1 英国作家塞缪尔·约翰逊(1709—1784)所著小说,又译作《追寻幸福》。

她,她默默地接了过去,什么也没有说,正要像刚才那样埋头看书,我又冒昧地打扰了她:

"你能不能告诉我,门上面那块石匾上的字是什么意思?什么叫洛伍德义塾?"

"就是你来住的这所房子。"

"那为什么又把它叫作义塾呢?是不是它和别的学校有什么不同?"

"这是所半慈善性质的学校,你,我,所有其他人,都是慈善学校的孩子。我想,你是个孤儿吧。是不是你爸或者你妈去世了?"

"在我还不能记事时,他们就都去世了。"

"是啊,这儿的姑娘不是失去爸或妈,就是父母双亡,所以这儿叫义塾,是养育孤儿的。"

"我们全都不用付钱?他们白白养活我们吗?"

"我们要付的,或者由我们的亲友付,每人每年十五镑。"

"那他们干吗还把我们叫作慈善学校的孩子呢?"

"因为十五镑是不够支付膳费和学费的,不足的钱要靠捐款来补足。"

"谁捐呢?"

"那些住在邻近和伦敦的好心肠的太太先生们。"

"内奥米·勃洛克赫斯特是谁呢?"

"就是石匾说的,是建造这部分新房子的那位女士,这儿的一切都由她儿子监督和管理。"

"为什么?"

"因为他是这个机构的司库和总监。"

"这么说,这房子不属于那个带表的、说要给我们吃面包和干酪的高个子女士了?"

"属于谭波儿小姐? 噢,不是! 我倒希望是她的哩。她做的一切都得向勃洛克赫斯特先生负责。我们所有的食物和衣着,都是由勃洛克赫斯特先生买的。"

"他住在这儿吗?"

"不——在离这儿两英里的一座大宅子里。"

"他是个好人吗?"

"他是个牧师,据说做过很多好事。"

"你说那位高个子女士叫谭波儿小姐吗?"

"是的。"

"那另外几位老师叫什么?"

"脸蛋红红的那位叫史密斯小姐,她管劳作,还亲自剪裁——因为我们的衣服,罩衣也好、外套也好,样样都是我们自己做的。那个黑头发的小个子是斯凯契德小姐,她教历史和语法,还负责听二班的背诵。披着披巾,腰里用黄丝带系着一块手绢的是比埃洛夫人,她是打法国的里尔来的,教法语。"

"你喜欢这些老师吗?"

"挺喜欢的。"

"你喜不喜欢那个黑黑的小个子,还有那个……什么夫人来着? 我学不会你说的那个名字的发音。"

"斯凯契德小姐脾气急躁——你得留神别冒犯了她。比埃洛夫人倒不是个坏人。"

"不过,还得数谭波儿小姐最好,是吗?"

"谭波儿小姐确实很好,很聪明,她比别的人都强,因为她懂的东西比别人多得多。"

"你在这儿很久了吗?"

"两年了。"

"你是个孤儿?"

"我妈妈去世了。"

"你在这儿快活吗?"

"你问的问题也太多了,我这次答得够多的啦。这会儿我可要看书了。"

然而就在这时候,召集吃饭的钟声响了,大家重又回到屋子里。现在弥漫在饭厅里的那股味儿,并不比早饭时我们的鼻子领略过的味儿更能刺激食欲。饭菜盛在两只大白铁桶里,冒着一股臭肥肉味的蒸蒸热气。我看出,那糊糟糟的东西是把烂土豆和变质的臭肉片混煮在一起的大杂烩。每个学生都分到一盘,量倒是不少。我尽量吃下一些,心里则暗自纳闷,是不是每天的饭菜都是这样的呢?吃过饭,我们立即来到教室里,重新开始上课,一直上到五点钟。

那天下午,唯一引人注意的事件是,和我在回廊上谈过话的那个姑娘在上历史课时被斯凯契德小姐罚出班外,站在大教室的中央。我觉得这样受罚是十分丢脸的,尤其是对这么大的一个姑娘来说——她看上去已经有十三岁了,或者还不止。我原以为她一定会流露出非常痛苦和羞愧的神情,可叫我吃惊的是,她既没哭也没脸红,虽说紧绷着脸,却镇静自若地站在众目睽睽之下。"她怎么能这样平静,这样坚强地忍受下来呢?"我暗自问着,"换了我处在她的境地,我准会巴望地上裂个口子让我钻进去的。她看上去仿佛正在想着什么超出她的受罚、超出她的处境的事,想着什么不是她周围、不是她眼前的事。我听说过白日梦——她这会儿莫非正在做白日梦吗?她两眼盯着地上,但我肯定她是视而不见——她的目光似乎是向内的,向着她自己的内心深处。我相信,她是在看着记忆中的什么,而不是眼前实际存在的东西。我真猜不透她到底是哪种姑娘——好姑娘呢还是不好的姑娘?"

　　下午五点过后不久,我们又吃了一餐,是一小杯咖啡和半片黑面包。我狼吞虎咽地吃下面包,喝下咖啡,吃得津津有味。可是我真希望能再来这么一份——我还是饿得慌。饭后是半小时的娱乐,接着是学习,然后就是那一杯水和那块燕麦饼,最后是祈祷、上床。这就是我在洛伍德过的第一天。

06

第二天仍和前一天那样开始,在灯草芯蜡烛的亮光下起床、穿衣。只是这天早上,我们不得不免去洗脸这个仪式,因为水罐里的水冻住了。头一天傍晚起,天气就变了,整整一夜,刺骨的东北风呼呼地从窗缝灌进我们的卧室,冻得我们在床上直打哆嗦,也把水罐里的水冻成了冰。那冗长的一个半小时的祈祷和《圣经》诵读还没结束,我就觉得快要被冻死了。终于到了吃早饭的时间,这天早上的粥没有烧煳,还可以吃,可是量实在太少了。我那一份看上去多么少啊!真希望能再加一倍。

这一天,我给编进第四班,还给我规定了正式的功课和作业。在这之前,我一直只是洛伍德各项活动的一个旁观者,今后,我也要成为其中的一名演员了。刚开始,我对背诵还不大习惯,总觉得课文既长且难,课程又一会儿一换,弄得我晕头转向。因而,到下午三点左右,当史密斯小姐把一块两码长的布条,连同缝针顶针等塞进我手里,要我坐到教室的一个安静的角落去给布沿边时,我心里有说不出的高兴。在这个时间,其他人大多数也和我一样,在做针线活。但还有一个班仍围着斯凯契德小姐的椅子在诵读。四周静悄悄的,可以听到她们课文的内容,也可以听到每个姑娘完成功课的情况,以及斯凯契德小姐听了后对她们的责备和夸奖。她们上的是英国史。在读课文的人中间,我看到了我在回廊上相识的那个姑娘。刚开始上课时,她排在全班最前头,但不知是因为发音有错还是语调不当,突然给降到了最末尾。即使到了这样不引人注意的位置,斯凯契德小姐还是继续要她成为引人注意的对象——她不断地用下面这样的话来对付她:"彭斯,(这好像是她的姓,这儿的姑娘全是用姓来称呼的,就跟其他地方的男孩子那样)""彭斯,你偏着脚站在那儿,鞋帮都着地了,快把脚板伸正。""彭斯,你伸出个下巴,难看极了,快缩进去。""彭斯,我一定要你把头挺直,我不许你这样站在我面前。"等等。

一个章节从头到尾念了两遍,然后合上书本,开始对姑娘们进行考问。这一课包括了查理一世王朝的部分内容,以及各种有关船舶吨税和造舰税的问题,大多数人看来都回答不上来。可是,不管什么难题,到了彭斯那儿立刻就迎刃而解,她好像把整堂课的内容都记在脑子里了,对每一个问题她都能对答如流。我一直指望斯凯契德小姐会对她的用功加以夸奖,可是斯凯契德小姐非但没有这样做,反而突然嚷了起来:

"瞧你这肮脏讨厌的姑娘!今天早上你一定连指甲都没

有洗!"

彭斯没有回答。我对她的沉默感到奇怪。

"她干吗不解释,"我心里想,"因为水结了冰,她既没法儿洗指甲,也没法儿洗脸。"

就在这时,我的注意力给史密斯小姐分散了,她要我给她绷住一束线。她一边绕线,一边时不时地跟我说上几句,问我以前有没有上过学,会不会刺绣、缝纫、编织等。在她放我走以前,我根本就无法再观察斯凯契德小姐的动静。等我回到自己的座位上时,这位女士下了一道命令,命令的内容我没听清,只见彭斯立刻离开教室,走进隔壁放书的一间小里屋,不一会儿又回来了,手里拿着一束一头扎在一起的树枝。她恭恭敬敬地行了一个屈膝礼,把这个不祥的刑具呈给斯凯契德小姐,然后不等令下,就默默地解开围裙。那位教师立刻用这束树枝朝她颈背上狠狠抽了十几下。彭斯的眼里没有涌出一滴眼泪。我目睹着这一场面,不由得升起一股徒劳无益的怒火,气得双手直发抖,只得停下手中的活儿,可是她那张若有所思的脸上,却神色如常,没有一点变化。

"犟脾气的姑娘!"斯凯契德小姐嚷道,"你那邋遢习惯怎么也改不了啦。把笤帚拿走!"

彭斯遵命照办了。当她从藏书室里出来时,我仔细朝她打量着。她正把自己的手绢放回口袋,瘦削的脸颊上还有一丝泪痕在闪闪发光。

傍晚的游戏时间,我觉得是洛伍德一天中最欢快的时刻。五点钟时吃下的那点面包和咖啡,虽说不能解饥,却也使人恢复了一点生气。受了长长一整天的拘束,现在可以松弛一下了。教室显得比早上暖和了,因为这时允许把炉火烧得旺一些,以便多少可以代替一下尚未点上的蜡烛。红红的暮色,许可的喧闹,嘈杂的人声,给人一种自由自在的愉快感。

在斯凯契德小姐鞭打她的学生彭斯的那天傍晚,我仍跟先前那样,徘徊在长凳、桌子和笑闹的人群中间,没有一个伙伴,但也不觉得孤单。经过窗口时,我时不时地掀起窗帘,朝外面打量。窗外大雪纷飞,靠下面的窗格上已经积了雪。我把耳朵贴近窗子,从屋内的喧声笑语中,仍能分辨出屋外大风的哀号。如果我是刚刚离开一个温暖的家庭和一位慈爱的双亲,也许眼前这种时刻会引起我离别的哀愁,这凄厉的风声也会令我悲伤,这嘈杂的喧闹会搅乱我的安宁。但是事实上,这两者却引起我一种奇特的激动和不顾一切的狂热,我盼望寒风呼啸得更凶猛,盼望暮色浓到漆黑一团,盼望喧闹变成叫嚣。我跳过几张长凳,钻过几张桌子,来到一个壁炉跟前;我看到彭斯正跪在高高的铁丝炉档旁,借着余烬的微光,默不作声、全神贯注地在看书,忘掉了周围的一切。

"还是那本《拉塞拉斯》吗?"我走到她身后问道。

"是的,"她说,"我马上就看完了。"

只过了五分钟,她就合上了书。我为此感到高兴。

"这一下,"我心里想,"我也许能引她开口说话了。"我在她身旁的地板上坐了下来。

"你姓彭斯,名字叫什么呢?"

"海伦。"

"你是从很远的地方来的吗?"

"我从更靠北面的地方来,差不多快到苏格兰的边界了。"

"你还回去吗?"

"希望能回去。不过将来的事谁也说不准。"

"你一定想离开洛伍德吧?"

"不,我干吗想离开呢?我是给送到洛伍德来受教育的,不达到目的就离开没有好处。"

"可是那个老师,斯凯契德小姐,对你这么凶。"

"凶?哪儿的话!她是严格。她讨厌的是我的缺点。"

"可要是我换了你,我会讨厌她,对她反抗。她要是拿那个鞭子打我,我就从她手里夺过来,当着她的面把它折断。"

"你也许不会那么做。可要是你真那么做了,勃洛克赫斯特先生准会把你从学校开除出去。那就会让你的亲戚非常痛心。宁可忍受一下除自己之外谁都感受不到的痛楚,也比冒失行事,让所有和你有关的人都受连累好得多。再说,《圣经》也教我们要以德报怨。"

"可是,在满是人的屋子中间罚站、挨打,终归是丢脸的呀。再说你是这么大的姑娘了,我比你小得多,还受不了呢。"

"可是既然你躲不了,那就只好忍着点了。命中注定要你忍受的事,你尽说受不了,那是软弱和愚蠢的。"

我听了她这番话非常诧异,这套忍耐的学说,我领悟不了,她对惩罚她的人表示的宽容,我更是无法理解和赞同。但尽管如此,我还是觉得海伦·彭斯是借助一种我看不见的光来看待事物的。我疑心也许她是对的,是我错了,可是我已不愿深究这件事,像腓力斯[1]一样,我把这暂且搁下,以后再说。

"你说你有缺点,海伦,什么缺点呢?我觉得你挺好的。"

"那我就告诉你,看人别只看外表,正像斯凯契德小姐说的那样,我的确很邋遢。我很少把东西收拾整齐,也从来不保持整洁;我粗心大意,老是忘掉规则;该做功课的时候,我却看闲书;我做事缺乏条理;有时候,我也和你一样,说我受不了那么多的规矩,那种按部就班的生活。这些都会惹得斯凯契德小姐生气,因为她生性爱整洁,遵守时间,一丝不苟。"

"还暴躁残忍。"我补充说。可是海伦·彭斯不赞同我的补充,她默不作声。

"谭波儿小姐也像斯凯契德小姐那样对你很凶吗?"

一提到谭波儿小姐的名字,她那严肃的脸上掠过了一丝温柔的微笑。

"谭波儿小姐非常善良,她不忍心严厉对待任何人,哪怕是学校里表现最差的学生。她看到我的错处,就温和地给我指出,要是我做了点值得称赞的事,就大加赞扬。我的天性实在太坏了,一个有力的证明就是,即使她的规劝那么温和,那么中肯,也没

---

[1] 《圣经》中的人物,在审判使徒保罗时,采取了不判不放的办法,被看作一个不知悔改的人。详见《圣经·新约·使徒行传》第23章第24节至第24章。

能把我的毛病治好。我非常珍视她对我的赞扬,但就连她的赞扬,也没能激励我经常做到遇事谨慎、考虑周全。"

"这就怪了,"我说,"要做到小心谨慎还不容易吗?"

"对你来说是容易的,这我不怀疑。今天上午上课时,我留意过你,看见你很专心。米勒小姐讲课和向你提问时,你看来一点儿都没走神儿,可我老是要走神儿。在我本该仔细听斯凯契德小姐讲课,把她讲的全都用心记住的时候,我却常常连她的声音都听不到了,我像进入了什么梦境似的。有时候,我觉得自己是在诺森伯兰[1],我听到的周围的声音,是流过我家附近深谷的那条小溪的潺潺声。——所以,轮到我回答问题时,就得先把我叫醒。而我刚才是在听幻想中的小溪声,根本没有听到老师讲的是什么,一下子自然也就答不上来了。"

"可是今天下午你就答得很好呀。"

"这只是碰巧罢了,是我们读的那课文的内容使我发生了兴趣。今天下午,我没有梦见深谷,而是一直在纳闷,一个一心想做好事的人,有时候怎么会像查理一世那样,做出那么不公正、不聪明的事来呢,我觉得像他那么一个正直、磊落的人,目光竟短浅到只盯着王权,实在太可惜了。要是他能把目光放远一些,看看人们所说的时代精神的趋向,那该多好啊!不过,我还是喜欢查理——我敬重他、同情他,这个可怜的惨遭杀害的国王!是啊,他的仇敌是些最坏的家伙,他们让自己没有权利伤害的人流

1　英格兰北部的一个郡。

血惨死，他们竟敢把他杀害了！"

海伦这会儿是在自言自语，她忘了我不大能听懂她的话，我对她讲的那些事一无所知，或者几乎一无所知。我把她重又拉回到我的水平上来。

"谭波儿小姐上课时，你也会走神儿吗？"

"当然不会，不常这样。因为谭波儿小姐通常总有一些比我的想法更新鲜的东西可讲。她的话特别合我的意。她传授的知识往往都是我正想得到的。"

"这么说，你在谭波儿小姐跟前表现得很好喽？"

"是的，不过那是被动的，我没有费多少力气去做，只是听凭自己的心愿行事罢了。这样的好没什么了不起。"

"很了不起。人家对你好，你也对人家好，这正是我一直想要做到的。要是大家对那些残暴不公的人一味宽容顺从，那坏人就要任着性子胡来了。他们就不再有什么顾忌，也就永远不会改好，反而会越来越坏。当我们无缘无故挨打时，我们一定要狠狠回击。我要说我们一定得这样——要狠狠回击，好好教训教训打我们的那个人，要他永远不敢再这样打人。"

"我想，等你长大一点，你会改变这种想法的。眼下你到底还是个没有受过什么教育的小姑娘。"

"不过，我是这样想的，海伦。有的人，不管我怎么想讨他们喜欢，他们还是一个劲儿地讨厌我，对这种人，我不能不讨厌。还有，对那些毫无道理地责罚我的人，我一定要反抗。这是很自然的事，正如有的人爱我，我也会爱他，或者我自己认为该受罚，我就心甘情愿地受罚。"

"只有异教徒和野蛮民族才信奉这套说法,基督徒和文明的民族是不赞成的。"

"怎么?我不懂。"

"最能克服仇恨的并不是暴力,最能医治创伤的也不是报复。"

"那是什么呢?"

"去读读《新约》吧,看看基督是怎么说的,怎么做的。把他的话作为你的准则,拿他的行为作为你的榜样。"

"他怎么说的?"

"你们的仇敌要爱他,咒诅你们的要为他祝福,恨你们、凌辱你们的要待他好。"[1]

"那么我该爱里德太太了,这我可办不到。我还该为她的儿子约翰祝福,我绝不可能。"

这回轮到海伦·彭斯要我说说是怎么一回事了。于是我立即照自己的想法滔滔不绝地倾诉了我遭受的虐待和心中的怨恨。我一激动,话就尖酸刻薄起来,我心里怎么想就怎么说,毫无克制,语气也不婉转。海伦耐心地听我说完。我想她总该说点儿什么吧,可是她什么也没有说。

1　出自《圣经·新约·路加福音》第 6 章第 27—28 节。原文为:"你们的仇敌要爱他,恨你们的要待他好,咒诅你们的要为他祝福,凌辱你们的要为他祷告。"

"怎么?"我不耐烦地问道,"难道里德太太还算不上是个狠心的坏女人吗?"

"当然,她对你不好,因为,你瞧,她不喜欢你的这种性格,就跟斯凯契德小姐不喜欢我的性格一样。可是你把她对你的所作所为记得多详尽啊!看来她的不公正在你心里留下了特别深刻的烙印。没有任何虐待会在我的心灵上留下这样的痕迹。要是你尽力去忘掉她对你的严厉,忘掉由这引起的激愤情绪,那你不是会过得更快活一些吗?我总觉得,生命太短促了,不该把它花在怀恨和记仇上。在这个尘世上,我们人人都有一身罪过,而且不可能不是这样。但是我相信,不久就会有那么一天,我们摆脱了腐朽的躯壳,也就摆脱了这些罪过。堕落和罪孽会随着这个累赘的血肉之躯一起离开我们,只留下精神的火花——生命和思想的无形源泉,纯洁得就像它当初离开造物主给人以生命时一样。它从哪儿来,还回到哪儿去。说不定又会被赋予某种比人更高级的生物——说不定随着荣光的级级上升,从照亮苍白的人类灵魂升华到去照亮天使的心灵!它肯定永远不会与之相反,从人堕落成魔鬼吗?是的,我相信不会。我有我自己的信条,这个信条没有人教过我,我也很少对人提起,可是我喜欢这个信条,固守这个信条,因为它把希望给予每一个人,它使永生成为一种安息——一个宏伟的家——而不是恐惧和深渊。再说,信奉这个信条,我就可以把犯罪的人和他所犯的罪孽明确分开,就可以在憎恨他的罪孽的同时真诚地宽恕犯罪的人。信奉这个信条,我就再也不必为报复日夜操心,再也不必为堕落深恶痛绝,再也不必为不公垂头丧气。我平平静静地活着,期待着末日的来临。"

海伦的头一直低垂着,说完最后一句话时,头垂得更低了。从她的表情看,她已不想再跟我多说,而宁愿跟自己的思想交谈。可是她没能沉思多久,不一会儿,一个班长——是个粗鲁的大姑娘——来到她的跟前,用浓重的昆布兰[1]口音大声嚷道:

"海伦·彭斯,你要是不马上去整理好你的抽屉,叠好你的针线活儿,我就去告诉斯凯契德小姐,让她来看看!"

海伦的遐想给驱散了,她叹了一口气,站起身来,既没有回答,也没有耽搁,就照班长说的去做了。

---

1 英格兰北部的一个郡。

07

我在洛伍德过的第一个季度长得就像整整一个时代,而且还不是黄金时代。在这段时间里,我得和重重困难作令人厌烦的斗争,使自己能够适应新的规章制度和陌生的工作。生怕在这些方面出现差错的担心,比起命中注定要我身受的艰苦来,更让我苦恼,虽说艰苦也不是区区小事。

整个一月、二月和三月的一部分时间里,雪一直积得厚厚的,待到雪融化后,道路几乎又变得无法通行,使得我们除了上教堂外,简直没法儿跨出花园围墙半步。可是在围墙里面,我们每天还得到户外活动一个小时。我们身上的衣服太单薄,抵挡不了严寒;我们没有高筒靴,雪钻进我们的鞋子,在里面融化;我们没戴手套的双手冻得全麻木了,长满了冻疮,我们的脚也一样。因此每天晚上我的脚都火辣辣的疼得难受,到了早上又得把肿痛僵硬的脚趾硬塞进鞋子。那种难熬得让人发狂的滋味，我至今还记得一清二楚。食物供应不足也让人吃尽苦头。我们这班发育中的孩子食欲正旺，可我们的食物几乎还不够一个虚弱的病人维持生命。食物短缺造成了一种坏风气，害苦了年龄较小的学生。那些饿坏了的大姑娘，一有机会就连哄带吓地分占她们的那一点儿口粮。有好几次，吃点心的时候，我不得不把分得的那一小片珍贵的黑面包分给两个勒索者，还把我的半杯咖啡给了第三个勒索者，然后，我才伴着因饿急而偷偷流下的眼泪，咽下那剩下的半杯。

在那严冬的季节里，星期天也成了个令人沮丧的日子。我们得走上两英里的路，到我们的保护人做礼拜的勃洛克桥教堂去。我们出发时已经很冷，到达教堂时就更冷，待到做早礼拜时，人都快要冻僵了。由于路太远，没法儿赶回来吃饭，在上下午的两次礼拜之间，就分给每个人一份冷肉和一块面包，分量跟我们平时的饭食一样，少得可怜。下午的礼拜结束后，我们走一条毫无遮蔽的崎岖山路回校，一路上冬日的刺骨寒风，越过北面连亘的积雪山峰刮来，几乎把我们脸上的皮都给刮掉了。

我至今还记得，谭波儿小姐步履轻快地走在我们这支垂头丧气的队伍旁边，在凛冽的寒风吹刮下，她的格子花呢斗篷紧裹着身子。她一面鼓励我们，一面以身作则，要我们振作精神，勇往直前，如她所说，"像勇敢的士兵那样"。其他的教师，那些可怜的人，自己都已没精打采，更顾不上去鼓励别人了。

回到学校，我们多么渴望能享受到熊熊炉火的光和热啊！可是，至少那些小女孩是享受不到的。教室里的两个壁炉马上就被那些大姑娘里外两层团团围住，小女孩们只好成群地蜷缩在她们身后，把她们冻僵的胳膊裹在围裙里。喝午后茶时，总算得到了一点点安慰，分到了双份面包——不是半片，而是整整的一片——上面还涂了薄薄一层美味的黄油。这是我们大家从一个安息日盼望到另一个安息日的每周一次的最佳享受。我通常总是千方百计把这份丰厚的点心给自己留下一半，其余的一半则不得不给了别人。

星期天晚上要背诵教理问答，以及《马太福音》的第五、第六和第七章，还要听米勒小姐冗长的讲道。她忍不住一再打呵欠，说明她自己也累了。在这些节目中，还经常出现这样的插曲：五六个小姑娘扮演起犹推克[1]的角色。她们困倦之极，虽说不是从三层楼上掉下，却也从第四排长凳上跌了下来，扶起来时，也已经半死不活了。救治的办法是把她们推到教室中央，罚她们一直站到讲道结束。但有时她们的双脚根本不听使唤，倒在地上挤成一堆，这时就只好用班长的高凳子把她们架住。

我还没有提到过勃洛克赫斯特来学校的事。事实上，在我进学校后的第一个月里，这位先生大部分时间都不在家，也许是在他的好友副主教家里多耽搁了一些日子吧。他不在，倒让我感到

1　《圣经》中记载的一个少年，他在听保罗讲道时，因困倦沉睡从三层楼的窗台上掉下，扶起来时已经死去，后被保罗复活。详见《圣经·新约·使徒行传》第 20 章第 9—12 节。

宽慰。不消说,我自有害怕他来的原因。可是他终于还是来了。

一天下午(那时候我已经在洛伍德待了三个星期了),我正手里捧着块石板坐在那儿,绞尽脑汁地做一道很长的除法算术题,偶尔心不在焉地抬眼望了望窗口,突然瞥见有个人影一闪而过。我凭着本能立刻认出了那个瘦长身形。两分钟后,全校上下,包括教师在内,全都肃然起立。我不用抬头看,也知道她们在隆重地欢迎谁。这时,有人大步流星地走过教室,不一会儿,曾在盖茨海德府的炉边地毯上不祥地瞪着我的那根黑柱子,就已经矗立在同样站了起来的谭波儿小姐的身边。这时,我斜眼偷看了一下这根建筑构件。是的,我没猜错,正是勃洛克赫斯特先生。他穿着件紧身长大衣,纽扣扣得严严实实,看上去比以前更长、更细,也更严厉了。

对他的出现,我自有理由感到害怕。里德太太有关我的性情等恶意中伤的暗示,勃洛克赫斯特先生答应把我的坏脾气告知谭波儿小姐和其他教师的诺言,这一切我都记得一清二楚。我一直害怕他来兑现这个诺言——我每天都在提防这个"随时会来的人"。他只要介绍一下我以往的生活言谈,就会让我永远背上坏孩子的名声。现在,他真的来了。他站在谭波儿小姐身旁,正在向她低声耳语。毫不怀疑,他是在揭发我的恶劣行径;我焦急难耐地注视着她的目光,随时准备看到她的黑眸子朝我投来厌恶和轻蔑的一瞥。我也在侧耳细听。我正好坐在教室的前面,他说的话我大部分都能听见。这些话的内容解除了我眼前的忧虑。

"谭波儿小姐,我想我在洛顿买的线会有用处,我觉得这种线用来缝布衫衣正合适,我还特地挑了些跟它相配的针。你跟史密斯小姐说一声,我忘了记下买织补针的事了,不过下星期我会叫人送几包来。叫她无论如何一次最多只能给每个学生发一枚,多了她们就会不当一回事儿,弄丢了。噢,还有,小姐!我希望那些羊毛袜子要照管得好一点!上次我来这儿,曾到菜园子里去查看过晾在绳子上的衣服,看到有许多黑袜子都没有补好,从那些破洞的大小看,我肯定它们没有经常好好缝补。"他停了一下。

"你的指示我们一定照办,先生。"谭波儿小姐说。

"还有,小姐,"他又接着说,"洗衣服的女人告诉我,有些姑娘一星期换两次领饰,这太多了,按规定只能换一次。"

"我想这件事我可以解释一下,先生。上星期四有几个朋友请艾格尼斯·约翰斯顿和凯瑟琳·约翰斯顿去洛顿参加茶会,所以我准许她们换上干净的领饰去的。"

勃洛克赫斯特先生点了点头。

"好吧,偶然一次也就算了,不过,请不要让这样的事经常发生。另外还有一件事也让我吃惊,我跟总管结账的时候,发现上两个星期里,竟然给女孩子们吃了两次面包加干酪的点心。这是怎么回事?我查了一下规章,上面没有提到有这样的点心。这是谁新添的章程?是谁批准的?"

"这事得由我负责,先生,"谭波儿小姐回答说,"早饭做坏了,学生们没法儿吃,我不敢让她们一直饿到吃中饭。"

"小姐,请允许我占用你一点儿时间。你知道我培养这些女孩子的计划,并不是要让她们养成奢侈娇纵的习惯,而是要她们吃苦、忍耐、克己。即使有什么不合胃口的小事发生，像做坏了一顿饭、一种菜没有烧熟或烧过头了什么的，那也不该用更美味的食品来弥补失去的这点儿享受，这样既娇纵了肉体，也放弃了这所学校的宗旨。应该利用这种事，鼓励学生勇于忍受一时的艰苦，使她们受到精神上的熏陶。在这种时候，做一次简短的训话，不会是不合时宜的。一位贤明的导师会借此机会提到早期基督徒的苦行，殉道者遭到的酷刑；提到我们神圣的主的训诫，他召唤他的门徒背起十字架跟他走；提到他的警告——人活着，不是单靠食物，还要靠上帝口里说出的每一句话[1]；还会提到他神圣的安慰——'你们若为我忍饥受渴，便为有福[2]。'唉，小姐，你用面包干酪代替烧煳了的粥，送进这些孩子的嘴里，你确实可以喂饱她们肮脏的躯壳，可是你却没有想到，你让他们的不朽的灵魂挨了饿！"

勃洛克赫斯特先生又一次停了下来——也许是因为过分激动。谭波儿小姐在他刚开始对她说话时，就一直垂下了眼睛，但现在她却目光直视前方。她那本来就像大理石般苍白的脸，这时也露出了大理石似的冷漠和坚定。尤其是她的嘴，紧紧地闭着，仿佛要用雕刻家的凿子才能凿开，她的眉宇间也渐渐出现凝住了似的严肃神情。

---

1 出自《圣经·新约·马太福音》第 4 章第 4 节。
2 此句疑为杜撰，《圣经》中只有"饥渴慕义的人有福了"，"你们若是为义受苦，便为有福"。

这时,勃洛克赫斯特先生正倒背着手站在壁炉跟前,威风凛凛地检阅着全校人员。突然,他的眼睛眨巴了一下,仿佛遇上什么刺眼或使他惊恐的东西似的。他转过头去,用比先前更急促的语调说:

"谭波儿小姐,谭波儿小姐,那个……那个卷头发的女孩是谁?红头发的,小姐,满……满头头发都卷着的那个?"说着他伸出手杖,指着那个可怕的对象,抬起的手在瑟瑟发抖。

"那是朱莉娅·塞弗恩。"谭波儿小姐非常平静地回答说。

"朱莉娅·塞弗恩,小姐!她,或者还有别的什么人,为什么还留着卷过的头发?怎么,在一个福音慈善机构里,她竟敢违反这儿的清规戒律,公然迎合世俗潮流,留起这么一头鬈发?"

"朱莉娅的头发天生就是鬈的。"谭波儿小姐更加平静地回答说。

"天生!是呀,可是我们不能顺着天性。我希望这些女孩都能成为受上帝恩宠的孩子。而且,为什么要留这么多头发?我已经一再叮嘱过,我希望头发梳得平整服帖,简单朴素。谭波儿小姐,那个女孩的长头发要全部剪掉,我明天就派个理发匠来。我看到还有一些女孩的头发也太累赘了——那个高个子女孩,叫她转过身去。叫第一班的全体起立,把脸对着墙。"

谭波儿小姐用手帕拭了一下嘴唇,仿佛要把禁不住浮现在嘴角上的一丝微笑抹去。不过她还是下了命令。一班的姑娘听懂要她们干什么后,也都服从了。我坐在凳子上身子稍微往后一仰,便能看到她们一个个挤眉弄眼的种种表情,用以表示她们对这种操练的不满。可惜勃洛克赫斯特先生看不到这些，要不他也许会发觉，不管他怎么摆弄杯盘的外表，那里面的东西，却远不是像他想象的那样容易任意支配。

他朝这些活圣牌[1]的背面仔细察看了五分来钟，接着宣布了判决词。这句话就像敲响了丧钟：

"头顶上的这些发髻全部都得剪掉！"

谭波儿小姐似乎要提出异议。

"小姐，"他接着说，"我是侍奉主的，他的王国不属于这个世界。我的使命就是要克制这些女孩的七情六欲，教导她们衣着要简朴持重，不打发辫，不穿华丽衣服。可我们面前的这些年轻人，一个个头上都打着辫子，这全是虚荣心在作怪。我再说一遍，这些玩意儿全部都得剪掉。想想为这浪费掉的时间，想想……"

正说到这儿，勃洛克赫斯特先生的话给打断了。另有三位客人走进了教室，全是女客。她们真该早一点儿来才好，那就可以聆听到他那一篇有关衣着的宏论了，因为她们都穿着丝绒、绸缎、毛皮，一个个打扮得花枝招展。三位女客中年轻的两位（十六七岁的年轻漂亮姑娘）头戴当时流行的灰色海狸帽，上面还插着鸵鸟毛，在这华丽雅致的帽檐下面，垂着卷得很精致的浓密的浅色鬈发。上了年纪的那位太太，裹着一条昂贵的镶貂皮的丝绒披巾，还戴着法国的额前假鬈发。这几位女客是勃洛克赫斯特太太和

---

1 一种铸有宗教人物像或图案的硬币状金属牌，又称圣象碑，也有木质的。

两位勃洛克赫斯特小姐,谭波儿小姐恭恭敬敬地接待了她们,并且引她们到教室前面的上座就座。

看来,她们是跟那位担任圣职的亲属一块儿坐马车来的。在勃洛克赫斯特先生与管事商谈事务、查问洗衣女人和训斥学监的时候,她们一直在楼上仔细地检查房间。这会儿,她们开始对负责照管被服和检查宿舍的史密斯小姐提出了种种意见和责难。不过我已顾不上去听她们说些什么,我的注意力被其他一些事情吸引住了。

在这以前,我一边留心听勃洛克赫斯特先生和谭波儿小姐说话,一边始终没忘记小心保护我自身的安全。我想这不难做到,只要不让他看到就行了。为此,我坐在凳子上身子尽量往后缩,还装出好像忙着在做算术似的,故意把石板捧高遮住了脸。本来我是可以逃脱他的注意的,可是不知怎么的,我那块捣蛋的石板突然从我手中滑了下去,砰的一声掉在地上,惹得所有的目光立刻都落到我的身上。我知道这一下完了,急忙弯下腰去拾起那被摔成两半的石板,一边重新集中精神,等待最坏的事情出现。这最坏的事情终于来了。

"这冒失的女孩!"勃洛克赫斯特先生说,紧接着又补了一句,"我认出来了,是那个新学生。"还没等我来得及喘口气,他马上又说,"我可不能忘了,关于她我还有一两句话要说哩。"然后他大声喝道——那声音在我听来有多大啊!"叫那个打破石板的孩子上前面来!"

我自己已经动弹不了——我已经吓瘫了。可是坐在我两边的两个大姑娘把我拉了起来，推向那个可怕的法官。接着，谭波儿小姐温和地把我扶到他的跟前，我听到她还悄声安慰我说：

"别怕，简，我知道这是偶然的过失，你不会受罚的。"

这亲切的耳语像刀子一样直刺我的心。

"再过一会儿，她就会把我看成一个伪君子，瞧不起我了。"我想。

心里有了这样的想法，一种反对里德和勃洛克赫斯特一伙的愤怒冲动，便在我的脉搏里跳跃了起来。我可不是海伦·彭斯。

"把那张凳子拿过来。"勃洛克赫斯特先生指着一张很高的凳子说，有个班长正好刚从那张凳子上站起来。凳子给端过来了。

"把这孩子放上去。"

我给抱到了凳子上，谁抱的我没弄清，当时已经不允许我去注意这些细节了。我只知道他们把我举到像勃洛克赫斯特先生的鼻子那么高的地方。他离我只有一码远，在我下方，只见一大片橘黄和紫红的闪光缎子斗篷，还有云雾般的银白色羽毛展着、飘动着。勃洛克赫斯特先生清了一下嗓子。

"太太，小姐们，"他回过头去朝他的家属说了一句，接着又对大家说，"谭波儿小姐，各位教师，孩子们，你们都看见这个女孩儿了吧？"

她们当然看见了，因为我感觉到她们的眼睛都像凸透镜似的，对准了我焦灼的皮肤。

"你们瞧，她年纪还小，你们可以看到，她有着跟普通孩子一样的外貌。上帝慈悲，赐给她跟我们大家一样的外貌，没有一点儿残缺表明她是个特殊的人。谁能想到,魔鬼已经在她身上找到一个奴仆和代理人?可是我要痛心地说,事实正是这样。"

他停住了——这时我渐渐控制住自己颤抖的神经,心想反正卢比孔河[1]已经渡过,这场磨难已无法逃避,只能坚强地去承受了。

"我亲爱的孩子们,"这个黑色大理石般的牧师用悲怆动人的语气说,"这是一件让人痛心难过的事。我有责任警告你们,这个本该成为上帝的羔羊的小姑娘,是个上帝遗弃的小孩,不是真正的羔羊,而显然是个外来的闯入者。你们要小心提防着她,不要学她的样。必要的话,不要跟她做伴,不让她跟你们一起玩耍,不许她和你们说话。各位教师,你们一定要看住她,注意她的一举一动,要好好掂量她说的话,认真考查她的行为,要惩罚她的肉体,以拯救她的灵魂——当然,这是说如果她的灵魂还能拯救的话。因为(说这话时我舌头都在打战)这姑娘,这孩子,虽说生长在基督教的国度里,却比许多向梵天[2]祈祷,对克里希纳神像[3]顶礼膜拜的小异教徒还要坏——这个女孩是个……说谎者!"

他又停了下来,这回停了足足有十分钟。这时,我的神志已完全清醒。只见勃洛克赫斯特家的三个女眷全都掏出手帕来拭

---

1 在今意大利北部的一条小河。公元前 49 年,恺撒率兵渡过此河,从此拉开与庞培为首的罗马政府作战的序幕。后人便将"渡过卢比孔河"喻为"已无退路""破釜沉舟"之意。
2 印度教中的创造之神,众生之父。
3 印度教三大神之一毗湿奴的化身,即守护之神。

眼睛。上了年纪的那个摇晃着身子,两个年轻的则低声说:"多可怕啊!"勃洛克赫斯特先生又接着说:"我这是从她的女恩人,从那位虔诚慈善的太太那儿听来的。这位太太在她父母双亡后收养了她,把她当作亲生女儿一样来抚养,而这个坏女孩,竟用这么恶劣可怕的忘恩负义来报答她的仁慈和慷慨。终于她那位绝好的女恩人不得不把她跟自己的孩子隔离开,免得她的坏榜样玷污了他们的纯洁。她把她送到这儿来治病,就像古时候犹太人把病人送到毕士大池[1]搅动过的水里去一样。所以,各位教师、学监,我请求你们不要让她周围的水停滞不动。"

说了这句出色的结束语后,勃洛克赫斯特先生整一整紧身长大衣上端的纽扣,对他的家眷低声说了几句,她们站起身来,向谭波儿小姐欠身行了一个礼,然后,这几位大人物便威风凛凛地走出教室。走到门口时,我的这位法官又回过身来说:

"让她在凳子上再站半个小时,今天剩下来的时间里,谁也不许和她说话。"

于是,我就给高高地陈列在那儿。我曾说过,如果要罚我站在教室中央,我是受不了这种耻辱的,可如今我竟站在一个耻辱台上示众。我心中的感受,是无法用语言来描述的。然而,正当我百感交集,感到呼吸受阻、喉咙缩紧的时候,有个姑娘走上前

---

[1] 据《圣经》记载,在耶路撒冷羊门附近,有一个池子叫毕士大,天使会按时下池搅动池水。水动之后,先下水的人不论患什么病,都能痊愈。详见《圣经·新约·约翰福音》第 5 章第 2—4 节。

来，从我跟前走过，在经过我的面前时，她朝我抬起了眼睛——那对眸子里闪出多么奇特的光芒啊！那光芒使我产生了一种多么奇特的感觉啊！这崭新的感觉又给了我多大的支持啊！就像是一个殉道者、一位英雄，从一个奴隶或牺牲者身旁走过时，赐给了他力量。我克制住正要发作的歇斯底里，昂起头，在凳子上站稳了身子。海伦·彭斯只问了史密斯小姐一个有关活计上的小问题，因为问题琐碎，结果挨了骂；她回到自己的座位上去，再一次经过我的面前时，冲着我微微一笑。

这是怎样的一笑啊！直到今天，我还记得一清二楚。我懂得，这是大智大勇的流露。它就像天使脸上映出的光辉一样，照亮了她那不同寻常的外貌：瘦削的脸蛋和深陷的灰色眼睛。可在当时，海伦·彭斯的胳膊上还戴着"不整洁标志"。不到一小时前，我还听见斯凯契德小姐罚她明天中午只准吃面包和喝凉水，因为她在抄写时弄脏了练习簿。人的天性就是这样不完美的！就连在最明亮的星球上也会有黑点。可是像斯凯契德小姐那样的一些人，他们的两眼却只能看到这些小小的瑕疵，而看不见星球的万丈光芒。

08

半个小时还没到,钟敲五点,学校已下课,大家都到饭厅吃茶点去了。这时候我才敢下来。天色已经十分昏暗,我悄悄退到一个角落里,在地板上坐了下来。一直支撑着我的那股魔力开始消失,出现了反作用。不一会儿,难以抗拒的悲痛攫住了我,我颓然扑倒在地上。现在我哭了。海伦·彭斯已不在这,再也没有什么力量来支撑我了。只剩下我孤单一人,我再也无法克制自己,泪水淌落到地板上。我原本打算在洛伍德做个非常非常好的孩子,做很多很多事情,交很多很多朋友,争取得到别人的尊重,赢得别人的爱。我已经有了明显的进步。就在那天早上,我已升到了全班的第一名,米勒小姐热情地夸奖了我,谭波儿小姐也微笑表示赞许,她答应教我画画,还允许我学法文,只要在今后两个月里继续有这样的进步,而且同学们对我都很好,跟我年龄相仿的同学对我平等相待，谁也没有欺侮我。可如今，我又被打倒了，再次遭到践踏，我还有再爬起来的一天吗？"永远没有了。"我一心盼着死掉算了。我正泣不成声地诉说着这一心愿时，有人走过来了。我惊跳起来——朝我走近的又是海伦·彭斯。即将熄灭的炉火刚好还能照见她在这间空荡荡的长屋子中走来。她给我端来了咖啡和面包。

"来，吃点东西，"她说。可是我把它们都推开了，只觉得在眼下这种境况里，哪怕一滴咖啡或者一小块面包，都会把我噎住。海伦注视着我，似乎有点惊讶。这时，我使劲克制，可怎么也没法儿使我的激动情绪平息下来，我继续放声大哭。她在我身旁的地板上坐了下来，双臂抱膝，把头倚在膝盖上。她像个印度人那样一直保持着这种姿势，默不作声。最后还是我先开了口：

"海伦，你干吗还跟一个人人都看作撒谎者的姑娘待在一起呢？"

"人人？简，你说什么呀！总共只有八十个人听到他这样说你，可世界上有几万万人哩。"

"几万万人跟我有什么关系？我认识的这八十个人都瞧不起我。"

"简，你错了，也许全校没有一个人鄙视你或者不喜欢你，我敢肯定，许多人还很同情你哩。"

"听了勃洛克赫斯特先生那些话，她们怎么还会同情我呢？"

"勃洛克赫斯特先生又不是上帝，他甚至也不是个受人尊敬的大人物。这儿的人并不喜欢他，他也从来没有做点儿什么来让人喜欢。要是他把你当作一个特殊的宠儿,那你倒会发现在你周围全是或明或暗的敌人了。事实上,大部分人只要有胆量,都会对你表示同情的。在一两天里,老师和同学们也许会用冷淡的眼光看你,其实她们心里却暗暗怀着对你友好的感情。而且,只要你不屈不挠,继续好好努力,用不了多久,这种暂时抑制住的感情,会更加明显地表露出来的。再说,简……"她停住不说了。

"怎么啦,海伦?"我说道,把自己的手放到她的手里。她轻轻搓揉着我的手指,让它们暖和过来,接着又说:

"哪怕全世界的人都恨你,都相信你坏,只要你自己问心无愧,相信自己是无辜的,你就不会没有朋友。"

"不,我知道我应该看重自己,可这还不够。要是别人不爱我,那我宁可死掉,这也比活着强——我受不了孤独和遭人憎恨,海伦。你瞧,为了得到你,或者谭波儿小姐,或者任何一个我真正爱的人的真诚的爱,我会心甘情愿地让我的胳膊折断,或者让公牛用尖角把我挑起来,或者站在尥蹶子的马后面,让它用蹄子踢我的前胸……"

"嘘,简!你把人的爱看得太重了,你太容易冲动,太感情用事。那只创造了你的躯壳、又赋予它生命的至尊的手,除了给你脆弱的身体,或者像你一样脆弱的创造物之外,还给你准备了别的财富。除了这个尘世,除了人类,还有一个看不见的世界,一个神灵的王国。这个世界就在我们周围,它无所不在。那些神灵守卫着我们,因为他们受命有保护我们的责任。哪怕痛苦和耻辱把我们折磨得死去活来,哪怕蔑视从四面八方袭击我们,而憎恨又压得我们透不过气来，天使们也定会看到我们遭受的苦难，知道我们是无辜的。（只要我们确实是无辜的。就像我知道你是无辜的一样，你并没有犯下勃洛克赫斯特先生指责的那些罪过，这些全是他从里德太太那儿听来的，还牵强地做了夸大。我这是从你热情的眼睛和开朗的额头上看出你真诚的天性的）。上帝只是在等着我们的灵魂和肉体分离，到时候好最后给予我们充分的报酬。既然生命很快就会终结，死亡又确实是通向幸福和荣耀之门，那我们又何必总是沉溺在痛苦之中呢？"

我默不作声，海伦使我平静下来了。但在她给予的这份宁静中，却掺杂着一丝难以言说的哀伤。在她说话时，我隐约感觉出了这种悲哀，可又说不出这种感觉究竟从何而来。她说上面那番话以后，稍稍有点气喘，还短短地咳嗽了几声，我一时间忘掉了自己的悲伤，转而对她产生了一种隐约的关切之情。

我把头靠在海伦的肩上，用胳膊搂住她的腰，她把我拉近身边，我们俩默默地偎依着。我们这样坐了没多久，又进来了一个人。这时，天上的几块阴云被一阵风卷走了，露出了皎洁的月亮，月光泻进近旁的窗户，清晰地照亮了我们俩，也照在了走进来的那个人的身上。我们一眼就认出，来的是谭波儿小姐。

"我是特意来找你的，简·爱，"她说，"我要你上我屋里去。既然海伦·彭斯跟你在一起，那她也一块儿来吧。"

我们去了。学监领着我们穿过几条复杂的走廊，爬上一道楼梯，才来到她的房间。房间里生着熊熊的炉火，非常舒适。谭波儿小姐让海伦·彭斯坐在壁炉边的一张矮扶手椅上，她自己也在另一张椅子上坐了下来。她把我叫到身旁。

"都过去了吗?"她低头瞧着我的脸,问道,"有没有把你的悲伤全都哭掉?"

"我怕我永远哭不掉了。"

"为什么?"

"因为我是冤枉的。现在你,小姐,还有别的人,都会以为我是很坏了。"

"你自己证明是个怎样的人,我们就会把你看成个怎样的人,我的孩子。继续做个好姑娘吧,你会让我们满意的。"

"我会吗?谭波儿小姐?"

"你会的。"她用胳膊搂着我说,"现在告诉我,勃洛克赫斯特先生说的你那位女恩人是谁?"

"里德太太,我的舅妈。我舅舅去世了,他把我托付给她抚养。"

"那么,她不是自愿收养你的?"

"是的,小姐。为了不得不这样做,她还非常恼火哩。只是我常听用人们说,我舅舅临终时要她许过诺,要她答应永远抚养我。"

"好吧。还有,简,你知道,或者至少我要让你知道,当一个犯人受到控告时,总是允许他为自己辩护的。现在人家指责你撒谎,那你就在我面前尽量为自己辩护吧。把你记得的情况如实说出来,不要添油加醋,也不要夸大事实。"

我从心底里下了决心,这次我一定要说得恰如其分,尽量做到准确无误。我考虑了几分钟,以便把我要说的话厘清头绪,然后对她说了我悲惨童年的全部经历。由于心情激动,我感到精疲力竭,我说得比我平时谈到这个伤心话题时,口气要温和得多。再说我也牢记着海伦不要沉迷于憎恨的警告,因此在讲述时,掺入的怨恨和恼怒也比平时少得多。正因为我有所克制而且叙述扼要,听起来反而显得更加可信。我一边讲一边觉察到,谭波儿小姐完全相信我的话。

在讲述过程中,我提到劳埃德先生在我昏倒后曾来看过我,因为对我来说,我怎么也忘不了红房子那段可怕的插曲。在说到那些细节时,我的激动肯定在某种程度上越出了界限。因为我怎么也不会淡忘,里德太太悍然不顾我的拼命求饶,再次把我锁进那间闹鬼的黑屋子里时,我所经受的那种揪心的痛苦。我说完后,谭波儿小姐默默地注视了我几分钟,然后说:

"劳埃德先生我认识。我要给他写封信,要是他的回信跟你说的一样,那就要当众为你洗清一切罪名。对我来说,简,你现在就是清白无辜的了。"

她吻了吻我,仍然让我待在她的身边(我满心欢喜地站在那儿,因为看着她的脸,她的衣着,她的一两件饰物,她的白皙的前额,她的一绺绺闪光的鬈发和亮晶晶的黑眼睛,我获得了一种孩子的喜悦),然后她开始跟海伦·彭斯说起话来。

"你今晚怎么样,海伦?今天咳得厉害吗?"

"我想不算太厉害,小姐。"

"那你胸口的疼痛呢?"

"稍微好一点儿了。"

谭波儿小姐站起身来,拿起她的手,给她量了一下脉搏,然后回到自己的座位上。在她坐下时,我听见她轻轻叹了口气。她心事重重地沉思了几分钟,后来才振作起精神,高兴地说:"可是今天晚上你们两个是我的客人呀,我得把你们当客人来款待。"她打了打铃。

"芭芭拉,"她对应声前来的女仆说,"我还没吃过茶点,把茶盘端来,给这两位年轻小姐加两只杯子。"

茶盘很快就端来了。在我看来,放在炉边小圆桌上的细瓷茶杯和亮晶晶的茶壶,是多么美啊!茶的热气、烤面包的味儿,又是多么香啊!可是使我失望的是(因为我已经开始感到饿了),我发现面包只有很小的一份。谭波儿小姐也发现了。

"芭芭拉,"她说,"你不能再拿一点儿面包和黄油来吗?这一点儿不够三个人吃的。"

芭芭拉出去了。不一会儿她就回来了。

"小姐,哈顿太太说,她已照平时的分量送来了。"

得说明一下,哈顿太太是总管,是个跟勃洛克赫斯特先生一样心肠的女人,是用同样的鲸鱼骨和生铁制成的。

"哦,好吧!"谭波儿小姐回答说,"那我看我们只好将就一下了,芭芭拉。"等那姑娘退出之后,她又微笑着加了一句,"幸好这一次我还有办法弥补一下不足。"

她请海伦和我坐到桌子跟前,在我们每人面前放上一杯茶,一片味道很好可是很薄的烤面包,然后起身用钥匙打开一个抽屉,从里面取出一个纸包,我们的眼前马上出现了一个很大的香草饼。

"我本来想让你们每人带一点回去吃的,"她说,"可是烤面包这么少,只好这会儿就吃了。"说着就很慷慨地把饼切成一片片。

那天晚上,我们就像享用山珍海味似的饱餐了一顿。而在这盛情的款待中,同样让我们感到莫大愉快的,还有女主人看着我们用她慷慨提供的美食填饱辘辘的饥肠时,脸上露出的那种满意的微笑。吃完茶点,端走盘子后,她又招呼我们到炉火跟前去,我们一边一个坐在她的身旁,然后她和海伦开始交谈起来。我能听到这样的谈话,实在是一种幸运。

谭波儿小姐总是那么神态安详,举止稳重,彬彬有礼,这就使得她绝不会陷于狂热、激动和浮躁,也使看着她和听着她说话的人肃然起敬,感受到一种得到净化的愉悦。我当时的感觉就是这样。可是海伦·彭斯的情况,却让我大吃一惊。令人精神振作的茶点,熊熊的炉火,她敬爱的导师跟她在一起以及亲切相待,也许比这一切更重要的是,她那独特的头脑中的某种念头,激起了她内心的力量。这些力量苏醒了,熊熊燃烧了。首先,它们在她的脸颊上泛起了红光,而在这以前,我在她脸上看到的一直只有苍白,毫无血色。其次,它们也在她那双水汪汪的眼睛光泽中闪闪发亮,使得它们突然显出一种比谭波儿小姐的眼睛更为奇特的美——这种美既不是来自眸子漂亮的颜色,也不是来自那长长的睫毛和描过似的眉毛,而是一种眼神的内涵之美,一种目光的流动和光彩之美。接着,她的心和口仿佛连成了一片,话语滔滔不绝地源源涌出,我也说不出它来自哪个源头。难道一个十四岁的姑娘有这么宽广、这么强健的心胸,竟能容下不断涌出如此纯洁、丰富和热情洋溢的语言的源泉吗?在那个对我来说值得怀念的晚上,海伦的谈话就有这样的特色。她的心灵似乎急匆匆地要在这短暂的时刻中,享受掉别人在漫长的一生中所享受的生活。

她们俩谈论着我从未听说过的事情。谈到古老的民族和时代,遥远的国家,已经发现或正在猜测中的大自然的奥秘。她们还谈到各种书籍。她们读过的书真多啊!她们的知识多么渊博啊!她们好像还很熟悉法国人的名字和法国作家。而最使我感到惊奇的是,谭波儿小姐问海伦,她是否偶尔还能抽出一点时间温习她父亲教她的拉丁文,说着还从书架上拿出一本书,叫她读一页"维吉尔"[1],并逐字进行翻译。海伦照着做了,我每听她念一行,我的崇敬心理便随之扩大一分。她刚结束,就寝的钟声就响了,再耽搁下去是不允许的。谭波儿小姐拥抱了我们俩,在把我们搂到怀里时,说:

"上帝保佑你们,我的孩子们!"

她拥抱海伦的时间比拥抱我时长,也更不乐意放开她。她目送到门口的也是海伦;为了海伦,她又一次悲叹了一声;也是为了海伦,她擦去了脸上的一颗泪珠。一到宿舍,我们就听见斯凯

1　维吉尔(公元前70—前19),古罗马诗人,代表作为史诗《埃涅阿斯纪》,他的诗作对欧洲文艺复兴和古典主义文学产生巨大影响。

契德小姐的声音。她正在检查抽屉,刚把海伦·彭斯的抽屉拉开。我们一进去,她就迎头给海伦一顿痛骂,还要她明天把那六件折得不够整齐的东西别在肩膀上。

"我的东西的确乱得丢人,"海伦喃喃地悄声对我说,"我原本想整理一下的,可是给忘了。"

第二天早上,斯凯契德小姐在一块硬纸板上用醒目的字体写了"邋遢"两字,把它经匣[1]似的缚在海伦那宽阔、温和、聪明且显得厚道的额头上。她一直耐心地戴着它到傍晚,毫无怨言,把这看作应得的惩罚。下午的功课一结束,斯凯契德小姐刚离开,我就跑到海伦跟前,把那纸板一把扯下,扔进了火里。整整一天,她没能发出的怒火一直在我的心中燃烧,大颗大颗的热泪不断地灼痛我的双颊。看到她那副逆来顺受的可怜模样,我心痛得实在无法忍受。

在上面讲的这些事发生后大约一星期,给劳埃德先生写去信的谭波儿小姐收到了他的回信。看来他的话证实了我的陈述。谭波儿小姐召集起全校师生,宣布说,对简·爱的种种指控已经作了调查,现在她很高兴地可以告诉大家,简·爱是无辜的,对她所加的一切罪名都已得到彻底昭雪。于是老师们都纷纷前来和我握手,吻我,我的同学们的行列中也发出了一片高兴的嗡嗡声。

---

1 犹太教徒佩戴的经文护符匣,系一种内装写有经文的羊皮纸条的小匣,由犹太男子佩戴,一佩额头,一佩左臂,用以提醒佩戴者遵守律法。

一个令人伤心的包袱就这样卸去了，从这时候起，我就重新开始努力，决心排除一切困难，闯出一条路来。我勤奋苦干，而成功也相应地随之而来。通过实践使我原本不太强的记忆力有了改善，多做练习也使我的头脑变得大为敏锐。只过一个星期，我就升了一班，不到两个月，就批准我开始学习法文和绘画了。我学了动词 Etre[1] 的前两种时态，在同一天里还画了我的第一张茅屋图（顺便说一下，那茅屋的墙壁斜得超过了比萨斜塔）。那天晚上上床的时候，我竟然忘了在想象中为自己置备一桌有热乎乎的烤土豆或者白面包加鲜牛奶的巴米赛德[2]式晚宴，而往常我总是用这来满足腹中难受的饥渴感的。

这一晚，想象中出现的却是一幅幅完美的图画，我在黑暗中饱览了这些全是我亲手绘出的图画，其中有自由流畅地勾勒出来的房舍和树木，情趣盎然的山岩和废墟，克伊普[3]式的畜群，还有蝴蝶在含苞欲放的玫瑰花上翩翩飞舞，鸟儿啄食熟透的樱桃，藏着珍珠般鸟蛋的鹩鹩窠，周围盘绕着常春藤的嫩枝等令人赏心悦目的图画。我心里还在掂量，我是不是能把比埃洛夫人那天给我看过的那本薄薄的法国故事书流畅地翻译出来。可是这个还没

---

1. 法语，意思为"是""在"。
2. 巴米赛德为《一千零一夜》中的一个波斯王子。他常佯装设宴请客，不摆真酒菜，只虚做手势请人吃喝，以此戏弄作践别人，后被一穷人借机教训。详见该书《理发匠第五个兄弟的故事》。
3. 克伊普（1620—1691），荷兰风景画家，擅长画乡村宁静的风景，亦作肖像画和动物画，主要作品有《笛手与牛群》《林荫道》等。

有得到圆满的解决,我就进入了甜蜜的梦乡。

所罗门[1]说得好:"吃素菜,彼此相爱,强如吃肥牛,彼此相恨。"现在,要我拿洛伍德和它的一切匮乏贫困,去换取盖茨海德府及其每天的奢华享受,我是绝不会愿意的。

---

[1] 所罗门是(公元前10世纪),古以色列国王,以智慧过人著称,相传《圣经》中的《箴言》《雅歌》是他所写。此处引文见《圣经·旧约·箴言》第15章第17节。

09

不过,洛伍德的贫乏,或者不如说是艰苦,渐渐有所减轻了。春天临近,实际上它已经降临,冬日的严寒已经消退,积雪已经融化,刺骨的寒风也有所缓和。我可怜的双脚,被一月的寒流冻得皮开肉绽、红肿不堪,连走路都一瘸一拐的,如今在四月的和风里,开始愈合和消肿了。夜晚和清晨,也不再有加拿大式的气温来冻结我们血管中的血液。现在,要在花园里度过游戏时间,也受得住了。有时遇上阳光灿烂的日子,这段时光甚至让人感到愉快而舒适。褐色的花坛上已长出新绿,一天比一天充满盎然生机,使人遐想,也许希望之神夜晚总打这儿经过,每天清晨都留下了越来越鲜明的足迹。花儿已从叶丛中探出头来,有雪莲花、藏红花、紫色报春花和有着金色眼状斑点的三色堇。现在,每逢星期四下午放半天假,我们都出去散步,还会在小路边和树篱下发现一些更加可爱的花朵。

我还发现，在我们花园的安有尖铁的高大围墙外面，有着一幅巨大的令人心旷神怡的美景，它广阔无垠，直达天际。那四周环绕着崇山峻岭的大山谷，林木青葱，浓阴遍地，还有那满是黟黑石子和闪亮涡流的清澈的山溪，构成了这幅怡人的美景。这和我初来时见到的景色多么不同啊！那时，只见在严冬灰暗的天空下，雪压冰封，死去般冰冷的寒雾，在东风的驱赶下，沿着那些紫色的山峰飘荡，然后滚落在低洼草地和河滩上，直到和山溪上凝结的水汽融为一体！那时候，这溪涧是一条混浊而毫无约束的激流，它冲割开山林，发出震天动地的吼声，往往还因伴有暴雨或冻雨，使这吼声变得更加响亮。至于山溪两岸的林木，那看上去就像是一排排死人的骨架。

四月过去，五月来临。那是个明媚晴朗的五月。整整一个月，每天都是蓝天如洗，阳光和煦，西风或南风轻轻吹拂。如今，草木欣欣向荣，洛伍德抖开了它的秀发，处处翠绿，遍地鲜花。那些曾像死人骨架似的高大的榆树、梣树和橡树都恢复了生机，显出了庄严气派。山林深处的植物长得十分茂盛，洼地低谷覆满了种类多得数不清的苔藓，还有那长得如火如荼的野樱草花，就像是满地一片奇妙的阳光，我曾见过它们在绿阴深处闪烁出的淡淡金光，那仿佛就是洒落在地上的最美丽的光斑。所有这一切，我都可以经常尽情欣赏，自由自在，没有监视，而且几乎总是独自一人。会有这样不同寻常的自由和乐趣，是有原因的，现在，要讲清这个原因就成了我的一桩苦事。

在我说到这个依着山林、傍着溪涧的住所时，不是把它描述得十分可爱吗？是的，它确实非常可爱。但这儿是否有利于健康，那又是另外一回事了。

洛伍德所在的那个森林密布的山谷，是雾霭和瘴疠的发源地。随着万物复苏的春天的来临，时疫也复苏了，并且悄悄地溜进了这个孤儿院，把斑疹伤寒吹进了拥挤的教室和宿舍，还没到五月，就把学校变成了一所医院。终日半饥半饱，对伤风感冒又不当一回事，使得大多数学生难免要受到传染，八十个姑娘中，一下子就病倒了四十五个。课没法儿上了，纪律也松弛了。对少数没有病倒的人，几乎完全放任自流，因为医务人员坚持必须让她们经常活动来保持身体健康。再说，就是不这么做，也没有人顾得上照看和管束她们。谭波儿小姐的全部心思都放在了病人身上，她整天待在病房里，寸步不离，只有在夜里才抓紧时间休息几个小时。老师们都整天忙着为那些即将离去的姑娘打点行装和做其他的必要准备。这些姑娘都很幸运，她们的亲友可以而且愿意接她们离开这个传染地区。许多已经被传染上的人，回家去也只是等死，有些人就死在了学校里，而且马上给悄悄埋掉了，疾病的性质不容许耽搁。

就这样，疾病成了洛伍德的住户，而死亡则成了它的常客。校园里充满阴郁和恐惧，房间和过道中弥漫着医院的气息，药物和熏香徒劳地想掩盖住死亡的恶臭，而在户外，五月明媚的阳光毫无遮蔽地照耀着陡峭的山冈和美丽的林地。学校的花园里也繁花似锦，蜀葵长得像树一般高，百合已经吐艳，郁金香和玫瑰正在盛开。小花坛四周点缀着粉红的海石竹和深红的复瓣雏菊,呈现出五彩缤纷的景象。多花蔷薇早晚都散发出香料和苹果的香味。可是,这些芬芳的珍宝,除了时而可以采一束放在棺木上之外,对大多数洛伍德的人来说,已经变得毫无用处。

然而我和一些没有病倒的人,却在尽情地享受着这美好的景色和季节。他们让我们像吉卜赛人似的从早到晚在林子里游荡。我们爱干什么就干什么,爱上哪儿就上哪儿。我们的生活也比以前好了。勃洛克赫斯特先生和他的一家,现在再也不走近洛伍德了。没有人再来查问这儿的日常事务。那个脾气乖戾的总管也走了,是让传染病给吓跑的。接替她的人原来在洛顿施药所当总管,对这个新地方的规矩还不太熟悉,所以伙食供应比较宽裕。再说,吃饭的人少了,病人又吃得不多,我们早餐盘里的食物也多一点儿了。每逢来不及做正餐的正式饭菜时——这种事经常发生——她就给我们每人发一大块冷馅饼,或者是厚厚的一片面包和干酪,我们就把它带到林子里,各自选个自己最中意的地方,美美地吃上一顿。

我心爱的坐处是一块又光又大的石头,它洁白、干燥,突出在山溪中间,只有涉水才能过去,这是我光着脚完成的一项绝活儿。这块石头很宽阔,正好够我和另一个姑娘舒舒服服地坐下。那时候,我最要好的朋友是个叫玛丽·安·威尔逊的姑娘。她精明机警,我喜欢跟她做伴,一方面是因为她聪明,有创见,另一方面是因为她的举止使我不感到拘束。她比我大几岁,对世事比我懂得多,能告诉我许多我爱听的事儿,跟她在一起,我的好奇心可以得到满足。对我的缺点,她也能宽容,不管我说什么,她都不加阻拦或约束。她善于叙述,我长于分析,她爱讲,我爱问,所以我们俩在一起相处得很融洽,从彼此的交往中,即使得不到多大长进,却也获得了不少乐趣。

那么,这时候海伦·彭斯上哪儿去了呢?为什么我不跟她在一起度过这自由自在的快乐时光呢?我把她忘了吗?还是我竟卑鄙到厌倦了她那纯洁的友情?说实在的,我刚才提到的玛丽·安·威尔逊是比不上我的第一位相识的,她只能给我讲一些有趣的故事,应答我一时想要扯谈的粗俗而富有刺激的闲话。至于海伦,要是我没有说错的话,她能够使有幸和她交谈的人,品味到高超得多的东西。

真的,读者,我知道这一点,也感觉到了这一点。虽然我这人毛病不少,缺点很多,几乎没有多少可取之处,但我对海伦·彭斯从来没有感到厌倦过,也从来没有停止过对她的眷恋之情,这种感情如同激励过我心灵的任何情感一样,是如此强烈、温存和充满崇敬。在任何时候,任何情况下,海伦始终默默地对我表示出一种忠实的友谊,这种友谊从来没有因为心情不好而受到损害,也没有因为使性怄气而受到干扰,既然这样,我怎能不对她怀有眷恋之情呢?可是海伦眼下在生病,她给搬到楼上不知哪个房间去了,我已经有好几个星期没有见到她了。听说,她没有和伤寒病人一起住在辟为病房的那些房间里,因为她得的是肺病,不是斑疹伤寒。我因为无知,还以为肺病是一种轻病,只要经过一段时间的护理,肯定会好转的。我的这个想法,由于下面的事实更加强了。有一两次,在阳光灿烂的下午,天气暖洋洋的,海伦曾从楼上下来,由谭波儿小姐陪着去花园。不过在这种时候,我是不允许过去和她说话的。我只是从教室的窗子里看见她,而且还看不大清楚,因为她总是裹得严严实实,坐在远处的廊檐下。

六月初的一天傍晚,我跟玛丽·安在林子里待到很晚。我们像往常一样,不跟其他人在一起,两人游荡到很远的地方,结果迷了路,不得不到一所孤零零的茅屋里去问路。那里住着一男一女,他们养着一群靠吃林子里的野果长大的半野的猪。等到我们回来时,月亮已经升起。一匹矮马站在花园门口,我们认得那是医生的马。玛丽·安说,她猜想准是有人病重了,所以才会这么晚还把贝茨先生请来。她说完进屋去了,我在外面又逗留了几分钟,把我从林子里挖来的一把根栽到我的花坛上,因为怕放到明天早上会枯掉。做完这件事,我又四处转悠了一会儿。露水已降下来,花香是那样的沁人肺腑。这是个多么可爱的夜晚啊,那么宁静,那么温馨。依然闪着落日余晖的西方,清楚地预示着明天又是一个好天气。月亮从黑沉沉的东方庄严地升起。我正注视着这一切,尽一个孩子的所能欣赏着,这时,一个从未有过的念头,突然浮现在我的脑子里。

"这会儿躺在病床上的人,随时都有可能死去,这有多可悲啊!世界这么可爱,被迫离开它到谁也不知道的地方去,实在太凄惨了!"

这时,我的脑子才第一次认真考虑起以往灌输进去的有关天堂和地狱的事。我的心第一次畏缩起来,感到束手无策,它第一次前瞻后望、左顾右盼,却只见周围是一片无底的深渊。它只能感到它所在的这一点——现在,其他的一切,全是茫茫迷雾和无底深渊。想到一旦站立不稳,失足坠入这一深渊,就不由得不寒而栗。我正在默想着这一新念头时,只听到前门给打开了,贝茨先生走了出来,和他一起出来的还有一个护士。她看着他骑上马离开以后,正要关门,我急忙跑到她跟前。

"海伦·彭斯怎么样了!"

"很不好。"她回答说。

"贝茨先生是来看她的吗?"

"是的。"

"他说她怎么样?"

"他说她在这儿待不长了。"

要是昨天听到这句话,我一定会以为她要给送到诺森伯兰她自己的家里去,绝不会猜疑到这是指她快要死了。可是,现在我马上明白,我清楚地意识到,海伦·彭斯活在世上的日子已经屈指可数,她就要给送到神灵的世界去了——如果真有这样一个世界的话。我感到一阵恐怖,接着是一阵钻心的悲痛,最后产生了一个强烈的愿望——我非去看看她不可。我问护士她睡在哪个房间。

"她在谭波儿小姐的房间里。"护士说。

"我可以上去跟她说句话吗?"

"啊,不,孩子!那可不行。现在你也该进屋了。降露水了你还待在外面,会得热病的。"

护士关上前门,我从通往教室的边门走了进去。我刚好赶上。正好九点钟,米勒小姐在叫学生睡觉。大约过了两小时,可能快到十一点了,我还没有睡着。根据宿舍里寂静无声来判断,同学们想必全都睡熟了。我悄悄地爬了起来,在睡衣外面套上外衣,鞋子也没有穿,就偷偷地溜出宿舍,去找谭波儿小姐的房间。它远在房子的那一头,不过我认得路。而且,没有乌云遮掩的夏夜的月亮,通过走廊的窗子,到处洒进了月光,使我能毫不费力就找到了路。当我走近伤寒病人住的房间时,一股樟脑味和烧热的醋味给了我警告,我赶快从门口走了过去,生怕被通宵值班的护士听到我的声音。我怕让人发现了给送回宿舍,因为我必须见到海伦——必须在她死去以前拥抱她——我必须给她最后的吻,跟她说上最后一句话。

　　我走下一道楼梯,穿过楼下的一部分房子,不声不响地打开和关上两道门,来到另一道楼梯跟前。我走上楼梯,对面就是谭波儿小姐的房间。钥匙孔和房门底下都透出亮光,四周一片寂静。我走近一看,发现门开着一条缝,也许是为了让这闷人的房间透进一点新鲜空气。我不想再犹豫,全身充满迫不及待的冲动——心灵和感官都因极度的悲痛而颤抖——我推开门,朝里面张望。我的目光寻找着海伦,生怕会看到死亡。紧挨着谭波儿小姐的床边,有一张小床,床上的白色帐子半掩着。我看到被子下面有一个身子的轮廓,可是脸却给帐子遮住了。跟我在花园里说过话的护士坐在安乐椅上已经睡着。一支没有剪去烛花的蜡烛昏暗地在桌子上点燃着。没有看到谭波儿小姐。事后我才知道,她给叫到伤寒病房去看一个昏迷病人去了。我走上前去,在小床边停了下来。我的手已经搭到帐子上,可我觉得在拉开帐子前还是先说句话为好。我仍有点畏缩不前,生怕看到的是一具尸体。

"海伦!"我轻声悄悄叫道,"你醒着吗?"

她动了一下,拉开帐子。我看到了她的脸,既苍白又憔悴,但非常平静。她看上去没有多少变化,我的恐惧和担心马上消失了。

"真是你吗,简?"她用她那温和的声音问道。

"啊!"我想,"她不会死的,他们准是搞错了。她真要死的话,她说话的口气和神情绝不会这样镇静的。"

我爬上她的小床,吻了她。她的前额冰凉,脸颊又冷又瘦,手和手腕也是这样,可是她仍像以前那样微笑着。

"你干吗上这儿来,简?都过十一点了,我几分钟前听到敲了钟。"

"我是来看你的,海伦。我听说你病得很重,不来跟你谈谈我睡不着。"

"这么说,你是来跟我告别的了。也许你来得正是时候。"

"你要上哪儿,海伦?是回家吗?"

"是的,回我永久的家——我最后的家。"

"不,不,海伦!"我悲痛已极,再也说不下去了。我竭力想咽下泪水,这时,海伦突然剧烈地咳嗽起来,但这并没有把护士惊醒。这阵咳嗽过去后,她精疲力竭地躺了几分钟,然后才轻声说:"简,你的小脚光着呢。快躺下来,盖上我的被子。"

我照着做了。她用胳膊搂着我,我紧紧偎依着她。沉默了许久,她又开始说话了,声音依然很轻。

"简,我很快活。当你听到我死去的时候,千万不要悲伤,没什么可悲伤的。我们大家都一样,总有一天要死的,正在夺去我生命的这个病并不痛苦,它来势不猛,是缓缓来的。我的心里很平静,我死后,没有人会对这感到非常痛惜。我只有一个父亲,他最近刚结了婚,不会想念我的。我年轻死去,倒可以免受许多大的痛苦。我反正没有什么品质和才能可以让我活在世上好好做出一番事业来,我只会不断地做错事。"

"可是,你上哪儿去呢,海伦?你看得见吗?你知道吗?"

"我相信。我有信仰,我是到上帝那儿去。"

"上帝在哪儿?上帝又是什么呢?"

"是我和你的创造者,他绝不会毁掉他所创造的东西的。我绝对信赖他的力量,完全相信他的仁慈。我在计算时间,等待着那一重大时刻到来,到那时,我会把自己交还给上帝,让他显现在我的面前。"

"这么说,海伦,你是相信有那么一个叫天堂的地方,相信我们死后灵魂都要上那儿了?"

"我相信有一个未来的国度,相信上帝是仁慈的。我可以放心大胆地把我不朽的部分交托给他。上帝是我的父亲,是我的朋友。我爱他,我相信他也爱我。"

"那我死以后,海伦,还会再见到你吗?"

"你也会来到那同一个幸福的地方,受到同一个全能的天父接待,这毫无疑问,亲爱的简。"

我又问了,不过这次只是在心里问。"那地方在哪儿呢?它真的存在吗?"我用胳膊把海伦搂得更紧了。对我来说,她似乎比以前更加可爱了,我感到我好像怎么也不能让她走啊。我躺着,把脸埋在她的脖窝里。不一会儿,她用最温柔的语调说:

"我多舒服啊!刚才那阵咳嗽弄得我有点累了,我觉得我好像可以睡了。不过你别离开我,简,我喜欢你待在我身边。"

"我会待在你这儿的,亲爱的海伦,谁也没法儿把我拉开。"

"你暖和吗,亲爱的?"

"暖和。"

"晚安,简。"

"晚安,海伦。"

她吻了我,我也吻了她,我们两人很快都睡着了。

我醒来时,已经是白天了。是一个不寻常的动作弄醒了我。我抬头一看,发现自己躺在别人的怀里。是护士抱着,她正穿过走廊,把我送回到宿舍去。我没有因为擅自离开自己的床而挨骂,人们还有别的事要操心。我提出的一连串问题,当时也没有人作答。直到一两天以后我才听说,当谭波儿小姐清晨回到自己房间时,发现我也睡在小床上,我的脸紧贴着海伦·彭斯的肩头,两臂搂着她的脖子,我睡着了,而海伦却——死了。

她的坟在勃洛克桥墓地里。她死后的十五年中,那上面只覆盖着一个杂草丛生的土墩,如今,已有一块灰色的大理石碑标出了那个地方,碑上刻有她的名字,还有"复活"[1]两个字。

---

1 原文为拉丁文。

10

到现在为止,我已详细记载了我微不足道的生涯中发生的一些事情。对我一生中的这最初十年,我已拿出几乎同等数量的章节来做了叙述。但是,这毕竟不是一部一般的自传,我只要回忆一下能引起人们一定兴趣的那些往事也就足够了。因此,现在我要几近不加叙述地一下子跳过八年的时光。为了保持前后连贯,我只需简要写上几行就行了。

斑疹伤寒在洛伍德完成了它造成一场浩劫的使命后,就渐渐从那儿销声匿迹了,不过这是在它的疯狂施虐和受害人数之多引起公众对这所学校的关注之后。人们对这场天灾的起因做了调查后,种种事实逐渐暴露,激起了极大的公愤。学校有害健康的环境,孩子们伙食的质和量,做饭菜用的是带咸味的臭水,学生粗劣的衣着和生活设施,全都被一一发现了。这些发现造成的结果是,勃洛克赫斯特先生大失脸面,学校却受益匪浅。

郡里几位富有而爱好行善的人物捐出了大笔款项,在一个较好的地方建造了一所更为合适的房子。还订了新的规章制度,改善了伙食和衣着。学校的基金交由一个委员会管理。勃洛克赫斯特先生,凭着他那不容忽视的财富和家族地位,仍旧保住了司库的职位。不过在他行使这一职权时,将由几位心胸宽广、富有同情心的先生从旁协助。他的总监职务,也和另外几个人共同担任,那些人懂得如何把通情达理和严格要求,讲究舒适和勤俭节约,富于同情和公正威严结合起来。经过这样的改进,这所学校终于成了一个真正有益而高尚的机构。经过这次革新以后,我在这所学校里整整生活了八年,六年当学生,两年当教师。在这两种身份上,我都可以为这所学校的价值和重要性做证。

在这八年中,我的生活没有多大变化,但却不能说不快活,因为它并不是死气沉沉的。我有了受到良好教育的机会,对我所学某些课程的喜爱,一心想在各个方面都出人头地的愿望,还有在博得老师们,尤其是我敬爱的老师的欢心时感到的极大喜悦,这一切都在促使我努力奋进。我充分利用了给予我的有利条件,终于升到了第一班第一名的位置。接着,我被授予了教师的职务,这工作我热心地做了两年。可是两年一满,我却发生了变化。

历经种种变迁,谭波儿小姐始终担任着这所学校的学监职务。我所获得的绝大部分学识,都得归功于她的教导。她的友谊、她跟我的交往,一直是我的安慰。她担当的是我的母亲、我的家庭教师,后来,又成了我的伴侣。就在这个时候,她结了婚,随她的丈夫（一位牧师，一个很好的人，几乎可以说配得上有这样一位妻子）一起搬到一个很远的郡去了，因而从此我失去了她。

从她离开的那天起，我就不再是原先的我了。一切稳定的感觉，一切使我觉得洛伍德有点像我的家的联想，全都随着她一起消失了。我从她那儿学到的她的一些品性和许多习惯——较为和谐的思想，较有节制的感情，已经在我的心中扎了根。我忠于职守、恪尽本分；我安然文静，相信自己已经心满意足。在别人眼里，通常甚至在我自己看来，我似乎都是一个循规蹈矩、安分守己的人。

可是命运化身为内史密斯牧师，插身到我和谭波儿小姐的中间。在他们举行婚礼后不久，我眼睁睁看着她穿着旅行服跨进驿站马车。我目送着车子爬上小山，消失在山冈的那一边。然后我回到自己的房间里，在孤寂中度过了因庆祝婚礼放的半天假中的大部分时间。我多半时间都在屋子里来回踱着。我原以为自己只是在惋惜失去的一切，考虑怎么去弥补它。可是，当我思考完了，抬头一看，发现下午已经过去，夜色已经降临时，我的头脑中突然有了一个新的发现，那就是，在这段时间里，我已经经历了一个变化过程，我心里已经抛弃了从谭波儿小姐那儿学来的一切——或者不如说，她已经把我在她身边一直呼吸到的那种宁静气氛随身带走了——如今，我又恢复了我的本性，开始感到往日的情绪又在活跃起来。这似乎不像是失去了支柱，像是失去了动机。并不是我已丧失保持平静的能力，而是保持平静的理由已经不复存在。几年来，我的世界一直局限于洛伍德，我的经验只限于它的规章制度。这时候我才想起,真正的世界是广阔的,一个充满希望和忧虑、激动和兴奋的变化纷呈的天地,正等待着敢于闯入、甘冒各种风险寻求人生真谛的人们。

我走到窗前,打开窗子,向外眺望。那儿有这幢房子的两侧建筑,有花园,有洛伍德的边缘地带,还有山峦起伏的地平线。我的目光越过所有这一切,停留在最远处那些蓝色的山峰上。我渴望着我能越过那些山峰。在它们的岩石和灌木包围住的这个范围内,整个儿就像是犯人的囚禁场和流放地。我的目光追随着那条沿着山脚盘绕,最后消失在两座山之间的峡谷中的白色大路。我多么想顺着它看到更远的地方啊!我回想起当初我乘着马车行进在那条路上的情景。我还记得驶下那座小山时是薄暮时分。从我第一次来到洛伍德那天起,仿佛已经过去了一个时代,而打那以后我就再也没有离开过。我的假期都是在学校里度过的,里德太太从来没有派人来接我去过盖茨海德府。无论是她本人还是她家的任何人,都从来没有来看过我。我和外面的世界没有任何书信往来,也从来不通信息。学校的规章、学校的职责、学校的习惯和观念,以及它的各种声音、面孔、用语、服饰、偏爱、恶感,这些就是我所知道的生活。而现在,我感到这是远远不够的。

在一个下午,我就对八年来的生活常规突然感到了厌倦。我向往自由,我渴望自由;我还为自由做了祈祷,但它似乎随着微风飘散了。我放弃这种奢求,提出一个较低的要求,要求变化和刺激。"那么,"我几乎绝望地喊道,"至少赐给我一份新的工作吧!"

这时，晚饭的钟声响了，把我叫下楼去。

在就寝以前，我一直没有空闲重续我那被打断的思路。甚至到了就寝时间，和我同房间的那个教师还在喋喋不休地跟我闲聊，使我无法回到我渴望继续思考的问题上来。我多么希望睡眠能使她闭上嘴啊！仿佛只要我的思路能回到我站在窗前时想到的那个念头上，我就能想出某种别出心裁的主意来使自己得到解脱。

格莱斯小姐终于打起鼾来了。她是个粗壮的威尔士女人，以前，我总是把她那惯常的鼾声当作一桩讨厌的事，可今晚，我刚一听到它最初的几个深沉的音符，就满意地深表欢迎。我摆脱了干扰，我那渐趋泯灭的念头马上又活跃了起来。"一份新的工作！这值得想一想。"我自言自语道（当然，我只是在心里说，没有说出声来），"我看这值得想一想，因为它听起来并不是太悦耳。它不像'自由''兴奋''享乐'，那些字眼，听起来确实很愉快，可对我来说，它们只不过是声音而已，而且是那么空洞，那么短暂，去听它们只是浪费时间。但是工作！那可是实实在在的事。任何人都可以工作，我已经在这儿待了八年，现在我所要求的，只是到别的地方去服务。难道我连自己的这点儿愿望都不能实现吗？这件事不是可以做到的吗？对，对，要达到这个目的并不那么难，只要我肯动脑子，是能够想出达到目的的办法来的。"

为了开动脑子，我在床上坐了起来。那天晚上天气很冷，我用披巾裹住肩膀，然后开始全神贯注地又思考起来。

"我想要什么呢？要新的房子、新的面孔、新的环境中，谋一个新的职位。我想要的就是这个,因为想要更好的东西只会白费劲。别人是怎么谋到新职位的呢?想必是请亲友帮忙吧。我没有亲友。还有许多人也没有亲友,他们得靠自己去找,自己帮助自己。那他们用的是什么办法呢?"

我回答不上,没有现成答案。于是我强令我的脑子找出一个答案来,而且要快。我苦思冥想,脑子越转越快。我感到头上和太阳穴上的筋脉怦怦直跳。可是,想了将近一个小时,脑子里依然乱糟糟的,还是没有想出个结果来。我被这徒劳的苦苦思索弄得浑身燥热,就起身下床,在房间里转了一圈,拉开窗帘,看到一两颗星星,我冷得直打战,就又重新爬上床去。

准是有位好心的仙女,趁我不在床上,把我急需的好主意放在了我的枕头上。因为我刚一躺下,这主意就悄没声息地、自然而然地来到了我的脑海里:"那些求职的人总是登广告的,你得在《××郡先驱报》上登个广告。"

"怎么登呢?我对登广告的事一窍不通。"

这一次,答案很快就顺顺利利出来了。

"你得把广告和广告费装进一个信封里,写上《××郡先驱报》编辑部收。你一有机会,就要把信送到洛顿邮局去。要让回信寄到那儿的邮局留交 J.E.[1] 收。信发出后一个星期左右,你可以去邮局问问是不是有回信来,然后再看情况考虑该怎么办。"

这个计划我反复想了两三遍,又在心里仔细琢磨,直到它有

---

[1] 简·爱英文原名 Jane Eyre 的缩写。

了一个明确清晰、切实可行的样子,我才感到满意,然后进入了梦乡。

一大清早我就起了床。没等起床钟把全校唤醒,我就已经写好广告,装进信封,写上地址。广告是这样写的:

> 兹有一年轻女士,教学经验丰富(我不是已经当了两年教师了吗?)欲谋一家庭教师职位。儿童年龄要求不超过十四岁(我想到这一点是因为我自己刚满十八岁,去教导一个跟我年龄相近的学生是不适宜的)。该女士能胜任英国良好教育所需各门常规课程以及法语、绘画、音乐之教学(读者,这样几门知识今天看来似显狭窄,可在当时却是相当广博的了)。回信请寄 ×× 郡,洛顿邮局,J.E. 收。

这份东西在我抽屉里整整锁了一天。吃过茶点,我向新来的学监请假,说要去洛顿给自己和一两个同事办点儿小事,她一口同意,我就去了。得走两英里路,傍晚时分还下起了雨,不过白天还很长。我去一两家店铺,悄悄把信送进邮局,然后冒着大雨回校,浑身的衣服全湿透了,但是心里很轻松。接下来的一个星期显得特别长,然而,像世上的一切事物一样,终于还是过去了。在一个令人愉快的秋日傍晚,我又一次走在去洛顿的路上。顺便说一下,那是一条景色如画的小道,它沿着山溪,蜿蜒穿过极其秀丽的曲曲弯弯的溪谷。不过那一天我想得更多的是信,而不是美丽的草地和山溪,说不定回信已经(或者还没有)在我要去的小镇上等着我了。

这一次,我表面上的任务是去量尺寸定做一双鞋,所以我先去办这件事,办完以后,我就离开鞋店,穿过那条清洁、安静的小街,来到对面的邮局。管邮局的是位老太太,鼻梁上架着角质框架的眼镜,手上戴着黑色连指手套。

"有给 J.E. 的信吗?"我问她。

她从眼镜上方打量了我一眼,然后拉开一个抽屉,在里面翻了老半天,我都快不抱希望了。最后,她拿起一封信,凑在眼镜前看了足足五分钟之后,终于隔着柜台把它交给了我,同时又用探究、不信任的眼光看了我一眼——这信是写给 J.E. 的。

"只有一封吗?"我问。

"另外没有了。"她回答说。我把信放进口袋,转身往回走。当时我没法儿拆开信来看。按规定我得在八点钟赶回学校,这时候已经七点半了。

我一回到学校,就有好几项工作等着我。学生自学时间,我得坐在那儿陪着她们。接着轮到我念祈祷文,看着学生上床,然后跟其他教师一起吃晚饭。即便到了最后就寝的时候,那位避不开的格莱斯小姐仍和我在一起。我们的烛台上只剩下短短的一截蜡烛头了,我真怕她会说个没完,直说到蜡烛点完。不过,幸好她吃下的那顿量大的晚餐起了催眠作用。还没等我脱完衣服,她就已经鼾声大作了。蜡烛还剩一英寸左右,这时我才掏出信来,封戳是一个姓氏的首字母 F,我拆开信,内容很简短:

如果上星期四在《××郡先驱报》上刊登广告的J.E.确实具有所述学识,并能提供有关品格及能力之满意证明,即可获得一个职位,学生仅为一不满十岁之小女孩,年薪为三十镑。请J.E.将所需证明、姓名、地址及全部详细情况寄交:××郡,米尔科特附近,桑菲尔德,费尔法克斯太太收。

这封信我反复看了很久,它的字体是老式的,还有点儿不稳,就像是一位老太太所写。这一情况倒还让人满意,因为我心里老老在暗自担心,生怕我这样自作主张,自行其是,会有落入陷阱的危险。尤其重要的是,我希望我奋斗得来的结果是体面的、正当的,"合乎规矩的"[1]。现在我觉得,在我眼下正在办的这件事情上,有一位上了年纪的太太倒不是坏事。费尔法克斯太太!我可以想见她身穿黑色长衣,头戴寡妇帽,也许有点冷漠,但是并不失礼,是一位典型的受人尊敬的英国老人。桑菲尔德!毫无疑问,这是她住宅的名称。虽然我怎么也想象不出房屋的准确式样,但是我肯定这是个整洁的地方。

××郡米尔科特。我在记忆中重温了一下英国地图。对,我找到了,郡和城市全找到了。××郡比我住的这个偏僻的郡离伦敦要近七十英里,这对我来说,就是一个可取之处。我渴望到有生活、有活动的地方去。米尔科特是埃×河边一座大工业

---

[1] 原文为法语。

城市，无疑是个相当热闹的地方。这就更好，至少对我是个彻底的改变。不过这倒不是说，那些高大的烟囱和腾腾的烟雾对我有多大的吸引力——"可是，"我为自己辩解说，"也许桑菲尔德离城很远呢。"这时，蜡烛的油窝坍了，烛油流了出来，烛芯熄灭了。

第二天得采取新的步骤，不能再把我的计划藏在心里了。为了能成功地实现计划，我得把它公开。在中午休息时间，我找机会跟学监谈了一次，我告诉她说，我有希望获得一个新的职位，薪俸要比我现在的高一倍（我在洛伍德的年薪只有十五镑），我请她将这件事透露给勃洛克赫斯特先生或者是委员会里的什么人，问问他们是否允许我把他们提作证明人。她很热心，同意为我从中促成这件事。第二天，她就把这件事向勃洛克赫斯特先生提了出来。后者回答说，这事我得给里德太太写封信，因为她是我的合法监护人。于是我就给那位夫人写了封短信。她回信答复说，我可以"爱做什么就做什么"，她在我的事情上早已"放弃一切干预"了。这封信在委员会里做了传阅。经过了一番长得让我不耐烦的拖延之后，委员会终于正式批准我可以自行设法改善自己的境况。此外还保证说，鉴于我在洛伍德学习和任教期间一贯表现良好，将立即为我出具一份有关我的品格和能力的证明，由学校的几位总监共同签字。

大约一个月后，我拿到了这份证明。我寄了一份给费尔法克斯太太，很快就收到了她的回信。她表示满意，约我在两星期后去她家就任家庭教师。

我开始忙着做各项准备工作，两个星期很快就过去了。我的衣服虽说已经够穿，但为数不多，我只需最后一天收拾一下衣箱就够了——我的箱子就是八年前从盖茨海德府带来的那只。箱子用绳子捆好了，姓名卡片也已经钉上。再过半个小时，搬运夫就要来把它运到洛顿去，我自己明天一早也要到那儿去等马车。我已刷干净我的黑呢旅行装，帽子、手套和皮手筒也准备停当。我还检查了我的所有抽屉，看看有没有丢下什么东西。现在，我再没有什么事情可做了，便坐下来，想休息一下。可是我做不到。虽说一整天来我的脚都不曾闲过，但这会儿还是一刻也没法儿休息。我太兴奋了，我生活中的一章今晚就要结束，新的一章明天就要开始了。在这种时刻，要安然入睡是不可能的，我要热切地注视着这一变化的完成。

"小姐，"我正神不守舍地在接待室里徘徊，一个仆人走进来对我说，"下面有个人要见你。"

"准是搬运夫，"我心里想，没有细问就跑下楼去。我刚经过半开着门的后客厅，也就是教师休息室，要去厨房，有个人突然奔了出来。

"是她，肯定是她！——到哪儿我都能认出她来！"这人拦住我，抓住我的手嚷道。

我一看，只见这是个衣着讲究的仆人似的女人，看样子已结过婚，但还年轻，长得很好看，黑头发黑眼睛，脸色红润。

"看看，是谁？"她问道，那音容笑貌我还依稀记得，"我想，你还没有完全把我忘了吧，简小姐？"

只一秒钟，我就狂喜地拥抱她，吻她了："贝茜！贝茜！

贝茜!"

除了这,我什么也说不出来了,她见我这样,也不由得又哭又笑起来。我们俩一起走进客厅。炉火边站着一个三岁的小家伙,穿着格子花呢衣裤。

"这是我的小男孩。"贝茜立即说。

"这么说你结婚了,贝茜?"

"是的,快五年了,嫁给马车夫罗伯特·利文。除了这个鲍比,还有个小女孩,我给她取名叫简。"

"那你现在不住在盖茨海德府了?"

"我住在门房里。原先那个看门人走了。"

"哦,他们都过得怎么样?把他们的情况都给我讲讲,贝茜。不过你得先坐下来。过来,鲍比,坐在我膝盖上,好吗?"可是鲍比却宁可偷偷溜到他母亲身边。

"你长得不太高,简小姐,也不太结实。"利文太太接着说。"准是学校里待你不太好吧。里德大小姐比你高出一个多头哩。乔治安娜有你两个这么胖。"

"我想,乔治安娜一定长得很漂亮吧,贝茜?"

"很漂亮。去年冬天她跟她妈妈上伦敦去,那儿人人都夸赞她,有个年轻贵族还爱上了她,可是他的亲戚都反对这门亲事,后来——你猜怎么着?——他和乔治安娜决计私奔,可是被人发现,给阻拦住了。是里德大小姐发现的,我相信她是妒忌。现在她们两姐妹成天吵架,像猫和狗在一块儿过活似的。"

"噢,那约翰·里德怎么样?"

"唉,他可没有他妈妈希望的那么好。他进了大学,可是考试不及格,给——刷掉了,我想他们是这么说的。他的几个舅舅还想让他当律师,学法律,可他是这么个浪荡小伙子,我想他们是永远没法儿使他搞出什么大名堂来的。"

"他长得怎么样?"

"他个儿很高,有人说他是个英俊的小伙子,不过他那嘴唇可是够厚的。"

"里德太太呢?"

"太太外表看上去挺好,胖乎乎的,可我想她心情并不怎么舒坦。约翰先生的行为使她很不高兴——他太会花钱了。"

"是她派你来的吗,贝茜?"

"不是,真的。不过我早就想来看你了。听说你来了封信,说你要上别处去了。我想我得马上来看看你,要不就看不到你了。"

"我想你对我有点儿失望吧,贝茜?"我笑着说。我发现贝茜的眼神中虽然流露出关切,但丝毫没有赞赏的神情。

"不,简小姐,倒不完全是这样。你是够文雅的,看上去像个大家闺秀,和我原先预料的差不多。你小时候就不是个美人啊。"

听了贝茜坦率的回答,我笑了。我想这话说得对,不过我得承认。对这话的含义,我倒也不是毫不介意的。在十八岁的青春年华,大多数人都希望自己能讨人喜欢。一旦确认自己的外貌不能有助于实现这样的愿望,那是绝不会叫人高兴的。

"不过,我敢说你一定很聪明,"贝茜说,想以此来安慰安慰我,"你会什么?会弹钢琴吗?"

"会一点儿。"

屋里有一架钢琴,贝茜过去打开琴盖,然后要我坐下来给她弹一首曲子。我弹了一两首华尔兹舞曲,她听得入了迷。

"那两位里德小姐可弹不了这么好!"她十分高兴地说,"我一直说,你在学问方面定会超过她们的。你会画画吗?"

"壁炉架上的那一幅就是我画的。"那是一幅水彩风景画,是我作为礼物送给学监的,感谢她替我向委员会做了疏通。她给画配上了玻璃框。

"啊,画得真美,简小姐!它比得上里德小姐的图画老师画的任何一幅,更不用说那两位小姐自个儿画的了,她们差远啦。你学了法语了吗?"

"学了,贝茜,我能看也能说。"

"那你各种刺绣活儿会做吗?"

"会做。"

"啊,你真成了一位大家闺秀啦,简小姐!我早就知道你会这样的。不管你的亲戚是不是照应你,你都会有出息的。我还有件事想问问你,你有没有听到过有关你父亲的亲戚爱家的什么消息?"

"从来没有听到过。"

"嗯,你知道,太太老是说他们穷,说他们低贱。他们也许是穷,可我认为,他们也跟里德家一样是上等人。因为有一天,大约在七年前,有位姓爱的先生来盖茨海德府,想看看你。太太告诉他你到五十英里外的地方上学了。他看上去非常失望,因为他不能多耽搁了,他要乘船到外国去,船一两天后就要从伦敦开出。他看上去完全是位绅士,我相信他准是你父亲的兄弟。"

"他是去哪个外国,贝茜?"

"是到几千英里远的一个岛上去,那儿产酒——管家告诉过我……"

"马德拉群岛?"[1]我提示说。

"对,就是那儿——说的正是这个名字。"

"那么他走了?"

"是的,他在屋里没待多久。太太对他很傲慢,事后管他叫'鬼头鬼脑的商贩'。我那口子罗伯特认定他是个酒商。"

"很可能,"我回答说,"要不就是酒商的职员或代理人。"

贝茜又跟我谈了一个小时的往事,随后她就不得不向我告辞了。第二天早上,我在洛顿等马车时又见到了她,我们一起待了几分钟。最后我们在那儿的勃洛克赫斯特旅店的门口分了手,各走各的路。她去洛伍德冈顶上等车返回盖茨海德。我上了马车,这辆车将把我送到米尔科特那个陌生的环境里,去担任新的职务,投入新的生活。

1　位于北大西洋中东部,主岛为马德拉岛,以盛产葡萄酒(马德拉白葡萄酒)著称。

11

一部小说中新的一章,有点像一出戏中新的一场,这一回当我把幕拉开时,读者啊,你得想象你看到了米尔科特乔治旅馆中的一个房间。就像一般的旅馆房间里那样,墙上贴的是那种大花壁纸,还有那种地毯,那种家具,壁炉架上的那种装饰品,那种印刷的画,其中一幅是乔治三世[1]的肖像,另一幅是威尔士亲王[2]的肖像,还有一幅画的是沃尔夫[3]之死。借着从天花板上吊下来的油灯,借着壁炉的熊熊炉火,你可以看清这一切。我的皮手筒

---

1 乔治三世(1738—1820),英国国王,1760 年至 1820 年在位。
2 原为英王长子称号,此处似专指乔治三世的长子威尔士亲王,亦即 1820 年即位的乔治四世(1762—1830)。
3 詹姆士·沃尔夫(1727—1759),英国将领,曾任远征加拿大魁北克英军司令官,大败统治魁北克的法军,本人在此役中负重伤死去。

和伞放在桌子上,我自己则披着斗篷、戴着帽子坐在炉火边,让身子暖和过来。连续十六个小时暴露在十月天的寒冷中,我全身都快冻僵了。我是早上四点钟离开洛顿的,现在米尔科特城的钟刚敲过晚上八点。

读者啊,虽然我看起来安排得还舒适,可是我的心里却不那么安定。我原以为,马车到这儿后总会有人来接我。我在走下"擦靴的"[1]为我方便放的木梯级时,一直焦急地朝四下里张望,指望能听到有人叫我的名字,能看到有辆马车等着送我去桑菲尔德。可是一点儿这种迹象也没看到。我又向一个侍者打听,是否有人问起过一位姓爱的小姐,回答也是没有。这一来我没有办法,只好请他领我到一间清静的房间。我就在这儿等待着,各种各样的猜疑和恐惧,弄得我心神十分不安。感到自己在世上孤苦无依,一切联系均已断绝,能否到达目的地难以预测,返回原地又障碍重重,对一个毫无经验的年轻人来说,这实在是一种十分奇特的心情。冒险的魅力使这种心情显得美滋滋的,自豪的喜悦使它变得热乎乎的,可是紧接着恐惧的颤惊又使它不得安宁。当半个小时过去,我依然孤身一人时,恐惧在我心里占了上风。我想起可以打铃。

"这儿附近有个叫桑菲尔德的地方吗?"我问应声而来的侍者。

"桑菲尔德?我不知道,小姐,我到柜台上问问。"他走了,

---

[1] 旧时英国旅馆中替旅客擦靴及搬行李的杂役。

可一转眼又回来了。

"你姓爱吗,小姐?"

"是的。"

"有人在等你。"

我急忙跳起身来,抓起我的皮手筒和伞,匆匆来到旅馆的走廊上。一个男人站在开着的门边,在亮着路灯的街上,我模模糊糊地看到有一辆单马马车。

"我想,这是你的行李吧?"这个人一看到我,就指着我放在走廊上的箱子,有点儿唐突地问道。

"是的。"

他把箱子拎到马车上,这是一辆简陋的双轮马车。接着,我便上了车,还没等他关好门,我就问他去桑菲尔德有多远。

"大约六英里。"

"我们到那儿要多长时间?"

"一个半小时左右吧。"

他关好车门,爬到车厢外面自己的赶车座上,于是我们就上路了。车子缓缓地行驶着,给了我充分的时间去思索。我很满意,我的这番跋涉终于就要结束了。我坐在这辆虽不讲究却很舒适的马车里,身子往后靠着,从从容容地想了很多。

"我猜想,"我心里想,"从仆人和车子的朴实无华来判断,费尔法克斯太太不是很讲排场的人,这样更好。我从来没有跟爱讲排场的人一起生活过,只有一次除外,而那一次跟他们在一起我真是受够了罪。我不知道,除了这个小姑娘之外,她是不是就一个人过。如果是这样的话,只要她多少和气一点的话,那我敢肯定,准能和她相处得很好。我会尽最大努力去做。遗憾的是,有时尽最大的努力去做并不总是能得到好报。在洛伍德时,的确,我下了这样的决心,实现了这样的决心,从而也取得了别人的好感。可是跟里德太太相处时,我记得尽管我尽了最大努力,总还是遭到唾弃。我要祈求上帝,千万别让费尔法克斯太太成为第二个里德太太。不过,即使她是那样的话,我也并不是非待在她那儿不可。到了实在没有办法时,我可以再登广告。不知道这会儿我们已经赶了多少路了?"

我拉下车窗,朝外面望去。米尔科特被我们抛在后面了。从它的灯火数量来判断,这似乎是个相当大的地方,比洛顿要大多了。据我看来,这会儿我们正走在一片公有地上,不过房屋还是疏疏落落地布满这一地区。我觉得这是个和洛顿很不一样的地方,人口多了,景色少了,热闹多了,浪漫少了。路很难走,夜雾茫茫,我的那位向导一路上都让马儿慢慢走着。我确信,一个半小时已经给拉长到两个小时。最后,他终于在赶车座上回过头来说:

"这会儿你离桑菲尔德不太远了。"

我再朝外面张望。我们正经过一座教堂,我看见天空衬托着它那低矮宽阔的钟楼,钟楼上的钟刚敲响一刻钟。我还看到山坡旁有窄窄的一长串灯光,表明那儿是一座村庄或者是个小村落。大约过了十分钟,赶车的下车去打开两扇大门。我们驶了进去,门又在我们身后砰地关上了。现在我们缓缓地驶上车道,来到一幢房子宽阔的正面。从一扇挂着窗帘的弓形凸窗里透出烛光,别的窗口全都一片黑暗。马车在前门停了下来。一个女仆来开了门,我下了车,走进门去。

"小姐,请走这边好吗?"那个姑娘说。我跟着她穿过一间四周都有高大的门的方形大厅,然后她把我带进了一间屋子。一开始,屋子里的火光和烛光照花了我的眼睛,因为这跟我两个小时来已经习惯的黑暗对比太强烈了。不过,待到我能看清东西时,只见展现的是一幅舒适喜人的图景。

一间舒适、小巧的房间,欢快的炉火边有一张圆桌,一张老式的高背扶手椅上,坐着一位再整洁不过的小个子老太太。她戴着寡妇帽,穿着黑绸长衣,围着雪白的细布围裙,跟我想象中的费尔法克斯太太一模一样,不过没那么庄严,看上去比较和蔼。她正忙着编织,一只大猫文文静静地蹲在她的脚边。总之,这儿有着一种理想中的完美无缺的家庭安乐气氛。对一个初来乍到的家庭教师来说,几乎再也想不出有比这更让人放心的开端了。既没有咄咄逼人的富丽堂皇,也没有使人手足无措的庄严肃穆。再说,我一进去,老太太就站起身来,急忙走上前来亲切地迎接我。

"你好吗,亲爱的?我想你一定坐车坐得厌烦了吧。约翰赶车太慢。你一定冻坏了,快到炉火跟前来。"

"我想,你是费尔法克斯太太吧?"我说。

"是的,你说对了。坐下吧。"

她带我到她自己的椅子上坐下,接着就动手替我拿掉披巾,解开帽带。我请她不用为我麻烦了。

"哦，不麻烦。我猜你自己的手一定快冻僵了。莉亚，去拿点热的尼格斯酒，再拿几块三明治来。给你贮藏室的钥匙。"

她从口袋里掏出一大串管家主妇的钥匙，交给了女仆。

"来吧，再往炉火这儿靠近点，"她接着说，"你把行李随身带来了，是吗，亲爱的？"

"是的，太太。"

"我去关照一下，让他们把它送到你的房间去。"她说着，就急急忙忙地出去了。

"她竟把我当客人接待了，"我心里想，"我万万没有想到会受到这样的款待。我原来还以为会遇到冷淡和生硬的态度呢。这可不像我听说过的对待家庭教师的态度。不过我也不能高兴得太早了。"

她回来了，亲自把桌子上的编织用品和一两本书拿开，腾出块地方来摆莉亚刚端来的盘子，接着又亲手把食物递给我。我从来没有受到过这样的关怀，而且这种关怀又来自我的雇主和地位比我高贵的人，这简直使我感到有点手足无措了。可是，既然她自己好像并不认为是在做什么有失身份的事，所以我也就觉得还是默默接受她的款待为好。

"今天晚上我能有幸见到费尔法克斯小姐吗？"我吃完她递给我的东西后，问道。

"你说什么，亲爱的？我耳朵有点儿聋。"这位好心的太太一边说，一边将耳朵凑近我的嘴。我又把我的话更清楚地说了一遍。

"费尔法克斯小姐?哦,你是说瓦伦小姐吧!瓦伦是你未来的学生的姓。"

"真的!那么她不是你的女儿了?"

"不是,——我没有亲人。"

我本想再接下去问问瓦伦小姐跟她是什么关系,但我又想到,问得太多不礼貌,再说,这事我以后总会知道的。

"我真高兴,"她一边在我对面坐下,把猫抱到膝上,一边接着说,"你来了,我真高兴。现在有了个伴儿,在这儿生活是很愉快的。当然,这儿什么时候都是挺愉快的,因为桑菲尔德是座美丽的老宅子,虽说近几年也许没有怎么整修,但它依旧是个相当好的地方。不过你知道,一到冬天,哪怕住在最好的房子里,孤零零地一个人住着,也会觉得冷的。我说的孤零零,因为虽说莉亚确实是个好姑娘,约翰和他的妻子也都是挺好的人,不过,你知道,他们毕竟都是仆人,不能用平等的身份跟他们在一块儿谈话,得跟他们保持点儿距离,要不怕会失去自己的威信。去年冬天(要是你还记得,那可是个冷得厉害的冬天,不是下雪,就是刮风下雨),从十一月直到二月,我可以肯定,除了卖肉的和送信的之外,没有一个人来过这儿。那时候,我一个晚上又一个晚上地独自一人坐着,心里真觉得有点儿闷得慌。有几次,我叫莉亚来念点儿书给我听,可我觉得这可怜的姑娘不太喜欢这项差使,她感到这挺受拘束;春天和夏天就好一些,阳光灿烂,白天的日子也长,这就大不相同了。加上今年刚入秋,小阿德拉·瓦伦跟她的保姆就来了。有了个小孩,一下子就使整幢屋子变得热闹起来。现在你又来了,我就更高兴了。"

听她讲了这番话,我心里确实对这位可敬的太太产生了好感。我把椅子朝她跟前拉近一些,并且表示我衷心希望,她会发现和我做伴定会像她预想的那么愉快。

"不过,今晚我不想让你坐得太久了,"她说,"现在钟打十二点了,你赶了一天路,一定很累了。要是你的脚已经暖和过来,我就带你上你的卧室去。我已经把我隔壁那间房子给你收拾好了。那只是个小房间,不过我想,和前面那些大房间比起来,你会更喜欢这一间。那些房间里,家具当然要好一些,可是太冷清、太寂寞了,我自己就从来不睡在那些房间里。"

我感谢她为我做了周到的选择。由于长途跋涉,我也真的感到累了,便表示愿意去休息。她拿起蜡烛,我跟着她走出房间。她先去查看了一下大厅的门是否已经锁好;从锁孔中拔出钥匙后,就带我上楼。楼梯的梯级和栏杆都是橡木的,楼梯的窗子很高,镶有木格子。这种窗子楼梯和通向卧室的长长的走廊,看起来就像是教堂里的,而不是住家房子里的。楼梯上和走廊里,都笼罩着一种阴森森的,地下墓穴般的气氛,使人产生空旷和孤寂的不愉快感。因此,当我最后被领进我的卧室,看到房间很小,而且里面陈设着普通的时式家具时,我心中不由得一阵高兴。

费尔法克斯太太和蔼地向我道了晚安,我闩上门,从容地向四下里看了一番。刚才那空旷的大厅,那又宽又暗的楼梯,那又长又冷的走廊,给我留下的阴森凄凉印象,多少让这小房间里颇有生气的景象冲淡了几分。这时我想起,经过一整天身体上的劳累和精神上的焦虑之后，现在终于来到了一个安全的避风港。我心中涌起了一股强烈的感恩之情，于是就在床边跪了下来，向应受感谢的上天敬献上我的谢意。在我站起身来之前，我也没有忘记再次祈求，祈求在未来的道路上，赐予我帮助和力量，使我能不辜负我所受到的恩惠——在我还不配获得它时，它好像就真诚地赐给我了。那一夜，我的床上没有荆棘，我独自一人的房间里没有恐惧，我疲乏不堪但又心满意足，很快就进入了梦乡。一觉醒来，天已经大亮了。

阳光从鲜艳的蓝色印花窗帘的缝里射进来，照亮了糊着墙纸的四壁和铺着地毯的地板，这跟洛伍德那光秃秃的地板和肮脏的灰泥墙迥然不同，使得这个房间在我眼里是个如此欢畅的小天地，一看见它，我就感到精神振奋。外表状况对青年人往往有很大的影响，我觉得自己生活中一个比较美好的时期正在开始，它将会有荆棘和劳苦，也会有鲜花和欢乐。由于环境的变化，由于有希望出现一个新天地，我全身的官能都被唤醒，似乎全都跃跃欲试了。我说不清它们到底在期待什么，但总是令人愉快的东西。也许它不一定在这一天或这个月就能出现，但很可能会在某个难以确定的未来时刻突然到来。

我起了床，仔细地穿好衣服。虽然我只能穿得很朴素——因为我的衣服件件都做得十分简朴——可是出于天性，我仍然力求穿得整洁。不修边幅，或者不注意给人什么印象，都不是我的习惯。正相反，尽管我长得并不漂亮，但总希望自己尽可能显得好看一点，尽可能得到别人的好感。我有时候很惋惜自己没能长得再漂亮一点,有时候真盼望自己有红润的脸蛋,笔直的鼻梁和樱桃般的小嘴,盼望自己有修长端庄、匀称丰满的身材。可是不幸的是,我竟长得这么矮小,这么苍白,五官这么不端正,特征又这么显著。为什么我会有这样的盼望和惋惜呢?这很难说清,当时我对自己都无法说清。不过,我是有理由的,而且是一个合理、自然的理由。不管怎样,我还是把头发梳得平平整整,穿上我的那件黑色外衣——虽说这有点儿像贵格会教徒,但至少有非常合身的好处——再把白净的领饰整了整,我想这总可以够体面地去见费尔法克斯太太了,我的新学生至少也不会厌恶地躲开我了吧。我打开卧室的窗户,眼看我放在梳妆台上的所有东西都已理得整整齐齐,就鼓起勇气去了。

我穿过铺着地席的长走廊,走下光滑的橡木楼梯,来到大厅。我在那儿逗留了一会儿,看了看墙上的几幅画(我记得有一幅画的是一个身披胸甲的英俊男子,还有一幅画的是一位敷着发粉、挂着珍珠项链的贵妇人),又看了看从天花板上垂下的一盏青铜吊灯,还看了一座大钟,这座钟的外壳是用雕有精细花纹的橡木,以及因年深日久和擦拭变得乌黑发亮的黑檀木制成的。在我看来,一切都显得那么庄严和气派。可是当时,我对富丽堂皇还很不适应。大厅里那扇半镶着玻璃的门正开着,我跨出门去。这是一个秋高气爽的早晨,朝阳宁静地照耀着已经枯黄的树丛和仍然碧绿的田野。我来到门前的草坪上,抬头仔细打量着这座宅子的正面。它有三层高,规模虽说可观,但还算不上宏大,是座绅士的住宅,而不是贵族的府第。屋顶四周的一圈雉堞,给它增添了画意。宅子灰色的正面正好被宅后一片白嘴鸦栖身的树林衬托着,林中鼓噪的居民们,这会儿正在到处飞翔。它们飞过草坪和庭园,纷纷停落在一个大草场上。草场跟宅子隔着一道坍塌了的篱笆,那儿还有一排高大的老荆棘,一棵棵都粗壮多节,高大得简直像橡树。这一下子就说明了这座宅子名字的由来。再过去是一座座的小山,这些小山不像洛伍德四周的群山那么高,那么嶙峋陡峭,也不像屏障似的把人世隔绝。不过,这些小山也是够幽静孤寂的了,它们似乎用一种归隐遁世的气氛包围了桑菲尔德[1],我真没想到,在离米尔科特这个热闹地区如此近的地方,竟会有这样僻静的处所。一个屋顶和树丛交杂在一起的小山村,零落地散布在一座小山坡上。区教堂坐落在离桑菲尔德不远的地方,它那古老的钟楼尖顶,凸露在宅子和庭园大门之间的土坡上方。

我还在享受着这恬静的景色和宜人的新鲜空气,愉快地听着白嘴鸦的哇哇叫声,还在观察着这座宅子宽阔的灰白色正面,心里正想着,让费尔法克斯太太这样一位小老太太孤零零地住在这儿,这地方实在太大了。就在这时,这位老太太出现在门口。

"怎么!已经上外面来了?"她说,"我看你是个爱早起的人。"

我走到她跟前,她和蔼亲切地吻了我一下,跟我握了握手。

"你觉得桑菲尔德怎么样?"她问道。我告诉她,我非常喜欢这个地方。

"是啊,"她说,"这是个非常美丽的地方。不过我怕它会慢

---

[1] 桑菲尔德的原文 Thornfield,意思是"荆棘地"。

慢衰败下去,除非罗切斯特先生想回这儿长住,或者,至少来得更勤一点儿。大宅子和好庭园都需要有主人在跟前。"

"罗切斯特先生!"我惊叫了起来,"他是谁?"

"桑菲尔德的主人。"她平静地回答,"你不知道他叫罗切斯特吗?"

我当然不知道,我以前从没听人说起过他。可是这位老太太却似乎把他的存在看成众所周知的事,好像人人都该凭直觉就知道他似的。

"我还认为,"我继续说,"桑菲尔德是你的呢。"

"我的?天哪,孩子,多奇怪的想法啊!我的?我只不过是个管家——管理人。的确,从他母亲方面说,我跟罗切斯特家是远房亲戚,或者,至少我丈夫跟他家是远亲。我丈夫在世时是牧师,是那边山坡上那个小村子干草村教区的牧师,靠近大门的那座教堂就是他的。现在的这位罗切斯特先生的母亲姓费尔法克斯,她父亲跟我丈夫是堂兄弟。不过我从来不以亲戚自居——实际上,我只当没有这回事,我只把自己看作一个普通的管家。我的主人待我总是客客气气的,我也就不再指望别的了。"

"那么那个小姑娘——我的学生呢?"

"她是罗切斯特先生监护的孩子。他委托我给她找一个家庭教师。我相信,他是打算把她带到××郡来抚养成人。这样她就来了,带着她的'bonne'[1],她是这样叫她的保姆的。"

1　法语,保姆。

谜终于解开了，这位矮小的和蔼可亲的寡妇原来不是什么贵妇人，不过是个和我一样受雇用的人，我并没有因此就不像原先那样喜欢她，相反，我比以前更感到高兴。她与我之间的平等是真正的平等，而并不是她纡尊降贵的结果。这样更好，我的处境更自由了。

我正在思考着这个新发现，一个小姑娘从草坪上跑了过来，后面跟着她的保姆。我打量着我的学生，而她一开始好像没有注意到我。她还完全是个孩子，七八岁，身材纤细，面色苍白，五官小巧，过长的鬈发一直垂到腰际。

"早安，阿德拉小姐，"费尔法克斯太太说，"过来跟这位小姐说说话，她就要教你读书了，好让你有一天成为一个聪明的女人。"孩子走了过来。

"这是我的家庭教师吗？"[1] 她指着我对她的保姆说。

保姆回答："是的，当然啦。"[2]

"她们都是法国人吗？"听到法国话，我感到诧异，便问道。

"保姆是外国人，阿德拉出生在大陆，而且我相信，她六个月前才第一次离开那儿。她刚来时不会讲英语，现在总算勉强能讲一点儿了。我听不懂她的话，她把英语和法语搅和在一起了。不过我想你准能弄懂她的意思。"

幸好我有个有利条件，我是跟一位法国女士学的法语。而

1　原文为法语。
2　原文为法语。

且，由于我一直注意尽可能经常和比埃洛夫人交谈，此外，在过去的七年中，我还每天背诵一些法文——努力在语调上下功夫，尽可能模仿老师的发音——因此，我已能相当流畅和正确地使用这种语言，所以在阿德拉小姐面前，我不至于会感到不知所措。她听说我是她的家庭教师，就走过来和我握手。我带她进去吃早饭时，用她的语言对她说了几句话。开始，她回答得很简短，但是待我们在餐桌前坐下，她用她那双褐色的大眼睛打量了我十来分钟后，就突然开口流利地接连不断说了起来。

"啊！"她用法语大声说道，"你讲我的话讲得跟罗切斯特先生一样好。我能像跟他说话那样跟你说话了，还有索菲，也能这样了，她一定会很高兴的。这儿谁也不懂她的话。费尔法克斯太太说的全是英语。索菲是我的保姆，她跟我一块儿从海那边过来，我们坐的是一条很大的船，船上有一个冒烟的烟囱——冒的烟多极了！后来我直想吐，索菲也想吐，罗切斯特先生也一样。罗切斯特先生躺在叫头等舱的一间漂亮房间的沙发上，索菲和我睡在另外一个地方的小床上。我差一点儿从床上摔下来，那床就像一个搁架。还有，小姐——你叫什么名字？"

"爱——简·爱。"

"埃尔！嗨，我说不来。哦，我们的船停下来时是在早上，天还没有大亮，停在一个大城市那儿。那个城市很大，房子全是黑乎乎的，到处都是煤烟，一点也不像我离开的那座漂亮干净的城市。罗切斯特先生抱着我走过跳板上岸,索菲跟在我们后面,我们一起乘上了一辆马车。马车把我们送到一座叫作旅馆的漂亮大房子跟前。那座房子比这座还要大,还要好。我们在那儿待了约莫有一个星期。我和索菲每天都到一个叫公园的地方去散步,那地方挺大,到处是树,一片碧绿。除了我,那儿还有好多好多孩子,还有一个池塘,里面有很多美丽的鸟儿,我用面包屑喂它们。"

"她说得那么快,你能听懂吗?"费尔法克斯太太问道。

我完全能听懂,因为我听惯了比埃洛夫人流利的口语。

"我希望,"这位好心的太太接着说,"你问她一两个有关她父母的问题。我不知道她是不是还记得他们。"

"阿黛尔[1],"我问道,"你跟谁一起住在你说的那座漂亮干净的城市里呢?"

"很久以前,我跟妈妈住在一起,可是她上圣母玛利亚那儿去了。妈妈常教我唱歌跳舞、朗诵诗。有好多好多先生和太太来看妈妈,我常常跳舞给他们看,或者坐在他们膝头给他们唱歌。我喜欢这样。现在就让你们听我唱歌好吗?"

她已经吃完早饭,所以我允许她一显身手。她从椅子上下来,过来坐在我的膝上,然后将小手一本正经地合在胸前,把鬈发往后一甩,抬起两眼望着天花板,唱起歌剧里的一支歌曲。这是一个被遗弃的女子唱的歌。她在哀叹了情人的负心之后,想出

---

[1] 阿德拉的法文名字。

以骄傲对付对方。她要仆人用她最晶莹的珠宝和最华丽的衣服把她打扮起来,决定当晚到一个舞会上去跟那个虚情假意的人见面,用她的欢快举止向他证明,他的遗弃对她的影响是多么微不足道。

选这种题材的歌让一个小歌手来唱,似乎有点儿奇怪。不过,我猜想让她这样表演,目的是要听听从奶声奶气的童声唱出的爱情和嫉妒的曲调。这种目的是很低级趣味的,至少我这样看。阿黛尔把这支短歌唱得相当委婉动听,而且还带着她那种年龄的天真无邪。唱完以后,她跳下我的膝头,说:"小姐,现在我来给你背几首诗。"

摆好姿势后,她开始报题目:"拉·封丹的寓言:《老鼠同盟》。"

接着,就抑扬顿挫地朗诵起这首小诗来。她声音宛转自如,动作表情恰到好处,就她的年龄来说确实非常难能可贵,这说明她受过认真的训练。

"这首诗是你妈妈教你的吗?"我问。

"是的,她常常这么念:'你怎么啦?'一只老鼠问,'说吧!'[1] 她叫我举起手——就像这样——好让我记住问话时要提高嗓门。现在我给你跳舞好吗?"

"不,已经够了。可是像你说的,你妈妈上圣母玛利亚那儿去以后,你跟谁一块儿住呢?"

"跟弗雷德里克太太和她丈夫。她照料我,不过她跟我没有

---

[1] 原文为法语。

亲戚关系。我想她很穷,她没有我妈妈那么好的房子。我在那儿没待多久。罗切斯特先生问我愿不愿意跟他一起到英国来住,我说愿意。因为我认识弗雷德里克太太以前就认识罗切斯特先生了,他一直待我很好,还送我漂亮的衣服和玩具。可是你看,他说话不算数,他把我带到英国来,他自己这会儿又回去了,我一直没有看到他。"

吃过早饭,阿黛尔和我一起去书房。看来罗切斯特先生有过吩咐,要把这间房子作为教室。大部分书都锁在玻璃橱里,不过有一个书橱是开着的,里面放的是初等教育所需的各种书籍,还有一些轻松的文学作品、诗歌、传记、游记和几本传奇故事等。我想,他大概认为家庭教师个人阅读所需要的,就是这些书了。确实,从目前来说,这些书已经使我非常满足了。和我在洛伍德时难得能觅到几本旧书相比,有这些书可说让我在消遣和求知方面获得一次大丰收了。在这间房子里,还有一架崭新的立式钢琴,音色好极了。另外还有一个画架和一对地球仪。

我发现我的学生相当听话,尽管不大肯用功。她对任何有规律的活动都还不习惯,我觉得一开始就对她限制得严是不明智的。所以,我跟她说了许多话,总算哄她学了一点儿功课,时间也快到中午了,我就放她回到她保姆那儿去了。接着,我打算利用吃午饭前的时间,画几张小速写供她学习用。

我正上楼去取我的画夹和画笔,费尔法克斯叫住了我。"我想,你上午的课已经上完了吧。"她说。

她正站在一个双扇门开着的房间里。她和我打招呼,我就走了进去。这是个富丽堂皇的大房间,有深紫色的椅子和窗幔,土耳其地毯,镶着胡桃木壁板的墙壁,一扇镶有很多彩色玻璃的大窗子,还有雕刻着华丽花纹的高高的天花板。费尔法克斯太太正在给餐具柜上几只精致的紫晶石花瓶掸灰。

"好漂亮的房间!"我朝四周打量着,惊叫了起来。因为以前我连有这一半气派的房间也没见过。

"是啊,这是餐厅。我刚把窗子打开,好让它透点阳光和空气进来。难得有人进来的房间里,样样东西都会变得潮乎乎的。那边的客厅简直就像地窖一样。"

她指了指一个和窗子式样类似的大拱门,门上也和窗上一样,挂着泰尔紫的帷幔,这会儿已收系在两边。我踏上两级宽阔的台阶,走近拱门前朝里一看,简直以为看到了一个仙境。在我这不曾见过世面的眼睛看来,里面的景象实在太辉煌了。其实,那不过是一间十分漂亮的客厅而已。大客厅里面还有一间小客厅,两间屋子都铺着白地毯,地毯上面仿佛撒满一个个色彩鲜艳的花环,天花板上全都雕刻着白色的葡萄和葡萄叶蔓的花纹,下面则摆放着深红色的卧榻和躺椅,形成强烈的对比。白色的帕罗斯大理石壁炉架上的摆设,都用红宝石般红光闪闪的波希米亚玻璃制成。窗子和窗子之间的一面面大镜子,重现出房间内到处是雪火交相辉映的景象。

"你把这些房子收拾得真整洁啊,费尔法克斯太太!"我说,"没有灰尘,也不罩布套。要不是有股冷气的话,人家还以为这儿每天都有人住的呢!"

"嗨,简小姐,虽说罗切斯特先生不常来这儿,可他来时总是很突然,出人意料。我看得出来,他最讨厌的是样样东西都用布罩着,等他来了才手忙脚乱地开始收拾。所以我想还是把房间收拾得随时可以让他来住的好。"

"罗切斯特先生是个要求过严、喜欢挑剔的人吗?"

"那倒未必是这样。不过他有绅士的习惯和爱好,他希望什么都安排得合他心意。"

"你喜欢他吗?一般人都喜欢他吗?"

"哦,喜欢。他们家在这一带一向受到敬重。不记得从什么年代起,只要你眼睛望得到的四周一带的土地,全都属于罗切斯特家的。"

"哦,那么撇开他的土地不谈,你喜欢他吗?人家喜欢他这个人吗?"

"我没有理由不喜欢他,我相信他的佃户们也都认为他是个正直、宽厚的地主。不过他很少跟他们一起相处。"

"可是,难道他没有特别的地方?总之,他的性格怎么样?"

"哦!我想,他的性格是没有什么可指摘的。也许只是有点怪。我想,他去过很多地方,见过不少世面。我敢说他一定很聪明,不过我从来没有跟他说过多少话。"

"他怎么个怪法儿呢?"

"我也不知道——这很难说清——没什么特别怪的地方,不过你跟他说话的时候,你会有这样的感觉:你总是无法断定,他是在开玩笑呢,还是认真的,他是高兴呢,还是不高兴。总之,你无法彻底了解他——至少，我是这样。不过这没有关系，他是一个很好的主人。"

这是我从费尔法克斯太太那儿听到的她的和我的主人的全部情况。有些人似乎不懂得概括人的性格，也不会观察或描述人或事物的特点，这位和蔼的太太显然就属于这一类。我的问题只能使她感到迷惑不解，但却问不出什么结果来。在她看来，罗切斯特先生就是罗切斯特先生，是位绅士，是个地主——仅此而已，此外她再也不会去做进一步的打听和追问了。我想对他的为人有一个更确切的了解，对此她显然感到奇怪。

我们从餐厅里出来后，她主动提出要带我到这座宅子的其他地方看看。我跟着她上楼下楼，边走边赞叹不绝，因为一切都拾掇得既整洁又漂亮。我觉得前面的几个大房间特别富丽堂皇，三楼的几个房间虽说又低又暗，但因为有点古色古香，倒也别有情趣。由于时尚的变化，一度布置在楼下的家具不时被搬到这儿来。在从窄窄的窗子透进来的昏暗光线照射下，可以看到有上百年历史的床架；橡木和胡桃木的柜子，上面雕刻着棕榈树枝和天使头像一类的古怪图案，看上去模样就像是希伯来约柜[1]，一排排古老的高背窄椅，以及更加古老的矮凳，凳垫上还留有大半磨去的刺绣的痕迹，而刺绣的手指化为尘土已经有两代之久了。所有这些遗物，使桑菲尔德府的第三层看起来像个往事之家、回忆之

1　据《圣经》记载，约柜是犹太人用来保存两块十诫碑的木柜。详见《圣经·旧约·出埃及记》第 25 章第 10—16 节。

所。白天,我很喜欢这些隐蔽处所的寂静、昏暗和古怪,可是夜晚,我绝不会贪求在这种宽大而笨重的床上睡觉。这些床,有的还装有可以关上的橡木门,有的挂着古老的英国绣花帐子,上面密密麻麻地绣着古怪的花朵,更古怪的鸟儿,还有最最古怪的人——所有这一切,要是在惨淡的月光下,看起来准会非常古怪的。

"仆人们就睡在这些屋子里吗?"

"不,他们都住在后面的一排小屋子里,谁也没在这儿睡过。几乎可以这么说,要是桑菲尔德府真有鬼的话,那这儿就是它出没的地方。"

"我也这么想。那么,你们这儿没有鬼咯?"

"我从来没听说过,"费尔法克斯太太笑着回答。

"也没有什么鬼的传记?没有传奇或者鬼故事什么的?"

"我相信没有。不过,听说罗切斯特家的人在世时,一个个都比较暴躁,他们不是个文静的家族。也许正因为这样,他们现在都文静地在坟墓里安息。"

"是啊——'经过了一场人生的热病,他们现在睡得好好的。'[1]"我喃喃说道,"你现在去哪儿,费尔法克斯太太?"因为她正要走开。"到铅皮屋顶上去,你愿意一起去,从那儿眺望一下风景吗?"

我跟着她,登上一道很窄的楼梯,来到阁楼,再从那儿爬上

1　引自莎士比亚剧本《麦克白》第3幕第2场中麦克白讲到被他谋害的邓肯时说的一句台词。原文中为"他",此处被改为"他们"。

一架梯子，钻出天窗，来到屋顶上。现在我和那些鸦群的栖息地在同一个高度上了，我可以清楚地看到鸦巢。我从雉堞上探出身子，远眺下面的景色，俯瞰着像地图般展开的地面。只见丝绒般平滑光洁的草坪，紧紧环绕着灰色的宅基。猎场般广阔的田野上，点缀着一棵棵古树。一条小径从满是枯枝黄叶的树林中穿过，小径上覆满青苔，比长着叶子的树木还要绿。大门外的教堂、大路、宁静的群山，全都安然地沐浴在秋日的阳光里。在四周的地平线上，是一片有着珠白色大理石花纹的碧蓝晴空。这景色并没有一点独特之处，但一切都那么赏心悦目。当我转过身子，重新钻进天窗时，我几乎都看不清下楼的梯子了。我刚才一直在仰望蔚蓝色的天穹，一直欢快地俯视着宅子周围阳光照耀下的树丛、牧场和青山。对比之下，阁楼里看起来昏暗得就像地窖一般。

费尔法克斯太太为了关天窗，在后面耽搁了一会。我摸索着找到了阁楼的出口，从阁楼的狭窄楼梯爬了下来。然后我就在楼梯脚下的长长走廊里徘徊着。这条走廊把三楼的前后房间分成了两排，它又窄又低又暗，只在远远的一头有一扇小窗子，两边的两排小黑门全都关着，看起来活像是蓝胡子[1]城堡里的走廊。

正当我轻手轻脚朝前走去时，突然听到一阵刺耳的笑声，我万万没有想到在如此寂静的地方会听到这样的声音。这是一种奇怪的笑声，清晰、呆板、凄惨。我停下脚步，笑声也停了，但只

1　法国民间故事中一个残酷的恶汉，曾杀死过六个妻子，她们的尸骨后来被第七个妻子在密室中发现。

停了一会儿,接着便又响了起来,而且声音更大,因为刚才尽管清晰,但声音很小。它震耳欲聋地大响了一阵后才停下,仿佛在每个冷寂的房间里都激起回声。不过,这声音其实是从一个房间里发出来的,我几乎能指出发自哪个房间。

"费尔法克斯太太!"我大声喊道,因为这时我正听到她从楼梯上下来,"你听见那大笑的声音了吗?是谁啊?"

"大概是哪个仆人吧,"她回答说,"也许是格雷斯·普尔。"

"你刚才听见了吗?"我又问了一句。

"听见了,清清楚楚。我常听见她笑,她就在这儿的一个房间里做针线活儿。有时候莉亚和她在一起。她们在一起时常常很吵闹的。"

笑声又低沉而有节奏地响了起来,最后变成了一种奇怪的嘟哝声。

"格雷斯!"费尔法克斯太太喊了一声。

我并不指望会有什么格雷斯来回答,因为我从来没有听到过这样凄惨、怪异的笑声。不过,好在这时正值中午,在怪笑的当儿,并没有什么出现鬼魂的迹象,而且当时的情景和季节,也不容易使人产生恐惧感。要不是这样,我准会因为迷信害怕起来。不过,事实向我证明,即使我只是感到惊奇,我也已经是个傻瓜了。离我最近的那扇门打开了,一个仆人走了出来。这是个三四十岁的女人,身材笨拙、粗壮、红头发,还有一张刻板而平常的脸。你简直再也想象不出比这更缺少神秘气息,更不像鬼魂的形象了。

"太吵闹了,格雷斯,"费尔法克斯太太说,"记住我的吩咐!"

格雷斯默默地行了个屈膝礼,就走进去了。

"她是我们雇来做针线活儿的,也帮莉亚做些家务活儿,"这位寡妇继续说,"虽说有些方面不是没有毛病,不过她活儿还是干得挺不错的。顺便问一下,今天上午你给你的新学生上课上得怎么样?"

话题就这样转到了阿黛尔的身上,一直谈到我们来到楼下明亮而又欢快的地方。

阿黛尔在大厅里迎着我们跑上来,嘴里嚷着:

"女士们,午饭已经摆好了!"[1]接着又嚷了一句:"我呀,我可是饿坏了!"。

我们看到午饭已经准备好,正摆在费尔法克斯太太的房里等着我们。

1　原文为法语。

12

一开始,我就顺顺当当地进了桑菲尔德府,这似乎预示着我的前途会一帆风顺。在进一步熟悉了这儿和这儿的人以后,这种期望看来并没有落空。费尔法克斯太太果然像她的外表那样,是位性情平和、心地善良的女人,受过一定的教育,有着稍高于常人的聪慧。我的学生是个活泼的孩子,一向娇生惯养,所以有时不免任性。可是,由于她完全交我照管,没有人来乱加干预,阻碍我对她的教育计划,因而她很快就忘掉了她那些小小的胡闹,变得听话和好学了。她既没有杰出的天赋,也没有鲜明的个性;在感情和爱好方面,和一般儿童相比,没有丝毫特别过人的地方,但也没有不及他们的任何缺陷和恶习。她已有了一定的进步,对我怀有一种虽说也许不算太深,但也堪称热烈的爱。而且她那单纯、快活的饶舌和一心想讨人欢喜的努力,反过来也多少激起了我的依恋之情，足以使我们两人相处得非常融洽。

顺便说一下[1]，我的这番话准会被有些人认为过于冷漠，他们坚守儿童必有天使般天性的神圣信条，认为负责教育儿童的人应该对他们怀有偶像崇拜般的献身精神。可是，我写这些并不是为了迎合做父母的自私心理，不是为了附和那些言不由衷之词，也不是为了支持那些骗人的空话，我不过是实话实说罢了。我由衷地关心阿黛尔的幸福和进步，对她那小小的自我暗自感到喜爱，正像我感激费尔法克斯太太的好心，为她对我的默默尊重，以及她的心地善良和性格温和，而乐于和她相处一样。谁要责怪我，他可以责怪，可我还是要说。有时候，我独自一人在庭园里散步；有时候，我走到大门口，朝门外的大路望去；或者趁阿黛尔和保姆玩耍，费尔法克斯太太在贮藏室里做果冻时，我爬上三道楼梯，推开阁楼的活门，来到铅皮屋顶上，极目眺望僻静的田野和山冈，眺望着朦胧的天际。每当这种时候，我总是渴望我的目力能够超越那个极限，看到繁华的世界，看到我曾听说却从未见过的充满生机的城镇和地区。每当这种时候，我总是企盼自己能有比现在更多的人生阅历，能跟比这儿更多的和我同样的人交往，能结识更多不同性格的人。我珍视费尔法克斯太太身上的优点，也珍视阿黛尔身上的优点，但我相信世界上还有另外的更加鲜明突出的优点，我希望能亲眼见到我相信存在的东西。

谁责怪我呢？毫无疑问，一定会有很多人。他们会说我不

---

1 原文为法语。

知足。我没有办法。我生性就不安分，有时候这使我非常苦恼。这时，我唯一的安慰是独自一人在三楼的走廊里来回踱步，安然地待在这儿的幽静和孤寂之中，任凭自己心灵的眼睛注视着面前升起的清晰的幻象——不用说，幻象是既多又灿烂夺目的；可以听任自己的心因欢乐的活动而起伏，因骚动纷扰而激昂不已，因充满活力而舒展开怀。而最最美好的是，可以听任我的心灵的耳朵倾听一个永远不会结束的故事——这是个由我的想象不断创造和叙述出来的故事，我渴望经历但在我的实际生活中并不存在的事件、生活、激情和感受，使这个故事变得非常生动有趣。

说什么人应该满足于平静的生活，是白费力气。他们必须有行动，即使找不到行动的机会，他们也会创造它。千百万人注定要处在比我更加死气沉沉的困境中，而千百万人在默默地反抗自己的命运。谁也不知道，在这大千世界的芸芸众生中，除了政治反叛以外，还酝酿着多少其他的反叛。通常认为女人是非常安静的，可是女人也有着和男人一样的感情。她们像她们的兄弟一样，也要施展自己的才能，也要有她们的用武之地。她们对过于严厉的束缚，对过于绝对的停滞，也会和男人完全一样，感到十分痛苦。至于她们那些享有较多特权的同类，说什么她们应该只限于做做布丁，织织袜子，弹弹钢琴，绣绣钱包，那他们的胸襟未免太狭窄了。要是她们想要超出习俗许可的女性范围，去做更多的事情，去学更多的东西，他们因而就谴责她们，嘲笑她们，那他们也未免太没有头脑了。

就在我这样独自一个人待着时，不止一次听到过格雷斯·普尔的笑声。同样的大笑,同样低沉而缓慢的"哈!哈!"声。当初,我第一次听到这种笑声时,它曾使我毛骨悚然。此外,我还不时听到她那怪声怪气的嘟囔声,那比她的笑声还要怪。有些日子,她非常安静,但是还有一些日子,我简直没法儿形容她发出的声音。有时候,我看到她从自己的房间里出来,手里端着个脸盆,或者是盘子或托盘,到楼下厨房里去,随即很快又回来,往往(啊,富于想象的读者,请恕我实话实说!)带回来一壶黑啤酒。她那让人感到好奇的古怪声音,通常会被她的外貌所抵消。她面目严峻,神态沉着,丝毫没有能引起别人兴趣的地方。我曾几次试图跟她攀谈,可她似乎是个寡言少语的人,往往只回答一两个字,就把我的这种努力给打断了。

这家人家的其他几个成员,即约翰夫妇、女仆莉亚和法国保姆索菲,都是些正派人,但毫无突出之处。我通常和索菲用法语交谈,有时问她一些有关她祖国的问题,可她不是个善于描绘或叙述的人,回答往往既乏味又含糊,就像是存心要阻止而不是鼓励别人问下去。十月、十一月、十二月都依次过去了。一月的一个下午,费尔法克斯太太因阿黛尔着了凉来替她请假,阿黛尔自己也在一旁热切地附和,这使我回忆起在我小的时候,这种偶尔的假日对我是多么珍贵,于是我同意了。我觉得在这件事情上给予通融是对的。这天虽然很冷,天气却很好,也没有风。整个漫长的上午,我都端坐在图书室里,坐得累极了。正好费尔法克斯写了封信要寄出,于是我戴上帽子,披上斗篷,自告奋勇送信去干草村。两英里的路程,将是冬日午后一次愉快的散步。看着阿黛尔在费尔法克斯太太客厅壁炉旁的小椅子上舒舒服服地坐好了,我把她最好的蜡娃娃拿给她玩(平时我是用锡纸把它包着放在抽屉里的),还给了她一本故事书,以便换换口味。在她说了"早点儿回来,我的好朋友,我亲爱的简妮特小姐"[1]后,我吻了吻她作为回答,随后便出发了。

路面坚硬,空气凝滞,我的旅途是寂寞的。开始我走得很快,直到身上暖和起来,我才放慢脚步,享受和品味此时此所赋予我的欢乐。三点了,我从钟楼下面经过时,教堂的钟声正好敲响。此时此刻的魅力,就在于天色临近黄昏,在于徐徐沉落和霞光渐淡的太阳。这时,我离桑菲尔德已有一英里,正行进在一条小径上。这条小径,夏天以野蔷薇闻名,秋天以坚果和黑莓著称。即使现在,也还长有一些珊瑚色珠宝般的野蔷薇果实和山楂。不过,这儿冬天最迷人的地方,还在于它无比的寂静和树叶落尽后的安宁。即使拂过一阵微风,这儿也不会发出一丝声息,因为没有一株冬青,没有一棵常绿树可以沙沙作响,光秃秃的山楂和榛树丛都静悄悄的,就像铺在小径中间那些磨光了的白石子。路的两旁,举目望去,只见一片田野,此时已没有牛羊在那儿吃草。偶尔在树篱间出现几只褐色的小鸟,看上去仿佛就像几片忘了落下的枯叶。

这条小径顺着山坡往上一直通到干草村。走到中途,我在路边通到田野去的台阶上坐了下来。我把斗篷裹紧,双手藏进皮手筒,我并没有觉得冷,虽然天气冷得彻骨,这一点从覆盖在路面上

1　原文为法语。简妮特是简的昵称。

的那层薄冰就可看出，这是现在已结了冰的小溪，前几天突然解冻时溪水漫到这儿来造成的。从我坐着的地方，我可以俯瞰整个桑菲尔德。那座有雉堞的灰色府第，是我脚下的山谷里的主要景物。在它的西边是一片宅边林子和黑压压的鸦群。我在这儿一直逗留到太阳西沉，闪着灿灿的红霞沉落在树丛的后面。然后我转脸朝向东方。在我上方的山顶上，挂着初升的月亮，虽然此时还像云朵般惨淡，但随时随刻都在变得更加明亮。它俯照着干草村，村子半掩在树丛间，疏疏落落不多的几只烟囱里，冒出缕缕青烟。离那儿还有一英里路程，可是在这万籁俱寂中，我已能清楚地听出那儿轻微的生活之声。我的耳边还传来了水流的声音。我说不出这声音来自哪个溪谷，发自哪个深潭，不过在干草村那边有很多小山，无疑有许多溪流正在穿过它们的隘口。这种黄昏的寂静，同样也泄露出了最近处的小溪淙淙声和最远处的山涧潺潺声。

　　突然间，从远处传来一阵清晰的嘈杂声，打破了这优美动听的淙淙声和潺潺声。那是一种沉重的践踏声，一种刺耳的嘚嘚声，它淹没了轻柔的声波荡漾，犹如在一幅图画中，用浓墨重彩在前景画上大块巉岩，或者是粗大的橡树树干，而把青翠的山峦、明丽的天际和斑斓的云彩构成的茫茫远景给压倒了。

　　这嘈杂声是从小径上发出的。有匹马正朝这边过来，眼下小径的曲曲弯弯还遮着它，可是它正在渐渐走近。我刚想离开台阶，由于小径过窄，我只好坐着不动等它过去。那时候我还年轻，脑子里装满各种各样光明和黑暗的幻想，童话故事和其他一些乱七八糟的东西，都还留在我的记忆里。每当它们在脑海中浮现时，正在成熟的青春又给它们增添了童年时代无法赋予的活力和生机。当马儿渐渐走近,我等待着它从暮色中出现时,我想起了贝茜讲过的一个故事,讲的是英格兰北部一个叫"盖特拉希"的妖精,它经常变成马、骡子或者大狗的形状,出没在荒野小径上,它有时会突然出现在赶夜路的人面前,就像现在这匹马出现在我面前一样。

它已经很近了,但是还看不见。这时,除了马蹄的嘚嘚声外,我还听到树篱下有急促的跑动声,一条大狗紧贴着榛树干悄悄溜了过来,它那黑白相间的毛色在树丛衬托下特别醒目。这正是贝茜讲的盖特拉希的一个化身——一头鬃毛很长、脑袋很大的狮子模样的动物。然而,它却安安静静地从我身旁走过,根本没有像我原先预料的那样,停下来用它那似狗非狗的眼睛打量我的脸。接着,马儿出现了。一匹高头大马,上面还骑着一个人。这个人,这个确确实实是人类的一员,一下子就把魔法给破除了。盖特拉希背上从来没有骑过人,它总是独来独往的。而且在我看来,妖怪虽然可以附在不会讲话的动物尸体上,但还不至于敢在普通人的身体内藏身。这不是盖特拉希,只不过是个抄近路去米尔科特的行人。他过去了,我继续赶路,可是只走了几步,突然又回过头来。一个走滑了脚的声响,一声"见鬼,怎么搞的?"的惊叫,接着是扑通摔倒在地的声音,把我的注意力给吸引住了。人和马都摔倒在地,他们在覆盖着路面的薄冰上滑倒了。那只狗急忙蹦跳着跑了回来,一见主人陷入了困境,听到马儿在呻吟,便狂吠起来,使得暮色苍茫的群山发出了回声。狗的吠声深沉有力,和它那高大的躯体十分相称。它绕着倒在地上的主人和马匹嗅了一阵，就朝我跑了过来。它只能这么做——近旁没有别的人可以求救。我依从了它，急忙朝那位行人走去。这时，他正竭力想从马身上挣脱出来，他使了那么大的劲，我估计他伤得不会厉害，不过我还是问了他：

"你受伤了吗，先生？"

我以为他正在咒骂着什么，但不能肯定。其实他是在说客套话，以至于他没能马上给我回答。

"我能帮点儿什么忙吗？"我又问道。

"你就站在一边吧。"他一面回答，一面爬起身来，先是跪着，然后站直了身子。我照他说的做了。随后，马儿开始喘息、跺脚，马蹄嘚嘚作响，还夹杂着狗的吠叫声，这有效地使我退避到几码之外。不过，在没有看到事情的结局以前，我是不会被赶走的。结局还算幸运，马重新站了起来，一声"走开，派洛特！"的叱喝，狗也不作声了。这时，赶路人弯下腰来，摸摸自己的腿脚，似乎是在试试它们是否安然无恙。显然什么地方有了伤痛，因为他一瘸一拐地走到我刚才坐过的台阶跟前，坐了下去。

我想我准是一心想给他帮点儿忙，或者至少是想表示一点儿好意，因为这时我又走到他的跟前。

"要是你受了伤，需要人帮忙的话，先生，我可以到桑菲尔德府或者干草村去叫个人来。"

"谢谢你，我能行。我骨头没断，——只是扭伤了筋。"说着，他又站起来试了试他的脚，但却痛得他不由自主地叫了声："哎哟！"

天色还没有完全变暗，月光正渐渐明亮起来，我可以把他看得清清楚楚。他身上裹着一件皮领钢扣的骑马斗篷，至于他的模样，细部虽未能看清，但我能看出他的基本特征。他中等身材，胸膛宽阔，脸色黝黑，面貌严峻，满脸愁容。这会儿他的眼神和紧蹙的双眉露出恼怒和受挫的神情。他已不太年轻，但尚未进入中年，大约有三十五岁光景。我对他没有感到害怕，只是有点儿羞怯。如果他是位漂亮英俊的年轻绅士，我就不敢像现在这样站在这儿，违背他的意愿向他发问，而且不等他提就自请帮忙了。我几乎从未见过一个漂亮青年，生平也从来没有跟那样的人说过话。我在理论上对漂亮、文雅、殷勤和魅力十分看重，但一旦真的遇到了具体表现在男性身上的这些品质，我便会出自本能地懂得，它们跟我身上的一切丝毫没有也不可能有任何共同之处。我会避开它们，就像人们会避开火、闪电或者任何其他光彩夺目然而互不相投的东西那样。

要是这个陌生人在我问话时哪怕对我微笑一下或者态度和气，要是他对我主动提出帮助的建议笑嘻嘻地加以谢绝，那我也准会继续走我的路，不再觉得自己有什么义务要做进一步的询问了。可是，这位过路人的怒容和粗暴无礼，反而使我感到无拘无束。我不顾他挥手叫我走开，依然站着不动，而且断然宣称：

"天这么晚了，先生，在没有看到你确能骑上马之前，我是绝不会让你独自一人留在这荒僻的小路上的。"

我说这话时，他朝我看了看，在这以前，他的眼睛几乎没有朝我这个方向看过。

"我觉得你自己倒真该回家了,"他说,"要是你家就在这附近的话。你从哪儿来?"

"就从山坡下面来。只要有月亮,在外面待晚了,我一点儿也不害怕。要是你愿意,我很高兴为你到干草村跑一趟。说实在的,我正要上那儿去寄封信。"

"你就住在这山坡下面——你是说就住在那座有雉堞的房子里?"他指指桑菲尔德府。月亮正在它上面洒上一片银光,使它在树林中变得特别明显和苍白,在西边天空的衬托下,树林这时已经成了黑魆魆的一片。

"是的,先生。"

"那是谁的房子?"

"罗切斯特先生的。"

"你认识罗切斯特先生吗?"

"不认识,我从来没有见过他。"

"这么说,他不住在这儿?"

"是的。"

"你能告诉我他在哪儿吗?"

"我说不上。"

"当然,你不是那家人家的女仆,你是……"他住了口,上下打量了一下我身上的穿着,跟往常一样,我穿得很朴素:一件黑色美利奴呢斗篷,一顶黑色海狸皮帽——还不及一位太太的使女穿戴的一半那么讲究。他似乎难以断定我是什么人——我帮了他一下。

"我是家庭教师。"

"哦,家庭教师!"他重复了一遍,"见鬼,我竟给忘了!家庭教师!"说着,他又朝我的衣着仔细打量起来。过了两分钟,他从台阶上站了起来,刚试着动了一下,脸上就露出痛苦的神情。

"我不能派你去找人帮忙,"他说,"不过你要是愿意,你自己倒可以帮我一下。"

"好的,先生。"

"你有没有一把伞可以让我当手杖使?"

"没有。"

"那就试试抓住马笼头,把马牵到我这儿来。你不害怕吧?"

要是只有我一个人,我是不敢去碰一匹马的,可是既然人家要我这样做,我也就乐意遵从了。我把皮手筒放在台阶上,走到那匹高头大马跟前。我试图抓住马笼头,可是那是匹烈性马,不让我挨近它的头。我一次次的努力都失败了,而且我对它那不断踩地的前蹄也怕得要命。过路人等着看了一会儿,最后大笑起来。

"我看,"他说,"山是永远都带不到穆罕默德跟前来的,所以你只能帮穆罕默德到山跟前去[1]。我只好请你到这儿来了。"

我走了过去。"对不起,"他接着说,"我实在没有办法,只好借助你了。"他把一只沉重的手按在我肩上,扶住我,靠我支

---

1 传说伊斯兰教主穆罕默德为显示奇迹,命令萨法山到他跟前来,山没有移动,他说这是因为真主仁慈,不让山来压死大众,因此他要自己到山跟前去。

撑着，一瘸一拐地走到马跟前。他一抓住笼头，立即就制服了马，接着便跳上马鞍。他这样做时，难看地扭曲着脸，因为这弄痛了他扭伤的脚筋。

"现在，"他松开紧紧咬住的下唇，说，"请把我的马鞭递给我，它就在那边的树篱下面。"

我找了一下，找到了。

"谢谢你。现在快去干草村寄信吧，尽可能早点儿回来。"

他用带马刺的靴跟一碰，那马先是一惊，用后脚站起，接着便急驰而去，那狗也紧跟着跑去。人、马、狗一下子全都无影无踪了。

像荒野里的石楠，被一阵狂风卷去。[1]

我拾起皮手筒，继续赶路。对我来说，这件事发生了，也过去了。从某种意义上说，这确是一件无足轻重，既不浪漫也无多大趣味的事，但它还是使一种单调的生活有了短短一小时的变化。有人需要而且请求我帮助，我给了他帮助。我很高兴总算做了件事，事情虽微不足道，而且转眼就过去了，但这毕竟是件主动去做的事，而我对完全被动的生活已经深感厌倦了。那张新面孔，也像刚在记忆的画廊中陈列出的一幅新画，而且和所有原来挂在那儿的画都有所不同。首先，因为他是男的。其次，因为他是黝黑、强壮、严厉的。我走进干草村，把信投入邮局时，这

1　爱尔兰诗人托马斯·穆尔（1779—1852）所著《圣歌》中的诗句。

幅画仿佛还浮现在我的眼前。我一路下山,快步往回赶路时,依然看见它。走到原来坐过的台阶跟前,我停留了一会儿,望望四周,又侧耳细听,心想小路上也许会再次响起马蹄声,一个身披斗篷的骑马人,一条活像盖特拉希的纽芬兰狗,说不定会再次出现。可我眼前看到的,只有树篱和一棵截去树梢的柳树,迎着月光悄然地挺立在那儿;我耳边听到的,只有隐约可闻的习习微风,在一英里外桑菲尔德周围的树林间拂过。我低头朝发出风声的方向望去,目光掠过宅子的正面,注意到有扇窗子里亮起了灯光,它提醒我时间已经不早了,于是我急忙继续赶路。

我真不大愿意再进桑菲尔德府。跨过它的门槛,就意味着回到了死水一潭的生活。穿过空寂的大厅,爬上黑魆魆的楼梯,走进我那间冷清孤寂的小房间,然后去见心境宁静的费尔法克斯太太,去跟她,而且只跟她一个人,一块儿度过这漫长的冬日夜晚。这把我散步时激起的那一丁点儿兴奋整个儿消灭了,重又用单调枯燥和刻板僵滞的生活的无形枷锁,束缚住我的感官和才华。对这种生活的安逸舒适等好处,我已经越来越不欣赏了。这时,要是能在极不安定的风浪中颠簸,奋斗求生,饱受艰辛苦难经历的教训,渴望我眼下身在其中而又满腹牢骚的这种平静,对我来说,那该有多好啊!是的,这就像一个一动不动地在"超级安乐椅"[1]里坐腻了的人去做一次长时间的散步一样,准会大有好处的。在

---

1 出自英国诗人蒲柏(1688—1744)所著讽刺长诗《群愚史诗》中的诗句:"苦恼不堪地躺在一张超级安乐椅上。"

我这种情况下想要活动活动，就像他那种情况下想活动一样，是很自然的事。

我在大门口逗留，在草坪上徘徊，又在行道上来回踱步。玻璃门上的护板已经拉上了，我看不到房子里面。我的眼睛和心灵似乎都竭力要离开这座阴暗的房子，离开这在我看来都是些不见天日的牢房的阴暗洞穴，飞向那展现在我面前的天空——那不见一丝云彩的蓝色海洋。月亮正踏着庄重的步履登上天庭，她从山顶后面出来，把那些山顶远远抛在下面，仿佛正在翘首仰望，一心要攀登上那像午夜般漆黑、深远莫测的天顶。在她的后面尾随着闪烁的群星。望着它们，我不由得心儿颤抖，热血沸腾。可是，一些小事往往就可以把我们召回大地，大厅里响起了钟声，这就足够了。我掉头撇下了月亮和星星，推开一扇边门，走了进去。

大厅里并不黑，唯一的那盏高悬着的青铜吊灯也没有点亮。一片温暖的火光照耀着大厅和橡木楼梯的下面几级。这红红的火光来自大餐厅，它的两扇门敞开着，壁炉里的熊熊炉火照射在炉边的大理石地砖和黄铜炉具上，把紫色的帷幔和擦得锃亮的家具照得光辉悦目。炉子旁边有一群人，可是，没等我看清，没等我分辨出那混杂在一起的欢声笑语（其中我听出好像有阿黛尔的声音），门就关上了。

我赶紧上费尔法克斯太太的房间。那儿也生了火，可是没点蜡烛。费尔法克斯太太也不在，只见一条黑白相间的长毛大狗孤零零地直蹲在炉前地毯上，一本正经地盯着炉火，样子就像小径上碰到过的盖特拉希。它和那条狗那么相像,我不由得上前叫了一声"派洛特",它马上就站起来,走到我跟前,在我身上嗅着。我摸摸它,它就摇动着大尾巴。不过单独和它在一起,实在有点让人害怕,而且我弄不清它是打哪儿来的。我打了打铃,想要一支蜡烛,另外也想打听一下这位不速之客的来历。莉亚进来了。

"这是哪来的狗?"

"它是跟主人来的。"

"跟谁?"

"跟主人——罗切斯特先生,他刚刚到。"

"真的!那费尔法克斯太太和他在一起?"

"是的,还有阿德拉小姐,他们都在餐厅里。约翰去请外科医生了,因为主人出了点儿意外,他的马摔倒了,他扭伤了脚脖子。"

"马是在干草村小路上摔倒的吗?"

"是的,在下坡的时候,它踩在冰上滑倒了。"

"哦!给我拿支蜡烛来好吗,莉亚?"

莉亚拿来了蜡烛。她进来时,后面跟着费尔法克斯太太。费尔法克斯太太又把这消息重说了一遍,还补充说外科医生卡特先生已经来了,现在正在给罗切斯特先生治伤。她说罢就忙着去吩咐准备茶点,我也上楼去脱外出的衣着。

13

那天晚上,罗切斯特先生大概是遵照医嘱,很早就上床睡觉了。第二天早上也起得不早。后来他下楼来,是为了要处理事务。他的代理人和一些佃户来了,正等着要跟他说话。阿黛尔和我现在不得不腾出书房,这儿每天都要用来接待来访的人。楼上有间屋子里生了火,我把我的书搬到了那儿,把它布置成未来的教室。在这天上午我就觉察,桑菲尔德已经起了变化,不再像教堂那么肃静,每隔一两个小时,就会响起敲门声或者是门铃声,还不断有穿过大厅的脚步声,楼下则时常传来陌生嗓音和不同声调的说话声。一条来自外部世界的小河流过了这儿。这儿有了一位主人。对我而言,倒比较喜欢了。

这一天,阿黛尔真不容易教,她一直专心不起来,老是跑到门口去,伏在楼梯栏杆上张望,看看是否能见到罗切斯特先生。

接着又想出种种借口要到楼下去,正像我一眼就看穿的那样,是为了去书房,可我知道那儿并不需要她。后来我有点儿生气了,叫她好好地坐着,她还是不住嘴地继续按她的叫法大讲她的"朋友爱德华·费尔法克斯·德·罗切斯特先生"[1](我以前未曾听说过他的教名),猜测他到底给她带来什么礼物。因为头天晚上,他好像暗示过,等他的行李从米尔科特运到,里面有一只小箱子,装着她感兴趣的东西。

"这就是说,"她说,"那里面有一件给我的礼物,也许还有给你的呢,小姐。先生说起过你,他问过我家庭教师叫什么名字,还问我她是不是一个小个子,很瘦,脸色有点苍白。我说是的,因为真的是这样。是不是,小姐?"[2]

跟往常一样,我和我的学生在费尔法克斯太太的客厅里吃饭。这天下午,风雨交加,我们一直待在教室里。到了黄昏时分,我准许阿黛尔收起书本和作业,跑下楼去。因为这会儿楼下比较静,也没有人来拉门铃。根据这些情况,我估计罗切斯特先生这会儿有空了。屋子里剩下我一个人,我走到窗前,可是望出去什么也看不见。暮色和雪花把天空搅得一片昏暗,连草坪上的灌木丛都看不见了。我放下窗帘,回到炉火边。

在明亮的余烬中,我正在勾画一幅景色图,它有点儿像我记

---

1 原文为法语。
2 原文为法语。

忆中曾经见过的那幅绘有莱茵河畔海德尔堡城堡[1]的风景画。这时候,费尔法克斯太太走了进来。她的到来打乱了我正在拼接的火焰镶嵌画,同时也驱散了在孤寂中开始涌上我心头的令人感到不快的沉思。

"罗切斯特先生想请你和你的学生今晚到客厅跟他一起用茶点。"

"他几点钟用茶点?"我问道。

"哦,六点钟,他在乡下总是早睡早起。你最好现在就去换件外衣。我陪你去,好帮你扣扣衣服。把蜡烛拿着。"

"一定得换外衣吗?"

"是的,最好换一换。罗切斯特先生在这儿的时候,我晚上总要穿得好一些。"

这种额外的礼节显得有点儿过于郑重其事。不过我还是回到自己的房间,在费尔法克斯太太的帮助下,脱去黑呢衣,换上一件黑绸衣。除了一件浅灰色的外,这是我唯一的一件最好的衣服了。而按照我在洛伍德的衣着观念,除非是在头等重大的场合,要不,穿那件浅灰色的衣服就未免太讲究了。

"你还要别只胸针。"费尔法克斯太太说。

我只有一件小小的珍珠首饰,是谭波儿小姐作为临别纪念品送我的。我别上它,然后我们就一块儿走下楼来。我一向不习惯见陌生人,像这样郑重其事地奉召去见罗切斯特先生,简直是活

---

1 此处原文有误,海德尔堡应在德国的内卡河畔。

受罪。进餐厅时,我让费尔法克斯太太走在前面,我躲在她的身影里穿过那间屋子,然后经过帷幔已经放下的拱门,走进陈设雅致的里间。桌子上点着两支蜡烛,壁炉架上也点了两支。炉火正旺,派洛特就躺在炉火的光和热中取暖。阿黛尔跪在它旁边。罗切斯特先生正半躺在长沙发上,他的一只脚用垫子垫着。他正看着阿黛尔和那只狗,炉火照亮了他的脸。两道又粗又黑的浓眉,还有那被横梳的黑发衬托得更加方正的前额,使我一眼就认出他就是那个赶路人。我认出了他那坚毅的鼻子,它与其说因为漂亮,还不如说因为显出了他的性格而引人注目。还有他那大大的鼻孔,我看这表明他的脾气暴躁。他那严厉的嘴、下巴和下颚——是的,这三者都非常严厉,一点没错。他现在已脱去斗篷,我觉得他体形宽阔结实,和他的面貌非常相称,我想从体育运动的角度说,这不失为一个好身材——胸宽腰细,尽管既不高大,也不优美。

罗切斯特先生肯定已经发觉费尔法克斯太太和我走进房间,但他似乎无心来注意我们,因为我们走近他跟前时,他连头也没抬一下。

"爱小姐来了,先生。"费尔法克斯太太用她那文静的口气说。他点了点头,眼光依然没有离开狗和孩子。

"请爱小姐坐下吧。"他说。在他那勉强而生硬的点头和不耐烦但还合乎礼节的口气中,似乎还表达了另一层意思:"见鬼,爱小姐来没来跟我有什么关系?这会儿我才不愿意搭理她哩。"

我毫无拘束地坐了下来。彬彬有礼的接待也许会让我感到手足无措,因为我不懂得怎样用温文尔雅来还礼或者对答。而粗鲁任性倒使我免却拘泥于礼节的义务了。在对方失礼的情况下,庄重地保持沉默,反倒使我处于有利的地位。再说,这种奇特的举止倒也怪有趣的,我很想看看接下来他还会有什么举动。他仍然像一座雕像那样,就是说,既不说话,也不动弹。费尔法克斯太太大概觉得,总得有个人表现得亲切一点儿,于是她开口讲起话来。她跟往常一样体贴地——也跟往常一样有点俗气地——向他表示慰问,说他一整天来工作太劳累,说他由于扭伤的脚很痛,心里一定很烦恼,接着又称颂他在对付劳苦方面既有耐性,又有毅力。

"太太,我想喝点儿茶。"这是她得到的唯一回答。她赶紧打铃叫人。茶盘端来后,她又殷勤麻利地摆好杯子、茶匙等。我和阿黛尔走到桌子跟前,可是主人没有离开他的长沙发。

"请你把罗切斯特先生的杯子给他端去好吗?"费尔法克斯太太对我说,"阿黛尔也许会把茶泼出去的。"

我照她说的做了。在他从我手中接过杯子时,阿黛尔认为这正是为我提要求的好时机,就嚷了起来:"先生,你的小箱子里不是有一件礼物要送给爱小姐吗?"[1]

"谁说过'礼物'[2]啦?"他粗暴地说,"你盼望有件礼物,爱小姐?你喜欢礼物?"说着,他用阴沉、愠怒而又尖刻的眼光审视着我的脸。

---

1 原文为法语。
2 原文为法语。

"我说不上,先生。我对礼物没有什么经验。人们一般都认为礼物是让人高兴的东西。"

"一般都认为?可是你是怎么认为的呢?"

"这我得花点儿时间,先生,才能做出一个值得你一听的回答。一件礼物可以从多方面去看它,不是吗?所以得在全面考虑之后,才能说出对它的性质的看法。"

"爱小姐,你不像阿黛尔那么直截了当,她一见我就嚷嚷着要'礼物'[1],你却拐弯抹角的。"

"因为我不像阿黛尔那样相信自己该得到礼物。她可以凭着彼此熟悉,也可以凭着往常的习惯提出要求,因为她说你过去经常习惯给她送各种玩具。可要是让我说出个什么理由来,我就不知道该说什么好了,因为我是个陌生人,又没有做过什么值得受人酬谢的事情。"

"哦,用不着这么谦虚啦!我考查过阿黛尔,发现你在她身上下了很大功夫。她并不聪明,也没多少天赋,可在短短的时间里就有了这么大的进步。"

"先生,你这就给了我'礼物'[2]啦!我向你表示感谢。称赞他的学生有了进步,是做教师的最渴望得到的礼物。"

"唔!"罗切斯特先生说着,默默地喝起茶来。

"到炉火跟前来吧!"等茶盘端走,费尔法克斯太太退到一

---

1 原文为法语。
2 原文为法语。

边去做编织活后,主人说道。这时,阿黛尔正拉着我的手在屋子里转着,指给我看那些漂亮的书,还有沿墙搁架上和小食品柜上的各种摆设。我们遵命走到壁炉边,阿黛尔想坐到我的膝上,可是他吩咐她和派洛特去玩。

"你在我家待了三个月了吧?"

"是的,先生。"

"你是从——?"

"从××郡的洛伍德学校来。"

"啊!是个慈善机构。你在那儿待了多久了?"

"八年。"

"八年!那你的生命力一定够强的。我认为,在那种地方,哪怕待上这一半长的时间,再好的体质都会完蛋的!难怪你那模样像是从另一个世界来的。我一直纳闷你打哪儿弄来这么一张脸的。昨天晚上,你在干草村路上出现在我面前时,我不知怎么的竟想起了一些神话故事。差一点儿想问问你,是不是你对我的马施了巫术。到这会儿我还有点儿拿不准哩。你的父母是谁?"

"我没有父母。"

"我想是早就没有了吧。你还记得他们吗?"

"不记得了。"

"我想也是这样。这么说,你在那台阶上坐着,是在等你的伙伴啦?"

"等谁,先生?"

"等绿衣仙子喽。那正是适合他们出现的月夜呀。是不是我冲破了你们围成的圈子,你就在路面上铺上了那该死的冰?"

我摇摇头。"绿衣仙子一百年前就已离开英国了。"我也像他那样一本正经地说,"不管在干草村路上还是在它周围的田野里,你都再也找不到他们的踪迹了。我想无论是夏天、秋天还是冬天,月亮都不会再照见他们在欢歌狂舞了。"

费尔法克斯太太已放下手中的编织活,扬起眉毛,似正在纳闷,这话说的到底是什么意思。

"好吧,"罗切斯特先生接着说,"你说你没有父母,那总该有什么亲戚吧,像叔叔、姨妈什么的?"

"没有,我一个也没见过。"

"那你的家呢?"

"我没有家。"

"你的兄弟姐妹住在哪儿?"

"我没有兄弟姐妹。"

"是谁推荐你上这儿来的?"

"我登了广告,费尔法克斯太太看到广告给我来了信。"

"是这样,"那位好心的太太接应说,她现在明白我们在说什么了,"是上帝指引我做出了这样的选择,为这我每天都在感谢他。爱小姐是我十分难得的伙伴,她也是阿黛尔和善细心的老师。"

"你别费神给她做什么品德鉴定了,"罗切斯特先生回答说,"颂扬话左右不了我,我会自己做出判断的。她一开始就让我的马摔了一跤。"

"先生?"费尔法克斯太太说。

"我扭伤了脚也得感谢她哩。"

这位寡妇看来简直给弄糊涂了。

"爱小姐,你在城里住过吗?"

"没有,先生。"

"你有很多社会交往吗?"

"没有,只接触过洛伍德的学生和老师,还有现在桑菲尔德府里的人。"

"你看过很多书吗?"

"只是碰上什么书就读什么书,为数不多,而且都不是很专深的。"

"你过的简直是修女的生活,毫无疑问,你在宗教方面一定是训练有素的。据我所知,主持洛伍德的勃洛克赫斯特是个牧师,是不是?"

"是的,先生。"

"你们这班女孩子大概都很崇拜他吧,就像在一所全是修女的修道院里,她们的院长总是很受崇拜的。"

"哦,才不呢。"

"你真冷漠!才不呢!什么话!一个见习修女不崇拜她的牧师!这话听起来可有点儿亵渎神明啊!"

"我不喜欢勃洛克赫斯特先生,而且有这种心情的还不止我一个人。他是一个冷酷无情的人,既傲慢自负,又爱管闲事。他下令剪掉了我们的头发,为了省钱给我们买劣质针线,害得我们简直没法儿缝。"

"这样来省钱太不应该了。"费尔法克斯太太评论。这回她又听懂我们的谈话内容了。

"这就是他最大的罪状?"罗切斯特先生问道。

"在任命委员会以前,由他一个人主管伙食的时候,他老让我们挨饿。他还每周给我们做一次长篇讲道,叫我们每晚念他编的书,弄得我们厌烦透了。他的书里尽讲些暴死呀,遭受报应呀,吓得我们都不敢上床睡觉。"

"你进洛伍德时是几岁?"

"十岁左右。"

"你在那儿待了八年,那你现在是十八岁?"

我表示同意。

"你看,算术还是管用的。没有它,我几乎猜不出你究竟有多大?像这样外貌和神情相差这么大,判断起来是很不容易的。现在再说说,你在洛伍德都学了些什么?你会弹琴吗?"

"会一点儿。"

"当然,人们都是这么回答的。到书房去……我这是说,要是你高兴的话(请原谅我的命令口气,我已经习惯于说"做这个",别人也就去做了。我无法因新来的一个人就改变我的老习惯。)那你就去书房吧,带上一支蜡烛,让门开着,到钢琴前坐下,弹一个曲子。"

我遵照他的吩咐去了。

"够了!"几分钟后他喊了起来,"我看,你确实会弹一点儿,像别的任何一个英国女学生一样。也许比有些人还好一点儿,不过不怎么样。"

我合上钢琴,回到屋子里。罗切斯特先生接着又说:

"今天早上阿黛尔给我看了几张速写,她说是你画的。我不知道它们是不是全是你画的,也许是个老师帮你的吧?"

"没有,真的没有!"我打断他的话说。

"啊,这伤了你的自尊心了!好吧,那就把你的画夹拿来,只要你能担保那里面的画全是你自个儿画的就行。不过没有把握就别轻易担保。东拼西凑的玩意儿我看得出来。"

"那我就什么也不说,你自己去判断吧,先生。"

我从书房里拿来了画夹。

"把桌子移过来。"他说。我把桌子移到他的长沙发跟前。

阿黛尔和费尔法克斯太太也都走过来看画。

"别挤在一块儿,"罗切斯特先生说,"等我看过了,你们再接过去看,别把脸挨得离我这么近。"

他仔仔细细地看了每一张速写和每一幅画。他把其中的三张放在一边,其余的看过以后就推开了。

"把它们拿到另外那张桌子上去,费尔法克斯太太,"他说,"你跟阿黛尔一起去看吧。——你,"他朝我看看,"坐回到你自己的位子上去,回答我的问题。我看得出这些画出自同一个人的手。是出自你的手吗?"

"是的。"

"你什么时候抽时间画的?画这些画得花不少时间,而且还得构思。"

"是我在洛伍德的最后两个假期中画的。那时我没有别的事。"

"你从哪儿弄来摹本的呢?"

"从我自己的脑袋里。"

"就是我现在看到的长在你肩膀上的那个脑袋吗?"

"是的,先生。"

"那里面还有别的这类东西吗?"

"我想也许还有。我希望——还有比这更好的。"

他把那几幅画摊在面前,再次一张张细看着。趁他正在这样忙着的时候,读者啊,我要给你讲讲这是些什么画。首先,我得声明,这几张画并不出色,不过题材倒的确是在我脑海里生动地浮现出来的。当我心灵的眼睛刚看见它们,还没试图把它们表现出来以前,它们确实是非常动人的。可惜我做不到得心应手,每次画出来的,只不过是我构思出的图景,一个苍白无力的写照。这几张全是水彩画。第一幅画的是:波涛汹涌的大海上,低垂的乌云在滚滚翻腾,远景全都淹没在一片昏暗之中,前景也一样,或者不如说,最前面的巨浪也是这样,因为画上没有陆地。一线亮光醒目地衬托出一根一半沉入水中的桅杆,桅杆顶上停着一只又黑又大的鸬鹚,翅膀上溅着点点浪花。它嘴里衔着一只镶有宝石的金手镯,这是用我调色板上所能调出的最鲜明的色彩画的,还用铅笔尽可能勾出了清晰的轮廓。在鸟儿和桅杆的下面,碧波中隐约可见一具尸体正在沉没,唯一还能看清的是一条美丽的胳膊,金镯就是从那条胳膊上被浪冲下或者被鸟儿啄下的。

第二幅画的前景只是一座朦胧的山峰,上面的荒草和一些树叶像是被风刮得倒向一边。山的后面和上方是一片辽阔的天空,像在暮色中那样,一抹深蓝。一个女人的上半身高耸云端,那是我用尽可能幽暗柔和的色调画的。暗淡的前额上缀着一颗星星,下面的脸仿佛在朦胧的雾气中隐约可见。两眼乌黑闪亮,神情狂野。头发像一片阴影似的飘垂而下,仿佛被风暴和闪电撕下的一团乌云。脖子上有一块月光似的淡淡反光。朵朵薄云也有着同样淡淡的光泽。在这些云朵中,低头耸立着这个金星的幻影。

第三幅画是一座冰山,顶尖直刺北极冬日的天空。一束束北极光,沿着地平线密密麻麻地竖起它们那朦胧的长矛。前景上冒起了一个头——一个巨大的头,把一切都远远地抛在了后面。这个头向下垂着,靠在冰山上,两只瘦骨嶙峋的手共同支撑着前额,拉起一块黑面纱,挡住下半张脸,只露出一个白得像骨头似的毫无血色的额头,还有一只凹陷的、一动不动的眼睛,除了呆滞的绝望神色,没有别的表情。在两鬓上边,缠头的黑布头巾的褶皱里,有一圈云雾般模模糊糊的白色火焰在闪闪发光,上面还点缀着更为耀眼的点点火花。这淡淡的新月状的东西,就是戴在"无形之形"头上的那个"王冠的征象"[1]。

1　"无形之形"和"王冠的征象"均是英国诗人弥尔顿(1608—1674)在长诗《失乐园》中描写地狱大门守护者的话。

"你画这些画时,快活吗?"这时,罗切斯特先生问道。

"我当时简直入了迷,先生。是的,我很快活。总之,画这些画是我有生以来最大的乐趣。"

"这倒讲得不算过分。照你说的情况来看,你的乐趣并不多。不过我敢说,你在调和和安排这些奇特色调的时候,一定沉醉在一种艺术家的梦境中了。你每天坐下来画画的时间多吗?"

"因为是在假期,我没有别的事要做,所以我坐在那儿从早上一直画到中午,从中午一直画到晚上。仲夏的白天很长,能让人专心致志地工作。"

"那你对自己辛勤劳动的成果感到满意吗?"

"这还差得远哩。我心里想的和画出来的,两者之间有着很大的差距,为这我感到非常苦恼。每次,我想画某种东西,可我完全没有能力实现它。"

"不能说完全。你已经抓住了你构想的脉络,不过恐怕也只是到此为止。你还没有足够的绘画技巧和知识来充分表现它们。不过对一个女学生来说,能画出这样的画已经很难得了。至于说构思,这些画可真有点儿邪门儿。金星的那双眼睛,你准是在梦里见到过的。你怎么能把它们画得那么清澈而又一点儿不明亮呢?是头顶上的那颗星星使得它们黯然失色了吧。它们那庄严凝重的深处又隐藏着什么含义呢?另外又是谁教你画风的呢?在那天空,在那山峰上方,正刮过一阵高空的强风。你在哪儿见到过拉特莫斯山[1]的?

---

1 小亚细亚爱琴海附近的一座山。

你画的这正是拉特莫斯山。好了——你把画拿去吧!"

我刚把画夹的带子扎好,他看了看表,突然说:"都九点了。你是怎么搞的,爱小姐,让阿黛尔坐得这么久?快带她去睡觉。"

阿黛尔在离开屋子前,走上前吻了他。他容忍了她的这种亲热,但对此好像还不及派洛特高兴,更谈不上比派洛特更喜欢这种亲热了。

"好了,我祝你们大家晚安。"他说着,用手朝门口挥了一下,表示他对我们已经厌烦,要把我们打发走。

费尔法克斯太太叠好自己的编织活。我拿起我的画夹。我们向他行了个礼,他冷淡地点了点头,算是回礼,我们便退了出来。

"你原来说,费尔法克斯太太,罗切斯特先生并不特别怪的。"我安排阿黛尔睡下后,来到费尔法克斯太太房间,对她说。

"怎么,他怪吗?"

"我想是的。他喜怒无常,而且态度生硬!"

"确实,在陌生人看来,他无疑是这样一个人。不过我对他的态度已经完全习惯了,所以对这从来不作计较。再说,即使他脾气有点儿怪,也应该原谅他。"

"为什么?"

"一方面是因为他生性如此——我们谁也没法儿改变自己的本性。另一方面无疑是因为他有痛苦的心事在折磨他,使得他心绪不宁。"

"什么心事呢?"

"比如说,家庭纠纷。"

"可他还没成家啊。"

"现在是没有,可是他以前有过——至少,有过亲属。他哥哥几年前去世了。"

"他哥哥?"

"是啊。现在的这位罗切斯特先生拥有这份产业还不很久,大约只有九年光景。"

"九年时间不算短了。他竟那么爱他的哥哥,到现在还在为失去哥哥伤心?"

"哦,不——也许不。我相信他们之间有过什么误会。罗兰·罗切斯特先生对爱德华先生不太公正,也许还使他父亲也对爱德华先生抱有成见。那位老先生爱钱,一心想让他家的产业保持完整。他不喜欢因为分家而使家产分散减少。他还千方百计想让爱德华先生也有钱,好保持家族的声望。所以在爱德华先生刚成年不久,他们就采取了一些很不公正的措施,结果惹出了许多麻烦来。为了让爱德华先生能发财,老罗切斯特先生和罗兰先生两人合计行事,使爱德华先生落入了一个他认为十分痛苦的境地。究竟是什么样的痛苦,我始终不清楚。不过,这种他非受不可的痛苦,是他精神上所难以忍受的。他不是个肯忍让的人,他和他的家庭决裂了。多年以来,他一直过着一种漂泊不定的生活。自从他哥哥没留下遗嘱就去世,使他成了这一产业的主人后,我想他从来没有在桑菲尔德连续住过两个星期。说实在的,这也难怪他要躲开这座老宅子了。"

"他为什么要躲开呢?"

"也许他觉得这儿太沉闷了吧?"

这个回答有点含糊其词,我倒很想听到更为明确的回答。可是,不知是回答不出呢还是不愿回答:费尔法克斯太太就是不给我说清楚,罗切斯特先生痛苦的原因和性质。她断言,这对她来说也是一个谜,还说,她所知道的多半也只是猜测。说实在的,她显然希望我结束这个话题,因此我也就不再问了。

14

　　接下来的几天里,我很少见到罗切斯特先生。上午,他似乎事务很忙,下午,米尔科特或者邻近一带的乡绅常来拜访他,有时还留下来跟他一起吃饭。等到他的扭伤好一点儿可以骑马了,他就常常骑马外出,大概是去进行回访,因为一般都要到深夜才回来。在这段时间里,连阿黛尔都很少给叫到他跟前去。我跟他的接触,只限于在大厅里、楼梯上或者走廊里偶尔碰上一面。遇到这种场合,有时他会傲慢而冷淡地走过我身边,只是远远地点一点头,或者漠然地瞥上一眼,表示已看见我。可有时又会绅士般彬彬有礼,和蔼可亲地又是鞠躬又是微笑。他的情绪变化无常我并不在意,因为我知道这种变化与我无关,他的情绪起伏完全取决于跟我不相干的原因。

　　有一天,他留下客人吃晚饭,派人来取走我的画夹,显然是要让客人看看里面的画。那几位先生很早就走了,据费尔法克斯太太告诉我说,他们是去参加米尔科特的一个公众集会。因为那天晚上又湿又冷,罗切斯特先生没有跟他们一块儿去。他们刚一离开,罗切斯特先生就打铃叫人来通知我和阿黛尔到楼下去。我给阿黛尔梳了头,把她身上收拾干净,确信自己平时那身贵格会教徒似的打扮,已经不需要再做什么修饰——全身整洁简朴,包括编成的发辫在内,不可能有什么凌乱不整的地方——然后我们就下楼了。阿黛尔在纳闷,是不是那只"小箱子"[1]终于来了。由于出了什么差错,它一直没有运到。这下她满意了,我们一走进餐厅,就看见了它,一个小小的硬纸盒,就摆在桌子上。她似乎凭着直觉马上就认出了它。

"我的盒子!我的盒子!"[2]她嚷着朝它跑了过去。

"对,你的'盒子'[3]终于来了,快把它拿到一边去,你这个地道的巴黎女儿,自个儿去翻肠掏肚,把里面的东西掏出来玩吧。"从壁炉旁一张大安乐椅的深处,传来罗切斯特先生深沉而略带嘲讽的声音。

"记住,"他又接着说,"别拿什么解剖过程的细节或者内脏情况的报告来打扰我。静静地去做你的手术吧——'要安静一点,孩子,懂吗?'"[4]

---

1 原文为法语。
2 原文为法语。
3 原文为法语。
4 原文为法语。

看来阿黛尔根本不需要提醒,她早已捧着她的宝贝退到一旁的沙发跟前,正忙着在解系住盒盖的绳子。除掉这一障碍,揭去薄薄的银色包装纸后,她只是喊了一声:

"天哪,多好看啊!"[1]接着便欣喜若狂、全神贯注地赏玩起来。

"爱小姐来了吗?"这时,主人一边问一边从自己的座椅上欠起身来,望着门口,我还站在门边。

"啊!好,过来,坐这儿吧。"他往自己身边拉过一张椅子。"我不喜欢听孩子们唠唠叨叨。"他继续说,"像我这么一个单身汉,听他们咿咿呀呀的说话,引不起我愉快的联想。整个晚上跟一个小娃娃'促膝谈心'[2],我可受不了,别把椅子拉开,爱小姐,你就坐在刚才我放的地方……我是说,要是你愿意的话。这该死的礼貌!我老是把它给忘了。我也不喜欢那些头脑简单的老太太。说起来,我可不能忘了我那位老太太,她可怠慢不得,她毕竟是个费尔法克斯家的人,至少是嫁过一个这家的人。据说,自家人总比外人亲嘛。"

他打铃派人去请费尔法克斯太太,不一会儿,她就带着编织筐来了。

"晚上好,太太,我是请你来做件好事的。我不让阿黛尔跟我谈她的礼物,可她憋了一肚子的话要说。行行好,你就去做做她的听众,跟她说说话吧。这会是你做过的最大善事哩。"

---

1 原文为法语。
2 原文为法语。

阿黛尔真的一看见费尔法克斯太太,就马上要她到沙发跟前去,很快就在她的裙兜里放满了她从那"盒子"[1]里掏出的各种瓷的、象牙的和蜡制的玩意儿。她一边放,一边还用她学会的那点结结巴巴的英语,滔滔不绝地解说着,倾吐她心中的喜悦。

"现在,我既然已经演完了一个好主人的角色,"罗切斯特先生接着说,"我就该自自在在地给自己来点儿乐趣了。爱小姐,把你的椅子再挪近一点儿,你坐得还是太远了。我看不见你,除非变换一下我在这张舒服的椅子上坐的姿势,可我又不想那么做。"

虽说我宁愿留在有点儿阴影的地方,可我还是照他的吩咐做了。罗切斯特先生老是用这种直截了当的方式下达命令,立即服从他似乎是件理所当然的事。我刚才说过,我们是在餐厅里,为晚餐点亮的枝形吊灯,把屋子照得像节日似的灯火辉煌。烧得很旺的炉火又红又亮。高大的窗子和更高的拱门上,垂挂着豪华宽大的紫色帷幔。四周静悄悄的,只有阿黛尔压低了的说话声(她不敢大声说话),以及她说话间歇时冬雨敲打窗玻璃的声响。

罗切斯特先生坐在他那张锦缎面的椅子上,看上去显得跟我以前见到的模样不同,没有那么严厉,也没有那么阴郁。他嘴角带着笑意,两眼闪闪发亮,我不敢肯定这是不是因为喝了酒的缘故,不过我想多半是这么回事儿。总之,他正处在饭后的好心情中,比较愉快、亲切,也比较随和,不像早上那么冷漠、生硬。不

1 　原文为法语。

过话虽如此,他看上去仍然十分严肃,他把他那大脑袋靠在鼓起的椅背上,让火光照着他那花岗石凿出来似的脸孔和又大又黑的眼睛。他的眼睛很大、很黑,也很漂亮。有时候,在他那两眼深处,也会出现一点变化,这种变化即便算不上温柔,至少也会使你联想到这种感情。他凝望着炉火足足有两分钟,我也一直看了他那么久。这时,他突然掉过头来,发现我的目光正盯在他的脸上。

"你这样仔细地看我,爱小姐,"他说,"你觉得我漂亮吗?"

要是我稍加考虑的话,我本可含糊而有礼貌地说几句俗套话来回答他。可是不知怎么的,我还没意识到,回答就脱口而出了:"不,先生。"

"啊!我敢肯定!你这人有点儿特别!"他说,"你的样子就像个'小修女'[1],古怪、安静、严肃而又单纯。你坐在那儿,两手放在身前,眼睛老是盯着地毯(顺便说一句,除了有时一个劲儿盯着我的脸,比如说就像刚才那样)。人家问你一个问题,或者说句什么话,让你非回答不可时,你就会毫不客气地冒出一句答话来,它即使不算鲁莽的话,至少也是冒失的。你这么说是什么意思呀?"

"先生,我说得太直率了,请你原谅。我本该回答说,关于外貌的问题,当场做出回答是不容易的。每个人的审美观有所不同,而且美并不重要,以及诸如此类的话。"

"你本来就应该不这样回答,美并不重要,说得好!原来,你

---

1 原文为法语。

表面上装作缓和一下刚才对我的伤害,抚慰抚慰我,让我平静下来,实际上是狡猾地又在我耳朵背后戳了一刀!说吧!请问,你在我身上还发现了什么毛病?我想我的五官和四肢跟别人还没什么两样吧?"

"罗切斯特先生,请允许我取消最初的回答。我并不是有意要话中带刺,只是一时口误。"

"正是这样,我想也是这样。那你就该说说清楚。挑我的毛病吧,是不是我的前额让你不喜欢?"

他把横梳在额上的波浪形黑发撩开,露出一个十分充实的智慧器官,然而这个本该显示出仁慈宽厚迹象的地方,却出人意料地没有显出这种迹象。

"说吧,小姐,我是个傻瓜吗?"

"远远不是,先生。要是我反过来问你是不是一位慈善家,你会认为我太唐突吗?"

"又来了!在装着拍拍我的脑袋时,又捅了我一刀,这是因为我说了我不喜欢跟小孩和老太太做伴(讲得轻点)。不,小姐,我不是人们通常说的那种慈善家,不过我有良知。"说着他指了指据说是显示这种官能的那个突出部位。幸运的是,他那个部位相当醒目,确实使他的脑袋的上半部显得很宽阔。"不但如此,我的心曾经一度有过一种天真的柔情。在你这样的年纪时,我是个很富有同情心的人,我特别爱袒护那些弱小的、没人照顾的和不幸的人。可是在那以后,命运不断地狠狠打击了我,它甚至用它的指关节揉面似的揉了我,现在我可以夸耀的是,我已经坚韧得像个橡皮球了,不过,也还是有一两处能透过气的缝隙。而且在这个橡皮球的中心,还有一个敏感点。就是这样。你看我这还有希望吗?"

"什么希望,先生?"

"我最终还能从橡皮重又变回肉体吗?"

"他肯定是酒喝得太多了。"我心里想,不知该怎样来回答他这个古怪的问题。他能不能重又变回来,我怎么说得出?

"你看来是非常迷惑不解了,爱小姐。虽说你的美丽也不见得胜过我的漂亮,不过这种迷惑不解的神情对你倒是挺合适的。再说,这样也有好处,可以让你那双爱探索的眼睛不再盯着我的脸看,而去忙着看地毯上的绒花。你就这样迷惑下去吧。小姐,今天晚上我很想有个伴儿聊聊呢。"

他一面这样宣布,一面从椅子上立起身来,将一只胳膊靠在大理石壁炉台上,站在那儿。这样一种姿势站着,他的体形也就像他的脸一样可以看得清清楚楚了。他那异常宽阔的胸膛,几乎跟他的肢体不大相称。我确信,大多数人都会认为他这人长得难看。可是,在他的举止中流露出一种不经意的傲慢,他的神态是那么从容不迫,对自己的外表是那么满不在乎,对其他内在或外在品质的力量,又是那么高傲自信。这一切都足以弥补他在外貌上的魅力不足,使你看着他,就会不由自主地被这种满不在乎的情绪所感染,甚至盲目、片面地相信这种自信。

"今天晚上我很想有个伴儿聊聊。"他又重说了一句,"所以我就把你给请来了。只有炉火和吊灯跟我做伴是不够的,派洛特也不行，因为它们都不会说话。阿黛尔稍微强一点儿，可还是远远不够格的。费尔法克斯太太也一样。至于你，我相信，要是你愿意，是可以合我的意的。我请你到这儿来的第一个晚上，你就让我有点迷惑不解。那以后，我就几乎把你给忘了，因为有种种别的念头，把你从我的脑子里赶跑了。可是今天晚上我决心要轻松一下，抛开一切烦恼，找回让人高兴的东西。现在，我要引你说话，多了解了解你，这会使我高兴的——所以，你说话吧。"

我没有说话，只是笑了笑。这笑，既不是特别得意，也不是过分谦恭。

"说呀。"他催促道。

"说什么呢，先生？"

"你爱说什么就说什么。选什么话题，怎么说，全由你自己决定。"

既然这样，我就坐在那儿，什么也不说。"要是他指望我只是为说舌而说话，为炫耀而说话，那他就会发现自己找错人了。"我心里想。

"你不说话，爱小姐。"

我还是一声不响，他朝我稍稍低下头来，匆匆瞥了我一眼，似乎在探究我眼中的神情。

"耍犟脾气了？"他说，"而且还生气了。啊！这是一回事。我用唐突的甚至有点儿无礼的方式提出了我的要求。爱小姐，我请你原谅。索性给你讲明了吧，实际上，我不希望把你当作一个比我低微的人来看待。这就是说（他纠正自己），我自称比你优越的地方，只不过在年龄上比你大了二十岁，在阅历上比你多了一个世纪罢了。这是完全合理的，正像阿黛尔说的，'我坚持这一点'[1]我是凭着这点优势，而且只是凭着这一点，才要求你行行好，现在能跟我聊上一会儿，让我散散心。我的心思老是盯在一点上，都损坏了，跟一枚生锈的钉子似的快烂了。"

他竟做了这样一番解释，可说几近道歉。对于他的这种屈高就下，我不能无动于衷，也不想显得无动于衷。

"只要我能做到，先生，我是愿意替你解闷的，非常愿意。不过我不知道谈什么好，因为我怎么知道你对什么感兴趣呢？还是你提出问题吧，我一定尽力来回答。"

"那么，首先，你是不是同意我的看法，认为我有权耍点儿威风，说话唐突一点儿，有时也许还会强人所难？理由嘛，就是我刚才说的，也就是说，在年龄上我已经够做你的父亲，而且我游历过半个地球，跟许多国家的许多人打过交道，有了各种各样的经历。而你，只是在一座房子里，跟一种人平平静静地生活过。"

"随你的便吧，先生。"

"这不算回答，或者说，这是个很惹人生气的回答，因为它非常模棱两可。给个明确的回答吧。"

"我并不认为，先生，仅仅因为你比我年龄大，或者比我阅历丰富，你就可以对我发号施令。你究竟能不能说比我高明，还要看你怎样利用你的年岁和阅历了。"

1　原文为法语。

"哼！答得倒快！不过这我不同意，我看这不适用于我的情况。这两个长处，我虽然说不上用得很糟，至少也没有好好加以利用。还是撇开谈高明不高明吧，你总还同意偶尔听从我的吩咐，不会因为我带有命令的口气而感到生气或者伤心吧——行吗？"

我微笑了。心里想，罗切斯特先生是有点儿怪——他好像忘了，他一年付我三十英镑，就是要我来听从他吩咐的。

"这一笑很好，"他立刻察觉到我这一闪而过的神情，说道，"不过还得说话呀。"

"我在想，先生，做主人的很少会费神去问他们雇来的下属是不是因为他们的吩咐而感到生气和伤心的。"

"雇来的下属！什么！你是我雇来的下属，是吗？啊，对，我把薪水给忘了！好吧，那么就凭这雇佣关系，你肯让我稍稍耍点儿威风吗？"

"不，先生，凭这个可不行。不过凭着你把它给忘掉了这一点，凭着你关心一个下属处在他的从属地位上是否心情舒畅，我打心底里同意。"

"那你是不是同意免去那许多礼节和客套，不会认为这种省略是傲慢无礼吧？"

"我相信，先生，我绝不会把不拘礼节错当成傲慢无礼的。前一种我反倒喜欢，而后一种，没有哪个生来就自由的人肯低头忍受的，哪怕是看在薪水的分儿上。"

"胡扯！大多数生来自由的人为了薪水是什么都肯低头忍受

的。所以,你还是只说自己,别去瞎扯那些你全然无知的事情的普遍情况吧。不过,尽管你回答得不够正确,我还是要打心底里感谢你的回答,这不仅是为了你回答的内容,也是为了你回答的态度。这种直率坦诚的态度是难得见到的。相反,对于别人的直率坦诚,人们往往报之以装腔作势,或者神情冷淡,再不就是愚蠢粗心地误解人意。在三千个初出茅庐的女学生式的家庭教师中,会像你刚才那样回答我的不会有三个。不过我这不是说要恭维你,即使你是从一个与众不同的模子里铸出来的,那也不是你的功劳,而是造物主造的。再说,我的结论毕竟做得早了些。就我眼前所知,你也许并不比别人强,也许有许多叫人难以容忍的缺点把你的少数优点全给抵消了。"

"你说不定也这样。"我心里想。这一想法在我心中一闪而过时,我的目光和他的目光相遇了。他似乎领会了我这一瞥的含意,马上就做了回答,仿佛这含意是由我口中说出,而不是他自己推想出来似的。

"是的,是的,你是对的,"他说,"我自己也有很多缺点。这我知道,我不想掩饰,我可以向你保证。上帝知道,我用不着过于苛求别人,我自己就该扪心自问我过去的生活,我的一系列行为和生活方式,它们完全可以招致邻人对我的嘲笑和非难。我在二十一岁时就走上了,或者不如说(因为像其他犯了过失的人一样,我也想把一半责任推给厄运和逆境)给推上了歧途,而且从此就没有再回到正道上来。可我本可成为一个完全不同的人,可以像你一样好——比你更聪明——几乎像你一样纯洁无瑕。我羡慕你有平静的心境、清白的良心和没有污点的记忆。小姑娘,毫无污点和劣迹的记忆一定是个无价之宝——是舒畅心情的永不枯竭的源泉,不是吗?"

"十八岁的时候,你的记忆是怎么样的呢,先生?"

"那时候很好,纯净、清澈,还没有渗进大量污水,把它变成一个臭水坑。十八岁时我跟你一样——完全不相上下。造物主本来是想把我造就成一个好人的,爱小姐,成为一个较好的人。可是你看,结果却不是这样。你也许会说你看不出来吧,至少我觉得我从你的眼睛里看到了这层意思(顺便提一下,你得当心你从这个器官里流露出来的神情,我可是个善于察言观色的人)。相信我的话——我不是一个恶棍,你不该有这样的想法,不应该给我加上这类恶名。可是我深信,更多的是由于环境而不是出于天性,使我成了一个最平凡无奇的罪人,终日沉溺于有钱而无用的人想用来点缀生活的种种猥琐无聊的放荡生涯中。

"我向你袒露这些你觉得奇怪吗?你要知道,在你未来的生活中,你会时常发现自己被不由自主地选作听你熟人倾吐隐秘的人。人们会像我一样,直觉地发现,你的长处不是谈你自己,而是倾听别人谈他们自己。他们还会发现,你在倾听的时候,对于他们的行为不检,不会幸灾乐祸地表示轻蔑,而是流露出一种出自天性的同情。这种同情虽然表露得并不十分明显,但还是一样地能给人安慰和鼓舞。"

"你是怎么知道的?——你怎么会猜到这一切的呢,先生?"

"我知道得很清楚,所以我能把我的思想说出来,差不多就像在日记上记下来那样无拘无束。你也许会说,我本应该战胜环境。我是应该这样——是应该这样。可是你看,我并没有这样做。在受到命运的错待时,我没有理智地保持冷静,我变得不顾一切,这一来我就堕落了。现在,无论哪个可恶的笨蛋说了卑鄙的下流话,都会激起我的厌恶,可我没法儿自以为比他好一点,我不得不承认我跟他是一路货色。我真希望当初我能坚强一些——上帝做证,我真的是这么想的!一个人受到引诱要去做坏事时,应该害怕有朝一日会出现悔恨,爱小姐。悔恨是生活的毒药。"

"据说忏悔能够治好它,先生。"

"忏悔不能治好它,改过自新才能治好它。我还能改邪归正——我还有力量这样做——要是……可是,像我这样一个身负重荷,阻碍重重,受到诅咒的人,去想这个又有什么用处呢?再说,既然幸福已经无可挽回地抛弃了我,我就有权利从生活中去寻找乐趣。不管花多大代价,我都一定要得到它。"

"那你就会进一步堕落的,先生。"

"有可能。但是,要是我能找到甜蜜新鲜的乐趣,为什么还会堕落呢?而且我是有可能得到这样的乐趣的,它既甜蜜又新鲜,就像蜜蜂在沼泽地上采到的野蜜。"

"它会灼痛舌头——吃起来很苦的,先生。"

"你怎么知道的?——你又从来没有尝过。你看上去多么认真——多么严肃呀。可你对这种事,就像这个浮雕头像一样无知。(他从炉台上拿下一个来)你没有权利向我说教,你这个新入教的,你还没有跨进生活的门槛,还根本不知道其中的奥秘哩。"

"我只是提醒你,别忘了自己说过的话,先生。你说过做坏事会带来悔恨,你还说悔恨是生活的毒药。"

"现在谁说做坏事来着?我可不认为刚才在我脑子里闪过的念头是坏事。我相信这是灵感,而不是诱惑。它让人感到非常温暖,非常亲切——这我很清楚。瞧,它又来了!它绝不是魔鬼,我向你保证。或者,即使它是魔鬼,也是穿着光明天使的衣服的。我想,这样美的一位客人要到我心里来,我是一定得让它进来的。"

"别相信它,先生,这不是真的天使。"

"再问一次,你怎么知道的?你凭的什么直觉,敢说你能分辨出深渊的堕落天使和永恒宝座来的天使——分辨出指路者和诱惑者?"

"我是根据你的脸色来判断的,先生。你说到那个念头又出现在你的头脑里时,你的脸色显得很痛苦。我觉得,要是你听从了它,它肯定会给你带来更多的痛苦。"

"根本不会——它带来的是世界上最仁慈的信息。至于别的,你又不是我的良心的守护者,所以大可不必为我操心。来,请进吧,可爱的漫游者!"

他说这话时,就像在对一个除他之外谁也看不见的幻影说话。接着,他把原来稍稍张开的双臂向胸前合拢,仿佛把那看不见的东西紧搂在自己怀中。

"现在,"他继续对我说,"我已经接纳了这位来客——正如我深信的那样,这是位不露形迹的神。它已经给我带来了好处,我的心,原来像个停尸所,现在要变成神龛了。"

"说真的,先生,我根本不懂你的意思。我没法儿再跟你交谈下去了,因为这已超出了我的理解力。只有一点我算听明白了,你说你没能像你希望的那么好,并且为自己的不够完美而感到后悔。还有一点我也能理解,你说受了玷污的记忆是个永久的祸害。我觉得,只要你认真努力,到时候你就会发现,要成为你所赞赏的人是完全有可能的。只要你从今天起就下决心纠正你的思想和行为,要不了几年,你就会积累起许多新的、没有污点的回忆,可以让你去愉快地回味了。"

"想得不错,说得也对,爱小姐。现在我正在拼命为地狱铺路呢。[1]"

"先生——?"

"我正在用良好意图铺路,我相信它们就像燧石那样经久结实。当然,今后我的交往和追求将跟以前不一样了。"

"比以前好?"

"比以前好——就像纯净的金属比污浊的浮渣,好多了。你好像在怀疑我,我可不怀疑我自己。我完全清楚我的目的是什么,我的动机是什么。现在我就通过一条法律——它像波斯人和玛代人的法律[2]一样不可更改——指明我的目的和动机两者都是正

1　英语中有句成语:"良好意图常为地狱铺路",意思是有良好意图不一定能得到好结果。

2　《圣经》中有"写在波斯和玛代人的例中,永不更改"一语。详见《圣经·旧约·以斯帖记》第1章第19节。

当的。"

"要是需要用一种新的法规来使它们合法化,先生,那它们就不可能是正当的了。"

"它们是正当的,爱小姐,尽管它们绝对需要一条新的法规。前所未闻的两种命运的结合,就需要有前所未闻的法规。"

"这听起来像是条危险的准则,先生。因为一眼就可看出,它是很容易被滥用的。"

"出语精辟的圣人!它确实是这么一回事。不过我凭着我的家族守护神起誓,我绝不会去滥用它。"

"你是人,难免会出错。"

"我是这样,你也是——那又怎么样?"

"既然是人,又难免会出错,就不该僭取只有神和完人才能放心交托的权力。"

"什么权力?"

"就是对那些怪僻的、未经认可的行为说一句'算它是正当的'。"

"'算它是正当的'——正是这句话,你已经说出来了。"

"那就说'但愿它是正当的'吧。"我一面说一面站起身来。我觉得,这场令我完全莫名其妙的谈话,没有必要再继续下去了。再说,我还觉得,我一点儿也摸不透这位对话者的性格,至少目前还摸不透。而且,除了确信自己无知外,我还隐隐约约有一种没有把握和不安全的感觉。

"你上哪儿去?"

"带阿黛尔睡觉去,她就寝的时间已经过了。"

"你是怕我吧,因为我说话像斯芬克斯。"

"你的话真像谜语,先生。不过我虽然被弄得莫名其妙,但根本没有害怕。"

"你是害怕了——你这是洁身自爱,生怕说错了话。"

"从这一点上来说,我确实有所顾虑——我不想胡说一气。"

"你就是胡说一气,神态也是严肃的、镇静的,还会让我误认为你说得头头是道哩。你从来不笑吗,爱小姐?你不必费神回答了——我看得出,你很少笑,但是你能笑得很开心。相信我的话,你不是生来就是严肃的,就像我不是生来就是邪恶的一样。是洛伍德的约束多少还缠绕着你,它控制着你的五官,压低了你的声音,束缚住你的手脚。你生怕在一个男人,一个兄弟——或者父亲、或者主人、或者不管什么人——面前,笑得太开心,说话太随便,动作太迅速。不过到时候,我想正像我发现没法儿跟你讲究俗礼一样,你也会学会自自然然地对待我的。那时候你的神情举止比现在敢于流露得更有生气,更有变化。我常常透过鸟笼密密的笼栅,看见一种奇特的鸟儿的眼神。那里面关着的是一个生气勃勃、烦躁不安、意志坚决的囚徒。只要一旦获得自由,它准会翱翔云天的。你还是一心想走吗?"

"钟已敲九点了,先生。"

"不要紧——再等一会儿,阿黛尔还不想去睡觉呢。爱小姐,我这样坐着,背对炉火,脸朝房间,是很有利于观察的。我一边跟你谈话,一边也偶尔看看阿黛尔(我自有理由把她看成个有意思的研究对象——什么理由我改天可以，不，改天一定会告诉你的）。大约十分钟以前，她从那盒子里拉出了一件小小的粉红色绸外衣。她把它摊开时，脸上闪烁着一片喜色，风骚在她血液里流动，跟她的脑子掺和在一起，渗进了她的骨髓之中。'我得试试'[1]她嚷道，'现在就试'[2]，接着就从房间里冲出去了。现在她正跟索菲在一起，在穿那件绸衣哩。过几分钟她就会回来，我料到我会看到什么——塞莉纳·瓦伦的缩影，就像她当年大幕一启，出现在舞台上……不过，别去管这个了。不管怎么说，我那异常脆弱的感情将要受到一次震动了，这是我的预感。现在就待在这儿吧，看看它是否会变成事实。"

不一会儿，我听到阿黛尔的小脚轻快地跑过大厅。她进来了，正像她的保护人预言的那样，变了个样。原来的褐色外衣脱掉了，换上了一件很短的玫瑰色缎子衣服，裙摆很大，打了多得几乎不能再多的褶裥。她额上戴着一个用玫瑰花蕾扎成的花环，脚上穿着长丝袜和白缎子小凉鞋。

"我的衣服合身吗？"[3]她一边嚷着，一边蹦蹦跳跳奔了过来，"我的鞋呢？我的袜子呢？我想我要跳舞了！[4]"

她撑开裙子，用快滑步穿过房间，来到罗切斯特先生跟前，踮起脚尖在他面前轻盈地转了一圈，然后在他跟前单腿跪下，大

1　原文为法语。
2　原文为法语。
3　原文为法语。
4　原文为法语。

声说:"先生,多谢你的好意。"[1]接着站起身来,又加了一句,"这就像我妈妈做的那样,对吗,先生?"[2]

"的——确——像!"他答道,"而且'就像这样'[3],她从我的英国裤袋里骗走了我的英国钱。我也曾年轻过,爱小姐——是啊,青春焕发。那曾使我朝气蓬勃的青春色彩,一点儿也不比你现在逊色。可是,我的春天已经逝去了,而把一朵法国小花留在了我的手上。有时心情不好时,我真想扔了它。自从发现长出这朵花儿的根只能靠金土来培育,因而不值得珍视后,我对这朵花也就不那么喜欢了,尤其像刚才那样,它看上去那么不自然。我留下它,抚养它,不过是按罗马天主教的原则,用做一件好事来赎许多大大小小的罪罢了。这一切,我改天再解释给你听吧。晚安。"

---

1 原文为法语。
2 原文为法语。
3 原文为法语。

15

后来有一次,罗切斯特先生果真给我解释了。有一天下午,他偶然在庭园里遇见了我和阿黛尔。趁阿黛尔在逗派洛特和玩着板羽球时,他邀我跟他一起沿着一条长长的山毛榉林荫道来回散步。从那儿看得见阿黛尔。

他告诉我说,阿黛尔是法国歌剧舞蹈演员塞莉纳·瓦伦的女儿,他对塞莉纳曾一度有过他所说的"炽热的爱情"[1]。对于他的这种爱情,塞莉纳曾声称一定要用更大的热情来回报。他满以为自己是她心中的偶像,虽然自己长得丑,可是他相信,像他所说的,比起贝尔维德尔的阿波罗[2]的优美来,他更喜爱他那"运动员

> 1 原文为法语。
> 2 指陈列在梵蒂冈贝尔维德尔美术馆的阿波罗神大理石雕像,常被认为是男子优美体形的典范。

的身材"[1]。

"爱小姐,这位法国美女竟然偏爱她的英国侏儒,使我感到得意非凡,所以我把她安顿在一座公馆里,给她配备了一整套的仆役、马车、呢绒服装、钻石、'网眼织物'[2],等等。总之,我就像任何一个痴情汉一样,开始用那种人们公认的方式毁掉我自己。看来,我还缺少创新精神,没有去开拓一条通往身败名裂的新路,而是愚蠢地亦步亦趋地走着那条老路,一步也不敢偏离别人踩出的那条中心线。结果我遭到了——这是罪有应得——所有别的痴情汉的命运。一天晚上,我没有事先通知就去看塞莉纳了。她没有料到我会去,我发现她出去了。因为这是个暖和的夜晚,我漫步穿过巴黎,走累了,所以就在她房里坐下,幸福地呼吸着因她待过不久而变得神圣的空气。不,——我言过其实了。我从来没有认为她身上有什么使周围的东西变得神圣的美德,那只不过是她留下的一种熏香的香味,与其说是神圣的香气,不如说是麝香和琥珀的气味。暖房里的花香和喷洒的香水味,使我开始感到有点儿喘不过气来,我不由想到得打开落地窗,到阳台上去。屋外月光皎洁,还有煤气灯的灯光,十分宁静、安谧。阳台上有一两把椅子,我坐了下来,掏出一支雪茄——要是你不介意的话,我现在也想抽一支。"

说到这里,他停了一会儿,掏出一支雪茄来点上。待他把烟

---

1   原文为法语。
2   原文为法语。

衔在嘴里,把一丝哈瓦那雪茄的香味吐进寒冷而阴沉的空气中后,才又接着说道:

"那时候,我还爱吃糖果,爱小姐,我正在一会儿'大嚼'[1]——别介意我的粗野——大嚼巧克力,一会儿抽雪茄,同时望着一辆辆马车沿着繁华的街道朝邻近的歌剧院驶去。这时,我在灯火辉煌的都市夜景中,清楚地看到一辆由一对漂亮的英国马拉着的精致华丽的轿式马车。我认出这是我送给塞莉纳的'马车'[2]。她回来了。不用说,我的心急促地怦怦跳了起来,撞击着我靠着的铁栏杆。不出所料,马车在公馆门口停下了,我的相好(用这来称呼一个演歌剧的'情妇'[3]正合适)下了车。尽管她全身裹在一件斗篷里——顺便说一句,在那么暖和的六月天的晚上,这实在是个不必要的累赘——可是当她跳下马车踏脚时,我还是从她衣裙下面露出的小脚立刻认出了她。我从阳台上俯出身子,刚要轻声呼唤'我的天使'[4]——用的自然是只有情人才能听见的声调——这时一个身影跟着她从马车上跳了下来,身上也裹着斗篷,可是踏在人行道上发出响声的却是带有马刺的靴跟,接着从公馆'可通车辆的大门'[5]拱顶下经过的,是一个戴着礼帽的脑袋。

"你还从来没有嫉妒过吧,是不是,爱小姐?当然没有,我用

---

1 原文为法语。
2 原文为法语。
3 原文为意大利语。
4 原文为法语。
5 原文为法语。

不着问，因为你还从来没有恋爱过。这两种感情都还有待你去体验呢。你的心灵还在沉睡，还有待于来一次震荡才能把它唤醒。你以为生活中的一切都会像平静的流水一般消逝，就像你的青春直到现在都在平静地悄悄溜走一样。你闭着眼睛，捂住耳朵，随着水流漂浮而去，既没看见不远处河床上耸立着的块块礁石，也没听见礁石脚下翻腾汹涌的阵阵涛声。可是我告诉你——你应该记住我的话——总有一天你会来到河道中一个布满巉岩的隘口，在那儿，原来浑然一体的生命之流会四分五裂，碎成旋涡和骚动、泡沫和喧哗。你不是在峻岩的尖角上撞得粉碎，就是给哪个巨浪卷起，裹挟到一条较为平静的河流中——就像我现在这样。

"我喜欢今天，喜欢这铁灰色的天空，喜欢这严寒笼罩下的世界的肃穆和寂静。我喜欢桑菲尔德，它的古老，它的幽静，它的群鸦栖息的古树和荆棘，它的灰色的外表，和那映出灰色苍穹的一排排黑洞洞的窗户。可是，我有多长时间一想到它就感到厌恶，像躲开一座瘟疫病房似的躲着它啊！直到今天我还是那么厌恶……"

他咬牙切齿地住嘴不说了。他停下脚步，用靴子踩踩坚硬的地面，仿佛有某种可恨的念头紧紧攫住了他，抓住他牢牢不放，使他无法朝前迈步。

他这样停步不前时，我们正沿着林荫道往上走，宅子就在我们面前。他抬眼朝它上面的雉堞投去狠狠的一瞥，那神情是我以前和以后从没见过的。痛苦、羞耻、愤怒、烦躁、厌恶、憎恨，一时间，仿佛各种感情都在他那浓眉下瞪得大大的瞳孔中激烈地争斗起来。这场争占上风的搏斗是非常狂野的。然而，另外一种感情出现了，而且取得了胜利。这是一种冷峻而愤世嫉俗的、任性而坚定不移的感情，它使他激愤的心情平静了下来，脸上显露出木然的神态。他又继续说下去了：

"刚才我默不作声的那会儿，爱小姐，我是在跟我的命运商谈一件事。她就站在那儿，在那棵山毛榉树干的旁边——是个巫婆，就像在福里斯荒原上向麦克白现形的那些巫婆[1]中的一个。'你喜欢桑菲尔德吗？'她举起一只手指说。接着她在空中比画着，用奇形怪状的象形文字，在屋子的正面墙上，上下两排窗户之间，写出了一条告诫的文字：'只要你能够，你就喜欢它吧！只要你敢，你就喜欢它！'

"'我喜欢它，'我说，'我也敢喜欢它。'而且，"他沉着脸又补充说，"我会遵守自己的诺言，冲破重重障碍，去追求幸福、追求善良，——是的，追求善良。我希望做一个比过去好，比现在也好的人。像约伯的海中怪兽[2]能折断长矛、标枪和铠甲那样，我把别人看作铜墙铁壁的东西，只当作干草和烂木。"

正说着，阿黛尔拿着板羽球跑到他跟前。"走开！"他粗暴地喝道，"离远一点儿，孩子，要不就进屋去找索菲！"说罢又继

1　见莎士比亚悲剧《麦克白》第1幕第3场。苏格兰将军麦克白从战场凯旋归来。在福里斯荒原遇见三个女巫，预言他将当苏格兰王，他后来因此真的弑君自立。

2　《圣经》中威力无穷的海中怪兽，"他以铁为干草，以铜为烂木"。参见《圣经·旧约·约伯记》第41章。

续默默地走着，我大胆提醒他刚才突然岔开的话题。

"瓦伦小姐进来的时候，先生，"我问道，"你离开阳台了吗？"

对这个不合时宜的问题，我差不多料到他会拒绝回答。可是，恰恰相反，他从皱眉蹙额的出神状态中清醒了过来，把目光转向了我，额头上的阴影似乎也消散了。

"哦，我把塞莉纳给忘了！好吧，我来接着说下去。我一见我那位美人儿这样由一个殷勤的男人陪着进来，马上就好像听到嗞的一声，一条嫉妒的青蛇从月光照耀下的阳台上盘旋而起，钻进我的背心，一路咬啮着，只一两分钟就钻进了我的心里。奇怪！"他突然又离开话题，惊叫了起来，"真奇怪，年轻的小姐，我竟然会选中你来听我倾吐我的心里话。更奇怪的是，你居然不动声色地一直听我讲着，仿佛像我这样一个男人，把自己演歌剧的情妇的故事讲给你这样一个古怪而没有经验的姑娘听，是世界上最平常的事！不过，后一桩怪事正可说明前一桩。正如我以前有一回曾经说过，你严肃、体贴、谨慎，天生是个听人倾吐隐秘的人。再说，我不知道我选了什么样的心灵来跟自己的心灵交流。我知道它是不容易受传染的，是个特殊的心灵，独一无二的心灵。幸好我不想去伤害它，不过，即使我想，它也不会从我这儿受到伤害。你跟我之间交流越多越好，因为我不会伤害你，你却能使我重新振作起来。"说了这番离题的话以后，他又接着说：

"我留在阳台上没动。'他们准会进她的房间来的，'我心里想，'我就来打一次埋伏吧。'于是我把手伸进开着的落地窗，拉上窗帘，只留下一丝空隙，以便观察。然后我又把窗子关上，留下一条窄缝,刚够让这对情人海誓山盟的低声细语透露出来。我悄悄回到椅子跟前,刚坐下,那一对就进来了。我马上把眼睛凑近窗缝,塞莉纳的侍女走进房来,点亮了一盏灯,把它放在桌上就退出去了。这一来,他俩就清清楚楚地暴露在我的眼前。两人都脱去斗篷,那位'瓦伦小姐'一身绫罗绸缎,珠光宝气——不用说全是我的礼物——光彩照人,她的伙伴穿的是军官制服。我认出他是一个有'子爵'[1]头衔的'花花公子'[2]——一个没头脑的恶少。我在社交场合见过他几次,从来没有想到过要憎恨他,因为我压根儿就瞧不起他。我一认出他,那条嫉妒之蛇的毒牙就一下子折断了,因为在这同一瞬间,我对塞莉纳的爱情之火也给浇灭了。一个为了这样的情敌就背叛我的女人,是不值得去争夺的,她只配受到鄙视——不过,我受了她的玩弄,更该受到鄙视。

"他们谈了起来,他们的谈话使我变得完全心平气和。轻浮浅薄,利欲熏心,无情无义,愚蠢无聊,听了只会叫人厌烦,而不是生气。桌上放着一张我的名片,他们发现了它,于是开始议论起我来了。两人中谁也没有能耐和才智来痛骂我一顿,但他们却用他们那种卑鄙的方式尽量粗俗地诋毁我,特别是塞莉纳,甚至肆意夸大我外貌上的缺点,她把这些缺点称之为残疾。而以前,她是经常热烈地称赞所谓我的'男性美'[3]的。在这点上,她

---

1 原文为法语。
2 原文为法语。
3 原文为法语。

正好跟你截然相反,你认为我不漂亮。当时我就深感到这种对比,而且……"

这时,阿黛尔又跑了过来。

"先生,约翰刚才说,你的管事来了,想见见你。"

"哦!这样的话,我只好长话短说了。我推开窗子,径直走到他们跟前,宣布解除我对塞莉纳的保护关系,通知她离开公馆,给了她一笔钱供她眼前急用,对她的尖叫、歇斯底里、哀求、辩解、抽搐,一概置之不理。还跟那位子爵约定了在'布洛尼林园'[1]决斗的时间。

第二天早上,我有幸跟他进行了决斗,在他的一条软弱无力的瘟鸡翅膀似的瘦弱可怜的胳膊里留下了一粒子弹,于是我自认为,我和所有这伙人便一刀两断了。但不幸的是,六个月以前,瓦伦给了我这个'小姑娘'[2]阿黛尔,硬说她是我的女儿。也许这是真的,不过我在她面貌上看不到这种无情的父女关系的证据。派洛特还比她更像我哩。我跟她母亲分手后过了几年,她扔下孩子,跟一个音乐家或者歌唱家跑到意大利去了。我过去从没承认阿黛尔有要我抚养的权利,现在也不承认,因为我并不是她的父亲。可是听说她孤苦伶仃、无依无靠,于是我还是把这可怜的小东西从巴黎那片烂泥塘里拔出,移植到这儿来了,让她在英国乡间花园的沃土中干干净净地成长。费尔法克斯太太找到你来培

---

1 原文为法语。
2 原文为法语。

育她。不过，现在你知道了她是一个法国歌剧女演员的私生女，这也许会使你对你的职位和你的学生有了不同看法，说不定哪一天会来通知我，说你已找到了一份新工作——请我另请一位家庭教师——会吗？"

"不会的。阿黛尔不应该对她母亲的过错或者是你的过错负责。我一向关心她。现在我又知道了，从某种意义上说，她已经没有父母——母亲遗弃了她，而你又不认她，先生——我会比过去更加疼爱她。我怎么会不疼爱一个把家庭教师当作知心朋友的孤苦伶仃的孤儿，而去喜欢富贵人家一个讨厌家庭教师的娇生惯养的宠儿呢？"

"啊，你是这样来看待这个问题的！好吧，现在我该进去了。天黑了，你也该进去了。"

但是，我跟阿黛尔和派洛特在外面又待了一会儿——跟她做了一次赛跑，打还了一盘板羽球。回到屋里，我给阿黛尔脱去帽子和外衣，把她抱在膝盖上，让她坐了足足一个小时，听凭她尽情唠叨个不停，甚至对她做出的有点放肆和轻浮的举动，也未加责备。每当别人注意她时，她常常会犯这种毛病，流露出她性格上浅薄的一面，这也许就是她母亲的遗传，在一个英国人看来，是很难让人合意的。然而，她也有自己的优点，我竭力赞赏她好的一面。我想在她的面貌五官上找出一些跟罗切斯特先生的相似之处，可是一点儿也没找到。没有一点儿特征、一丝表情能表明他们之间的血缘关系。实在遗憾，只要能证明她有一点儿像他，他一定会更多地关心她的。

直到我回房去睡觉的时候，我才静下心来，回想方才罗切斯特先生告诉我的故事。正像他说的，这个故事本身也许并没有什么特别的地方。一个有钱的英国人热恋上一个法国舞蹈演员，她却背叛了他，这无疑是社交场上司空见惯的事情。但在他表达目前的满意心情，表达他对老宅和它周围的环境重新感到的乐趣时，却突如其来地迸发出一阵感情的激动，这里面肯定有点儿古怪的名堂。我满腹疑惑地思考着这件事，但渐渐地就把这念头给丢开了，因为我发现，这在目前是无法解释的，于是我转而考虑起主人对我的态度来。他觉得对我可以推心置腹，这似乎是对我为人稳重的一种赞美。我是这样来看待它，也是这样来接受它的。最近几个星期以来，他对我的态度已比开始那阵子稳定一些了。我似乎已经不再碍他的事，他不再时不时突然对我摆出一副冷冰冰的"傲慢态度"[1]了。意外地碰见我时，他也似乎对这种偶然相遇很高兴，总要跟我说句话，有时则朝我笑一笑。每当正式邀请我上他那儿时，我总是荣幸地受到他的热诚接待，使我感到自己的确能使他得到乐趣，觉得晚上这样的空谈不仅能使他高兴，还对我有好处。

当然，我谈得比较少，但我听他谈话听得很有兴味。他生性爱说话，喜欢向一个没见过世面的人透露一些世情和世风（我不是指那些腐败情景和邪恶风气，而是指由于天下之大、无奇不有，从而使人产生兴趣的事物）。我非常乐于接受他的新观念，想象

---

1 原文为法语。

他描绘的新图景,思想跟随他穿过一个个他所揭示的新领域,从来没有为哪个不正当的暗示所惊吓或困扰。

他态度随便,我也就不再让人难受地感到拘束。他对待我那种正直热情、坦诚友好的态度,使我很愿意接近他。有时候,我觉得他仿佛是我的亲戚,而不是我的主人。不过,他有时候还是显得专横,但是我并不介意,知道他就是这副样子。生活中平添了这种新的乐趣,我是那么高兴,那么满足,不再去渴望有什么亲人了。我原来那月牙儿般纤细暗淡的命运似乎增大明亮了,生活得到了充实。我身体的健康状况也有了改善,人长胖了,精力也旺盛了。

那么在我眼里,罗切斯特先生现在还丑吗?不,读者。感激之情以及许多愉快而亲切的联想,使他的脸成了我最爱看的东西。有他在房间里,比有最明亮的炉火更要使人高兴。不过我并没有忘记他的缺点。真的,我无法忘掉,因为他时不时把这些缺点暴露在我的面前。对不管哪方面不如他的人,他都表现得傲慢、爱挖苦、粗暴。我心里暗自明白,他对我的宽厚和蔼,和对别人的不公正的严肃,其程度恰好相等。他有时还闷闷不乐到让人不可理解的地步。不止一次了,我被叫去给他念书时,发现他独自一人坐在书房里,弯身把头伏在交叉叠起的胳膊上。当他抬起头来时,一副忧悒的、几乎是恶狠狠的愁容,使他的脸色变得一片阴沉。但是我相信,他的忧郁、他的粗暴,以至他过去道德上的过失(我说过去,是因为他现在似乎已经改正了),都是由于命运的残酷磨难造成的。我深信,比起那些由环境所造就、教育所培养和命运所鼓励的人来，他生来就有着更好的志向，更高的天资和更纯洁的旨趣。我认为他身上有许多优秀的素质，只是现在有点儿给糟蹋了，混杂成一团了。我不能否认，不管他的忧伤是为了什么，我都为他的忧伤感到忧伤，并愿意不惜一切来减轻它。

虽说这会儿我已经吹灭蜡烛上了床，可是却怎么也不能入睡，心里一直在想着他在林荫道上停住脚步，告诉我他的命运之神突然出现在他面前，问他敢不敢在桑菲尔德获取幸福时的神情。

"为什么不敢呢？"我暗自纳闷，"是什么迫使他离开这座房子呢？他很快又要离开这儿吗？费尔法克斯太太曾经说过，他很少在这儿连住两个星期以上，可这次他已住了八个星期了。要是他真走的话，那这种变化可就让人犯愁了。如果他春天、夏天直到秋天都不在这儿，那就连和煦的阳光和晴朗的天气都会显得没有乐趣啊！"

这样想了一阵以后，我不知道自己后来到底有没有睡着过。总之，我突然听到一阵奇怪而凄惨的喃喃低语声，把我完全给惊醒了。而且我觉得这声音好像就发自我的头顶。我真巴望蜡烛要是还点着该有多好。夜黑得可怕，我感到心情紧张。我翻身从床上坐起，侧耳细听。声音沉寂了。

我想躺下接着再睡，但心里一直惶恐不安，心怦怦直跳，我内心的平静给打破了。远在楼下大厅里的钟敲响了两点。正在这时，我的房门好像给碰了一下，仿佛有人在漆黑的走廊里摸索着走路，手指从门上摸过去。我问："是谁？"没有回答。我吓得浑身发冷。

忽然间,我想起这也许是派洛特。厨房门偶尔忘了关上时,它常会循路上楼来到罗切斯特先生的房门口去。有几天早上,我亲眼看到过它躺在那儿。这样一想,多少使我镇静了一些,就又躺了下来。寂静使精神归于安定。整座宅子现在重又笼罩在一片沉寂之中,我又感到了睡意的来临。

然而这一夜注定我不能睡觉,梦神刚刚来到我的头边,就让一件叫人毛骨悚然的可怕事给吓得惊惶逃跑了。这是一阵魔鬼般的笑声——低沉而压抑——听起来像是从我门上的锁孔那儿发出的,而我的床头就在房门近旁,我开头还以为大笑的魔鬼就站在我床边——或者不如说,就蹲在我的枕头边。我翻身坐起,朝四下张望,可是什么也看不见。我还在瞪眼张望时,那怪异的声音又响了起来,我辨出它是从门外发出来的。我首先想到的是赶紧起身去插上门闩,随后又大声问了一声:"谁?"

有什么东西发出咯咯的笑声和轻轻的呜咽声,不一会儿,又有脚步声沿走廊走向通往三楼的楼梯。那儿最近做了一扇门,把楼梯关进了里面。我听见那扇门打开了,又关上了,然后一切归于寂静。

"这是格雷斯·普尔吧?她是不是中魔了?"我心里想。现在再也不能独自一人待着了,我得上费尔法克斯太太那儿去。我赶紧穿好外衣,围上披巾,用哆嗦的手拉开门闩,打开门。门外有一支点燃的蜡烛,而且就放在过道的地席上。我看到这情景不禁吃了一惊,然而更使我大为惊异的是发现空气中一片浑浊,好像充满了烟雾。我朝左右查看,想找出这些青烟是从哪儿冒出来的,这时我进一步觉出有一股浓烈的烧焦味儿。

什么东西嘎吱响了一下,有扇门开了一条缝,那是罗切斯特先生房间的房门。云雾一般的浓烟就是从那里面冒出来的。我已顾不得再去想费尔法克斯太太,也顾不得再去想格雷斯·普尔和那怪笑声,只一眨眼工夫,我就奔进了那间房间。火舌在床的四周跳跃,帐子已经着火。在烟熏火燎之中,罗切斯特先生摊开手脚,一动不动,睡得正香。

"醒醒!醒醒!"我喊叫着,使劲摇他,但他只是嘟哝了一声,翻了个身,浓烟已经把他熏迷糊了。床单已经着火,时间刻不容缓,我迅速冲到他的脸盆和水罐跟前。幸好脸盆很大,水罐很深,而且里面都盛满了水。我端起它们,把水全都泼到床上和睡觉的人身上,接着又飞也似的跑回我自己的房间,端来我的水罐,给那张床又施了一回洗礼。上帝保佑,总算把那正在吞噬着它的火焰扑灭了。被水浇灭的火焰的嘶嘶声,倒完水后随手扔掉的水罐的碎裂声,尤其是我毫不吝啬地施以淋浴的溅溅声,终于把罗切斯特先生给闹醒了。尽管眼前漆黑一团,可我知道他醒了,因为我听见他一发现自己躺在一汪水里,就怒气冲冲地发出古怪的咒骂声。

"发大水了吗?"他大声嚷嚷道。

"没有,先生,"我回答,"可是刚才失火了。起来吧,你身上的火已经扑灭了。我去给你拿支蜡烛来。"

"看在基督教全体精灵的分儿上,告诉我,是简·爱吗?"他问道,"你究竟把我怎么了,女巫,巫婆?房里除了你还有谁?你想搞鬼淹死我吗?"

"我给你去拿支蜡烛来,先生。看在上帝的分儿上,快起来吧。是有人在搞什么鬼,可是你不能过早地断定是谁,想干什么。"

"好吧,我已经起来了。可是你还得冒险去拿支蜡烛来。等一等,等我穿上件干衣服,要是还有衣服干着的话——有了,我的晨衣在这儿。好了,跑吧!"

我真的跑去了,拿来了仍在过道里放着的那支蜡烛。他从我手中把它接了过去,举起来,仔细察看了处处熏黑烧焦了的床,湿透了的床单,周围的泡在水里的地毯。

"这是怎么回事?是谁干的?"他问道。

我简要地给他讲了刚才发生的事:我听到的走廊里的怪笑声,走上三楼的脚步声,还有烟雾——引我奔进他房里来的火烧气味,我在那儿看到的情景,以及我如何把弄到的水都倒到他的身上。他很严肃地倾听着,我继续往下说的时候,他脸上流露出担心多于惊讶的神情。我讲完后,他没马上说话。

"要我去叫费尔法克斯太太吗?"我问他。

"费尔法克斯太太?不,你干吗非得把她给叫来?她能干什么?让她安安静静地睡吧。"

"那我去把莉亚叫来。再去把约翰和他妻子叫醒。"

"根本用不着,你就安安静静待着吧。你已经围了条披巾,要是还不够暖和,你可以把我的斗篷拿来裹上。到扶手椅上去坐下,来,——我给你披上。现在你把脚搁在凳子上,免得弄湿了。

我要离开你几分钟。我把蜡烛拿走。你待在这儿别动,等我回来,要像只小耗子那样安安静静的。我得上三楼去一趟。记住,别动,也别叫任何人。"

他走了,我眼看着烛光渐渐远去。他轻手轻脚地走过走廊,尽量不出声地打开楼梯门,进去后又随手关上,最后的一丝光亮也就消失了。我给留在了一片黑暗之中。我侧耳倾听有什么声响,却什么也听不见。这样过了很长一段时间,我感到厌烦起来,虽说裹着斗篷,我还是觉得很冷。再说,既然不让我唤醒屋里的其他人,我看不出再待在这儿还有什么必要。我刚想违背罗切斯特先生的命令,不顾会不会惹他生气,却见烛光又隐约映亮了走廊的墙壁,我听到了他光脚踩在地席上的声音。

"但愿是他,"我心里想,"不是什么更坏的东西。"

他走进房间,脸色苍白,十分阴郁。"我全弄清楚了,"他把蜡烛放在洗脸架上,说,"跟我预料的一样。"

"怎么回事,先生?"

他没有回答,只是抱着双臂站在那儿,两眼盯着地面。过了好一会儿,他才用一种有点特别的声调问道:

"我忘了,你刚才是不是说过打开房门时看到了什么东西?"

"没有,先生,只看见地上有支蜡烛。"

"可是你听到怪笑声了吧?我想,你以前听到过那笑声,或者像那样的声音吧?"

"是的,先生。这儿有个做针线活的女人,叫格雷斯·普尔,——她就是那样笑的。她是个挺怪的人。"

"一点儿没错。格雷斯·普尔,——你猜对了。正像你说的,她挺古怪——非常怪。唔,这件事我要好好考虑一下。还有,我很高兴,除了我之外,只有你知道今晚这件事的详细情况。你不是个多嘴的傻瓜,这事你什么也别说。这儿的情景,(他指指床)我会解释的。现在你回自己房里去吧。今晚剩下的时间,我完全可以在书房的沙发上打发过去。快四点了,——再过两个小时,仆人们就要起来了。"

"那么,晚安,先生。"说着我就要走。

他似乎吃了一惊,——这很自相矛盾,他刚说了让我走。

"什么!"他叫了起来,"你这就离开我,就这么走?"

"你说过我可以走了,先生。"

"可是总不能不告个别就走啊,不能不说上几句表示道谢和友好的话就走呀。总之,不能就这么干巴巴地一走了之!哎,是你救了我的命啊!——把我从可怕的、痛苦的死亡中抢救了出来!——而你却从我身旁一走而过,仿佛我们是素不相识!至少该握握手吧!"

他伸出手来,我也朝他伸出手去。他先是用一只手,接着用双手握住了我的手。

"你救了我的命,我欠了你这么大的一笔人情债。别的我也说不出什么了。要是我欠下这么大一笔人情债的债主换了是别人,我准会受不了的。唯独你,就不一样了,——你的恩惠,我一点儿也不觉得是个负担,简。"

他停了下来,凝望着我。可以看出,话几乎就要从他颤动的嘴中吐出,——可是他的声音却给哽住了。

"再说一遍,晚安,先生。这件事谈不上什么欠债、欠情、负担、恩惠什么的。"

"我早就知道,"他继续说,"你总有一天会用某种方式帮助我的。我第一次看见你时,就从你的眼睛中看出来了,那种神情和微笑并不是"——他又停住了——"并不是",他急急忙忙接着说,"无缘无故激起我内心的欢乐的。人们常说起有天生的同情心,我还听说过有善良的妖怪,——可见在荒诞的神话里也是有几分真理的。我珍爱的救命恩人,晚安!"

他声音里有股异样的力量,目光中有种异样的激情。

"我很高兴,我刚好醒着。"我说着打算离开。

"怎么!你要走吗?"

"我觉得冷,先生。"

"冷?对,——你站在一摊水里!那就去吧,简,去吧!"可是他依然抓住我的手不放,我无法抽出来。我想了个主意。

"我好像听到费尔法克斯太太在走动,先生。"我说。

"好,你走吧。"他松开了手,我便走了。

我重又回到床上,但却丝毫没有睡意。我一直在欢快而不安宁的大海上颠簸不已,直到天明。在那片海洋中,烦恼的巨浪在欢乐的波涛下翻滚。有时,越过汹涌澎湃的大海,我觉得已经望见了像比乌拉[1]的山地那般可爱的海岸,不时有一股由希望激起

1　此处是指英国作家班扬(1628—1688)所著小说《天路历程》中和天国之城毗邻的一片美丽、安宁的国土。

的越来越强劲的风,在把我的心灵顺利地送往目的地。然而,哪怕在想象中,我也始终无法到达那里,——有一股从陆上刮来的逆风,不断地把我往回驱赶。理智能抵御痴想,判断会告诫热情。我兴奋得不能入睡,天刚亮就起身了。

16

在那不眠之夜后接下去的一天里,我既盼望能见到罗切斯特先生,但又怕见到他。我想再听到他的声音,却又怕遇见他的目光。一大早,我就时刻盼着他的到来。尽管他平时不大来教室,可有时也会进来待上几分钟。我有一种预感,他那天肯定会来教室。可是,整个早上就像往常那样过去了,没有发生任何事情来打断阿黛尔安静的学习。只是在早饭后不久,我听见罗切斯特先生房间附近闹哄哄的,有费尔法克斯太太的声音,莉亚的声音,还有厨娘——就是约翰的妻子——的声音,甚至还有约翰自己那粗哑的声音。他们纷纷惊叫着:

"主人没有给烧死在床上,真是幸运!"

"夜里让蜡烛点着睡觉总是危险的。"

"他能镇定地想到水罐,真是上帝保佑!"

"我真奇怪,他竟没有惊动别人!"

"但愿他睡在书房沙发上没有着凉。"等等。

七嘴八舌地议论了一通之后,接着就传出擦洗和整理东西的声音。我经过那个房间下楼去吃饭时,从敞开的房门口看到里面的一切又都收拾得井井有条,只有床上的帐子给拿掉了。莉亚正站在窗台上,擦拭着被烟熏模糊了的窗玻璃。我正要跟她说话,想知道这件事是怎么解释的,但一走近,就发现房间里还有一个人——一个坐在床边椅子上的女人,正在给新窗帘缝上铜环。这女人不是别人,正是格雷斯·普尔。

她静静地坐在那儿,一副沉默寡言的样子,跟往常一样,穿着她那身褐色的呢子衣服,围着格子围裙,系着白手绢,还戴着帽子。她聚精会神地在干着活儿,似乎全部心思都已放在那上面。在她那严峻的额头和普通的脸容上,丝毫没有像人们预料的那样,一个试图杀人的女人会显露出的苍白和绝望神色,尽管她蓄意谋杀的对象昨晚还一直追到她的住处,而且(我相信)已经指责了她谋杀未遂的罪行。我不由得大为吃惊——简直给弄糊涂了。我还在盯着她看时,她抬头朝我看看,脸上既没有惊惶不安,也没有紧张变色,以至于泄露出她的激动情绪、犯罪感,或者怕被觉察的恐惧心情。

"早上好,小姐。"依旧是平时那种冷淡、简洁的语调。说完她就又拿起另一个铜环和一段带子,继续缝了起来。

"让我来试她一试,"我心里想,"像这样丝毫不露声色,简直让人不可思议。"

"早上好,格雷斯。"我说,"这儿出了什么事?我刚才好像听到仆人们都聚在这儿议论纷纷的。"

"没有什么,只是昨天晚上主人躺在床上看书,点着蜡烛睡着了,结果帐子着了火。幸好没有烧着被褥和床架就惊醒了,并想办法用水罐里的水把火扑灭了。"

"真是怪事!"我悄声说,然后两眼紧盯着她,又说,"罗切斯特先生谁也没叫醒?没一个人听到他在走动?"

她又抬眼朝我看看,这一次她的目光中流露出一点儿有所察觉的神情。她似乎留神打量了我一会儿后,才回答说:

"你知道,小姐,仆人们睡的地方都离得那么远,他们是不可能听到的。费尔法克斯太太和你的房间离主人的房间最近,可是费尔法克斯太太说她什么也没听见。人上了年岁,常常睡得很沉。"她停了停,接着用一种看似毫不在意、实际意味深长的口吻补充说,"可是你还年轻,小姐,我想你不会睡得那么沉的,说不定你听到什么响声了吧?"

"我是听到了,"我压低了声音说,免得让还在擦窗子的莉亚听见,"起初,我还以为是派洛特,可是派洛特不会发出笑声,而我确实听到了笑声,而且是一种怪笑。"

她又拿了一根线,仔细地上了蜡,用手稳稳地把线穿进针眼,然后神色自若地说:

"我想,小姐,在那么危险的情况下,主人是不大可能笑的。你准是在做梦吧。"

"我没有在做梦。"我有点恼火地说,因为她那种厚颜无耻的镇定激怒了我。她又看看我,目光里还是流露出那种审视和警觉的神色。

"你告诉主人你听到笑声了吗?"她问道。

"今天上午我还没有机会跟他说话。"

"你没有想到要打开房间,朝走廊里瞧瞧吗?"她进一步问道。她似乎是在盘问我,想趁我不注意时从我这儿探听出一些情况。我猛然想到,要是她发现我知道或者怀疑她犯罪,她也许会用她那套恶毒的手法来作弄我。我想还是防着点儿好。

"正相反,"我说,"我起来闩上了门。"

"这么说,你晚上睡觉前没有闩门的习惯咯?"

"魔鬼!她还想打听我的习惯,好根据这来订她的诡计!"愤怒压倒了谨慎,我尖刻地回答:"在这以前,我经常不闩门,我认为没有这个必要。我没有想到,在桑菲尔德府会有什么危险和麻烦需要担心的。不过从今以后,"我有意加重了这几个字的语气,"我可得小心了,一定要做到万无一失后,我才可以大胆睡下。"

"这样做是聪明的,"她回答说,"这附近一带,跟我知道的任何地方一样平静。打从这座宅子造好以来,我从没听说这儿遭到过强盗抢劫。虽说大家都知道,单单餐具柜里的餐具就值好几百镑。可你瞧,这么大一座宅子,却只有很少几个仆人,因为主人不大来这儿住。他就是来了,也只是单身一人,用不着多少人侍候。不过我总觉得,哪怕过分注意安全,也比不注意安全好。闩上门费不了多大事,还是闩上门把自己跟说不定会发生的祸事隔开的好。有许多人,小姐,主张把一切都托付给上帝。不过我觉得上帝并不排除采取措施,虽说他总是祝福那些慎重采取措施的人。"

说到这里,她才结束了她的长篇大论。这番话对她来说真是够长的了,而且口气还像贵格会教徒那样一本正经。我仍呆呆地站在那儿,被她那出奇的镇定和高深莫测的虚伪惊呆了。这时,厨子走了进来。

"普尔太太,"她对格雷斯说,"仆人们的午饭快做好了,你下来吗?"

"不了,只要给我一品特黑啤酒,外加一小块布丁,放在托盘里。我自己会端上楼的。"

"你要不要来点儿肉?"

"只要一点儿,再要点儿干酪,这就行了。"

"西谷米呢?"

"这会儿不要,吃茶点前我会下楼去。我自己来做。"

厨子接着又转身对我说,费尔法克斯太太正在等着我。

于是我便离开了。吃饭的时候,费尔法克斯太太讲到帐子着火的事,可我几乎没有听进去,我正忙于绞尽脑汁苦苦思索着格雷斯·普尔那谜一样的性格,尤其是她在桑菲尔德的地位问题,我纳闷为什么那天早上她没有被关押起来,或者至少也得被主人辞退,不让她再干。

昨天夜里他几乎已经表明,肯定是她犯了罪,可究竟是什么神秘的原因使得他不去指控她呢?他又为什么还要我也跟他一起保守秘密呢?真是太奇怪了,一位大胆的、爱报复的而又傲慢的绅士,不知怎么的,居然受制于他的一个最卑微的仆人,任她摆布,甚至在她动手要谋杀他时,他也不敢公开指控她的谋杀企图,更不要说惩罚她了。

要是格雷斯年轻漂亮,那我还会猜想,准是一种比谨慎和害怕更加温柔的感情在左右着罗切斯特先生,使他一心为她着想。可是她长得那么难看,又像个老婆子似的,这种想法实在没法儿让人接受。"不过,"我又思忖,"她以前也曾年轻过,她年轻时,她的主人也正年轻。费尔法克斯太太有一次告诉过我,格雷斯在这儿已经有好多年了。我认为,她以前也不见得会漂亮,不过,也许她性格上有她的长处和独特之处,足以弥补她外貌上的不足。罗切斯特先生看来喜欢果断和古怪的人,格雷斯至少是够古怪的。要是以前真有那么一桩荒唐事(像他那样一种突然心血来潮不顾一切的性格,是很有可能做出这种越轨的事来的)使得他落入她的掌握之中,如今她还在对他的行动施加秘密的影响,而这一他自己行为不检造成的恶果,他既摆脱不了,又不能置之不理,那又有什么奇怪的呢?"不过,猜测到这里,普尔太太那方阔扁平的体形,丑陋、干枯甚至粗糙的脸,如此清晰地浮现在我的心目之中,使我不由地想道,"不,不可能!我的猜测不可能对。可是,"我们心中常跟我们说话的那个秘密声音又提醒说,"你也长得不美啊,可罗切斯特先生说不定就很赞赏你,至少你常常觉得他是这样。就说昨天夜里吧——想想他的话,想想他的神情,想想他的语气!"

我全都记得清清楚楚——言语、眼神、声调,这时似乎又全都生动地重现了。

这时我正在教室里,阿黛尔在画画,我俯下身去把着她的铅笔。她有些吃惊地仰头朝我望着。

"你怎么啦,小姐?"[1]她说,"你的手抖得像树叶,你的脸红得就像樱桃!"[2]

"阿黛尔,我因为弯着腰,身上有点儿热啦!"

她继续画画,我继续想我的心事。

我急于把刚才有关格雷斯·普尔的讨厌念头赶走,这念头让我厌恶。我拿自己和她相比,觉得我们之间毫无共同之处。贝茜·利文说过,我完全像个大家闺秀。她说得不错,我是个大家闺秀。我现在的模样比贝茜看到我那会儿更加好了,脸色比那时红润,体形比那时丰满,比以前更有生气,也更加活跃了,因为我有了更灿烂的希望和更强烈的兴趣。

"快到傍晚了,"我望望窗口自言自语道,"今天在宅子里,我还没听到过罗切斯特先生的说话声和脚步声呢。不过天黑以前我准能见到他的。早上我是怕和他见面,现在可真盼望能见到他。可盼了这么久都没盼到,我心里都不耐烦了。"

夜幕终于降临,阿黛尔离开我,到儿童室和索菲去玩了。这时,我心中十分迫切地想见到他。我倾听着楼下有没有铃声,倾听着莉亚是不是上楼来传口信。有几次,我仿佛听到了罗切斯特

---

1 原文为法语。
2 原文为法语。

先生的脚步声，忙向门口转过脸去，指望着门一开，他就走进来。可是门依然关着，唯有夜色穿窗而入。不过时间还不算晚，他常常七八点钟才派人来叫我，现在还没到六点呢。今天晚上想必不会让我完全失望吧，到时候我还有许多话要跟他说哩！我要再次提起格雷斯·普尔这个话题，听听他怎么回答，我要直截了当地问他，他是否真的相信，昨天晚上那可怕的勾当是她干的。如果是的，他为什么还要为她的恶劣行径保守秘密。至于我的好奇心是不是会惹他生气，这倒没有什么关系，我懂得一会儿惹恼他，一会儿抚慰他的乐趣。这是我最爱干的一件事，而且有一种可靠的本能总是拦着我，不让我做得太过分。我从来不敢越过真会激怒他的界限，我总爱在临界边缘一试身手。我可以既不忽视表示尊重的每一个细小的礼节，也保持我这种身份应有的一切礼貌，同时又可以毫不畏惧和毫无拘束地和他辩论问题，这样做，对他对我都没有不妥之处。

楼梯上终于响起了嘎嘎的脚步声。莉亚出现了，不过只是来通知我，茶点已经在费尔法克斯太太房间里准备好了。于是我便去了，心里暗自高兴，至少我已经到了楼下，我想，这使我离罗切斯特先生更近了。

"你准是想吃点儿茶点了吧，"我走到那位好心的太太跟前时，她说，"你正餐时吃得那么少，我担心，"她接着说，"你今天有点儿不大舒服。你看上去脸色绯红，像在发烧。"

"啊，我很好！我从来没有感到像现在这样好过。"

"那你就得拿出好胃口来证明。你能不能先给茶壶灌满，让我织完这一针好吧?"她织完以后,站起身来放下窗帘。原来她一直是拉起窗帘的,我猜想,这是为了让日光尽量多照进来,虽说这会儿暮色正在迅速变浓,已是一片昏暗。

"今晚的天气很好,"她透过窗玻璃朝外面望了望说,"虽说没有星光。罗切斯特先生总算拣了个好天气出门。"

"出门!——罗切斯特先生去什么地方了吗,我还不知道他出去了呢。"

"哦,他吃完早饭就动身了。他上里斯去了,去埃希敦先生那儿。在米尔科特的那一面,十英里路光景。我想,那儿准是有一个大聚会,英格拉姆勋爵、乔治·利恩爵士、丹特上校,还有其他人。"

"你估计他今天晚上会回来吗?"

"不,明天也不会回来。我想,他多半会待上一个星期或者更多时间。那些高雅、时髦的人聚到了一起,周围是那么一片雅致、欢乐的景象,而且又有那么多可以寻欢作乐的东西,他们是不会急着分手的。在这种场合,尤其需要绅士先生们。罗切斯特先生那么有才气,在社交场上又那么活跃,我相信他准会受到大家的欢迎。太太小姐们都很喜欢他,虽说你不会认为他的外貌能特别让她们看重,但是我想,他的学识和才华,或许还有他的财富和门第,足可以弥补他外貌上的小小不足的。"

"里斯有女士吗?"

"有埃希敦太太和她的三个女儿——的确都是很文雅的小姐,还有英格拉姆爵爷家的布兰奇·英格拉姆小姐和玛丽·英格拉姆小姐，我看她俩是最美的女人了。说真的，我在六七年前看见过布兰奇，那时她还是个十八岁的姑娘。她来这儿参加罗切斯特先生举行的圣诞舞会和宴会。你真该看看那天的餐厅——装饰得多么豪华，多么灯火辉煌！照我看，那天来了足有五十位男女宾客——全是从郡里最上等人家来的。英格拉姆家的大小姐是那天晚上大家公认的美女。"

"费尔法克斯太太，你说你看见过她，她模样儿长得怎么样？"

"对，我看见过她。当时餐厅的门敞开着，因为是圣诞节，准许仆人们聚在大厅里，听一些女士唱歌弹琴。罗切斯特先生要我进去，于是我就找了个安静角落坐下来看他们。我从来都没见过比这更富丽堂皇的场面了。女士们都是一身华丽的盛装，她们中大多数——至少是年轻的里面的大多数——长得都很漂亮，英格拉姆小姐当然是其中的皇后。"

"她模样儿长得怎么样？"

"高高的个儿，胸部丰满，肩膀低垂，脖子细长优美；橄榄色的皮肤黝黑、明净，容貌高贵，眼睛有点像罗切斯特先生的，又大又黑，像她身上佩戴的珠宝那般明亮。她还有一头那么好的头发，乌油油的，梳得恰到好处，后脑上盘着粗粗的发辫，前面垂着我从没见过的又长又光亮的鬈发。她穿一身洁白的衣服，一条琥珀色长围巾从肩部披到胸前，在旁边打了个结，围巾上长长的流苏垂过了她的膝盖。她头发上还戴着一朵琥珀色的花，和她那一头乌玉般的鬈发非常相配。"

"她一定大受赞美了?"

"那当然。这不仅是因为她长得美,还因为她多才多艺。她是唱歌的几位女士中的一位。有位先生替她钢琴伴奏。她跟罗切斯特先生一起表演了一个二重唱。"

"罗切斯特先生?我还不知道他会唱歌呢?"

"哦!他有一副出色的低音嗓子,对音乐有很高的鉴赏力。"

"那么英格拉姆小姐呢?她的嗓子怎么样?"

"她的嗓子非常圆浑有力,她唱得很动人,听她唱歌真让人愉快——后来她还弹了琴。我对音乐不大在行,可罗切斯特先生懂。我听他说,她弹得相当出色。"

"这位才貌双全的小姐还没结婚吧?"

"好像没有。我猜想她跟她妹妹都没有多少财产。老英格拉姆勋爵的家产大部分都是限嗣继承的,他的长子几乎继承了全部财产。"

"我觉得奇怪,难道就没有一个有钱的贵族看中她?譬如说,罗切斯特先生就是一个。他不是很有钱吗?"

"哦,是的!可是你瞧,年龄相差太大了。罗切斯特先生都快四十了,而她还只有二十五岁。"

"那有什么?比这更不相称的婚姻还不是天天都有。"

"这倒是真的。不过我认为罗切斯特先生不大会有这种想法的。你怎么什么也不吃?从开始喝茶到现在,你还什么也没吃呢。"

"不,我太渴了,不想吃。再让我喝一杯茶好吗?"

我正想再回到刚才的话题，谈谈罗切斯特先生有没有可能和布兰奇结合的事，阿黛尔进来了，于是话题也就转到了别的方面。等到我又是一人独处时，我重新回想了听到的情况，省视了自己的内心世界，细察了内中的思想和感情，竭力把那些迷失在无边无际幻想世界中的无聊思绪，狠狠地拉回到安全的常识范围中来。

我站在自己的法庭上受审，"记忆"出来做证，证实了我从昨夜以来一直怀有的希望、心愿和感情——证实了将近两星期来我一直沉溺其中的思想状态。"理智"也出来了，以她那独有的沉着口气，叙述了一个朴实无华的故事，说明我如何抛开现实，狂热地吞咽下空想。——我宣布了如下的判决：

简·爱是世界上最大的傻瓜，最想入非非的白痴，她把毒药当作琼浆玉液喝下，贪婪地吞食了一肚子甜蜜的谎言。

"你，"我说，"是罗切斯特先生喜爱的人吗？你有什么天生的本领能讨他喜欢？你有哪一点可以受到他的看重？去你的吧！你愚蠢得让我恶心。人家偶尔有点儿喜爱的表示，你就沾沾自喜，可那只是一个出身名门的绅士，一个深通世故的人，对一个下属、一个初出茅庐的人所做的暧昧的表示啊。你怎么敢这样？你这个可怜的、愚蠢的受骗者！难道连对自身利益的考虑也不能使你变得聪明一点儿吗？你今天上午居然还反复重温着昨夜那短短的一幕？——捂住你的脸去害臊吧！他说了几句赞美你眼睛的话，是吗？瞎了眼的、自负的傻姑娘！睁开你那对昏花眼，瞧瞧你自己那该死的糊涂心眼儿吧！一个女人受到地位比她高又可能娶她的人恭维,这可不是一件好事啊。让爱情之火偷偷在内心燃烧,这对任何一个女人来说,都是在发疯。这种爱情,如果得不到对方的回报,不被觉察,那一定会毁掉培育它的人的生命,而要是被对方觉察,得到反应,那必然会像'鬼火'[1]似的把人引进泥沼而不能自拔。

"还有,简·爱,听着对你的判决:明天你放一面镜子在面前,对着镜子用蜡笔如实画下你的尊容,不能缩小一个刺眼的缺陷,不能省略一条难看的纹路,不能掩饰任何让人讨厌的丑处,并在下面写上:'一个孤苦伶仃、相貌平常的家庭女教师肖像'。然后,拿一片光洁的象牙——你的画盒里就有一片,拿出你的调色板,调和出你的最鲜艳、最漂亮、最均匀的色彩,挑几支你最精致的驼毛画笔,用心地勾画出一张你想象中最可爱的脸蛋的轮廓。再照着费尔法克斯太太对布兰奇·英格拉姆的描述,用你最柔和的色调和最悦目色彩着上色。别忘了,乌油油的鬈发,东方人的眼睛,——怎么!你又回头拿罗切斯特先生当模特儿啦!我命令你!不许哭哭啼啼!——不许多愁善感!——不许懊丧惋惜!我只容许有理智和决心。想一想那尊贵而又和谐的容貌,那希腊式的脖子和胸脯。要让那令人迷恋的圆润胳膊露出,还有那纤纤巧手,既不要省去钻石戒指,也不要略去金手镯,认真地如实画出衣着服饰,薄薄的花边,闪光的缎子,雅致的披巾和金色的玫瑰,把它题为:'多才多艺的名门闺秀布兰奇'。

1 原文为拉丁文。

"以后不管什么时候,只要你偶尔想到罗切斯特先生对你有好感,你就拿出这两幅画来比较一下,说:'只要罗切斯特先生愿意努力,就有可能赢得那位高贵小姐的爱,他难道还会费神来认真想到这个微不足道、一贫如洗的平民女子吗?'"

"我会这么做的。"我下了决心。主意一打定,我的心也就平静下来,便睡着了。

我遵守自己的诺言。我用蜡笔画下自己的肖像,只用了一两个小时。而画那张想象中的布兰奇·英格拉姆的象牙微型画,却花了将近两个星期的时间。那是一张看上去非常可爱的脸,拿它和那张用蜡笔照真人画的头像相比,对比之强烈,几乎超过了自制力能承受的程度。我从这做法中得到了好处,它使我的头脑和两手都不再闲着,而且使我希望永不磨灭地烙印在心头的那些新想法,变得更加牢固而强烈。过不了多久,对这种迫使自己的感情接受有益约束的做法,我便有了庆幸的理由。幸亏这样做了,我才能以得体的镇定态度去面对后来发生的种种事情,要是我毫无准备的话,恐怕连表面的镇定我都无法保持哩。

17

一星期过去了,罗切斯特先生毫无消息。十天过去了,他还是没有回来。费尔法克斯太太说,要是他从里斯直接去了伦敦,再从那儿去了欧洲大陆,哪怕今后一年不在桑菲尔德露面,她也不会感到意外。以前,他就不止一次这样出人意料地不辞而别。一听这话,我就莫名其妙地开始感到浑身发凉,心直往下沉。我竟然还让自己去体味这种令人难受的失望心情,不过我竭力恢复了理智,重又想起了我的原则,很快使我的心情恢复了正常。说起来也许会让人难以置信,我怎么能那么快就纠正这种一时的过错,消除这种错误的想法——认为自己完全有理由为罗切斯特先生的行动操心的呢?我并不是用一种奴性十足的自卑感来贬低自己,相反,我只是说:

"你和桑菲尔德的主人之间,除了教育他的被保护人,收受他付给你的薪水,感谢他因为你恪尽职守理所当然地对你尊重和厚待外,没有任何关系。你要明白,这是你和他之间唯一得到他真正承认的关系。所以,别把他当作你抛洒柔情、喜悦、痛苦等情绪的对象。他和你不是同一阶层的人,你还是待在自己的社会地位上吧。你要自重自爱,别把你全身心灌注的爱,虚抛在不需要甚至瞧不起这份厚礼的地方。"

我继续平平静静地干我每天的工作,但脑子里时不时闪过隐约的念头,提出一些我应当离开桑菲尔德的理由。我还常常不由自主地草拟出广告,对未来的新职位做种种猜想。这类念头我觉得没有必要去制止,要是它们能开花结果,就让它们去开花结果吧。罗切斯特先生离家两个多星期后,邮局给费尔法克斯太太送来了一封信。

"是主人写来的,"她看了看信封上的地址说,"我想,现在我们能知道是不是得等候他回来了。"

在她拆开信封,仔细地看信时,我继续喝着我的咖啡(我们正在吃早饭)。咖啡很烫,我把自己脸上突如其来的火热通红归因于它。至于我的手为什么会发抖,为什么我会不由自主地把杯里的咖啡泼了半杯在碟子里,我就干脆不去想它了。

"喔,有时候我觉得我们是太清静了。这下子可要够我们忙了,至少得忙上一阵子。"费尔法克斯太太说着,仍然把信纸举在眼镜前面。

我在允许自己请她解释清这件事之前,先把阿黛尔身上恰好松开的围裙带子重新系好,然后帮她又拿了一个面包,给她的杯

子里倒满牛奶,接着我才若无其事地说:

"我想,罗切斯特先生不会很快就回来吧?"

"可事实是,他很快就要回来了——他说三天以后就回来,那就是说在这个星期四,而且还不是他一个人来。我不知道里斯有多少贵宾要跟他一起来。他来信吩咐把所有最好的卧室都收拾好,书房和几间客厅也要打扫干净。还要我到米尔科特的乔治旅馆,或者别的我能找到的地方,多找一些厨房帮工来。太太小姐们还会带来她们的使女,先生们也会带来他们的听差,所以我们会有满满的一屋子人了。"

费尔法克斯太太连吞带咽地急急忙忙吃完早饭,就匆匆离开,着手办事去了。

这三天里,正如她所说的,确实忙得够呛。我原以为桑菲尔德的所有房间都收拾得挺整洁漂亮,可是看来我的想法错了。找了三个女人来帮忙,把油漆的家具器物等又是擦,又是刷,又是洗的,拍干净地毯,把画取下来又挂上,擦亮镜子和烛台,在卧室里生了火,在炉边烘了被单和羽绒床垫,像这样的架势,是我过去和今后从未见过的。阿黛尔在这几天里简直变野了。准备迎接客人和等待他们的到来,使她高兴得几乎快要发疯。她要索菲把她叫作"服装"[1]的所有外衣都检查一遍,把"过时"[2]的都翻翻新,把新的也都晒一晒,准备停当。

---

1 原文为法语。
2 原文为法语。

她自己则什么也不干,只顾在前面那排房间里蹦进蹦出,在床上跳上跳下,在烧得烟囱里呼呼直响的熊熊炉火前,躺在床垫或者堆得高高的大小枕头上。她的功课都免了。费尔法克斯太太把我也拉去听她调遣,我整天待在贮藏室里,给她和厨子帮忙(或者帮倒忙),学着做蛋奶糕、奶酪饼和法国点心,捆扎野味翅膀和装点甜食碟子。

客人预定星期四下午到,正好赶上六点钟的晚餐。在这段时间里,我没有时间去胡思乱想。我相信自己跟所有人——除了阿黛尔——一样卖力和欢快。但是,我的欢快心情仍然不时会给当头泼了一瓢冷水似的冷却下来,会不由自主地被拉回到疑惧、凶险和种种不祥的猜测中去。这是当我看到上三楼的楼梯门(最近一直锁着)慢慢打开,头戴整洁的帽子,围着白围裙,系着手绢的格雷斯·普尔的身影从那儿出来的时候;当我眼看她穿着布条拖鞋、无声无息地悄悄经过走廊的时候;当我看见她朝忙乱不堪的卧室里探头望望——也许只是跟打杂女工交代一句,应该怎样擦亮炉条,或者怎样擦干净大理石炉台,或者怎样从糊有墙纸的墙上拭去污迹——然后又继续往前走去时。她就是这样每天下楼去厨房一次——吃饭,再在炉边适量地抽上一斗烟,然后带上一罐她聊以自慰的黑啤酒,重又回到楼上她那个昏暗的窝里。一天二十四小时中,她只有一个小时是跟楼下的那些仆人伙伴们一起度过的。其余时间,她都待在二楼一间天花板很低、橡木板壁的小房间里,坐在那儿做针线活——也许还会阴惨惨地独自笑上几声——就像个关在地牢里的囚犯那样孤单寂寞。

最令人不解的是，在整座宅子里，除了我，居然没有一个人注意到她的怪癖，或者对她的行为感到惊异。没有人谈到她的身份和职业，没有人同情她的孤单和寂寞。说真的，有一次我倒听到过一点莉亚和一个打杂女仆的闲谈，话题就是格雷斯。莉亚说了句什么我没听清，只听那打杂女仆说：

"想来她拿的工钱挺多吧？"

"是啊，"莉亚说，"但愿我也能拿到那么多工钱。倒不是说对我自己的工钱有什么可抱怨的——桑菲尔德从来不小里小气的——可是我的工钱还不到普尔太太拿的五分之一哩。她正在攒钱呢，每个季度她都要去一趟米尔科特的银行。她要是想辞工不干的话，准是已经攒了一大笔钱，足够养活自己了，这我一点儿都不觉得奇怪。不过我猜想她在这儿已经待惯了。再说她还不到四十岁，又健壮又能干，她要丢掉活儿歇手不干，未免太早了。"

"我想她准定是一把好手吧。"打杂女工说。

"嗯！——她明白自己该干些什么——这一点谁也比不上她。"莉亚意味深长地说，"再说也不是谁都干得了她那份差使的，哪怕付给她拿的那么多工钱也不行。"

"确实干不了！"对方回答说，"不知道主人是不是……"

打杂女仆还要往下说，可是莉亚正好回头瞧见了我，马上用胳膊肘轻轻捅了她的伙伴一下。

"她还不知道？"我听到那女人小声问。

莉亚摇摇头，这场谈话自然就这么结束了。我从中所能听出的只是——桑菲尔德有一个谜，而我被有意排斥在这个谜之外。

星期四到了。所有的准备工作都已在前一天晚上干完。地毯铺好了,床幔加上了穗子,床上铺上白得耀眼的床罩,梳妆台已收拾停当,家具擦拭过了,花瓶里插上了鲜花,所有卧室和客厅,都已尽人手所能,收拾得焕然一新。大厅也擦洗了一番。那座雕花大钟,还有楼梯的踏级和扶手,都擦得亮如明镜。餐厅里,餐具柜中摆着闪闪发光的餐具,大小客厅里,四周摆满了盛开的外国鲜花。

到了下午,费尔法克斯太太穿上了她最好的黑缎裙服,戴上手套和金表,因为要由她来迎接客人——引太太小姐们上她们各自的房间,等等。阿黛尔也要打扮起来,虽然我看至少当天不大可能会让她去见客。但为了使她高兴,我让索菲给她穿上一件宽摆的薄纱短外衣。至于我自己,就没有必要换什么衣服了,不会有人来叫我离开那间作为我个人私室的教室的。教室现在已经成为我的私室——"一个烦恼时非常愉快的隐蔽所"。

那是一个温暖、宁静的春日——一个三月末四月初、作为夏日先驱来到大地的晴朗日子,现在,白天即将过去,不过就连黄昏时分也还是暖融融的。我坐在敞开窗子的教室里工作着。

"时间晚了,"费尔法克斯太太走进来说,身上的缎子裙服窸窣作响,"幸好我吩咐比罗切斯特先生说的时间晚一个小时开饭。现在都过六点了。我已经打发约翰到大门口看看路上有没有动静,从那儿朝米尔科特方向看可以看到很远。"她走到窗子跟前。"他来了!"她说。

"喂,约翰!"她探出窗外问道,"有消息吗?"

"他们来啦,太太,"对方答道,"再过十分钟就到。"

阿黛尔飞也似的奔向窗口,我也跟了过去,小心地站在一边,这样,窗帘遮着我,我可以看见他们,而他们看不见我。约翰说的十分钟似乎特别长,不过最后终于听到了车轮声。四个骑马的人顺着车道奔驰而来,后面跟着两辆敞篷马车,一眼望去,车上尽是飘拂的面纱和摆动的羽毛。骑马的人中,有两位是衣着时髦的年轻绅士,第三位是罗切斯特先生,骑着他的黑马美罗,派洛特跳跃着跑在他前面。他旁边是一位骑马的小姐,他们两人在这队人马的最前面。她那身紫色的骑马装长得快要扫到地面,她的拖得长长的面纱在微风中飘舞着,和面纱透明的皱褶相贴在一起的,是一头乌黑闪亮的浓密鬈发。

"英格拉姆小姐!"费尔法克斯太太嚷了一声,接着便急忙下楼执行自己的任务去了。

这队人马顺着车道的拐弯,很快转过屋角,我也就看不见他们了。这时阿黛尔吵着要下楼去,可是我把她抱到膝头上,要她明白,除非特地派人来叫她下去,不管是现在还是别的时候,她无论如何都不该冒冒失失地出现在那些太太小姐们面前,否则罗切斯特先生准会非常生气的,等等。听了这些话,"她自然地流下了眼泪"[1]。但看到我脸色变得十分严肃,她也就终于同意把眼泪擦掉。

这时,可以听到大厅里传来愉快的喧哗声。先生们低沉的嗓

1　此处有意模仿英国诗人弥尔顿在《失乐园》中描写亚当和夏娃离开伊甸园时的诗句。

音和女士们银铃般的音调和谐地交织成一片。在这一切之上,可以听到桑菲尔德府主人那虽不太响却很洪亮的声音,他正在欢迎他美丽和英俊的客人到来。接着,轻盈的脚步声登上楼梯,快捷的步履穿过走廊,还有温柔的欢笑声,开门和关门声,接着是一阵寂静。

"她们在换衣服了,"[1]阿黛尔说。她一直留心倾听着,不放过一点儿动静,接着还叹了口气。

"跟妈妈在一起时,"她说,"有客人来我总是到处跟着,到客厅里,到她们房里。我常常看着使女给那些太太小姐们梳头、穿衣服,挺有意思的。像这样看看有好处哩。"[2]

"你饿不饿,阿黛尔?"

"饿的,小姐,我们有五六个小时没吃东西了。"[3]

"好吧,趁这会儿太太小姐们都在自己房里,我冒险下楼去给你拿点儿吃的来。"

我小心翼翼地从我的隐蔽所出来,找了一道直通厨房的后楼梯下去。厨房里炉火通红,到处乱哄哄的。汤和鱼已经快做好了,厨子正弯腰在她那口锅子上忙着,全身心都紧张得像要冒出火来似的。在仆役间里,两个马车夫和三个绅士的随从或站或坐地围在炉火旁。那些贴身侍女我想此时都在楼上,和她们的女主人

1　原文为法语。
2　原文为法语。
3　原文为法语。

在一起。从米尔科特雇来的几个新仆人正里里外外地忙个不停。穿过这一片混乱,我终于来到了放食品的地方。我在那里拿了一只冷鸡,一个圆面包,几块馅饼,一两只盘子和一副刀叉。我拿到这些战利品就赶紧撤退。回到走廊里,我刚关上我身后的后楼梯门,就听到一阵越来越响的嗡嗡声,这是在警告我,那班太太小姐们就要出来了。我若不经过她们的房间,不冒拿着食物被她们撞见的危险,是没法儿回到教室的。于是我只好一动不动地站在走廊这一头,这儿没有窗子,光线很暗,现在天已经很黑了,太阳已经下山,暮色越来越浓。

不一会儿,房间里就一个接一个地走出美丽的客人。走出来的每一个都显得轻松愉快,全身的穿戴在昏暗中闪闪发光。她们在走廊的那一头聚在一起站了一会儿,用活泼可爱的声音语调轻声交谈着。接着她们全都走下楼梯,轻盈无声得就像一团明亮的雾滚下山坡。她们给我留下的总的印象,是我从未见过的高贵和优雅。我发现阿黛尔把教室门拉开一条缝,正在朝外面张望。

"多漂亮的太太小姐啊!"她用英语嚷嚷道,"哦,我多想上她们那儿去啊!你看晚饭后罗切斯特先生会叫我们去吗?"

"不会,真的,我看不会。罗切斯特先生还有别的事要操心呢。今天晚上你就别想那些太太小姐了,说不定你明天能见到她们。给,这是你的晚饭。"

她真的饿坏了,鸡和馅饼暂时转移了她的注意力。幸好我弄到这点儿吃的,要不,她,我,还有索菲——我把我们的食物也分给了她一份——根本就吃不上晚饭。楼下的人忙得忘掉我们了。九点过后才上甜食。十点钟,仆人们还端着托盘和咖啡杯跑来跑去。我允许阿黛尔比平时晚得多的时候再睡。因为她说,楼下的门不断又开又关,人们跑来奔去,使得她睡不着。此外,她还补充说,说不定等她脱去衣服,罗切斯特先生又派人叫她来了,"那该多可惜啊!"

我给她讲故事,她愿听多久我就讲多久。后来,为了换换环境,我又带她到走廊里。这时,大厅里亮着灯,她喜欢伏在栏杆上,看下面的仆人穿梭般来来去去。夜深了,已经搬进一架钢琴的客厅里传出了音乐声。阿黛尔和我在楼梯最高的一级上坐下来听着。不一会儿,歌声和着悠扬的琴声响起,唱歌的是一位小姐,她的歌声非常悦耳动人。独唱过后是二重唱,接着是无伴奏合唱;中间间歇时,则传来一片嗡嗡的愉快谈话声。我听了很久,突然,我发现自己正全神贯注地在分辨那嘈杂的声音,想从这混杂的声音中找出罗切斯特先生的口音。当我的耳朵很快就捕捉到它时,又进一步想从那因离得远听不清的语调中,猜出他说的话语来。

钟敲了十一点,我看看阿黛尔,她的头已经靠在我的肩膀上,眼皮也越来越沉重了,因此我把她抱在怀里,送她上了床。等那些先生女士们回自己的房间就寝时,已经将近一点了。

第二天的天气跟第一天一样好。这一天客人们到附近一个什么地方去游览。他们一大早就出发了,有几个人骑马,其余的都坐马车。我目睹他们离开,后来又目睹他们回来。英格拉姆小姐,跟先前一样,是唯一骑马的女人。也跟先前一样,罗切斯特先生还是在她身旁奔驰着。他们两人骑着马,跟其他人略微拉开一段距离。费尔法克斯太太这时正和我一起站在窗前,我把这情景指给她看。

"你说他们不大会想到结婚,"我说,"可是你瞧,和别的女士相比,罗切斯特先生明明更喜欢她。"

"是啊,我想是的,毫无疑问他是爱慕她的。"

"她也一样爱慕他。"我补充说,"瞧,她朝他侧过头去那样子,就像在说知心话。我真想看着她的脸,我还没看过她一眼呢。"

"今天晚上你会看见她的,"费尔法克斯太太回答,"我偶尔跟罗切斯特先生提起,阿黛尔很想去见见太太小姐们,他说,'哦!晚饭后叫她到客厅里来,请爱小姐也陪她一起来。'"

"没错,他只是出于礼貌才这么说的。我相信,我是不必去的。"

我回答说。

"是啊,我跟他说了,你不习惯交际,我认为你不会喜欢在这样一群热闹的客人跟前露面——全是些素不相识的人。可他还是用他那急脾气回答说,'胡说!要是她拒绝,就告诉她,这是我特别希望的。要是她还不肯来,你就说如果她拒不答应,我就亲自去请她。'"

"我不该给他添那样的麻烦,"我答道,"既然没有更好的办法,那我就去一下吧,不过,我实在是不喜欢这样的。你也去吗,费尔法克斯太太?"

"不,我要求不去,他答应了。我来告诉你,怎样才能避免那样一本正经出场时的窘相,那是最让人受不了的。你得趁太太小姐们还没离开餐厅,客厅还空着时进去,挑个你喜欢的僻静角落坐下来。待那些先生们进来后,你不必待多久,除非你自己愿意。只要让罗切斯特先生看见你在那儿就行,然后你就悄悄溜走——没人会注意你的。"

"你看这些人会久住吗?"

"也许住上两三个星期吧,不会再多了。乔治·利恩爵士最近当选为米尔科特的议员,过了复活节假期,他就得进城去上任。罗切斯特先生多半会陪他一起去。他这次在桑菲尔德待了这么久,正让我感到纳闷呢。"

我有点儿害怕那个时刻的到来,到那时候我就得带着我照管的孩子到客厅去。阿黛尔听说晚上要去见那些太太小姐,一整天都高兴得发疯似的,直到索菲开始给她梳妆打扮,她才安静下来。梳妆打扮的重要性很快就把她给稳住了。待到把她的鬈发梳成一束束,平静光滑地垂挂着,给她穿上那件粉红色的缎子外衣,系上了长腰带,戴好网眼无指手套时,她那神情严肃得简直像个法官。根本用不着提醒她小心别弄乱衣服,因为她一打扮好,就一本正经地在自己的小椅子上坐下来,事先还小心翼翼地把绸缎裙子撩起,生怕坐皱了。她还向我保证,从这时开始,直到我打扮好,她都会坐在那儿一动不动。我没用多久就打扮好了:穿上了我最好的衣服(就是银灰色的那件,是谭波儿小姐结婚时买的,后来一直没穿过),梳好头发,还戴上了我唯一的首饰,那枚珍珠别针,然后我们便下楼去了。

幸好去客厅还有另外一道门,不必穿过他们正在吃饭的餐厅。我们发现客厅里还没有人,大理石壁炉里默默地燃烧着旺盛的炉火,在装饰桌面的精美鲜花中间,一支支蜡烛在明亮的孤寂中照耀着。拱门上挂着深红色的帷幔,虽说这儿跟隔壁餐厅的那班人只隔这么一层薄薄的屏障,可是他们的谈话声听上去却那么低,除了轻柔的嗡嗡声以外,他们的谈话什么也听不清。

阿黛尔似乎还处于那种十分严肃的气氛影响之下,一声不响地在我指给她的一张矮凳上坐了下来,我退到一个窗座上,从近旁的桌子上拿起一本书,打算阅读。这时,阿黛尔把她的矮凳端到我的脚边,过上一会儿,她碰了碰我的膝头。

"什么事,阿黛尔?"

"我可以从这些美丽的花朵中拿一朵吗,小姐?只是为了把我自己打扮得更漂亮一些。"[1]

"你对自己的'打扮'[2]想得太多了,阿黛尔。不过你可以拿一朵。"说着我从花瓶里拿了一朵玫瑰,插在她的腰带上。

她发出一声无比满意的叹赏,仿佛她的幸福之杯此时已经斟满了。我转过脸去掩藏起忍不住的微笑,这个小小的巴黎女子,在衣着服饰方面这种天生的、迫切的追求,既有几分可笑,也有几分可悲。

1　原文为法语。
2　原文为法语。

现在可以听到轻轻起身离席的声音。拱门上的帷幔给拉开了，可以看到拱门那边的餐厅。点燃的吊灯灯光，照耀着摆满一长桌盛着精美甜食的银器和玻璃器皿。一群女士站在拱门口。她们走进客厅后，帷幔又在她们身后垂下了。总共十八个人，可是她们一块儿进来时，不知怎么的，给人的印象好像人数要多得多。她们当中有几位个儿很高，好几个人都穿得一身洁白，一个个都穿着裙幅宽大的曳地长裙，使得她们整个人都显得大了，犹如雾气使月亮变大一般。我站起身来向她们行了个屈膝礼，有一两个人点头回礼，其余的人只是瞪眼朝我看看。

她们在客厅里四下散开，动作轻盈活泼，使我联想起一群羽毛雪白的鸟儿。她们中有几个半倚在沙发和软榻上，有几个俯身细看着桌上的鲜花和书籍，其余的则聚在炉火边。她们一个个全都用她们似乎已经习惯的轻柔而清晰的声音说着话。事后我知道了她们的名字，不过现在不妨先提一下。

首先是埃希敦太太和她的两个女儿。埃希敦太太以前显然是个漂亮的女人，现在还保养得很好。她的两个女儿中，大女儿艾米个儿挺小，脸蛋和神态都显得天真、孩子气，举止有点淘气，那身白麻纱衣服和蓝色腰带，对她很合适。二女儿路易莎身材较高，也更优雅，脸蛋长得很俊俏，是法国人说的"俏皮脸蛋"[1]那种类型。姐妹俩都像百合花那样白净。

利恩夫人是位四十岁上下、又高又胖的女人，腰板挺直，看

1　原文为法语。

上去很高傲，穿着华丽的闪光缎子衣服，她那乌黑的头发上戴着缀有一圈宝石的发箍，在一支天蓝色的羽饰衬托下闪闪发亮。

丹特上校太太不那么显眼，可是我认为，她更像一位贵妇人。她有着苗条的身材，白皙而温和的脸和金色的头发。她那身黑缎子衣服，华贵的外国网花围巾和珍珠首饰，比那位有爵位的贵妇人的一身珠光宝气更招我喜爱。

然而最突出的三位——其中部分原因也许是她们在这班人中间个儿最高——还是勋爵的遗孀英格拉姆夫人和她的两个女儿布兰奇和玛丽。她们三人都属于妇女中的高身材。遗孀四五十岁，她的体态依然很美，她的头发（至少在烛光下看来）依然乌黑，她的牙齿也依旧完好。大多数人会说她是她那个年纪的女人中的美人。毫无疑问，从体态容貌上说，她的确是这样，可是在她的表情举止中，却有着一种令人难以忍受的高傲神气。她有着一副罗马人的脸容，她的双下巴已和脖颈融为一体，变得像一根粗柱子。我觉得，她不仅由于傲慢而横着脸、沉着脸，而且还因此皱起面孔。下巴也因同样原因挺得高高的，几乎到了极不自然的程度。此外，她还有一种凶狠严厉的目光，不由得使我想起了里德太太的目光来。她说起话来装腔作势，嗓音低沉，声调非常夸张，口气十分专横。总之，让人完全无法忍受。一件紫红色的丝绒长袍，一顶印度金丝织物做的头巾帽，给了她（我猜她是这么想的）一种真正帝王般的尊严。

布兰奇和玛丽的身材一样——都像白杨树似的又直又高。玛丽按她的身高来说似显太瘦,而布兰奇长得就像狄安娜[1]。当然,我是怀着一种特殊的兴趣注视她的。第一,我想看看她的容貌和费尔法克斯太太描述的是否相符。第二,看看我凭着想象替她画的那幅微型肖像到底像不像。还有第三——干脆说明了吧!——是不是像我设想的那样能够适合罗切斯特先生的口味。

从外貌来说,她跟我画的肖像,跟费尔法克斯太太的描述,都一一相符。高高的胸脯,坦削的双肩,优美的颈项,黑黑的眼珠,乌油油的鬓发,样样都有。可是她的脸呢?她的脸完全像她的母亲,只是年轻,没有皱纹。同样低低的额头,同样高仰的脸容,同样傲慢的神气。不过,这种傲慢没么阴沉,她不断地绽开笑脸。她的笑带着嘲弄,她那高傲地弓起的上唇,也带着这样的习惯表情。据说天才是能自我意识到的。我说不上这位英格拉姆小姐是不是天才,但她自我意识到这点——确实是充分自我意识到这点。她跟和蔼的丹特太太谈起了植物学。看来丹特太太没学过这门学科,尽管像她自己说的,她很喜欢花,"尤其是野花"。英格拉姆小姐看来是学过的,她得意扬扬地列举了植物学上的名词。我很快就发觉,她是在(像行话所说)追猎着丹特太太,也就是说,她是在利用丹特太太的无知戏弄她。这种追猎也许很高明,但肯定不是善意的。她弹琴,她的演奏很出色;她唱歌,她的嗓音很优美;她单独跟她妈妈说话时讲法语,讲得很好,非常流利而且发音准确。

1　罗马神话中的月亮和狩猎女神。

玛丽的脸长得比布兰奇温和、坦率，面目比较和善，皮肤也较白净（布兰奇·英格拉姆小姐黑得像个西班牙人）——但是玛丽缺乏生气，她的脸上缺少表情，目光缺少神采，她没有什么话可说，一坐下来，就像神龛里的雕像似的一动不动。姐妹俩都是一身洁白的衣服。

那么，现在我是不是认为英格拉姆小姐就是罗切斯特先生可能会选上的意中人呢？我还说不上，——我并不清楚他在女性美方面的鉴赏趣味。如果他喜欢华贵的，那她正是华贵的典型，何况她还多才多艺，活泼伶俐。我觉得大多数先生都会爱慕她的。他肯定也爱慕她，我似乎已经得到了证明。现在只等看到他们结合在一起，那样最后一片疑云也就烟消云散了。

读者，你可不要以为这段时间里，阿黛尔一直老老实实地坐在我脚边的凳子上。才不是呢，那班太太小姐一进来，她就站起身来，迎了上去：一本正经地行了个礼，郑重其事地说：

"太太小姐们，你们好。"[1]

英格拉姆小姐带着嘲讽的神气低头俯视着她，嚷道："啊，好一个玩具娃娃！"

利恩夫人说道："我想这就是罗切斯特先生监护的孩子——他说起过的那个法国小姑娘了。"

丹特太太和蔼地拿起她的手，吻了一下。艾米·埃希敦和路易莎·埃希敦异口同声地叫了起来：

1　原文为法语。

"多可爱的孩子啊!"

接着,她们把她叫到一张沙发跟前,现在她就坐在她们姐妹俩的中间,一会儿用法语,一会儿用结结巴巴的英语,和她们说个没完,不仅吸引了年轻的小姐们,还吸引了埃希敦太太和利恩夫人,她给大伙儿宠爱得得意扬扬。

最后送来了咖啡,于是请男宾进客厅。我坐在暗处——如果说这间灯光辉煌的房间里还有暗处的话——窗帘半遮着我。拱门上的帷幔又给拉开了,他们走了进来。也像女客进来时一样,男宾们一块儿进来,也颇为壮观。他们全都穿着黑色礼服,大多数人个子高大,有几位年纪很轻。亨利·利恩和弗雷德里克·利恩的确是一对非常时髦的花花公子;丹特上校则是一位有军人气概的漂亮男人;本区执法官埃希敦先生绅士派头十足,他的头发几乎全白了,但眉毛和胡子还是黑的,这使得他看起来像一位"戏里的尊贵长者"[1]。英格拉姆勋爵像他的姐妹一样,个儿很高,而且也像她们一样,长得很漂亮;不过他也有玛丽那种无精打采的漠然神情,他四肢的发达似乎胜过了精力的旺盛和脑子的灵活。

可是罗切斯特先生在哪儿呢?

他最后一个进来。我并没有朝拱门看,但还是看见他进来了。我竭力把注意力集中在织针上,集中在我正在编织的钱包的网眼上——我盼望自己只想着手上的活儿,只看到放在裙兜里的银色珠子和丝线,然而,我却清清楚楚地看到了他的身影,禁不住又

1　原文为法语。

想起上次见到他时的情景。当时,我刚对他做了他所说的重大帮助,他握住我的手,低头看着我的脸,朝我仔细打量着,眼神里流露出万种思绪急于一吐的心情。我也有着同样的心情。当时我跟他是多么贴近啊!从那以后,到底出了什么事,使得他和我的关系发生变化了呢?现在,我们之间是多么疏远啊!疏远到我都不指望他会走过来跟我说话了。因而,当他看也不朝我看一眼,就在屋子那头坐下,和几位女士攀谈起来时,我丝毫也不觉得奇怪。

我一看到他把注意力全放到她们身上(我可以注视他而不被发觉),我的目光就不由自主地给吸引到他的脸上。我怎么也控制不住自己的眼皮,它们老要抬起来,眼珠子硬要盯住他。我看着,看的时候有一种强烈的欢乐——一种珍贵而又辛酸痛楚的欢乐。是纯金,但又带有伤人的尖刺。像一个渴得快要死去的人,明知自己爬近的水泉中放了毒药,却还是俯身去喝那泉水。我感到的就是像这样的欢乐。

"情人眼里出美人",这话说得对极了。我的主人那张橄榄色的脸上,缺少血色,四方的脸膛,宽大的额头,又粗又浓的眉毛,深沉的眼睛,粗犷的五官,坚定而严厉的嘴巴——处处显示出毅力、决心和意志——按常规说并不美,然而在我看来,它们不仅是美,而且充满了一股势力,一种影响,把我完全给制服了,使我的感情脱离了我自己的控制,完全为他所左右。我并不想去爱他,读者知道,我曾竭力把出现在我心中的爱苗连根拔掉,可现在,第一眼重新见到他,爱苗就自动复活过来,长得青翠而茁壮!他甚至没有看我一眼,就让我爱上了他。

我拿他和他的客人相比。无论是利恩兄弟的风流倜傥,英格拉姆勋爵的淡泊文雅,甚至是丹特上校的英姿焕发,——和他那有着天生的充沛精力和真正力量的模样相比,又算得了什么呢?我对他们的外貌,对他们的神情,毫无好感,但是我能想象出,大多数见到他们的人都会说他们长得英俊、迷人,仪表堂堂,而认为罗切斯特先生相貌既难看,神情又忧郁。我见过他们微笑、大笑——算不了什么,连烛光都有他们微笑中那点儿热情,连铃声都有他们大笑中那点儿含意。我看见过罗切斯特先生的微笑——他严峻的面容变得温和了,他的眼睛变得明亮而又温存,目光既锐利又亲切。

这会儿,他正在和路易莎·埃希敦和艾米·埃希敦交谈。眼见她们对他的目光平静相对,我觉得颇为奇怪,那目光对我来说,却犹如利剑一般。我原以为在他的注视下,她们一定会垂下眼睛,脸上泛起红晕,但是她们却完全无动于衷,这使我感到高兴。"他对她们来说并不像对我来说那样,"我想,"他跟她们不是同一类人。我相信他跟我是同一类人——我肯定他是这样的——我觉得我跟他很相似——我懂得他面部的表情和一举一动的意思。虽然社会地位和财富把我们远远地隔开,但是在我的脑子和心灵里,在我的血液和神经中,都有着一种东西使我在精神上和他息息相通。几天前,我不是还说过,除了从他手中接受薪金外,我和他毫无关系吗?我不是还命令过自己,除了拿他当雇主外,不准对他产生其他看法吗?真是亵渎天性!我的一切美好、真诚、热烈的感情,其实都是围绕着他迸发的。我也知道,我必须掩饰自己的感情，我必须抑制自己的希望，我必须牢记他不可能十分喜欢我。我说我跟他是同一类人，并不是说我也有他那种影响人的力量和吸引人的魅力。我只是指在一些志趣和感觉方面我们有共同之处。因而我必须不断提醒自己，我们之间永远隔着一条鸿沟，——然而，只要我一息尚存，只要我还能思想，我就不能不爱他。"

咖啡已送到大家手中。自从男宾们一进来，女士们就变得像百灵鸟般地活跃。谈话越来越轻松欢快。丹特上校和埃希敦先生在辩论政治问题，他们的妻子在一旁听着。两位傲慢的遗孀利恩夫人和英格拉姆夫人，正在一起闲聊。乔治爵士——顺便说一下，我忘了描述他了——是一位身材魁梧，看起来精力充沛的乡村绅士，此刻他正端着咖啡杯，站在她们的沙发跟前，偶尔插上一两句话。弗雷德里克·利恩先生坐在玛丽·英格拉姆旁边，在给她看一本装帧华丽的书里的版画。她一边看，一边不时微笑，但话显然说得很少。无精打采的高个儿英格拉姆勋爵，双手抱臂靠在娇小活泼的艾米·埃希敦小姐的椅背上。她抬头看着他，鹩鹦似的说个不停。拿他跟罗切斯特先生相比，看来她更喜欢他。亨利·利恩坐在路易莎脚边的软垫凳上。阿黛尔跟他坐在一起。他正试着在和她讲法语，路易莎在嘲笑他讲得错误百出。布兰奇·英格拉姆又会跟谁在一起呢？她正独自一人站在桌边，神态优雅地俯身在看一本签名留言册。她原来好像在等别人来找她，但她不愿久等下去，便自己主动去找伴儿了。罗切斯特先生刚离开两位埃希敦小姐，此刻也像她独自站在桌边那样，独自一人站在壁炉边。她走到壁炉架的另一头,面对着他站定。

"罗切斯特先生,我原以为你是不喜欢小孩的呢?"

"我是不喜欢的。"

"那是什么使得你去领养这么一个小娃娃的呢?(她指指阿黛尔)你打哪儿把她给捡来的?"

"我没有去捡她,是人家塞到我手里的。"

"你应该送她进学校呀。"

"我负担不起,进学校太费钱了。"

"可是,我看你给她请了个家庭教师。我刚才还看到有个人和她在一起呢。——她走了吗?哦,没有!她还在那儿,在窗帘背后。你当然要给她付薪水了,我想这一样得费钱——而且费得更多,因为你还得外加负担她们两人的生活。"

我生怕——或许我应该说我希望吧?——一提到我,罗切斯特先生就会朝我这边看,因而我不由自主地更往暗处缩。可是他连眼睛都没转一下。

"我没有考虑过这个问题。"他漫不经心地说,目光直视前方。

"是啊——你们男人从来不考虑经济和常识问题。你真该听听妈妈是怎么讲那些家庭教师的。我想,玛丽和我小时候至少有过一打以上的家庭教师吧。她们中有一半招人讨厌,其余的又都很可笑,反正全都是梦魇——是不是,妈妈?"

"你在跟我说话吗,我的孩子?"

这位被看作遗孀的特有财产的小姐又重复了一遍她的问题,还做了解释。

"我最亲爱的,别提那班家庭教师了,提起这词儿就使我头疼。她们的无能和任性真让我吃尽了苦头。谢天谢地,现在总算摆脱掉她们了。"

这时,丹特太太朝这位虔诚的夫人俯过身去,在她耳边悄悄地说了几句什么。从引起的答话来看,这是提醒她,受到咒骂的这类人中,就有一个在场。

"算了!"[1]这位贵妇人说,"但愿这对她有好处!"接着,她又压低了声音说,但仍然响得让我能听见,"我看到她了,我会看相,从她的脸上,我看到了她那个阶层的人的所有缺点。"

"是些什么缺点呢,夫人?"罗切斯特先生大声问道。

"我只能讲给你一个人听,"她回答说,一边含意古怪地把她的头巾帽摇了三摇。

"可是我的好奇心会失掉胃口的,它现在就想得到满足。"

"那你就问布兰奇吧,她离你比我近。"

"啊,不要叫他问我,妈妈。对这帮人我只有一句话可说——她们全都让人讨厌。倒不是因为我吃过她们多少苦头,我总是能想法子占她们的上风的。西奥多和我是怎样常常施展诡计去捉弄我们的威尔逊小姐、格雷太太,还有尤伯特太太的啊!玛丽老爱打瞌睡,拿不出劲儿来和我们一起搞诡计。最有趣的是作弄尤伯特太太。威尔逊小姐是个多病的可怜虫,老是哭哭啼啼,没精打采的,总之,不值得费心去制服她。格雷太太既粗鲁又迟

---

1 原文为法语。

钝，怎么整她她都不在乎。可是那个可怜的尤伯特太太啊！我现在好像还看到她被我们作弄得走投无路时那副气急败坏的样子！——我们有意泼翻茶水，弄碎面包和黄油，把书抛向天花板，用尺子拍书桌，用炉具敲围栏，敲敲打打地演出了一场闹剧。西奥多，你还记得那些快乐的时光吗？"

"是——啊，我当然记得，"英格拉姆勋爵慢吞吞地说，"那个可怜的老木头还常常大声嚷着：'啊，你们这些坏孩子！'——于是我们就训斥她，说她自己什么也不懂，居然还敢来教我们这样聪明的孩子。"

"我们是训斥过她。泰多[1]，记得吗，我还帮你告发过（或者说整过）你的那个脸色苍白的家庭教师维宁先生——我们常常把他叫作病病牧师。他跟威尔逊小姐居然放肆地谈起恋爱来了——至少泰多跟我是这样认为的。我们好几次撞见他们亲切地眉来眼去，长吁短叹的。我们断定，这就是"恋爱"[2]的迹象，因此我向你保证，大家很快就能从我们的新发现中得到好处。我们要拿这作为撬棒，把压在我们头上的这两个讨厌家伙撬出门外。我们亲爱的妈妈一听到这事的风声，就发觉这是一件伤风败俗的事。是不是这样，我的母亲大人？"

"当然喽，我的宝贝女儿。我是完全对的。相信我的话，有上千条理由可以说明，为什么在任何一个规矩人家，男女家庭教

1　原文为法语，西奥多的昵称。
2　原文为法语。

师的私通都是一刻也不能容忍的。首先……"

"哎呀,天哪,妈妈!你就别给我们一一列举了!再说[1],我们也全都知道:有给童年的天真树立坏榜样的危险啦,恋爱双方心心相印、相依为命,会引起分心而造成失职啦,由此而来的刚愎自用、傲慢无礼、公开顶撞和怨气总爆发啦。我说得对吗,英格拉姆园的英格拉姆男爵夫人?"

"我的百合花儿,你说得很对,你总是对的。"

"那就用不着再说下去了,换个话题吧。"

艾米·埃希敦没有听见或者没有留意这句不容分说的话,用她那孩子般柔声细气的语气说:

"路易莎和我也常常作弄我们的家庭教师,不过她的脾气好极了,什么都能忍受,怎么也惹不恼她。她从来没跟我们发过脾气。是不是,路易莎?"

"是的,从来没有。我们爱做什么就做什么。洗劫她的书桌和针线盒,把她的抽屉翻个底朝天。她的脾气却总是那么好,我们要什么她就给什么。"

"我看,接下来,"英格拉姆小姐嘲弄地撇着嘴说,"我们就会有一部有关全部现有家庭女教师回忆录的摘要了。为了免除这场灾难,我再次提议,换个新的话题。罗切斯特先生,你支持我的提议吗?"

"小姐,我支持你的这一意见,就像支持你的其他意见一样。"

---

1 原文为法语。

"那么得由我来提出这一新话题了。爱德华先生[1],今天晚上你的嗓子好吗?"

"比央卡小姐[2],要是你下命令,我就唱。"

"那好,先生,我就传旨命你先清一清你的肺部和其他发音器官,好让它们为朕效力。"

"谁会不愿意当这样一位圣明的玛丽的里奇奥[3]呢?"

"里奇奥算得了什么!"她一边把满头鬈发往后一甩,朝钢琴走去,一边大声说道:"我看,这位拉提琴的大卫准是个乏味的家伙,我可更喜欢黑皮肤的博斯韦尔[4],我认为,一个男人要是没有一点魔鬼气,简直就一文不值。不管历史怎么评价詹姆斯·海普本,我可有我的看法,他正是我愿意下嫁的那种又凶又野的绿林好汉式的人物。"

"先生们,你们听!你们中哪一位最像博斯韦尔?"罗切斯特先生大声嚷道。

"应该说,还是你最够格。"丹特上校应声回答。

"说真的,我对你不胜感激。"对方答道。

英格拉姆小姐现在已经高傲而文雅地在钢琴前坐下。雪白

1　原文为意大利语。
2　原文为意大利语。
3　里奇奥,即大卫·里奇奥(1533?—1566),意大利音乐家,为苏格兰女王玛丽·斯图亚特的宠臣。
4　博斯韦尔,即詹姆斯·海普本·博斯韦尔(1536?—1578),苏格兰女王玛丽·斯图亚特的第三个丈夫。

的外衣像女王般气派十足地向四面铺开。她开始弹起一支出色的前奏曲,一面还在说着话。她今晚一副趾高气扬的模样,她的言语和神气似乎不仅要博得听众的赞美,而且还要引起他们的惊异;显然她是一心想要让他们觉得她非常洒脱,非常大胆。

"哦,我对现在的青年人真是厌烦透了!"她一边快速地弹着琴,一边大声说,"全是些可怜的小东西,根本就不配走出爸爸的庭园大门一步,没有妈妈的允许和带领,甚至连那么远也不敢去!这些家伙只知道关心自己的漂亮脸蛋、白皙的手和小巧的脚,仿佛一个男人和漂亮也有什么关系似的!好像可爱不只是女人专有的特权——她们的天赋属性和遗产!我认为,一个丑女人是造物美丽脸蛋上的一个污点,至于男人,那就让他们一心只去追求英武有力吧,让他们只把狩猎、射击和搏斗作为自己的座右铭,别的全部一文不值。我要是个男人的话,我就这样做。"

"什么时候我要结婚的话,"她停了一下,没有人插话,她又继续说,"我已经拿定主意,我的丈夫绝不应是我的敌手,而只能是我的陪衬。我不容许我的宝座旁边有一个竞争对手。我要的是对我忠诚不贰,他不能既忠于我又忠于他在镜子中看见的自己。罗切斯特先生,现在你唱吧,我替你伴奏。"

"我完全听从你的吩咐。"

"这儿有一首海盗歌曲。要知道,我最爱海盗,正因为这样,你要唱得'精神饱满'[1]。"

---

1 原文为意大利语。

"英格拉姆小姐开了金口,一杯牛奶和清水都会变得精神饱满的。"

"那你得小心。要是你不能使我满意,我可就要羞你了,做个样子让你明白,这类事应该怎么做。"

"这是对无能的奖励。现在我可要尽力唱坏了。"

"'你小心点儿!'[1]要是你故意唱坏了,我会想出个相应的惩罚办法来的。"

"英格拉姆小姐应该发发慈悲,因为她有能耐施加凡人忍受不了的惩罚哩。"

"嘿!解释一下!"她命令说。

"请原谅,小姐,没有必要解释了吧。你的灵敏感觉就会告诉你,你的眉头一皱,就足足抵得上死刑了。"

"快唱!"她说,接着再次手按琴键,热情洋溢地开始伴奏起来。

"现在是我溜走的时候了。"我心里想。但正在这时,一阵划破长空的歌声把我给留住了。费尔法克斯太太曾经说过,罗切斯特先生有一副好嗓子。果然如此——这是一种圆润浑厚的男低音,其中注入了他自己的感情,自己的力量,能通过人们的耳朵进入人们的心灵,奇妙地唤起人们内心的激情。我一直等到最后,一个深沉丰满的颤音消失——直到那暂时停止的谈话浪潮重又掀起,这才离开我那隐蔽的角落,从幸好就在近旁的边门走了出去。

1 原文为法语。

这里有条狭窄的过道通往大厅。就在穿过过道时,我发现我的鞋带松了,便停下来,屈膝蹲在楼梯脚下的地席上系紧它。我听到餐厅的门开了,有位先生走了出来。我赶紧站起身来,正好和他打了个照面。原来是罗切斯特先生。

"你好吗?"他问道。

"我很好,先生。"

"你刚才在客厅里为什么不过来和我说话?"

我心想,我倒可以向问话的人反问一下这个问题,但是我不想那么放肆,便回答说:

"我看你挺忙的,不想来打扰你,先生。"

"我不在家的时候,你做些什么?"

"没什么特别的事,像往常一样教阿黛尔念书。"

"你比以前苍白了不少——我第一眼就看出来了。是怎么回事?"

"没什么,先生。"

"在差点淹死我的那天晚上,你是不是受凉了?"

"一点儿也没有。"

"回客厅去吧,你走得太早了。"

"我累了,先生。"

他看了我一会儿。

"你有点儿心情不好。"他说,"怎么了?告诉我。"

"没——没什么,先生。我没有心情不好。"

"可我肯定你心情不好,而且很不好。我要是再多说几句的话,你的眼睛里就要涌出眼泪来了——真的,现在就已经在那儿闪动了,而且有一颗泪珠已经滚出睫毛,掉在石板地上了。要是我有时间,而且不怕哪个爱嚼舌根的仆人走过的话,我一定要弄清楚这是怎么回事。好吧,今晚我放你走,不过你要知道,只要我的客人还在这儿,我就希望你每天晚上都来客厅。这是我的愿望,千万别置之不理。现在去吧,叫索菲来领阿黛尔。晚安,我的……"他住了口,咬紧嘴唇,突然撇下我走了。

18

这些天是桑菲尔德欢乐的日子,也是忙碌的日子,这跟我在那儿度过的平静、单调、寂寞的头三个月,是多么不同啊!所有忧伤的感觉现在似乎都给从这座宅子里赶走了,一切阴郁的联想都给忘掉了。到处充满生机,整天人来人往。如今,当你走过那原本寂静无声的走廊,或者走进前面那排以前空无一人的房间,总会碰上一两个漂亮的使女或者穿着华丽的男仆。

厨房、备膳间、仆役室、门厅也同样热闹非凡。几间客厅里,只有当和煦春天的蓝天丽日把屋子里的人吸引出去时,才会变得空寂无人。即使天气不好,一连几天阴雨连绵,似乎也未曾使客人们扫兴,户外的寻欢作乐受了阻,只会使室内的娱乐变得更加活泼多样。

在有人提议要变换娱乐形式的第一个晚上,我心里纳闷不知他们究竟要搞什么名堂。他们说要玩"猜字谜"游戏。我由于无知，不懂这是什么意思。仆人们给叫了进来，餐厅里的桌子都给搬走，灯光重新做了布置，椅子对着拱门摆成半圆形。在罗切斯特先生和男宾们指挥着这些变动时，女宾们在楼梯上跑上跑下，打铃叫唤她们的使女。费尔法克斯太太也给叫了来，要她讲一讲宅子里有多少各式的披巾、衣服、帷幔。于是，三楼的一些衣柜给搜索了一遍，里面的东西，像带裙箍的锦缎裙子啦，缎子宽身女袍啦，黑色绸披巾啦，花边垂饰啦，等等，都由使女们成抱成抱地抱下楼来。然后再经过选择，把选出来的东西送进客厅里间的小客厅。

与此同时，罗切斯特先生再次把女宾们招呼到自己身边，从中挑选他自己一方的人。"英格拉姆小姐当然是我的啰。"他说，随后又点了两位埃希敦小姐和丹特太太。他的目光落到了我身上，这时我因为替丹特太太扣上松开的手镯，正好就在他近旁。

"你参加吗？"他问。

我摇了摇头。我生怕他硬要我参加，但他并没有坚持，仍让我悄悄回到我自己的老座位上。

现在，他和他的助手们都退到了幕后的后面，由丹特上校领头的另一方则在摆成半圆形的椅子上坐了下来。男宾中有一位埃希敦先生看到了我，似乎想请我一块儿参加，可是英格拉姆夫人立即就否定了这个意见。

"不啦，"我听见她说，"她太笨了，根本玩不了这种游戏。"

没过多久，铃声响了，幕布拉了起来。只见乔治·利恩爵士的粗笨身躯裹着一条白被单，出现在拱门里。他也是罗切斯特先生所选中的。他面前的桌子上摊着一本大书。站在他身边的是艾米·埃希敦,她身披罗切斯特先生的斗篷,手里拿着一本书。有人在看不见的地方起劲地摇着铃。接着,阿黛尔(她一定要参加保护人一方)跳跳蹦蹦地上场了,把挎在臂上的花篮里的花朵纷纷撒向四周。随后,英格拉姆小姐优美的身姿出现了,她穿得一身洁白,头上蒙着长长的面纱,额上戴着一个玫瑰花环。和她并排走着的是罗切斯特先生,两人一起走到桌子跟前。他们双双跪了下来。同样穿得一身洁白的丹特太太和路易莎·埃希敦,在他俩身后站好了位置。接着,他们一声不响地举行了一种仪式。人们一眼就可以看出,这是一幕举行婚礼的哑剧。表演结束,丹特上校和他那一方的人低声商量了两分钟,然后上校大声地说:"新娘!"罗切斯特先生点头同意,幕就落下了。

隔了很长时间,幕又拉起了。

第二幕的场景比上一幕布置得更加精巧了。我前面说过,客厅比餐厅要高出两级台阶。现在,在第二级台阶上面往里一两码的地方,摆上了一只大理石的大水缸,我认出这原本是暖房里的一件摆设——它平时一直摆在那些外国植物中间,里面养着金鱼——由于它既大又重,把它搬到这儿,一定费了一番工夫。

只见罗切斯特先生身上裹着披巾,头上缠着头巾,坐在水缸旁边的地毯上。他那对黑眼睛和黝黑的皮肤,还有那穆斯林似的容貌,都和他的这身打扮十分相称。他看上去活像一个东方的埃米尔,一个不是绞死人就是被人绞死的人物。不一会儿,英格拉姆小姐出场了。她也一身东方式打扮,一条红围巾腰带似的系在腰间，一条绣花头巾在鬓角打了个结，圆润漂亮的胳膊裸露着，一只手高高举起，扶住一只平稳优雅的顶在头上的水罐。她的体态、容貌、肤色和总的神态，都让人联想起宗法时代的以色列公主，这无疑正是她想要扮演的角色。

她走近水缸，弯下腰去，像是在给水罐装满水，然而又把它顶回到头上。这时井边的那个人似乎在向她搭话，对她乞求着什么。"她就急忙拿下瓶来，托在手上给他喝。"[1]随后，他从长袍的衣襟里掏出一个首饰盒子，打开它，让她看里面的贵重的手镯和耳环。她露出吃惊和赞叹的样子。他跪着把珍宝放在她的脚下。她的神色和姿态表现出既高兴又不敢相信。陌生人把手镯套在她的手臂上，把耳环戴在她的耳朵上。

这演的是以利以谢和利百加，只是缺了骆驼。

猜谜的一方开始交头接耳地议论起来。显然，他们对这场戏所表现的究竟是哪个词或哪个字尚无一致意见。他们的发言人丹特上校要求表演一个"完整的场面"，于是幕又落下了。

幕第三次拉开时，只露出客厅的一部分，其余部分都用一幅黑色粗布帘挡住了。大理石水缸已经搬走，那儿放着一张木板桌和一张厨房用的椅子。蜡烛全熄灭了，只有一盏羊角灯发出昏暗

---

1 引自《圣经·旧约·创世纪》第24章第18节。以色列人亚伯拉罕要仆人以利以谢到他的本地本族去为他的儿子以撒娶个妻子。仆人带了骆驼和财物到了目的地，看到美丽的利百加到井旁打水。仆人向她要水，她给他喝了，也给骆驼喝足。仆人便给她金耳环和金镯，并随她回家，求得她母亲和哥哥的同意，使她嫁给了以撒。

的光线，隐约照出了这些东西。

在这样凄凉的场景中，一个男人坐在那儿，双手紧握拳头放在膝上，两眼盯着地面。我认出这是罗切斯特先生，尽管他蓬头垢面，衣衫凌乱（他的外衣一只袖子耷拉着，仿佛在殴斗中让人从肩背上撕下），还有那绝望愠怒的面容，蓬乱竖起的头发，几乎让人认不出来。他一走动，脚镣就锒铛作响，手腕上还戴着手铐。

"监牢！"丹特上校大声叫了起来。谜给猜中了。

过了相当长的时间，表演者才换上他们平时的衣服，重新走进餐厅。罗切斯特先生引着英格拉姆小姐走了进来。她正在夸奖他的表演。

"你知道吗？"她说，"三个角色中我最喜欢的是你最后扮演的那个。哦，要是你早几年，你会成为一个多么豪侠的绿林绅士啊！"

"我脸上的煤烟都洗掉了吗？"他转过头去问她。

"唉，洗掉了！这就更可惜啦！暴徒的红脸膛配在你身上真是再合适不过了。"

"这么说，你喜欢绿林好汉啰？"

"英国的绿林好汉仅次于意大利的匪徒，而能超过意大利匪徒的，就只有黎凡特[1]的海盗了。"

"好吧，不管我是什么人，别忘了你是我的妻子了。一个小时前，我们当着这么多证人结了婚。"

1　第一次世界大战前地中海东部诸国和岛屿的总称。

她咯咯地笑了起来,脸上泛起了红晕。

"现在,丹特,"罗切斯特先生接着说,"该轮到你们了。"

于是丹特一方的人退了出去,跟他一方的人在空出的位子上坐下来。英格拉姆小姐坐在她的领队的右边,其他的猜谜人就坐在他们两边的位子上。现在,我没有去看表演的人,也不再兴致勃勃地等待着幕布升起。我的注意力已被观众所吸引。我的目光方才还一直盯着拱门,这会儿已无法抗拒地落到那排摆成半圆形的椅子上。丹特上校和他那一方的人,到底表演了什么哑谜,选了什么词,表演得怎么样,我全都不记得了。但他们下场后观众交头接耳的情景却至今还历历在目。

我看到罗切斯特先生转脸朝着英格拉姆小姐,英格拉姆小姐也转脸对着他。我看见她朝他凑过头去,乌黑的鬈发几乎擦着他的肩膀,拂过他的脸颊。我听见他们在悄声交谈,我记得他们在交换眼色。甚至连当时目睹这一情景时引起的心情,此刻也还多少记忆犹新。

我曾经告诉过你,读者,我已经学会了爱罗切斯特先生。现在,我绝不会仅仅因为发现他不再注意我,因为我接连几个小时待在他面前他不朝我这个方向看上一眼,因为我看到他的注意力已经完全被一位高贵的小姐所吸引——这位小姐从我身旁走过时,连衣裙都不屑碰到我,她那傲慢的黑眼睛即使偶尔看到我,也会马上把目光移开,仿佛看到的是一个卑下到不值一顾的东西——我就不再爱他。我也绝不会因为我料定他不久就会跟这位小姐结婚,因为我天天都看到她自认他一定会娶她而扬扬得意,因为我时时都看到他一副向她求爱的模样——这模样尽管是那么漫不经心,那样地愿意被人追求而不是主动追求别人,但正因为漫不经心,更显得富有魅力,正因为骄傲自大,更显得不可抗拒——我就不再爱他。

在这样的情况下,虽然有不少东西会让人产生失望,但丝毫也不能使爱情冷却或者消失。读者,你也许会认为,这还会引起我的嫉妒吧——如果一个像我这样地位的女人,敢去嫉妒一位像英格拉姆小姐那样地位的女人的话。但是,我并不嫉妒,或者说很少嫉妒,我感到的痛苦不能用这个字眼来解释。英格拉姆小姐不值得我嫉妒,她不配让人产生那种感觉。请原谅我这种看起来像是自相矛盾的说法,可我确实是这样看的。她看上去光彩照人,实际是装腔作势;她外表秀丽俊美,看似多才多艺,但头脑十分空虚,心田天生贫瘠;任何花朵都不会在这样的土壤上自动开放,任何天然的果实也不会喜欢这样的生土;她既无识别能力,也无独立见解;她总是搬弄书本上的美丽辞藻,却从未讲过也不曾有过她自己的意见;她大唱高调鼓吹高尚情操,却不懂得什么是同情和怜悯;温柔和真诚跟她无缘;她经常暴露出的一点是,她常常无缘无故发泄对小阿黛尔的恶意憎恨;只要阿黛尔偶尔走近她,她就会口出恶言,把她一把推开;有时甚至把她赶出房间,平时对她总是那么冷酷无情。

除我之外,还有一双眼睛在注视着这些性格的暴露——密切、敏锐地注视着——是的,未来的新郎罗切斯特先生自己也一直在监视着他的未婚妻。正因为他这么清醒、这么慎重,能完全清楚地看到他那美丽的爱人的缺点,而且对她明显地缺乏热情,才使我感到无穷无尽的痛苦。

我看出,他是出于门第或者政治上的原因,才打算娶她的,因为她和他门当户对。我觉得他并没有把他的爱情给予她,而她也不配从他那儿获得这份珍宝。这正是关键所在——这就是我心烦意乱的地方——也正是我的热烈感情得以保持并不断增长的根源。她迷不住他。

如果她一下子就夺取了胜利,他宣告屈服,并且真诚地把自己的心奉献在她的脚下,我就会捂住脸,转向墙壁,并且(打个比喻说)从此对他死了这份心。如果英格拉姆小姐是位善良、高尚的女人,富有力量、热情、仁慈、见识,那我就得跟两只猛虎——嫉妒和绝望——决一死战。到时候,哪怕我的心被撕碎,被吞噬,我也会赞美她,——承认她的卓越,从此默默地度过我的余生。而且,她的优越越是无可置疑,我的赞美之情就越深,——我的平静之心就更加真正宁静。然而,眼下的实际情况是,眼看英格拉姆小姐千方百计想迷住罗切斯特先生,可发现她屡屡失败,而她自己却又浑然不知,还枉自幻想她的箭支支中的,因而头脑发热,得意非凡,却不知她的骄傲和自负反而把她想要引诱的对象越推越远——看到了这些,立刻使我陷入了无休无止的激动和令人痛苦的抑制之中。

因为,在她失败的时候,我却看出了她怎样才能取得成功。我知道,那些纷纷从罗切斯特先生胸前闪过,落在他脚边的未能命中的利箭,如果由一个较有把握的射手来射的话,肯定会飞快地深深射进他那颗骄傲的心——在他那严厉的眼神中注入爱情,在他那嘲讽的脸孔上布上温柔。或者,更好的是,不用任何武器就悄悄地把他征服。

"她有和他如此接近的有利条件,为什么不能对他产生更大的影响呢?"我暗地自问,"显然她并不是真正喜欢他,或者并没有真心去爱他!如果她真心爱他,她根本就用不着这样一味地献媚装笑,不断地暗送秋波,也用不着这样煞费苦心地故作姿态,装腔作势。照我看来,她只要安安静静地坐在他身旁,少说话,也不要左顾右盼,就能更贴近他的心。我就曾在他脸上看到过截然不同的表情,完全不像现在她竭力向他献媚时他板起脸来的样子。而当时那种表情完全是自发的,绝不是靠献媚卖笑和玩弄花招儿诱引出来的。你只需泰然地接受它——老老实实回答他的发问,必要时和他说说话,不要扭捏作态——他的那种表情就会增强,就会变得更加体贴、更加亲切,如同抚育万物的阳光般使人遍体温暖。一旦他们真的结了婚,像她这样又怎么能赢得他的欢心呢?我认为她根本就做不到这一点。然而这是完全能够做到的。我确信,他的妻子可以成为一个阳光下最最幸福的女人。"

对于罗切斯特先生为了利害关系和姻亲背景而结婚的打算,我还一直没有说过一句责难的话。我刚一发现他有这样的意图时,曾感到万分惊讶。我原以为像他这样一个人,在选择妻子方面绝不会受这种庸俗的世俗观念所左右。但是,我越考虑到他们双方的地位、教养,等等,就越觉得不该评判或责怪他或者英格拉姆小姐,毫无疑问,他们是遵照从小就灌输给他们的那些观念和原则行事的。他们那个阶级的人都遵守这些原则,因而,我猜想,他们这样做自有我无法理解的理由。在我看来,要是我是像他们那样的一位绅士,我就只愿拥抱我所真正喜爱的妻子。然而,正因为我这个设想显而易见有利于丈夫本人的幸福,所以我相信肯定还有一些我所不知道的理由,使它不能受到普遍采纳。要不,我敢肯定,整个世界都会像我所希望的那样去做了。

而且不仅在这一点上,在其他方面我对我的主人也越来越宽容了。我渐渐忘却了他的所有缺点,而对于那些缺点,我曾经认真地观察过。以前,我一直竭力想弄清他性格的方方面面,好的坏的都不放过,通过对这两者的公平衡量,来做出一个公正的判断。现在,我已看不到他有什么坏的地方。那些曾经让我不快的讥讽和使我吃惊的粗暴,只是像一盘美味菜肴中的调味品,有了它们使人感到辛辣,没有它们会让人觉得乏味。至于那让人捉摸不透的神情——这究竟是心存不良呢还是伤心悲哀?是另有所图呢还是灰心失望?——一个细心的观察者不时可以从他眼里看到它的流露,可是,没等你去探测这个隐约可见的神秘深渊,它就又隐没不见了。它常使我感到害怕而退缩,仿佛我正徘徊在火山似的群山之中,突然感到大地在颤抖,接着就看到它纷纷开裂。这幅景象,我至今依旧能不时看到,每次看到它都心跳不已,而不是麻木不仁。我非但不想避开这个深渊,相反还希望能敢于面对它——探索它。我觉得英格拉姆小姐很幸运,因为有朝一日她尽可以从容地去观察这个深渊,探清它的秘密,辨明这些秘密的性质。

在此期间，我头脑里只想着我的主人和他未来的新娘，眼睛只看到他们的身影，耳朵只听见他们的谈话，心里只考虑着他们的重要举动。——而与此同时，其他客人也都忙于各自的兴趣和娱乐。

利恩夫人和英格拉姆夫人仍在一本正经地交谈着。她们相互点着戴有头巾帽的头，随着她们所谈的话题，伸出四只手，向对方做出大吃一惊、迷惑不解或者厌恶之极的手势，活像一对放大了的木偶。温厚的丹特太太在跟性情和善的埃希敦太太谈着，她俩有时还对我说上一句客气话，或者冲我微微一笑。乔治·利恩爵士、丹特上校和埃希敦先生在讨论政治，或者郡里的公事，或者司法方面的事务。英格拉姆勋爵在跟艾米·埃希敦调情。路易莎在弹琴唱歌给一位利恩先生听，有时则跟他一块儿唱。玛丽·英格拉姆无精打采地听着另一位利恩先生在向她大献殷勤。有时候，所有的人都会不约而同地停下他们的穿插节目，来观赏和倾听主要演员们的表演。因为罗切斯特先生和英格拉姆小姐（由于和他关系密切）毕竟是这伙人的生命和灵魂。只要他离开房间一个小时，一种明显可辨的沉闷气氛似乎就会悄悄影响他的客人们的情绪。他一回来，谈话肯定又会重新变得活跃起来。

有一天，他因事被叫到米尔科特去了，要很晚才能回来。他这一走，大家就特别感到缺少了他那种能活跃气氛的感染力。午后，下起了雨。原来大伙儿商定散步去干草村那头儿一块公有地，去看看新近在那儿安顿下来的吉卜赛人的营地，现在也只好推迟了。男客中有几位去马厩了。几位年轻的先生跟小姐们在台球室里打台球。两位贵族遗孀英格拉姆夫人和利恩夫人静悄悄地打纸牌解闷。丹特太太和埃希敦太太想和布兰奇·英格拉姆聊聊天,可她根本不加理睬,先是随着钢琴小声哼了几支感伤的曲子,然后又从书房里找来一本小说,傲慢而懒散地往沙发上一躺,准备借助小说的魅力来打发这段无人做伴的无聊时光。房间里和整个宅子里都静悄悄的,只有楼上偶尔传来打台球的人的笑语声。

夜色降临,时钟提醒人们,换装进晚餐的时候快要到了。这时,紧挨着我跪在客厅窗座上的阿黛尔突然喊了起来:

"罗切斯特先生回来了!"[1]

我转过身去,英格拉姆小姐从沙发上一跃而起,奔了过来,其他人也都停下各自在干的事抬起头来,这时已经可以听到湿漉漉的砾石路上车轮的嘎嘎声和马蹄的溅水声。一辆驿车正在驶来。

"他怎么这个样子回来了?"英格拉姆小姐说,"他出门的时候不是骑了美罗(那匹黑马)去的吗?他还带了派洛特的。他把马和狗都弄到哪儿去了?"

她说这话时,把她高高的身躯和宽大的衣服紧紧靠近窗子,弄得我只好尽量把身子往后仰着让她,结果差一点儿扭坏了我的脊梁骨。她在急切中一开始没有看到我,等她一看见,便撇了撇嘴,走到另一个窗口去了。驿车停了下来,赶车的拉响了门铃,

---

1　原文为法语。

一位身穿旅行服的绅士走下马车,可是那不是罗切斯特先生,而是一个看样子挺时髦的高个儿陌生人。

"真气人!"英格拉姆小姐嚷道,"你这讨厌的猴子!(这是冲着阿黛尔说的)谁让你坐在窗台上乱报消息的?"她说着怒气冲冲地瞪了我一眼,好像是我的过错。

大厅里传来说话声。不一会儿,那位新来的人走了进来。他向英格拉姆夫人鞠了一个躬,因为他认为她是在场的人中最年长的夫人。

"看来我来得不巧,夫人,"他说,"我的朋友罗切斯特先生正好不在家。不过我是远道而来,而且作为他的一个亲密的老相识,我想我可以冒昧的先在这儿住下,等他回来。"

他的举止彬彬有礼。他说话的口音我觉得有点儿异样——不能确定是外国口音,但也不完全是英国口音。他的年纪大概和罗切斯特先生不相上下——在三十岁至四十岁之间。他的肤色黄得出奇,不然倒是个模样儿挺不错的男人,尤其是乍一看去的时候。可是再仔细一看,你就会发现他脸上有一些让人讨厌,或者说不讨人喜欢的地方。

他五官端正,但太松散。他的眼睛大大的,样子不错,可是从中流露出来的却是缺少生气、消沉空虚的神情——至少我是这样认为的。换衣服的铃声响了,大家都四下散去。直到吃完晚饭我才又看到这位客人。这会儿他看上去似乎已经十分自在,可我却比以前更不喜欢他的相貌了。我发现他既有点儿心神不定,又有点儿没精打采。他的目光游移不定,但又漫无目标。这使他显得神情古怪，是我记忆中从未见过的。尽管这是个漂亮男人，待人也还和蔼可亲，他却使我感到万分厌恶。在他那张皮肤光滑的鹅蛋形脸上看不到力量，那鹰钩鼻子和樱桃小口上没有坚毅，那低而平的额头上看不到思想，那漠然的褐色眼睛里没有威严。

我坐在我常坐的隐蔽角落里看着他，壁炉架上枝形烛台的烛光正好照在他身上。他坐在一张拉到炉火跟前的扶手椅上，而且好像怕冷，不断蜷缩着身子向火靠近。我把他跟罗切斯特先生比较了一下，我觉得（我这样说没有不恭之处），相比之下，一只光滑的肥鹅和一只凶悍的雄鹰，一头温顺的绵羊和一条毛皮蓬乱、目光犀利的牧羊犬之间，也不会比他俩之间的差别更明显的了。

他提到罗切斯特先生，就像是他的老朋友。他们两人之间的友谊真可说是一种奇特的友谊，正应了那句古老的谚语："两极相逢"。

有两三位先生坐在他近旁，我从房间另一头偶尔可以听到他们谈话的一言半语。起初，我没听出什么眉目来，因为离我较近的路易莎·埃希敦和玛丽·英格拉姆之间的谈话，把偶尔传到我耳中的只言片语给搅混了。她们俩谈的也是个陌生人，两人全都把他称作"美男子"，路易莎说他是个"可爱的人儿"，她"喜欢他"，玛丽则举出他那"漂亮的小嘴和好看的鼻子"，作为她心目中迷人的偶像。

"而且他还有一个性情多么温和的额头啊！"路易莎大声赞叹道，"那么光滑——一点儿都没有我最讨厌的皱眉蹙额的怪相。他还有那么恬静的眼神和微笑！"

接着，亨利·利恩先生把她们叫到房间的另一头去了，去商量有关已经推迟的去干草村公地远足的问题，这让我大大松了一口气。现在，我可以把注意力集中到炉火边那几个人的身上了。不一会儿，我就弄清了那个新来的人叫梅森先生，随后又得悉他刚来到英国，他是从一个热带国家来的，显然，这就是他之所以脸那么黄，坐得离壁炉火那么近，在屋子里还穿着大氅的原因。接着，谈话中出现了牙买加、金斯敦[1]、西班牙城这些字眼，这表明他住在西印度群岛。

而且，使我吃惊不小的是，我很快又知道，他就是在那儿初次见到并结识罗切斯特先生的。他还说起罗切斯特先生不喜欢那一带的灼热、飓风和雨季。我知道罗切斯特先生曾经是个旅行家，这点费尔法克斯太太说起过，但我原以为他的足迹只限于欧洲大陆，在这之前，我从没听说过他曾到过更远的地方。

正当我在想着这些事情时，发生了一件意想不到的事，打断了我的思路。有人无意地开了开门，梅森先生竟冻得直打哆嗦，便要求给炉子再加点儿煤，因为尽管炉中的余火仍又红又亮，可是已经没有火焰了。仆人进来添了煤，离去时他在埃希敦先生椅子旁停下，低声对他说了几句话，我只听到"老太婆""老是纠缠不休"这样几个字眼。

"告诉她，要是她再不走的话，就把她铐起来。"这位地方执法官说。

1　此处为牙买加的首都。

"不,等一等!"丹特上校阻止说,"别把她赶走,埃希敦,这事我们或许正好利用一下,最好先问问太太小姐们。"接着他就大声说:"女士们,你们不是说要去干草村公地看吉卜赛人宿营地吗?山姆刚才通报说,现在有一位本奇妈妈正在仆役间里,硬缠着要让人带她来见见'贵人'们,给他们算算命。你们愿意见她吗?"

"不用说,上校,"英格拉姆夫人叫了起来,"你总不见得会去纵容这么个下贱的骗子吧?无论如何,得马上把她打发走。"

"可是我怎么也劝不走她,夫人,"仆人说,"别的仆人也劝不走她。这会儿,费尔法克斯太太正在对付她,请她走开。可是她反而在炉子旁一张椅子上坐了下来,还说谁也别想撵她走,除非让她上这儿来。"

"她要干什么?"埃希敦太太问。

"她说'要给先生太太们算命',太太。她还赌咒说她一定要算,而且准能算成。"

"她什么模样?"两位埃希敦小姐异口同声问道。

"是个丑得吓人的老家伙,小姐,黑得简直像煤烟。"

"啊,这么说她是个地道的巫婆了!"弗雷德里克·利恩嚷嚷道,"这还用说,让她进来呀。"

"说得对,"他哥哥接口说,"放过这么个取乐的好机会,那真是太可惜了。"

"我亲爱的孩子们,你们想干什么呀?"利恩夫人惊叫起来。

"我绝不赞成这种胡闹的花样。"老勋爵遗孀英格拉姆夫人附和说。

"哦,妈妈,你会赞成的,你一定会赞成的。"布兰奇·英格拉姆在琴凳上转过身来,用高傲的口气说道,在这以前,她一直一声不响地坐在那儿,翻看着一张张琴谱。"我也很想听别人给我算算命,所以,山姆,去把那个老婆子叫来。"

"我亲爱的布兰奇!你想想……"

"我想了——你要说的我全想了。我就是要照我自己的意思去做——快去,山姆!"

"对,对,对!"所有的年轻人,无论是小姐还是先生,全都嚷了起来,"让她进来,这一定好玩儿极了!"

仆人依然犹豫着没有去。"她看上去挺粗鲁的。"他说。

"去!"英格拉姆小姐突然大喝一声,那仆人只好去了。

所有人一下子全都兴奋了起来。山姆回来时,大家正在互相开玩笑、打趣,闹得不可开交。

"她现在不肯来了,"山姆说,"她说她的使命不是到'一群凡夫俗子'(这是她的原话)前面露面。我得先把她领到独自一个人的一间屋子里,然后,想要找她算命的人得一个一个地进去。"

"现在你看见了吧,我的女王布兰奇!"英格拉姆夫人又说开了,"她得寸进尺了。听话,我的宝贝女儿,你……"

"好吧,那就把她领到书房里去。"这位"宝贝女儿"打断她的话说,"当着'一群凡夫俗子'的面叫她算命,也不是我的'使命'。我要独自一人听她讲。书房里生了火吗?"

"生了,小姐……可她看上去完全是个吉卜赛人。"

"闭嘴,笨蛋!照我的吩咐去做。"

山姆又走了,神秘、活跃、迫不及待的气氛再一次高涨起来。

"她现在准备好了,"仆人重新进来时说,"她想知道谁第一个去找她。"

"我看,在女士们去找她之前,最好还是由我先进去看看。"丹特上校说。

"告诉她,山姆,有位先生马上就来。"

山姆去了,又回来了。

"先生,她说,她不接待先生们,先生们不必劳驾去她那儿了。另外,"他好不容易才忍住笑,继续往下说,"她还说,除了年轻的单身小姐外,她也不接待别的女士。"

"我的天,她还挺会挑肥拣瘦的哩!"亨利·利恩嚷了起来。

英格拉姆小姐庄严地站起身来。"我第一个去,"她说,那口气俨然像个身先士卒,带头进行突击的敢死队队长。

"哦,我的心肝!哦,我最亲爱的!等等——再想一想吧!"她的妈妈叫了起来。可是布兰奇·英格拉姆神色庄严、一声不响地从她妈妈身旁走过,穿过丹特上校为她打开的门,接着便听到她径自去了书房。

接下来便是一段较为沉寂的时刻。英格拉姆夫人觉得这已到了她该绞扭双手的时候,便使劲绞扭起手来。玛丽·英格拉姆小姐宣称,就她来说,她觉得自己是绝不敢去冒这种危险的。艾米·埃希敦和路易莎·埃希敦小声地吃吃笑着,看样子也有点儿害怕。

时间很慢地一分钟一分钟过去,一直过了十五分钟,书房门才又重新打开,英格拉姆小姐穿过拱门,回到了我们中间。她会笑吗?她会把这当作闹着玩吗?大家的目光都怀着急切好奇投向了她,可她回答大家的是冷冰冰的拒绝目光。她看上去既没有不安,也没有高兴。她很不自然地回到自己的座位跟前,一声不响地坐了下来。

"怎么样,布兰奇?"英格拉姆勋爵说。

"她怎么说,姐姐?"玛丽问。

"你怎么看?你觉得怎么样?她算命真的算得很准吗?"两位埃希敦小姐急着问道。

"行了,行了,好心的人们,"英格拉姆小姐回答说,"别逼我了。你们也太容易好奇和轻信了。你们大家——包括我的好妈妈——都把这件事看得这样重要,好像完全相信我们这幢宅子里来了一个跟恶魔串通的真正巫婆似的。可我见到的只是一个流浪的吉卜赛人。她用老一套的方法给我看了看手相,跟我说了几句她们这类人常说的套话。我一时的好奇心已经得到满足。现在我想,埃希敦先生可以像他威胁过的那样,明天早上就去把这个老妖婆给铐上了。"

英格拉姆小姐拿起一本书,往椅背上一靠,就此不再跟人搭话了。我看了她近半个小时,在这段时间里她一页书都没有翻过,而她的脸色却越来越阴沉,越来越沮丧,一副愠怒失望的表情。她显然没有听到什么吉利话,从她那长时间的闷闷不乐和沉默不语来看，我觉得她尽管嘴里说毫不在乎，心里却把刚才听到的不知什么预言过分看重了。

这时候，玛丽·英格拉姆、艾米·埃希敦和路易莎·埃希敦都纷纷表示，她们不敢独自一个人去，但她们又都想去。于是，一场通过山姆这位使者从中传达的交涉开始了。山姆为此来来回回跑了许多趟，直跑得我想他的腿肚子都该跑痛了，最后好不容易总算得到了这位苛刻的女巫的允许，同意她们三个人一起去见她。

她们这一次可没有像英格拉姆小姐去时那么安静。我们听到从书房里传来歇斯底里的咯咯笑声，还有一阵阵短促的尖叫。约莫过了二十分钟，她们才猛地打开门，经过大厅奔了回来，就像吓得差点儿快要发疯似的。

"我敢肯定她真的有点儿歪门邪道！"她们都异口同声地大声说道，"她竟跟我们讲了这样的事情！我们的事她全知道！"她们上气不接下气地纷纷倒在先生们急忙给她们搬来的几张椅子上。

在大家要她们作进一步详细解释的催逼下，她们才说，她给她们讲了许多她们小时候说过的话和做过的事，还描述了她们家里闺房中所藏的书籍和首饰，以及亲友们赠送给她们的纪念品。她们还一口咬定，她甚至算出了她们的心思，在她们每个人的耳边悄声说出了她们各自在世上最喜爱的人的名字，说出她们各自最盼望的是什么。

听到这里，先生们都纷纷插话，热烈要求她们把最后提到的两点说得更清楚些。可是对于他们的这种强求,他们得到的回答只是脸红、惊叫、颤抖和痴笑。这时候,太太们则忙着给她们闻嗅盐瓶、打扇,对她们没能早听自己的警告一再表示不安。年长的先生们呵呵大笑,年轻的则忙着安慰这些受惊的美人儿。

正在乱成一片,我的眼睛和耳朵都被眼前的景象弄得应接不暇时,忽然听到身旁有人在清嗓子,我掉过头去,看见是山姆。

"对不起,小姐,那吉卜赛人说,房间里还有一位没出嫁的年轻小姐没去找她,她发誓说,一定要见过所有的人后她才肯走。我想这一定是指你,没有别的人了。我怎么回复她呢?"

"哦,我一定去。"我回答说,很高兴有这么一个意想不到的机会来满足我大大激发起来的好奇心。我溜出房间,谁也没注意到我,因为大家正围着刚回来的三个浑身哆嗦的人乱作一团,我悄悄地随手关上了门。

"要是你愿意的话,小姐,"山姆说,"我就在大厅里等着你,她如果吓着了你,你只要叫一声,我就会进来。"

"不用,山姆,回厨房去吧。我一点儿也不怕。"我真的不怕,倒是觉得非常有趣,也很激动。

19

我进去的时候,书房里显得颇为宁静,那位女巫——如果她真是女巫的话——也很舒服地坐在壁炉旁的一张安乐椅上。她披着一件红斗篷,头戴一顶黑帽子,或者不如说宽边吉卜赛帽,系住帽子的一块有条纹的头巾,在颏下打了个结。桌子上放着一支已吹灭的蜡烛。她正弯腰对着炉火,似乎正借着火光在看一本祈祷书似的黑封面小书。她一边看,一边像大多数老妇人那样,喃喃地低声念出声来。我进去后,她没有马上停下,看来是想把那一段念完。

我站在炉边的地毯上烤了一会儿手,因为刚才在客厅里我一直坐在远离炉子的地方,我的手相当冷。这会儿,我像往常一样镇静。这个吉卜赛人的外貌,也的确没有什么让人不安的东西。她合上书本,慢慢抬起头来。她的帽檐遮住了她的半张脸,但是她仰起脸来时,我还是能看出那是一张挺古怪的脸。它看上去整个儿褐中带黑,卷结的头发从一条白带子下蓬乱地露了出来。这条带子绕过下巴,半蒙住她的面颊,或者不如说蒙住了她的上下颌。她的目光立即就朝我射了过来,大胆、直率地凝视着我。

"唔,你要算命,是吗?"她说,口气和她的目光一样果敢,像她的面貌一样粗鲁。

"我随便,大妈,你爱怎么办就怎么办吧。不过我把话说在前头,我不相信。"

"这么说正合你的鲁莽脾气。我早就料到你会这么说的,从你进门时的脚步声里我就听出来了。"

"是吗?你的耳朵倒真灵。"

"不错,而且我的眼睛也灵,脑子也灵。"

"干你这一行的,这些都很需要。"

"是需要,特别是跟你这样的顾客打交道的时候。你怎么没有打哆嗦?"

"我不冷。"

"你怎么没有脸色发白?"

"我没病。"

"你怎么没有叫我算命?"

"我不蠢。"

这个干瘪老太婆从她的帽子和绷带底下发出一阵窃笑,然后掏出一只黑色的短烟斗,点着了,吸起烟来。尽情地享用了一会儿这种镇静剂后,她直起腰来,从嘴里取下烟斗,目不转睛地注

视着炉火,不慌不忙地说:

"你冷,你有病,你蠢。"

"提出证据来。"我回答。

"我会的,只消几句话就行。你冷,因为你孤独,没有跟人接触来激发起你内心深处的火焰。你有病,因为赋予人类的最美好、最崇高、最甜蜜的感情都远离着你。你蠢,因为你尽管痛苦,却不肯招呼那种感情过来,也不肯朝它正等着你的方向跨前一步。"

她重又把那黑色短烟斗衔到嘴里,一个劲儿地抽起烟来。

"对几乎任何一个孤孤单单在大户人家谋生的人,你都可以这样说。"

"我是可以对几乎任何一个人这样说,可是,是不是对几乎任何一个人都说对了呢?"

"对我这样处境的人来说是对的。"

"是啊!正是这样,对你这样处境的人是说对了。可是你倒另外给我找出一个跟你同样处境的人来看看。"

"给你找几千个都不难。"

"你连一个都不见得能找到。你要知道,你正处在一个特殊的境地,离幸福很近,是的,一伸手就能拿到。材料都已备齐,只需动一动手把它们结合起来就行了。偶然情况使它们稍微公开了一点儿,它们一旦接近,就会无比幸福。"

"我不懂哑谜,我有生以来从来不会猜谜。"

"你要是想叫我说得更明白些,就让我看看你的手掌。"

"我想还得在上面放上银币吧。"

"那当然。"

我给了她一个先令。她从衣袋里掏出一只旧袜子,把钱放进去,扎住后放回口袋,然后叫我伸出手去。我照着做了。她把脸凑近手掌,反复端详,但没有碰它。

"太细嫩了。"她说,"像这样的手我什么也看不出来。几乎看不到纹路。再说,手掌上有什么呢?命运又没有写在那上面。"

"我相信你的话。"我说。

"是啊,"她接着说,"它写在脸上,额头上,眼睛周围,眼睛里面,嘴角的线条上。跪下,抬起头来。"

"啊!你现在算是说到实处了。"我说道,照着她的话做了,"我这会儿倒是有点相信你了。"

我在离她半码远的地方跪下。她拨了一下炉火,被拨动的煤块闪出一道亮光。然而,因为她是坐着的,这道亮光反而使她的脸处在更暗的阴影中,却把我的脸给照亮了。

"我不知道,今晚你到这儿来怀的是怎么样的心情。"她细细端详了我一会儿以后说,"我也不知道,你坐在那边屋子里的时候,看着那班贵人们像幻灯里的影子般在你面前来来去去,你心里忙着想些什么。你跟他们之间没有什么感情交流,仿佛他们只是些人形的幻影,而不是真实存在的血肉之躯。"

"我常常感到厌倦,有时还感到困乏,但很少感到悲哀。"

"那是因为你有某种秘密希望支持着你,悄悄向你预言光明的未来鼓舞了你吧?"

"我可没有。我最多只希望能从我的薪金里积蓄起足够的钱,让我有朝一日租一间小房子办个学校。"

"只靠这么点儿可怜的养料来维持精神。可你坐在那窗座上（你瞧，我知道你的习惯）……"

"你这是从仆人那儿听来的。"

"哦！你觉得自己很机灵。好吧——也许是这样。说实话，我认识他们当中的一个人，普尔太太……"

一听到这名字，我惊得跳起身来。

"你认识——是吗？"我心里想，"这么说，这件事情上真还有点巫术哩！"

"别惊慌，"这怪人继续说，"普尔太太是个靠得住的人，她嘴紧，话少，谁都可以放心信赖她。可是，正像我方才说的，你坐在那个窗座上，除了你那未来的学校外，难道你就什么也不想吗？你对坐在你面前沙发上和椅子里的那些人，难道一个也不感兴趣吗？你没有仔细端详过其中的任何一张脸？你至少是带着好奇心注意过一个人的一举一动吧？"

"我喜欢观察所有的脸，所有的人。"

"可是难道你就从来没有特别留心其中的一个人——或许是两个人？"

"我常常这么做，当一对人之间的手势或神情似乎有故事可听的时候，留心观察他们我觉得挺有趣。"

"你最喜欢听到什么样的故事呢？"

"哦，我没有多少可选择的！一般总是离不了那个主题——求爱，而结局多半是一场同样的灾难——结婚。"

"你喜欢这个千篇一律的主题吗?"

"说实话,我对这并不关心,这跟我没有关系。"

"跟你没有关系?当一位小姐,既年轻健康,又富于活力,既妩媚动人,又生来有钱有势,嫣然含笑地坐在一位先生眼前,而这位先生又是你……"

"我怎么样?"

"你认识的——而且也许还有好感。"

"这儿的这些先生我全不认识。我跟他们中间的哪一个几乎都没交谈过一个字。至于说对他们有好感,我觉得他们中有几位庄重可敬,已到中年,另几位年轻、时髦、英俊、活泼。他们自然可以随意地爱接受谁的笑脸就接受谁的笑脸,用不着我来操心,考虑这跟我有什么相干。"

"这儿的先生你全不认识?你跟谁都没交谈过一个字?那么这座宅子的主人呢,你也能这么说吗?"

"他不在家。"

"说得真妙!一句巧妙绝顶的遁词!他今天早上去了米尔科特,今天晚上或者明天就回来,难道凭这就能把他排除出你的熟人名单?——就能一笔抹杀他的存在吗?"

"不能。不过我看不出罗切斯特先生跟你谈到的这个话题有什么关系?"

"我刚才说到那些女士们在先生们的眼前嫣然含笑,而这几天来,已有那么多的笑容灌进了罗切斯特先生的眼睛,使它们满得像两只溢出了酒的酒杯,难道你从来没有注意到吗?"

"罗切斯特先生有权享受跟客人们交往的乐趣。"

"是他的权利这没有问题。不过难道你没有觉察,这儿所有关于婚姻的传闻中,罗切斯特是有幸被谈得最起劲、最持久的一个吗?"

"听的人越热心,说的人就越起劲。"我这话与其说是对吉卜赛人说的,还不如说是对我自己说的。

她那奇怪的谈吐、声音、举止,这时仿佛已将我带入了梦境。意想不到的话一句接一句从她嘴里说出,直到我陷入了一张神秘之网中。我感到奇怪,是不是有什么看不见的精灵,几个星期来一直守在我的心旁,监视着它的动向,记录着它的每一次搏动。

"听的人热心!"她重复了一句,"对,罗切斯特先生一坐就是个把小时,耳朵倾听着迷人的小嘴高兴地说个不停。罗切斯特先生对这是多么乐于接受,而且看来是那么感激提供给他的这种消遣。这你注意到了吗?"

"感激!我不记得在他脸上发现过什么感激的神情。"

"发现!这么说你留心观察过了。如果不是感激,那你发现什么了?"

我没有吭声。

"你看到了爱,是不是?——而且你还不安地预见到未来,你看到了他结婚,看到他的新娘很幸福,是吗?"

"哼!根本不是这么一回事。你的巫术看来有时候有点失灵。"

"那你到底看到了什么?"

"别问了。我是来问事的,不是来坦白的。据说罗切斯特先生要结婚了,是不是?"

"是的,和美丽的英格拉姆小姐。"

"快了吗?"

"从种种迹象看,可以得出这样的结论。而且毫无疑问(尽管你胆敢对这好像表示怀疑,真该用惩罚来打消你的这种胆大妄为),他们将会成为最最幸福的一对。他准爱这样一位漂亮、高贵、机智、多才多艺的小姐。也许她也爱他,或者,即使不爱他这个人,至少也爱他的钱财。我知道,她认为罗切斯特先生的财产是最合意不过的了。不过(愿上帝饶恕我!),在约莫一小时前,我告诉了她一些这方面的情况,弄得她神情出奇地严肃,她的嘴角都挂下足有半英寸了。我真想劝劝她那位黑脸膛的求婚者,要他多留点儿神。要是另外来一个有更多租金收入的求婚者,——那他可就完蛋了……"

"可是,大妈,我不是来给罗切斯特先生算命的,我是来给自己算命的,你还一点儿没给我算呢。"

"你的命还有点难以预测。我细看了你的脸,一个个特征互相矛盾。机缘已赐给你一份幸福,这我知道,今晚我来这儿以前就知道。它已经特意给你放了一份在旁边。我看到它这么做的。现在就得靠你自己伸出手去,把这份幸福拿过来了。不过,你是不是会这么做,正是我要研究的问题。再在地毯上跪下吧。"

"别让我跪得太久了,炉火烤得我难受。"

我跪了下去,她并没有朝我俯下身来,只是仰靠在椅背上朝

我凝视着,口中开始喃喃说道:

"火焰在眼睛里闪烁,眼睛像露珠般发亮。它看起来既温柔又富有感情;它对我的唠叨露出微笑;它很敏感,一个接一个的表情闪过它晶莹的眼珠;微笑一旦停止,它就显得忧伤;一种不知不觉的倦怠神情,使眼皮变得沉重,意味着孤独引起了忧郁。它避开了我,不愿再让人细看;它似乎要用嘲弄的眼色来否认我已发现的事实——既不承认她的敏感,也不承认她的懊丧。它的骄傲和矜持,使我更加坚信自己的看法。眼睛是讨人喜欢的。

"至于嘴巴,它有时用笑声来表示喜悦。它爱把脑子里想的全都倾吐出来,虽然它也会对内心的许多感受缄口不言;它既灵活又乖巧,不想在孤寂中永远沉默。这是张爱说爱笑的嘴,对交谈者怀着人道的感情。嘴巴也长得很好。

"除了这个前额,我看不出有什么会妨碍幸福的结局。这个前额好像在说:'如果自尊和环境需要,我可以一个人生活,不必靠出卖灵魂去换取幸福。我有着天生的精神财富,哪怕外在的一切欢乐全被剥夺,或者只能用我出不起的代价才能获得,它照样也能支持我活下去。'前额宣称:'理智稳坐马鞍,牢握缰绳,绝不会让感情脱缰乱闯,将她拖入深渊。热情尽可以像真正的异教徒那样狂野肆虐,因为它们是异教徒;欲望也尽可以海阔天空地想入非非,然而判断力仍将对每一场争论作出仲裁,对每一项决定进行表决。我身边可能会出现狂风、地震和大火,可是我仍将听从那细微的心灵之声的指引,它向我解释了良心发出的命令。'

"说得好,前额,你的声明将得到尊重。我的计划已定——

我认为计划正确——在这些计划中,我兼顾到良心的要求和理智的忠告。我知道,在奉献的幸福之杯中,只要觉察到有一点羞辱的痕迹或一丝悔恨的意味,青春就会即刻消逝,鲜花就会马上凋谢。而我,绝不愿意看到牺牲、悲哀、消亡——这不合我的口味。我希望培养而不是摧残——希望赢得感激而不是血泪斑斑——当然,也不是痛哭流涕。我的收获必须伴随着欢笑、亲热和甜蜜,——够了,我想我是在一场美妙的梦境中呓语吧。现在我真想把眼前的这一刻延长到无限,可是我不敢。到目前为止,我总算完全控制了自己。我一直按照自己内心发誓的那样小心地表演,可是再演下去就超出我力所能及的限度了。起来吧,爱小姐,你走吧,'戏已经散场了'[1]。"

我这是在哪儿?我到底是醒着还是睡着?难道我方才是在做梦?莫非我现在还在梦中?老妇人的声音已经变了,她的口音,她的手势,一切都熟悉得像镜子中我自己的脸,像我自己口中说出来的话。我站起身来,但没有走。我看了看,拨动了一下炉火,再定睛看去。可是她拉了拉帽子和绷带,把脸遮得更严实了,并且再次摆手叫我离开。炉火照亮了她伸出来的手。这会儿我已经清醒过来,满心想弄清事情的秘密,因而一下就注意到那只手。它不比我的手更像老年人那干枯的手,它圆润柔软,手指光滑,非常匀称。小指上有一只宽阔的戒指在闪闪发光,我弯腰凑近细看了一下,竟看到了我以前见过上百次的那颗宝石。我再

1　英国作家萨克雷(1811—1863)所著长篇小说《名利场》的结束语。

看看那张脸,它已经不再避开我——相反,帽子脱下了,绷带拉掉了,头朝我伸了过来。

"怎么样,简,认识我吗?"那熟悉的声音问道。

"只要再脱掉那件红斗篷,先生,那就……"

"可是带子结了死结了——给我帮个忙。"

"扯断它,先生。"

"那好吧——'脱下来,你们这些身外之物!'[1]"于是罗切斯特先生脱去了他的伪装。

"哎,先生,多出奇的念头呀!"

"不过,干得还挺不错吧,呃?你不这么看?"

"对那些小姐,你看来应付得还不错。"

"可对你不行?"

"对我你并没有扮演吉卜赛人的角色。"

"那我扮演的是什么角色?我自己?"

"不,一个不可思议的角色。总之,我认为你一直想套出我的心里话,或者是想引我上你的圈套。你自己胡言乱语,想叫我也胡言乱语。这可不太公道了,先生。"

"你能原谅我吗,简?"

"我得先好好想想才能回答你。经过回想,要是发现我还不太荒唐,我会尽量原谅你。不过,这总归是不对的。"

"哦,你刚才一直很得体——你非常谨慎,非常理智。"

1　莎士比亚《李尔王》第3幕第4场中李尔王的一句台词。

我回想了一下，觉得大体说来我是这样。这让我宽了心。不过，说实在的，我几乎打从一见面心里就有所提防。我疑心有点儿像化了装。我知道，吉卜赛人和算命的并不像这个看似老妇人的人这样说话。此外，我还注意到她那装出来的声音，她的急于要遮住自己面目的心情。不过我考虑时，一直在我脑子里打转的是格雷斯·普尔——那个谜一般的人物，那个神秘中的神秘。我绝没有想到是罗切斯特先生。

"哎，"他说，"你在呆想什么？你那庄重的微笑是什么意思？"

"表示惊奇和自我庆幸，先生。我想，你现在允许我走了吧？"

"不，再等一等。给我说说，客厅里的那些人在做什么？"

"我想准是在议论这个吉卜赛人吧。"

"坐下！——说给我听听，他们在说我什么？"

"我最好还是别待得太久了，先生。现在快到十一点了。——哦，罗切斯特先生，你早上离开后，来了一位陌生人，你知道吗？"

"一位陌生人！——不知道。会是谁呢？我想不出一个人来。他走了吗？"

"没有。他说他跟你相识很久了，还说他可以冒昧在这儿住下来等你回来。"

"见他的鬼！他说了姓名了吗？"

"他姓梅森，先生。我想，他是从西印度群岛来的，可能来自牙买加的西班牙城。"

罗切斯特先生正站在我身旁，拉着我的一只手，似乎正要引我到一张椅子上坐下。我一说出这话,他便一把紧握住我的手腕,嘴角的笑容凝住了。显然,一阵突如其来的痉挛使他透不过气来。

"梅森!——西印度群岛!"他说,那声调会让人想起一台会说话的自动机器在发出一个个单词。

"梅森!——西印度群岛!"他又说了一遍。这几个词他重复说了三遍,每说一遍,脸色就变得更加惨白。看样子,仿佛他自己也不知道自己在干些什么。

"你感到不舒服吗,先生?"我问道。

"简,我受到了打击——我受到了打击,简!"他身子摇摇晃晃。

"哦!——靠着我,先生。"

"简,以前你曾让我在你肩膀上靠过,现在就让我再靠一靠吧。"

"好的,先生,好的。还有我的胳膊。"

他坐了下来,让我坐在他身边。他用双手握住我的手,轻轻摩擦着它,同时用异常不安和忧郁的神情凝视着我。

"我的小朋友,"他说,"我真希望只跟你在一起,待在一个安安静静的小岛上,远离烦恼、危险和可怕的回忆。"

"我能帮助你吗,先生?——我愿意用我的生命来为你效劳。"

"简,如果需要帮助,我一定会求助于你的,我向你保证。"

"谢谢你,先生,告诉我该做些什么,——至少我会尽力去做。"

"现在,简,你上餐厅去给我拿杯酒来。他们会在那儿吃晚饭。告诉我梅森是不是跟他们在一起,他正在干什么。"

我去了。就像罗切斯特先生说的那样,我发现所有的客人都在餐厅里。他们并没有坐在桌子跟前,——晚餐摆在餐具柜上,谁爱吃什么就拿什么。他们这儿一堆、那儿一伙地站着,手里端着盘子和酒杯。人人都显得兴致勃勃,到处是欢声笑语。

梅森先生站在炉火旁边,正在和丹特上校夫妇交谈,看来跟所有人一样愉快。我倒了一杯酒(我在倒酒时,看见英格拉姆小姐皱起眉头看着我,我想,她准是认为我太放肆了),转身回到书房里。

罗切斯特先生极度苍白的脸色消失了,他重又显得坚强而严肃。他接过我手中的酒杯。

"祝你健康,救护天使!"他说完,一饮而尽,把杯子还给了我,"他们在干什么,简?"

"又说又笑,先生。"

"他们没有像听说了什么怪事那样,显得既严肃又神秘吗?"

"一点儿没有。他们全都高高兴兴,有说有笑的。"

"梅森呢?"

"他也在笑。"

"要是所有这些人都一起唾弃我,你怎么办,简?"

"把他们全都赶走,先生,只要我能办到。"

他微微一笑。"要是我到了他们那儿,他们只是冷冷地瞧着我,轻蔑地交头接耳互相议论,然后就一个个撇下我顾自走了,那怎么办?你也会跟他们一起走吗?"

"我想不大会,先生。我觉得还是留下跟你在一起更愉快。"

"为了安慰我?"

"是的,先生,为了安慰你,尽我的力量。"

"要是因为你支持我,他们一致谴责你呢?"

"我也许根本就不知道他们的谴责,即使知道了,我也不在乎。"

"那么你能为了我不顾让人谴责啰?"

"我能为了我值得支持的每一个朋友不顾让人谴责。我相信,你就是这样一个朋友。"

"你现在回到餐厅去,悄悄走到梅森跟前,凑着他耳朵小声跟他说,罗切斯特先生回来了,想要见他。你把他领到这儿来,然后就离开。"

"是,先生。"

我执行了他的命令。当我从大伙儿中间穿过时,他们全都盯着我。我找到梅森先生,传达了口信,带他走出餐厅,把他领进了书房,然后我就上楼去了。

我上床躺了好一会儿以后,夜深时分,听得客人们都纷纷回各自的卧室去了。我辨出了罗切斯特先生的声音,听见他在说:"走这边,梅森,这是你的房间。"他高高兴兴地说着。那欢快的语气使我放下心来。我很快就睡着了。

20

我忘了像平时那样拉上帐子，也没有放下窗帘。结果，当又圆又亮的月亮（因为那晚夜色很好）沿着自己的轨迹运行到我窗子对面的那片天空，透过无遮无拦的窗玻璃窥视着我时，她那明亮的目光把我惊醒了。我在夜的死寂中醒来，睁开眼看到了她那一轮圆盘——通体银白，像水晶般的皎洁。这景象真美，可是太肃穆了。

我欠起身子，伸手去拉上帐子。

天哪！什么样的叫声啊！

夜——它的寂静，它的安谧——完全被一声传遍桑菲尔德府的狂野、尖利、刺耳的喊声给撕裂了。我的脉搏停止了，我的心脏不跳了，我伸出去的胳膊僵住了。尖叫声随之消失，没有再出现。说实在的，不管叫的是什么，这么吓人的叫声是不可能马上再叫一遍的。即使是安第斯山上翅膀最大的秃鹰，也不可能接连两次从笼罩着它的巢穴的云端，发出这样的叫声。发出这种声音的东西，必须得歇口气才能重新再来一遍。

叫声是从三楼发出的，因为它正好在我的头顶上响起。而这时在我的头顶——对，就在我房间天花板上面的一个房间里——响起了搏斗声，从声音上听起来是一场你死我活的搏斗。一个几乎要窒息的声音喊道：

"救命！救命！救命！"急促地连叫了三遍。

"怎么还没人来？"那声音喊道。接着，在狂乱的跌跌撞撞的脚步声中，透过地板和灰泥我听到：

"罗切斯特！罗切斯特！看在上帝的分儿上，快来呀！"

一扇房门打开了，有人沿着走廊跑过去，或者说冲过去，楼上地板上响起了另一个人跌跌撞撞的脚步声，什么东西倒下了，接着是一片寂静。

我尽管吓得浑身发抖，还是匆匆套上衣服走出房间。睡着的人全给惊醒了，每个房间里都响起了惊叫声和害怕的低语声。房门一扇接一扇打开，人们一个接一个探头朝外面张望。走廊里挤满了人。先生们、太太小姐们全都下了床。

"哦！怎么回事？"——"谁受伤啦？"——"出什么事了？"——"快拿个灯来！"——"失火了吗？"——"来强盗了吗？"——"我们该往哪儿逃呀？"四面八方都在乱哄哄地问。要不是有月光，他们眼前就会漆黑一团了。他们来回乱跑，他们挤成一团。有人在啜泣，有人已跌倒。乱得简直不可开交。

"真见鬼,罗切斯特上哪儿去了?"丹特上校大声嚷道,"我在他床上没有找到他。"

"在这儿!在这儿!"有人大声回答,"大家放心,我来了。"

走廊尽头的那扇门打开了,罗切斯特先生端着一支蜡烛走了过来,他刚从三楼下来。有位女士立即奔到他跟前,抓住他的胳膊,那是英格拉姆小姐。

"到底出了什么可怕的事?"她说,"快说!马上把最坏的情况告诉我们!"

"可别把我拖倒或者掐死呀。"他答道。因为这时两位埃希敦小姐也死死抓住了他,而那两位穿着白色晨衣的贵族遗孀,正像两艘满帆前进的大船,径直朝他冲去。

"没事!——没事!"他喊着,"只不过排演了一场《无事生非》罢了。太太小姐们,快放开我,要不我可要发火了。"

他看上去确实很吓人,两只黑眼睛里直冒火花。他竭力使自己镇静下来,补充说:

"有个女仆做了个噩梦,就是这么回事。她是个容易激动、有点神经质的人。她准是把做的梦当成鬼怪现形,或者诸如此类的事了,吓得发了病。好了,现在我得看着你们都回自己的房间去。因为,只有等大家安定下来后,我才能去照料她。先生们,劳驾请给太太小姐们先做个榜样。英格拉姆小姐,我相信你是绝不会让这种无聊的恐惧吓倒的。艾米和路易莎,快像一对鸽子那样回到你们的窝里去吧,你们真是一对小鸽子。太太们,(对两位贵族遗孀说)你们要是再在这冷冰冰的走廊里待下去,肯定会着凉的。"

就这样，一会儿哄骗，一会儿命令，他终于设法让他们重又走回自己的卧室。我不等他命令我回去，便悄悄回到自己的房间，就像方才悄悄地出来时一样。

可是，我并没有上床睡觉，正相反，我开始仔细地穿好衣服。那声尖叫之后我听到的声响，以及有人发出的喊叫声，也许只有我一个人听到，因为它们是从我头顶上的那个房间里传出的。而正是这些声音使我确信，绝不是有个女仆做了噩梦，才引起整个宅子的人一片惊慌。罗切斯特先生所做的那番解释，只不过是为了让客人们安心而编造出来的。因而我穿好衣服，以备万一。穿好衣服后，我在窗前坐了好一阵子，望着窗外寂静的庭园和银色的田野，自己也不知道在等待着什么。我总觉得，在那声奇怪的尖叫、搏斗和呼救之后，一定会发生什么事情。

什么事也没有发生。寂静恢复了，各种低语和走动声都渐渐平息了，大约一个小时后，桑菲尔德府又静谧得像一片沙漠了。看来，睡眠和黑夜重又统治了它们的帝国。这时，月亮在渐渐沉落，快要消失了。我不喜欢在寒冷和黑暗中坐着，我想我还是和衣在床上躺下的好。我离开窗前，无声无息地走过地毯，正当我弯下身来脱鞋时，有人小心翼翼地轻轻敲门。

"是叫我吗？"我问。

"你起来了吗？"我期待听到的声音，也就是我主人的声音问道。

"是的，先生。"

"穿好衣服了？"

"是的。"

"那就出来吧,别出声。"

我照着做了。罗切斯特先生端着蜡烛,站在走廊里。

"我需要你,"他说,"这边走,别着急,也别弄出声音。"

我的鞋很薄,我可以在铺着地毯的地板上走得像猫那样无声无息。他悄悄沿着走廊走过去,爬上楼梯,在那不祥的三楼的又低又暗的走廊里停了下来。我一直跟着他,在他的身边站住。

"你房里有海绵吗?"他低声问。

"有,先生。"

"你有没有嗅剂——有嗅盐吗?"

"有。"

"回去把两样都拿来。"

我回到房里,在脸盆架上找到海绵,又在抽屉里找到嗅盐,然后再循着原路回到三楼。他依旧等在那儿,手里拿着一把钥匙。他走近那些黑色小门中的一扇,把钥匙插进了锁孔。他停了下来,又对我说:

"你见了血不会发晕吧?"

"我想不会,我还从来没试过。"

回答他的话时我感到浑身震颤,但没有觉得冷,也没有头晕。

"把手伸给我,"他说,"冒着让你晕倒的危险可不行。"

我把手伸到他手里。

"又暖和又镇定。"他说了这么一句。接着转动钥匙,打开了门。

我看到了一间我记得从前曾见过的房间,是费尔法克斯太太带我看整个宅子那天见过的。房间里挂着帷幔,不过这会儿已有一半撩起用绳环系住,露出了一扇门,这门上次是被遮住的。门开着,里屋透出了亮光。我听到里面传来叫喊和抓撕的声音,就像是一只狗在发威似的。

罗切斯特先生放下蜡烛,对我说,"等一等,"接着便径直走进里屋。他一进去,便有一阵大笑迎他而来。起初声音很嘈杂,末了却是格雷斯·普尔那魔鬼似的"哈!哈!"怪笑声。这么说,是她在里面。他默不作声地不知做了些什么安排,不过我还是听到有个很轻的声音跟他说了几句话。他走了出来,随手关上了门。

"上这儿来,简!"他说。我绕过一张大床,走到它的另一边,这床连同它放下来的帐子遮住了房间的很大部分。床头边摆着一张安乐椅,椅子上坐着一个男人。他穿着很整齐,只是没穿外衣。他一动不动,头往后靠着,双眼紧闭。罗切斯特先生举起蜡烛来照着他,从那张苍白得毫无生气的脸上,我认出他是那个陌生人——梅森。

我还看到,他的半边衬衫和一只袖子几乎被血浸透了。

"拿住蜡烛。"罗切斯特先生说。

我接过蜡烛,他从脸盆架上端来一盆水。

"端着它。"他说。

我照办了。他拿起海绵,浸了浸水,沾湿了那张死尸般的脸。他又向我要了嗅盐瓶,把它放到那人的鼻子跟前。梅森先生不一会儿便睁开了眼睛,呻吟起来。罗切斯特先生解开受伤的人的衬衫，那人一边的胳膊和肩膀都裹着绷带，他用海绵吸干了迅速往下淌的血。

"眼下有危险吗？"梅森先生喃喃地问道。

"啐！没有——只是伤了一点儿皮肉。别这么垂头丧气的，老兄，打起精神来！我现在马上给你去请个医生，我亲自去。我希望到早晨你就可以走动了。简……"他接着说。

"先生？"

"我不得不把你留在这间房里陪伴这位先生，得一个小时，也许是两个小时。血再淌出来时，你就照我刚才那样用海绵吸干它。如果他感到头晕，你就把那个架子上的那杯水放到他嘴边，同时把你的嗅盐放到他鼻子跟前，不管拿什么做借口，都别跟他说话。——而你——理查——要是你张嘴和她说话，使自己情绪激动，那你就会有送命的危险。——我可不对这种后果负责。"

那可怜的人又呻吟起来。他看来似乎一动也不敢动。死亡或者是别的什么东西引起的恐惧，好像弄得他快要瘫痪了。罗切斯特先生把现在已经沾了血的海绵塞到我手里，我也就动手照他说的做了起来。他看了我一会儿，然后说了声："记住！——别说话。"接着便离开了房间。当钥匙在锁孔里咔嚓一响，他那渐渐远去的脚步声消失时，我体验到一种奇怪的感觉。

如今我是待在三层楼上，给锁在一间神秘的小房间里。夜色围着我，我的眼睛和双手底下是一片苍白和血淋淋的景象。一个女凶手几乎只跟我隔着一道门。是啊——真让人害怕——别的我倒还受得了,可是一想到格雷斯·普尔会冲出房门朝我扑上来,我就吓得直发抖。

可是,我必须坚守我的岗位。我得看着这副死人般的面孔——这张不许说话的僵硬、发青的嘴巴——这双一会儿闭、一会儿睁、一会儿朝屋里四处张望、一会儿盯住我的吓呆了的眼睛。我必须一次又一次把手浸进那盆血水,擦去流淌下来的鲜血。我得眼看着那支没剪烛花的蜡烛在我干这事时变得越来越暗,眼看我周围那古色古香的绣花帷幔上阴影越来越浓,那张旧式大床的帐子底下越来越黑,而且对面一口大柜上的门还在奇怪地晃动。那柜子正面分隔成十二块嵌板,上面有着狰狞可怖的十二使徒头像,每块嵌板都像画框似的镶着一个头像,而在他们的顶上,竖着一个十字架和垂死的基督。

随着晃动的阴影和时而照到这儿、时而照到那儿的摇曳不定的烛光,一会儿可以看到留胡子的医生路加垂着头,一会儿可以看到圣约翰的长发在飘动,一会儿又可以看到嵌板上露出犹大那张魔鬼般的脸,仿佛正在渐渐活过来,眼看着最大的叛逆者撒旦本人就要以他的化身出现。

在此期间,我不仅要看,还得听,听隔壁那个洞穴里那头野兽或者恶魔的动静。可是,自从罗切斯特先生进去过以后,它似乎被符咒镇住了似的,整整一夜我只听到相隔时间很长的三次响动,——一次是脚步声,一次是重又短暂发作的狗嗥似的声音,还有一次是人发出的深沉的呻吟声。

此外,各种各样的念头也在困扰着我。这个化身为人、潜居在这座与世隔绝的大宅子里，主人既不能赶走又无法制服的罪恶究竟是什么？——在夜深人静之时，这个一会儿用火，一会儿用血的形式突然出现的谜是什么呢？这个伪装成普通女人的脸孔和身形、时而发出像嘲弄人的魔鬼笑声，时而又发出像猎食腐肉的猛禽叫声的东西究竟是什么呢？

而我正在俯身照料的这个人——这个平庸安静的陌生人——怎么会卷入这张恐怖之网的呢？复仇女神为什么要袭击他呢？在他本该在床上睡觉的时候，是什么原因使他不合时宜地来到这间房子的呢？我听到罗切斯特先生是安排他住在二楼房间的——是什么使得他来到了这儿。现在遭到这样的暴行或者暗算，为什么他还这样逆来顺受呢？对罗切斯特先生的硬要掩盖真相，为什么他要这样俯首帖耳呢？而罗切斯特先生为什么又硬要这样掩盖真相呢？他的一位客人受到了伤害，他自己上次也差一点遭到谋害，两次犯罪企图他居然都悄悄掩盖起来，一概置之脑后！还有最后一点，我看出梅森先生对罗切斯特先生唯命是从，后者的坚强意志完全左右了前者的软弱性格，他俩交谈中的寥寥数语就使我对这一点确信无疑。很明显，在他们过去的交往中，一方的被动性情已经习惯于受另一方主动精神的影响。可是，既然这样，听到梅森先生到来时，罗切斯特先生为什么又要惊慌失措呢？为什么在几个小时前，一听到这个服帖顺从的人的名字——现在只消他一句话就能像孩子般制服的人——竟然像橡树遭到雷击一般呢？

哦！我忘不了他喃喃说"简，我受到了打击——我受到了打击,简"时的神情和苍白的脸色。我忘不了他把胳膊搁在我肩上时抖得有多厉害。而能够这样使罗切斯特先生的坚强意志屈服,使他的强健身体颤抖的,绝不会是区区小事。

长夜漫漫,我的流血的病人越来越衰弱,一直在呻吟、发晕,而白昼和救护的人却迟迟未见到来,我心里一遍遍呼喊着:"他什么时候来啊?他什么时候来啊?"我一次又一次把水送到梅森先生那没有血色的嘴唇边,一次又一次拿嗅盐给他闻,可我的努力似乎毫无效果。不知是身心两方面的痛苦,还是失血过多,或者是三者加在一起,很快地使得他精疲力竭了。他痛苦地呻吟着,看上去那么衰弱、焦躁、绝望,我担心他马上就会死去,而我连话也不能跟他说上一句!

蜡烛终于点完,熄灭了。它一熄灭,我发现窗帘边上有一道道灰蒙蒙的亮光。这么说,黎明到来了。不一会,我又听到下面院子远处的狗窝里远远传来派洛特的吠叫声。看来又有了希望。这一想法并不是毫无根据,只过了五分钟,钥匙咔嚓一响,门开了,这预示了我的守护任务已经结束。总共还没超过两个小时,可似乎比几个星期还长。

罗切斯特先生进来了,和他一起进来的是他请的外科医生。

"喂,卡特,你得注意,"他对后者说,"我只能给你半小时,给伤口上药,扎绷带,把病人弄到楼下,全都在内。"

"可是他是不是适宜移动呢,先生?"

"这不成问题,又不是什么重伤。他主要是神经太紧张,得让他振作起来。来,动手干吧!"

罗切斯特先生撩开厚厚的窗幔,拉起亚麻布窗帘,尽量让光线进来。看到晨曦早已来临,一道道玫瑰色霞光已照亮东方,我感到又惊又喜。随后他走向医生已在治疗的梅森。

"喂,我的好伙计,你怎么样?"他问。

"我怕她送了我的命了。"对方虚弱无力地回答。

"没有的事!——拿出勇气来!两个星期以后的今天,你就什么事也没有了。你流了点血,就这么回事。卡特,告诉他,让他放心,绝没有危险。"

"我可以凭良心这么说。"卡特说,这时他已经解开了绷带,"只是,要是我能早点来,他就不会流这么多血了……可这是怎么回事?肩上的肉像刀割似的撕裂了,这伤口不是刀子捅出来的,是让牙齿咬的。"

"她咬了我,"梅森先生喃喃地说,"罗切斯特从她手里夺下刀子,她就像只母虎似的撕咬我。"

"你不该退让,你应该马上跟她搏斗的。"罗切斯特先生说。

"可是在这种情况下,你能怎么办呢?"梅森回答,"啊,真可怕!"他又哆嗦着补充说,"我没料到会这样。一开始她看上去那么安静。"

"我告诫过你,"他的朋友回答,"我说过——走近她时务必要当心,再说,你原可以等到明天,让我跟你一起来。你非要今天晚上见面,而且还独自一人来。真是傻透了。"

"我以为我可以做点好事。"

"你以为!你以为!真是,你的话我都听厌了。不过,你已经吃了苦头，不听我的劝告，多半是要吃苦头的。所以我也就不再多说了。卡特——快！——快！太阳很快就要出来了，我得让他离开这儿。"

"马上就好，先生。肩膀刚包扎好，我还得处理一下胳膊上另一个伤口。我想这儿她也咬了。"

"她吸血，她说要把我心里的血全吸干。"梅森说。

我看见罗切斯特先生颤抖了，一种异常明显的，交织着厌恶、恐惧、憎恨的表情，几乎把他的脸扭曲得变了形。但他只是说：

"好了，别说了，理查，别去管她那些胡说八道，也别再提它了。"

"但愿我能忘掉它。"

"你一离开这个国家就会忘掉的。等你回到西班牙城，你可以当她已经死了、埋了——或者你压根儿就不必去想她。"

"这一夜我是不可能忘啦！"

"不是不可能的。振作起来，伙计。两小时前，你还以为自己肯定没命了，可你现在不是活生生的、好好的，还说着话哩。瞧！——卡特已经给你包扎好，或者说快包扎好了。我马上就可以把你打扮得整整齐齐。简，（他重又回到屋子里来后第一次把脸转向我）拿上这把钥匙，到楼下我的卧室去，径直走进我的更衣室，打开衣拒最上面那个抽屉，取一件干净衬衣和一条围巾，拿到这儿来。动作要快一点。"

我去了，寻到他说的衣柜，找出他要的东西，拿了回来。

"现在，"他说，"在我给他穿衣服时，你到床那边去，不过别离开房间,我可能还需要你。"

我照他的吩咐退到一边。

"你下楼时听到有人走动吗,简?"过了一会儿,罗切斯特先生问道。

"没有,先生,一切都寂静无声。"

"我们要小心地把你送走,狄克,这样,无论对你,还是对那边那个可怜的人来说,都更好些。长期以来,我一直竭力避免暴露,我不愿意弄到最后还是泄露了出来。来,卡特,帮他穿上背心。你把你的皮斗篷放到哪儿了!我知道,在这样该死的大冷天,没有它,你连一英里路都走不了的。在你的房间里?——简,快去楼下梅森先生的房间——就是我隔壁的一间——把那儿的一件斗篷拿来。"

我又一次跑去又跑回,拿来一件毛皮里子、毛皮镶边的大斗篷。

"现在,我还要给你一项差事。"我那不知疲倦的主人说,"你得再去一趟我的房间。幸好你穿着一双丝绒鞋,简!——在这个节骨眼儿上,叫个笨手笨脚的人跑腿可不行。你得把我梳妆台的中间抽屉打开,把那里面的一个小药瓶和一只小玻璃杯拿来,——要快!"

我飞也似的跑去又跑回,取来了他要的瓶子和杯子。

"好啦!现在,医生,恕我冒昧自己来用药了,这事由我自己负责。这兴奋剂是我在罗马从一个意大利江湖医生那儿弄来的。卡特,对那种家伙你肯定是嗤之以鼻的。这玩意儿不能随便乱用,不过偶尔用用还是不错的,譬如眼下这种情况。简,倒点水来。"

他递过来那个小玻璃杯,我从脸盆架上拿了水瓶,给他倒了半杯水。

"行啦,现在把药瓶的瓶口拭一拭。"

我这样做了。他滴了十二滴深红色的药水,递给梅森。

"喝下去,理查,它会鼓起你所缺少的勇气,维持一两个小时。"

"可是它对我有害吗?——有没有刺激性?"

"喝吧!喝吧!喝吧!"

梅森先生服从了,因为很明显,抗拒毫无用处。他现在已经穿戴整齐,看上去脸色依然苍白,但已经不再是满身血污了。他喝下药水后,罗切斯特先生又让他坐了三分钟,然后扶住他的胳膊。

"我相信现在你站得起来了。"他说,"试试看。"

病人站了起来。

"卡特,搀住他另一边腋下。鼓起勇气来,理查。往前跨出去,——对!"

"我是觉得好一点儿了。"梅森先生说。

"我相信你是好一点了。好了,简,你在前面引路,从后楼梯走。拉开边门的门闩,叫驿车的车夫准备好,我们就来。你会看到他就在院子里,——或者就在院子外面,我吩咐过他,别把那轮子嘎嘎直响的车子赶到石铺路上来。还有,简,要是附近有人,就到楼梯角下来咳嗽一声。"

这时已经五点半,太阳眼看就要升起来了,但是我发现厨房里还是一片昏暗,寂静无声。边门闩着,我尽量不出声地打开了它。整个院子静悄悄的,但院门敞开着,门外停着一辆驿车,马匹都已套好,车夫坐在赶车座上。我走到他跟前,告诉他先生们马上就来,他点了点头。然后,我小心翼翼地朝四下里张望和倾听了一番。到处都沉浸在凌晨的寂静之中,仆人们房间的窗口还垂着窗帘。小鸟还在开满白花的果树上啁啾,树枝像一个个雪白的花环低垂在院子一边的围墙上,关在马厩里的拉车的马,时不时踩几下蹄子。此外,一切都寂静无声。

这时几位先生出来了。梅森由罗切斯特先生和医生搀扶着,看上去走得还平稳。两人扶他上了车,卡特也跟着上去了。

"好好照料他,"罗切斯特先生对后者说,"让他待在你家里,直到完全康复。我过一两天就会骑马去看望他。理查,你觉得怎么样?"

"新鲜空气让我精神好多了,费尔法克斯。"

"让他那边的窗子开着,卡特,没有风。再见,狄克。"

"费尔法克斯……"

"唔,什么事?"

"好好照顾她,尽量让她得到体贴关怀,让她……"他的泪水夺眶而出,说不下去了。

"我会尽力这样做的,过去是这样,将来也是这样。"他回答说,随手关上马车门。马车驶走了。

"愿上帝开恩,让这一切都结束吧!"罗切斯特先生关上并闩好沉重的院门,又说了这么一句。

闩好门,他拖着缓慢的步履,神思恍惚地朝果园围墙的一扇门走去。我以为他已经用不着我了,便准备返身回自己的房间。可这时又听到他叫了一声:"简!"他已经打开那扇门,站在那儿等着我了。

"来,到有新鲜空气的地方待一会儿,"他说,"那屋子简直是个地牢,你不觉得是这样吗?"

"我觉得它是一幢漂亮的宅子,先生。"

"你这是因为缺乏经验给蒙住眼睛了,"他回答说,"你是用给施了魔法的眼光来看它的。你分辨不出那些镀金只是胶泥,丝绸帷幔只是蛛网,大理石只是肮脏的石板,那上光的木器只是些树皮和烂木片,只有这儿(他指指我们进入的枝繁叶茂的园子),一切才是真实、可爱和纯洁的。"

他沿着一条小径信步走去。小径的一边栽种着黄杨、苹果树、梨树和樱桃树,另一边是一长溜花坛,里面长着各种各样常见的花草,其中有紫罗兰、石竹、报春花、三色堇,夹杂着青蒿、多花蔷薇和各种香草。在四月接连不断的晴雨交替之后,紧接着又是一个明媚的春日早晨,使这些花草这会儿显得娇艳欲滴。太阳刚在霞光灿烂的东方出现,阳光照耀着枝叶缠绕、露珠闪烁的果树,洒落在树下静悄悄的小径上。

"简,给你一朵花好吗?"

他摘下枝头第一朵蓓蕾初放的玫瑰,递给了我。

"谢谢你,先生。"

"你喜欢这日出吗,简?喜不喜欢那天空,还有那气温一升就会消失的高高的轻云?——喜欢这宁静温馨的气氛吗?"

"喜欢,非常喜欢。"

"你度过了一个奇怪的夜晚,简。"

"是的,先生。"

"这让你脸色都变苍白了。我留下你一个人陪伴梅森,你害怕吗?"

"我怕有人从里屋出来。"

"可是我已锁上了门,——钥匙在我口袋里。要是我让一只羊羔——我心爱的小羊羔——毫无保护地待在离狼窝那么近的地方,那我真是个粗心的牧人了。你是很安全的。"

"格雷斯·普尔还会待在这儿吗,先生?"

"哦,是的!别为她操心——别再想这件事了。"

"可我觉得,只要她还待在这儿,你的生命就不安全。"

"别怕,我会照料自己的。"

"你昨天晚上担心的危险,现在过去了吗,先生?"

"这我说不准,要等梅森离开英国,即便他离开了,也还难说。生活对我来说,简,就像站在火山口上,说不定哪天它就会裂开,喷出火来。"

"不过梅森先生好像是个容易对付的人,你显然能影响他,先生,他绝不会跟你作对,或者存心伤害你的。"

"哦,绝不会!梅森不会跟我作对,也不会明知故犯地伤害我,不过,出于无意,也有可能随便一句话,就一下子——即使不夺去我的生命,也会永远夺去我的幸福。"

"那就叫他小心一点儿,先生,让他知道你担心的是什么,告诉他怎样来避开那个危险。"

他嘲讽地笑了起来,一把抓住我的手,但随即又放开了。

"傻瓜,要是我能那么做,那还有什么危险呢?一下就烟消云散了。打从我认识梅森以来,只需我对他说一声'做这个',他就会去做。可是在这件事情上,我却不能命令他。我不能说'当心别伤害我,理查',因为我绝不能让他知道这会伤害我。现在你看起来好像有点摸不着头脑了,我还会让你更加摸不着头脑呢,你是我的小朋友,对吗?"

"我高兴为你效劳,先生,只要是正当的事,我都乐意听你吩咐。"

"确实如此,我看你是这样做的。从你的步履、神情、目光和脸色上,我都看出你是真心诚意帮助我、让我高兴的。像你特别强调说的那样,'只要是正当的事',你都愿意为我去做,跟我一起去做。因为要是我叫你去做你认为不正当的事,你就绝不会那么步履轻捷、那么手脚麻利,也不会有活泼的眼神和生气勃勃的脸色了。那时,我的朋友准会镇定而又脸色苍白地转过脸来对我说,'不,先生,这可不行。我不能这么做,因为这是不正当的。'而且会变得像颗恒星似的不可动摇。是啊,你也有力量左右我,而且可以伤害我。但是我不敢让你知道我什么地方容易受到伤害,生怕你即使这么忠实和友好,也会马上给我致命一击的。"

"要是你对梅森先生的惧怕,并没有超过对我的惧怕,先生,那么你是非常安全的。"

"愿上帝保佑果真如此!简,这儿有个凉棚,坐下吧。"

凉棚是园内的一个拱形棚架,上面爬满藤萝,里面有一张原木做的凳子。罗切斯特先生坐了下来,不过给我空出了地方,但我还是站在他的面前。

"坐吧,"他说,"这凳子够两个人坐的。坐我身边你该不会有顾虑吧?这不正当吗,简?"

我径自坐了下来,作为回答。我觉得拒绝是不明智的。

"现在,我的小朋友,阳光正在吸吮着露水,这座古老的花园里的所有花儿正在苏醒、开放,鸟儿正从桑菲尔德为它们的孩子衔来早餐,早起的蜜蜂正忙着它们的第一阵子活儿——而我,要给你讲一件事情,你得竭力把它设想成是你自己的事。不过你得先看着我,告诉我你很放心,并不担心我留住你有什么不正当,或者觉得你留下来有什么不正当。"

"不,先生,我很愿意。"

"好吧,简,那就让你的想象力来帮助你吧。设想你不再是一个受过良好教育的姑娘,而是一个从小就被娇纵惯了的野小子;设想你是在遥远的异国他乡;设想你在那儿犯下了一个大错,别管它属于什么性质,或者出于什么动机,反正它的后果将伴随你的一生,玷污了你整个生活。注意,我说的不是一桩罪恶勾当,我不是说杀人流血或者是其他的什么犯罪行为,那会使罪犯受到法律制裁。我说的是错误。你做下的那件事的后果,迟早会使你感到完全无法忍受。你采取种种措施以求得到解脱,这些措施是不同寻常的,但既不违法,也无可指摘。

可是你依然处在痛苦之中,因为在生活的圈子里,你被希望给抛弃了。你的人生正在如日中天的时刻,却被日食遮掩得暗淡无光,而且你觉得直至日落都无法摆脱。痛苦和自卑的念头成了你回忆的唯一食粮。你四处漂泊,在流浪中寻找安宁,在纵情声色中觅求幸福——我指的是那种没有爱情只有肉欲的放荡生活——它使你智力迟钝,感情枯萎。你是那么心倦神怠,在多年的自我流放后,你回到了老家,找到了一个新朋友——别管在哪儿和怎么找到的,你在这位陌生朋友的身上,找到了那么多闪光的优秀品质。这种品质是你二十年来一直在寻找而未能遇到的。它们全都那么清新、健康,既没有蒙上尘埃,也没有遭到玷污。这样的友谊能使人复活、催人新生。你感到比较美好的日子重又回来了——又有了比较高尚的愿望,比较纯洁的感情。你渴望重新开始你的生活,盼望用一种比较配得上一个不朽灵魂的方式度过你的余生。

为了达到这个目的,你是否可以越过习俗的障碍——那种既不被你的良心所认可,也不为你的判断所同意的纯属世俗的障碍呢?"

他停下来等待我的回答,可我又该说些什么呢?哦,但愿善良的神明启示我做出一个明智而又圆满的回答吧!可这是徒然的愿望!西风在我周围的藤萝间悄声低语,可是并没有温柔的爱丽儿借它的声息给我传句话。鸟儿在树梢上歌唱,但不管它们的歌声多么甜美动听,却总是无法让人听懂。

罗切斯特先生又提出问题：

"这个流浪过、误入过歧途、如今痛改前非寻求安宁的人，为了使自己和这位温柔、文雅、和蔼可亲的陌生人永远在一起，以求得他自己心灵的宁静和生命的复苏，敢于向世俗观念挑战，这样做是不是正当呢？"

"先生，"我回答，"一个流浪者的企求安宁或者一个犯过大错的人的改过自新，绝不应该依靠一位同类。男人和女人都会死去，哲学家有智穷力竭的时候，基督徒也有善行欠缺的地方。要是你认识的什么人落过难，做过错事，那就该劝他到高于同类的地方去寻求力量来改过自新，寻求安慰来治愈创伤。"

"可是方法呢——用什么方法！上帝做这件事，也得有方法啊。我本人——我跟你这么说并不是打比喻——就曾经是个庸俗、放荡、不安分的人，我相信我已经找到了治愈我的方法，那就是……"

他住了口。鸟儿还在歌唱，树叶仍在沙沙作响。我几乎感到奇怪，它们怎么不停止出声，来倾听这暂时中断的自白。不过它们也许得等上好几分钟——沉默持续了那么久。最后，我抬头望了望那说话缓慢的人，他正急切地看着我。

"小朋友，"他说，声音完全变了——脸色也变了，失去了它的温和严肃，变成了粗暴和嘲讽——"你注意到我对英格拉姆小姐的倾慕了吧，要是我娶了她，你认为她会使我得到彻底的新生吗？"

他猛地站起身来，走了开去，几乎一直走到小径的尽头，回来的时候,他嘴里哼着一支曲子。

"简,简,"他在我面前停住脚步,说,"你守了一夜,脸色都熬得苍白了,你不会骂我打扰了你的休息吗?"

"骂你?不,先生。"

"为了证实这一点,我们握握手吧。多冷的手啊!昨晚我在那间神秘的房间门口握你的手时,它比现在还暖和哩。简,什么时候你再跟我一起守夜啊?"

"只要用得着我,什么时候都行,先生。"

"比如,我结婚的前一夜!我相信我准会睡不着觉。你答应坐着陪我吗?我可以跟你谈我那可爱的人,因为现在你已经见过她,认识她了。"

"是的,先生。"

"她是个世上少有的人,是不是,简?"

"是的,先生。"

"一个健壮的人——一个真正健壮的人,简。高大,褐色的皮肤,健美的身材,头发像那班迦太基女人一样。糟糕,丹特和利恩在马厩里!你沿着灌木丛,从那扇边门进去吧。"

我走一条路,他走另一条路,我听到他在院子里高高兴兴地说:"今天早上梅森可赶在你们前头了,太阳还没上山他就走了,我四点钟就起来送他了。"

21

　　预感是个奇怪的东西！同样奇怪的还有感应，还有预兆。而这三者合在一起，便构成了一个人类至今还未能破解的神秘莫测的谜。我一生中从来没有嘲笑过预感，因为我自己就曾有过几次奇怪的预感。至于感应，我相信它们是存在的（比如，天各一方，久未见面，从不来往的亲戚之间，尽管他们彼此疏远，可是若溯本寻根，却还是同出一源），它的作用超出了正常的理解。而预兆，也许只是大自然和人类之间的感应吧。

　　当我还是个小姑娘，只有六岁的时候，一天晚上，我听到贝茜·利文对玛莎·阿博特说，她做了个梦，梦见了一个小孩。梦见小孩肯定是个不祥之兆，不是自己有灾，就是亲属有祸。若不是紧接着发生了一件事，让我牢牢记住了这个说法，大概我早就把它给忘掉了。就在第二天，贝茜给叫回家去看她将死的小妹妹。

最近我时常想起这个说法和这件事,因为在过去的一个星期中,我几乎没有一夜躺在床上不梦见一个小孩。有时我把他抱在怀中哄着他,有时则把他放在膝头颠动,有时看着他在草坪上玩雏菊,再不就是看着他用手玩流水。这一夜是个号啕大哭的孩子,下一夜又是个哈哈大笑的小孩。一会儿紧紧依偎着我,一会儿又跑离我身边,可是不管这个幻象心情如何,长相怎样,一连七夜,只要我一进入梦乡,他就立即迎上前来。

我不喜欢这种念头一再重复——同一形象的反复出现。每当就寝的时候快到,那幻影出现的时刻临近时,我就变得紧张起来。在那个月明之夜,当我听到喊声惊醒前,那个孩子的幻影正在我的身边。而第二天下午,便有人来把我叫下楼,说是费尔法克斯太太屋里有个人在等我。到了那儿,我看到等我的是个男人,看外表像是个绅士的男仆。他身穿重孝,拿在手中的帽子上有一圈黑纱。

"小姐,恐怕你已不太记得我了。"我进屋时,他站起身来说,"我姓利文,八九年前你在盖茨海德府时我是里德太太的车夫。现在我还在那儿。"

"哦,罗伯特!你好!我完全记得你。当年你有时还让我骑乔治安娜的栗色小马哩。贝茜好吗?你不是跟贝茜结婚了吗?"

"是的,小姐。我妻子身子挺壮实,谢谢你。大约两个月前,她又给我弄了个小家伙——我们现在有三个小孩啦——大人孩子都挺好。"

"府里的人都好吗,罗伯特?"

"真过意不去,我没能给你带来好消息,小姐。眼下他们的情况很糟——遇上大麻烦啦。"

"但愿不会有人去世吧。"我边说边瞥了一眼他身上的丧服。

他也低头看了看自己帽子上的那圈黑纱,回答说:

"约翰先生去世了,到昨天刚好一个星期,死在他伦敦的寓所里。"

"约翰先生?"

"是的。"

"他母亲怎么受得了?"

"说得是呀,你知道,爱小姐,这可不是一桩普通的不幸事。

他生前的生活一直很放荡。近三年来他更是不走正道。他的死真让人吃惊。"

"我听贝茜说,他过得不太顺当。"

"顺当?他过得没法儿更糟了。他跟一班世界上最坏的男人和女人鬼混在一起,毁了自己的健康,也毁了自己的家业。他背了一身债,还进了牢房。他妈妈两次把他弄出来,可他一出牢门,就又一头栽进他那班老伙伴堆里去了,还是老方子一帖。他脑子不灵,跟他混在一起的那班无赖把他诈得好狠,狠得听都没听说过。约莫三个星期以前,他来盖茨海德,竟要太太把一切都交给他,太太不答应,她的财产早让他乱花掉不少了。这一来,他只好又回去了,接着就传来了他的死讯。他到底怎么死的,只有上帝知道!——听说他是自杀的。"

我默不作声,这消息太可怕了。

罗伯特·利文接着又说:

"太太自己身体也不好,已经有一些日子了。她一直以来就很胖,可是胖得不结实。损失了钱财,又担心受穷,把她的身子骨弄得全垮了。约翰先生又是这么个死法,消息还来得这么突然,结果她中风了,三天没说话,不过上星期二好像好了一点儿。她像是要说什么,嘴里嘟嘟哝哝的,不断给我女人打手势。一直到昨天早上,贝茜才听懂,她说的是你的名字,最后总算听清了她的话:'把简带来,——把简·爱找来,我要跟她说几句话。'贝茜吃不准她神智是不是清醒,说的话是不是当真,不过她还是把这事告诉了里德小姐和乔治安娜小姐,还劝她们派人来找你。开始两位小姐对这很不高兴,可是她们的母亲变得十分烦躁不安,反反复复说着'简,简',所以最后她们只好同意了。我是昨天离开盖茨海德府的,要是你来得及准备的话,小姐,我想明天一大早就陪你回去。"

"好吧,罗伯特,我来得及准备的。我看我应该去。"

"我也这么想,小姐。贝茜说她料定你绝不会拒绝的。不过我想,你动身前还得先请个假吧?"

"是的,我现在就去请。"我先把他带到仆役间,把他托付给约翰夫妇照料,然后我便去找罗切斯特先生。

楼下的哪个房间里都没找到他,也不在院子里,马厩里、庭园里也没有。我问费尔法克斯太太是否见到过他,——她说见过,相信他准跟英格拉姆小姐在打台球。我急忙赶到台球室。球室里传来台球的撞击声和嗡嗡的谈话声。罗切斯特先生、英格拉姆小姐,还有两位埃希敦小姐以及她们的崇拜者,都在忙着打球。

要去打扰这么一伙儿兴致勃勃的人,真得有点儿勇气。然而我的使命却不容我多耽搁,因此我只得朝站在英格拉姆小姐身旁的主人走过去。我走近时,那位小姐转过脸来,高傲地看着我,她那对眼睛似乎在问:"这个卑鄙奉承的家伙这时候跑来想干什么?"

我刚低唤了一声"罗切斯特先生",她便做了个动作,仿佛忍不住想命令我走开。我至今还记得她当时的样子——非常优雅,非常引人注目。她身穿一件天蓝色绉纱晨衣,头发上扎一条淡青色的纱巾。刚才她打球正打在劲头儿上,被人触犯了尊严,可是脸上的傲慢神气,丝毫也没有因此而有所减弱。

"那人是想找你吧?"她问罗切斯特先生。罗切斯特先生转过脸来看看"那人"是谁。他做了个古怪的鬼脸——这是他那些奇怪而隐晦的表示之一——扔下球杆,跟着我离开了台球室。

"什么事,简?"他关上教室的门,背靠在门上说。

"要是你允许的话,先生,我想请一两个星期的假。"

"干什么?——上哪儿?"

"去看望一位生病的太太,她派人来叫我去。"

"什么生病的太太?——她在哪儿住?"

"在××郡的盖茨海德。"

"××郡?离这儿有一百英里路哩!她是什么人,竟叫人那么远去看她?"

"她姓里德,先生——里德太太。"

"盖茨海德的里德?是有过一个盖茨海德的里德,是个地方长官。"

"正是他的遗孀,先生。"

"那你跟她有什么关系?你怎么认识她的?"

"里德先生是我的舅舅,——我母亲的哥哥。"

"真见鬼,他是你舅舅!你以前从来没对我说起过,你一直说你没有亲戚。"

"我没有一个肯承认我的亲戚,先生。里德先生去世了,他妻子把我撵出了门。"

"为什么?"

"因为我穷,是个累赘,再说她也不喜欢我。"

"可是里德有孩子留下吗?——你一定还有表兄妹吧?昨天,乔治·利恩爵士还说起盖茨海德的一个里德,说他是全城最地道的无赖之一。英格拉姆也提到过那儿的一位乔治安娜·里德,她的美貌,前一两个社交季节在伦敦大受赞赏。"

"约翰·里德也死了,先生;他毁了自己,也几乎毁了他的一家。

人们猜测他是自杀的。她母亲听到这一噩耗大为震惊,结果中风了。"

"那你又能对她有什么帮助呢?真是胡闹,简!我就绝不会想到赶一百英里路,去看一个也许你没赶到就咽了气的老太太的。再说,你说是她把你撵出门的。"

"是的,先生,不过那已经是很久以前的事了,她那时的情况跟现在不同。现在我要是不理睬她的愿望,我心里会不安的。"

"你要去多久?"

"尽可能不多耽搁,先生。"

"答应我,只去一个星期——"

"我最好还是别许下什么诺言,说不定我会不得不违背诺言的。"

"你无论如何都要回来。你总不会让人用什么借口说服,跟她长住下去吧?"

"哦,不会的!要是一切顺利,我肯定会回来的。"

"谁跟你一块儿去呢?你总不能独自一人赶一百英里的路吧。"

"不会的,先生,她派来了自己的车夫。"

"是个可靠的人吗?"

"是的,先生,他在里德家已经待了十年了。"

罗切斯特先生默不作声地想了想。"你打算什么时候走?"

"明天一早,先生。"

"好吧,你得带点儿钱去,出门没有钱怎么行,我敢说你的钱恐怕不多吧,我还没付过你薪水呢。你到底有多少钱,简?"他微笑着问。

我掏出我的钱袋,钱袋瘪瘪的。"五先令,先生。"他接过钱袋,把钱全倒在手心里,然后看着它咯咯地笑了起来,仿佛钱少使他感到很有趣。紧接着他就掏出了自己的皮夹。"拿着。"他边说边递给我一张钞票,这是张五十镑的钞票,而他只欠我十五镑。我对他说我找不出。

"我又不要你找,这你知道的。收下你的薪水吧。"

我不肯收下超过我应得的钱。开始他皱起眉头有点儿不高兴,随后好像想起了什么,说:

"对,对!现在还是不要一下子全都给你的好。你有了五十镑,说不定就会待上三个月不回来了呢。给你十镑吧,这够不够?"

"够了,先生,不过现在你欠我五镑了。"

"那就回来拿吧。我这儿存着你四十镑。"

"罗切斯特先生,趁现在有机会,我想跟你谈一谈另外一件工作上的事。"

"工作上的事?我倒很想听听。"

"先生,你实际上已经告诉过我,你很快就要结婚了吧?"

"是的,那又怎么样?"

"那样的话,先生,阿黛尔应该进学校。我相信你一定清楚这是很有必要的。"

"为了不让她挡了我新娘的路,要不新娘会重重地从她身上踩过去,是吗?这个建议无疑是有道理的。照你说,阿黛尔应该进学校,而你,不消说,就得径直去——去见鬼是不是?"

"我希望不是,先生,不过我是得上什么地方去另找个职位。"

"那当然!"他带着鼻音大声说,脸上露出了一副古怪而又可笑的怪相。他盯着我看了好一会儿。

"我猜想,你会去求里德太太,或者是她的女儿,两位小姐,请她们帮你找个职位吧?"

"不,先生。我跟我的亲戚关系没么好,还够不上要求他们帮我什么忙。不过我可以刊登求职广告。"

"你要走到埃及的金字塔上去了!"他怒气冲冲地说,"你要登求职广告就得自担风险了!但愿我刚才给你的不是十镑而是一镑。还给我九镑,简,那九镑我有用。"

"我也有用啊,先生。"我一边回答,一边两手抓住钱袋藏到背后,"这钱我无论如何也不能给你。"

"小吝啬鬼!"他说,"问你要点儿钱都不肯!给我五镑吧,简。"

"五先令都不给,先生,五便士都不给!"

"那就让我看看那钱吧。"

"不,先生,我不能相信你。"

"简!"

"先生?"

"答应我一件事。"

"只要我能办到,先生,什么事我都答应。"

"不要登广告,把求职这件事交给我,到时候我会替你找到一个职位的。"

"我很乐意这样做,先生,只要你答应在你的新娘进门以前,让我和阿黛尔都平安地离开这座宅子。"

"很好!很好!这事我保证做到。那么你明天就走?"

"是的,先生,一早就走。"

"晚饭后,你能下楼来客厅吗?"

"不了,先生,我得整理一下行装。"

"那么,你我得暂时告别了?"

"我想是的,先生。"

"人们是怎么举行这种告别仪式的,简?教教我,我对这事不大在行。"

"他们说声'再见',或者用他们喜爱的任何别的形式。"

"那就说一声吧。"

"再见,罗切斯特先生,暂时告别了。"

"我该怎么说呢?"

"要是你愿意的话,先生,也就这样说。"

"再见,爱小姐,暂时告别了。这就完了吗?"

"是的。"

"依我看,这样似乎太吝啬、太干巴巴,也太不友好了。我想再有点儿别的,给仪式再加上点儿什么。譬如说,握握手。不过还不够——那也不能使我满足。那么,除了说声'再见'之外,你就不愿有点儿别的表示了吗,简?"

"这就足够了,先生。一句出于内心的话所表达的好意,可以胜过千言万语。"

"很可能。不过一声'再见'总显得空洞、冷淡了点儿。"

"他背靠着那扇门,到底还打算站多久啊?"我心里想,"我该着手去打点行李了。"

晚饭的铃声响了。他一句话也没有再说,就突然匆匆跑开了。那天我没有再见到他,第二天早上,他还没有起身,我就出发了。

五月一日下午五点钟左右,我到达了盖茨海德府的门房。在进宅子之前,我先走进了这间小屋。小屋里非常整洁,装饰窗上挂着小小的白窗帘,地板上干干净净,炉栅和炉具擦得发亮,炉火烧得正旺。贝茜坐在炉子跟前,正在给她刚生的孩子喂奶,小罗伯特跟他的妹妹安安静静地在一个角落里玩耍。

"谢天谢地!——我知道你会来的!"我一进去,利文太太就嚷了起来。

"是啊,贝茜。"我吻过她之后说,"我相信我来得还不算太晚。里德太太怎么样?——我希望她还活着。"

"是的,她还活着。比前一阵子清醒,也安定些。医生说她还能拖上一两个星期,但是要恢复健康,他认为不可能了。"

"她最近提起过我吗?"

"就在今天早上她还说起过你,盼望你能来。不过这会儿她睡着了,或者说十分钟前我在楼上时,她正睡着。她一般整个下午都昏睡着,要到六七点钟才醒过来。你先在这儿歇一个小时吧,小姐,过后我再陪你上楼好吗?"

这时候,罗伯特进来了,贝茜把睡着的孩子放进摇篮,迎上前去。接着,她硬要我摘下帽子,吃点儿茶点,因为她说我看上去既苍白又疲倦。我十分高兴地接受了她的款待,而且还像小时候让她给我脱衣服那样,顺从地让她给我脱去了我的旅行服。

她来来回回地奔忙着——拿出茶盘,摆上她最好的瓷器,切好面包和黄油,烤了一份喝茶时吃的小点心,还像以前对我那样,时不时拍打一下或者推一下那两兄妹:小罗伯特和简。看着忙忙碌碌的贝茜,往日的情景又涌上了我的心头。贝茜不仅保持着她那轻快的脚步和好看的容貌,而且还保留着她那风风火火的脾气。

茶点准备好了,我刚要朝桌子走去,她却要我坐着别动,用的还是以前那种命令的口气。她说,得由她端到炉火跟前来给我吃,说完她在我面前摆了一张小圆茶几,放上给我的一杯茶和一盘点心,完全像从前她把偷偷拿来的好吃东西放在儿童室椅子上让我吃时那样,而我也像从前那样微笑着听从她的安排。

她很想知道我在桑菲尔德府是否快活,女主人是个怎样的人。我告诉她只有一个男主人,她就又问他是不是一位好心的绅士,我是不是喜欢他。我告诉她说他长得相当难看,但完全是位绅士,说他待我很好,我很满意。接着我又给她讲述了最近来府里做客的那伙快乐的客人,对那些细节贝茜听得津津有味,这些正是她爱听的。

这样谈着谈着,一个小时很快就过去了。贝茜又帮我戴上帽子,穿上衣服,然后就由她陪着出了门房朝宅子里走去。大约九年前,也是在她的陪伴下,我从现在进去的这条路上走出来。那是正月里一个昏暗、多雾、阴冷的早晨,我怀着绝望、痛苦的心情,带着一种被放逐和近乎被抛弃的感觉,离开一所敌视我的宅子,到洛伍德那样一个既遥远又陌生的目的地,去寻求一个凄冷的栖身之所。如今,原来那座敌视的宅子又矗立在我的面前,我的前途照旧吉凶难卜,我的心仍在作痛,我依然觉得自己是大地上的一个流浪者。可是,我感到对自己和自己的力量有了更坚定的信心,对压迫已不再畏惧退缩。我那饱受委屈的绽开的伤口,如今已经完全愈合,怨恨的火焰也已经熄灭了。

"你可以先上早餐室去,"贝茜在前引路穿过大厅时说,"两位小姐都会在那儿。"

不一会儿,我就进了那个房间。这儿的每件家具都还在,完全跟我第一次被带来见勃洛克赫斯特先生的那个早上一模一样,他站在上面的那块小地毯仍铺在壁炉前。我朝书架望去,我觉得我仍能辨认出比尤伊克的那两卷《英国禽鸟史》,它们仍放在第三格的老地方,《格列佛游记》和《一千零一夜》,也还放在它上面的一格。这些无生命的东西丝毫未变,而那些有生命的却变得难以辨认了。

两位年轻小姐出现在我的面前。一位长得很高,和英格拉姆小姐差不多,也很瘦,脸色灰黄,神态严峻。她看上去有点儿苦行者的模样,她那身极其朴素的装束,更让人加深了这种印象。一件下身是直筒裙的黑呢长衣,一个浆洗过的麻布领圈,头发从两鬓往后平梳,还戴着修女戴的那种饰物:一串黑檀木念珠和一个十字架。我猜想这准是伊丽莎,虽然我从她那张拉长的、毫无血色的脸上,简直看不出这和以前的她有什么相似之处。

另一位当然是乔治安娜了,但已不是我记忆中的那个乔治安娜——纤弱的、仙女般的十一岁的小姑娘。这是一个如花似玉、十分丰满的妙龄女子,标致得像个蜡人儿。端正而漂亮的五官,含情脉脉的蓝色眼睛,卷曲的金色头发。她的衣服的颜色也是黑的,可是式样和姐姐的完全不同——要飘逸和合身得多,她看上去非常时髦,正如另一个看上去很像清教徒一样。

姐妹俩身上各有母亲的一个特征——而且只有一个。瘦弱苍白的大女儿有她母亲的烟水晶般的眼睛,而娇艳如花的小女儿则有她的下颌和下巴的轮廓——也许稍微柔和一点,但仍使那张本会异常妖艳娇媚的脸,平添了一种难以描述的严厉。

当我走上前去时,两位小姐都站起身来欢迎我,而且都称我为"爱小姐"。伊丽莎和我打招呼时简短突兀,脸上没有笑容,说完就又坐了下去,眼睛盯着炉火,似乎已经把我给忘了。乔治安娜说了"你好!"之后,又寒暄了几句,加上几句有关我的旅途情况以及天气如何之类的客套话。她说话时拖长了声调,还匝斜着眼,从头到脚地打量着我。她的目光一会儿掠过我那淡褐色美利奴呢大衣的褶痕,一会儿又停留在我那顶乡间帽子的简朴饰物上。年轻小姐们有一种绝妙的方法,用不着把话说出口,就能让你知道她们把你看成个"怪物"。某种神情上的傲慢,态度上的冷淡,口气上的漫不经心,就能完全表达出她们这方面的情绪,根本用不着在言行上表现出粗暴无礼来。

然而,不管是明嘲还是暗讽,如今对我来说,都不再具有一度有过的那种力量了。当我坐在两位表姐中间时,我吃惊地发现,尽管一个对我完全怠慢,一个对我半带讥讽,我还是多么的泰然自若——伊丽莎没有使我感到难堪,乔治安娜也没有惹我生气。事实上,我还有许多别的事情要考虑。近几个月来,我心里激起的感情波澜,远比她们所能引起的要强烈得多——激起的痛苦和欢乐也远比她们所能造成或者赐予的要剧烈得多,美妙得多——正因为这样,她们的神情不管是好是歹,都引不起我的关心。

"里德太太的情况怎么样?"我随即问道,神色自若地望着乔治安娜。她认为对这种直截了当的称呼表示愤慨,仿佛是一种出乎意料的放肆。

"里德太太?啊!你是说妈妈。她的情况很不好。我看今晚你不一定能去见她。"

"要是,"我说,"你肯劳驾上楼去告诉她一声,说我来了,那我就非常感激了。"

乔治安娜差一点儿惊跳起来,她把自己的那双蓝眼睛睁得又圆又大。"我知道她特别想见到我,"我补充说,"除非万不得已,我不想再推迟去倾听她的愿望。"

"妈妈不喜欢别人晚上去打扰她。"伊丽莎说。

我马上站了起来,不等人请就泰然自若地脱掉帽子,摘下手套,并且说我自己去找贝茜——我断定她准在厨房里——要她去问清,里德太太今晚到底是不是愿意见我。我去了,找到了贝茜,打发她去替我问问,接着我又做了进一步的安排。在这以前,我一直习惯于在傲慢面前退缩;要是在一年前,受到今天这样的接待,我准会下决心第二天一早就离开盖茨海德的。可现在,我一下就看出,那是一个非常愚蠢的做法。

我既然不惜赶了一百英里路来看舅妈,我就得在这儿留下来,直到她病情好转,或者去世。至于她女儿的傲慢和无礼,我应该把它们抛在一边,不加理会。于是我自顾招呼女管家,要她给我安排一个房间,告诉她我可能要在这儿住上一两个星期,让她把我的箱子搬到我住的房间。我跟她前去时,在楼梯口遇到了贝茜。

"太太正醒着，"她说，"我已经告诉她你来了。来，我们去看看，看她是不是还认识你。"

我用不着别人带我去那间熟悉的房间，从前，我常常被叫到那儿去受罚或者挨骂。我匆匆地走在贝茜前面，轻轻地打开房门。由于天正在渐渐变暗，桌子上已经摆上一盏有罩的灯。早先那张挂着琥珀色帐幔的四柱大床，依旧放在老地方；还有那个梳妆台，那把扶手椅，那张脚凳。在这张脚凳上，我曾上百次因莫须有的过错而罚跪，而求饶。我朝近旁的一个角落望去，多半是为了想看到那根我曾经惧怕过的细细的鞭子，从前它总是藏在那儿，像个小魔鬼似的，时机一到就跳出来抽打我发抖的手掌和畏缩的脖子。

我走到大床跟前，撩开帐幔，朝叠得高高的枕头俯下身去。我非常清楚地记得里德太太的脸，此时我急切地寻找着那熟悉的面容。时间消除了复仇的渴望，平息了愤恨和憎恶的冲动，这是一件让人高兴的事。当年，我在痛苦和憎恨中离开了这个女人，如今我又回到了她的身边，可我心里只有对她极度痛苦的同情，强烈渴望忘却和原谅她对我的一切伤害——一心只盼彼此和好，握手言欢。

那张熟悉的脸就在那儿，依旧是从前那样严酷无情——还有那什么也不能使它软化的独特目光，那稍微扬起、专横傲慢的眉毛。这张脸曾对我投来过多少次威胁和憎恶啊！此时此刻，当我望着它严厉冷酷的模样时，童年时代的恐惧和悲伤的回忆又涌上了我的心头！然而我还是俯下身去，吻了吻她。她看着我。

"是简·爱吗?"

"是的,里德舅妈。亲爱的舅妈,你好吗?"

我曾经发过誓,再也不叫她舅妈了,不过现在我觉得,忘掉和违背这个誓言并不算什么罪过。我用手握住了她伸在被子外面的一只手,要是她也慈祥地回握住我的手,当时我肯定会感到真正的欢乐。然而,无情的本性不是那么容易就变温和的,天生的反感也不是那么一下子就能消除的。里德太太不仅把手移开,连脸也稍微转开了一点儿,说是今晚有点儿热。她又是这么冷冰冰地对待我,我马上就觉察出她对我的看法——她对我的感情——并没有改变,也不可能变。从她冷酷的眼神里——那不为柔情所动、不为泪水所感化的眼神里。我看出她决心到最后一刻都认定我是坏的了。因为如果承认我是好的,并不能为她带来宽厚的快乐,而只会给她带来一种羞辱的感觉。我感到痛苦,继而又感到愤怒,最后我决心要征服她——不管她的性格和意志如何,我都要她听我的。像小时候一样,我的眼泪已经涌了上来,可我命令它们回到源头。我拿了张椅子放在床头边坐下,朝枕头俯下身子。

"你派人叫我来,"我说,"现在我来了,我还打算住下来,看看你的病情发展情况。"

"哦,当然!你已经见到我的女儿了?"

"见到了。"

"好吧,你可以告诉她们,我希望你住下,直到我能把我心中的一些事跟你谈谈。今晚时间太晚了,而且这些事我一时也很难想起来。不过我确实有些事要跟你说说——让我想想看……"

她那游移不定的目光和变了样的语调,说明她原先那健壮的身体已经变得多么虚弱。她烦躁地翻了个身,拉过被子来裹住身子,我的一只胳膊肘正好搁在一个被角上,把它给压住了,她立即发起火来。

"坐直了!"她说,"别死死压着被子,惹我生气——你是简·爱吗?"

"我是简·爱。"

"那个孩子给我带来的麻烦,多得简直谁也不会相信。这么个大累赘竟然落在我的身上——她的性格莫明其妙,时常突然大发脾气,总是鬼鬼祟祟地察看别人的一举一动,每时每刻都给我带来数不尽的烦恼!我要说,她有一次竟像个疯子或者魔鬼似的对我说话——从来没有一个孩子会像她那样说话和看人的。我很高兴,总算把她从家里给撵走了。在洛伍德那些人是怎么待她的呢?那儿发生过伤寒,死了很多学生,可是她没有死。不过我说她死了——我但愿她死了!"

"真是个奇怪的愿望,里德太太。你为什么这么恨她呢?"

"我一直不喜欢她的母亲,因为她是我丈夫唯一的妹妹,是他特别钟爱的人。她降低身份嫁人时,他反对家里人跟她断绝关系。听到她的死讯,他哭得像个傻瓜。他硬要派人去把她的婴儿接来,虽说我再三劝他宁可出钱叫人抚养,他就是不听。我第一眼看到那孩子就厌恶透了——一个病恹恹、瘦巴巴、哭哭啼啼的小东西!她会整夜在摇篮里哭个不停——不像别的孩子那样痛痛快快地放声大哭，而是一个劲儿地呜呜咽咽、哼哼唧唧。

"里德可怜她，时常照料她，关心她，就像是他自己的孩子似的。说实在的，他自己的亲生孩子那么大的时候，他都不曾这么关心过。他硬要我的孩子们对这个小叫花子好，我的小宝贝们受不了这个。可他们一流露出对她的厌恶，他就对他们大发脾气。他生最后那场病期间，还不断要人把她抱到他的床边。临终前一小时，还逼着我要我发誓继续抚养那个小东西。我倒宁愿他要我收养一个救济院领来的小叫花子哩。但是他软弱，天生的软弱。

"约翰可完全不像他父亲，这我很高兴。约翰像我，像我的兄弟——他完全像个吉布森家的人。哦，但愿他别再用要钱的信来折磨我了！我已经再也拿不出钱来给他了！我们已经变得越来越穷了。我得打发掉一半仆人，关闭一部分房子或者出租出去。我不甘心这么做——可是我们怎么才能生活下去呢？我三分之二的收入都得拿去付抵押借款的利息了。约翰没命地赌博，而且老是输钱——可怜的孩子！他被一群骗子给包围住了，约翰算是完了，堕落了——他那副样子真是可怕——我瞧着他都为他害臊。"

她越说越激动。"我想我这会儿还是离开她好一些。"我对贝茜说，她正站在床的另一边。

"也许是的，小姐，不过她每到晚上经常这样说话的——早上她就比较安静。"

我站起身来。

"站住！"里德太太大声嚷道，"我还有一件事要说。他威胁我——不断用他自己的死或者我的死来威胁我。我有时候就梦见为他入殓,他喉咙有个很大的伤口,或者脸又肿又黑。我落入了困难的境地,遇到大麻烦了。我该怎么办呢?怎么才能弄到钱啊?"

这时,贝茜竭力劝说她服一剂镇静药。她好不容易总算把她说服了。过不多久,里德太太变得安静了些,渐渐进入昏睡状态。于是我离开了她。

十多天过去了,我没有再跟她谈过话。她一直不是神志不清就是昏睡不醒。凡是有可能使她痛苦得激动起来的事,医生都严加禁止。这期间,我尽量跟乔治安娜和伊丽莎和睦相处,起初,她们确实十分冷淡,伊丽莎常常一坐就是半天,顾自埋头做针线,看书,或者写字,难得对我或对她妹妹说上一句话。乔治安娜常常跟她的金丝雀胡扯一通,根本不来理睬我。可是我决定不让自己显得无所适从,我随身带来了自己的绘画工具,它们既让我有事可做,又让我有了消遣。

我常常拿出一盒画笔,几张纸,离开她们,在窗子跟前坐下,随意画一些幻想中的图画,描绘出不断变幻的想象万花筒中出现的画面:两块礁石之间的一片海面,初升的月亮以及横在月亮表面的一条船,一丛芦苇和菖蒲,从里面冒出一个戴着荷花冠的仙女的头,在一圈山楂花下,篱雀窝里坐着一个精灵。

一天早上,我着手画一张脸。究竟要画什么样的脸呢?我自己也不知道,而且也无所谓。我拿起一支黑色软铅笔,把笔尖弄得很粗,开始画了起来。不一会儿,我就在纸上勾画出一个宽阔突出的额头，接着又勾画出方方正正的脸膛的下半部。这轮廓很惹我喜爱，我手中的铅笔迅速给它添上了五官。在这个额头下，得画上两条特别明显的平直的眉毛，接下来自然应画上个轮廓分明的鼻子，笔挺的鼻梁，大大的鼻孔。然后是一张看上去灵活，长得不算小的嘴。再是一个坚毅的下巴，下巴中间有一条明显的凹痕。当然还要加上一些黑色的胡须，还有浓密地遮住两鬓、在额头上卷曲成波浪形的乌黑头发。现在该画眼睛了。我把它们留在了最后，因为画眼睛最需要下一番功夫。我把眼睛画得很大，样子画得很好，睫毛画得又长又黑、黑眼珠又大又亮。

"不错！可是还不太像。"我估量着效果，心里想，"还得把它们画得更有力，更精神点儿。"于是我把阴影部分再加深些，以便使明亮部分显得更明亮——再恰到好处地润饰几笔，大功便告成了。瞧，一张朋友的脸就在我的眼前，那两位小姐不理睬我又算得了什么？我望着它，对着这幅栩栩如生的肖像，我会心地笑了。我看得出了神，感到心满意足。

"那是你一个熟人的肖像吗？"伊丽莎问道，我没有注意到她已走到我的跟前。

我回答说这只是一个想象中的头像，说着急忙把它放到了别的画纸下面。当然，我是在撒谎。实际上，这是一幅非常逼真的罗切斯特先生的肖像。不过，除了我自己，这对她，或者对其他任何人来说，又有什么意义呢？乔治安娜也走过来看了。别的几幅画她都很喜欢，却偏偏把这一幅头像叫作"一个丑男人"。

她们俩对我的画技似乎都感到惊讶。我表示愿意为她们画幅肖像，她们就先后坐下来让我各画了一幅铅笔草图。接着乔治安娜拿出了她的藏画册。我答应画一幅水彩画让她收进画册。这一下子就使她高兴了起来。她提议到庭园里去散散步。在外面待了还不到两个小时，我们就推心置腹地说起知心话来。她主动向我讲述了两个社交季节前，她在伦敦度过的那个出尽风头的冬季——她在那儿引起的爱慕——她所受到的关注。我甚至还听到她暗示说，她赢得了有爵位的人的倾心。

从下午到晚上，这类暗示越来越多——提到了各种各样的绵绵情话，描绘了多次出现的动情场面。总而言之，那一天她为我即兴创作了整整一大部时髦生活的精彩小说。此后她天天旧话重提，谈话老是围着一个主题——她自己、她的恋爱和她的伤心事。奇怪的是，她一次也没有提起过她母亲的病，或者她哥哥的死，或者目前她家暗淡的前景。她似乎满脑子装的都是对往日欢乐时日的怀念和对未来放荡生活的渴望。每天，她只在她母亲的病房里待上五分钟，一分钟也不愿意多待。

伊丽莎还是很少说话，显然她没有时间多说。她看上去很忙，我从来没有见过比她更忙的人，但很难说出她到底在忙些什么。或者不如说，很难看出她的勤奋忙碌有什么效果。她有一只闹钟，一大早就把她叫醒，我不知道她早饭前做些什么，不过吃过早饭后，她把时间平均地分成了几段，每小时都有它特定的任务。她一天中有三次阅读一本小书，经过仔细观察，我发现那是一本《祈祷书》。有一次，我问她那本书最大的吸引力是什么，她说是"礼拜规程"。她每天要花三个小时来做针线活，用金线给一块四四方方的红布缝边,那块布大得几乎可以用来做地毯。我问这布到底做什么用,她告诉我说,这是用来给盖茨海德附近一座新建教堂盖祭坛的。她还要花两小时写日记,花两小时独自在菜园子里干活,用一小时整理账目。她似乎既不需要同伴,也不需要谈话。我相信她是非常自得其乐的,这种日常程式使她感到心满意足。她最为恼火的就是发生什么意外的事情,迫使她改变那钟表般准确的日常规律。

有一天晚上,她比平时爱说话。她告诉我,约翰的行为、家庭面临的败落,是她深为苦恼的根源。不过她说她现在已经定下心来,并且做出了决定。她已经留心保住了自己的那份财产,一旦母亲去世——她平静地说,她母亲是完全不可能痊愈或者长期拖下去的——她就要实现一个筹划已久的计划:寻一个幽静的隐居之地,让严守时刻的习惯永远不受干扰,在自己和浮华的尘世之间筑一道安全的屏障。我问她乔治安娜会不会跟她在一起。她回答说当然不会。乔治安娜和她毫无共同之处。从来都没有过。她无论如何也不会要她做伴,使自己受累。乔治安娜应该走她自己的路,而她,伊丽莎,则走她自己的路。

乔治安娜在不向我倾吐心事时,大多数时间都躺在沙发上,抱怨家里太沉闷乏味,一再希望她的吉布森姨妈会请她到伦敦去。"只要能躲开一两个月,"她说,"等事情全都过去,那就好多了。"我没有去问她"等事情全都过去"这话是什么意思,可我猜想她指的是意料中的她母亲的去世,以及继之而来的让人悲伤的葬礼。伊丽莎通常对她妹妹的懒散和抱怨不当一回事,就像眼前根本没有这么个满腹牢骚、懒洋洋地躺着不动的人。可是有一天，她收起账簿，摊开刺绣活儿之后，却突然对她指责起来：

"乔治安娜，我敢说，在这个世界上，再也不会有比你更自负、更愚蠢的拖累别人的人了。你根本没有权利出生，因为你是在白白糟蹋生命。一个有理智的人应当有自己的追求，按自己的意愿生活，靠自己的能力生活，你却不是这样。你只想靠别人的力量来担负你的软弱无用。要是没有人愿意来担负这么个肥胖、孱弱、自负而无用的东西，你就大叫大嚷，说是受到了虐待，没有被重视，感到很伤心。不但这样，你还认为生活应该不断变化，充满刺激，否则这世界便是个地牢。你必须受人爱慕，被人追求，听人恭维——你必须有音乐、跳舞和社交——要不你就萎靡，你就颓丧。难道你就不知道自己动动脑子，使你不依赖别人，只靠你自己的意志和努力吗？你拿一天来试一试，把它分成若干部分，每一部分都分配好任务，把全部时间都包括进去，不留下一刻钟、十分钟，或者是五分钟的空闲时间，依次有条理、有规律地去做每件事。这样，几乎不等你觉察一天的开始，整个的一天就过去了。你也就用不着感谢别人帮你打发掉空闲时间了，也用不着求别人来做伴、谈天、同情、宽容了。总之，你就会过上一个独立的人应过的生活。接受这个忠告吧，这是我给你的第一个也是最后一个忠告。

那样，不管发生什么事，你都不需要再依靠我或者任何其他人了。要是不听这个忠告，继续像以前那样一味渴望、哀叹、懒散，那就等着品尝你愚蠢行径的后果吧，不管它有多糟，有多难受。我要明明白白地告诉你,你好好听着,虽然我不会再重复我现在要说的话,但是我将坚决按这话去做。

"妈妈去世之后,我就不再管你。从她的棺材抬到盖茨海德教堂的墓穴那天起,你我就各不相干了,就像我们从来不认识的那样。你别以为因为我们碰巧是同一对父母所生,我就会允许你来拖累我,哪怕你提出最微不足道的要求,我也绝不会答应。我可以告诉你——哪怕除我们之外,整个人类都灭绝了,只剩下我们两个人站在地球上,我也会让你留在旧世界,而我自己独自去新世界。"她闭上了嘴。

"你大可不必费神来发表这样的长篇大论。"乔治安娜回答说,"人人都知道,你是世界上最自私、最没心肝的家伙。我知道,你对我有刻骨的仇恨,以前我就有过这样的例子,在有关埃德温·维尔勋爵的事情上,你就对我耍了卑鄙的手段。你不能容忍我的地位比你高,得到贵族头衔,被接纳进你连脸都不敢露的社交圈子,于是你就扮演了奸细和告密者的角色,永远毁掉了我的前途。"

乔治安娜掏出手绢,接着整整擤了一小时的鼻子。伊丽莎冷漠地、无动于衷地在那儿坐着,一个劲儿地干着自己的活儿。

不错,宽厚的感情在某些人眼中是无足轻重的,可是这儿表现出的两种性格,就是因为缺少了它。一个刻薄得叫人无法忍受,一个又乏味得让人觉得可鄙。缺少理智的感情固然淡而无味,可是没有感情调入的理智也苦涩、粗粝,让人难以下咽。

一个风雨交加的下午,乔治安娜在沙发上看小说看得已经睡着,伊丽莎上新教堂去参加一次圣徒节礼拜了——在与宗教有关的事情上,她是个严格拘泥于形式的人,任何天气都挡不住她准时去履行她心目中的虔诚义务。不管天气好坏,每个礼拜天她都要去三次教堂,平时一有祈祷仪式,她也一定前往。

我想到要上楼去看看那位濒危病人的情况,她躺在那儿几乎就没人理睬。仆人们只是偶尔去照料一下,雇来的护士由于没人管,总是一有机会就溜出房间。贝茜是忠心耿耿的,但她也有自己的一家子人要照料,只能偶尔到宅子里来一趟。果然不出所料,我发现病房里根本就没人值班,不见护士的影子。病人一动不动地躺着,看样子是在昏睡。那张死灰色的脸陷在枕头里。壁炉里的火已快熄灭。我加上了点儿燃料,整理了一下被褥,朝她注视了片刻,而她现在已经不能注视我了。随后我转身朝窗前走去。

雨猛烈地抽打着窗玻璃,风狂暴地刮着。

"有个人躺在那儿,"我想,"她很快就不用再经受人间的暴风雨了,那个灵魂正在挣扎着要脱离它的肉体,当它终于获得解脱时,它又将飞向何处呢?"

思考着这个重大奥秘时,我想到了海伦·彭斯,回想起她临终时说的话——她的信仰——她那关于脱离了躯壳的灵魂都是平等的信条。回想中,我又听到了她临终前平静地躺在床上,低声表示渴望回到天父怀里时那难以忘怀的声调——还描绘出她那无力而神圣的神态,那憔悴的面容,还有那庄严的凝视——这时,我身后的床上响起了一个有气无力的低语声:

"是谁呀?"

我知道里德太太已经有好几天没说话了。莫非她苏醒过来了？我急忙走到她跟前。

"是我，里德舅妈。"

"谁——我？"她答道，"你是谁？"她诧异中带点惊恐地看着我，但还不是狂乱的神色。"我一点儿也不认识你——贝茜在哪儿？"

"她在门房里，舅妈。"

"舅妈！"她学着重复了一遍，"谁叫我舅妈？你不像是吉布森家的人，不过我认识你——那张脸，那双眼睛，还有那个额头，我都很眼熟。你像是……啊，你像是简·爱！"

我没作声，我生怕一承认是我会引起她休克。

"不过，"她说，"我怕是弄错了。我的脑子总是骗我。我想见到简·爱，脑子里就会凭空想出个像她的人来。再说，已经八年了，她也一定长得完全变了模样了。"

这时，我才温和地对她说，我就是她猜想和想见的那个人。看出她已听懂我的话，她的神智也很清醒，我就讲了贝茜是怎样差她丈夫把我从桑菲尔德接来的。

"我知道，我病得很重，"过上一会儿后她说，"几分钟前，我想翻个身，可是发现自己的手脚一点儿也动不了。看来临死以前，我还是把心事说出来的好。身体好的时候我们很少去想的事，到了像我现在这样的时刻，就会在心里压得慌。护士在吗？屋里除了你没别人了吗？"

我说只有我们两人，让她放心。

"唉,我做了两件对不起你的事,现在我为这感到后悔。一件事是我没有遵守对我丈夫做的诺言,把你当成亲生女儿一样抚养成人。另一件事是……"她忽然不说了,"也许,这毕竟算不上是什么重大的事,"她喃喃地自言自语,"再说,我也许还会好起来,像这样在她面前低声下气赔不是,实在太痛苦了。"

她挣扎着想换个姿势,可是没能做到。她的脸色变了,似乎正体验着某种内心的感觉——也许正是临死前某种内心痛苦的先兆吧。

"唉,我还是得把这件事了结掉。长眠已在眼前,还是把这件事告诉她的好。——到我的梳妆盒那儿去,打开它,把你看到的里面的一封信拿出来。"

我照着她的盼咐做了。

"读读那封信。"她说。信很短,是这样写的:

夫人:

盼请惠告舍侄女简·爱地址,并烦赐知其近况,我拟迅即去函,嘱她来马德拉我处。承蒙上天保佑,怜我辛勤,我已薄具资产,然因独身无嗣,甚望于有生之年将她收为养女,日后去世,愿将生平所有悉数遗赠给她。谨致敬意。

约翰·爱于马德拉

来信日期是三年以前。

"为什么我从来没听说过这件事呢?"我问。

"就因为我恨你,恨定了、恨透了,所以绝不愿意帮你一把,让你走运。我忘不了你对我的所作所为,简,忘不了那一次你对我大发脾气,你宣称在世界上最讨厌我的那副腔调,你用那种完全不像孩子的神情和口气说,只要一想到我你就恶心,说我卑鄙残忍地虐待你。我忘不了当你怒气冲冲跳起来朝我倾泻你心中的毒液时,我心中的那股滋味:我感到害怕,就像我打过或推过的一头牲口在用人的眼光盯着我,用人的声音咒骂我……给我倒点儿水喝!哦,快点!"

"亲爱的里德太太,"我把她要的水递给她时说,"别再想这些了,让它们都从你的心头消失吧。请原谅我说的那些气话,我那时候还是个孩子,在那以后已经过去八九年了。"

她没听我说话,而是喝了点儿水,喘了口气,接着便又继续说了下去:

"我告诉你,这事我怎么也忘不了,所以我就进行了报复。让你给你的叔叔收养,过上优裕舒适的日子,这是我无法忍受的事。我给他写了信,说很遗憾,让他失望了,简·爱已经死去,是在洛伍德染上伤寒病死的。现在,你愿怎么办就怎么办吧。你可以马上写信去否定我的说法——揭穿我的谎言。我想,你大概生来就是折磨我的,我到临终还要回忆起这件事,心里不得安宁,如果不是因为你,我绝不会动心去干出这种事来的。"

"你听我的劝,舅妈,别再去想这件事了,用仁慈和宽恕的心情来对待我……"

"你的脾气坏透了,"她说,"而且直到今天,我都还没法儿理解：你怎么九年当中不管受到什么对待都能默默地忍耐，而到第十年上却突然发作，火冒三丈了呢？我永远也弄不懂。"

"我的脾气并不像你想的那么坏，我容易激动，但不爱报复。小时候有许多次，只要你容许，我是会很高兴地爱你的。现在我真心诚意地渴望同你和解。吻吻我吧，舅妈。"

我把脸颊凑近她的嘴边，她却碰也不肯碰它。她说我伏在床上，压得她难受，接着又要我拿水。我把她扶起来，让她靠在我胳膊上喝了水。当我扶她躺下时，我把手放在她那冰冷、黏湿的手上，刚一碰到，她那瘦削的手立刻就缩了回去——失神的眼睛也避开了我的目光。

"那就随你爱我也好、恨我也好，"我最后说，"我都自愿地完全宽恕了你。现在你就请求上帝的宽恕，安下心来吧。"

可怜而痛苦的女人啊！她如今要想改变她惯常的看法也已经太晚了。活着时，她一直恨我，临死时，她仍然恨我。这时，护士进来了，后面跟着贝茜。我还继续逗留了半个小时，希望看到一点儿和解的迹象。然而她毫无表示。她很快就又陷入昏迷状态，此后再也没有恢复神志。那天晚上十二点钟，她离开了人世。我没有在跟前为她合上眼睛，她的两个女儿也没有在场。

第二天早上人们来告诉我们，一切都过去了。这时，她已经只等着入殓。伊丽莎和我过去看看她，乔治安娜却突然号啕大哭起来，说她不敢去看。萨拉·里德那曾是健壮灵活的躯体，僵硬不动地平躺在那儿。冰冷的眼皮遮住了她那无情的眼睛。她的额头和强悍的面容上，依然还留着她冷酷心灵的印迹。在我看来，那具尸体是个奇怪而严肃的东西。我怀着忧伤和痛苦的心情凝视着它。它引起的既不是温柔、甜蜜、同情,也不是期望或者宽容,而只是为她的悲哀而不是为我的损失而感到的剧烈痛苦,以及对这样可怕地死去所感到的一种既难过又流不出眼泪来的无比沮丧。

伊丽莎镇静地俯视着她的母亲。沉默了一会儿后说:

"像她那样的体质,本该可以活到高龄,是烦恼缩短了她的寿命。"说着,一阵痉挛使她的嘴抽搐了一下。痉挛过去后,她转身离开了房间,我也走了出去。我们两人谁也没掉一滴眼泪。

22

罗切斯特先生只给了我一星期的假期,但我却整整过了一个月才离开盖茨海德。原来我打算葬礼之后马上就走,可是乔治安娜求我待到她动身去伦敦的那天。她舅舅吉布森先生从伦敦赶来主持他姐姐的葬礼并安排家务,乔治安娜现在终于受到了他的邀请前往伦敦。乔治安娜说,她害怕单独留下来跟伊丽莎待在一起,从她那儿,沮丧时得不到同情,害怕时得不到鼓励,做动身的准备时也得不到帮助。

这样,我也就尽量大度地容忍着她软弱的哀哭和自私的悲叹,尽力帮她做针线活儿,打点行装。确实,我在为她忙碌,而她却闲着。不过我心里在想:

"要是你我注定要长住在一起,表姐,那我们就得换个位置把事情重做安排了。我可不会老老实实地只顾克制自己,我要派你干你自己的那份活儿,而且还要逼着你把它干完,要不就让它在那儿搁着。我还会要你把那些故意慢声慢气、半真半假的抱怨话收回到肚子里去。只是因为我们的这次交往时间十分短暂,而且又是在这样一个特殊的悲伤时刻,我才勉强同意让自己采取这样耐心和纵容的态度。"

最后,我终于送走了乔治安娜,但这回又轮到伊丽莎要求我再留一个星期。她说她的计划需要全力以赴,花去了她全部时间和注意力,因为她即将启程去一个陌生的地方。她整天锁上房门待在自己的房间里,装箱子、清抽屉、烧信件,跟谁也不来往。她希望由我来照管家里,接待来客,回复吊唁信。

一天早上,她告诉我说,我可以自由行动了。

"而且,"她还说,"对你的宝贵帮助和办事周到,我十分感激。跟你这样的人在一起和跟乔治安娜在一起是有些不同。你在生活中能恪尽本分,不拖累别人。明天,"她接着说,"明天我就要动身去大陆。我要到里尔[1]附近一个修道的地方去居住,——你大概会把那叫作修道院。我在那儿会清清静静,不受打扰。我要花一段时间来潜心钻研罗马天主教的教义,仔细研究他们那一套修道的方式方法。要是我发现它正像我大致预想的那样,最能保证把一切事情都做得规规矩矩,有条有理,那我就会皈依罗马天主教,也许还要当修女。"

对她的这个决定,我既没有表示惊讶,也没有试图劝阻。"这

---

1 法国北部一城市。

种天职对你再适合不过了,"我想,"但愿它会对你大有好处!"

我们分手时,她说:"再见,简·爱表妹,我祝你有好运,你还是有些见识的。"

我回答说:"你也不是没有见识的,伊丽莎表姐。但是我想,再过上一年,你的见识就会活活地禁锢在一座法国修道院里了。不过这不关我的事,既然它对你这么适合——我也就无所谓了。"

"你说得有理。"她答道。

说完这番话,我们便各自上路了。因为我以后再没有机会提到伊丽莎和她的妹妹了,所以不妨就顺便在这儿交代一下。乔治安娜结了门对她有利的亲事,嫁了上流社会一个风烛残年的有钱人,而伊丽莎果真当了修女,如今就在她度过见习期的那座修道院里当院长,她把自己的全部财产都捐给了那座修道院。

人们在经过或长或短的离别后返回故里时是什么滋味,这我不知道,因为我从来不曾有过这种感受。我只知道小时候在外面长时间散步后回到盖茨海德府时,会因为感到很冷或忧郁而挨骂。后来,从教堂回到洛伍德,原指望有一顿饱餐和暖烘烘的炉火,结果全都落了空。像这样的回家却不十分令人愉快,也不让人怎么向往,都缺乏一种磁力把我吸向某一个点,越是接近越是感到强力而诱人。至于回到桑菲尔德的感受又如何,那还有待去尝试。

我的旅途似乎是让人烦腻的——让人十分烦腻。第一天走了五十英里,在一个小旅馆里过了一夜,第二天又走了五十英里。

起初的十二个小时,我一直想着里德太太临终前的样子,我眼前老是出现她那张变了形、失去血色的脸,听到她那变得奇怪的声调。我回想着举行葬礼那天的情景:棺木和灵车,一队身着黑衣的佃户和仆人——亲戚很少——豁开的墓穴,肃穆的教堂,庄严的仪式。后来我又想到了伊丽莎和乔治安娜。我看到她们俩一个是舞会上众人注目的人物,另一个是修道院里斗室中的住户。我不禁琢磨和分析起她们俩外貌和性格上各自的特点来。傍晚时分到达某某大镇时,这些思绪给驱散了。

夜间,使这些思绪转了向。我躺在小旅馆的床上,抛开了回忆,转而想望未来。

我正在返回桑菲尔德府,可是我还能在那儿待多久呢?不会太久,这一点我能肯定。在我外出期间,我从费尔法克斯太太的信中得悉:那儿的聚会已经散了。罗切斯特先生在三个星期前去了伦敦,不过当时他们预料他过两星期就会回来。费尔法克斯太太猜测,他是去为婚事做准备,因为他曾说起要去买一辆新马车。她说,他要娶英格拉姆小姐的打算,在她看来仍然不可思议。但是根据人们谈到的,根据她自己亲眼见到的,她再也不能怀疑婚礼即将举行。

"你要是还要怀疑的话,那你可真是太多疑了。"我心里如此评论说,"这事我可一点儿也不怀疑。"

接下来的问题是,"我上哪儿去呢?"

我整夜都梦见英格拉姆小姐。在早晨做的一个景象清晰的梦里,我看见她把我关在了桑菲尔德的大门外面,手指着另一条路叫我走。而罗切斯特先生却袖手旁观——好像冲着她和我在冷笑。

我并没有通知费尔法克斯太太我回去的确切日期，因为我不希望他们派什么马车到米尔科特来接我，我原来就打算悄悄地步行走这段路的。我把箱子托付给旅馆的马夫以后，在那六月的一个傍晚六点左右，悄悄地离开了乔治旅馆，走上了通向桑菲尔德的那条老路，这条路大部分穿过田野，这时候已经很少有行人了。

那是个夏日的傍晚，虽说天气晴朗，平静无风，但并没有光辉灿烂，沿路尽是些翻晒干草的人在忙碌。天空虽说远不是万里无云，不过看起来却预示着晴好。在看得见蓝天的地方，那蓝色柔和而清澈；云层又高又稀薄。西边的天空也显得暖融融的，没有潮气的闪光给它抹上寒意——那儿看上去仿佛燃着一团火，在有着大理石纹路的雾气屏障后面，正有个圣坛在熊熊燃烧，透过缝隙，映出一片金红。

路在我前面越来越短，我心里感到高兴。高兴得有一次甚至停了下来，问自己这般欢乐究竟是什么意思，同时提醒自己的理智，这可不是在回自己的家，不是回一个能长久安身的处所，也不是回一个好友们翘首而待的地方。

"当然，费尔法克斯会朝你微笑，平静地表示欢迎，"我说，"小阿黛尔看见你会拍着手又蹦又跳。可是你自己心里非常清楚，你想的并不是他们，而是另一个人，可他却并不想你。"

可是，还有什么会像青春那么不顾一切？还有什么不会像缺乏经验那么盲目呢？这两者都认定，不管罗切斯特先生是不是见你,你能有幸再见到他,就够快乐的了。他们还说:"快!快!趁你现在还有可能,去跟他在一块儿,最多再过几天或者几个星期,你就要和他永远分开了!"于是,我扼死了刚刚诞生的心头隐痛——一个我不能说服自己去承认和培育的畸形儿——继续快步朝前走去。

桑菲尔德牧场上也在翻晒干草,或者更准确地说,在我到达的时候,雇工们刚收工,正扛着草耙回家。我只要再穿过一两块田地,然后跨过大路,就到大门口了。树篱上开的玫瑰花真多啊!可是我已顾不上去采摘几朵,我急于要到宅子里去。一株高大的野蔷薇,把枝繁叶茂的枝条伸到了路的对面。我从它旁边走过,看见了那窄窄的石头台阶。看见了——罗切斯特先生正坐在那儿,手中拿着一本本子、一支铅笔,正在写着什么。

当然,他并不是个鬼,可是我全身的每根神经都突然变得极度紧张起来,我一时间竟怎么也控制不住自己。这是怎么回事?没想到看见他我竟会浑身颤抖,没想到在他面前我竟会说不出话来,动弹不了。只要两条腿能动,我就立即退回去,没有必要让自己变成一个十足的傻瓜。我知道还有另外一条路可以进宅子。然而,哪怕我知道二十条路也没有用了,因为他已经看见了我。

"嘿!"他喊道,随即收起了本子和铅笔。"你回来啦!请过来呀。"

我想我是过去了,但不知道是怎么过去的,我对自己的行动几乎全然不知,一心想的只是如何保持镇静,最重要的是想要控制住脸部肌肉的活动——我察觉它们正肆无忌惮地在违抗我的意志，顽强地想要显露出我决心要掩盖的东西。不过，我戴着面纱——它正好放了下来。我仍能勉强做到举止不失体面和镇静。

"真的是简·爱吗？你刚从米尔科特来，而且是走着来的？没错——这又是你的一个鬼把戏。不叫人派辆马车去接你，不愿像平常人那样，坐着车辚辚地经过街道沿大路回来，却要乘着暮色悄悄地溜到你家附近，就好像你是个梦幻或者影子似的。这一个月来你到底干什么去了？"

"我一直在陪着我舅妈，先生，她去世了。"

"一个地地道道的简式回答！愿善良的天使保佑我吧！她是刚从另一个世界——从死人的住处来的。在这样的黄昏暮色里遇见我一个人在这儿，居然还这么告诉我！要是我有胆量的话，我真得先摸一摸你，看看你到底是个人还是幽灵，你这个淘气的小鬼！不过，那样我倒还不如到荒地里去抓一把蓝色的'鬼火'哩。真是个玩忽职守的人！玩忽职守的人！"

他稍停了一会儿后接着又说，"离开我外出整整一个月，我敢说，你准把我给忘得一干二净了。"

我知道和我的主人重逢会是很愉快的，尽管我担心很快他就要不再是我的主人了，而且明知我在他心目中算不了什么，这些都破坏了愉快的情绪，然而罗切斯特先生永远具有（至少我这样认为）使人愉快的巨大力量。而且，像我这样一只失群的异乡孤鸟，只要能尝到一口他撒给的面包屑，也等于是饱享盛宴了。他最后的几句话使人欣慰，这似乎是说，他还颇为在乎我是不是忘记了他呢。而且他还把桑菲尔德说成我的家——但愿它真是我的家就好了啊!

他一直没有离开台阶,我也不想请他下来让我过去。我随即就问起他是不是去过伦敦了。

"去了。我猜想你是靠千里眼看到的吧?"

"费尔法克斯太太在一封信里告诉我的。"

"那她告诉你我去干什么了吗?"

"哦,告诉了,先生!人人都知道你去那儿的使命。"

"你一定得去看看那辆马车,简,然后告诉我,你觉得它给罗切斯特太太坐是不是正合适,她靠在那紫红软垫上看上去像不像个波迪西亚女王[1]。简,但愿我在外貌上能稍微配得上她一点。你既然是个仙女,那么请告诉我,你能不能给我一道符咒或者是一帖灵丹妙药,或者是诸如此类的东西,让我变成个美男子呢?"

"这是连魔力也办不到的,先生。"我说,心里却接着说:"充满爱情的目光,就是你所需要的符咒。在这样的目光看来,你已经是够美的了。甚至你的严峻,也有超乎美之上的力量。"

有时,罗切斯特先生曾以我无法理解的敏锐看出我未说出的想法。这一次,他对我脱口而出的回答也未加注意,而是用一种他特有的那种微笑朝我笑着。这种微笑他难得一用,似乎认为它太珍贵了,一般情况下舍不得动用。它是真正的感情的阳光,此

---

1 波迪西亚女王,古代不列颠爱西尼人女王,曾领导反罗马人起义,失败后服毒自杀。

刻他就用这阳光照耀着我。

"过去吧，简妮特，"他一边说，一边让开身子让我走过台阶。"回家去，在你的朋友家歇一歇你那双四处漫游的疲惫的小脚吧。"

现在我唯一得做的就是默默地服从他。我没有必要再跟他谈下去。我一声不响地走过台阶，打算就这么平平静静地离开他。可是，一阵冲动突然紧紧攫住了我，一种无形的力量迫使我回过身去。我说道，或者是我内心的什么东西，不由我做主地代我说道："谢谢你的深情厚谊，罗切斯特先生。重又回到你这儿来，我感到格外高兴。你在哪儿，哪儿就是我的家——我唯一的家。"

我飞快地朝前走去，即使他要追我，也追不上了。小阿黛尔见了我，高兴得几乎发了疯。费尔法克斯太太仍用她往常那种纯朴友好的态度欢迎我。莉亚微笑着，就连索菲也高兴地对我说了声"晚上好"[1]。这真让人有种说不出的高兴。被你的同类所爱，感到有你在更增加了他们的快慰，这是世界上最大的幸福啊。

那天晚上，我坚决地闭上眼睛不去看未来，塞住耳朵不去听不断警告的声音——那声音提醒我离开即将临近，悲伤就要到来。用过茶点，费尔法克斯太太拿起了她的编织活，我在她身旁的一张矮凳上坐下，阿黛尔跪在地毯上紧紧偎依着我——一种相亲相爱的感觉，好像有一个金色的祥和光环围绕着我们。我不由得默默祈祷，但愿我们不要太早分离，也不要离得太远。正当我们这

---

[1] 原文为法语。

样坐着，罗切斯特先生不声不响地走了进来。他看着我们，似乎对如此和睦相处的景象感到十分愉快。他说他猜想老太太见自己的养女又回到了身边，现在准称心如意了。还说他看阿黛尔是"正想把她的英国小妈妈一口吞下去呢"[1]。

这时，我又有点儿冒昧地产生了希望，但愿即使在他结婚之后，他也会把我们安排在什么地方，让我们团聚在一起，继续受到他的庇护，而不把我们完全从他的阳光下赶出去。

我回到桑菲尔德府后的两个星期，平静得让人可疑。有关主人的婚事，一句话也没人提起，也没有看见有人为这桩大事做任何准备。我差不多每天都要向费尔法克斯太太打听，问她是不是听说有什么事情做出了决定，而她总是回答说没有。她说她有一次确实问了罗切斯特先生，问他打算什么时候把新娘娶回家来，可他只是开了句玩笑来回答她，同时还露出他特有的古怪表情，她搞不清他那是什么意思。

有一点使我特别感到奇怪，那就是他并没有来来去去地旅行，也没有去英格拉姆庄园访问。固然，英格拉姆庄园远在二十英里之外，在另一个郡的边上，可是这点儿距离对一个热恋中的情人来说，又算得了什么呢？对于像罗切斯特先生这样一个熟练而精力充沛的骑手来说，只不过是一个上午的行程罢了。

我不禁萌生出种种我不该有的希望：希望这门亲事已经告吹；希望这只是谣传；希望有一方或者双方都改变了主意。我常

---

[1] 原文为法语。

常观察我主人的脸,看看是否有伤心或者恼怒的神色。可是我想不起他几时有过这样既无愁云又无不快的心情。当我和我的学生跟他在一起时,即使在我的兴致不高,或者陷入难免的沮丧心情中时,他甚至会变得快活起来。他以前从来没有像现在这样经常把我叫到跟前去。我在他跟前时,他对我从来没有像现在这样亲切过——唉!我也从来没有像现在这样地爱过他。

23

明丽的仲夏照耀着英格兰,天空如此明净,阳光如此灿烂,在我们这个波涛围绕的岛国,本来是难得有这样的好天气的,而近来却接连很多天都是这样,仿佛是意大利的天气来到了英国——就像一群欢快的过路候鸟从南方飞来,在阿尔比恩[1]的悬崖上暂时歇上一歇。干草全都收进来了,桑菲尔德四周的田地都已收割干净,露出了一片绿色。大路让太阳晒得又白又硬。树木郁郁葱葱,树篱和林子枝繁叶茂,一片浓荫,与它们之间洒满阳光的、明亮的牧草地,正好形成鲜明的对比。

施洗约翰节[2]的前夕,阿黛尔在干草村小路上采了半天野草

---

1   英格兰的旧称。
2   每年 6 月 24 日。

莓，采累了，太阳一下山就去睡了。我看着她睡着后，才离开她来到花园里。这是二十四小时中最美好的时刻——"白天已耗尽了它炽热的烈火"[1]，露水清凉地降落在喘不过气来的平原和烤焦了的山顶上。在太阳没有披上华丽的云彩就朴素地沉落的地方，展现出一片壮丽的紫色，只有在一座小山峰的某一处，正燃烧着红宝石和熊熊炉火般的光辉。那片紫色慢慢扩展着，越来越高、越来越远、越来越淡，直至覆盖了整整半边天空。东方则有它自己湛蓝悦目的美，有它自己那不大炫耀的宝石——一颗正在独自徐徐升起的星星。它过不多久就将以月亮而自豪，不过这会儿它还在地平线下。

我在石子小径上散了一会儿步，可是有一股幽幽的、熟悉的香味——雪茄烟味——从一扇窗子里飘了出来。我看到书房的窗子打开有一手宽光景。我知道可能会有人在那儿窥视我，于是我马上离开，走进果园。庭园里再没有哪个角落比这儿更隐蔽、更像伊甸园的了。这儿树木茂密，鲜花盛开。它的一边有一堵高墙，把它和院子隔开，另一边则有一条山毛榉林荫道形成的屏障，使它和草坪分开。果园的尽头是一道低矮篱笆，这是它跟孤寂的田野唯一的分界线。有一条蜿蜒的小路通向篱笆，小路的两边长着月桂树，路的尽头耸立着一棵高大的七叶树，树的根部围着一圈坐凳。在这儿，你可以自由漫步而不让人看见。

在这蜜露降临、万籁俱寂、暮色渐浓的时候，我觉得自己仿

1　引自英国诗人托·坎贝尔（1777—1844）的《土耳其夫人》一诗。

佛可以永远在这浓阴下流连下去。果园的一个高处较为开阔,初升的月亮在这儿洒下了一片银辉。我被吸引着走向那儿,正穿行在花丛和果树之间时,我的脚步不由地停了下来——既不是因为听到什么,也不是因为看到了什么,而是因为再次闻到了一股引起警觉的香味。多花蔷薇、青蒿、茉莉、石竹和玫瑰一直都在奉献着晚间的芳香,可是这股新的香味既不是来自灌木,也不是花香,这是——我非常熟悉的——罗切斯特先生的雪茄香味儿。

我看着四周,侧耳细听,我看到的是枝头挂满正在成熟的果实的果树,听到的是半英里外林子里一只夜莺的歌唱。看不见一个移动的人影,听不见任何走近的脚步声,可是那香味儿却越来越浓。我得赶快逃走。我正举步朝通向灌木丛的边门走去,却一眼看见罗切斯特先生正走了进来。我向旁边一闪,躲进常青藤深处。他不会逗留很久,一定很快就会回去的,只要我坐在那儿不动,他绝不会看见我的。可是并非如此——黄昏对他像对我一样可爱,这个古老的花园对他也同样迷人。他继续信步朝前走着,一会儿托起醋栗树枝,看看枝头那大如李子的累累果实,一会儿从墙头摘下一颗熟透的樱桃,一会儿又朝一簇花朵弯下身去,不是去闻闻它们的香气,就是欣赏一下花瓣上的露珠。一只很大的飞蛾从我身边嗡嗡地飞过,停落在罗切斯特先生脚边的一株花上。他看见后,俯身朝它仔细地察看着。

"现在他正背朝着我,"我想,"而且又在专心地看着。要是我轻轻地走,也许能悄悄地溜掉,不让他发现。"

我踩着小径边上的草丛走,以免路上的石子发出声响把我暴露。他正站在离我的必经之路有一两码远的花坛间,那只飞蛾显然把他给吸引住了。

"我一定可以顺利地走过去的。"我心里暗想。

尚未升高的月亮把他的影子长长地投映在地上,当我跨过他的影子时,他头也不回地轻声说:

"简,过来看看这小东西。"

我刚才并没弄出声音,他的背后又没长眼睛,莫非他的影子也有感觉吗?开始我吓了一跳,接着便朝他身边走去。

"瞧瞧它的翅膀,"他说,"它倒让我想起了西印度群岛的一种昆虫。在英国,这么大、色彩这么艳丽的夜游神,是不能见到的。瞧!它飞走了。"

蛾子飞走了,我也怯生生地退身离去。可是罗切斯特先生一直跟着我。两人走到小门边时,他说:

"转回去吧,这么可爱的夜晚,呆坐在屋子里太可惜了。在这种日落紧接月出的时刻,绝不会有人想到要去睡觉的。"

我有一个缺点:虽然有时候我的舌头能对答如流,可有时候却不幸地怎么也找不出一个借口。而且这种失误往往总是发生在某些紧要关头,在特别需要有一句机敏的话或巧妙的托词来摆脱难堪困境的时候。我不想在这种时候,在这座树影幢幢的果园单独跟罗切斯特先生一起散步,可是我又找不出一个理由让我作为借口离开他。我缓缓地拖着脚步跟在后面,脑子里苦苦思索着,想找出一个脱身之计。可是他看上去却那么镇静、那么严肃,倒让我因自己的心慌意乱感到愧疚起来。看来邪念——假如有邪念存在或者即将有邪念出现的话——只在我心中,他的心中根本没有这种想法,很平静。

"简,"当我们踏上两旁有月桂树的小径缓缓地朝矮篱笆和那棵七叶树漫步走去时,他又开口说起话来,"在夏天,桑菲尔德是个挺可爱的地方,是不是?"

"是的,先生。"

"你一定有些依恋上这座宅院了吧?……你是个对大自然的美颇有眼光,而且又很容易产生依恋心情的人。"

"我的确依恋它。"

"而且,尽管我不明白是怎么回事,但我看得出来,你对那个傻孩子阿黛尔,甚至还有那位头脑简单的费尔法克斯太太,已经有了几分感情,是吧?"

"是的,先生,尽管方式不同,我对她们两个都很喜爱。"

"那离开她们你会感到难受吧?"

"是的。"

"真遗憾!"他说完,叹了口气,停了一会儿。"世上的事总是这样,"他又继续说道,"你刚在一个合意的歇息处安顿下来,马上就有一个声音朝你呼唤,要你起身继续上路,因为休息的时间已经过完了。"

"我得继续上路吗,先生?"我问道,"我得离开桑菲尔德?"

"我认为你得离开,简。我很抱歉,简妮特,不过我认为你确实得离开。"

这真是个打击,可是我并没有让它把我打垮。

"好吧,先生,开步走的命令一下,我就可以走。"

"现在就下了——我必须今天晚上就下。"

"这么说,你是要结婚了,先生?"

"正——是——如——此——一——点儿——不——错。凭着你的一贯敏锐,你这是一语道破的。"

"快了吗,先生?"

"很快,我的……哦,爱小姐。你也许还记得,简,我本人或者是传闻最初清楚地向你透露的情况:我打算把我的老单身汉的脖子伸进神圣的套索里,有意进入神圣的结婚阶段——把英格拉姆小姐拥抱在怀里(她那么大的个儿够我抱的,不过这没关系——像我的漂亮的布兰奇这样一个宝贝,是谁也不会嫌她个儿大的)。总之,呃,就像我刚才说的……听我说呀,简!你干吗扭过头去,是在找寻更多的飞蛾吗?那只是只瓢虫,孩子,'正在飞回家'。我是想提醒你,是你带着你那让我敬重的审慎,带着符合你的职责和身份的明智、远见和谦虚,首先向我提出,如果我娶了英格拉姆小姐,你和小阿黛尔最好是马上离开。你这提议中对我爱人的为人所暗含的诋毁,我并不想多做计较。真的,在你远离我之后,简妮特,我会尽量去忘掉它,而只注意其中的明智,这种明智我已把它作为我行动的准则。阿黛尔得进学校,而你,简小姐,得另找新职位。"

"好的,先生,我马上就登广告。在这期间,我想……"我正想说"我想我也许可以暂时待在这儿,等找到新的安身的地方再走吧",但是我突然住了口,感到不能冒险去说这样长长的一句话,因为我的声音已经不太听从我的使唤了。

"大约再过一个月,我就要当新郎了,"罗切斯特先生继续说道,"在这以前,我会亲自为你找一个工作和安身的地方的。"

"谢谢你,先生,我很抱歉给你……"

"哦,用不着道歉!我认为,一个雇员能像你这样忠于职守,她就有权要求她的雇主提供一点儿他不费举手之劳就能做到的帮助。说实话,我已经从我未来的岳母那儿听说,有一个我认为很适合你的位置,是在爱尔兰的康诺特的苦果山庄,教狄奥尼修斯·奥高尔太太的五个女儿。我想你会喜欢爱尔兰的,听说那儿的人都很热心肠。"

"可是路很远啊,先生。"

"没关系——像你这样有见识的姑娘总不会怕航行和路远吧。"

"不是怕航行,而是怕路远,再说,还有大海隔开了……隔开了英格兰,隔开了桑菲尔德,还有……"

"什么?"

"还有你,先生。"

我这话几乎是不由自主说出的,而且,同样不由自主地,我的眼泪也夺眶而出。不过我并没有哭出声来,以免被他听见。我压抑着抽泣。一想到奥高尔太太和苦果山庄,我心里就一阵发冷。想到看来注定将横贯在我和走在身边的这位主人之间的茫茫大海,我更觉得心寒。而最使我心寒的,是想起那更辽阔的海洋——阻隔在我和我无法避免、自然而然爱着的人中间的财产、地位和习俗。

"路很远啊。"我又说了一句。

"的确很远。你一去了爱尔兰康诺特的苦果山庄,我就再也见不到你了,简,这是肯定无疑的。我绝不会去爱尔兰,我向来就不太喜欢这个国家。我们一直是好朋友,简,是不是?"

"是的,先生。"

"朋友们在离别的前夕,总喜欢在一起度过余下的一点时间。来吧——趁那天空的星星越来越闪亮,让我们从从容容地谈谈这次航行和离别,谈上那么半个来小时。这儿是那棵七叶树,这儿有围着它老根的坐凳。来吧,今天晚上我们就在这儿安安静静地坐上一坐,今后我们可注定再也不能一起坐在这儿了啊。"

他招呼我坐下,然后自己也坐了下来。

"去爱尔兰路途遥远,简妮特,我很过意不去,让我的小朋友去做那么令人厌倦的旅行。不过,我没法儿安排得更好了,这又有什么办法呢?你觉得你有点儿跟我相像吗,简?"

这一次我没敢答话,我心里异常激动。

"因为,"他说,"对你,有时候我有一种奇怪的感觉——尤其是像现在这样你靠我很近的时候,仿佛我左肋下有根弦,跟你那小小身躯的同一地方的一根弦紧紧相连,无法解开。一旦那波涛汹涌的海峡和两百英里的陆地,把我们远远地分隔两地,我真怕这根联系着两人的弦会一下绷断。我心里一直就有一种惴惴不安的想法,担心到那时我内心准会流血。至于你嘛——你会把我忘得一干二净的。"

"我永远不会的,先生,你知道……"我说不下去了。

"简,你听见那夜莺在林子里歌唱了吗?听!"

我听着听着就啜泣起来,因为我再也抑制不住心中的悲伤,我不得不屈服了。剧烈的痛苦使我浑身都颤抖着。等到我能说出话来时,我也只能表示出一个强烈的愿望:但愿我从来未出生过,从未来到过桑菲尔德。

"你因为离开它感到难过?"

我心中的痛苦和爱情激起的强烈感情,正在要求成为我的主宰,正在竭力要支配一切,要想压倒一切、战胜一切,要求生存、要求升迁,最后成为统治者。当然——还要说话。

"离开桑菲尔德我感到伤心。我爱桑菲尔德。我爱它。因为我在这儿过了一段——至少是短暂的一段——愉快而充实的生活。我没有受到歧视,我没有给吓得呆若木鸡,没有硬把我限制在低下庸俗的人中间,没有被排斥在和聪明、能干、高尚的人的交往之外。我能面对面地跟我所尊敬的人、我所喜爱的人——跟一个独特、活跃、宽厚的心灵交谈。我认识了你,罗切斯特先生,想到非得永远离开你,这让我感到害怕和痛苦。我看出我非离开不可,可是这就像是看到我非死不可一样。"

"你从哪儿看出非这样不可呢?"他突然问道。

"从哪儿?是你,先生,让我明明白白看出的。"

"在什么事情上?"

"在英格拉姆小姐的事情上,在一位高贵漂亮的女人——你的新娘身上。"

"我的新娘！什么新娘？我没有新娘！"

"可是你就会有的。"

"对，——我就会有的！——我就会有的！"他紧咬着牙关。

"那我就非走不可了，你自己亲口说过的。"

"不，你非留下不可！我要为这发誓——这誓言我一定遵守。"

"我跟你说，我非走不可！"我有点儿生气地反驳道。"你认为我会留下来，成为一个对你来说无足轻重的人吗？你认为我只是一架机器——一架没有感情的机器？你认为我能忍受让人把我的一口面包从嘴里抢走，让人把我的一滴活命水从杯子里泼掉吗？你以为因为我贫穷、低微、不美、矮小，我就没有灵魂，没有心吗？——你想错了！——我跟你一样有灵魂，——也完全一样有一颗心！要是上帝赐给了我一点儿美貌和大量财富，我也会让你感到难以离开我，就像我现在难以离开你一样。我现在不是凭着习俗、常规，甚至也不是凭着肉体凡胎跟你说话，而是我的心灵在跟你的心灵说话，就好像我们都已离开人世，两人平等地一同站在上帝跟前——因为我们本来就是平等的！"

"因为我们本来就是平等的！"罗切斯特先生重复了一句——"就这样，"他补充说，将我一把抱住，紧紧搂在怀中，嘴唇紧贴着我的嘴唇，"就这样，简！"

"对，就这样，先生，"我回答说，"可又不是这样，因为你是个已经结了婚的人，或者等于是结了婚的人，娶的是一个配不上你的女人，一个意气不相投的女人——我不相信你真正爱她，因为我曾耳闻目睹过你讥笑她。我瞧不起这种结合,所以我比你好——让我走!"

"去哪儿,简?去爱尔兰吗?"

"对——去爱尔兰。我已经说出了我的心里话,现在去哪儿都行。"

"简,安静点儿,别这么挣扎了,像只绝望中狂躁的小鸟,拼命抓扯着自己的羽毛。"

"我可不是小鸟,也没有落进罗网。我是个有独立意志的自由人,我现在就要按自己的意志离开你。"

我又使劲一挣扎,终于挣脱出来,昂首直立在他的面前。

"那你就按你的意志来决定你的命运吧。"他说,"我向你献上我的心、我的手和分享我全部家产的权利。"

"你这是在演一出滑稽戏,看了只会让我发笑。"

"我这是在请求你一辈子跟我在一起——成为另一个我和我最好的终身伴侣。"

"对这件终身大事,你已经做出了你的选择,你就应该信守它。"

"简,请安静一会儿,你太激动了。我也要安静一下。"

一阵风顺着月桂树中间的小径吹来,颤抖着穿过七叶树的枝叶,飘然而去——吹向渺茫的远方——消失了。只有夜莺的歌声是这时唯一的声响。我听着听着,又哭了起来。罗切斯特先生默默地坐着,温柔而又认真地看着我。他有好一会儿没有作声,最后终于说:

"到我身边来,简,让我们做些解释,求得互相理解吧。"

"我绝不再到你身边去了。现在我已忍痛离开,不可能回去了。"

"可是,简,我是唤你来做我的妻子,我想要娶的只是你。"

我没有作声。我想他准是在捉弄我。

"来吧,简——过来。"

"你的新娘拦在我们中间。"

他站起身来,一步跨到我面前。

"我的新娘就在这儿,"他说着,再次把我拉进他怀里,"因为和我相配,和我相似的人在这儿。简,你愿意嫁给我吗?"

我仍不作回答,还是扭动着要挣脱他,因为我依然不相信。

"你怀疑我吗,简?"

"完全怀疑。"

"你不相信我?"

"一点儿也不相信。"

"我在你眼里是个撒谎者?"他激动地说。"小怀疑家,你会相信的。我对英格拉姆小姐有什么爱情呢?没有,这你是知道的。她对我又有什么爱情呢?也没有,正如我想方设法已经证实的那样。我有意让一个谣言传到她耳朵里,说我的财产还不到人们料想的三分之一,然后我就亲自去看结果怎么样,结果她跟她母亲全都冷若冰霜。我绝不会——也不可能——娶英格拉姆小姐。是你——你这古怪的,几乎不像尘世的小东西!——只有你,我才爱得像爱自己的心肝!你——尽管又穷又低微,既矮小也不美——我还是要恳求你答应我做你的丈夫。"

"什么,我!"我失声叫了起来。看到他的认真——特别是他的粗鲁——我开始有点儿相信他的真诚。"怎么会是我?我在这个世界上除了你,连一个朋友也没有——如果你是我的朋友的话。除了你给我的那点儿工资外,我连一个先令也没有啊!"

"是你,简。我一定要让你属于我——完完全全属于我一个人。你愿意属于我吗?说愿意,快说!"

"罗切斯特先生,让我看看你的脸。转过来朝着月光。"

"为什么?"

"因为我想看看你脸上的神情。转过来!"

"看吧,你将发现它不见得比一张皱巴巴、乱涂过的纸更容易看得明白。看吧,只要你快一点儿,因为我感到难受。"

他脸上神情激动,满脸通红,五官在抽搐,眼里闪现着奇异的光芒。

"哦,简,你是在折磨我!"他嚷了起来,"你在用寻根究底而又信任、宽厚的目光折磨我!"

"我怎么会折磨你呢?只要你是诚挚的,你的求婚是真心的,我对你的感情只能是感激和挚爱——绝不会是折磨!"

"感激!"他嚷了起来,接着又发狂似的补充说:"简,快答应我,说,爱德华——叫我名字——爱德华,我愿意嫁给你。"

"你是认真的吗?你真的爱我?你真心诚意希望我做你的妻子?"

"是的,要是一定要发誓你才能满意,那我就发誓。"

"好吧，先生，我愿意嫁给你。"

"叫我爱德华——我的小妻子！"

"亲爱的爱德华！"

"到我这儿来——现在整个儿投到我怀里来吧。"他说。随后他拿脸贴着我的脸，用最深沉的语调在我耳边继续说："使我幸福吧，我也会使你幸福的。"

"上帝，饶了我吧！"一会儿他又接着说，"别让人来干涉我。我得到她了，我要好好守住她。"

"没有人会来干涉的，先生。我没有亲属会来阻挠。"

"没有——那就太好了。"他说。

要不是我那么深深地爱他，也许我会觉得他那狂喜的口气和神情有点儿太野了，然而，靠着他坐在那儿，从离别的噩梦中醒来——忽然被召入团圆的乐园——我此刻想到的只是那任我畅饮的无穷幸福。

他一遍又一遍地问："你幸福吗，简？"

我一次又一次地回答："幸福。"

接着他又喃喃地说道："我会赎罪的——会得到上帝宽恕的。难道不是我发现她没有朋友、冷清凄凉、得不到安慰的吗？难道我能不去保卫她、爱护她和安慰她吗？难道我心中没有爱情，我的决心还不够坚定吗？这会在上帝的法庭上得到赎罪的。我知道上帝是准许我这么做的。至于人间的评判——我才不去管它。别人的议论——我毫不在乎。"

可是这夜色是怎么啦？月亮还没下落，我们就已被笼罩在一片黑暗之中。尽管靠得那么近,我却几乎看不见我主人的脸。是什么使得那棵七叶树如此痛苦不安?它挣扎着,呻吟着。狂风在月桂树中间的小径上呼啸,急速地从我们头上掠过。

"我们得进屋去,"罗切斯特先生说,"变天了。我本可以跟你一直坐到天亮的,简。"

"我也一样,"我想,"本可以跟你一直坐下去。"本来我也许会这么说出来的,但一道耀眼的青色闪电突然从我望着的云堆里窜出,紧接着一声噼里啪啦的爆裂声,然后是近处的一阵轰隆隆的雷声。我除了赶紧把闪花了的眼睛贴在罗切斯特先生的肩上藏起外,别的什么也顾不上了。

大雨倾盆而下。他催我赶快走上小径,穿过庭园,逃进屋子。但没等我们进门,全身就已经完全湿透了。正当他在大厅里帮我摘下披巾,抖掉我散开的头发上的雨水时,费尔法克斯太太从她的房间里走了出来。一开始,我没有看见她,罗切斯特先生也没有看见她。灯亮着。钟正打十二点。

"快去脱下你身上的湿衣服。"他说,"临别以前,道一声晚安——晚安,我亲爱的!"

他连连地吻我。当我正从他怀中脱出身来时,抬头一看,那位寡妇就站在那儿,脸色苍白,神情严肃而又吃惊。我只对她笑了笑,便跑上楼去。

"另找时间再解释吧。"我心里想。

可是当我走进自己的房间后,一想到她哪怕是会暂时误解她看到的情况,我心中也仍然感到一阵极度的不安。但是欢乐很快就把其他的心情一扫而空。尽管在持续两小时的暴风雨中,狂风呼啸怒吼,雷声既近又沉,电光频频猛闪,大雨如瀑倾泻,我却并不感到害怕,也没有丝毫畏惧。在这风狂雨暴的时刻,罗切斯特先生曾三次来到我的门前,问我是否平安无事,而这就足以令人安慰,就是应付一切的力量。

第二天早上,我还没起床,小阿黛尔就跑进房来告诉我,果园尽头那棵大七叶树昨天夜里遭了雷击,被劈掉了一半。

24

起床穿衣时,我回想了一下发生的事,真不知道那是不是一场梦。在我再见到罗切斯特先生,听到他重新说出他的爱慕和诺言之前,我实在不能肯定这是真的。

梳头时,我望着镜子里自己的脸,觉得它不再那么平淡无奇了。它的神态里蕴含着希望,脸色中透露出生气,我的双眼似乎已看到了丰收的源泉,而且从那粼粼波光借得了光辉。过去,我总是不愿去看我的主人,因为我生怕他不喜欢我的神情,但是现在我确信我可以朝他抬起我的脸,不会因这张脸上的表情而使他的热情冷却了。我从抽屉里取出一件朴素而淡雅的干净夏衣穿上。看上去从来没有哪件衣服像这样合身过,因为我从来没有哪件衣服是在这样幸福的心情中穿上身的。

我跑下楼去,来到大厅,看到昨晚暴风雨后接着而来的是一个明媚的六月的清晨,感到从敞开的玻璃门外拂来的是一阵清新芳香的微风,这一切并不使我感到惊奇。在我这样快乐的时刻,大自然当然也会喜笑颜开的。一个讨饭的女人带着她的小男孩,沿着小路走来。两人都脸色苍白,衣衫褴褛。我跑上前去,把钱包里所有的钱——大约三四个先令——全都给了他们。不管怎么样,他们也该分享一些我的欢乐。白嘴鸦在哇哇高叫,更欢快的鸟儿在放声歌唱。然而,没有什么能像我这颗欢乐的心这般充满喜悦,充满悦耳的乐声了。

使我吃惊的是,费尔法克斯太太满脸愁容地望着窗外,严肃地说:"爱小姐,来吃早饭吧。"吃早饭时,她沉默寡言,态度冷淡。可是现在我还不能向她讲明情况,我得等我的主人先作出解释,因而她也只好等着。我尽可能吃了点东西,就匆匆跑上楼去。我遇上了正从教室出来的阿黛尔。

"你上哪儿去?上课的时间到了。"

"罗切斯特先生要我到儿童室去。"

"他在哪儿?"

"就在里面。"她指了指她刚离开的房间。

我走了进去,他果然就站在那儿。

"过来跟我说声早安。"他说。

我高高兴兴地走上前去。这回我得到的已不仅仅是一句冷淡的招呼,甚至也不再是握一握手,而是拥抱和亲吻。他这般深情的热恋和爱抚,看来是很自然的,也让人感到快慰。

"简,你看上去容光焕发,笑盈盈的,非常漂亮,"他说,"今天早上你确实非常漂亮,难道这就是我那个苍白的小精灵吗?这就是我那个芥子小仙[1]吗?这个脸带笑靥、嘴唇鲜红、栗色秀发光滑如缎、褐色眼睛闪闪发亮、满脸喜气洋洋的小姑娘?"(读者,我的眼睛本是绿色的,不过你得原谅他的这个错觉,我猜想,在他的眼里,它们大概有了新的颜色。)

"这是简·爱,先生。"

"很快就要成为简·罗切斯特了,"他补充说,"再过四个星期,简妮特,一天也不会多。你听到了吗?"

我听到了,但还不能完全领会它的含义,因为它使我感到一阵头晕。这句话给我带来的感受,是一种与快乐不同、比快乐远为强烈的东西——一种突然袭来,让人震惊,几乎使人恐惧的东西。

"你刚才还脸色红润,这会儿突然发白了,简,这是怎么啦?"

"是因为你给了我一个新的名字——简·罗切斯特,而它似乎是那么不可思议。"

"没错,罗切斯特太太,"他说,"年轻的罗切斯特太太——费尔法克斯·罗切斯特年轻的新娘。"

"这绝不可能,先生。这听起来都不像是真的。人在尘世上绝不可能享受到完美的幸福。我也不见得生来就跟我的同类会有不同的命运。幻想这样的幸运会落到我的头上,那简直是神话——是白日做梦。"

"这我能够办到,而且一定能使它成为现实。我今天就开始。

1　莎士比亚《仲夏夜之梦》中的小神仙之一。

今天早上，我已给我在伦敦银行里的代理人写了封信，通知他把我委托他保管的一些珠宝送来——那是历代桑菲尔德女主人的传家宝。我希望再过一两天就能把它们全都交给你。因为既然我要娶你，我就要像娶一个贵族女儿一样，把该给她的一切特权和关心都给你。"

"哦，先生！——别提什么珠宝了！我不愿听到那些东西。给简·爱珠宝，这听起来就不自然，也挺不自在。我宁愿不要那些玩意儿。"

"我要亲自把钻石项链戴在你的脖子上，把环饰戴在你的额头上——它一定非常相配，简，因为大自然至少早已在这个额头上盖上了标明高贵的印记。我还要在这双纤秀的手腕上套上手镯，在这些仙女般的手指上戴满戒指。"

"不，不，先生！想点儿别的话题，说点儿别的事，换换调子吧。别把我当成美人似的跟我说话，我只是你一个相貌平常、贵格会教徒似的家庭教师。"

"你在我眼里是个美人，而且是正合我心意的美人——既优雅又飘逸。"

"你是说，既弱小又微不足道吧。先生，你不是在凭空幻想，就是在有意奚落。看在上帝的分儿上，别讽刺挖苦我了！"

"我还要让世人都承认你是个美人，"他继续说下去，我听着他对我说话的调子真的感到不安起来，因为我觉得他不是在盲目自欺，就是在存心骗我。

"我要让我的简一身绸缎和花边，给她的秀发上插上玫瑰花，还要给她的头上蒙上珍贵无比的面纱。"

"那时候你可就认不出我了,先生。我将不再是你的简·爱,而成了一只穿着五颜六色小丑服的猴子——一只身披借来的羽毛的乌鸦了。要我穿上一身宫廷贵妇的长袍,倒不如看看你满身穿上戏装的样子,罗切斯特先生。那样的话,尽管我非常爱你,但我不会说你漂亮,正因为我太爱你了,所以我就不会奉承你,你也别奉承我。"

可是他不顾我的反对,一味顺着这个话题往下说。"今天我就要用马车把你带到米尔科特去。你一定得给自己挑选些衣服。我跟你说了,再过四个星期我们就要举行婚礼了。婚礼不做张扬,就在下面的那个教堂里悄悄举行,婚礼结束,我要马上带你进城。在那儿稍作停留后,我就要带我的宝贝去更加接近太阳的地方,去法国的葡萄园和意大利的平原,她将看到在古老的历史和现代的记载中一切著名的东西,她还将品尝到城市生活的风味。到那时,通过和旁人做比较,她将学会珍视自己。"

"我能去旅行?而且跟你一起,先生?"

"你可以在巴黎、罗马和那不勒斯待上一阵,在佛罗伦萨、威尼斯和维也纳逗留。凡是我漫游过的地方,都要让你去游上一番。凡是我的大脚踩踏过的地方,也要让你留下你那小巧的脚印。七年前,我几乎如疯似狂地跑遍了整个欧洲,跟我为伍的只有憎恶、痛恨和愤怒。如今我身心都已痊愈,我要旧地重游,而陪伴我、安慰我的将是一位真正的天使。"

他说这番话时,我朝他笑着。"我可不是天使,"我断然地说,

"至死也不想做什么天使。我就是我。罗切斯特先生,你千万别指望也别强求我身上有什么至善至美的东西——因为你从我这儿得不到它,正像我也不可能从你那儿得到它一样。我压根儿就不那么指望。"

"那你指望我什么呢?"

"有那么一段时间——很短的一段时间——你也许会像你现在一样,随后你就会变得冷淡,接着你会喜怒无常,再接下去你又会严厉无情,到那时我就得煞费苦心才能讨你欢喜。不过等你对我完全习惯了,你说不定又会重新喜欢我——我说的是喜欢我,而不是爱我。我看你的爱六个月之后或者不到六个月就会冷却。我在男人们写的书里读到过,这是一个丈夫的热情所能维持的最长时间。不过话虽这么说,作为一个朋友和伴侣,我希望永远不要变得让我亲爱的主人感到十分讨厌。"

"讨厌!重新喜欢你!我想我会一再重新喜欢你,永远喜欢你,同时我还要使你承认,我不仅喜欢你,而且还爱你——真诚、热烈、永不变心地爱你。"

"你不会反复无常吗,先生?"

"对那些只凭容貌取悦于我的女人,当我发现她们既没有灵魂又没有心肝时,当她们让我看到她们的平庸、浅薄,也许还有愚蠢、粗俗和暴躁时,我倒真是个十足的恶魔。可是面对这清澈的目光,雄辩的口才,如火的心灵,柔中有刚的性格,我却永远是温柔和忠实的。"

"你遇到过这样的性格吗,先生?你爱过这样的性格吗?"

"我现在就在爱着。"

"可是在我以前呢?如果我真的在哪方面够得上你那苛刻的标准的话。"

"我从没遇到过能跟你相比的人。简,你使我喜欢,又让我为你倾倒——你看上去顺从,我喜欢你给人的柔顺感。当我把这束柔顺的丝线绕在手指上时,它引起的快感会顺着手臂一直传到我的心坎。我被感染了——我被征服了。这种感染,比我所能表达出的更为甜蜜;这种征服,比我所能取得的任何胜利更为迷人。你干吗笑啊,简?你脸上那副神秘莫测的样子,是什么意思呢?"

"我在想,先生(听了这想法,你可别见怪,这是我无意中想到的),我想到了赫拉克勒斯[1]、参孙[2]和迷住他们的美女……""你竟这样想,你这小精灵……"

"嘘,先生!你现在这话可讲得很不聪明,正像那两位先生做得不聪明一样。不过,要是他们结了婚,毫无疑问,他们就会用做丈夫的严厉去弥补做求婚者时的柔顺。我怕你也会这样。我很想知道,一年以后,要是我求你做一件你不便做或不喜欢做的事,你会怎样回答我。"

"那你现在就求我做点什么吧,简妮特——哪怕是最琐碎的小事。我希望能受到你的请求。"

1　希腊神话中的大力士。主神宙斯之子,曾完成十二项英雄事迹。因爱上吕底亚女王翁法勒,他曾男扮女装,为她纺了三年羊毛。
2　《圣经》中的大力士,因受情人大利拉哄骗,被剃去头发,失掉神力,落入敌人手中。详见《圣经·旧约·士师记》第16章。

"我真的要请求,先生。我已经把我的请求想好了。"

"那就说吧!不过要是你带着这样的表情笑盈盈地望着我,没等我弄清你的要求我就会答应你,那我可就成了个傻瓜了。"

"绝不会的,先生。我只要求你别叫人送珠宝来,别给我戴上玫瑰花。要是那样的话,你还不如给你那条普普通通的手绢镶上金花边哩!"

"还不如'给纯金镀金'[1]哩。这我知道。好吧,同意你的请求——暂时同意。我收回我给那位银行家的通知。可是你还什么都没要求呀,你只是请求取消一项礼物。再提提看。"

"那好,先生,请满足一下我的好奇心,有一件事情大大地激起了我的好奇心。"

他显得不安起来。"什么?什么?"他急促地说道。"好奇心可是个危险的请求,幸亏刚才我没有发誓同意每一个请求……"

"不过同意这个请求并没有什么危险啊,先生。"

"说吧,简,不过但愿你不只是打听一下什么秘密,而是希望要我的一半家产。"

"哟,亚哈随鲁王[2]!我要你的一半家产干什么?你当是个放高利贷的犹太人,想在田产上搞有利的投资?我可宁愿要求听听

---

1. 引自莎士比亚的《约翰王》第4幕第2场中萨立斯伯雷的一句台词。
2. 《圣经》中的波斯国王,即波斯国王薛西斯一世(约公元前519—前465)。据《圣经》记载,他宠爱第二个王后以斯帖,曾对她说:"你要什么,你求什么,就是国的一半,也必赐给你。"详见《圣经·旧约·以斯帖记》第5章。

你的知心话,既然你愿意向我敞开心扉,你总不会不让我知道你的心事吧?"

"一切值得你知道的心事,简,我都欢迎你知道。不过看在上帝的分儿上,别老想背上个无益的负担!不要一心想要去吞下毒药——别成了我的一个地道的夏娃!"

"为什么不呢,先生?你刚才还对我说你多么愿意被征服,你觉得强被说服是多么愉快。我最好趁机利用一下这番表白,连哄带求——必要的话,甚至又哭又闹,绷着脸生气——目的只是试试我的威力,难道你不认为我应该这样做吗?"

"我看你未必敢做这样的尝试。不通情达理,肆无忌惮,那就什么也谈不上了。"

"是吗,先生?你马上就改变主意了。这会儿你看上去多么严厉啊!你蹙起的眉毛足有我的手指一般粗,你的额头就像'乌云层叠的雷霆'[1]——这是我在一篇惊人的诗作中读到过的。我看,先生,这就是你结婚后的模样吧?"

"要是那是你结婚后的模样,作为一个基督徒,我将立即放弃娶一个十足的妖精或者火怪的念头。可是你问的是什么呢,你这小东西?——快说!"

"瞧,你现在连礼貌都不讲了。不过和奉承相比,我倒是较为喜欢粗鲁。我宁愿做东西,而不愿当天使。我要问的是——你为什么费尽心机要我相信,你想娶的是英格拉姆小姐?"

1　引自英国诗人弥尔顿的诗句。

"只是这个吗?谢天谢地,还好!"这时他舒展开了浓黑的双眉,低下头来对我微笑着,还抚摸着我的头发,仿佛庆幸避开了一场危险而感到高兴。

"我想我还是坦白直说的好,"他接下去说,"尽管我这会儿惹得你生点气,简——我已经见过你生气的样子了,简直像个喷火的妖怪。昨天晚上,在清凉的月光下,你起来和命运抗争,声称你的地位和我平等时,你就激动得火冒三丈。顺便说一下,简妮特,是你先向我求婚的。"

"当然是我。不过请你不要离题,先生——英格拉姆小姐是怎么回事?"

"好吧,我假装追求英格拉姆小姐,因为我想让你爱我爱得发狂,也像我爱你那样。我知道,要达到这个目的,妒忌是我能找到的最好助手。"

"好极了!——现在你可就渺小了——不见得比我的小手指尖大多少。这样做真是奇耻大辱,太不光彩了。先生,难道你就一点儿也不考虑英格拉姆小姐的感情?"

"她的全部感情都集中在一点上,那就是骄傲。而这正需要受受挫折。你妒忌过吗,简?"

"这你别管,罗切斯特先生。你就是知道了,也不会感到有趣。请你再老实地回答我,你认为英格拉姆小姐不会因你的虚情假意而痛苦吗?她不会觉得受到了冷落和抛弃?"

"绝不会!——我跟你说过,正好相反,是她抛弃了我。一想到我要破产,她的热情一下子就冷了下来,或者不如说,一下子就熄灭了。"

"你的想法真是又怪又狡猾，罗切斯特先生。你在某些事情上的原则是挺怪的。"

"我的原则从来没有受过训练，简。也许因为不太经意，它们长得有点儿歪了。"

"再认真地说一遍：我可以享受那许诺给我的莫大幸福，而用不着担心有人会遭受像我刚才感到的痛苦吗？"

"你放心好了，我善良的小姑娘。世人再没有人能像你那样纯洁无私地爱我了——因为我已把那令人快慰的油膏涂在了我的心灵上，简——这油膏即是对你的爱的信任。"

我转过头，吻了吻搁在我肩上的那只手。我深深地爱着他，深得我已不相信自己能说得清，深得已没有言语能够表达。

"再要求点儿什么吧，"他紧接着又说，"能受到请求，能表示同意，是我的乐趣。"

我又立刻有了个现成的请求，"请把你的打算告诉费尔法克斯太太，先生。昨天晚上，看到我跟你在大厅里，她大吃一惊。在我再见到她之前，你对她做些解释吧。让这么一个好心人误解，我心里感到难受。"

"回你自己的房间去，戴上帽子，"他回答说，"我要你今天早上陪我去米尔科特。趁你准备乘车出门的时候，我会去让这位老太太开窍的。她是不是认为，简妮特，为了爱，你会付出一切，而且料定你这样做会一无所得？"

"我相信她认为我忘了自己的地位，还有你的地位，先生。"

"地位！地位！——从今以后，你的地位就在我心中，也在那些敢于侮辱你的人头顶。快去吧。"

我很快就穿戴好了。听到罗切斯特先生离开了费尔法克斯太太的起居室，我便赶忙下楼上她那儿。老太太刚才正在读她早晨必读的一段《圣经》——这是她的日课。《圣经》在她面前摊开着，上面放着她的眼镜。看来，罗切斯特的宣布打断了她的日课，此刻她似乎已把它忘在一边。她两眼盯着对面那堵空无一物的墙壁，流露出一颗平静的心被异乎寻常的消息扰乱了的惊异目光。一看到我，她清醒了过来，竭力想露出个笑脸，说上几句祝贺的话。可是笑容很快就消失了，话也说了一半就不说了。她收起眼镜，合上《圣经》，把她的坐椅从桌边往后推了推。

"我感到非常惊讶，"她开始说道，"我简直不知道该跟你说什么好，爱小姐。我肯定不是在做梦，是吗？有时候，我一个人坐着坐着会进入半睡半醒的状态，幻想出种种从没发生过的事情来。已经不止一次了，在我打瞌睡的时候，我那十五年前就已去世的亲爱丈夫，突然走了进来，坐在我的身边，我甚至还听到他在叫我的名字艾丽斯，就像他生前那样。现在，你能不能告诉我，罗切斯特先生是不是真的向你求过婚了？请别笑我，我真的觉得他五分钟前来过这儿，还说再过一个月你就是他的妻子了。"

"他是对我这么说过。"我答道。

"他说过！你相信他吗？你答应他了吗？"

"答应了。"

她大感不解地看着我。

"这我可压根儿没有想到。他是个很高傲的人。罗切斯特家的人都很高傲,而且至少他的父亲还很爱钱,他也常被人说成比较吝啬。他说要娶你?"

"他是这么对我说的。"

她把我从头到脚打量了一番。我从她的眼神里看出,她在我身上并没有找到什么魔力足以帮她解开这个疑团。

"这叫我没法儿理解!"她继续说,"不过既然你这么说,那准是真的了。以后会怎么样,我说不上,我真的不知道。在这种情况下,最好是地位财产相当。再说,你们的年龄又相差了二十岁。他差不多都可以做你的父亲了。"

"才不呢,费尔法克斯太太!"我给惹得生气了,大声嚷了起来,"他根本就不像我父亲!不管是谁看见我们在一起,都绝不会这么想的。罗切斯特先生看上去很年轻,他真的很年轻,就跟有些二十五岁的人一样。"

"他真的是因为爱你才打算娶你吗?"她问。

她的冷淡和怀疑是这样地伤了我的心,我的眼睛里涌上了泪水。

"我很抱歉,让你伤心了,"寡妇继续说道,"可是你这么年轻,对男人又这么缺乏经验,我是希望你要多加小心。有句古话说'闪光的不全是金子',在这件事情上,我的确担心将来会出现你我料想不到的事情。"

"怎么?——我是个怪物吗?"我说,"难道罗切斯特先生不可能真心实意地爱上我?"

"不,你是很好的。这些日子来又比以前更好了。我看罗切斯特先生是喜欢你的。我经常看到,你仿佛就是他的一个宠儿。对他那种明显的偏爱,有时我有点儿为你感到不安,希望你多加警惕。不过哪怕连越轨的可能,我也不想向你提起,我知道这种想法会让你大吃一惊,也许还会惹你生气。因为你是那么谨慎,那么端庄而又明白事理,所以我希望依靠你自己来保卫好自己。昨天晚上,我到处都找遍了,就是找不到你,也找不到主人。后来,直到十二点,才看见你跟他一起进来。我简直没法儿跟你说清,当时我的心里有多难受。"

"好了,现在就别把那事放在心上了,"我不耐烦地打断了她的话,"一切都正常,这就够了。"

"我也希望最后一切都正常,"她说,"不过相信我的话,你还是多加小心为好,务必和罗切斯特先生保持一定距离。别相信他,也别相信你自己。有他那样地位的绅士,通常是不会娶自己的家庭教师的。"

这一下我当真要发火了,幸亏这时阿黛尔跑进了房间。

"让我也去吧,让我也到米尔科特去!"她嚷着,"罗切斯特先生不让我去——尽管那辆新马车里有那么多空地方。求他让我去吧,小姐。"

"我会求他的,阿黛尔,"我赶紧带着她跑了出去,庆幸总算离开了这位叫人丧气的告诫者。马车已经备好了,正在把它赶到大门口来。我的主人正在石铺路上踱步,派洛特跑前跑后地跟着他。

"让阿黛尔跟我们一起去好吗,先生?"

"我跟她说过不行。我不愿带上个小孩子!——我只想带你一个人去。"

"请你让她去吧,罗切斯特先生,这样更好一些。"

"不行,她会成个累赘的。"

他的神态和语气都很专断。费尔法克斯太太那令人寒心的警告,她那让人扫兴的怀疑,一时都涌上了我的心头。一种不落实、不可靠的感觉困扰着我的希望。我自以为能控制他的念头几乎已经失去。我不想再争辩,准备机械地服从他的决定。可是当他把我扶上马车时,他看了看我的脸。

"怎么回事?"他问道,"脸上的阳光全消失了。你真的想带这小家伙儿去?留下她会让你不高兴?"

"我很想让她一起去,先生!"

"那就快去拿上你的帽子,要像闪电那么快地回来!"他向阿黛尔大声喊道。

她听从他的命令,尽快地跑去了。

"只打扰一个下午,毕竟还没有多大关系,"他说,"反正过不多久我就要把你——你的心思、谈话、陪伴——终生都收归我所有了。"

阿黛尔一跑上车,就开始吻起我来,感谢我替她求情。她马上被放到他那一边的角落里。于是她不住地朝我坐的地方偷偷张望,挨着个这么严厉的人坐着实在太受拘束了。在他眼前这种很容易动怒的心情下,她既不敢对他悄声说点儿什么,也不敢问他什么情况。

"让她到我这儿来吧,"我请求说,"她也许会打扰了你,先生。我这边挺空的。"

他抱起她将她递了过来,就像她是只小巴儿狗似的。"我还是要送她去学校的。"他说,不过这次他脸上带着微笑。

阿黛尔听到了他的话,便问是不是要她一个人进学校,"不跟小姐在一起了"[1]。

"是的,"他回答,"完全'不跟小姐在一起了'[2],因为我要带小姐到月亮上去。我要在那些火山顶之间的白色山谷里找个山洞,小姐就跟我住在那儿,只跟我一个人。"

"她在那儿没有东西吃,你会把她饿死的。"阿黛尔说道。

"早上和晚上,我都会为她收取吗哪[3]的,月亮上的平原和山坡上到处是白花花的吗哪哩,阿黛尔。"

"她要想取暖,又怎么生火呢?"

"月亮山上就有火冒出来。她冷的时候,我就把她抱上山顶,把她放在一个火山口的边上。"

"哦,她在那儿会多么糟糕——多不舒服啊!还有她的衣服

---

1 原文为法语。
2 原文为法语。
3 《圣经》中所载以色列人逃出埃及后在旷野中赖以为生的神赐食物,形如芫荽子,色如白霜,味如掺蜜薄饼的小圆物。详见《圣经·旧约·出埃及记》第 16 章。

呢？衣服会穿破的，她怎么弄到新衣服呢？"

罗切斯特先生装出被难住的样子。"哟！"他说，"你说怎么办呢，阿黛尔？动动脑筋想个办法吧。拿块白云或者粉红色的云来做件衣服，你看怎么样？另外，用彩虹也能裁一条漂亮的披巾呢。"

"她还是像现在这样要好得多。"沉思了一会儿，阿黛尔像做结论似的说道，"再说，她只跟你一个人住在月亮上也会厌的。我要是小姐，我就绝不答应跟你去。"

"可她已经答应了，还发了誓。"

"可是你没法儿把她带到那儿去。没有去月亮的路，全是空气，你和她又不会飞。"

"阿黛尔，瞧那片地，"这时我们已经出了桑菲尔德的大门，正沿着通往米尔科特的平坦大路快速平稳地行驶着，路上的尘土已被那场暴风雨压服，路两边低矮的树篱和高高的大树闪耀出一片青辉，让雨水冲洗得十分清新。

"就在那片地里，阿黛尔，大约两星期前的一天傍晚——就是你帮我在果园草地上晾晒干草的那天傍晚，我在那儿待得很晚。我因为耙拢干草耙累了，就在那儿的台阶上坐下来歇息。我掏出一个小本子和一支铅笔，动手写我很久以前遭到的一次不幸，以及对未来幸福岁月的憧憬。尽管天色越来越暗，我还是飞快地写着。正在这时，只见有个东西沿小路过来，停在离我两码左右的地方。我抬头一看，是个头上戴着块薄纱的小东西。我招手叫它走近，它一转眼就来到我的跟前。我没有跟它讲话，它也没跟我

交谈。不过我能看懂它的眼神,它也能看懂我的眼神。我们俩无言的交谈大意是这样的:

"它说,它是一个从仙国来的仙女,它的使命是让我幸福。我得跟它离开这平常的尘世,去一个清静的地方——譬如去月亮——说时她朝干草冈上方冉冉升起的月牙点了点头,还跟我讲了那儿的雪花石膏山洞和白银山谷,说是我们可以在那儿居住。我说我倒愿意去,不过,就像你提醒我那样,我提醒它我没有翅膀,飞不上去。"

"'哦,'那仙女回答,'那不要紧!这儿有件法宝,可以排除一切困难。'说着她递过来一枚漂亮的金戒指。

"'来,'他说,'你把它戴在我左手的第四个手指上,这样一来,我就是你的,你就是我的了。我们将离开尘世,到那儿去建立我们自己的天堂。'她又朝月亮点了点头。阿黛尔,那枚戒指就在我裤袋里,变成了金币的样子。不过我很快就要重新把它变成一枚戒指了。"

"可是这跟小姐有什么关系呢?我可不管什么仙女,你不是说你要带到月亮上去的是小姐吗?"

"小姐就是那个仙女。"他神秘地悄声说。听到这儿,我忙告诉阿黛尔别去理他的说笑。而阿黛尔也表现出她那地道的法国式的怀疑精神,把罗切斯特先生称为"一个十足的撒谎者"[1],告

1　原文为法语。

诉他说,她对他那些"童话"[1]全都不当回事,"再说,根本没什么仙女,就是有的话"[2],她也确信她们绝不会在他面前出现,更不会给他什么戒指,或者提出要跟他一起到月亮上去生活。

在米尔科特度过的那一个小时,真使我感到有点儿难受。罗切斯特先生硬逼我去了一家绸缎店,要我在那儿选购半打衣服的料子。我不愿意这么做,请求他以后再说。可他说不行——非得马上就买不可。经过我竭力地小声请求,总算将半打减少为两件,不过这两件他执意要他亲自挑选。我忐忑不安地看着他的目光在那些色彩缤纷的货品上转悠,最后盯在了一块最鲜艳的紫晶色的华丽绸子和一块精美的粉红色缎子上。我又再一次连连悄声对他说,他这样还不如给我买一件金衣服和一顶银帽子的好,反正我是绝不敢穿他挑中的这种衣料的。他固执得像块石头,我费尽了口舌,总算说服他改选了一种素净的黑缎子和珠灰色的绸子。"这暂时还过得去,"他说。但是他"还是想看到我打扮得像花坛子那样花团锦簇的"。

我很高兴,总算把他催出了绸缎店,接着又催出了首饰店。他给我买的东西越多,一种烦恼和屈辱的感觉就越使我两颊发烧。当我们重又坐进马车,我浑身又热又疲惫地靠在座背上时,我突然想起了在各种悲喜交集的事情纷至沓来的过程中,已被我忘得一干二净的一件事——我叔叔约翰·爱写给里德太太的信,

---

1 原文为法语。
2 原文为法语。

信中说要收我做养女,成为他遗产的继承人。

"要是我能有一点儿独立的财产,"我想,"那也的确是一种安慰。我实在受不了让罗切斯特先生把我打扮得像个玩偶,或者像第二个达那厄[1],每天让金雨洒落在我周围。我一到家就要写信去马德拉,告诉约翰叔叔我就要结婚了,嫁给谁。只要将来有一天我能给罗切斯特先生带来一份额外的财产,那眼下我受他供养心里也会好受一些。"

这一想法使我心中多少有所宽慰(我当天就抓紧办了这事),于是我又敢于直视我的主人兼情人的眼睛了。虽然我一直避而不看他的脸,也不理会他的注视,他的两眼却始终在探寻着我的目光。现在他笑了,可我觉得,他那笑容正像一位苏丹在高兴和钟爱的时刻,对一个因他赠以金银珠宝使之变富的奴隶所赐的笑容一样。他的手一直在找我的手,我使劲地紧握了他一下,然后把这只深情的、握红的手推了回去。

"你不必摆出那副神气,"我说,"要是你再这样的话,我就只穿我那些洛伍德的旧衣服,一直穿下去。我要穿着这件淡紫色的格子布衣服结婚——你可以用这块珠灰色绸子给自己做件晨衣,用这块黑缎子做许多背心。"

他咯咯地轻声笑了起来,搓着双手。

"哦,看着她,听着她说话真有趣!"他大声说道。

---

1 希腊神话中阿耳戈斯王之女,为主神宙斯所爱,宙斯化作金雨和她在铜塔中相会。

"瞧她多奇特,多泼辣!哪怕拿土耳其皇帝后宫的全部嫔妃来换这个小个子英国姑娘,我也绝不会答应,尽管她们有羚羊般的大眼睛,天仙般的身材,还有一切的一切!"

这样用东方嫔妃来做比较,又刺痛了我。"我可丝毫也比不上你的那些嫔妃,"我说,"所以千万别把我当成她们那样的人。要是你对嫔妃之类有爱好的话,先生,你就赶紧去伊斯坦布尔的市场,把你在这儿不知怎么花才好的所有余钱全带上,买上一大批女奴吧。"

"那我在讨价还价,忙着购买成吨成吨的肉和各种各样的黑眼睛时,简妮特,你将做点儿什么呢?"

"我将打点一下,去做传教士,去向那些受奴役的人——当然也包括你那些后宫嫔妃——宣传自由。我要到你的后宫里去,鼓动她们起来造反,尽管你是个三尾帕夏[1],先生,你仍会一转眼工夫就落到我们手中,给戴上脚镣手铐。就我个人来说,除非你签署一个民权宪章,一个专制君主所颁发过的最开明的宪章,否则我是不会同意砍断你的镣铐的。"

"我愿意听凭你的发落,简。"

"要是你用那样一副眼神来求饶,罗切斯特先生,我是绝不会宽恕你的。你这样一副眼神,我可以断定,不管你被迫颁布什么宪章,一旦你被释放,你的第一个行动就是破坏它的条款。"

---

[1] 帕夏为土耳其官衔,共分三级,通过在旌旗上装饰的马尾数量区分,其中,三尾帕夏为最高官衔。

"啊,简,你究竟要怎样呢?恐怕你除了要我在圣坛前举行婚礼外,还要逼我再举行一次秘密婚礼吧。我看你是想规定一些特殊条件——究竟是些什么条件呢?"

"我只求心安理得,先生,不要让太多的恩惠压碎。你还记得你说塞莉纳·瓦伦的那些话吗?——关于你给她钻石、呢绒那番话?我不愿做你的英国的塞莉纳·瓦伦。我要继续做阿黛尔的家庭教师,用这来挣得我的食宿费,外加一年三十镑的薪水。我要从这笔钱里来开支我的衣着,你什么也不用给我,除了……"

"哦,除了什么?"

"你的敬爱。而且我也要用敬爱来回报你。要能这样,那这笔债就两清了。"

"嗨,要说到冷静和爱顶撞的天性以及固有的十足的自尊心,是没有人能比得上你的了。"他说。

这时,我们已快驶近桑菲尔德了。

"你今天愿意跟我一起吃饭吗?"当我们驶进大门时,他问道。

"不,谢谢你,先生。"

"如果允许我问一声的话,请问为什么要说'不,谢谢你'呢?"

"我从来没有跟你一起吃过饭,先生,我看不出有什么理由现在要这么做。除非到……"

"到什么?你老爱说半截子话。"

"到我不得不这么做的时候。"

"你是不是认为我吃起东西来准像个吃人魔王或者食尸妖怪似的,所以不敢和我一起吃饭?"

"在这个问题上,我从来没这么想过,先生。我只是想仍像往常那样再过上一个月。"

"你应该马上放弃家庭教师这个苦活儿了。"

"不!对不起,先生,我绝不会放弃,我要像往常那样继续干下去,我还要像我已习惯的那样,整天都避开你。你想要见我的话,可在傍晚时派人来叫我,我会来的,但是别的时候不行。"

"在这样的情况下,简,我真想抽支烟,或者吸撮鼻烟,来给自己平平气,就像阿黛尔说的,'为了让我镇定一下'[1]。可倒霉的是我既没带雪茄盒,也没带鼻烟壶。不过,听着——听我悄悄说——现在是你占上风的时候,小暴君,用不了多久就轮到我占上风了。一旦我完全抓住了你,为了占有和保住你,我就把你——打个比方说——拴在这样一根链条上。"他摸了摸他的表链,"是的,美丽的小仙女,我要把你揣在怀里,免得丢失了我的珍宝。"

他一边说一边扶我下了车。而当他接着去抱阿黛尔下车时,我趁机走进了屋子,顺利地溜回到楼上。

傍晚,他按时把我叫到了他跟前。我事先已想好了一件事让他做,因为我决心不把时间都花在说悄悄话上。我记得他有副好嗓子,我也知道他喜欢唱歌——唱得好的人通常都喜欢唱。我自己唱歌不行,而且按照他那苛刻的标准来看,我的演奏水平也不

1　原文为法语。

行,不过出色的演唱和演奏,我还是很爱听的。当充满浪漫气氛的黄昏,刚把它那缀满星星的蓝色旗帜在窗格外垂下时,我就站起身来,打开钢琴,请求他看在老天的分儿上给我唱个歌。他说我是个爱出怪念头的女巫,还说他宁愿在别的时候再唱,可是我坚持说,再没有比现在更合适的时候了。他问我是否喜欢他的嗓子。

"非常喜欢,"我本不愿意去纵容他那极为敏感的虚荣心,可是这一次例外,作为权宜之计,我甚至不惜去迎合它、激励它。

"那么,简,你得给我伴奏。"

"好吧,先生,我试试看。"

我确实试了,但没过多久就被他从琴凳上推开,还说我"是个小笨蛋"。我被毫无礼貌地推到一旁后——这正是我所希望的——他就占据了我的位置,开始给自己伴奏,因为他琴弹得和唱歌一样好。我赶紧走到窗前。当我坐在那儿,望着窗外静悄悄的树木和草坪时,他按优美的曲调,用圆润的歌喉唱出了下面的歌词:

> 一片至真至诚的爱慕之情,
> 　　涌溢在我炽热如火的心田,
> 欢腾着把澎湃如潮的生命,
> 　　热烈地注入我根根血管。
>
> 她的到来是我每天的心愿,

她的离去使我痛苦悲伤；
偶尔她意外地姗姗来晚，
　　　我的血管里就冷若冰霜。

我梦想爱人，又为人所爱，
　　　这难以描述的幸福和美满；
我万分盲目，又急不可待，
　　　直朝着这一目标奋勇向前。

谁料在我俩的生活之间，
　　　像横亘着无路的荒漠一片；
如隔着茫茫碧海，白浪翻天，
　　　只见怒涛滚滚，急流凶险。

就像那盗贼出没的羊肠小路，
　　　穿越过漠漠荒野、莽莽丛林；
都因公理和强权，刁难和愤怒，
　　　蛮横地要分隔开我俩的心灵。

然而我不畏艰险，蔑视障碍，
　　　我誓向一切凶兆进行挑战；
不管是威吓、警告还是妨害，
　　　我都置之不理，抛在一边。

我驾着彩虹像光一般疾行,
  犹如奋力快速飞翔在梦中,
我看到前方已经雨过天晴,
  灿烂地升起光和雨的孩童。

只要那温柔而庄重的欢乐,
  依然照耀着痛苦迷茫的乌云;
哪怕临近的灾祸阴森险恶,
  如今我已经什么都不加思忖。

在这甜蜜的时刻我要不顾一切,
  我已经冲过重重艰难险阻;
哪怕凶险重又插翅迅猛来袭,
  宣布要狠狠向我施加报复。

尽管傲慢的憎恨会把我打垮,
  公理又不容我上前置辩;
暴虐的强权更是竖眉怒骂,
  它发誓要和我不共戴天。

我心爱的人怀着高贵的忠诚,
  把她的小手放在我的手心,

誓愿让婚姻的神圣红绳,
> 把我俩的心灵一起牢牢系紧。

我的爱用热烈的吻向我表白,
> 誓与我同生死共度余年;

因为我爱人,也为人所爱,
> 终于获得了无比的幸福美满。

他站起身朝我走过来,我看到他的脸整个儿都激动得通红。他那睁大的隼鹰般的眼睛,目光闪闪,脸上流露出一片柔情和激情。刹那间我感到有点畏缩——随后又振作起了精神。温柔的场面,大胆的表爱,都是我不喜欢发生的,但是我正处在两者夹击的危险之中。我必须选定防御的武器——于是我磨快了我的舌头。

当他走近我时,便粗声粗气地问道:

"他现在打算跟谁结婚呀?"

"他亲爱的简竟提出这样的问题,实在有点儿奇怪。"

"真的吗?我倒认为这是个很自然、很必要的问题。他说什么他未来的妻子将跟他同生死。他的这个异教徒的想法是什么意思呢?我可不打算跟他一块儿死——这一点他可以相信。"

"哦,他满心渴望,一心祈求的,只是要她跟他同生!她那样的人是不会死的。"

"照样也会死的。跟他一样,等到我的时候到了,我也同样有权死去。不过我要等到那个时候,而不是急急忙忙地去自焚殉夫。"

"你肯原谅他这种自私的想法,亲一个和解的吻表示宽恕吗?"

"不,我宁可让他原谅我。"

这时,我听到他说我是个"冷酷无情的小东西",还说"换了别的女人,听到唱出这样的诗句来赞美她,早就感动得骨头都酥了。"

我明确对他说,我天生冷酷无情——是个硬心肠,他会经常发现我就是这么个样子。不但如此,我还决定不等接下来的四个星期过去,就让他看看我性格中的各个带刺的地方,让他充分了解他做的是笔什么买卖,趁现在要毁约还来得及。

"你愿意安静下来,合情合理地谈谈吗?"

"要是他喜欢的话,我愿意安静下来。至于合情合理地谈话,那我倒可以给自己夸个口,我现在就是这么做的。"

他烦躁不安,"呸""啐"连声。

"很好,"我想,"你烦躁也罢,发火也罢,随你的便,不过我相信这是对付你的最好办法。我说不尽对你有多喜欢,可是我不愿陷入庸俗的感情之中,我还要用这枚巧辩的针刺,阻止你走近这深渊的边缘。除此之外,借助它刺痛的作用,还要在你我之间保持对彼此都真正有利的距离。"

我步步紧逼,惹得他十分恼火。趁他怒气冲冲地退到房间那头时,我便站起身来,自自然然地像往常一样,恭恭敬敬地说了声"祝你晚安,先生",便溜出边门,走了。

这次采用的方法,我在整个试探时期都采用着,结果十分成功。的确,这样做常惹得他颇为恼火,有点愠怒,可是总的看来,他还是挺高兴的。而绵羊般的驯顺,斑鸠般的多情,一方面会更助长他的专横,另一方面也不见得能符合他的心意,满足他的判断,甚至适合他的趣味。

当着别人的面,我还是像以前那样,恭恭敬敬、文文静静,没有必要采用其他的举动。只是在晚间谈话的时候,我才像这样阻挠他、折磨他。他继续准时不误地钟一打七点就把我叫去,虽然现在我出现在他面前时,他不再把"亲爱的""宝贝儿"这类甜蜜的字眼挂在嘴上,用在我身上最好的词儿是"惹人生气的木偶""恶毒的小精灵""小妖精""小丑八怪"等。而且现在我得到的已不是爱抚,而是鬼脸;不是紧紧地握手,而是在胳膊上拧一下;不是吻一吻脸颊,而是使劲拉一下耳朵。这样很好,眼下我倒真的更喜欢这种有点粗暴的宠爱,而不想得到什么更温存的表示。我看出,费尔法克斯太太赞许我的态度,她为我的担心消除了,正因为这样,我确信我做对了。

与此同时,罗切斯特先生却一口咬定我把他折磨得只剩皮包骨头了,还威胁说,等到了即将到来的那个时候,他就要为我目前的所作所为狠狠报复一番。对他的恐吓,我暗自发笑。

"既然我现在可以把你合情合理地约束住,"我想,"毫无疑问,以后也照样能做到。要是一个办法失效了,那就另外再想个办法。"

话虽如此,我的任务毕竟并不轻松。我常常忍不住想去讨他喜欢而愿去逗弄他。我的未婚夫正在成为我的整个世界。还不止是整个世界,几乎成了我进天堂的希望。他站在我和各种宗教思想之间,如同日食把人和太阳隔开一般。在那些日子里,因为上帝创造的这个人,我看不到上帝了。我把他当成了我的偶像。

25

成婚前的一个月已经过去，剩下的最后几个小时屈指可数了。即将到来的那一天——结婚的日子已经不会推迟，为它的到来要做的一切准备都已就绪，至少我是没有什么别的事要做了。我那几只箱子已经收拾好，上了锁，捆扎停当，在我的小房间里沿墙排列着。明天这个时候，这些箱子就远在去伦敦的路上了。

我也一样（要是上帝允许的话）——或者不如说，不是我，而是一位简·罗切斯特、一个迄今我还不认识的人。剩下的只有地址标签还没有钉上，那四张小小的方卡片还放在我的抽屉里。罗切斯特先生已亲自在每张上面写了地址：

"伦敦，××旅馆，罗切斯特太太。"我怎么也说服不了自己把它们钉上去，或者让人钉上去。罗切斯特太太！她还不存在，要到明天上午八点以后才诞生，我要等到肯定她确已降生在这个世界上,才把这些箱子归到她的名下。

在梳妆台对面的那个壁橱里,一套据说是属于她的衣服,已经取代了我洛伍德的黑呢衣服和草帽,这就已经够我受的了,因为那套结婚礼服,此刻挂在衣架上的珍珠色的长袍,还有薄如烟雾的婚纱并不属于我。我关上了壁橱的门,藏起那古怪的、幽灵似的衣着。在这晚上九点钟的时候,在我房间的一片昏暗中,它真像是发出了一丝幽灵似的微光。

"我要让你们独自留在这儿,白色的梦幻。"我说,"我感到浑身发热,外面响着风声,我要出去吹一吹。"

使得我感到焦躁发热的,不仅是准备工作的急促繁忙,也不仅是面临着巨大的变化——明天就要开始新的生活。这两种情况无疑起了一定作用,造成我心情激动不安,促使我这么晚还去越来越暗的庭园。但是还有第三个原因,对我的心情影响更大。

我心里有一桩奇怪而焦虑的心事,一件我捉摸不透的事。这件事除了我,没有人知道,也没有人看见,它发生在前一天晚上。罗切斯特先生那天晚上没在家,现在他仍未回来。他去三十英里外的一个田庄办事去了,那儿有他的两三个农场——在他预定离开英国之前,有些事要他亲自去处理一下。我现在正在等着他回来,急于想卸去压在心上的石头,找他帮我解开心头的谜。耐心等着他回来吧,读者,待我向他说出我的秘密时,你也就会从旁知道了。

我奔向果园,一路让风赶向它的隐蔽处。猛烈的南风已经整整刮了一天,但却没有带来一滴雨。随着夜幕的降临,风非但没有减弱,反而刮得更猛了,吼声也越来越大。树都被一个劲儿地刮得倒向一边,从不向别的方向扭动,一个小时中几乎一次也没往回甩动树枝。这股猛劲儿一直持续着,把枝叶茂密的树冠压得弯向北方——一团团的云块也翻滚着,迅速地从南向北刮去。在这七月里的一天,头顶竟看不见一丝蓝天。

我让风推着跑,心中不无几分狂喜,因为我把心头的烦恼,都抛向呼啸而来、破穿而过的狂风。走完月桂树小径,我迎面看到了那棵七叶树的残骸。它矗立在那儿,颜色焦黑,裂成了两半。树干从中间劈开,可怕地张着大口,被劈开的两半并没有完全脱开,因为牢固的树基和粗壮的树根使它们的底部依然连着。虽然它们共同的生命力已被破坏——树汁已不能再流动,两半的树枝都已死去,到这年冬天,风暴肯定会把它们或其中之一刮倒在地——不过眼下它们仍可以说是一棵树,一棵死树,但却是一棵完整的死树。

"你们做得对,紧紧地厮守在一起。"我说,仿佛这怪物似的两棵树是有生命的东西,能听到我的话。"我想,尽管你们看起来是烧伤了,烧得又焦又黑了,但你们身上一定还有生命——那使你们还能矗立在那儿的是那忠诚不渝的树根。当然你们不会再有绿叶——再也看不到小鸟在你们的枝头筑巢、唱歌,你们那充满欢乐和爱情的好时光已经结束,可是你们并不孤单,你们各自都还有个伴侣,在自己腐朽时尚能得到同情。"

正当我抬头朝它们仰望时,在树干间那裂缝后的天空上,月亮出来露了露脸。月轮一片血红,被乌云半掩着,她似乎只向我投来困惑和忧郁的一瞥，随即便又躲进了厚厚的云层。风势在桑菲尔德附近稍稍减弱了一会儿，但在远处的树林和溪流上空，却倾吐着狂野而凄惨的哀号，让人听了伤心，于是我又跑开了。

我在果园里各处走了一阵，拣起密密麻麻掉落在树根周围草丛中的苹果，接着把成熟的和未成熟的分开，然后拿到屋子里放进储藏室。这以后我又走进书房，看看炉火是不是已经生着，因为虽说是夏天，我知道在这样阴沉的夜晚，罗切斯特先生还是喜欢一进来就看到愉快的炉火。不错，火已经生着一些时候了，烧得很好。我把他的扶手椅摆到壁炉旁边，把桌子也推到近旁。我放下窗帘，拿来几支蜡烛，以便随时可以点上。

我比以前更加焦躁不安了，做了这些安排之后，我怎么也坐不住，甚至连屋子里也待不下去了。房间里的一只小钟和大厅里那只老钟同时敲响了十点。

"时间这么晚了！"我说，"我得到大门口去，外面时不时有点月光，我能顺大路看到很远的地方。也许他现在快要到了，出去接他可以省掉几分钟的牵挂。"

风高高地在遮蔽着大门的几棵大树间呼啸。我极目朝大路望去，路的左右两边都是静悄悄、冷清清的，只有在月亮偶尔露出时，才有云影在路上穿过。除此之外，大路只是一条长长的白带，单调得看不到一个活动的斑点。

我望着望着，一滴孩子气的泪水模糊了我的眼睛——这是失望和焦急的泪水。我感到害臊，赶忙把它给擦掉了。我一直等候着。月亮完全把自己关在闺房里,还严严实实地拉上了厚实的云帘。夜色越来越浓,雨乘着风势,迅猛地袭来了。

"但愿他会来!但愿他会来!"我让一阵疑为不祥的预感给掳住了,禁不住大声嚷了起来。在吃茶点之前,我就等着他回来,现在天都黑了,是什么事绊住他了呢?难道发生什么意外了吗?我又想起了昨天晚上的那件事。我把它看成灾祸的先兆。我担心自己的希望太美好了,只怕难以实现。我近来享受了那么多的幸福,唯恐我的运气已经好过了头,眼下就要走下坡路了。

"哦,我绝不能回屋子里去,"我想,"他正冒着恶劣的天气在外面奔波,我不能安坐在火炉边。与其让心里紧张不安,倒不如让我的四肢多受点累。我要前去迎接他。"

我出发了,走得很快,可是没走多远。我刚走出不到四分之一英里,就听到一阵马蹄声。一个骑马的人疾驰而来,旁边跟着一条飞跑的狗。去它不祥的预感吧!这正是他,他骑着美罗回来了,后面跟着派洛特。他看见了我,因为月亮在天空开辟了一片蓝色的领域,晶莹、明澈地高挂在那儿。他摘下帽子,在头顶上挥舞着。我马上迎着他跑上前去。

"瞧!"他一边伸出手从马鞍上俯下身来,一边叫道,"很明显,没有我你就不行了吧。踩住我的靴尖,把两只手都递给我,上马!"

我照着他说的做了。喜悦使我变得敏捷,我一跃而上,坐到了他的身前。他给了我一个热烈的吻表示欢迎,还自鸣得意地吹嘘了几句。我硬着头皮听着。他终于克制住狂喜的心情问道:

"这么晚你还出来接我,简妮特,有什么要紧事吗?是不是出什么事了?"

"没有,不过我以为你永远不会回来了,这种等待我受不了,特别是这样的大风大雨天。"

"大风大雨天,一点不假!哟,你全身滴水,像条美人鱼了。快把我的斗篷拉过去裹住身子。可我觉得你在发烧,简,你的脸和手都热得烫人。我再问一遍,有什么要紧事吗?"

"这会儿没什么了。我既不害怕也不发愁了。"

"这么说你既害怕又发愁过?"

"有一点儿。我等会儿再告诉你一切吧,先生。不过我想,你知道了我的烦恼,也许只会笑话我的。"

"过了明天,我就可以尽情取笑你了,在那以前我可不敢,我的战利品还没稳稳到手呢。就是你呀,这一个月来,像条鳗鱼那么滑溜,像株蔷薇那么多刺!我不管在哪儿碰一下指头,都会挨扎。可这会儿我怀里像抱着一只迷途的羔羊。你是离了群来寻找你的牧人的,是吗,简?"

"我是需要你,可是你别自吹自擂。桑菲尔德到了,让我下去吧。"

他把我放在石子路上,约翰牵走了他的马,他跟着我走进大厅后,他叫我赶紧去换上干衣服,然后去书房找他。我正要向楼梯走去时,他又叫住了我,一定要我答应别耽搁得太久。我的确没耽搁多久,五分钟后我就又回到了他的身边。我看见他正在吃晚饭。

"坐下来,陪我一起吃吧。感谢上帝,除了明天还有一顿外,这在很长时间内可是你在桑菲尔德的最后一顿饭了。"

我在他旁边坐下,但告诉他我吃不下。

"是不是因为想到就要出门旅行,简?是不是去伦敦的事让你没了胃口?"

"今天晚上我还看不清以后的事,先生。而且我也几乎不知道自己脑子里有些什么想法。生活中的一切似乎都不是真实的。"

"可是我应该除外。我是相当真实的——你摸摸看。"

"你,先生,最像幻影,最不真实了。你只不过是个梦。"

他大笑着伸出手来。

"这是梦吗?"他边说边把手举到我的眼前。他的手结实,肌肉发达,胳膊又长又健壮。

"是的,尽管我能摸到它,可它仍然是个梦。"我把他伸在我眼前的手按了下去,说道,"先生,你吃完饭了吗?"

"吃完了,简。"

我打了铃,叫人把盘子端走。当我们又单独待在一起时,我拨了拨火,然后在主人膝旁的一张矮凳上坐了下来。

"快到午夜了。"我说。

"是的,不过别忘了,简,你答应过在我结婚的前一晚陪我一起守夜的。"

"我是答应过,我准备遵守诺言,至少陪一两个小时。我现在还不想去睡。"

"你全都准备好了吗?"

"全准备好了,先生。"

"我也准备好了,"他说,"我已经把一切都安排妥当。明天,我们从教堂回来后,半小时内就离开桑菲尔德。"

"很好,先生。"

"你说'很好'的时候,简,带着多不寻常的微笑啊!你两边脸颊上的红晕多明亮!还有你那眼睛,多么奇怪地闪闪发光!你身体好吗?"

"我相信很好。"

"相信!怎么回事?告诉我你觉得怎么样?"

"我说不出,先生,我找不到言辞来告诉你我的感觉。我只希望眼前的这个时刻永不结束。谁知道下一个时刻会带来什么命运啊?"

"你这是犯了多疑症了,简。你太兴奋了,要不就是太累了。"

"你感到平静和快乐吗,先生?"

"平静?——不。可是快乐吗?——打从心坎儿里快乐。"

我抬头望着他,察看他脸上幸福的迹象。他红光满面,激情洋溢。

"相信我吧,简,"他说,"把压在你心头的一切负担都交给我,让你宽下心来。你怕什么呢?——怕我将来成不了一个好丈夫?"

"这是我根本没有想到过的念头。"

"是不是对你就要进入的新天地——就要去过的新生活感到害怕了?"

"不是。"

"你把我弄糊涂了,简,你那忧伤无畏的眼神和口气,使我感到困惑和痛苦。我需要你的解释。"

"好吧,先生,那就请听着。你昨天晚上没在家对吗?"

"是的,我知道怎么回事。你刚才暗示过我,我不在家时发生了什么事,也许是件没什么了不起的事。不过,总而言之,它让你感到不安了。讲给我听听,究竟是什么事。也许是费尔法克斯太太说了什么?还是你听到仆人们在谈论什么?——使你那敏感的自尊心受到伤害了?"

"不是的,先生。"这时候时钟打响了十二点——我等到小钟清脆的声音和大钟重浊的回响停止,才接着说了下去。

"昨天一整天我都忙个不停,而且在忙碌中我感到很快活。因为我并不像你认为的那样,老在为未来的新天地担心害怕,我觉得,有希望能跟你生活在一起,是一桩极其快乐的事,因为我爱你。不,先生,现在别抚摸我——让我好好说下去。

昨天,我完全信任天意,相信你我都会万事如意。你大概还记得,昨天是个好天气——天高气爽,绝不会让人对你旅途的平安和舒适感到担忧。吃过茶点后,我去小径上散了一会儿步,心里一直想着你。在我的想象中,我总是看到你离我那么近,几乎感觉不到实际你并不在我身边。我想到了呈现在我面前的生活——你的生活,先生——比起我自己的生活来,要广阔多了,活跃多了,如同深深的大海和流入大海的又狭又浅的小河相比一样。真不知为什么说教者要把这世界称作凄凉的荒原,在我看来它倒像一朵盛开的玫瑰。

夕阳西下时,天气变冷了,天上布满了云层,我回到了屋子里。索菲叫我上楼去看看我的结婚礼服,是刚送来的。在衣服盒子里,结婚礼服的下面,我看到了你送给我的礼物——你像王子那样阔绰地从伦敦订购来的面纱。我猜想这是因为我不愿要珠宝首饰,所以你决心骗我接受一件同样贵重的东西。我打开它时笑了,心里盘算着怎样来取笑你的贵族式情趣,还有你那想用贵妇的服饰把自己的平民新娘装扮起来的努力。我还想着如何把我自己那块没有绣花的方丝巾拿下来给你看,这是我准备了用来盖我卑微的头的。并且要问问你,对一个既不能给丈夫带来财富、美貌,又不能带来亲友关系的女人来说,这样的方巾是不是已经够好的了。我能清楚地想到你会有怎样的神情,而且能听到你那激烈的共和主义者式的回答,你会高傲地说,你无须靠娶一个富豪的钱袋或贵族的小冠冕来增加你的财富或提高你的地位。"

"你简直看到我的心里去了,你这个小女巫!"罗切斯特先生插嘴说,"不过,在那条面纱上,除了绣的花之外,你还发现什么了呢?难道你发现了毒药或者匕首,让你现在显得这么愁眉苦脸的?"

"没有,没有,先生。除了它的精美和华丽外,我只在上面发现了费尔法克斯·罗切斯特的得意,可那是吓不着我的,因为我对这个魔鬼已经习惯了。不过,先生,当天黑下来的时候,起了风。昨晚的风不像现在这样又狂暴又猛烈,而是'鬼哭狼嚎似的呜咽声'[1],比这要凄惨可怕得多。我真希望你在家。我走进这间屋子,

---

1　引自英国小说家、诗人司各特(1771—1832)的诗作《最后一个行吟诗人之歌》。

一看到椅子空着,壁炉没生火,心里就一阵发冷。

我上床后有好一阵儿睡不着——一种焦虑不安的心情折磨着我。风越刮越猛,我似乎听到风声盖住了另一种悲哀的呜咽声。起初,我分辨不出这声音发自屋内还是屋外,可是每次风一停息,这声音就又冒了出来,隐隐约约而又凄凄惨惨。

最后我才断定,那准是一条狗在远处嗥叫。后来它终于停止了,我很高兴。

睡着以后,我老是梦见狂风怒号的沉沉黑夜。我也依旧一心盼望着跟你在一起,同时还奇怪而又遗憾地感到有个什么障碍把我们阻隔开。在睡第一觉的梦中,我一直沿着一条陌生的、曲曲弯弯的路走着,周围一片漆黑。雨抽打着我,我抱着一个孩子,一个很小的小家伙,又小又弱,不会走路,在我冰冷的怀里颤抖着,在我耳边可怜地哭叫着。我心里以为,先生,你就在这条路上,在前面离我很远的地方走着,因而我拼命地想追上你,我一次次尽力喊着你的名字,求你停一停——可是我的行动受到了束缚,我的声音还没出口就消失了。而你,我觉得走得离我越来越远了。"

"现在我就在你身边了,简,这些梦还压在你心上吗?神经质的小东西!忘掉那些虚幻的苦恼,只想想真实的幸福吧!你说你爱我,简妮特,对呀——这我绝不会忘记,你也不能否认。这话并不是没说清就从你唇边消失了,我完全听到了,既清晰又温柔,也许只是太严肃了一点儿,但仍像音乐那样悦耳动听。'我觉得,有希望能跟你生活在一起,是一桩极其快乐的事,爱德华,因为我爱你。'你爱我吗,简?再说一遍。"

"我爱你,先生——真心实意地爱你。"

"哦,"他沉默了一会儿后说,"真是奇怪,这句话却痛苦地穿透了我的胸膛。为什么?我想就因为你说得太真挚、太虔诚了,因为这会儿你仰望着我的目光是那么忠实、真诚和坚贞不渝。这让我诚惶诚恐,仿佛某位神灵来到了我的身边。你就来点恶作剧吧,简,干那一套你不是很在行吗?露出你那无所顾忌、羞怯腼腆、让人生气的笑容来吧。对我说你恨我——嘲笑我、惹恼我吧,随你怎么样都行,只求别让我感动。我宁愿给激怒,也不想因感动而弄得心里难受。"

"等我把故事讲完了,我会嘲笑你、激怒你,让你心满意足的。不过现在先听我讲完。"

"我以为,简,你已经全都给我讲了。我觉得我已经弄清你忧郁的根源是在梦里了。"

我摇了摇头。

"怎么!还有别的?不过我不相信还有什么要紧的事。我预先对你说,我不相信。说吧。"

他那不安的样子,还有急躁中带几分忧虑的神情,使我感到惊异,不过我还是继续讲了下去。

"我还做了另外一个梦,先生,梦见桑菲尔德府成了一片荒凉的废墟,成了蝙蝠和猫头鹰栖息的地方。宅子那宏伟的正面只剩下薄壳似的一堵墙,很高,看上去摇摇欲坠。我在一个月明之夜,漫步穿过院内长满荒草的废墟,时而被大理石炉壁绊了一下，时而又踢上掉下来的檐板碎片。我裹着披巾，怀里还是抱着那个陌生的小孩。不管我两臂有多累，我都找不到合适的地方把他放下——不管他重得使我多么步履维艰，我都得抱着他。

"我听到大路上远远的有马儿奔跑的声音，我认定那一定是你，而你正要去一个遥远的国家，而且一别就要多年。我不顾死活发疯似的赶忙爬上那堵薄薄的墙，急于要从墙顶上看你一眼。我脚下的石头在纷纷滚落，我攀住的藤萝不断断落，那孩子吓得紧紧地搂住我的脖子，差点把我给掐死。最后我总算爬到了墙顶。我望见你在那条白色的大路上就像一个斑点，而且变得越来越小。阵风猛烈地吹刮着，刮得我站都站不住了。我在那窄窄的墙顶上坐了下来，把那吓坏了的孩子放在膝头，哄他安静下来。你在大路上拐了个弯，我俯身向前，想看你最后一眼。墙突然塌了，我不由得一个晃动，孩子从我膝头滚了下去。我失去平衡，跌了下来，接着就醒了。"

"现在讲完了吧，简。"

"现在才讲完序言，先生，故事还在后头呢。醒来时，一道亮光照花了我的眼睛。我想——哦！天亮了！可是我错了，那只是烛光。我猜想准是索菲进来了。梳妆台上放着一支蜡烛。我临睡前把我的结婚礼服和面纱都挂在壁橱里，现在壁橱门大开着。我听见那儿有窸窸窣窣的声音。我问道，'索菲，你在干什么？'没人回答，可是有个人影从壁橱里出来了，拿起蜡烛，高高举着，察看着挂在衣架上的衣服。

"'索菲!索菲!'我又喊道,可是,她依然默不作声。

我已经在床上坐了起来,探身向前,先是感到吃惊,接着是迷惑不解,最后血管里的血全都变得冰凉了。罗切斯特先生,那不是索菲,不是莉亚,也不是费尔法克斯太太。不是的——全都不是,我能肯定,我现在还能肯定——甚至也不是那个奇怪的女人,格雷斯·普尔。"

"肯定是她们当中的一个。"我的主人插进来说。

"不是,先生。我严肃地向你保证,绝对不是。站在我面前的那个身影,我以前在桑菲尔德府从未见过。那身材,那轮廓,对我来说全是陌生的。"

"你形容一下,简。"

"先生,那好像是个女人,又高又大,浓密的黑发长长地披在背后。我不知道她穿的是什么衣服,白色笔直,可到底是长袍、被单,还是裹尸布,我就说不上来了。"

"你看见她的脸了吗?"

"起初没有。但没过多久她就从衣架上取下了我的面纱,把它举起来盯着看了很久,后来就拿它往自己头上一披,转身去照镜子。就在这时候,我从那昏暗的长方形镜子里,清清楚楚地看到了她的脸和五官。"

"是什么模样?"

"我觉得很可怕,像鬼似的——哦,先生,我从来没见过那样的脸!一点儿血色没有——那是张野蛮的脸。我真愿能忘掉那双骨碌碌转动的红眼睛,还有那张又黑又肿的可怕的脸!"

"鬼通常都是苍白的，简。"

"可这东西，先生，是紫色的。嘴唇又黑又肿，额上横着一道道皱纹，充血的眼睛上竖着两道浓浓的黑眉。要我告诉你她让我想起什么了吗？"

"你说吧。"

"那个丑恶的德国鬼怪——吸血鬼。"

"啊！——它干了些什么呢？"

"先生，它把我的面纱从自己那丑恶鬼的头上扯下，撕成了两半，扔在地上，用脚踩踏。"

"后来呢？"

"它拉开窗帘，朝外面看了看。也许是它看到天快要亮了，因为它拿起蜡烛，朝门口退去。正走到我床边，那身影停了下来，一双火红的眼睛恶狠狠直朝我瞪着。她猛地把蜡烛举到我面前，在我的眼皮底下把它吹灭了。我感到她那张可怕的脸在我的脸上方闪出微光，我失去了知觉，这是我有生以来的第二次——只是第二次——给吓得昏了过去。"

"你醒来时谁在你身边？"

"没有人，先生，只看到已是大白天。我起了床，连头带脸在水里浸了浸，喝了一大口水。虽然觉得全身软弱无力，但是并没有生病，于是决定除了你之外，不把我看到的这一景象告诉任何别的人。现在，先生，告诉我，这女人是谁，是个什么人？"

"毫无疑问，这是脑子过度兴奋的产物，这是肯定的。我对你得细心爱护,我的宝贝,像你那样的神经,是经不起粗心大意对待的。"

"放心吧,先生,我的神经肯定没有问题。那东西是真的,这件事确实发生过。"

"那么你前面的那些梦呢,也是真的吗?桑菲尔德是个废墟?你我之间有无法逾越的障碍阻隔着?我真的没掉一滴眼泪——没接一个吻——没说一句话就离你而去了吗?"

"还没有。"

"难道我会那么做吗?好了,把我们俩牢牢地结合在一起的日子已经到来了,等我们俩结合在一起,这种心理恐怖现象就再也不会发生了,我可以保证。"

"心理恐怖现象,先生!我真希望自己能相信那只是心理恐怖现象。既然连你都无法给我解开那位可怕的来客之谜,那我就更希望如此了。"

"既然连我都无法解释,简,那它肯定不是真的了。"

"可是,先生,我今天早上起来,对自己也是这么说的,可是当我朝房间里四下张望,想在光天化日之下,从每件熟悉东西的可喜景象中得到点儿勇气和安慰时,可是在那儿——在地毯上——我看到了使我的假设站不住脚的东西——那条面纱,被整个儿撕成了两半。"

我发觉罗切斯特先生吓了一大跳,打了个寒战。他连忙伸出两臂把我搂在怀里。"谢天谢地!"他喊道,"即使昨晚真有什么邪恶的东西到过你身边。幸而也只损坏了那条面纱——啊,简直不敢想象可能会发生的事情!"

他呼吸急促,紧紧地把我搂在胸前,我差点被他搂得透不过气来。他沉默了几分钟后,又高兴地接着说了起来。

"现在,简妮特,我要把整个事情都给你解释清楚。这件事一半是梦幻,一半是真的。我并不怀疑有个女人进了你的房间。那女人是——一定是——格雷斯·普尔。你自己都说她是个怪人,从你所了解的一切来看,你也有理由这么说她——看她对我干了些什么?对梅森又干了些什么?在半睡半醒的状态下,你看到她进了你房间,也看到了她的举动,可是由于你在发烧,差不多是迷迷糊糊的,所以你把她看成了一副恶鬼的样子,跟她本来的面目不一样了。披头散发啊,又肿又黑的脸啊,夸大了的身材啊,全是幻想出来的东西,是做噩梦的结果。恶狠狠地撕破面纱倒是真的,这也像她干出来的事。我知道你会问我,为什么我要把这么一个女人留在家里。这等我们结婚有了年头,我会告诉你的,只是现在不行。你满意了吗,简?你接受我对这个谜的解释吗?"

我想了想,说实话,我觉得这似乎是唯一可能的解释。说满意那倒未必,不过为了让他高兴,我竭力露出满意的样子——说宽了心,那倒是真的——因此我用一个表示满意的微笑回答了他。这时,因为时间早已过了一点,我准备起身离开他了。

"索菲不是陪阿黛尔睡在儿童室吗?"我正在点蜡烛时,他问道。

"是的,先生。"

"阿黛尔的小床上你完全睡得下。今晚你就跟她同睡一床吧,简。你讲的那件事会使你神经紧张,这一点儿都不奇怪。所以我不想让你单独一个人睡。答应我,到儿童室去睡吧。"

"我很乐意这样做,先生。"

"还要从里面把门闩牢。你上楼时把索菲叫醒,说要请她明天及时唤醒你,因为你得在八点以前就穿好衣服,用完早餐。好啦,现在别再心事重重了,把讨厌的烦恼抛开吧,简妮特。你没听到风已经小到成了悄声细语了吗?雨点也不再敲打窗玻璃了,瞧,"他撩起了窗帘,"多美好的夜色!"

夜色确实很美。半个天空都纯洁无瑕。风向已经转成从西向东,云朵排成一行行银白色的长队,被风推动着向东飘去,月亮宁静地照耀着。

"啊,"罗切斯特先生用探询的目光注视着我问道,"现在我的简妮特感觉怎么样?"

"夜很宁静,先生,我也一样。"

"那你今晚不会再梦见离别和忧伤,只会梦见欢乐的爱情和幸福的结合了。"

这个预言只实现了一半。我确实没有梦见忧伤,但也没有梦见欢乐,因为我压根儿就没有睡着。

我把阿黛尔搂在怀里,看着那孩童的酣睡——那么安宁,那么恬静,那么天真——我就这样望着,等待着白天的来临。我的全部生命力都在我的躯体中清醒着、活跃着。太阳刚一升起,我就起了床。至今我还记得我离开时阿黛尔紧紧地抱住我，记得我把她的小手从我脖子上松开时我吻了吻她。我还带着不可思议的感激对着她哭了起来。为了不让自己的啜泣声惊醒她安静地酣睡，我赶快从她身旁走开。她仿佛是我往日生活的标志，而我现在要打扮好去相会的他呢，则是我未知的明天的象征，令我敬畏而又爱慕。

26

索菲七点钟来给我梳妆打扮。我想,她的确花了好长时间才干完她的活儿,使得罗切斯特先生见我迟迟没去都不耐烦了,派人上来催问。她正好在用一枚饰针把面纱——毕竟还是用了那块本色方丝巾——别在我的头发上,我一有可能就赶紧逃过她的手匆匆走了。

"站住!"她用法语喊道,"你照照镜子吧,你还没有看一眼自己呢。"

于是我从门口转过身来,看到了一个身穿结婚礼服、头戴面纱的陌生身影,跟平时的我完全不相像。

"简!"有人在喊,我急忙走下楼去。罗切斯特先生在楼梯脚下迎住了我。

"磨磨蹭蹭的人,"他说,"我都等得心急如焚了,可你还磨蹭了这么久!"

他拉着我进了餐室,用锐利的目光从头到脚把我打量了一番,宣布我"美得像朵百合花,不仅是他生活的骄傲,也是他眼睛向往的对象",接着就对我说他只能给我十分钟用点儿早餐。说着他按了按铃。他新近雇的仆人中一个男仆应声而至。

"约翰在准备马车吗?"

"是的,先生。"

"行李都搬下来了?"

"正在搬,先生。"

"你去一趟教堂,看看牧师伍德先生跟教堂执事到了没有,回来告诉我。"

正如读者所知道的,教堂就在大门外面,那个男仆很快就回来了。

"伍德先生在法衣室,先生,正在穿法衣。"

"马车呢?"

"正在套马。"

"我们去教堂用不着坐它,但是我们一回来它就得一切都准备就绪,所有的箱子和行李都要装好捆好,车夫要坐在自己的赶车座上。"

"是,先生。"

"简,你准备好了吗?"

我站起身来。没有男女傧相引领,也不用等亲戚朋友们列队,除了罗切斯特先生和我以外,什么人也没有。我们走过大厅时,费尔法克斯太太在那儿站着。我很想跟她说几句话，可是我的手被一只铁钳似的手紧紧抓着，我被好不容易才跟上的大步催促着一直朝前走去。看一眼罗切斯特先生的脸色，就可以觉出，说什么他都不让再耽搁一秒钟了。我真不知道除他之外还有哪个新郎有他那副样子——那么一心直奔目标，那么坚决不顾一切。也不知还有谁在这般刚毅的双眉下，露出过这般炽热的炯炯目光。

我连天气是好是坏也不清楚。顺着车道往下走时，我既没有望天也没有看地，我的心连同我的眼睛，似乎全都转移到罗切斯特先生身上了。我想看见那看不见的东西——我们一起朝前走时，他的目光仿佛一直在凶狠狠地盯着什么东西；我想猜透他心里的念头——他似乎在竭力抗拒它的压力。

到了教堂庭园的边门旁，他停下了脚步，发现我简直已经上气不接下气。

"我对我的宝贝是不是太残忍了？"他说，"稍稍歇一下吧，靠在我身上，简。"

时至今日我仍能回想起当时的情景。那座灰色的古老教堂静穆地耸立在我的面前，一只白嘴鸦正绕着教堂的尖顶盘旋，背后是一片朝霞映红的天空。我还依稀记得那些绿色的坟茔。我也没有忘记有两个陌生人的身影在那些坟茔间徘徊，读着零零落落几块长满青苔的墓碑上的碑文。我注意到了他们，因为他们一看见我们，就拐到教堂后面去了。我毫不怀疑他们是想从边门进入教堂观看婚礼。罗切斯特先生没有看见他们，他正关切地注视着我的脸。我敢说我的脸上大概一时没有了血色，因为我感到自己的额头冒出了冷汗,脸颊和嘴唇都有点儿发冷。待我很快就恢复了过来时,他便和我一起沿小径慢慢朝门廊走去。

我们走进了那肃穆而简陋的教堂。身穿白色法衣的牧师已在低低的圣坛那儿等候着,旁边站着教堂执事。四周一片寂静,只有两个人影在远远的角落里移动。我猜对了,那两个陌生人已经在我们之前就溜进来了,此时正背朝着我们站在罗切斯特家的墓室旁,隔着围栏在看那因年深月久有了污迹的古老的大理石墓。那儿有个跪着的天使,守护着内战时期在马斯顿荒原[1]被杀害的戴默尔·德·罗切斯特和他的妻子伊丽莎白的遗骸。

我们站到了领圣餐的栏杆跟前。这时我听到身后有小心翼翼的脚步声,便回头看了一眼。陌生人中之一——显然是个绅士——正走上圣坛。

仪式开始了,先是解释了婚姻的意义,然后牧师向前跨了一步,朝罗切斯特先生稍微俯下身子,继续说道:

"我要求并责令你们两人——因为在可怕的审判日,当心中的所有秘密都被揭开时,你们终归要回答的——如果你们当中哪一个知道存在某些阻碍,使你们不能合法地结为夫妻,务必现在就说出。你们应该相信,凡是未经圣言允许的结合,都不是由上帝结合的夫妻,他们的婚姻也就不是合法的。"

---

1 内战,系指1642年至1649年英王查理一世与议会党人发生的战争。马斯顿荒原在约克郡,1644年王党军队与议会军队曾在此激战,王党大败。

他照例停了一会儿。这句话后面的停歇几时曾被打破过呢？也许百年之中也难得有一次吧。其实牧师的目光并未离开过他手中的那本书，他只是屏息了一会儿，接着便要继续进行下去。他已经向罗切斯特先生伸出一只手，刚张口要说"你愿意娶这个女人做你正式的妻子吗？"时——近旁有一个清晰的声音说道：

"婚礼不能进行，我宣布存在着障碍。"

牧师抬起头来望着说话的人，张口结舌地站在那儿，执事也被弄得目瞪口呆。罗切斯特先生的身子微微摇晃了一下，仿佛他的脚下发生了一次地震。他站稳脚以后，头也没回，眼睛也没朝后面看一眼，便说："继续进行。"

他刚用低沉的语调说了这句话，全场一片静默。不一会儿，伍德先生说话了：

"不先调查一下刚才提出的事，在没有证实它是真是假之前，我不能让婚礼继续进行。"

"婚礼应该完全终止，"我们背后的那个声音又补充说，"我能够证明我的申述属实，这场婚姻有着不可逾越的障碍。"

罗切斯特对此听而不闻，他固执地直挺挺站着，一动不动，只是紧握住我的手。他的手多烫，握得多有力啊！这时他那白皙、坚毅、宽阔的前额，多像刚开采出来的大理石！他的眼睛多么闪亮，多么沉着警惕，背后还隐藏着多么狂野的神色啊！

伍德先生好像已经被弄得有些不知所措了。"是什么性质的障碍？"他问道，"也许可以排除——可以通过解释得到解决吧？"

"不可能，"对方答道，"我已说过它是不可逾越的。我这么说是经过深思熟虑的。"

说话的人走上前来,倚着栏杆。他接着往下说,字字清晰镇定,不紧不慢,但声音并不响亮。

"障碍就在于他已经结了婚,罗切斯特先生有一个现在还活着的妻子。"

听到这句低声说出的话时,我的神经大为震动,以前听到响雷都没有这样震动过——我全身的血液感受到这句话的无以名状的冲击,以前就是碰到严霜和烈火也都不曾有过这种感受。可是我依然保持着镇定,没有出现昏厥的危险。我望着罗切斯特先生,并且让他也能看见我。他整张脸像是块没有颜色的岩石,他的眼神冒着火花又像一块燧石。他什么也没有否认,似乎要向一切挑战。他没有对我说话,也没有对我露出笑容,仿佛忘了我是个活人。他只是用胳膊紧搂着我的腰,把我牢牢搂在身边。

"你是谁?"他问那个闯入者。

"我姓布里格斯,伦敦××街的一名律师。"

"你想硬塞给我一个妻子?"

"我想提醒你尊夫人的存在,先生。即使你不承认,法律也承认这一存在。"

"那就请讲讲她的情况吧——她的姓名、她的父母、她的住址。"

"遵命。"布里格斯不慌不忙地从口袋里掏出一张纸来,用一种带鼻音的官腔念道:

"我断言并能证实,公元××年十月二十日(十五年前的一天），英国××郡桑菲尔德府及××郡芬丁庄园之爱德华·费尔法克斯·罗切斯特，与我姐姐，商人乔纳斯·梅森及其妻克里奥尔人[1]安托瓦妮特之女伯莎·安托瓦妮特·梅森，在牙买加西班牙城之××教堂结婚。结婚记录可在该教堂之登记册中查到——我现有该记录之抄件一份。理查·梅森签字。"

"如果那份文件是真的，它可以证明我结过婚，但是它并不能证明其中声称是我妻子的那个女人还活着。"

"她三个月前还活着。"律师回答。

"你怎么知道？"

"我有证明这一事实的证人。他的证词，先生，恐怕连你也无法反驳。"

"叫他出来——要不就见你的鬼去。"

"那我还是先叫他出来吧——他就在这儿。梅森先生，请到前面来。"

一听到这名字，罗切斯特先生就咬紧了牙关，他全身还出现了一阵抽搐战栗。我紧挨着他，能感觉到一阵愤怒和绝望的颤抖传遍了他的全身。在这之前一直龟缩在后面的另一个陌生人，这时走上前来。一张苍白的脸在律师肩后露了出来——没错，正是梅森。

罗切斯特先生扭过头去怒视着他。我曾多次提到说他的眼睛是黑色的。然而此刻他的黑眼珠上却闪出了茶褐色的，不，是

1　生于拉丁美洲的欧洲人后裔，或他们同黑人或印第安人所生的混血儿。

血红色的光芒。他满脸通红——那泛青的脸颊和失去色泽的前额,仿佛因心火的蔓延上升而泛出了红光。他身子一动,举起一只强壮的胳膊——他本会朝梅森挥去一拳,将他击倒在教堂的地上,用无情的拳头揍得他断了气——可是梅森吓得躲到了一边,微弱地喊了声"天哪!"罗切斯特先生不由地产生了一种鄙视感,这使他冷静了下来——他的怒气消失了,就像植物得了枯萎病似的。他只是问了一句:"你有什么要说的?"

梅森苍白的嘴唇间吐出了一句含混不清的回答。

"要是你回答不清楚,那就是其中有鬼。我再问一遍,你有什么要说的?"

"先生……先生,"牧师插进来说,"别忘了你们是在一个神圣的地方。"随后他朝着梅森温和地问道:"你到底知道不知道,这位先生的妻子是不是还活着?"

"拿出点儿勇气来,"律师催促说,"说出来吧。"

"她现在就在桑菲尔德府,"梅森用较为清楚的声音说,"今年四月我还在那儿见过她。我是她弟弟。"

"在桑菲尔德府!"牧师不禁脱口叫了起来,"不可能!我是这一带的老住户了,先生,可我从来没听说过桑菲尔德府有个罗切斯特太太。"

我看到罗切斯特先生的嘴唇让一个狞笑扭歪了,他喃喃地说:

"的确如此——老天做证!我留神不让人听说有这件事——不让人知道她有那样的名分。"他沉思着——独自思量了足足有

十分钟,最后终于下定决心,宣布说:

"够了——干脆把什么都说出来吧,就像让子弹从枪膛里打出来一样。伍德,合上你的书,把法衣脱去。约翰·格林(对那个执事说),离开教堂吧,今天没有什么婚礼了。"执事听从了。

罗切斯特先生无所顾忌地继续说道:"重婚是个丑恶的字眼!——然而我还是决意当个重婚者。可是命运战胜了我,或者是上天阻止了我——也许是后者。这会儿我已经比魔鬼好不了多少,正如我那位牧师会对我说的,我肯定该受到上帝最严厉的惩罚——甚至该受到不灭的火和不死的虫的折磨[1]。先生们,我的计划给打破了!这位律师和他的当事人说的全是事实。我已经结了婚,我娶的那个女人还活着!伍德,你说你从来没听说过那座宅子里有个罗切斯特太太,不过我想你大概多次听人说起过那儿看管着一个神秘的疯子吧。准有人私下对你说过她是我的异母私生姐姐,也有人说她是被我遗弃的情妇。现在我来告诉你,她就是我十五年前娶的妻子,她叫伯莎·梅森,也就是这位勇敢人物的姐姐,现在他正四肢发抖,面无血色,向你们表明男子汉会有一颗多么勇敢的心。

打起精神来吧,狄克!——用不着怕我,我要揍你,还不如去揍一个女人。伯莎·梅森是个疯子,她出生于一个疯子家庭——三代人中都是白痴和疯子!她的母亲,那个克里奥尔人,既是个

1　指入地狱。《圣经》中描绘地狱时有"在那里虫是不死的,火是不灭的"等语。见《圣经·新约·马可福音》第9章第48节。

疯女人,又是个酒鬼!这是我娶了她女儿之后才知道的,因为以前他们对家中的秘密守口如瓶。伯莎像是个孝顺的孩子,在这两方面都承袭了她母亲的特点,于是我有了一个迷人的伴侣——纯洁、聪慧、端庄。你们可以想见我是个多么幸福的男人。

"我经历过多么丰富多彩的场面!哦,我的经历好极了,但愿你们都知道了才好!不过我不想再多做什么解释了。布里格斯、伍德、梅森——我请你们诸位都来我的宅子,去拜访一下普尔太太照看的病人,也就是我的妻子!你们会看到我上当受骗娶了怎样一个人,看看我是不是有权撕毁这张婚约,去求得一点儿至少是符合人性的慰藉。"

"这个姑娘,"他看了看我继续说,"跟你一样,伍德,对这件令人厌恶的秘密也一无所知。她以为一切都是正当合法的,做梦也没有想到自己会陷入一桩欺诈的婚事里,要嫁给一个已跟恶劣的疯子和失掉人性的人结合在一起的上当受骗的可怜虫!来吧,诸位,跟我走!"

他离开了教堂,依然紧紧地握住我的手。三位先生跟在我们后面。在宅子的正门前,我们看到了那辆马车。

"把它赶回马车房去,约翰,"罗切斯特先生冷冷地说,"今天用不着它了。"

我们一进门,费尔法克斯太太、阿黛尔、索菲、莉亚都迎上前来祝贺我们。

"全都给我走开!"主人大声喝道,"把你们的祝贺全带走!谁还需要它们?我可不需要!——它们已经晚了十五年了!"

他顾自朝前走去，登上楼梯，依然握着我的手，依然招呼那几位先生跟着他，他们也都听从了。我们走上第一道楼梯，沿着走廊走去，一直上了三楼。罗切斯特先生用万能钥匙打开一道低矮的黑门，让我们进入那间挂着帷幔、摆着一张大床和一口彩绘柜子的房间。

"你认识这地方，梅森，"我们的向导说，"她在这儿咬过你，用刀子刺过你。"

他撩起遮住隔墙的帷幔，后面露出了第二道门，他又打开了这道门。这是一个没有窗子的房间，壁炉里生着火，炉子前面用又高又结实的围栏围着，天花板上用链子吊着一盏灯。格雷斯·普尔俯身向着炉火，显然正用平底锅在煎煮什么。在房间的那一头昏暗的阴影里，有个身影在来回跑动。那是什么，是人还是野兽？乍一看去，谁也分辨不清。它似乎是四肢着地在爬行，又抓又嗥像只奇怪的野兽。然而它却穿着衣服：一头浓密的灰白头发，蓬乱得像马鬃似的遮住了它的头和脸。

"早安，普尔太太，"罗切斯特先生说，"你好吗？你照看的人今天怎么样？"

"我们还可以，先生，谢谢你。"格雷斯回答说，一边把煮得沸滚的食物小心地端起来放到炉边的铁架上。"总想咬人，不过还不算太狂暴。"

一声凶猛的吼叫似乎在戳穿她说的是假话，这个穿着人衣的怪物立了起来，用后脚高高地站立着。

"啊，先生，她看见你了！"格雷斯嚷道，"你最好还是别待在这儿。"

"只待一会儿,格雷斯,你一定得让我待上一会儿。"

"那就当心点儿,先生!看在上帝的分儿上,当心点儿!"

疯子大吼起来,她撩开披在脸上的乱蓬蓬的鬈发,狂野地怒视着来访者。我清楚地认出了那张发紫的脸,——脸上那肿胀的五官。普尔太太走上前来。

"别挡着,"罗切斯特先生说着把她推到一边,"我想她这会儿没带着刀子吧?再说我也有了防备。"

"谁也不知道她带着什么,先生。她狡猾得很,常人的头脑是摸不透她那套诡计的。"

"我们最好还是离开她。"梅森小声说。

"见你的鬼去吧!"这是他姐夫的回答。

"当心!"格雷斯一声大喊。

那三位先生不约而同地直往后退。

罗切斯特先生一把将我推到自己背后。疯子猛地扑向前来,恶狠狠地掐住了他的脖子,用牙咬他的脸颊。他们搏斗了起来。她是个高大的女人,身材几乎跟她丈夫不相上下,而且很胖。搏斗中她显得很有力气——尽管他身强力壮,她却不止一次差点儿把他掐死。他本可以看准了一拳把她打倒,可他不愿那么做,只想跟她扭斗。最后他总算扭住了她的胳膊,格雷斯·普尔递给他一条绳子,他把她的两臂反绑了起来,又随手拾起另一条绳子,把她捆在一张椅子上。在捆绑的过程中,她狂呼乱叫着,拼命地跳踢着。随后,罗切斯特先生转身对着在场的人,带着一种既辛辣又凄怆的微笑看着他们。

"这就是我的妻子,"他说,"这就是我可以领略的唯一的夫妻间的拥抱——这就是空闲时给我带来安慰的亲热!而这位则是我希望得到的,"他把手放在我的肩上,"这是一位能庄重、从容地站在地狱的入口,镇定地看一个魔鬼蹦跳的姑娘。尝过那种浓味的菜肴之后,我想用她来换一换口味。

"伍德、布里格斯,你们来看看两者之间的区别吧!拿这双明澈的眼睛和那对红球作个比较,拿这张脸比一比那张怪脸,再拿这个身材跟那个大个子作个比较吧。然后,传播福音的牧师和维护法律的律师,你们再来裁判我,不过请记住,你们怎样来裁判我,别人也会怎样来裁判你们!现在你们可以走了。我得把我的捕获物关起来了。"

我们全退了出来。罗切斯特先生又逗留了一会儿,给格雷斯·普尔嘱咐了几句。下楼时,律师对我说起话来。

"小姐,"他说,"你是没有任何责任的。你叔叔听到这一点准会非常高兴——当然,要是梅森先生回马德拉时他还活着的话。"

"我叔叔!他怎么啦?你认识他吗?"

"梅森先生认识他。爱先生是他们家在丰沙尔[1]商号的多年老客户。你叔叔接到你的信,得悉你即将和罗切斯特先生结婚时,碰巧梅森先生也在他那儿——梅森先生是在回牙买加途中,暂时

1　马德拉群岛的首府。

留在马德拉养病的。爱先生对他提起了这一消息,因为他知道我的这位当事人认识一位叫罗切斯特的先生。你完全可以想象得到,梅森先生听了后既吃惊又难过,于是就说出了事情的真相。我很遗憾地告诉你,你叔叔现在正卧病在床。从他的病症——痨病——和病情看,他是不大可能再下床了,因此他无法亲自赶来英国,把你从陷阱中解救出来。于是他就恳求梅森先生立即采取措施,及时阻止这桩欺诈的婚事。他让梅森先生来找我帮忙,让我尽快办理。值得欣慰的是总算没有太迟,毫无疑问你也有同感吧。要不是我确信等你赶到马德拉,你叔叔一定会不在人世的话,我本会劝你跟梅森先生一起去的。可是事情既然如此,我想你最好还是先留在英国,等待进一步得到爱先生来的或者别人关于爱先生的消息再说。还有什么事要我留在这儿?"他问梅森先生。

"没有了,没有了——我们快走吧。"对方急切地回答。说着不等向罗切斯特先生告辞,两人就走出了大厅的门口。牧师留下来跟那位高傲的教区居民交谈了几句,不知是告诫还是责备,尽到责任后,他也离开了。

这时我已回到自己的房间,站在半掩着的门口,听着他离去。屋子里的来人走空了,我把自己关进房间,插上门闩,不让任何人闯进来,然后就开始——不是哭泣,也不是悲叹,我依然十分冷静,不至于会那样,而是——机械地脱掉结婚礼服,重又换上昨天穿的那件呢外衣,昨天我还以为是最后一次穿它了呢。随后我坐了下来,感到全身虚弱无力、疲惫不堪。我把两臂支在桌上,头埋在手里。现在我得好好想一想了。在这以前,我只是在听、在看、在活动——任人领着或者拽着上这儿上那儿——眼看着事情一件接着一件发生,隐秘一个接着一个暴露,然而现在,我要好好地想一想了。

除了有疯子出场的那短短的一幕,这一早上其实是相当平静的。教堂里发生的事并没有吵吵闹闹,没有人大发雷霆,没有人大声争吵,没有争辩不休,没有互相挑衅,没有眼泪,没有哭泣。只是有人说了几句话,平静地对这桩婚事表示反对;罗切斯特先生严厉地提了几个简短的问题,随后对方作了回答、解释、拿出证据,接着我的主人坦率地承认了事实。然后又看了活的证据,最后不速之客走了,一切也就这样结束了。

我像往常一样待在自己的房间里,还是原先的那个我,并无明显变化,既没有受到打击,也没有受到损伤或残害。可是,昨天的那个简·爱在哪儿呢?——她的生活在哪儿呢?——她的前途又在哪儿呢?

简·爱,那个一度曾是满腔热情、满怀希望的女人——差一点儿还当上新娘——如今又成了一个冷静、孤独的姑娘。她的生活是黯淡的,她的前途是凄凉的。仲夏出现圣诞节的严寒,六月飞旋起十二月的暴风雪,冰凌冻僵了成熟的苹果,积雪压坏了盛开的玫瑰,草地和麦田罩上了冰冻的裹尸布,昨夜还红花遍地的小径,今天已盖满白雪,不见足迹,无路可寻。十二小时前还像热带丛林般枝叶婆娑、芳香飘溢的树林,如今却像冬季挪威的松林,白茫茫一片,满目荒凉。

我的希望全都破灭了——不可捉摸的厄运已将它击得粉碎,

就像一夜之间落在埃及所有头生子头上的厄运[1]一般。我看看自己所抱的希望,昨天它们还是那么生机蓬勃、流光溢彩,现在却直挺挺、冷冰冰、灰沉沉地躺在那儿,成了再也不会复活的死尸了。我想想自己的爱情,那是属于我的主人的——是他一手缔造出来的感情。此刻它正在我心中颤抖,就像一个在冰冷的摇篮里受苦的婴儿,饱受着疾病和痛苦的折磨,却不能投入罗切斯特先生的怀抱,从他的怀里获得温暖。哦,它再也不能朝他伸出小手了,因为忠诚已遭破坏,信任已经丧失!

对我来说,罗切斯特先生已不再是过去的他,因为他已不再是我想象中的他了。我不愿归罪于他,我不愿说他欺骗了我,然而在我的心目中,他身上已经失去纯洁无瑕的真诚,因此我必须离开他,这一点我心里很清楚。至于何时离开、怎么离开、去什么地方,我还心中没数。不过毫无疑问,他自己也会催我早点离开桑菲尔德的。看来,他对我未必有真正的爱,有过的只是一时的热情。这回他的热情受到了挫折,他就不会再需要我了。现在我甚至害怕从他面前走过,见到我他一定会觉得可恨。哦,我真是瞎了眼睛!我的行为真是太糟糕了!

我蒙上两眼,紧闭着。旋涡般的黑暗似乎包围了我,思绪像一股浑黑的潮水向我涌来,我仿佛躺在一条大河干涸的河床上,

---

1 据《圣经》记载,因埃及法老不许以色列人离去,耶和华决定再降一样灾难,迫使法老同意。在逾越节之夜,"耶和华把埃及所有的长子,就是从坐宝座的法老,直到被掳囚在监狱之人的长子,以及一切头生的牲畜,尽都杀了"。详见《圣经·旧约·出埃及记》第11—12章。

自暴自弃,懒散懈怠,耳听远处群山中一股山洪暴发,知道洪流正滚滚而来,可是既不愿起来,也没有力气逃走,我虚弱无力地躺在那儿,一心只想死去。在我头脑里,只有一个念头还像有生命似的在搏动——想起了上帝。这念头使我开始默默地祈祷,那些话在我一片漆黑的心灵里徘徊不去,仿佛是些必须低声诉说出的话,但又找不到力量把它们说出来。

"求你不要远离我,因为急难临近了,没有人帮助我。"[1]

它的确临近了,由于我不曾祈求上帝把它挡开——我没有合起双手,屈膝跪下,也没有开口祈求——它终于来了,那滚滚的洪流来势凶猛,一下子全倾泻在我的身上。我意识到我的生活孤寂凄凉,我的爱情已经失去,我的希望已经破灭,我的信心丧失殆尽。这一切的念头像一个黑压压的庞然大物,沉重而有力地压在我的头顶。那个痛苦的时刻实在无法描述,真是"众水要淹没我,我陷在深淤泥中,我没有立足之地。我到了深水中,大水漫过我身"[2]。

---

1 引自《圣经·旧约·诗篇》第22篇第11节。
2 引自《圣经·旧约·诗篇》第69篇第1—2节。个别词有改动。

27

到了下午的不知什么时候,我抬起了头,看看四周,发现夕阳已在墙上涂上了西沉的金色余晖。我问自己:"我该怎么办呢?"然而我的心灵做出的回答——"马上离开桑菲尔德"——竟是这么迅速、这么可怕,我急忙掩住自己的耳朵。我说,这样的话我现在受不了。

"不做爱德华·罗切斯特的妻子,这只是我痛苦的最小部分。"我辩解道,"从那些最美好的迷梦中醒来,发现一切都是虚空和徒劳,虽然可怕,但我还受得了,能撑住;可要我断然地、立即地、永远地离开他,我无法忍受,我办不到。"

但是紧接着,我内心却有个声音断言说我能够办到,而且预言说我将会办到。我跟我自己的决心搏斗着。我宁愿做个弱者,这样就可以不走这条摆在眼前、要我受更多痛苦的可怕的路了。

可是已变成暴君的良知却扼住了爱情的咽喉,辱骂她说,她这会儿还只是把她那漂亮的小脚刚刚伸进泥潭。他还起誓说,他定会用他那条铁臂,把她一直按在深不见底的痛苦深渊。

"那就快把我拉走!"我喊道,"让别人来帮帮我吧!"

"不,你得靠自己把自己拉走,谁也不会来帮你。你一定得自己挖掉自己的右眼,自己砍掉自己的右手,你的心将成为祭品,而由你作为祭司来把它一刀刺穿。"

我猛地站了起来,孤独中竟会出现如此无情的裁判官,寂静中竟会充斥如此可怕的声音,我吓坏了。当我站直身子时,我感到一阵头晕。我知道,我这是因为过分激动和一直空着肚子引起的。这一整天,我既没吃也没喝,什么都没沾过嘴唇,连早饭也没来得及吃。这时,我心中涌起一阵说不出的剧痛——想到我关起门来在房里待了这么久,竟没有一个人来问问我怎么样了,也没人来请我下楼去,就连小阿黛尔也没来敲过门,费尔法克斯太太也不曾找过我。

"被命运遗弃的人,朋友们也常会把他们忘掉。"我喃喃自语着。

拉开门闩,跨出门去,我突然被什么东西绊了一下。我的头还发晕,眼还发花,手脚也软弱无力。我没能马上稳住身子,跌倒了,但没有跌倒在地,有只手伸过来抓住了我。我抬头一看——原来是罗切斯特先生把我给扶住了,他就坐在横挡在我房门口的一把椅子上。

"你终于出来了。"他说,"哦,我已经在这儿等了很久,我一直朝房间里听着，可是听不到一点儿动静，也听不见一声哭泣。要是再过五分钟还是这么一片死寂的话，我就要像小偷那样撬开门锁了。你这是在躲着我吧？——你把自己关在屋子里独自一人伤心？我可宁愿你出来怒气冲天地狠骂我一顿。你感情强烈，我本以为你会大闹一场，我正准备着看到雨水般倾注的热泪，让它洒落到我的胸前，现在却都给毫无知觉的地板和你湿透的手帕承受去了。不过我还是说得不对，你根本就没有哭！我只看到苍白的脸颊和失神的眼睛，却没有一滴泪痕。我猜想，一定是你的心在淌血吧？

"怎么啦，简！你真的连一句责备的话都没有？没有一句抱怨的话——也没有一句尖刻的话？没有一句刺伤感情的，也没有一句激起恼怒的话？我把你扶坐在那儿，你就一声不响地坐在那儿，用一副没精打采的漠然表情看着我。

"简，我从来没有打算要这样伤害你。即使有人养了一头他仅有的小母羊，这母羊被他看得比亲生女儿还亲——吃他盘里的面包，喝他杯中的水，还躺在他的怀里——而他却在屠宰场里把它给误宰了。他对自己致命的大错所感到的悔恨，也不会超过我现在感到的悔恨。你会原谅我吗？"

读者啊！——我在当时当地就原谅了他。他的目光中流露出那么深深的悔恨，他的语气中饱含着那么真挚的同情，他的风度中显示出那样的男子气概，而且，在他的整个神情举止中，都流露出那么忠贞不渝的爱情——我完全原谅了他，不过不是诉诸语言，也不是形之于表情，而只是深藏在我的心底。

"你认为我是一个无赖吗,简?"过了一会儿,他满怀渴望地问道——我想,他是弄不清我为什么一直怏怏不语,其实我并不是有意这样,只不过是因为身体虚弱而已。

"是的,先生。"

"那就毫不客气,直截了当地对我说——别顾惜我。"

"我不能,我累了,身体不舒服,我想喝点儿水。"

他打着寒战舒了口长气,忙伸出双臂把我抱起,一直抱到楼下。开始我不知道他把我抱进哪间屋子,我两眼昏花,什么都模模糊糊的。不一会儿,我感到了炉火那使人恢复精神的暖气,因为尽管是夏天,我在自己的房间里,已经浑身觉得冰凉了。他把酒送到我的唇边,我只稍微喝了一点儿,精力就有了恢复,接着我又吃了点儿他端给我的食物,马上就觉得精神已恢复到正常。原来我这是在书房里——正坐在他的椅子上——他就在我身边。

"要是这会儿我能就此结束生命,没有过多的痛楚,那该多好啊,"我想,"那样,我就不用把我的心弦硬从罗切斯特先生的心弦上拉开,生生地挣断了。看来我是非得离开他不可了。可我又不愿离开他——舍不得离开他。"

"你这会儿觉得怎么样,简?"

"好多了,先生,我很快就会好的。"

"再喝一点儿酒,简。"

我听从了他。然后他把酒杯放到桌子上,站在我面前,定睛地望着我。突然间他转过身去,发出一声含混不清却又充满激情的叫喊。他快步走到房间那头,又折了回来。他向我俯下身子,似乎要吻我。但是我记住了,我们之间的抚爱已经不容许了。我转过脸去,把他推开。

"怎么!——这是怎么回事?"他急促地嚷了起来,"哦,我明白了!你不愿跟伯莎·梅森的丈夫接吻是吧?你是认为我已经怀中有人,我的拥抱已经另有所属了吗?"

"至少对我来说,是既没有容我的余地,我也没有这个权利了,先生。"

"为什么,简?省得你多说话麻烦,我来代你回答吧——你准会说,因为我已经有了一个妻子——我猜得对吗?"

"对。"

"要是你这么想,那一定对我有不同寻常的看法了。你准把我看成个诡计多端的浪荡子——一个卑鄙下流的流氓,假装对你怀有真挚的爱情,为的是诱你落入精心布下的罗网,毁掉你的名誉,剥夺你的自尊。对这样一个人,你还有什么可说呢?我知道,你什么也说不出。首先,你还虚弱,连呼吸都很吃力;其次,你还不习惯谴责和辱骂我。此外,泪水的闸门已经打开,要是你多说话,泪水就会奔涌而出。再说,你也不想教训我、责备我,大闹一场。你在考虑的是如何行动——你认为说话毫无意义。我了解你——我已经有所防备了。"

"先生,我不想采取什么行动来对付你。"我说道。我那颤抖的嗓音警告我要长话短说。

"按我的话意而不是按你的话意来说,你这是在打算毁了我。因为你的意思实际上就是说,我是个已婚男人——而作为一个已婚男人,你就得避开我、躲着我,方才你就拒绝跟我接吻。你打算使自己成为一个对我完全陌生的人,而仅仅作为阿黛尔的家庭教师住在这儿。只要什么时候我对你说句友好的话,什么时候友好的感情使你重又亲近我,你就会说——'那个男人差点儿让我成了他的情妇,我一定要对他冷若冰霜。'于是你也就真的对我冷若冰霜了。"

我清了清嗓子,竭力使声音保持稳定,回答说:"我周围的一切都已经变了,先生,我也得改变——这是毫无疑问的。为了避免感情上的波动,省得要不断地跟回忆和联想搏斗,只有一个办法,——阿黛尔得另换一个新的家庭教师,先生。"

"哦,阿黛尔要进学校——这我已经安排好了。我也不打算折磨你,让你可怕地联想和回忆起桑菲尔德府——这个该诅咒的地方——这座亚干的帐篷[1]——这个硬要把虽生犹死的惨景暴露在光天化日之下的蛮横的墓穴——这个藏有一个比我想象中千百个鬼怪更为凶恶的魔鬼的狭小的石头地狱。

"简,你不会再住在这儿,我也一样。我明知这是个闹鬼的地方,还让你到桑菲尔德来,这是我的过错。我还没见到你时,就叮嘱过他们要瞒着你,不让你知道这儿的真相,那只是因为我担心,要是让受雇的人知道了跟谁住在同一幢房子里,就不能给

---

[1] 据《圣经》所载,以色列人攻破耶利哥城时,犹大的支派亚干私将所夺财物藏在自己的帐篷内。上帝震怒,命以色列人用石头将他打死。详见《圣经·旧约·约书亚记》第7章。

阿黛尔雇到家庭教师了。而我又不允许自己有把疯子转移到别的地方去的打算——尽管我还有另外一幢老屋子芬丁庄园,它甚至比这儿还要偏僻隐蔽,我满可以十分安全地让她住在那儿,可是考虑到它地处森林的中心,不利于健康,我良心上不忍做这样的安排。那些潮湿的墙壁说不定很快就会让我摆脱掉她这个负担。同是坏蛋坏处却各有不同,我的坏处并不是企图间接谋杀,哪怕是谋杀我最恨的人。

"不过,对你隐瞒有个疯女人和你做邻居,这事真有点儿像用斗篷盖好一个孩子,把他放在见血封喉树[1]旁边一样。那魔鬼早把周围给毒化了,而且毒气永远不散。不过现在,我要把桑菲尔德府封闭起来,我要把前门钉死,楼下的窗户全都钉上木板。我要给普尔太太每年两百镑,让她在这儿陪伴我的妻子,你是这样称呼那个可怕的丑婆娘的。为了钱,格雷斯会很卖力的,她会把在格里姆斯比疯人院当管理员的儿子叫来陪她,在我的妻子发病时帮助她。每当我的妻子发病时,常会鬼使神差地半夜里想把人烧死在床上,用刀把他们捅死,或者把他们的肉从骨头上撕咬下来,以及诸如此类的行径……"

"先生,"我打断了他的话,"你对那位不幸的太太太狠心了,你说到她时充满憎恨——满怀仇恨的厌恶,这太残忍了——她发疯是没有办法的事啊。"

"简,我的小宝贝(我要这样称呼你,因为你确实是我的小

---

1 爪哇产桑科毒树,其汁可做箭毒。

宝贝),你不知道自己在说些什么,你又错怪了我,我并不是因为她疯了我才恨她。如果你疯了,你以为我也会恨你吗?"

"我是这么想的,先生。"

"那你就错了,你一点儿都不了解我,不了解我能有怎样的爱情。你身上的每一个原子,都像我自己身上的一样亲。即使有病痛,也仍旧一样的亲。你的心灵是我的宝库,哪怕它破碎了,依然是我的宝库。要是你发了疯,紧抱你的将是我的双臂,而不是紧身背心。你的乱抓乱咬,即使疯狂暴怒,对我来说也是别具魅力。要是你像今天早上那个女人那样朝我猛扑过来,我会用拥抱来迎接你,亲爱的程度至少和约束的程度相仿。我绝不会像躲避她那样厌恶地躲避你。在你安静的时候,既不用看守也不需要护士,只需我陪伴在你身旁,我会带着不知疲倦的温存来照料你,尽管你没有对我报之以微笑。我会不知疲倦地一直凝视着你的眼睛,尽管你的双眼没有露出一丝认识我的目光。——瞧我,为什么要顺着这个思路说下去呢?

"我刚才是在讲你离开桑菲尔德呀。你知道,我什么都准备好了,马上就可以离开,你明天一早就走。我只求你再在这幢屋子里忍受一个晚上,简,然后你就可以跟这儿的痛苦和恐怖永别了!我有一个地方可以去,那是个非常安全的避难所,可以避开令人憎恨的回忆,也不会再有不受欢迎的人闯入——甚至可以避开虚伪和诽谤。"

"那你就带上阿黛尔,先生!"我插嘴说,"她可以给你做伴。"

"你这是什么意思,简?我已经跟你说过了,我要送阿黛尔进学校,而且我干吗要弄个孩子做伴,何况她还不是我的孩子——而是个法国舞女的私生女。你干吗老跟我提她?我是说你干吗要把阿黛尔塞给我做伴?"

"你说到要退隐,先生,而退隐和孤独是沉闷乏味的,这对你来说太沉闷了。"

"孤独!孤独!"他恼火地重复着,"我看我非做个解释不可了。我不知道你脸上会露出怎样的谜一般的表情。但我必须说清楚。你将和我分享孤独。你懂了吗?"

我摇了摇头。他已经变得非常激动,我即使做出这样一个默默的不同意的表示,也需要一定程度的勇气。本来他一直在房间里快步走来走去,这时一下停了下来,仿佛突然在那儿生了根似的。他盯着我瞧了半天,我把视线从他身上移开,转到炉火上,竭力摆出并保持着一副镇静和泰然的神气。

"这会儿简的脾气还是出疙瘩了。"他终于说了这么一句,语气比我从他的表情上预料的要平静得多。"这筒丝一直转动得这么顺当,我知道迟早会出个疙瘩、来个难题的。现在它果真来了。这回该是苦恼、激怒和没完没了的麻烦来了!天啊!我真盼望能使出几分参孙[1]的力气来,像挣断绳子那样解开这一团乱麻!"

他又开始在房间里走动起来,但很快就又停住了,这回正好

1　据《圣经》记载,大力士参孙被出卖后,落入敌人手中;敌人剜了他的眼睛,把他关在监牢里推磨。详见《圣经·旧约·士师记》第16章第13—21节。

停在我的面前。

"简,你愿意听我讲讲道理吗?"(他俯下身来,嘴唇凑近了我的耳朵。)"因为,要是你不愿意,我可只好动蛮了。"他声音粗哑,那神情就像是一个正要挣脱难以忍受的束缚的人,准备不顾一切地蛮干一场。我看出,再过一会儿,只要再来这么一次疯狂的冲动,我就会对他毫无办法了。只有趁现在——趁这一闪而过的短暂时间——把他控制和约束住,因为只要有一个拒绝、逃避、害怕的举动,就准会招来我的厄运——也招来他的厄运。可是我并不害怕,一点儿也不怕。我觉得自己有一种内在的力量,有一种能影响对方的感觉在支撑着我。危急关头,千钧一发,但也不是没有它的魅力,这时也许就像印第安人驾着独木舟在激流上飞滑时的感觉一样吧。我抓住他紧握的拳头,掰开他弯曲的手指,用安慰的口气对他说:

"坐下吧。你要想跟我谈多久就谈多久,你说什么我都愿意听。不管有道理的还是没有道理的。"

他坐了下来,可是没能让他马上就说话。我的眼泪已经忍了多时,我知道他不喜欢看见我哭,所以我费了很大的劲儿才把眼泪忍住。可是现在,我认为不妨让它流个痛快,爱流多久就流多久。要是这如同泉涌的泪水能使他烦恼,那就更好了。因此我就不再忍着,痛苦地放声大哭起来。

很快我就听见他在诚恳地请求我安静下来。我说你这么激动,我无法安静下来。

"可我并没有发怒啊,简,我只是太爱你了。你板起那张苍白的小脸,露出一副坚决、冰冷的样子,我受不了。好啦,别哭了,把眼泪擦干吧。"

他的声音变温和了,表明他已经给驯服,因而该轮到我安静下来了。这时他试着想把头靠在我的肩上,可我不让。接着他又想把我拉到自己身边,这也不行。

"简!简!"他叫着——语调是那么悲伤,听了使我全身的神经都一阵震颤。"这么说,你并不爱我?你看重的只是我的地位,还有做我妻子的身份?现在你认为我已没有资格做你的丈夫,你就躲开我,碰都不让我碰,就好像我是只癞蛤蟆或者是大猩猩什么的。"

这些话伤透了我的心,可是我又能做些什么、说些什么呢?也许我本该什么也不做、什么也不说。可是我却因伤了他的心而痛感后悔,因而就情不自禁地想在受到我伤害的地方,为他抹上点儿止痛的药膏。

"我爱你,真的,"我说,"比以前更爱你,可是我绝不该流露或者纵容这种感情。这是我最后一次不得不向你表白。"

"最后一次,简!什么!要是你依旧爱我,你认为你可以跟我生活在一起,每天看见我,却和我保持着冷淡和疏远吗?"

"不,先生,那是我肯定做不到的。正因为这样,所以我看只有一条路可走。但是我一说出来你准会发火。"

"哦,说出来吧!即使我发火,你也有哭哭啼啼这一招呀。"

"罗切斯特先生,我必须离开你。"

"多长时间,简?离开几分钟,让你去梳理一下有点儿乱的头发,去洗一洗有点儿发烧的脸,是吗?"

"我得离开阿黛尔和桑菲尔德。我必须永远离开你,我必须在陌生人和陌生的环境中开始一种新的生活。"

"那当然。我告诉过你,你应该离开阿黛尔和桑菲尔德。至于要离开我,那是疯话,我根本不会理睬。我的意思是说你必须成为我的一部分。至于新的生活,那完全正确。你还要成为我的妻子,我还是个没有结婚的人嘛。你将成为名副其实的罗切斯特太太。我将永远只和你厮守在一起,白头到老。你将前往法国南部的一个地方,那儿的地中海岸边有我的一幢粉刷得雪白的别墅。你将在那儿过一种幸福、安全和无忧无虑的生活,绝不用担心我会引诱你误入歧途——让你做我的情妇。你为什么要摇头?简,你得通情达理,要不我真的又要发火了。"

他的嗓音和手都在发抖,他那大大的鼻孔又张大了,他的眼睛在冒火,可我还是大着胆子说道:

"先生,你的妻子还活着,这是今天早上你自己也承认的事实。要是我像你希望的那样和你在一起生活,那我就真的成了你的情妇了。不这么说就是诡辩——就是撒谎。"

"简,我不是个好脾气的人——你忘了这点了。我没有多大耐性,我不是个冷静而不易动火的人。可怜可怜我吧,也可怜可怜你自己。你伸出手指来切切我的脉,看它跳得多厉害——你可要小心啊!"

他捋起袖子,朝我伸来手腕,他的脸颊和嘴唇都失去了血色,越来越显得苍白。一切都使我感到难受和痛苦。用他最深恶痛绝的拒绝来惹得他如此激动,是够狠心的,可是让步呢,又绝对不可能。我做了常人在被逼得走投无路,本能地会做的事——向高于凡人的神明求助。

我不由自主地脱口喊出:"上帝啊,帮帮我吧!"

"我真是个傻瓜!"罗切斯特先生突然大声叫了起来,"我一个劲儿跟她说我没有结婚,却没有跟她解释为什么。我忘了她对那个女人的性格一无所知,也不知道我跟那门该死的婚事的有关情况。哦,待简知道了我的全部情况后,我敢肯定,她准会同意我的看法的。来,简妮特,把你的手放到我的手里——让我像看到你一样地摸到你,证实你是在我的身边——然后我就能用几句话来对你说明这件事情的真相。你能听我说吗?"

"能,先生。只要你愿意,我听上几个小时都行。"

"我只要几分钟就够了。简,我在我们家并不是长子,我还有一个哥哥,这事你是不是知道,或者听说过吗?"

"我记得费尔法克斯太太有一次跟我说起过。"

"那你有没有听她说我父亲是个爱财如命的人?"

"她的话里好像有这个意思。"

"是啊,简,正因为他是这么个人,他决意要使家产保持完整。分割他的田产,把一部分分给我,这是他怎么都不愿意的,他要在死后把全部家产都留给我的哥哥罗兰。可是他也不愿让他的另一个儿子成为穷人。这就得给我找一家富有的人家结亲。他很快就给我找到了一个对象。他的老朋友梅森先生是西印度群岛的种植园主,又是个商人。他确信他的财产又多又可靠。而且他做过调查,知道梅森先生有一儿一女,还从他那儿探听到,他可以而且愿意给女儿一笔三万英镑的财产,这就足够了。

我一离开大学,就给送到了牙买加,去娶一个已经定好亲的新娘。我父亲没有提到她的钱财,只告诉我说梅森小姐是西班牙城出名的美人,这倒也不是假话。我发现她确实是个漂亮女人,属于布兰奇·英格拉姆那种类型,高高的、黑黑的,举止颇为庄重。她家的人很想抓住我,因为我出身名门。她也这样想。他们让她衣着华丽地在舞会上跟我见面。我很少能单独见到她,和她个别交谈就更少了。她千方百计讨好我,拼命显示她的美貌和才情来讨我的喜欢。她那个社交圈里的男人似乎都爱慕她,嫉妒我。我给弄得飘飘然了,激起了劲头,我的感官也兴奋了起来。由于幼稚无知、缺乏经验,我自以为爱上了她。社交界无聊的情场角逐,青年人的好色、鲁莽和盲目,会使一个人什么蠢事都干得出来。她的亲戚们怂恿我,情敌们刺激我,她又引诱我,使得我几乎连自己也未弄清怎么回事就稀里糊涂地结了婚。

"哦,我一想起自己的这个举动就看不起自己!——一种从内心蔑视自己的痛苦就会主宰着我。我从来没有爱过她,从来没有敬重过她,甚至也从来没有了解过她。我简直拿不准在她的天性里是否还有点儿美德存在。无论从她的心灵上,或者是举止中,我都既看不到谦逊,也看不到仁慈;既看不到坦率,也看不到雅致。可我竟娶了她——我真是个又蠢、又贱、又瞎的大傻瓜!要不是错到这种程度,我也许早就……不过还是让我记住我在跟谁说话吧。

"我新娘的母亲我从没见过,我原以为她已经去世。蜜月过后,我才知道自己错了。她母亲原来发了疯,被关在一座疯人院里。她另外还有一个弟弟,是个完全不会说话的白痴。你见到过的那个弟弟(我虽然厌恶她的所有亲属,对他却恨不起来,因为在他那弱智的心灵中还有几分爱,这表现在他对那个可恶的姐姐一直很关心,也表现在他曾像一条狗似的对我依恋),说不定有一天也会变成那个样子。我父亲和我哥哥罗兰,对这些情况全都一清二楚,可是他们一心只想着那三万英镑,于是便合谋来坑害我。

"这一发现令人可恶可厌,可是,除了隐瞒真相欺骗我这一点外,我本来是不想拿这些来怪罪我妻子的。甚至当我发现她的性格与我格格不入,她的志趣令我反感,她的心灵庸俗、猥琐、狭窄,奇特地怎么也引导不到任何高一点儿的层次,任何宽一点儿的境界。当我发现简直不可能舒畅地跟她在一起度过一个晚上,甚至是白天的一个小时,我们之间根本无法进行亲切的交谈,因为不管我谈起什么话题,马上就会从她那儿听到既粗俗又陈腐、既乖戾又愚蠢的回答——当我看出,我永远不会有一个平静安定的家,因为没有一个仆人受得了她那不时发作的凶蛮无理的脾气,受得了她那些荒唐、矛盾、苛刻的命令——甚至当这一切都暴露出来时,我还是竭力克制住自己,避免责备,少做规劝,尽量把悔恨和厌恶咽进肚里,把深深的反感压在心底。

"简,我不想拿那些讨厌的烦琐事来烦扰你了,几句要紧的话就可以把我要说的话说清楚。我跟楼上那个女人一起生活了四年,四年还不到,她就已经把我折磨得够苦了。她的坏脾气以可怕的速度滋长着、发展着;她的邪恶迅猛地增长着:它们是那么强烈,只有用残酷的手段才能制止,可我不愿用它。她的智力低得像侏儒——而怪癖却大得像巨人!她的怪癖给我带来多么可怕的厄运啊!伯莎·梅森——一个跟声名狼藉的母亲同一个模子里出来的女儿——硬拖着我经历了一个娶了个荒淫放纵妻子的男人必然会经历的种种丢人现眼的痛苦和烦恼。

"在这期间,我的哥哥死了,在四年将尽时,我的父亲也去世了。这时,我是够富有的了,可我又贫苦得可怕。一个我所见过的最粗野、最下流、最堕落的生命,跟我的生命牢牢地拴在一起,还被法律和社会称为我的一部分。而我却不可能用任何合法的手续摆脱它,因为当时医生已经诊断出,我的妻子疯了——她的恣意妄为已经使疯病的胚芽过早地长了起来——简,你好像不爱听我的讲述,你看起来像是病了——要我把余下的事儿留下改天再讲吗?"

"不,先生,现在就把它讲完吧。我同情你——我由衷地同情你。"

"同情,简,从某些人那儿来的同情是一种侮辱和伤人的礼物,完全有理由扔回到送这来的人的脸上。那是一种无情的、自私的心灵所产生的同情,那是听到不幸时,一种对受害者盲目轻视又混杂着难受的自负心理。可是那不是你的同情,简。此时此刻,你满脸流露的——你双眼涌溢的——使你心潮起伏的——让你双手颤抖的,绝不是那种感情。你的同情,我亲爱的,是爱情的受磨难的母亲,她的痛苦,正是神圣的恋情临产时的阵痛。我要她,简,让她的女儿顺利降生吧——我正张开双臂等着拥抱她呢。"

"好了,先生,你接着讲吧,你发现她疯了以后怎么办呢?"

"简,我当时接近绝望的边缘,只是因为还有一点点自尊心,才使我没有坠入深渊。在世人的眼里,我无疑已蒙上了肮脏的耻辱,可是我决心要在自己眼里保持清白——永远不受她那些秽行的玷污,和她那缺损的心灵断绝联系。可是,社会还是把我的名字和我这个人跟她联系在一起。我还是每天看到她,每天听到她的声音,她吐出来的某些气息(呸!)依然混杂在我呼吸的空气中。而且,我还不得不记住她曾经是她的丈夫——这个回忆无论在当时还是现在,都使我感到有说不出来的厌恶。更可悲的是,我知道,只要她还活着,我就不可能另娶一个更好的妻子。而她尽管比我大五岁(她家的人和我的父亲就连在她的年龄问题上也对我撒了谎),可能会活得跟我一样长久,因为她身体的结实程度抵得上她脑子的贫弱。因此,在我二十六岁那年,我就已经对生活感到绝望了。

"一天夜里,我被她的叫喊声惊醒了——(自从医生宣布她疯了以后,她自然给关了起来)——那是西印度群岛一个热得似火燃烧的夜晚,是当地气候中热带风暴未临前常有的情况。我在床上睡不着,便起来打开窗子。空气简直像硫黄蒸气——哪儿都找不到一点清新的气息。蚊子嗡嗡叫着往屋子里飞,瓮声瓮气地绕着房间直哼曲子。我听到远处的大海发出像地震似的沉闷轰鸣——乌云已布满它的上空。月亮又大又红,像一颗滚烫的炮弹,正在向波涛中沉落——把她血红的最后一瞥,投向那让暴风雨震撼得发抖的世界。我浑身受到眼前的气氛和景象的刺激,耳朵里灌满那个疯子的尖声咒骂,其中时不时夹带着我的名字,用的是恶魔般切齿仇恨的腔调和不堪入耳的语言!——就连最不知廉耻的娼妓,也没有用过她那样下流污秽的语言。尽管我和她之间隔着两间屋子,但每个字我都听得一清二楚——西印度群岛房屋单薄的隔墙,简直挡不住她那狼嗥般的吼叫!

"'这种生活,'最后我说道,'简直是地狱!这就是那无底深渊里的空气,就是来自那儿的声音!只要我能办到,我就有权利摆脱这种生活。生活在这种境遇里的种种痛苦,都将随着拖累我灵魂的这一沉重躯壳离我而去,我并不害怕那班狂热信徒们心目中永恒不灭的地狱之火,来世的任何境遇绝不会比现世的这种境遇更糟的了——让我摆脱它,回到上帝那儿去吧!'

"我一边说着一边在一个箱子跟前跪了下来,打开了锁,里面有两支子弹上膛的手枪。我打算开枪自杀。可是这一念头只在我心中出现了一刹那,因为我毕竟没有愚蠢到那个地步,那种想开枪自杀的想法和彻底绝望的心理危机,一转眼就过去了。

"一阵从欧洲越洋过来的清风吹进了开着的窗户。暴风雨来了,大雨滂沱,电闪雷鸣,空气清新起来了。就在那时,我心中形成并做出一个决定。就在我漫步在湿漉漉的花园中那滴水的橘子树下,穿行在湿透的石榴树和菠萝树之间时——当热带灿烂的黎明在我周围燃烧起来时——我这样盘算着,简——你听着,当时真的是所罗门的智慧使得我安下心来,并且给我指出了该走的正确道路。

"从欧洲吹来的那阵可爱的风还在变得清新了的树叶间低语,大西洋正在自由舒畅地纵情呼啸。我那久已干枯焦裂的心,听到这呼啸声舒展开来了,充满了沸腾的热血——我的生命祈盼更新,我的灵魂渴望清醇的甘露。我看到希望复活了——感到再生有了可能。透过花园尽头一个花枝交错的拱门,我眺望着大海——比天空还蓝的大海。欧洲大陆就在海的那一边,光明的前景就这样展现在我的面前:

"'去吧,'希望说,'再到欧洲去生活,那儿谁也不知你有一个被玷污的名字,也没有人知道你背着这样一个肮脏的包袱。你可以把疯女人带到英国去,把她关进桑菲尔德,加以妥善的照料和防范。那个女人如此任性地使你长期经受痛苦,如此玷污了你的名字,如此糟蹋了你的名声,如此耽误了你的青春,她不是你的妻子,你也不是她的丈夫。只要留心让她得到她那种情况下所需的照料,你就算做了上帝和人道所要求你做的一切。让她的身份、她和你的关系都埋葬在遗忘之中吧。你不要把它们告诉给任何活人。把她安顿在舒适和安全的环境中,保守秘密掩盖住她的丑行,然后离开她。'

"我完全照着这个主意行事。我父亲和哥哥没有把我的婚事通知我们的亲友,因为就在我把成亲的事通知他们的第一封信里,就加了个迫切的要求,要他们为这事保守秘密。当时,我已经开始意识到它的后果是极为可憎的——根据那一家人的性格和体质，我看出展现在我面前的是一个可怕的未来。没过多久，我父亲给我挑选的这个妻子的种种丑行是如此丢人，以致连他也羞于承认她是他的儿媳了。他不但不愿公开这层关系，而且变得像我一样，急于要把它隐瞒起来。

"于是，我把她送到了英国，带着这么一个怪物乘船，我这次航行真是够可怕的了。令人高兴的是我终于把她弄到桑菲尔德，看着她安全地住进了三楼的那间屋子里。到现在为止，她已在那个房间里住了十年了，那间秘密的内室已被她看成一个野兽窝——一个妖怪洞了。我很费了点儿事才找到一个照料她的人，因为一定得挑个忠实可靠的人才行，要不她发起疯来势必会泄露我的秘密。再说，她也有一连几天——有时是几个星期——清醒的时候，这种时候她就不停地咒骂我。

最后，我终于从格里姆斯比疯人院雇来了格雷斯·普尔。只有她和外科医生卡特（梅森被刺伤和咬坏的那天晚上，就是他给包扎的伤口）两人，知道我的秘密。费尔法克斯太太当然有可能猜测到一点，可她无法知道事情的确切真相。总的来看，格雷斯还是个好看护，尽管她有着一个无法治愈的毛病——这也许是干她这种麻烦职业的人常有的——她不止一次地放松和丧失过警惕。

这疯女人又狡猾又恶毒，她从不放过利用看护人的疏忽。有一次，她悄悄藏起了一把小刀，用它刺伤了自己的弟弟。还有两次她偷到了自己房门的钥匙，半夜里偷偷从房里溜了出来：第一次她恶狠狠地企图把我烧死在床上，第二次她魔鬼般地找上了你。多谢上帝保佑你，她只把她的怒火发泄到你的结婚礼服上，也许是那服装让她模糊地回忆起自己当新娘的日子。然而当时有可能会出什么事,我可是连想也不敢想啊。我一想到今天早上扑上来掐住我脖子的家伙,俯下那又黑又红的脸打量着我时,我周身的血都凝住了……"

"先生,"他一停顿我就插上去问道,"你把她在这儿安顿下来后,你干了些什么呢?你去了哪儿?"

"我干了些什么,简?我把自己变成了行踪不定的鬼火。我去了哪儿?我像三月里的微风那样变幻不定,四处游荡。我去了欧洲大陆,东跑西闯,走遍了所有地方。我坚定不移的愿望是,要想寻找和发现一个我能够爱上的善良聪明的女子,正好跟我留在桑菲尔德的那个泼妇相反……"

"可是你不能结婚啊,先生。"

"我已经做出决定,并且深信我不但可以结婚,而且还应该结婚。我原来不打算像对你那样对别人进行隐瞒,而是把自己的事和盘托出,光明正大地求婚。我应该有爱别人和被人爱的自由,这在我看来完全合情合理。我从不怀疑,尽管我为这个祸害所累,也一定会有某个女子愿意而且能够理解我的处境,接受我的。"

"是吗,先生?"

"当你寻根问底的时候,简,你总是惹得我发笑。你就像只性急的鸟儿,睁大着眼睛,还不时做出坐立不安的动作,好像你是嫌用语言回答不够快,而想要直接去读别人心里的话似的。不过,在我继续说下去之前,你得先告诉我,你那'是吗,先生?'到底是什么意思?这是你常挂在嘴边的口头禅,它常常引得我没完没了地说下去,这究竟是怎么回事,我自己都不太清楚。"

"我的意思是——后来怎么样了?你进行得怎么样?这件事的结果如何?"

"一点儿没错!那么你现在想要知道什么呢?"

"你是不是找到了一个你喜欢的人?你有没有向她求婚?她又怎么说?"

"我可以告诉你我是不是找到了我喜欢的人,我有没有向她求婚,可是她究竟怎么说,还要看我的命运记录簿上将来怎么写。我到处漫游,足有十年之久,先住在一个都市里,然后又到另一个都市。有时住在圣彼得堡,更多的时间是住在巴黎,偶尔也住在罗马、那不勒斯和佛罗伦萨。我有很多钱,又有名门望族这张通行证,我可以随意选择我的结交对象,没有一个社交圈子会对我关门。我在英国女士、法国伯爵夫人、意大利的夫人[1]以及德国的伯爵夫人们[2]中间,寻找我理想中的女人。

"结果都没有找到。有时候,在刹那之间,我好像瞥见了一个眼神,听见了一个声音,看见了一个身影,宣告我的梦想就要变成现实了,可是很快我的美梦就惊醒了。你别以为我要求过高,希望那人从心灵到外表都十全十美。我只渴望能找到一个适合我的人——和那个克里奥尔人正好相反。可我的渴望落空了。我已经对不相称的结合的种种危险、可怕和厌恶有所警惕,因此即

---

1 原文为意大利语。
2 原文为德语。

使我是自由的,我也没有找到一个我愿意向她求婚的人。

"失望使我变得不顾一切。我试着过起放荡的生活——但绝不是淫荡,淫荡是我过去和现在都切齿痛恨的。这是我那位西印度'梅萨利纳'[1]的特点。对这个特点和她本人的深恶痛绝,使得我即使在寻欢作乐时也有所节制。任何近乎淫乱的享乐,似乎都会使我跟她和她的罪过变得同流合污了,因而我一概避免。

"但是我总不能老是孤单一人生活,于是我就试着寻情妇做伴。我选的第一个女人就是塞莉纳·瓦伦——这又是让我回想起来就蔑视自己的一步。你已经知道她是怎么样一个人,我跟她的同居是怎么收场的了。在她之后又有过两个人,一个是意大利人嘉辛塔,另一个是德国人克莱拉,两人都被公认为漂亮得出奇。才过了几个星期,她们的美对我又算得了什么呢?嘉辛塔既无耻又蛮横,只过了三个月我就对她厌倦了。克莱拉倒是又老实又安分,可是很笨,没有头脑,感觉迟钝,一点儿也不合我的口味。我很高兴给了她一大笔钱,帮她找到了一个很不错的职业,总算体面地把她打发走了。不过,简,我从你的脸上看出,这会儿你心里正对我产生一种反感,你认为我是一个无情的、不讲道德的花花公子,是吗?"

"我确实不像过去有时候那么喜欢你了,先生。你一会儿跟这个情妇好,一会儿又跟另一个情妇好,这样的生活你难道认为

---

1 梅萨利纳(22—48),罗马皇帝克劳狄一世的第三个妻子,淫乱阴险,因与情夫阴谋夺取政权,被克劳狄处死。

没有一点儿不对吗?你讲起来好像是理所当然。"

"当时我过的就是那种日子,但是我并不喜欢。那是一种卑下的生活方式,我再也不愿回到那种生活中去了。花钱包下一个情妇,是仅次于买下一个奴隶的坏事,两者的禀性通常都较为拙劣,地位也较为低下,而跟低劣的人亲密地生活在一起,是会让人堕落的。我现在最不愿回忆起当初跟塞莉纳、嘉辛塔和克莱拉一起度过的那段时光。"

我觉得这些话是真实的。我从这些话中推断出一个肯定的结论:要是我忘了自己和以往所受的教导,竟至于——以任何借口——靠任何辩解——受了任何诱惑——去步那几个可怜姑娘的后尘,那他总有一天也会像现在这样用轻蔑的口气回忆起她们时的这种感情来对待我的。我没有把这一想法说出来,心里感觉到就足够了。我要把它铭记在心,保存在心里,以便我受到考验时可以向它求助。

"简,现在你干吗不说'是吗,先生?'了。我还没讲完呢。你神情这么严肃。哦,我明白,你还是不赞成我。不过还是让我们先言归正传吧。今年一月,由于事务需要,我摆脱了所有情妇,怀着痛苦恶劣的心情——这是多年漂泊、空虚和孤独的生活的结果——回英国来了。我因失望弄得心灰意冷,对任何人都怨气冲天,尤其是对女人(因为我开始意识到,要找一个聪明、忠实而钟情的女子,只不过是一个梦罢了)。

"在一个严寒的冬日下午,我骑马而来,已经看得见桑菲尔德府了。可憎的地方啊!我不指望能在那儿获得什么安宁、什么欢乐。在干草村小路旁的台阶上，我看到有个安静的小人儿独自坐在那儿。我毫不经意地从她旁边驰过，就像经过对面那棵截去了梢头的柳树一样。她对我将意味着什么，我毫无预感，内心也没有任何暗示。我生命的主宰——不管我是好是坏，她都是我的守护神——正穿着不起眼的衣服守候在那儿。甚至当美罗出了事，她走上前来一本正经地表示要帮助我时，我也还是没有料想到。多孩子气、多小巧的人儿！真像是一只朱顶雀跳到我的脚旁，提议要用它的小翅膀把我驮起似的。我一肚子气的样子，可那小东西就是不肯走，她以奇怪的不屈不挠的劲头儿站在我身边，用一种不容违抗的神态看着我，说着话。我确实需要帮助，需要那只手的帮助，我也得到了帮助。

"我一按上那纤弱的肩头，就有一种全新的东西——一种新的活力和新的感觉——不知不觉传遍了我的全身。我听说这个小人儿一定会重新出现在我面前——因为她就住在下面我那幢房子里——要不她就这样从我手底下溜走，眼看她消失在那朦胧的树篱背后，我一定会感到非常遗憾的。

"那天晚上我听见你回来，简，虽说你也许没有意识到我在想着你，守候着你。第二天，你和阿黛尔在楼道里玩时，我悄悄躲在门后，不让人看见，观察了你半个小时。我记得那是个下雪天，你们不能上外面去。我就待在自己的房间里，门只开了一条缝，我听得见也看得见你们。从表面看，有一阵子你的注意力都放在阿黛尔身上，可我猜想你的心是在想着别处。不过你对她很有耐心，我的小简，你跟她说话，逗她玩了很长时间。最后，当她终于离开你时,你马上就陷入了沉思。

"开始,你在楼道上慢慢踱步。每当经过一个窗口时,你总要不时朝窗外看着纷飞的大雪,倾听一下呜咽的寒风,然后又轻轻地继续踱着步,沉思着。我猜想,你的那些白日梦准不是阴郁的,你眼里偶尔还会闪出一种令人愉快的光芒,脸上还会露出微微的兴奋。它们都表明你的沉思中没有痛苦、抱怨和忧郁。你的神情流露的是青春的甜蜜的遐想,你的心灵正欣然展翅随着希望高高飞翔,直上理想的天堂。费尔法克斯太太在大厅里和仆人说话的声音惊醒了你,当时你多么奇怪地脸露微笑,而且在笑你自己,简妮特!你的微笑意味深长,非常尖刻,似乎在讥笑你自己的想入非非。它仿佛在说:

"'我这些美丽的梦想都很美好,可是我绝不该忘了它们是虚幻的。在我脑子里,有的是一个有着玫瑰色天空和鲜花盛开的青翠的伊甸园。可是在外面呢?我非常清楚,伸展在我脚下,要我去走的是一条坎坷不平的路,要我去对付的是聚集在我周围的黑暗的暴风雨。'你跑下楼去,要费尔法克斯太太弄点儿事情给你做。我想是算算一周的家用账之类的事情吧。你从我的视线中消失了,我心中有点儿恼火。

"我急不可耐地等待着傍晚的到来,到那时我就可以约你来见我了。我猜想,你的性格是一种不同寻常的——对我来说——全新的性格。我迫切地想进一步探索它,更好地了解它。你进屋来时,脸色和神态显得既腼腆又很有主见。你的穿着很古板——就跟你现在差不多。我竭力引你讲话,没过多久便发现你身上有着不少奇怪的不同之处。

"你的衣着和举止都十分循规蹈矩,你的神情经常显得胆怯,而且尽管你属于那种天性文雅的人,对社交却完全不习惯,生怕言行失礼而使自己丢人现眼。但是在和人交谈时,你抬起你那双敏锐、大胆、明亮的眼睛直视着对方的脸,你投来的每一瞥都既有威力又洞察秋毫。当别人紧逼不休对你连连提问时,你胸有成竹,对答如流。你对我似乎很快就习惯了。我相信,你感到你和你的严厉、易怒的主人之间意气相投。简,因为你令人惊奇地很快就流露出一种愉快平静的心情,使得你的态度显得很安详。尽管我对你大声咆哮,你对我的乖戾脾气丝毫也没有表示惊讶、害怕、恼怒或不快。你看着我,不时露出一种我无法形容的单纯而又明智大方的微笑。立刻,我对我所看到的你,感到既满意又大受鼓舞。

"我喜欢你,而且希望更多地看到你。然而有很长一段时间,我对你疏远,难得找你来做伴。我是个精神上的享乐主义者,希望尽量延长这种新奇有趣的结识所带来的乐趣。此外,有一阵儿我还时时担心,要是我任意把玩这朵鲜花,它很快就会枯萎凋谢——那种可爱而清新的魅力就会离它而去。我当时还不知道,这并不是一朵一开就谢的花,而是一朵光芒四射、坚不可摧的宝石花。再说,我也想看看,如果我回避你,你是不是会主动来找我——但是你没有来。你整天待在你的教室里,安静得就像你自己的书桌和画架。有时我和你偶然相遇,你也会马上走开,只是为了不失礼节而稍微打个招呼。

"在那些日子里,简,你经常流露出一种若有所思的神情,可又不是无精打采,因为你并不像有病的样子,但也不是轻松愉快,因为你既看不到有多大希望,也没有真正的乐趣。我很想知道你对我有什么看法——或者究竟是否想到过我。为了弄清这一点,我也重新开始和你接触。你在和我谈话的时候,眼神里有一种愉快的表情,举止中有一种亲切的样子。我看出,你的本性是爱和人交往的,是那寂静的教室——那生活中的单调——才使得你满腹忧伤。我让自己尽情享受亲切待你的乐趣,我的亲切和蔼很快就激起了情感反应:你脸上的表情变得温存了,你语调显得柔和了。我喜欢听你的嘴里用感激和欢快的声音说出我的名字。

"那段时间,简,我常常享受和你偶然相遇的快乐,而你的举止中总有着一种有趣的迟疑,眼睛望着我时总带有一点困惑——有点犹豫不定的怀疑。你不知道我的反复无常会怎么样——是摆出主人的架子对你严厉粗暴呢,还是作为朋友对你和蔼可亲?我当时就已那么喜欢你,前面那种念头是绝不会在我脑子里出现的。当我真诚地对你伸出手来时,你那年轻而满怀期待的脸上,马上露出了美丽、明亮和幸福的红晕。我常常得费很大的劲儿才强行克制住自己,没有当场就把你紧紧地搂在怀里。"

"别再提那些日子了,先生。"我打断了他的话,偷偷抹去了眼角的几滴泪水。他的话使我非常难受,因为我知道我该怎么做——而且马上就要做了——而所有这些回忆,他的这些感情的表白,只会使我做起要做的事来更加困难。

"对,简,"他回答说,"既然现在要可靠得多——未来要光明得多，那何必还一味想着过去呢？"

听到他这样痴迷地断言，我不由得打了个寒战。

"你现在明白是怎么回事了吧——是不是？"他继续说道，"我的青年和中年时期，一半是在无法形容的痛苦中，一半是在无聊凄凉的寂寞中度过的。如今，我第一次找到了我能真正爱的人——我找到了你。你是我的同情者——是我本性中好的一面——我的善良的天使——我对你产生了一种强烈的依恋之情。我觉得你善良、可爱、有天赋。我心中怀着的一腔热烈、庄严的激情，投向你，把你置于我生命的中心和源泉，让我的整个生命围绕着你——并且燃起纯洁而又猛烈的火焰，把你我融为一体。

"正因为我感觉到而且明白了这一点，所以我才决定娶你。对我来说我已经有了妻子，这只是一种无聊的嘲弄，你现在知道了，我只是一个可憎的恶魔。我的错在于我蒙骗了你，可那是我怕你的性格中存在固执。我怕会过早引起你的先入之见。我想在稳稳地得到你之后，再冒险说出真情。这是我的怯懦。我本该一开始就诉诸你的高尚和宽大——把我的痛苦生活向你和盘托出——向你吐露我渴望追求更高尚、更有价值的生活的心情——向你表明，不是表明我的决心（这个词还太弱），而是表明我的不可抗拒的全部心意：我要真诚而深挚地爱你，同时也从你那儿得到真诚而深挚的爱。这以后我就该请求你接受我忠贞不渝的誓言，同时请求你把你的誓言给我。简——现在你就把它给我吧。"

一阵静默。

"你为什么不作声，简？"

我正经历着一场严峻的考验,一只火红的铁手紧紧扼住了我的要害。真是个可怕的瞬间,充满了挣扎、黑暗和燃烧!世上没有人能指望得到比我更深挚的爱情,而这个如此爱我的人又是我深为爱慕和崇拜的。可我却不得不把这种爱和我爱的偶像拒之门外。我这种痛苦难忍的职责,可以用一个伤心的字眼来概括——"走"!

"简,你明白我向你要求的是什么吗?我只要你的一句诺言:'罗切斯特先生,我愿意成为你的。'"

"罗切斯特先生,我不愿意成为你的。"

又是一阵长长的静默。

"简!"他重又开口说,语气中那份温柔令我悲痛欲绝,同时又有一种不祥的恐惧使我浑身冰凉——因为这种平静的声音恰如缓缓站立起来的狮子的喘息——"简,你是说你要在这世界上走一条路,而让我走另一条路吗?"

"是的。"

"简,"(他俯下身来抱住我)"现在你还是这个意思吗?"

"是的。"

"现在呢?"他轻轻吻着我的额头和脸颊。

"是的……"我迅速地完全从他的拥抱中挣脱出来。

"哦,简,这太狠心了!这……这是不道德的。爱我倒不是不道德的。"

"依了你就不道德了。"

一种狂野的神情掠过了他的脸部——他竖起了双眉。他站起身来，但还是克制着。我用双手抓住了椅背，以便站稳身子。我发抖，我害怕——但是我已下定了决心。

"等一会儿，简。看一看一旦你走了以后我的生活吧。一切幸福都将随着你的离去被夺走了。还留下什么呢？我只有楼上那个所谓我的妻子的疯子了。你还不如叫我到那边墓地上找个死尸的好。我怎么办呢，简？到哪儿去找个伴侣，去找一线希望呢？"

"像我一样做：相信上帝、相信自己、相信天国。希望在那儿重新相见。"

"这么说，你不愿意让步了？"

"是的。"

"那你是要判我活着受罪，死后受诅咒了？"他的嗓门高了起来。

"我劝你活着不犯罪，希望你死后得安息。"

"那么你是要把爱情和纯真从我这儿夺走，重又把我推回到老路上，要我拿肉欲当爱情，用作恶当消遣了？"

"罗切斯特先生，我不会把这种命运强加给你，正像我不会把它作为自己的命运一样。我们生来就是要奋斗和受苦的——你我都一样。那你就这么去做吧。你会在我忘记你以前就把我忘记的。"

"你说这话是把我当成一个撒谎的人了，你玷污了我的名誉。我说过我绝不会变心，你却当面说我很快会变心。你这样做，说明你的判断是多么错误，你的想法是多么荒谬啊！把一个同类逼到绝境,难道比违反仅仅是人为的法律还好吗?况且这种违反又不伤害任何人,因为你既没有亲戚又没有熟人,和我生活在一起,用不着担心会得罪了他们。"

这倒是真话,他这么一说,我自己的良心和理智也起来反对我了,指责我拒绝他是罪过。它们的呼声之高几乎不亚于感情。感情正在发狂地叫喊着:

"哦,答应他吧!"它说,"想想他的痛苦,想想他的危险处境——想想他一人留下后的境况。别忘了他那鲁莽的性格,考虑一下绝望之余他会怎样不顾一切——安慰他、救救他,爱他吧!告诉他,你爱他,愿意成为他的。这世界上有谁会在乎你?你所做的又会伤害到谁?"

然而回答仍然是不屈不挠的——"我自己在乎我自己。越是孤单,越是无亲无友,越是无依无靠,我就越要尊重自己。我要尊重上帝颁发、世人认可的法律。我要坚守我在清醒时而不是像现在这样迷乱时所接受的原则。法律和原则并不是用在没有诱惑的时候,而是在现在这样肉体和灵魂都起来反对它们的严格的时候用的。既然它们是严格的,那就不能违反。如果我为了自己的方便而破坏它们,那它们还有什么价值呢?它们是有价值的——我一向这样坚信。如果说我这会儿无法做到坚信,那是因为我迷乱了——完全迷乱了,我的血管里像着了火,心跳快得已数不清。原定的想法,已下的决心,是我此刻唯一必须坚持的东西,我要牢牢守住这一立场。"

我这么做了。罗切斯特先生审视着我的脸色。他知道我已经这么做了。他被激怒到了极点,不管后果如何,他都非发作一下不可了。他从房间那头走了过来,一把抓住我的胳膊,紧紧搂住了我的腰。他仿佛要用他那冒火的目光把我吞噬下去。此时此刻,在肉体上,我感到软弱无力,犹如一棵受到炉火和热焰烤灼的小草——而在精神上,我依然保持着神志清明,并且确信最终我必定安全。值得庆幸的是,心灵有着一对传达者——传达虽然往往是不自觉的,但却是忠实无误的——那就是眼睛。我抬起眼睛直视他的双眼。当我看到他那恶狠狠的脸时,我不由自主地叹息了一声。而我,由于用力过度,几乎已经精疲力竭。

"从来没有,"他咬牙切齿地说,"从来没有什么东西像这样既纤弱又不屈不挠的。被我抓在手里的她就像是根芦苇!"(他边说边用抓住我的手使劲摇我)"我用两个手指就能把她折弯。可是就算把她折弯了,拔起来,捏碎了,又有什么用呢?看看那双眼睛,看看那里面流露出来的坚决、大胆、什么也不顾的神气,不仅是带着勇气,还带着坚定的胜利感对我公然蔑视。这野性难驯的美丽的东西,不管我拿关着她的笼子怎么样,我都抓不住她!即使我拆掉、捣毁那纤脆的牢笼,我的暴行也只会放走囚徒。我也许可以征服那房子,可是没等我能自称是这幢土屋的占有者之前,她的居住者却早已逃上天空。而我所需要的正是你,心灵——有着意志和力量、美德和纯洁的心灵——不只是你那纤脆的躯壳。如果你愿意,你会悄然朝我飞来,偎依到我的怀中。倘若不顾你的意愿硬把你抓住,你就像香气似的从我的紧握中逃逸——会在我还没闻到你的芬芳时,就消失得无影无踪。哦,来吧!简,来吧!"

他一边这么说着,一边松手放开了我,只是朝我凝视着。这眼神远比那疯狂的紧抱更难以抗拒。然而,现在只有白痴才会屈服。我已经勇斗了他的愤怒,现在必须躲避他的悲哀了。我朝门口退去。

"你要走了,简?"

"我要走了,先生。"

"你要离开我了?"

"是的。"

"你不愿意来了?你不愿做我的安慰者、我的拯救者了?——我深挚的爱情、我剧烈的痛苦、我疯狂的祈求,对你来说都无所谓吗?"

他的声音中有着如此无法形容的悲怆!要坚决地再说一遍"我走了",是多么困难啊!

"简!"

"罗切斯特先生!"

"那么,去吧——我同意——但是记着,你把我痛苦不堪地撇在这儿。上楼到你自己的房间去吧,把我所说的一切再好好想想,简,稍微想一想我受的苦——替我想一想。"

他转过身去,扑倒在沙发上。"哦,简!我的希望——我的爱——我的生命啊!"从他嘴里痛苦不堪地吐出这几句话。接着是一阵低沉而强烈的抽泣。

我已经走到了门口,然而,读者,我又返身走了回来——跟我走出来时同样坚决地走了回去。我在他身旁跪了下来,把他扑在靠垫的脸转向自己,我吻了吻他的脸颊,用手抚平他的头发。

"上帝保佑你,我亲爱的主人!"我说,"上帝会保佑你不受伤害,不犯过错——他会指引你、安慰你——为你以往对我的好意好好酬谢你的。"

"小简的爱情是对我最好的酬谢,"他答道,"没有了它,我的心就碎了。不过简一定会把她的爱给我的,会的——会高尚、慷慨地给我的!"

血涌到了他的脸上,眼睛里闪出了火光,他猛地跳起站直身子,张开了双臂。可是我躲开了他的拥抱,立即离开了房间。

"别了!"在我离开他时,心中这么呼喊道。绝望的心情又补了一句,"永别了!"

那一夜,我根本没想睡觉,可是我一躺到床上,便蒙胧地睡着了。在想象中,我又重新给带回到童年时代的情景之中。我梦见自己躺在盖茨海德府的红房子里,夜漆黑一片,我心里怀着种种奇奇怪怪的恐惧。多年以前曾吓得我昏厥过去的那道亮光,又出现在我的眼前,它似乎正移动着缓缓爬过墙头,颤抖着停在昏暗的天花板中央。我抬头望去,屋顶化作了云层,高高的,朦朦胧胧的。那道光就像是即将破雾而出的月亮照在云雾上的光芒。我定睛望着月亮出来——带着极为奇怪的期待心情盯着她,仿佛有什么注定我命运的词语写在她的圆盘上似的。她冲了出来,月亮还从没有这样破云而出过。一只手先伸出来,把乌黑的云层推开。然而并不是月亮,而是个白色的人体,在碧空中闪耀着,光

灿灿的额头俯向大地。她目不转睛地盯着我,对我的心灵说话,声音远不可测,但又如此之近,就在我的心底低语:

"我的女儿,逃避诱惑吧!"

"母亲,我会的。"

我从恍惚的梦境中醒来后这样回答。外面依然还是黑夜,但是七月的夜是短促的,午夜过后不久,黎明就来临了。

"现在着手去做我该做的事情已经不会太早了。"我想着,就起来了。

我已穿好衣服,因为上床时除了鞋子我什么也没脱。我知道该到抽屉里的什么地方找出我的几件内衣、一个小金盒和一枚戒指。在找这些东西时,我碰到了罗切斯特先生几天前硬要我收下的那串珍珠项链。我让它留下了,那不是我的。它属于那个已经在空气中消失了的幻想中的新娘。我把其他的东西打成了一个小包裹。我把里面装有二十个先令(这是我的全部财产)的小钱袋放进口袋。我系好我的草帽,扣牢我的披巾,拿了包裹和那双暂时还不想穿上的便鞋,偷偷溜出房间。

"别了,好心的费尔法克斯太太!"我悄悄从她房门口经过时,嘴里轻轻说了一句。

"别了,我心爱的阿黛尔!"我说着朝儿童室望了一眼。进去抱一抱她的念头就别想了,我得瞒过那敏锐的耳朵,说不定它们现在正听着呢。

我原本可以一步不停地走过罗切斯特先生的房间的,可是就在那房门口我的心一时停止了跳动,我的双脚也不由自主地停了下来。那里面的人毫无睡意,正不安地从这面墙踱到那面墙。我注意听了一下,他正一遍又一遍地叹息。只要我愿意,那里面有一座天堂——暂时的天堂——在等着我。我只需走进去,说:

"罗切斯特先生,我将至死不渝地一辈子爱你,和你生活在一起。"

一股欢乐的甘泉立刻便会涌到我的唇边。我想到了这一点。

那位好心的主人,现在无法入睡,他正迫不及待地等着天明。早上,他会派人来叫我,可我已经走了。他会设法寻找我,却毫无结果。他准会感到自己被抛弃了,他的求爱被拒绝了。他会非常痛苦,说不定会变得绝望。我也想到了这一点。我把手伸向门锁,但我又缩了回来,继续悄悄前走去。

我心情黯然地转弯抹角下了楼。我明白自己应该做些什么,于是就机械地照着做了。我在厨房里找到了边门的钥匙,还找了一小瓶油和一根羽毛,在钥匙和门锁上都点了点油。我拿了一点儿水和一点儿面包,因为说不定我得走很长的路,我的体力和精力最近都不太好,可千万不能垮下来。我悄无声息地做好了这一切。我打开边门,走出门外,然后又悄悄把门关好。院子里闪着曚昽的曙光。大门紧关着而且上了锁,不过一扇门上有个小门只是闩着。我就从这个小门走了出来,随手关上门。

现在,我已走出了桑菲尔德府。

一英里外,田野的那一边,有一条路伸向和米尔科特相反的方向。这条路我从来没有走过,但却经常注意到,而且心里一直琢磨,它到底通向哪里呢。现在我就迈步朝那个方向走去。眼前也已不容许有什么深思熟虑了,既不能稍做一点儿后顾,甚至也无法做一点儿前瞻。无论是对过去还是将来,我都连想也不敢去想一下。那过去的一页,如同天堂般的甜美——可又像地狱般的悲苦——只要读上一行,就会瓦解我的勇气,摧毁我的力量。而未来的一页,则是一片可怕的空白,就像刚被洪水淹没过的世界。

我沿着田地、树篱、小径一直走着,直到太阳升起。我确信这是个可爱的夏日的清晨,我发觉我离开宅子时穿上的鞋子,很快就给晨露沾湿了。但是我既没有去看冉冉上升的太阳,没有去看笑盈盈的天空,也没有去看正在苏醒的万物。一个被押出牢门经过美丽的景色走向断头台的人,心里想到的绝不会是沿途向他微笑的鲜花,而只会是砧板和斧子的利刃,骨肉的分离,以及最后那张开的墓穴。

我所想到的是凄凉的出走和无家可归的流浪——哦,我还痛苦地想到了我所抛下的一切。我简直无法自制。我想到他此刻——正待在自己的房间里——望着初升的朝阳,一心盼望我会很快去对他说,我愿意留在他身边,成为他的人。我渴望成为他的人,我渴望回去,现在还不晚,我还来得及让他免受失去亲人的痛苦。到现在为止,我确信我的出走还没有被人发现。我可以回去,成为他的安慰者——他的骄傲,成为使他脱离痛苦,也许是使他脱离毁灭的拯救者。哦,我真怕他会自暴自弃——这远比我自己自暴自弃还要糟——这种担心多么强烈地在刺痛着我啊!这是一个射进我胸口的带倒刺的箭头,当我要把它拔出来时,它撕裂着我的肌肤,当往事的回忆使它刺得更深时,更使我难以忍受。

小鸟在矮树林和灌木丛中唱起歌来,它们都忠实于自己的伴侣,小鸟是爱情的象征。可我算什么呢?在满怀内心痛苦疯狂地维护原则之中,我隐约地对自己感到厌恶。我从自命正确,甚至从自我尊重中,丝毫也没有得到安慰。我损害了——伤害了——离弃了我的主人。我在我自己的眼中都是可憎恨的。但是我仍然没有转身回去,没有往回走一步。一定是上帝领着我前进,因为我自己的决心和意念,早已被强烈的悲痛不是践踏压倒,就是窒息麻木了。

我一边沿着我的孤寂的路走着,一边尽情地痛哭着。我像个神志错乱的人那样很快很快地走着。一种虚弱感从内心生发出来,渐渐扩展到四肢,控制了我的全身,我跌倒了。我在地上躺了几分钟,脸颊压着湿漉漉的草地。我有点儿害怕——却又有点儿希望——自己就会死在这儿。可是,我很快就爬了起来,先是用两手两膝慢慢向前爬着走,后来又用双脚站了起来。像先前一样,急切而坚决地朝着大路走去。

我走到大路上时,不得不坐到树篱下休息了一会儿。正当我坐在那儿休息时,我听到了车轮声,看到有辆车正朝我疾驰而来。我站起身一举起手,马车停了下来。我问赶车人要上哪儿去,赶车人说了一个很远的地名。我确信,那地方罗切斯特先生并没有什么亲朋好友。我问他让我搭车到那儿要多少钱。他说三十先令。我回答只有二十先令。他说,好吧,那就将就着收二十先令吧。他还允许我坐到车厢里面去,因为车子正空着。我坐进里面,车厢门关上了,车子继续前进。

　　好心的读者啊,但愿你永远不会体会到我当时的心情!但愿你的眼睛永远不会像我当时那样泪如雨下,淌出那么多撕心裂肺的灼人热泪,但愿你永远不用像我当时那样对上帝做出那么绝望、那么痛苦的祈祷,因为你永远不会像我这样,担心成为你全心爱着的人堕落遭祸的根源。

28

两天过去了。那是个夏日的傍晚,马车夫要我在一个叫惠特克劳斯的地方下了车。因为按我所付的车钱,他已不能再让我往前搭车,而我,身上连一个先令也拿不出来了。马车驶走离我都快有一英里远了,我还独自一人在那儿。直到这时我才发现,我忘了把我的小包裹从马车的口袋里取出来了,我是为了安全才把它放在那儿的。它留在那儿了,一定还留在那儿。这一来,我真是一贫如洗了。

惠特克劳斯不是个城镇,甚至也不是个村落,它只不过是立在十字路口的一根石柱子。它给刷成了白色,我想是为了从远处或者在夜间容易看清吧。它的顶上伸出四块指路标,从上面的文字看,最近的一个城镇离这儿也有十英里,最远的则超过二十英里。

从这些熟悉的城镇的名字上,我知道了我是在哪个郡下的车:这是中部靠北的一个郡,遍布幽暗的沼泽和险峻的山峦。这我一眼就能看出。在我身后和左右两边全是大片的沼泽,在我脚下则是一道深谷,深谷的那边远远的是连绵起伏的群山。这儿准是人烟稀少,这儿的几条路上都看不到一个过往行人。它们一直伸向东西南北——灰白、宽阔而又冷冷清清。它们穿过沼泽,又深又密的石楠,一直长到了路边。也许会有一个旅人打这儿经过,但我却不希望这时候有人看见我。陌生人准会觉得奇怪,我在这儿干什么呢,老在路标旁边徘徊,显然是漫无目标,不知该往哪儿去好。人家可能会问我,可我除了说些听来让人难以相信并会引起怀疑的话以外,我什么也回答不上。此时此刻,已没有任何东西把我和人类社会维系在一起——没有任何魅力或者希望能把我召唤到我的同类那儿去——也没有一个看见我的人会对我抱有善意的想法和良好的愿望。我无亲无友,只有万物之母大自然。我还是投身到她的怀抱中去,求得安息吧。

我径直走进石楠丛中,紧沿着一条深陷的沟往前走,这条沟是我在褐色的沼泽边上发现的。我在没膝的阴暗的草丛中艰难地走着。我顺着沟坎拐了好几个弯,在一个隐蔽的角落里,发现了一块满布暗色苔藓的花岗岩,于是我就在它下面坐了下来。周围是沼泽的高埂,花岗岩在我的上方,保护着我的头,它的上面是一片天空。

即使在这儿,我也过了好一会儿心里才渐渐平静下来。我隐隐地担心附近会有野牛什么的出没,或者会让打猎或偷猎的人发现。每当有一阵风刮过荒野,我就会立即抬起头来,生怕是一头野牛朝我呼啸而来。鸻鸟尖叫一声,我就会疑心那是一个人在叫喊。然而,我终于发现我的恐惧实属多余。随着黄昏逝去,黑夜降临,周围一片深深的寂静使我的心情趋于平静,我才放下心来。在这以前我一直无暇思考,只是一味听着、看着,提心吊胆,现在我才重新有了思考的能力。

我该怎么办?去哪儿呢?哦,这实在是个令人难受的问题,其实我什么也办不成,哪儿也去不了!——要到达一个有人居住的地方,我还得用我疲惫发颤的双腿走上很长一段路程——要想找到一个安身之处,我得先祈求人家冷冰冰地发个善心;要别人听我讲讲我的身世,或者满足我的某项要求,就得先强求别人勉强表示同情,而多半还会招致一些人的白眼!

我摸了摸石楠丛,很干燥,还留着夏日炎热的余温。我望望天空,天空一片清澄,一颗和蔼可亲的星星正好在沟边的天空闪烁。夜露降下来了,不过带着慈祥的温柔。也没有微风轻拂。大自然对我似乎亲切而宽厚,我觉得尽管我无家可归,可它依然爱我;而我,从人们那儿只能得到怀疑、鄙弃和侮辱,也就怀着子女般的依恋,紧紧依偎着她。至少今天晚上,我要成为她的客人——因为我是她的孩子,我的母亲会收留我,既不要钱也不要任何代价。

我还有一小块面包,是中午经过一个小镇时,我用一个便士——我最后的一个硬币——买的一个面包吃剩下的。我看到到处都有成熟的越橘在闪闪发光,像黑玉珠子般镶嵌在石楠丛中。

我摘了一把越橘,就着面包吃了下去。我原来已饿得厉害,吃了这隐士式的一餐,尽管并没有吃饱,总算不那么饿了。吃完后我做了晚祷,然后就选了块地方睡觉。

岩石的旁边石楠长得很深,我躺下来后,双脚正好埋在里面。沟坎两边的石楠都长得很高,只留下狭狭的一溜空隙让夜风侵入。我把披巾对半折叠,当作被单盖在身上。有一处微微隆起的地方,长满苔藓,正好当作枕头。这样过夜,至少在刚入夜的时候,我没有感到冷。

本来,我已经可以足够安适地休息了,可是一颗悲伤的心破坏了它。它哀诉着自己裂开的伤口,体内的流血,绷断的心弦。它在为罗切斯特先生和他的命运战栗。它怀着强烈的怜悯为他悲叹。它怀着永无休止的渴望呼唤着他,尽管自己已像折断双翅的鸟儿般无能为力,却依然徒然地抖动残破的翅膀试图去寻找他。

这种思绪把我折磨得疲惫不堪,我起来跪着。夜已经降临,它的点点星辰已经升起。这是个平安、寂静的夜,那么安详,简直不像是恐惧的伙伴了。我们都知道,上帝无处不在,但最使我们确切地感到他的存在的,是在他的杰作大规模地展现在我们面前的时候。正是在这清澈无云的夜空中,他的大千世界默默地朝前滚动,我们最能清楚地看到他的无限,他的全能,他的无所不在。我已起来跪着为罗切斯特先生做了祈祷。我仰起头,泪眼模糊地看到了宏伟的银河。想起了它是什么——那儿有无数星系像一道淡淡的光痕扫过太空——我感到上帝的伟大和力量。我确信他有能力去拯救他所创造的万物,我越来越坚信,无论是地球还是他所珍视的每一个灵魂,都不会毁灭。我把祈祷变成了感恩,因为生命的源泉也就是灵魂的救星——罗切斯特先生是安全的,他属于上帝,他也一定会受到上帝的保佑。我重又偎依到大地的怀中,不一会儿,就在熟睡中忘却了悲伤。

可是第二天,生活需求又摆到了我的面前,可我既全身乏力,又身无分文。小鸟早已离窝,蜜蜂趁露水未干、晨光正好时,早已飞来采集石楠花蜜——当早晨长长的影子已经缩短,阳光早已布满大地和天空时——我起身了,朝四下里打量着。

好一个安静、炎热而又完美的白天啊!这一望无际的沼泽多像一片金色的沙漠!到处都是阳光。我真希望我能生活在这阳光里,并能以此为生。我看见一条蜥蜴爬过那块岩石,我看见一只蜜蜂在蜜甜的越橘中奔忙。这会儿我真想变成蜜蜂或蜥蜴,那样我就能在这儿找到合适的食物和永久的栖身之地。可我是个人,有人的种种需求,我不能在这没有什么可以满足人的需求的地方逗留下去。

我站起身来,回头看了看身后留下的铺位。前途渺茫,我只巴望——昨天晚上趁我睡熟时,我的造物主能发发善心收回我的灵魂。那我这个疲惫不堪的身躯就可以被死亡解脱出来,不必再去和命运搏斗,现在只需静静地腐烂,和和平平地和这片荒原的泥土混合在一起了。然而,生命——连同它的一切需要,还有苦难,还有责任,都还为我所有。重负还得背着,需求还得满足,苦难还得忍受,责任还得履行。

我出发了。我又回到惠特克劳斯。这时太阳已经当空高照,炙热难当,我顺着背太阳的那条路走去。没有其他什么情况可以供我自由选择了。我走了很久,觉得自己差不多已经竭尽全力,可以心安理得地向几乎压垮我的疲劳屈服了——可以放松一下这种强迫的行动,就近在我看到的一块石头上坐下,毫不抗拒地屈服于心灵和肢体的一片麻木——就在这时,我听到了一阵钟声——教堂的钟声。

我转身朝传来钟声的方向看,发现那边是一些富有诗情画意的小山,可是在一小时前我就没有再去注意山色的变化和面貌了。这时我看到在那些小山之间,有着一座村落和一个尖屋顶。我右边的整个山谷全是牧草地、麦田和树林。一条闪闪发光的小溪在不同色彩的绿荫中蜿蜒而过,穿过正在成熟的庄稼,穿过郁郁葱葱的林地,穿过洒满阳光的明亮的牧场。一阵辘辘的车轮声又把我的注意力唤回到面前的大路上。我望见一辆满载货物的沉重的货车正吃力地爬上山坡,它前面不远处是两头母牛和一个赶牛人。人类的生活和人类的劳动就在近旁。我一定得继续挣扎下去,像别人一样努力地生活,辛勤地劳动。

约莫下午两点钟,我走进了那个村子。在一条街的尽头有一家小铺子,橱窗里摆着一些面包,我极想得到一块——有块面包充饥,也许我还能恢复几分精力;没有它,我实在是难以继续前行了。一回到同类中间,我就希望自己有点儿精神和力气。要是我饿得昏倒在村子的人行道上,那就太丢脸了。我身上难道没有东西可以用来换一个面包卷了吗?我想了想,我脖子上还系有一条小丝巾,手上还有一双手套。我实在不知道陷入极度贫困的人是怎么做的,也不知道这两件东西中是不是会有一件能让人接受。也许人家全都不要,但我总得试试。

我走进铺子,有个女人在那儿。她看到有个穿着体面的人进店来,猜想这准是位小姐,便殷勤地迎了上来。她会怎么接待我呢?一阵羞惭突然袭上我的心头,我的舌头僵住了,原先想好的请求怎么也说不出来。我不敢拿出已经半旧的手套和皱巴巴的方巾问她要不要,而且觉得这样做准会显得荒唐可笑。我只说我累了,求她允许我坐下歇上一会儿。原以为来了位顾客,现在落了空,她冷冷地同意了我的请求。她指给我一个座位,我颓然地坐了下来。我难受得直想哭,但想到这样当场出丑太不合时宜,便忍住了。过上一会儿,我问道:

"村里有女装裁缝或者普通的女裁缝吗?"

"有的,有两三个。按活儿算已经够多的了。"

我想了一下。现在我已被逼到了正题,面临迫不得已,处于山穷水尽的境地,无亲无友、身无分文。我必须做点什么,可是做什么呢?我必须去哪儿找个事做,可是去哪儿呢?

"你知道附近什么人家要找用人吗?"

"不,我不知道。"

"这地方主要靠什么为生?大多数人都干些什么?"

"有些人种庄稼,不少人在奥利弗先生的针厂和铸造厂干活。"

"奥利弗雇用女工吗?"

"不,那是男人干的活儿。"

"那么女人干些什么呢?"

"我不太清楚,"她回答,"有的干这,有的干那,穷人总得想法子才能过下去。"

她看来对我的问话有些厌烦了,说实话,我又有什么权利对她问个不休呢?有一两个邻人走了进来,显然需要用我的椅子,我就起身告辞了。

我沿街走着,边走边打量左右两边的一座座房子,但我找不到任何借口或因由可以让我走进其中的一座。我绕着村子徘徊,有时走到村外不远的地方,然后又折了回来,这样一直走了一个多小时,我精疲力竭,而且饿得发慌,便拐上了一条小径,在一排树篱下坐了下来。可是坐了不多一会儿,我又支持着站起身来,再去寻找——寻找一个解救危机的办法,或者至少找一个能给我指点的人。

在小径的尽头,有一幢漂亮的小屋,屋前有个花园,收拾得干净整齐,园中的花卉五彩缤纷。我在屋前停了下来。我有什么事要走近那白色的小门,去碰那闪亮的门环呢?这屋子的主人凭什么会有兴趣来帮助我呢?可我还是挨身上前,敲了敲门。一位神情和善、衣着整洁的年轻女子开了门。我用从绝望的心和衰弱的身体所能发出的声音——一种低微和颤抖的可怜的声音——问道:这儿要不要雇用仆人?

"不,"她说,"我们不用仆人。"

"你能不能告诉我,我上哪儿能找到个随便什么的工作?"

我继续问道,"这地方我很陌生,没有一个熟人。我想找份工作,什么工作都行。"

可是,让她为我操心,或者为我找份工作,并不是她的分内事。

而且,在她看来,我的身份、地位和所说的这番话,一定十分可疑。

她摇摇头说:"很抱歉,没法儿告诉你什么。"接着,那扇白色的门就关上了。轻轻地,很有礼貌,但还是把我关在门外了。要是她能让门稍微多开一会儿,我相信我会开口讨一片面包的,因为我现在已经落到卑下的地步了。

再回到那个吝啬的村子里去,我实在受不了,再说,那儿也不太有希望能得到帮助。我看见不远处有一片树林,它的浓荫看来可以提供诱人的安身之处,我真宁愿上那儿。可是,我是那么难受、那么虚弱,被生理之需折磨得那么痛苦,本能迫使我在有可能得到食物的住家附近徘徊不去。当饥饿这只兀鹰用喙和爪抓啄着我的身体时,要想独处也不可能独处,要想休息更不可能休息了。

我走近一座座房子,走开,然后又返回去,又慢慢走开。我总是觉得自己没有权利去要求别人——没有权利要求别人来关心我举目无亲的命运——这种念头使得我退缩不前。就在我像一条无家可归而又饥渴难忍的丧家犬似的到处乱转时,下午悄悄地逝去了。

我穿过一片田地,眼前出现了教堂的尖顶,我赶紧朝它走去。在教堂墓地附近,一座花园的中间,矗立着一座虽然很小但构造精致的房子,我知道这准是牧师的住宅。我想到,一个陌生人来到一个没有熟人的地方,想要找一份工作,常常可以去求牧师举荐和帮助。对那些希望得到帮助的人进行帮助——至少是给予忠告——是牧师的职责。我好像还有点儿权利到这儿来求个主意。于是我重新鼓起勇气,聚起我剩有的一点儿微薄之力,坚持着朝前走去。我来到屋子跟前,敲了敲厨房门。一个老妇人开了门,我问这儿是不是牧师的住宅?

"是的。"

"牧师在家吗?"

"不在。"

"他很快就回来吗?"

"不,他离家外出了。"

"去很远的地方吗?"

"不太远——离这儿约莫有三英里。他是因他父亲突然去世给叫去的。他现在在泽边庄,很可能要在那儿待上两个星期。"

"家里有女主人吗?"

"没有,除了我没别人了。我是管家。"

读者啊,我可没法儿厚着脸求她布施,尽管我饿得快要昏倒了。我还不能开口去讨乞。我只好又吃力地缓缓走开了。

我重又解下了我的丝巾——又一次想起了那家小铺子里摆着的面包。哦,哪怕有一块面包皮,有一小口面包来缓解一下饥饿的剧痛也好啊!我本能地转过身来又朝村子走去。我又找到那间小铺子，走了进去。尽管除那个女人外还有别的人在场，我还是壮起胆子请求说：

"我可以拿这条丝巾换你一个面包吗？"

她带着明显的怀疑看着我："不，我从来不做这样的买卖。"

我几乎已不顾一切了，要求只给半个面包，但她还是拒绝了。

"我怎么知道你这块丝巾是从哪儿弄来的呢？"她说。

"那你愿意要我的手套吗？"

"不要，我要手套有什么用？"

读者啊，详谈这些细节真让人不愉快。有人说，回忆过去的痛苦经历，别有一番乐趣，可直到今天，我还不忍去重温我谈到的这一时刻。精神上的落魄和肉体上的痛苦掺和在一起，这种回忆太令人心酸了，我实在不愿再去详谈。对那些拒绝过我的人，我一个都不责怪，因为那是意料之中的事，而且也是无可奈何的事。一个普通的乞丐往往就是遭怀疑的对象，一个衣着体面的乞丐就更加难以避免了。固然，我乞求的只是一份工作，可是，给我提供一份工作，是谁的分内事呢？当然不是这些第一次见到我、对我的品性一无所知的人。至于那个不肯拿面包换我丝巾的女人呢，她是对的，既然她觉得我的提议可疑，或者认为这笔交易不合算，她的拒绝当然是对的了。还是让我长话短说吧，这个话题我实在不想多说了。

天黑前不久，我经过一家农舍，农人坐在敞开的门口，正吃着面包干酪的晚餐。我停下脚步，说：

"你肯不肯给我一片面包，我饿极了。"

他诧异地朝我看了一眼。可是并没答话。他从自己的面包上切下厚厚的一片递给了我。我猜想他并不认为我是个乞丐,只不过是位有点儿古怪的小姐,看上了他的黑面包。我一走到看不到他房子的地方,马上坐下吃了起来。

我不指望能在人家的家里投宿,于是便到我前面提到过的那片林子里找了个住处。可是这一夜过得糟透了,睡得很不好。地很潮、天又冷,再加上不止一次有人闯进来,打我旁边走过,我不得不一再换地方,没有一点儿安全感和清静感。天快亮时,下起雨来,接着一整天都下着雨。读者啊,请别要我细说这一天的情况了。我仍像前一天一样找工作,像前一天一样遭拒绝,也像前一天一样挨饿。不过有一次,我吃到了一点儿东西。在一家农舍门口,我看到一个小姑娘正要把一点冷粥倒进猪槽。"你把这给我好吗?"我问。

她睁大眼睛看着我。"妈妈!"她喊道,"这儿有个女人要我把粥给她。"

"好吧,孩子,"农舍里有个声音回答说,"要是她是个要饭的,就给她吧。猪不爱吃粥。"

姑娘把那凝结成块的冷粥倒在我手里,我狼吞虎咽地把它吃了下去。

当雨天的暮色渐浓的时候,我在一条冷冷清清的马道上停了下来,我已经在这条小道上走了一个多小时了。

"我已经筋疲力尽了,"我自言自语地说,"我感到实在没法儿再往前走了。难道今晚我又得在外面露宿不成?雨下得这么大，我得把头枕在又湿又冷的泥地上吗?怕是没有别的办法了,谁肯收留我呢?不过,那样实在是太可怕了,带着饥饿、虚弱、寒冷,还有凄凉——带着彻底的绝望露宿荒野。不过,很有可能不到天明我就会死去,为什么不心甘情愿地去迎接死亡呢?为什么我还要苦苦挣扎去保持这毫无价值的生命呢?就因为我知道并且确信,罗切斯特先生还活着。再说,受饥寒而死,这种命运是天性所不能承受的。哦,上帝啊!再支持我一会儿吧!帮助我!——指引我!

我呆滞的目光茫然地扫视着雨雾中朦胧的景色。我看出我已经走得离村子很远,都快要看不见它了,连它周围的耕地都看不见了。我经过一个个路口和一条条岔道,再一次来到了那一大片沼泽地附近。这会儿,只有几块没有开垦过的荒地横在我和那些黑黝黝的小山之间了。它们几乎跟那些石楠地一样荒芜贫瘠。

"哦,我宁愿死在小山那儿,也不愿死在街上,或者人来人往的大路上。"我心里想,"而且宁可让乌鸦和渡鸦——如果这一带有渡鸦的话——把我的肉从骨头上啄去,也比给装进一口救济院的棺材,在乞丐的义冢里烂掉强。"

于是,我转身朝小山走去,来到了它的跟前。现在只要找个低凹处,让我能躺下来就行,这样即使不太安全,至少也比较隐蔽。可是这整个荒丘表面一片平坦,除了颜色之外,几乎看不出任何变化。在沼地上长满灯芯草和苔藓的地方是绿色的,在干燥处只长石楠的地方是黑黝黝的。天色已经越来越暗,但我仍能分辨出它们的不同来,尽管只能从明暗上来区别——因为没有日光,颜色已模糊难辨了。

我的目光依旧环顾着这昏暗的小山丘并顺着消失在荒凉远景中的沼地边缘扫视过去。这时,在远处沼泽和山脊之间一个隐约可见的地方,突然出现了一点亮光。"那是'鬼火'[1]。"这是我第一个念头,并且料定它很快就会熄灭。然而它却继续稳定地亮着,既不后退,也不前移。

"这么说是刚燃起的篝火了?"我自问道。

我定睛看着,看它有没有扩大。可是没有,它既没有缩小,也没有扩大。

"也许是房子里的烛光吧。"我又这样猜测着。"不过即使是烛光的话,我也走不到那儿。它太远了。而且就算离我不到一码,对我来说又有什么用呢?无非是敲开门,接着又被当着面砰地关上。"

我一下瘫卧在站着的地方,把脸埋进了草地里。我一动不动地躺了一会儿。夜风扫过小山掠过我,呜咽着消失在远方。雨下得更猛了,已把我全身淋得湿透。要是我能冻僵到成了凝结的冰霜——处于死亡的那种舒适的麻木状态——那就任凭雨水继续浇淋下去吧,我会对它毫无知觉。可是我的肌肤仍有生命,在寒冷的风雨侵袭下冻得直打哆嗦。过不多久我就爬了起来。

那亮光仍在那儿,透过雨幕在朦胧闪烁,但始终稳定在原处。

1　原文为拉丁语。

我重又举步向前,硬拖着精疲力竭的双腿慢慢朝亮光走去。它引着我斜穿过小山,经过一片宽阔的沼泽地。这片沼泽地在冬天准是根本无法行走的,就连眼下这盛夏季节,也是泥浆四溅,一步一滑。我摔倒了两次,但仍照样爬了起来,强打起精神。那亮光是我的一线渺茫的希望啊,我一定得挣扎到那儿。

一穿过沼泽地,我就看到荒原里有一条发白的痕迹。我朝它走去。那不是大路便是一条小径,径直通向那个亮光。亮光此刻正闪烁在一个土丘似的高处,四周全围着树——根据我在黑暗中能分辨出的形状和树叶看,显然是冷杉。可是待我走近时,我的星辰却消失不见了,有什么东西挡在了我和它之间。我伸手摸了摸面前黑乎乎的东西,弄清那是一堵粗糙石块砌的矮墙——墙头上有像栅栏似的东西,墙里面则是高高的带刺的树篱。我沿着矮墙摸索着走去。又有个发白的东西在我面前闪光,那是一扇园门——一扇小边门。我轻轻一碰,它就在铰链上滑动打开了。门内两边各有一丛黑黝黝的灌木——冬青或者紫杉。

走进门,经过灌木丛,一座房子的轮廓出现在眼前,黑黑的、低低的,相当长。可是那指引我的亮光却在哪儿也不见它闪亮。四周只是一片漆黑。屋子里的人都睡了吗?我担心的是这么回事。为了找门,我绕过了一个屋角。那友好的亮光又出现了,它是从一扇很小的格子窗的菱形窗玻璃里照射出来的。窗子离地约一英尺,由于墙上爬满常青藤和别的攀缘植物,使得窗子变得更小了。房子开窗的这面墙上,密密层层地布满它们的叶子。窗口被叶子遮挡着只剩下狭窄的一条,可以说连窗帘和百叶窗都不需要用了。

我俯下身子,拨开遮在窗口的一簇叶子,便能看到里面的一切了。我清楚地看到,这是一间铺沙地面的房间,地板洗刷得干干净净。有一个胡桃木的餐具柜,上面整齐地摆着一排排锡制的盆碟,反映出泥炭炉里又红又亮的火光。我还能看见一只钟,一张白松木桌子,几把椅子。曾是我的指路明灯的那支蜡烛就点燃在桌子上。烛光旁,一位老妇人正在织着袜子。她的模样看上去有点土气,但浑身收拾得干干净净,就像她周围的一切那样。

我只是粗略地看了看这一切——其中并没有什么特别的地方。令我更感兴趣的是炉子旁边的两个人,她们静静地端坐着,沐浴在一片玫瑰色的宁静和温暖之中。两位文雅的年轻女子——从各方面看都是大家闺秀——一个坐在一把低矮的摇椅里,另一个坐在一张更低的矮凳上。两人都穿着黑纱和毛葛的重丧服,那黑色的服饰更突出地衬托出她们异常白皙的脖子和脸蛋。一只大猎狗把它硕大的头枕在一个姑娘的膝盖上——另一个姑娘把一只黑猫抱在裙兜里。

这间简陋的厨房里居然待着这样两个人,可真是奇怪!她们全是什么人呢?她们不可能是桌边那个老妇人的女儿,因为她看上去像个乡下人,而她们俩却非常文雅而有教养。我在哪儿都没见过她们那样的脸,可是当我注视着她们时,却仿佛对每一个面部特征都很熟悉。我不能说她们漂亮——她们太苍白、太严肃,这字眼用不上。由于两人都在低头看书,看上去就像在沉思,几乎到了严厉的地步。她们两人中间的一个架子上,放着另外一支蜡烛和两本大书。她们不时去翻阅一下那两本书,似乎拿它们和手中较小的书作比较,就像人们在翻译时查词典一样。这场面是如此静谧,以至于在场的人仿佛都成了影子,而这间生着火的房间就像是一幅图画。竟然如此寂静,我能听见煤渣从炉栅间落下,时钟在昏暗的角落里嘀嗒作响,我甚至想象我能听出老妇人手中织针咔嗒咔嗒的相碰声。因此,当有个声音终于打破这奇怪的沉寂时,我可以听得一清二楚。

"听着,黛安娜,"专心致志的学生中的一个说,"弗朗茨和老丹尼尔在一起过夜,弗朗茨正在讲一个把他吓醒的梦——听着!"

她低声吟了些什么,可我一个字也没听懂,因为那是一种陌生的语言——既不是法语,也不是拉丁语。这是不是希腊语或者德语,我说不上。

"真有劲儿,"她念完后说,"我很欣赏。"另一个姑娘方才抬着头听她妹妹说话,这时她一边凝视着炉火,一边重复了刚才念过的一行。后来我知道了这种语言和这本书,因此我愿在这儿把这一行引述一下,尽管我当初听来,这简直就像是敲打铜器的声响——没有表达出任何意义。

"'这时走出来一个人,外貌犹如繁星满天的夜空'[1],好!好!"

---

[1] 原文为德语,引自席勒的名剧《强盗》,文字稍有改动。

她大声嚷道,那对深邃的黑眼睛闪闪发亮。"一个隐隐约约的伟大的天使恰像站在了你的面前!这一行抵得上一百页浮夸的文字。'我用愤怒的天平权衡我的思想,用怒气的砝码权衡我的行为[1],我喜欢它!"

两人又默不作声了。

"有哪个国家的人是这样说话的?"老妇人放下手中的编织,抬起头来问道。

"有的,汉娜——有个比英国大得多的国家,那儿的人就是这样说话的。"

"哦,说实在的,我真不明白他们怎么能互相听得懂。要是你们有谁上那儿,我想准能听懂他们说些什么吧?"

"他们说的我们也许能听懂一点儿,可不是全能听懂——因为我们不像你想的那么聪明,汉娜。我们还不会说德语,要是没有词典帮忙,我们什么也看不懂哩。"

"学这种话对你们有什么好处呢?"

"我们盼望以后能教这种语言——或者至少像人家说的那样,能教教初级的也好,那样挣的钱就可以比现在多了。"

"那敢情是。不过该歇着了,今晚你俩学得够多了。"

"我想是的,至少我已经累了,玛丽,你呢?"

"累得要命。没有老师,光靠一本词典辛辛苦苦学一门外语,毕竟是吃力的活儿。"

---

[1] 原文为德语,引自席勒的名剧《强盗》,文字稍有改动。

"是呀,尤其是学像德语这样一种难懂而又出色的语言。不知道圣约翰什么时候能回来。"

"肯定快啦。这会儿刚十点。"(她掏出别在腰带上的小金表看了看)

"雨下得很大。汉娜,请你到客厅里去看一看火炉好吗?"

那妇人站起身,打开了房门。透过打开的门,我依稀看到有一条过道。不一会儿我就听到她在里面一间房里通炉子。没过多久她就回来了。

"哦,孩子们!"她说,"现在一走进那间屋子,我就感到难受。那张椅子空空的,推到了屋角里。看上去有多凄凉。"

她用围裙擦了擦眼睛。两个姑娘原先就很严肃,现在则显得悲伤了。

"不过他去了更好的地方了,"汉娜继续说,"我们不该盼望他再回到这儿来。再说,没有人能死得比他更安详了。"

"你说他一句也没提到我们?"一位小姐问道。

"他来不及了——孩子,你父亲他一会儿就去了。他像前一天一样,只是有点儿不舒服,可是没什么要紧。圣约翰先生问他是不是要派人叫你们当中的哪一个回来,他还笑话他哩。第二天——也就是说两个星期以前——他的头又开始有点发沉,便上床去睡了,打这以后,就再也没有醒过来。你们的哥哥进卧室去看他时,他全身差不多都已经僵硬了。唉,孩子们,他是最后的一个老派人了——因为跟那些去世的人相比,你们和圣约翰先生像是另一类人。尽管你们的母亲跟你们很相像,几乎和你们一样有学问。你很像她,玛丽。黛安娜像你们父亲。"

我认为她们俩非常相像,实在说不出这个老仆人(这会儿我已经断定她是仆人了)在哪儿看出了不同。两人都脸色白皙,身材苗条,相貌非凡,一副聪明的样子。的确,其中一个头发比另一个稍深,发式也有不同,玛丽的淡褐色头发从中间分开,编成光滑的辫子,黛安娜颜色稍深的头发,卷曲着密密地盖住了她的脖子。时钟敲了十点。

"你们一定想吃晚饭了,"汉娜说,"圣约翰先生回来了,也会这样的。"

说完她就忙着去准备晚饭了。两位小姐站起身来,她们似乎打算到客厅里去。在这之前我一直那么全神贯注地看着她们,她们的外貌和谈吐,引起了我强烈的兴趣,我竟把自己可怜的处境都忘掉一半了,现在我又想起来了。对比之下,我的境遇就更凄凉、更绝望了。要打动屋子里的人让她们来关心我,要使她们相信我的需要和悲苦是真的——要说动她们给我这个流浪者一个歇息之地,看来是多么不可能啊!当我摸到了门口,迟疑地敲起门来时,我觉得上面的想法只不过是妄想。汉娜开了门。

"你有什么事?"她用惊诧的声调问道,一面借着手中的烛光打量着我。

"我可以跟你的小姐们说句话吗?"我说。

"你最好还是先告诉我,你要跟她们说些什么?你是打哪儿来的?"

"我是个外地人。"

"你在这个时候上这儿来干什么?"

"我想在外屋或者随便什么地方借住一个晚上,还想要一点儿面包吃。"

汉娜的脸上出现了我最担心的那种怀疑的表情。

"我可以给你一块面包,"她停顿了一会儿说,"可我们不能收留一个流浪者过夜。这办不到。"

"千万让我跟你的小姐们说一说吧。"

"不行,我不让。她们能为你做些什么呢?你不该在这个时候到处游荡。这看起来很不好。"

"可要是你把我赶走,我上哪儿去呢?我怎么办呀?"

"哦,我敢说你准知道上哪儿去,该怎么办。当心别干坏事,这就行了。给你一个便士,现在走吧……"

"一个便士我不能吃,我已经没有力气再往前赶路了。别关门啊!——哦,看在上帝的分儿上,别关!"

"我一定得关上,雨都打进来了……"

"去告诉小姐们——让我见见她们……"

"老实说,我不会去告诉的。你准是个不守本分的人,要也不会这么吵吵闹闹的。走开!"

"可你把我赶走,我一定会死掉的。"

"你才不会哩。我怕你是在打什么坏主意,这么深更半夜还想闯进人家家里来。要是附近还躲着你的同伙——强盗什么的——你可以告诉他们,屋子里不光是我们这几个人,我们还有一位先生,还有狗和枪。"说到这儿,这个老实固执的仆人砰的一声关上了门,而且上了闩。

这下真是糟糕透顶了。一阵剧烈的疼痛——彻底绝望的痛苦——充塞着、撕裂着我的心。我真的是筋疲力尽了,一步也动弹不了了。我颓然倒在门口湿漉漉的台阶上。在极度痛苦中,我呻吟着——绞着手——哭泣着。哦,这死亡的魔影!哦,这最后的时刻如此可怕地来临了!唉,这样孤独——这样从同类中驱逐出来!不仅是希望这一精神支柱,就连坚忍不拔这一立足之点,也都失去了——至少是有一会儿失去了。但是对后者,我很快就又竭力恢复了它。

"我只有等死了,"我说,"我相信上帝。让我试着默默地等待他的意志吧。"

这些话我不仅在脑子里想着,而且也从口中说了出来。说着我就把我的全部苦难驱回到心中,强使它们埋在心底——安安静静地不再出声。

"人都是要死的,"近旁突然有个声音说道,"但并不是所有人都注定要像你这样,受尽折磨过早地死去,要是你就这么因饥渴而死的话。"

"是谁,还是什么东西在说话?"我问道,一时被这突如其来的声音吓了一大跳。不过,这会儿不管发生什么事情,我都不会寄予得救的希望了。一个人影就在近旁——到底是怎么样的人影,我没能看清。夜漆黑一团,而我的视力又变得衰弱了。这新来的人转身向着门,长时间地重重敲了起来。

"是你吗,圣约翰先生?"汉娜叫道。

"是呀——是呀,快开门。"

"哎呀!这么个狂风暴雨夜,你准是淋得又湿又冷了!快进来——你妹妹都在为你担心了,我想附近一定还有坏人哩。刚才有个要饭的女人——我断定她还没走!——可不,就躺在那儿。起来!真不害臊!喂,快走开!"

"别作声,汉娜!我有话要跟这女人说。你把她赶走,已经尽了你的责任。现在让我尽我的责任,放她进来。我刚才就在旁边,听到你们两人说的话了。我觉得这是个特殊的情况——我至少得问问清楚。年轻的女人,起来吧,走我前面,进屋去。"

我艰难地照他的话做了。不一会儿,我就站在了那间干净明亮的厨房里——就在那炉火跟前——直打哆嗦、浑身难受,知道自己经过风吹雨打,蓬头散发的,模样儿一定极其可怕。两位小姐,她们的哥哥圣约翰先生,还有老仆人,全都定睛看着我。

"圣约翰,这是谁呀?"我听到有个人问。

"我也说不上,我是在门边发现她的。"对方回答说。

"她的脸色真苍白。"汉娜说。

"白得像瓷土和死人了。"有人附和说,"她要倒下来了,快让她坐下。"

我真的一阵头晕,倒了下来,可是一张椅子接住了我。我的神志还清醒,只是一时说不出话来。

"也许喝点儿水能让她恢复过来。汉娜,去拿点儿水来。不过她实在憔悴得不成样子了。这么瘦,一点儿血色也没有!"

"简直成了个影子了!"

"她是病了,不只是饿坏了?"

"我想是饿坏了。汉娜,那是牛奶吗? 拿来给我,再拿片面包来。"

黛安娜(我是从她朝我俯下身来,在我和炉火之间垂下她长长的鬈发知道的)掰下一小块儿面包,在牛奶里浸了浸,送到我的嘴边。她的脸紧挨着我,我从她脸上看到了她的怜悯,从她急促的呼吸里感受到了她的同情。这种像止痛膏似的情感也同样从她简短的话里流露出来:"尽量吃一点儿吧。"

"是呀——尽量吃一点儿,"玛丽温和地重说了一句,也是她亲手给我脱掉了湿透的帽子,托起我的头。我吃了一口她们给我的东西,起初是有气无力,接着便迫不及待吃了起来。

"一开始不能吃得太多——要控制,"哥哥说,"我看她已经够了。"说着他拿开那杯牛奶和那碟面包。

"再让她吃一点儿吧,圣约翰——瞧她眼睛里那副贪馋的样子。"

"暂时不能再吃了,妹妹。看看她现在能不能说话——问问她叫什么名字?"

我感到自己能说话了,于是就回答说:"我叫简·艾略特。"因为仍急于不被人发现,我早就决定改用一个化名。

"那你住在哪儿? 你的亲友是哪儿的呢?"

我默不作声。

"我们可以派人去把你认识的人叫来吗?"

我摇摇头。

"你能不能讲一点儿你自己的情况呢?"

不知怎么的,我一跨进这家人家的门槛,一跟这家的主人面面相对,我就不再感到自己无家可归、四处流浪,被广大的世界所抛弃了;我就敢于抛掉我沿街乞讨的样子——重又恢复我原来的举止和品性,我又重新开始认识我自己。所以,当圣约翰先生要我讲一下自己的情况时——眼下我身体虚弱难以从命——我稍微沉默了一会儿后便回答说:

"先生,我今晚没法儿跟你们细谈。"

"那么,"他说,"你希望我为你做点儿什么吗?"

"什么也不用。"我回答说。我的精力还只能作一些这样简短的回答。

黛安娜接过了话。"你是说,"她问道,"我们已经给了你所需要的一切帮助,现在尽可以把你打发到荒野和雨夜中去了?"

我看看她,心想,她的容貌十分出众,既生气勃勃,又善良亲切,我突然来了勇气。我一边对她的同情的注视报以微笑,一边说:

"我相信你们。即使我是一条迷路的丧家犬,我知道你们也不会把我从你们的火炉边赶走。事实上,我真的一点儿也不担心,随你们怎么对待我和照应我吧。不过请原谅我不能多说话——我感到气急——我一说话就抽搐。"三个人都仔细打量着我,没有作声。

"汉娜,"圣约翰先生终于说,"现在先让她在那儿坐一会儿,别问她话。十分钟后把刚才剩下的面包和牛奶给她。玛丽、黛安娜,我们去客厅,把这件事仔细商量一下。"

他们走了。没过多久,其中的一位小姐——我说不上是哪一位——回来了。我在暖洋洋的炉火边坐着,一种昏昏然的舒适感流遍了我的全身。那位小姐低声对汉娜吩咐了几句。不多一会儿,我便由仆人搀扶着上了楼。我湿淋淋的衣服给脱去了,立刻就躺倒在一张温暖干燥的床上。我感谢了上帝——在难以言说的精疲力竭中体会到一种感激的喜悦——很快就睡着了。

29

这以后三天三夜的情况,我脑海里的记忆一片模糊。我只能回忆起那段时间里的一些感觉,但形不成什么想法,更没有什么行动。我知道自己待在一个小房间里,躺在一张狭窄的床上。我像块石头般一动不动地躺着,仿佛已在那儿生了根。要是把我从那儿拖开,简直会要了我的命。我没有注意到时间的流逝——觉察不到从早上到中午,从中午到晚上的变化。但有人进出房间我全看到了,甚至还能说出他们是谁。要是他们站在我身边说话,我也能听懂说的是什么。但是我无法回答,张一张嘴巴或者动一动四肢,同样都做不到。来房间最多的是那个女仆汉娜,她一来就让我感到不安。我有一种感觉,她希望我离开。她不了解我,也不了解我的处境,她对我显然有偏见。黛安娜和玛丽每天来房间一两次。她们常在我床边悄声说些这样的话:

"幸亏我们把她收留了下来。"

"是啊,要是那天晚上整夜把她关在外面,第二天早上准会发现她死在门口了。不知道她遭了些什么罪。"

"我想是罕见的苦难吧——这瘦小苍白的流浪者,真是太可怜了!"

"从她的举止言谈看,我看她不是个没有受过教育的人。她的口音很纯正。她脱下的衣服虽然又湿又脏,但并不破旧,而且质地很好。"

"她的脸长得挺不一般,尽管瘦削憔悴,我还是相当喜欢。在她身体健康、生气勃勃时,我能想象出,她的长相一定挺讨人喜欢。"

在她们的对话中,我没有听到她们有一个字表示对我的好心接待感到后悔,或者对我表示怀疑和嫌恶。我心里感到安慰。

圣约翰先生只来过一次,他看了看我,说我的昏睡不醒是长期疲劳过度的反应。他断言没有必要去请医生。他认为最好的办法是听其自然。他说,因为我的每根神经都过度紧张,所以整个机体都需要有一段沉睡的时间,这并不是什么病。他预料我一旦开始恢复,很快便复原。他用几句话就表达了这一意思,他说得很平静,声音很低。

停了一下后,他又用不习惯高谈阔论的人的那种语气补充说:"她的相貌有点儿不同一般。当然不是指粗俗或者下贱。"

"完全不是,"黛安娜应和说,"说真的,圣约翰,一看见这可怜的小人儿,我心里就有好感,但愿我们能永远帮助她。"

"这不太可能,"圣约翰回答说,"你会发现她是那种和亲友们发生了误会的年轻小姐,而且多半是在一气之下就轻率地离开了他们。要是她不固执,我们也许可以把她送回去。不过,我从她脸上看出了自信的痕迹,我怀疑她不一定肯听我们的话。"他站在那儿端详了我一会儿后,又加了一句:"她看上去挺聪明,但一点儿也不漂亮。"

"她病得厉害,圣约翰。"

"不管生不生病,反正长得很一般。她的五官缺少那种美的优雅与和谐。"

第三天,我好了一点儿,第四天,我能说话,移动,从床上坐起来并转动身子了。我猜想大概是吃晚饭的时候,汉娜给我端来了些稀粥和烤面包。我吃得津津有味,食物好吃极了——不再像前几天发烧时那样,吃什么都没有味道。汉娜走了以后,我觉得自己有了点儿力气,精神也好多了。过不多久,躺得腻烦渴望活动的心情激励了我,我想起床了。可是穿什么呢?我只有那件沾满泥的湿衣服,我曾穿着它睡在地上,倒在沼泽里。我总不好意思穿着这样的衣服出现在我的恩人们面前。幸而,这种丢脸的事得以避免了。

在床边的一把椅子上,放着我所有的东西,既干净又干燥。我的黑色绸外衣挂在墙上,溅上的泥迹已经洗去,潮湿留下的皱痕已经熨平,看起来相当体面。我的鞋袜也都洗刷得干干净净,可以穿出去见人了。屋子里有洗脸用具,还有一把梳子和一把刷子,可以让我把头发梳理整齐。经历了一个累人的过程,每隔五分钟还停下歇口气,最后我终于穿戴好了。

因为瘦了许多,衣服宽松得就像挂在我的身上。不过我用披巾掩盖了这一不足。于是我又变得干干净净、体体面面了——没有一点儿我最讨厌而且也会让我降低身份的污迹和衣衫不整的样子。我扶着栏杆,慢慢走下石楼梯,再走过一条狭窄低矮的过道,便发现自己已经来到厨房。

厨房里弥漫着新烤面包的香味和熊熊炉火的暖意。汉娜正在烤面包。大家都知道,在没有受过教育的耕耘和施肥的心田里,成见最难消除。它们就像石缝里的野草那样,在那儿牢牢地生根成长。开始时,汉娜对我的态度确实既生硬又冷淡,近来已经稍微和气了一些。看见我干干净净、整整齐齐地走进厨房,她甚至微笑了。

"怎么,你起来了?"她说,"这么说,你好一点儿了。你愿意的话,可以坐在火炉边我那张椅子上。"

她指了指那张摇椅。我坐了下来。她忙碌着,时不时用眼角朝我瞟上一眼。当她从炉子里取出几块面包时,她转身朝着我,直截了当地问道:

"你上这儿来以前要过饭吗?"

一时间我很生气,但马上想到发火儿不能解决问题。再说,我也确实像个乞丐似的在她面前出现过,于是便平心静气地对她做了回答,不过口气明显还带点儿生硬。

"你把我当成个要饭的,你错了。我不是要饭的,跟你和你的小姐们一样。"

她停顿了一会儿,说:"这我就弄不懂了。我猜,你多半没有房子,也没有铜子吧?"

"没有房子和铜子(我想你说的铜子是指钱吧),并不一定就是你所说的要饭的啊。"

"你念过书吗?"她立即问道。

"是的,念过很多书。"

"不过你从没上过寄宿学校吧?"

"我在寄宿学校念过八年书。"

她的眼睛睁得大大的。"那你怎么还养不活自己?"

"我一直自己养活自己,而且我相信,以后还会再养活自己。你拿这些醋栗做什么?"见她拿出一篮醋栗,我问道。

"拿它们做饼馅儿。"

"把它给我,我来拣。"

"不,我什么也不要你干。"

"可是我总得做点儿什么呀。把它给我吧。"

她同意了,甚至还拿来一条干净的毛巾,把它铺在我的裙服上。

"要不,"她说,"会把衣服弄脏的。"

"你没干惯仆人的活儿,我从你的手看得出来。"她说,"你也许是个裁缝吧?"

"不,你猜错了。现在别管我以前是做什么的了,别再让你为我费脑筋了。还是请你告诉我,我们这座宅院叫什么吧。"

"有人叫它泽边庄,有人叫它沼泽山庄。"

"住在这儿的那位先生叫圣约翰先生?"

"不,他不住在这儿。他只是在这儿暂住一阵子。他自己的家在莫尔顿,那儿是他的教区。"

"那村子离这儿有几英里吧?"

"对。"

"他是做什么的?"

"他是教区牧师。"

我想起了去求见牧师时,他家那个老管家的答话。"那么这儿是他父亲的家了?"

"没错。老里弗斯先生就住这儿,还有他父亲、他祖父、他曾祖父全住这儿。"

"这么说,那位先生叫圣约翰·里弗斯先生了?"

"嗯,圣约翰是他受洗礼时的名字。"

"他的两位妹妹叫黛安娜·里弗斯和玛丽·里弗斯?"

"对。"

"他们的父亲去世了?"

"三个礼拜前中风去世的。"

"他们没有母亲?"

"女主人过世已经多年了。"

"你和这家人一起生活很久了吗?"

"我在这儿待了三十年了。他们三个全是我带大的。"

"这说明你准是个忠实可靠的仆人。尽管你刚才毫无礼貌地把我叫作要饭的,我还是要这样来夸你。"

她又用惊异的目光瞪眼看着我。"我相信,"她说,"我把你完全看错了。可是来来往往的骗子太多了,你得原谅我啊。"

"而且,"我往下说,口气颇为严厉,"是在一个连狗都不该关在门外的夜里,你却要把我从门口赶走。"

"嗯,是狠心了点儿。可是实在叫人没有办法啊。我担心的是孩子们,不是我自己。可怜的孩子们!除了我,他们就没有人照顾了。我不得不多留点儿神。"

我严肃地沉默了几分钟。

"你可能把我想得太坏了。"她又说。

"可我确实把你想得很坏,"我说,"我还要告诉你为什么我这么想——这倒不完全是因为你拒绝让我进屋,或者把我看成骗子,而是因为你刚才把我的没有'铜子'和房子看作一种丢人的事。世界上有一些最好的人,也像我一样一无所有。要是你是个基督徒的话,你就不该把贫穷看作一种罪过。"

"以后不该再这样了,"她说,"圣约翰先生也是这么对我说的。我知道我错了——不过这会儿我对你的看法跟以前完全不同了。你看来是个真正体面的小家伙儿。"

"这就行啦!——现在我不怪你了。握握手吧。"

她把自己一只沾满面粉、长着老茧的手放到我的手里。一个更加真诚的微笑照亮了她那粗糙的脸。打那一刻起,我们就成了好朋友。汉娜显然很健谈。我拣果子,她和面做饼时,她继续给我讲这家人的各种琐事:关于她的已故男、女主人的,关于她称作"孩子们"的那几个年轻人的。

她说，老里弗斯先生是个非常朴实的人，但他是位绅士，出身于一个十分古老的家族。泽边庄打一造好就属于里弗斯家。她断定说：

"它大约有两百来年历史了——尽管它看上去只是一座简陋的小房子，根本没法儿跟下面莫尔顿谷奥利弗先生的豪华住宅相比。可是我还记得，比尔·奥利弗的父亲是个制作缝衣针的工匠，而里弗斯家，打从亨利时代起就已经是个乡绅了。任何人只要看一看莫尔顿教堂法衣室里的登记簿就可以知道。"

不过，她也承认，"老主人和别的乡邻一样——没有多大出众的地方，酷爱打猎，喜欢耕作什么的。"女主人就不同了。她读过很多书，很有学问，"孩子们"都像她。在附近这一带，没有人像他们那样的，以前也没有。他们喜欢读书，三个全喜欢，差不多打从会说话的时候起就这样。他们一直"有他们自己的一套"。

圣约翰先生一长大就进了大学，当上了牧师；两个姑娘一念完中学，就去找家庭教师做。她们告诉过她，她们的父亲几年前由于信托人破了产，损失了很大一笔钱。既然父亲现在已经没有钱，不能给她们什么财产，她们就只好自己去挣钱养活自己了。很长一段时间以来，她们极少回家来住，现在只是因为父亲去世，她们才回来住几个星期。不过她们非常喜欢泽边庄和莫尔顿，喜欢周围所有的这些沼泽和小山。她们到过伦敦和别的许多大城市，可她们总是说，哪儿也比不上家乡好。而且两姐妹互相很合得来——从来不争不吵。她真不知道哪儿还有这样团结和睦的家庭。

我拣完醋栗，问她两位小姐和她们的哥哥现在在哪儿。

"上莫尔顿散步去了,不过半小时后就要回来用茶点。"

他们果真在汉娜指定的时间里回来了,他们是从厨房门进来的。圣约翰先生见了我,只是点了点头就打我身旁走过去了,两位小姐停了下来。玛丽用几句话亲切平静地表示,看到我身体好转已能下楼,她感到很高兴。黛安娜握住我的手,对我摇摇头。

"你该等我同意了才下楼的,"她说,"你看上去脸色还那么苍白——又那么瘦!可怜的孩子!——可怜的姑娘!"

黛安娜的声音,在我听来,就像鸽子的咕咕声那么悦耳。她还有一双我很喜欢看的眼睛。我觉得她的整个脸蛋儿都充满魅力。玛丽的容貌同样美丽——她的五官同样长得很漂亮。不过她的神情比较拘谨,态度虽然和蔼,但让人感到有点儿疏远。黛安娜的神态和说话的样子,都带有一点儿权威的味道,显然她很有主见。我生性喜欢服从像她那样令人信服的权威,喜欢在我的良心和自尊心允许的范围内,听命于一个富有活力的意志。

"而且你到这儿来做什么?"黛安娜接着说,"这可不是你待的地方,玛丽和我有时候来厨房坐坐,那是因为在家里我们喜欢自由自在,甚至随随便便——可你是客人,应该上客厅去。"

"我在这儿很好。"

"一点儿也不好——汉娜在这儿忙来忙去,会把你弄得满身面粉的。"

"再说,对你来说这儿的炉火也太热了。"玛丽插嘴说。

"可不是吗,"她姐姐又补充说,"来吧,你得听话。"说着她握住我的手,把我拉了起来,带我进了里屋。

"在这儿坐着,"她说着把我安顿在沙发上,"等我们脱掉衣服,准备好茶点。这是我们在这个沼地上的小家庭里享有的另一个特权——在我们高兴的时候,或者在汉娜烤面包、酿酒、洗熨衣服的时候,我们就自己动手做饭。"

她随手关上了门,留下我单独和圣约翰先生在客厅里。他就坐在我对面,手里捧着一本书或者是一份报纸。我先是打量了一下客厅,然后又打量了它的主人。

客厅不大,陈设非常简单,但是很舒适,因为既干净又整齐。老式的椅子油光锃亮,那张胡桃木的桌子简直像面镜子。斑驳的墙上装饰着几张旧时代奇怪而古老的男女画像。在一个装有玻璃门的柜子里,放着一些书和一套古老的瓷器。屋子里没有多余的摆设——没有一件新式家具;只有一对针线盒和一只红木女用书台放在靠墙的一张边桌上。所有的东西——包括地毯和窗帘——看上去都很陈旧,但保养得很好。

圣约翰先生——一动不动地端坐在那儿,仿佛就像墙上那些灰暗的画像。他两眼盯在面前的书页上,双唇默默地紧闭着——很容易让我看个仔细。即使他是座雕像而不是个活人,恐怕也不见得能比这样更容易让人看得仔细了。他挺年轻——大约二十八岁到三十岁的样子——身材修长。他的脸颇为引人注目,像是一张希腊人的脸,轮廓非常完美,有一个笔挺的古典式鼻子,一张雅典人的嘴和下巴。

说真的,英国人中很少有像他这样拥有古典脸型的。他自己的五官如此匀称,看到我相貌这么不端正,难免会感到吃惊。

他的眼睛又大又蓝,长着褐色的睫毛。他那高高的前额白得就像象牙,额前随意地披下几绺金黄的头发。

读者啊,这是一幅线条柔和的写生,是吗?然而,它所描绘的画中人却并不让人觉得有温柔、顺从、敏感或者甚至是恬静的性格。尽管他此刻默默地坐着,但是他的鼻孔、他的嘴巴、他的额头,都有着某种东西,显示出他内心的不安、严厉和渴望。在他妹妹回来以前,他没跟我说一句话,甚至连看也没朝我看一眼。黛安娜进进出出地准备着茶点,她给我拿来一块在炉顶上烤的小蛋糕。

"现在就把它吃了,"她说,"你准是饿了。汉娜说,你早饭只吃了点儿稀粥,到现在什么也没有吃。"

我没有谢绝,因为我的食欲已经恢复,而且很强烈。这时,里弗斯先生合上书,走到了桌子边。他一边坐下来,一边用那双画出的似的蓝眼睛直盯着我。此时他的目光中有一种不拘礼节的直率,一种洞察入微而又坚定不移的神色。这表明,在此以前,他并不是因为腼腆,而是故意不朝陌生人看。

"你很饿了。"他说。

"是的,先生。"我就是这样——生来就是这样——以简短回答简短,以直率回答直率。

"三天来,低热让你吃不下东西,这对你有好处。要是一开始就放开肚子吃,那很危险。现在你可以吃了,不过还是不能没有节制。"

"我相信,我不会在你这儿吃上很久的,先生。"这是我笨嘴笨舌、粗声粗气的回答。

"是不会的,"他冷冷地说,"等你把你亲友的地址告诉我们,我们就可以给他们写信,然后你也就可以回家了。"

"我得坦白告诉你,这我可办不到。因为我根本就没有家,也没有亲友。"

他们三个人都看着我,但并没有不信任的神色。我觉得他们的目光中并无怀疑的表情,更多的却是好奇,特别是那两位年轻小姐。圣约翰的眼睛表面看来清亮明澈,但实际上是深不可测的。他的那双眼睛似乎只是探索别人思想的工具,而不是表达自己内心世界的窗口。它们既敏锐又含蓄,更多的是让人感到窘迫,而不是让人受到鼓励。

"你的意思是说,"他问,"你是孤身一人,没有任何亲戚朋友?"

"是的。跟任何一个活人都没有联系,也没有权利走进任何一个英国人的家庭。"

"在你这样的年龄,像你这样的处境是少有的。"

说到这儿,我看到他的目光落到了我交叉放在桌上的双手上。我正不明白他要探寻什么,他的话便对这作了解释。

"你还没有结婚吧?是个未婚姑娘?"

黛安娜笑了。"嗨,她才不过十七八岁哩,圣约翰。"她说。

"我快十九岁了,不过我还没结婚。没有。"

我只觉得脸上一阵热辣辣的。一提到结婚,又勾起了我痛苦和激动的回忆。他们都看出了我的窘迫和激动。黛安娜和玛丽都把目光转向别处,不再看我通红的脸,免得我难堪。可是那位冷静严厉的哥哥却还继续盯着我,直到他盯得我心烦意乱,逼得我不仅脸如火烧,而且还流出了眼泪。

"你来这儿之前住在哪儿呢?"他又问道。

"你也太会刨根问底了,圣约翰。"玛丽悄声地咕哝了一句。可是他却俯身靠向桌子,再一次用坚定、刺人的目光逼我回答。

"我住在哪儿,和谁在一起,这是我的秘密。"我简洁地回答说。

"我认为,只要你愿意,不管是圣约翰还是别的什么人问你,你都可以保守你的秘密。"黛安娜说。

"可是,如果对你的身世一无所知,我就没法儿帮助你了,"他说,"而你却需要帮助,是吗?"

"我需要帮助,也在寻求帮助,先生。但求有位真正的慈善家能帮我找一个我力所能及的工作,用工作所得的酬劳来养活我自己,哪怕只拿最少的生活费也行。"

"我不知道,我是不是一个真正的慈善家。但我愿意尽我的全力帮助你实现这个正当的目的。不过,你得先告诉我,你以前一直是干什么的?你还会干什么?"

这时候我已经喝了茶,这饮料使我精神大为振奋,犹如一个喝了酒的巨人。它给我松弛的神经注入了新的活力,使我得以从从容容地和这位洞察入微的年轻审判官说起话来。

"里弗斯先生,"说着我朝他转过脸去,看着他,就像他看着我那样,坦然而毫不腼腆,"你和你的两位妹妹已给了我很大的帮助——这是一个人能给予别人的最大帮助了。你们用你们高尚的礼遇把我从死亡中救了出来。你们施予的这种恩惠,使你们完全有权得到我的感激,同时也在一定程度上有权得到我的信赖。我将尽量把受到你们庇护的我这个流浪者的身世告诉你们,只要不损害我自己心灵的安宁——不损害我自己以及别人精神上和身体上的安全。

"我是一个孤儿,是一个牧师的女儿。早在我还不能记事时,我的父母就去世了。我是靠别人抚养长大的,在一个慈善机构里受的教育。我甚至可以告诉你们这个机构的名称,我在那儿做了六年学生,两年教师——××郡的洛伍德孤儿院。你一定听说过它吧,里弗斯先生?——罗伯特·勃洛克赫斯特牧师是那儿的司库。"

"我听说过勃洛克赫斯特先生,也去参观过那所学校。"

"大约在一年以前,我离开洛伍德去当了私人家庭教师。我得到了一个很好的工作,过得很愉快。可是四天前,我被迫离开了那个地方,来到了这儿。至于离开的原因,我没法儿解释,也不必解释。即使解释了也没用,而且还有危险,再说听起来也让人难以置信。不过,我没有任何过错可以受到指责,我和你们三个人一样是清白无辜的。

"我很痛苦,而且必将痛苦一段时间。因为把我从自己看成天堂的那家人家赶出来的,是一场离奇而可怕的灾难。在计划出走的时候,我只顾到了两点——迅速和秘密。为了确保做到这两点,我不得不丢下所有的东西,只带了一个小包裹。而这个小包裹,由于我的匆忙和慌乱,竟又丢在把我带来惠特克劳斯的马车上了。因此我来到这儿时已经一无所有了。我在露天里过了两夜,漂泊了两天,没走进过一户人家。在这段时间里,我只吃过两次东西。就在我被饥饿、疲乏和绝望弄得几乎奄奄一息时,你,里弗斯先生,不让我饿死在你的家门口,将我收留下来。那以后,你的两位妹妹为我所做的一切,我全都知道——因为在我看起来似乎昏睡的期间,我并不是没有知觉——对她们那自发、真诚、亲切的怜悯,也跟对你那合乎福音精神的慈悲一样,欠着很大的情。"

"别让她再多说了,圣约翰,"趁我停下来时,黛安娜说,"她显然还不宜太激动。到沙发这儿来,快坐下,艾略特小姐。"

一听到这化名,我不由自主地愣了一下。我已经把这个新名字给忘了。但看来什么都逃不过里弗斯先生的眼睛,他马上注意到了这一点。

"你说你的名字叫简·艾略特?"他问道。

"我是这么说过,我觉得我目前用这个名字比较方便。不过这不是我的真姓名,所以乍一听到,觉得怪陌生的。"

"你不愿告诉我们真实姓名?"

"是的。主要是怕被人发现。所有会导致这一后果的事,我都得避免。"

"我相信你做得对,"黛安娜说,"好了,哥哥,现在你就让她安静一会儿吧。"

可是圣约翰沉思了片刻之后,又开始像先前一样冷静而敏锐地盘问起我来。

"你不愿长期依靠我们的款待——这我看得出来,你希望尽早免受我两个妹妹的怜悯,尤其是不需要我的慈善,(我完全体味得到这种有意强调的区别,但我并没有感到不满——因为它是对的。)你极希望自己能独立而不依赖我们,是吗?"

"是的,我已经这么说过。告诉我怎么工作,或者是怎么去找工作吧。这就是我现在所要求的一切。然后就让我走,哪怕去最简陋的茅屋,我也愿意——不过,在这以前,请让我留在这儿。我实在害怕再去尝那种无家可归的可怕滋味了。"

"你一定得留在这儿,真的。"黛安娜边说边把她白皙的手搭在我的头上。"你一定得留在这儿。"玛丽也重复了一句。口气中显示出不太外露的真诚,这种口气在她似乎是很自然的。

"你看,我的两个妹妹都很乐意收留你,"圣约翰先生说,"就像乐意收留和爱护一只被寒风从窗外刮进来的冻僵的小鸟一样。我则更倾向于让你自己养活自己,而且我要努力去实现这个主张。不过你要看到,我的活动天地是狭窄的,我只是个乡下穷教区的牧师。我的帮助一定是最微不足道的。如果你不屑于干日常琐事,那就去找个比我更有能耐的人帮助吧。"

"她已经说过,凡是她力所能及的正当活儿,她都愿意干,"黛安娜代我回答说,"你知道,圣约翰,她不可能挑别的人来帮助,所以只好忍受你这个坏脾气的人了。"

"如果找不到更好的工作,我愿意做个裁缝,也可以当个普通女工,我也愿意当女仆、做保姆。"我回答说。

"好吧,"圣约翰先生十分冷淡地说,"既然你有这样的精神,我就答应帮助你,在我合适的时候,用我合适的方法来帮助你。"

他重又埋头去看喝茶前在看的那本书了,我也马上起身告辞。我已经在我目前体力许可的范围内,说得够多、坐得够久了。

30

我对沼泽山庄的主人们了解得越多,就越喜欢他们。不多几天,我的健康便大有恢复,已经可以整天坐着,有时还能出去散散步。我能够参加黛安娜和玛丽的一切活动;和她们谈话,他们爱谈多久,我就和她们交谈多久,还在她们允许的时候和场合,帮她们做点儿事。在这种交往中,有一种令人振奋的愉悦——在我这还是第一次体会到——这是一种来自趣味、感情和做人准则完全融洽一致的愉快和欢乐。

她们爱读的书我也爱读,她们欣赏的东西我也喜欢,她们称许的事我也尊重。她们爱这个与世隔绝的家。这座古老小巧的灰色建筑,连同它那低矮的屋顶、带格子的窗户、斑驳的墙壁,那在山风猛刮下向一边倾斜的古杉夹道的林荫路,还有那紫杉冬青长得郁郁葱葱的花园——那儿只有生命力最强的花卉品种才会开花——从这一切中,我也发现了一种强烈而持久的魅力。对她们家屋后和周围的紫色沼泽,对大门口鹅卵石马道通往的深谷,她们都怀着深深的眷恋。马道蜿蜒曲折,先是从蕨类植物丛生的路堤间穿过,然后再穿过几小块镶嵌在石楠荒原中的最荒芜的牧草地,可它们还是给一群灰色的荒原羊和脸上长有苔藓般的羊羔提供了食物。哦,她们怀着一种纯洁的眷恋之情,对这片景色依恋不舍。

我能理解这种感情,而且同样也感受到它的力量和真谛。我看到了这地方迷人的魅力,体会到它孤寂中的神圣。我的眼睛饱览着连绵起伏的轮廓——饱览着山脊上和山谷中由苔藓、石楠花、小花点点的草地、鲜艳的欧洲蕨与颜色柔和的花岗岩形成的天然色彩。这种种详情细节对我也如同对她们一样——是无数纯洁可爱的欢乐之源。在这儿,狂飙和柔风,凄风苦雨天气和晴朗宁静日子,日出时刻和日落时分,月光皎洁的晚上和乌云密布的黑夜,也像对她们一样,对我都有着强大的吸引力——迷住了她们的那股魔力,同样摄去了我的整个身心。

在室内生活中,我们也同样志趣相投。她们姐妹俩都比我多才多艺,书也读得比我多。我沿着她们走过的知识才学之路,急切追赶。我如饥似渴地读着她们借给我的书。晚上,跟她们讨论我白天看过的著作,实在是一种极大的满足。想法不谋而合,观点彼此相同。总之,我们三人意气完全相投。

如果说在我们三人中有一个是最强的和带头的,那就是黛安娜。从身体上讲,她就远比我强,人长得漂亮,体格壮健。她血气旺盛,富有生命力,而且总是精力充沛,这使我无法理解,也让我惊奇不已。每到晚上,一开始我能参加交谈一会儿,但是一阵轻松畅快的谈话之后,我总是乐意坐在黛安娜脚边的一张矮凳上,把头靠在她的膝上,轮流听她和玛丽深谈着我只触及皮毛的话题。黛安娜提出要教我学德语,我很乐意跟她学。我看出,她喜欢做教师,也适合做教师。同样,学生的角色也使我喜欢,对我适合。我们性情相投,彼此喜爱——达到了亲密无间的程度。她们发现我会画画,立刻拿出自己的画笔和颜料盒来供我使用。我只有这一点儿技艺比她们强,这使她们感到惊奇,也让她们着了迷。玛丽会一直坐在旁边看我作画,后来她又提出要我教她,而且真的成了一个听话、聪明而又勤奋的学生。我们这样忙这忙那,彼此都觉得乐趣无穷,时间过得很快,几天就像几个小时,几个星期就像几天。

至于圣约翰先生,我和他妹妹之间自然而迅速发展起来的亲密情谊,却和他无缘。我们之间显得疏远的一个原因是,他待在家里的时间比较少,他的大部分时间都用来到自己教区里分散的居民中去访问病人和穷人。

任何天气似乎都阻止不了他做这些巡访。不管是雨天还是晴天,每天总是晨读一结束,他便戴上帽子,带着他父亲的老猎犬卡洛,出门去履行他出于爱或义务的使命——我不知道他对这种使命持什么看法。有时候,天气实在太坏了,他的妹妹们会劝他别出门,而他总是带着庄严多于快乐的奇特微笑说:

"要是因为一阵风或者几滴雨,我就不去做这些轻而易举的工作,这样懒散,又怎么能为我设想的未来做准备呢?"

黛安娜和玛丽对这个问题的回答,往往是一声叹息,接着是几分钟明显是郁郁不乐的沉思。

但是,除了他经常外出之外,还有另一个障碍影响到我和他之间的友谊。他似乎生性是个寡言少语、心不在焉,甚至是耽于沉思默想的人。他对自己的牧师职责极其尽心,生活习惯也无可挑剔,但他好像并没有得到每个虔诚的基督徒和实际的慈善家所应有的报酬:内心的宁静和满足。每当晚上,他经常坐在窗前,面对着书桌和摊开的纸张,停下阅读和写作,手托着下巴,出神地沉浸在我不得而知的思绪中,不过从他眼睛的频频闪动和张合不定上,可以看出他内心的不安和激动。

此外,我还认为,大自然对于他不像对他的两个妹妹那样,是欢乐的源泉。我只听到过一次,仅仅只有一次,他表示自己深受那些山峦的魅力的感染,同时对他称之为家的黑屋顶和旧墙壁怀有依恋之情。可是在他表达这种感情的言辞和语气中,忧郁多于欢快。他似乎也从来没有为了那些荒原的舒心宁静而去那儿漫游过——从来没有去寻求或品尝过它们能给予人们的无数宁静的乐趣。

由于他寡言少语,我过了一些时间才有机会探测他的心灵。一次,听了他在莫尔顿自己的教堂里的讲道,我才第一次对他的才能有所了解。我很想描述一下那次讲道的情况,可是力不从心。就连它给我的印象,我也难以忠实表达。

一开始,异常平静——说实在的,从讲道的语气和声调来说,自始至终都是平静的。可是没过多久,在那清晰的口音中,很快便注入了一种发自肺腑而严加控制的热情,它激起了铿锵有力的语言。它逐渐变成一种凝重、精练而又有所控制的力量。讲道者的力量使人心灵颤抖,头脑震惊,但是两者都没有受到感动。他的讲道从头至尾都有着一种奇怪的怨愤,缺乏一种抚慰人的温和。他不断严厉地提到加尔文派的教义——上帝的选拔,命中的注定和永世不得救等。而每次提到这些,听上去就像是在宣判人们在劫难逃似的。

他的讲道结束以后,我的心情没有好一点儿,平静一点儿,受到更多的启发,反而感到一种无法表达的哀伤。因为我似乎觉得——不知别人是否也有同感——我所听到的雄辩,发自一个灵魂的深处,那儿有着失望的污浊沉渣,有着永不满足的渴望和勃勃雄心的恼人冲动。我敢肯定,圣约翰·里弗斯先生尽管品行端正、认真诚恳、积极热情,但还是没有找到上帝所赐出人意料的安宁。

我想,他和我一样,都没有找到。我是因为打碎了偶像,失去了天堂而怀着隐隐的、痛楚的惋惜——这种惋惜之情虽然我近来避而不谈,但它实际上依然占据着我的身心,无情地奴役着我。

就这样,一个月过去了。黛安娜和玛丽不久就要离开沼泽山庄,回到英国南部一个时髦的大城市里去做家庭教师,等待着她们的是完全不同的生活和环境。她们各自在别人家中任职,那些富有而傲慢的主人家的成员,都把她们看成卑微的下人。那些人既不了解也不去发现她们内在的美德,只是像欣赏厨子的手艺和侍女的情趣一样,来对待她们具有的才艺。

圣约翰先生一直没有再提起答应为我找工作的事,而对我来说,谋个职业已经是迫在眉睫的事了。一天早上,有那么一会儿,正好剩下我和他两人在客厅里,我大胆地走近窗口的凹入处——那儿摆着他的桌椅书台,俨然像个书房——我刚想开口说话,尽管还不知道该用怎样的措辞来问他——因为要打破裹在他那拘谨性格外面的坚冰,任何时候都是困难的——可他却免去了我的为难,先开了口。

我走近时他抬起头来,问道:"你有问题要问我吗?"

"是的。我想知道,你可听说有什么工作可以让我去做?"

"三个星期以前,我就给你找到了一个工作,或者不如说想出了一个工作。可是我看你在这儿既有用处,也很愉快——因为我的两个妹妹显然都很喜欢你,跟你在一起,她们感到特别愉快——我觉得不该打破你们的欢乐气氛,准备等到过几天她们离开泽边庄再说,因为到那时你也不得不离开这儿了。"

"她们再过三天就要走了,是吗?"我问。

"是的,她们一走,我就要回到莫尔顿的牧师住宅去了。汉娜将跟我一起去。这座老房子就要锁上了。"

我等了几分钟,指望他会把刚开始的话题继续下去,可是看上去他的思路已经转到其他方面。他的神情表明他的心思已经不在我和我的事情上了。我只好提醒他回到我不得不关心的这个话题上来。

"你想出的是什么工作,里弗斯先生?我希望,不至于因耽搁了这么久,而使得到这份工作增加困难吧。"

"啊,不会。因为这份工作只取决于我是不是给,你是不是接受罢了。"

他又不作声了,似乎不愿再说下去。我有点不耐烦了。我的不安的动作,盯着他的脸的急切和催逼的眼神,向他表达了同语言一样有效、省去了不少麻烦的感情。

"你不必急于打听,"他说,"让我坦率地告诉你,我没有找到什么合适的、报酬高的工作向你推荐。假如你愿意,请你在我解释之前回想一下我说得一清二楚的那个声明:我帮助你,也只能像瞎子帮跛子那样。我很穷,因为待我还清了父亲的债务以后,我发现,父亲留给我的全部遗产,将只有这幢快要倒坍的田庄,屋后的那排七歪八斜的枞树,还有前面那片长着紫杉和冬青的荒地。

"我出身卑微,尽管里弗斯是个古老的姓氏。可是仅存的三个后裔中,有两个在陌生人中间依赖他人为生,第三个认为自己是远离故土、流落他乡——不仅是活着时,死去也是如此。是的,他还认为,而且不得不认为自己是得天独厚,一心盼望有朝一日那脱离尘世桎梏的十字架会放到他的肩上,那位自己也是最卑微一员的教会战士首领会发出命令:'起来,跟我走!'"

圣约翰就像在讲道似的说了这些话,声音平静而深沉,脸颊虽未发红,眼睛却炯炯发光。接着他又说道:

"既然我自己贫穷而又卑微,我也就只能给你一个贫穷而卑微的工作。你也许认为这会降低你的身份——因为我现在知道了,你的习性是世人称之为文雅的那一种,你的趣味倾向于理想化,你所交往的至少是受过教育的人——不过我认为,从事任何改善我们人类素质的工作,都不能说降低身份。我认为,指派给一个基督徒去耕耘的土地越贫瘠、越荒芜——他辛苦所得的报酬越少——他的荣誉就越高。耕耘这种土地,他背负的是先驱者的使命,而最早传播福音的先驱者就是各位使徒们——他们的首领就是救世主本人——耶稣。"

"嗯?"当他又一次停下时,我说道,"请说下去。"

他在说下去以前,看了看我。是的,他仿佛在不慌不忙地阅读我的脸孔,我的五官和线条仿佛是书页上的文字。察看得出的结论,在他接下来说的一部分话里有所表达。

"我相信,你会接受我提供给你的这个职位,"他说,"会暂时担任一段时间,但不会永远做下去,就像我一样,我也不会把英国乡村牧师这个狭隘的、使人变得越来越狭隘的、平静的、默默无闻的职位永远担当下去。因为你的性格也和我一样,有着一种使人安定不下来的东西,尽管性质不同。"

"请你详细说一说吧。"当他又一次停下来时,我催促道。

"我会说的。你会听到我提出的工作是多么可怜——多么微不足道——又多么琐碎缠人。现在我父亲已经去世,凡事我自己可以做主了,我不会在莫尔顿再待很久。我有可能在一年之内离开这个地方,但只要我还在,我就要尽最大的努力来改善这儿的状况。两年前我刚来时,莫尔顿没有一所学校,穷人的孩子毫无上进的希望。我设法为男孩子们办了一所学校,现在我打算给女孩子们也办一所。我已经为这所学校租下一座房子当校舍,还有和它相连的一座有两个房间的小屋,用来做女教师的宿舍。女教师的年薪是三十镑。她的房间承蒙一位好心的女士奥利弗小姐的帮助,已经布置好了。家具虽然简单了一点儿,但已经足够用了。奥利弗小姐是我教区里唯一的一位富翁奥利弗先生的独生女儿。山谷里那家制针厂和铸造厂,就是奥利弗先生的。奥利弗小姐还从孤儿院找来一个孤女,负担她的衣着和学费,条件是要她帮女教师干点家务和学校里的杂活,因为女教师要忙教务,没有时间来亲自料理这些事。你愿意当这个教师吗?"

他的问题问得有点仓促。他似乎料想这个建议多半会遭到恼怒的回答,或者至少是轻蔑的拒绝。尽管他对我的思想感情猜测到一些,但并不知道全部,所以他摸不准我对这种命运会持什么态度。说实话,这个职位确实是卑微的——但却能提供住处,而我正需要一个安全的栖身之所。工作是辛苦的——但跟去有钱人家当家庭教师相比,人格是独立的。我怕到陌生人家去干活儿,一想到这儿,心坎上就像受到烙铁灼烫。这份工作并不丢脸——并不是不值得干——精神上并不屈辱。我决定接受。

"非常感谢你的这个建议,里弗斯先生,我真心诚意接受这份工作。"

"不过你听明白我的意思了吗?"他说,"这是一所乡村学校。你的学生只是些穷苦女孩——茅屋里的孩子——至多是农民的女儿。编织、缝纫、阅读、书写、计算,全都得由你来教。但你自己的才学用到哪儿去呢?你的大部分思想——感情——情趣又怎么办呢?"

"把它们留到需要的时候再用吧。它们会保存下来的。"

"这么说,你已经知道你所担负的工作了?"

"我知道。"

这时他笑了,不是苦笑,也不是嘲笑,而是大为高兴、极其满意的微笑。

"那你准备什么时候开始履行职务呢?"

"我明天就去我那小屋,要是你同意的话,下个星期就开学。"

"很好,那就这样吧。"

他站起身来,朝房间的那一头走去。接着停下脚步,又朝我打量了一番,然后摇了摇头。

"你有什么不满意呢,里弗斯先生?"我问道。

"你不会在莫尔顿待久的。不会,绝不会!"

"为什么?你有什么理由这样说呢?"

"我从你的眼睛里看得出来。它告诉我你不是那种愿意平平稳稳度过一生的人。"

"我可没有什么雄心。"

一听到"雄心"两个字,他吃了一惊。"雄心,"他重复道,"你怎么会想到雄心?谁有雄心?我知道我有雄心,可你是怎么发现的呢?"

"我是说我自己。"

"嗯,即使你不是个雄心勃勃的人,你也是个……"他停下了。

"是个什么?"

"我本想说是个多情的人,不过这说法也许会引起你的误解,为此感到不高兴。我的意思是说，人类的爱心和同情心，在你的身上表现得特别强烈。我敢肯定，你不会长期满足于在孤寂中打发你的闲暇，而把你的工作时间全都用在毫无刺激的单调劳动上。正像我一样，"他又加强语气补充说，"我也绝不会满足于永远生活在这儿，埋没在沼泽里，闭锁在群山中——上帝赋予我的天性遭到扭曲，上天赐给我的才能受到废弃——变得毫无用处。你现在听到了，我是怎样地自相矛盾。我劝诫别人要满足于卑微的命运，甚至还以为上帝服务为由，替砍柴挑水的人的职业辩护——而我自己，上帝的一名任有圣职的牧师，却几乎因内心的焦躁不安而发疯。唉，习性和原则总得有个什么办法统一起来才好啊。"

他走出了房间。在这短短的一小时里，我对他的了解超过了以往的整整一个月。不过他还是使我迷惑不解。

随着跟哥哥和家园告别的日子渐近，黛安娜和玛丽也变得越来越忧郁，越来越沉默了。她俩都竭力想装得一如往常，但她们所要对付的哀伤是无法完全克服和掩饰的。黛安娜说，这次离别和以往的任何一次不同。拿跟圣约翰的离别来说，这一别也许是几年，甚至有可能是一辈子。

"他会为实现他那酝酿已久的决心不惜牺牲一切的，"她说，"天生的习性和感情仍然对他更有影响。圣约翰表面看上去平平静静，简，可是他的内心却隐藏着满腔热情。你会以为他非常温和，然而在有些事情上，他简直像死神一样无情。最糟的是，我的良心不容许我劝说他放弃他那严正的决定。当然，我丝毫也不能为此责怪他。这是正当的、崇高的、合乎基督精神的。但这使我心碎。"说着，眼泪涌上了她美丽的眼睛。玛丽也朝手中在做的针线活儿低下头去。

"我们现在已经没有了父亲，很快又要失去家园、失去哥哥了。"她喃喃地说。

正在这时，又发生了一件意外的事，就像是命运有意安排来证实"祸不单行"这句谚语，在他们的哀伤上又加上一份苦恼，那就是，眼看要到手的东西又飞走了。圣约翰读着一封信从窗前走过。他走了进来。

"我们的约翰舅舅死了。"他说。

两个妹妹似乎都愣住了，不是受惊，也不是害怕。这消息在她们看来，与其说是令人悲痛，还不如说是事关重大。

"死了？"黛安娜重复了一句。

"是的。"

她用搜索的目光盯住她哥哥的脸。"还有什么呢？"她低声问道。

"还有什么，黛？"他回答说，脸像大理石般一动不动。"还有什么？哼，什么也没有。你看吧。"

他把信扔到她膝上。她匆匆看了一遍，把它递给玛丽。玛丽默默地仔细看过以后，把它递还给她哥哥。三个人面面相觑，接着都笑了起来——一种凄楚的、忧伤的苦笑。

"阿门！我们还是能活下去的。"黛安娜终于说。

"不管怎么说，这并不会使我们变得比以前更穷。"玛丽说。

"这只是使本来可能出现的景象更强烈地印在脑海里,"里弗斯先生说,"和现在的实际景象形成了相当鲜明的对比。"

他折好信,把它锁进了书桌,接着就又走了出去。

有好几分钟谁也没有说话。后来,黛安娜朝我转过脸来。

"简,你刚才一定对我们和我们的秘密纳闷儿了吧,"她说,"还会认为我们的心肠太狠,听到像舅舅这样的近亲去世都不怎么伤心。可我们从来都没有见过他,也不认识他。他是我母亲的兄弟。很久以前,我父亲曾和他发生过争吵。我父亲听了他的话,才冒险把他的大部分财产拿去做投机生意,结果破了产。两人相互埋怨,一气之下分了手,从此再没有和好过。后来我舅舅的生意做得很兴隆,似乎积攒了两万来英镑的财产。他没有结过婚,除了我们和另一个亲戚之外,没有别的什么近亲。而那个亲戚也不见得比我们更亲。我父亲一直抱着这样的想法,认为他会把财产留给我们,以此来弥补他的过错。可是那封信却告诉我们,他已把他的每一分钱都给了那另一个亲戚。只留出三十基尼,给圣约翰、玛丽和我三兄妹平分,用来购买纪念戒指。他当然有权爱怎么做就怎么做。可是,得到这样的消息,难免会使人一时感到扫兴。玛丽和我,每人有一千镑就会认为自己很富有了。对圣约翰来说,这样一笔钱就更有价值了,他可以用它来做许多好事。"

做了这番解释以后,这事也就给搁在一边了,无论是里弗斯先生,还是他的两个妹妹,谁都没有再提起过它。

第二天,我离开沼泽山庄去了莫尔顿。再过一天,黛安娜和玛丽出发前往遥远的布××城。

一个星期以后,里弗斯先生和汉娜回到了牧师住宅。于是,这座古老的山庄就空无一人了。

31

于是,一座小屋成了我的家——我终于有了一个家。楼下的一个小房间,墙壁粉刷得雪白,地面铺了沙子,房内有四张油漆过的椅子、一张桌子、一只钟、一个餐具柜。柜里面放着两三只盆子和碟子,还有一套荷兰式白釉蓝彩陶茶具。楼上是卧室,跟楼下的厨房一样大小,摆着一张松木床,一只五斗柜。五斗柜很小,不过用来存放我那少得可怜的衣服,已经绰绰有余了,尽管我那两位善良慷慨的朋友出于好意,给了我一些必要的衣服,使我的衣服有了增加。

这会儿正是傍晚时分,我给了那个给我当女仆的小孤女一个橘子,打发她走了。我独自一人坐在火炉边。就在这天早上,村校开学了。我有二十个学生。其中三个识一点儿字,没有人会写会算。有几个会编织,少数几个会一点儿缝纫。她们说话全都带着非常浓重的本地口音；眼下，我和她们要彼此听懂对方的话都有困难。她们中有几个既没有礼貌，非常粗野，不听管教，而且又很无知；不过其余的倒还听话，盼望学习，有着我所喜欢的性情。我绝不能忘记，这些衣着粗陋的小农民，也跟最高贵的名门望族的后裔一样有血有肉。在她们的心中，也跟出身最好的人一样，有着天生的美德、优雅、聪慧和善良的胚芽。我的责任就是要培养这些胚芽。我在履行这份职责时，肯定会找到一些乐趣。我并不指望眼前的生活会让我享受到多少愉快，但只要我安下心来，尽我的力量去做，毫无疑问，它还是会给我一些东西，让我能一天天过下去的。

今天上午和下午，我在那间四壁空空、简陋不堪的教室里度过的几个小时，我感到非常快乐、安定和满足吗？我不能欺骗自己，我必须回答：没有。我感到有几分凄凉。我觉得——对，我是个白痴——我觉得自己的身份降低了。我怀疑我跨出的这一步，使自己的社会地位不是上升，而是下降。面对周围所见所闻的一切无知、贫穷和粗俗，简直有点儿灰心丧气。但是，我不能因为这些感情而过于痛恨和鄙视自己，我知道，这些感情是不对的——这就已经是一大进步，我还要努力去克服它们。我相信，明天我将部分地战胜它们。几个星期以后，也许它们会完全给克服。再过几个月，看到我的学生有进步，变好了，到那时心情可能就会愉快，满意就会取代嫌恶了。

同时，也让我问自己一个问题：哪一个好？向诱惑屈服，任激情支配，不做痛苦的努力——不做挣扎——乖乖地落进温柔的罗网，在覆盖着罗网的鲜花丛中入睡，在南国的温馨中醒来，置身于欢乐别墅的奢华享受之中。这会儿住在法国，做罗切斯特先生的情妇，一半时间沉迷在他的抚爱里——因为他会——哦，是的，他暂时会非常爱我。他确实爱我——再不会有人这样爱我了。我再也不会得到这种对美丽、青春和优雅的甜蜜礼赞了——因为再没别的什么人会认为我具有这些魅力了。他喜欢我，以我为骄傲——而别的人绝不会如此。可是，我这是想到哪儿去了？我在说些什么呀？尤其是，我这是什么感情啊？我问的是哪一个好，是在马赛一个傻瓜的天堂里当个奴隶——眼下因虚妄的幸福兴奋得发狂，过后因悔恨和羞惭痛哭流涕到窒息——好呢，还是在这有益身心的英格兰中部一个微风轻拂的小山坳里，当一名自由而正直的乡村女教师好？

是啊，我现在觉得，自己当初坚持原则和法律，蔑视并消除狂热时种种不理智的冲动是做对了。上帝指引我做出了正确的抉择，我感谢上帝的引导！

我在黄昏中的遐想最后归结到这一点以后，就站起身来，走到门口，眺望这收获季节的日落，看看我的小屋前宁静的田野。我的小屋和学校离村子有半英里路。鸟儿正在唱着它们最后的歌曲：

微风和煦，甘露芬芳。[1]

1　见英国作家司各特（1771—1832）的长篇叙事诗《最后一个行吟诗人之歌》。

正当我眺望着眼前的景色,觉得自己很幸福时,却吃惊地发现自己没过多久就哭了起来——这是为什么?为的是把我从我依恋的主人身旁强行拉开的命运,为的是我再也见不到他了,为的是我的出走导致了他的无限悲伤和极度愤怒,现在也许这正把他远远拉离正道,从而使他再也没有希望回头改正。

想到这里,我转过脸来,不再去看那黄昏的可爱天空和莫尔顿的荒凉山谷——我说它荒凉,是因为在我看得见的那个山弯里,除了掩映在树丛中的教堂和牧师住宅,以及最远处住着有钱的奥利弗先生和他的儿女的溪谷府的屋顶外,看不到任何别的建筑物。

我垂下了眼睛,把头靠在小屋的石头门框上。但没过多久,把我的小花园和外面草地分开的那扇小门边,传来了一声轻微的响动,使得我抬起头来。一条狗——我一眼就认出,这是里弗斯先生的猎狗老卡洛——正在用鼻子拱开小门,而圣约翰自己则抱着双臂靠在门边。他双眉紧锁,用严肃得近乎不高兴的目光盯着我。我请他进来。

"不,我不能多耽搁,我只是把我妹妹留给你的一个小包裹送来给你。我想里面大概是一个颜料盒、一些铅笔和画纸。"

我走上前去接过包裹,这真是件深受欢迎的礼物。当我走近他跟前时,我觉得他在用一种严厉的目光审视着我的脸。无疑我脸上的泪痕还清晰可见。

"你发觉这第一天的工作比你预料的要困难吗?"他问道。

"哦,不!正相反,我想用不了多久我就会跟我的学生相处得很好的。"

"不过也许是你的住处——这座小屋——你的家具——让你大失所望了?的确,是太寒碜了。可是……"

我打断了他的话。

"我的小屋干干净净,能遮风避雨,我的家具也都方便够用。我所看到的一切都使我感激不尽,而不是灰心丧气。我绝不是那种傻瓜和追求享受的人,因为没有地毯、沙发和银餐具就抱怨不休。再说,就在五个星期以前,我还一无所有——我是个无家可归的人、一个乞丐、一个流浪者。现在我已有了熟人、有了家、有了工作。我为上帝的仁慈,朋友的慷慨,命运的恩惠感到惊喜。我绝不会抱怨。"

"可是,你感到孤独是一种压迫吗?你背后的那座小屋既黑暗又空荡。"

"我现在连宁静都还没有时间享受,更没有时间因孤独而不耐烦了。"

"很好。但愿你像你所说的那样感到满足。不管怎么说,你良好的理智会告诉你,现在就像罗得的妻子[1]那样犹豫害怕,还为时过早。当然,在我认识你以前,你撇下了一些什么,我不知道。但是我要劝你,要坚决抵制住使你想回头看的一切诱惑,把你目

---

1 据《圣经》记载,上帝要毁灭罪恶的所多玛城,令天使通知有善心的罗得带家人逃出城外,并告诫不可回头看。可是当他们逃出城外后,罗得的妻子回头看了看已被毁灭的所多玛城,结果就变成了一根盐柱。详见《圣经·旧约·创世纪》第19章。

前的工作坚定不移地做下去,至少做它几个月。"

"我正是这样打算的。"我回答道。

圣约翰又接着说:"要克制住爱好,改变天性,是很困难的。但是根据我的经验,这是有可能做到的。上帝给了我们一定的创造自己命运的力量。当我们的精神想要一种食粮而又得不到时——当我们的意愿竭力想走一条路而又走不通时——我们不必因缺少食粮而饿死,也不必在绝望中停滞不前。我们只应该去寻找别的精神食粮,它会像渴望一尝的禁果那样有营养——也许还更加纯正。应该为敢冒险的双脚开辟出一条路来,它跟命运把我们堵住的路相比,虽然崎岖了一点儿,但是一样的直、一样的宽。

"一年以前,我自己就非常痛苦,因为我认为自己当了牧师是一大错误。它那千篇一律的职责让我厌烦透了。我热切地向往更活跃的世俗生活——向往文学事业那更令人兴奋的劳作——向往当一个艺术家、作家、演说家,或者随便当什么都行,只要不当牧师。真的,在我的牧师法衣的里面,跳动着一颗政治家、军人的醉心荣誉、热衷成名、贪图权力的人的心。我认为,我的生活真是太可怜了,非做出改变不可,要不我就得死。在经过一段时间的迷惘和挣扎以后,光明突然出现,宽慰终于降临,我狭隘的生活一下子豁然开朗,成为一望无际的平原——我全身的力量都听到了上帝的召唤,它们听令奋起,集中全力,展开双翅,飞向视野之外的远方。上帝给了我一项使命,要把它贯彻到底,很好完成。这样,技巧和力量,勇气和口才,军人、政治家和演说家的一切最好本领，都是必不可少的。因为一个出色的传教士身上，就集中了这一切。

"我决心做个传教士。从那一刻起，我的精神状态就完全改变了。我每个官能上的桎梏都纷纷瓦解、掉落，没留下一点儿束缚，只有被它擦伤的疼痛——而这只有时间才能治愈。的确，我父亲反对我的这一决定，不过自他去世以后，我便没有什么合法的障碍需要排除了。只是还有一些事务要做出安排，莫尔顿教区得有个接替的牧师，还有一两桩感情上的纠葛也需要了断——这是跟人类弱点的最后一场搏斗，我知道我能战胜，因为我已发誓我一定要战胜它——完了以后，我就离开欧洲去东方。"

他说这些时，用的是既强加克制又加重语气的特别声调。说完后，他没有看我，而是抬头眺望着西下的夕阳。我也跟着眺望起来。他和我都背朝着从田野通到小门来的那条小路。我们没有听到从杂草丛生的小路上过来的脚步声，此时此境，唯一令人沉醉的声音是山谷中那潺潺的流水声。因此当一个银铃般欢快甜美的声音响起时，我们几乎都吓了一跳。

"晚上好，里弗斯先生。晚上好，老卡洛。你的狗比你先认出朋友来呢，先生。我还在下面的田野里，它就竖起耳朵，摇起尾巴来了，而你到现在还把背朝着我。"

这倒是真的。尽管里弗斯先生刚听到那音乐般的声音时吓了一跳，就像一声霹雳劈开他头顶的云层，可是直到这段话说完，他依然站在那儿，保持着说话人惊吓了他时的姿势——胳膊靠在门上，脸朝着西方。最后他终于带着几分从容缓缓地转过身去。

我仿佛觉得，有一个幻影出现在他的身旁。在离他三英尺的地方，有一个穿得一身洁白的形体——年轻、优美而丰满的形体，线条很美。当此人俯身抚摸了卡洛后抬起头来，把长长的面纱甩到后面时，在他眼前就像鲜花般绽开了一张美丽绝伦的脸蛋。美丽绝伦是一种加强语气的说法，但是我不想收回，也不想修正。因为在这人身上，那英格兰宜人的气候塑造出的最可爱的容貌，还有英格兰湿润的强风和雾蒙蒙的天空孕育和滋养的玫瑰和百合花相衬的纯净肤色，用这个词来形容毫不为过。不缺一丝妩媚，不见一点儿缺陷。

这位年轻姑娘的容貌端正秀丽；眼睛的形状和颜色，就像我们在那些让人喜爱的画里见到的一样，又大又黑又圆；浓浓的长睫毛如此温柔妩媚地围在漂亮的眼睛周围；眉笔描过的眉毛如此鲜明清晰；白皙光滑的额头，给色彩和光泽形成的活泼欢快之美增添了几分文静和安详；椭圆形的脸颊娇嫩而光滑；嘴唇也一样娇嫩，红红的非常健康，形状十分可爱；整齐发亮的牙齿，没有一点儿瑕疵；小小的下巴上带着笑靥；还配有一头浓密的秀发——总之，凡是能合在一起构成理想美的一切优点，她全都有了。

我看着这个美人儿，惊讶万分，我全心全意地赞美她。大自然无疑怀着偏爱之心创造了她，忘了自己往常那种后母般的吝啬薄赐，而以好外婆般的慷慨，把一切都给了她的这个宠儿。

圣约翰·里弗斯对这位人间天使又是怎么想的呢？看见他转过身去看着她，我心里不由得对自己提出了这样的问题，而且自然也就从他的脸上去寻找答案。他这时已把目光从这位仙女身上移开,看着长在小门旁边的一丛不起眼的雏菊。

"一个可爱的夜晚,不过你独自一人出来,太晚了。"他说着用脚踩碎了雏菊那没有开的雪白的花头。

"哦,我今天下午刚从斯××市回来。"(她说了二十英里外一个大城市的名字)"爸爸告诉我说,你的学校已经开学,新的女教师也来了。所以我一喝完茶就戴上帽子,顺着山谷跑来看她。这位就是她吧?"她指指我。

"是的。"圣约翰说。

"你觉得你会喜欢莫尔顿吗?"她问我,语气和神态都显得直率而天真,毫不做作,很讨人喜欢,尽管有一点儿孩子气。

"我希望我会喜欢。我想我会这样做。"

"你觉得你的学生像你想象的那样专心吗?"

"很专心。"

"你喜欢你的房子吗?"

"很喜欢。"

"我布置得好吗?"

"很好,真的。"

"我挑艾丽斯·伍德来伺候你,选得还不错吧?"

"的确不错。她肯学,也很灵活。"(那么,我想,这位就是女继承人奥利弗小姐了。看来,她的财产和她的天生丽质一样,都是得天独厚!真不知道在她出生时,碰上了星辰的什么幸运组合。)

"有时候我会过来帮你上上课,"她补充说,"时常来看看你,对我来说也是生活上的一种变化。我喜欢生活上有变化,里弗斯先生,我在斯××市的这段时间真是开心极了。昨天晚上,或者不如说今天早上,我跳舞一直跳到两点。第×团自从骚乱以来一直就驻扎在那儿。那些军官可真是世界上最讨人喜欢的人,把我们那些年轻的磨刀制剪商都比得灰溜溜的了。"

我觉得,圣约翰的下嘴唇噘出,上嘴唇紧咬了一会儿。当这个笑吟吟的姑娘告诉他这件事时,他的嘴看来确实紧紧地闭着。他的下半部脸显得特别严肃和方正。他还撇开雏菊,把目光移到她的脸上。那是一种毫无笑意的、搜索探究、意味深长的凝视。她用再次一笑来回答他。而笑对于她的青春年华,她的玫瑰色的脸颊,她的笑靥,她的明亮的眼睛,真是再合宜不过了。

由于他一声不响、神色严肃地站在那儿,她就再次俯下身去抚摸起卡洛来。

"可怜的卡洛是爱我的,"她说,"它可不对它的朋友板起面孔,冷冷淡淡。要是它会说话,也绝不会不声不响的。"

当她在它一本正经的年轻主人面前,以天生的优美姿势俯下身去拍着卡洛的脑袋时,我看到它那主人的脸上泛起了一片红晕,看到他严肃的目光已被突如其来的热情软化,闪烁着无法抑制的激情。他这般脸颊泛红,眼睛闪亮时,显示出的男子美跟她的女子美,简直不相上下。他的胸脯一阵起伏,仿佛他那颗巨大的心对专横的约束已经厌倦,不顾意志的反对膨胀起来,剧烈地跳动着渴望获得自由。但他马上就控制住了它,就像一个果断的骑手勒住了一匹后脚直立的骏马。对于奥利弗小姐向他所做的温柔的进攻,他既没有用语言也没有用行动做出反应。

"爸爸说你现在从不来看我们了。"奥利弗小姐抬起头来继续说,"在溪谷府你都成了个陌生人了。今天晚上他一个人在家,身体也不大好,你肯跟我一起回去看看他吗?"

"这时候还去打搅奥利弗先生不大合适。"圣约翰回答。

"这时候不大合适!可我说合适。这正是爸爸最需要人做伴的时候。工厂关门了,他没什么事情可忙。哦,里弗斯先生,你一定得来。你干吗这么顾虑重重、闷闷不乐呀?"接着她又用自己的回答,填补了他默不作声留下的空隙。

"哦,我忘了!"她嚷了起来,摇着她那披着鬈发的漂亮脑袋,仿佛对自己感到吃惊。"我真粗心,昏了头了!千万请你原谅我。我忘了,没有想起你有充分的理由不跟我闲聊。黛安娜和玛丽离开了你,沼泽山庄已经关闭,你太寂寞了。我真的很同情你。还是去看看我爸爸吧。"

"今晚不去了,罗莎蒙德小姐,今晚不去了。"

圣约翰先生几乎像一台自动机器似的说着。只有他自己知道这样狠心拒绝得做出多大努力。

"好吧,既然你这么固执,我只好向你告别了。我不敢再在这儿多待,已经开始降露水了。晚安!"

她伸出手来,他只碰了一碰。"晚安!"他跟着说,声音又低沉又空洞,就像回声似的。她转过身去,不过立刻又回过身来。

"你身体好吗?"她问道。难怪她要问这个问题,他的脸色苍白得像她的衣服。

"很好。"他宣称,随后鞠了一个躬,就离开园门走了。

她走的是一个方向,他走的是另一个方向。她像个仙女似的飘然穿过田野时,两次回过头来望着他的背影,而他却坚定地大步朝前走去,一次也没有回头。

看到别人痛苦和做出牺牲的情景,使我的思想不再一味沉浸在自己的痛苦和牺牲之中。黛安娜·里弗斯曾说她哥哥"像死神一样无情",看来她并没有夸大其词。

32

我尽自己的全力积极忠实地继续做着乡村教师的工作。开始时,工作确实困难重重。虽然我尽了最大努力,但还是过了一段时间之后,才对我的那些学生和她们的性情有所了解。她们全都没有受过教育,官能十分迟钝,在我看来,简直笨得不可救药。而且,乍一看去,个个都是呆头呆脑的。但是很快我就发现自己错了。就像受过教育的人一样,她们之间也是有差别的。等到我开始了解她们,她们也了解我之后,这种差别就很快地扩大了。一旦她们对我的语言、规矩和方式方法不再感到惊异,我便发现,这些一脸蠢相、张口结舌的乡下人中,有些人开了窍,成了相当机灵的女孩。许多人都很亲切可爱。

我还发现,她们中间有不少人生性懂礼貌,自尊自爱,而且能力出众,不但赢得了我的好感,也赢得了我的称赞。这些女孩很快就乐于做好功课,保持个人整洁,懂得按时上课,养成了文静和遵守纪律的习惯。在有些方面,她们的进步之快简直是惊人的,从中我感到一种真正的、令人欣慰的骄傲。另外,对几个表现最好的姑娘,我还产生了喜欢的情感,她们也都喜欢我。我的学生中还有一些农民的女儿,几乎已经长大成人了。她们能够阅读、书写和做缝纫活,我就教她们语法、地理、历史的基本知识和比较精细的针线活。我还在她们中间发现了几个很值得称道的人——她们求知欲强,渴望上进——我在她们家里跟她们一起度过了许多愉快的夜晚。她们的父母(农民夫妇)对我总是殷勤备至。接受他们纯朴的好意,并报以关心和尊重——严格认真地尊重他们的感情——其中自有一番乐趣。他们对这也许并不总是感到习惯,但这使他们十分高兴,而且对他们也有益处,因为这不但使他们看到自己的地位有了提高,同时也促使他们竭力做到无愧于他们受到的礼遇。

我觉得自己已经成了这一带乡亲们所喜爱的人。不管我什么时候出门去,总会听到四处传来的热情问候,看到友好相迎的笑脸。生活在大家的关怀之中,尽管关怀我的只是些普通的劳苦人民,也使我感到像"坐在宁静而可爱的阳光下"[1],恬静的心情在阳光照耀下发芽、开花。在这段时间的生活里,我的心中常常洋溢着的感激之情,远远多于沮丧消沉。然而,读者啊,让我把一切都告诉你吧,在这平静而有益的生活中——真诚地尽力教导

---

1 引自爱尔兰诗人托马斯·穆尔(1779—1852)的叙事诗《拉拉·鲁克》。

学生中度过一天，在画画或者读书中独自满意地度过傍晚——之后我常常会在夜里陷入各种各样奇奇怪怪的梦境中。这些梦多姿多彩、焦躁不安，有充满理想的、激动人心的，也有狂风暴雨般的——这些梦有着千奇百怪的经历，提心吊胆的冒险，浪漫奇特的机遇。我总是一再地在某个激动人心的关键时刻，遇见罗切斯特先生，而且感到自己置身在他的怀中，听见他的声音，遇上他的目光，摸到他的手和脸，爱他，也为他所爱——一心想在他身边过一辈子的希望，又像当初那样热情有力地重新出现。然后我醒了过来，想起自己身在何处，境况如何。我在没有床幔的床上坐起，浑身发颤痉挛。那沉沉黑夜目睹了绝望的战栗，听到了激情的迸发。然而第二天早上九点，我又会准时打开校门，平心静气地准备一天例行的工作。

罗莎蒙德·奥利弗小姐遵守诺言常来看望我。她通常都是在早上遛马时来学校。她骑着自己的小型马慢跑到门口，后面跟着一个骑马穿制服的仆人。她穿着一身紫色的骑马服，在她拂着脸颊、飘垂到肩的长长鬈发上，优雅地戴着一顶黑丝绒的女战士帽，很难想象出还有什么比她这身打扮更优美的了。她就这样走进这座简陋的校舍，从一排排看得眼花缭乱的乡下女孩的中间飘然走过。她一般都在里弗斯先生每天给孩子们上教义问答课时到来。我真担心这位女客的锐利目光会刺穿那个年轻牧师的心。甚至在他根本没有见到她时，仿佛就有某种本能向他提醒她来了。就在他的目光远离大门时，只要她一出现在门口，他的双颊就会泛起红晕。他那大理石般的脸尽管紧绷不松，但还是有了某种难以描述的变化。在它的不动声色之中,依然透露出一股强抑住的热情,这比颤动的肌肉或者飞抛的目光所能表达的更为强烈。

当然,她是知道自己的力量的。事实上,他没有,也不可能向她掩饰这一点。尽管他信奉基督教的禁欲主义,可是每当她走向前来跟他说话,冲着他欢快地、鼓励地,甚至亲昵地微笑时,他的手就会发抖,他的眼睛就会燃烧。即使他没有开口,但他那忧郁而坚决的神情似乎在告诉她:"我爱你,我知道你也喜欢我。我并不是因为求爱没有成功的希望而保持缄默。如果我献上我这颗心,我相信你是会接受的。可是这颗心早已供奉在一个祭坛上,四周的火已经点燃,它很快就将成为一件焚化的祭品。"

这时,她就会像一个失望的孩子那样噘起嘴,满面春风和通身活泼马上被一片愁云所笼罩。她会迅速从他手里抽回自己的手,一时生气地转过身去,不再去看他那英勇无比的殉道者般的脸色。当她这样离他而去时,毫无疑问,圣约翰本可以不顾一切地跟上去,叫唤她、留住她,然而他不愿放弃一个进入天国的机会,不愿为了进入她的爱情乐园,而失去真正的、永恒的天堂。再说,他也不能把他天赋的一切——漫游的爱好,进取的精神,诗人的气质,牧师的素养——让一种单一的爱情所束缚,他不能——也不愿——拿传教士征战的荒蛮之地,去换取溪谷府宁静的客厅。我之所以对他这么了解,是因为我不顾他的拘谨寡言,曾经大胆地逼他说出了心里话。

奥利弗小姐已经多次光临我的小屋,我对她的性格也有了全面的了解。她这人既不神秘也不装假。她卖弄风情,但并非无情无义;她爱好挑剔,但并不卑鄙自私;她娇生惯养,但并未完全宠坏;她性子很急,但并不乱发脾气;她骄矜自负(既然一照镜子就看到自己如此漂亮非凡,她又怎能不骄矜自负),但并不装腔作势;她慷慨大方,但并不仗财自豪。真诚直率、相当聪明;愉快活泼,少动脑筋。总之,就连我这样一个同性别的冷眼旁观者看来,她也是非常迷人的。可是她并不能引起人们很大的兴趣,给人留下深刻的印象。例如拿她跟圣约翰的两位妹妹相比,她的心智是完全不同的。不过我仍然非常喜欢她,就像喜欢我的学生阿黛尔一样。只有一点除外,我们对一个同样迷人的成年相识的感情,说什么也比不上对自己管教过的孩子那么亲切。

她突然心血来潮,对我亲热起来。她说我像里弗斯先生(当然,她只承认我连"他的十分之一漂亮都没有,虽说你是个相当机灵可爱的小人儿,可他是个天使。"),她说我像他一样善良、聪明、镇定,而且坚强。她断言,我当个乡村教师,"是件十足的怪事"[1]。她还确信,如果我过去的历史让人知道的话,准能写成一部非常有趣的传奇小说。

一天傍晚,她又像往常那样,带着孩子气的好动、轻率以及并不让人反感的好奇,乱翻起我那小厨房里的餐具柜和桌子抽屉来。先是发现了两本法语书,一本席勒的作品,一本德语语法和一本德语词典;接着又翻出了我的绘画工具和几张速写,其中包

---

1 原文为拉丁文。

括一张用铅笔画的一个小天使般的漂亮小姑娘,这是我的一个学生的头像;还有几张是莫尔顿山谷和周围沼泽地的自然风光。她先是惊讶得愣住了,接着是欣喜若狂。

"这些画是你画的?你还懂法语和德语?你真是太可爱了——真是个奇迹!你比斯××城一流学校里我的老师画得还好。你愿意为我画一张速写给我爸爸看看吗?"

"我很乐意。"我回答道。

想到有这么个完美和光彩照人的模特儿让我写生,我心头不由得掠过一阵画家的欣喜之情。她当时穿着深蓝色的绸裙衫,双臂和脖子都裸露着,唯一的装饰就是那头栗色的鬈发,天生卷曲,自然优美,波浪似的披落在双肩。我拿出一张上好的画纸,仔细地勾画了一个轮廓。我已经预先体会到给它着色的乐趣。由于这时天色已晚,我告诉她得改天再来,坐下来让我画。

她回去对她父亲说了我的情况。第二天晚上,奥利弗先生居然亲自陪她来了。他是个身材高大、浓眉大眼、头发灰白的中年人。他那可爱的女儿站在他的身边,看上去就像一座古老的塔楼旁一朵娇艳的鲜花。他看来是个沉默寡言,或许还是个颇为高傲的人物,不过对我倒挺和气。罗莎蒙德的肖像底稿他非常喜欢,叮嘱我一定要把它很好地完成。他还坚持邀请我第二天去他的溪谷府过一个晚上。我去了。我发现那是一幢宽敞、漂亮的住宅,处处显示着主人的富有。我在那儿的时候,罗莎蒙德一直又说又笑,十分高兴。她父亲也和蔼可亲。用过茶点之后,在他和我的交谈中,他用热情的言辞对我在莫尔顿学校里的工作表示赞赏。

他还说,根据他的所见所闻,他担心的是,我做这工作是大材小用,过不多久我会辞去它去做更合适的工作。

"没错!"罗莎蒙德嚷道,"她这么聪明,完全可以到高贵的人家去当家庭教师,爸爸。"

我心里想——我倒宁愿待在这儿,绝不愿意到世上的任何一个高贵的人家去。接着,奥利弗先生以极大的敬意谈起了里弗斯先生——谈起里弗斯的一家。他说他们一家是这一带一个古老的世家,祖上非常富有,整个莫尔顿都曾一度属于他们。他认为,就是现在,这家的户主只要愿意,还可以和最体面的人家结亲。他还认为,这样优秀的、有才华的青年,竟然打算外出去当传教士,真是太可惜了,这简直是在浪费一条宝贵的生命。这样看来,她的父亲是不会在罗莎蒙德和圣约翰的结合上设置任何障碍的。奥利弗先生明显地表示,这位年轻牧师的良好出身、古老世家和神圣职业,已足以补偿他在财产方面的不足了。

十一月五日是个假日。我的小仆人帮我把房子打扫干净后,拿了我给她的一便士酬劳,高兴地走了。我周围的一切——洗刷过的地板、擦亮的炉栅、抹干净的椅子——都一尘不染,闪闪发光。我把自己也收拾得干干净净。现在整个下午都是我自己的了,我爱怎么过就怎么过。

翻译了几页德文花去我一个小时,然后我拿出调色板和画笔,着手做比较轻松也比较愉快的事:完成那幅罗莎蒙德·奥利弗的小像。头部已经画好了,剩下的只是给背景着色,给衣服衬上阴影,红润的嘴唇还需抹上一点猩红——头发这儿那儿还要加上几个柔和的发卷——蓝莹莹的眼皮底下睫毛的阴影还得加深。我正在全神贯注地完成这些有趣的细节,突然响起一阵急促的敲门声。接着,我的房门推开了,圣约翰·里弗斯走了进来。

"我来看看你是怎么度过假日的,"他说,"但愿没有在苦想什么吧?没有,那很好。你在画画,这样就不会感到寂寞了。你看,我还是有点儿信不过你,尽管这一段时间你都很好地坚持下来了。我给你带来了一本书,晚上好消遣消遣。"他拿出一本新出版的书放到桌上——这是部长诗,当年——现代文学的黄金时代——幸运的读者经常有幸读到的真正的佳作之一。唉!我们这个时代的读者就没有这样幸运了。不过,要鼓起勇气来!我绝不会停步不前,一味去指责或者抱怨。我知道,诗歌并没有死亡,天才也没有绝迹,金钱没能控制住这两者,把它们捆绑起来,或者把它们扼杀。总有一天,它们会双双宣布它们还活着,它们存在着,它们是自由的,它们有力量。它们是强大的天使,安居在天堂里!当卑鄙的灵魂在庆贺胜利,而弱者为自己的毁灭哭泣时,它们在微笑。诗歌被摧毁了吗?天才给放逐了吗?没有!平庸得势了吗?没有。别让嫉恨引得你这么想。不,诗歌和天才不仅活着,而且统治着世界,拯救着世界。没有它们那神圣的影响遍及各处,你就会陷身在地狱里——你自己的卑鄙猥琐造成的地狱里。

正当我急切地浏览着《玛米昂》[1](因为此书就是《玛米昂》)

1　英国小说家、诗人司各特(1771—1832)于1808年出版的长诗。

的光辉篇章时,圣约翰弯下身子细看起我的画来。可他那高高的身躯吃了一惊似的蓦地又伸直了,一句话也没有说。我抬头朝他看看,他避开了我的目光。我很了解他的想法,能清清楚楚地看透他的心思。这会儿,我觉得我比他镇定冷静多了,我暂时占了上风。我打算,要是可能的话,我想为他做点儿好事。

"尽管他意志坚定,能克制自己,"我想,"但未免太苦了自己了。他把自己的一切感情和痛苦全都锁在心里——什么也不说,不承认、不吐露。深信,让他说一说他认为不该娶的这位可爱的罗莎蒙德,定会对他有好处。我要想法让他开口。"

我先说了一句:"请坐,里弗斯先生。"

可他像往常一样回答说,他不能久留。

"好吧,"我心里想,"你爱站就站着吧。但是你现在还不能走,这我已经下定决心了。孤独对你来说,也像对我一样,至少是件坏事。我要试试,看看能不能发现你吐露心事的秘密源头,然后在那大理石胸脯上找到一个小孔,好让我往里面滴一滴同情的止痛剂。"

"这张画画得像吗?"我直截了当地问道。

"像!像谁?我没仔细看。"

"你仔细看了,里弗斯先生。"

他几乎被我这种突然而异乎寻常的唐突吓了一跳,惊讶地直看着我。"哦,这还算不了什么呢,"我心里嘀咕,"我不想让你那点儿生硬态度吓得我往回缩,我还准备在这件事情上好好尽尽力哩。"我继续说,"你刚才已经看得很仔细很清楚了,不过我并不反对你再仔细看看。"说着我站起来把画放到他手里。

"一张画得很好的画,"他说,"色彩鲜明柔和,线条优美正确。"

"对,对,这我都知道。可是像不像呢?这像谁?"

他克服了一点儿犹豫,回答说:"我想,是奥利弗小姐吧。"

"当然是她。现在,先生,为了奖励你猜对了,我答应精心地仔细照样再画一张送给你,不过你得答应接受这件礼物。我可不希望在一件让你认为毫无价值的礼物上白白浪费时间和精力。"他还在凝视着那张画。他越看把画抓得越紧,越显得爱不释手。

"很像!"他低声说,"眼睛处理得很好,色彩、光线、表情,全都很完美。她在微笑!"

"有一张和这一样的画,会使你得到安慰呢,还是让你引起痛苦?请老实告诉我。等你到了马达加斯加,或者好望角,或者印度时,有这样一件纪念品,对你会是个安慰呢,还是一见它就勾起你种种颓丧和痛苦的回忆?"

这时,他偷偷地抬起眼睛,犹犹豫豫、忐忑不安地看了我一眼,接着重又仔细地看着那张画。

"我希望有一张这样的画,那是肯定的。至于这样做是不是明智或者聪明,那是另一回事了。"

因为我已经知道,罗莎蒙德确实喜欢他,而且她的父亲也不像会反对这门亲事,所以我——我的想法可没有圣约翰那么崇高——心里很想要促成他们的结合。我觉得,要是他能成为奥利弗先生巨大财富的所有者,他用这笔财富所能做的好事,绝不亚于在热带的太阳下让自己的才智枯萎,让自己的精力耗尽。这会儿我就是用这样的论据来说服他的。

"依我看来,要是你能立刻把画中的人得到,那就更加聪明、更加明智了。"

这时候他已坐了下来,把画放在面前的桌子上,用双手支着额头,深情地盯着它。看得出来,他现在对我的大胆进言,既不生气也不吃惊。我甚至看出,听到我这样坦率地和他谈论一个他认为不能触及的话题——听到它被这样毫不拘束地谈论——他已经开始感到是一种新的乐趣——一种出乎意外的宽慰。跟开朗健谈的人相比,沉默寡言的人往往更需要坦率地讨论他们的感情和不幸。外表看似最严肃的禁欲主义者毕竟还是个人,大胆而善意地"闯入"他们心灵中"沉默的海洋",往往是给予他们的最好的恩惠。

"我敢肯定,她喜欢你,"我站在他椅子后面说,"她的父亲也很看重你。再说,她是个可爱的姑娘——只是有点儿不太爱思考。不过,有你为自己、为她思考,这就足够了。你应当娶她。"

"她真的喜欢我?"他问。

"没错。胜过喜欢任何人。她老爱谈起你,再没有别的话题比这更让她喜欢、更经常谈及了。"

"听到这话真是太高兴了,"他说,"太高兴了。我们再谈一刻钟吧。"他真的掏出表来放到桌上,计算着时间。

"说不定你正在准备什么铁器,要狠狠给我来个反击,或者正在打一条新的锁链,准备把自己的心锁起来,"我说,"那再谈下去又有什么用呢?"

"别把事情想得这么严重,你应该想象我已经让步,已经被感化,就像我现在这样。人类的爱情就像新开的甘泉正在我心头喷涌,甜蜜的洪水淹没了我整个心田。在那儿,我曾那么苦苦地精心耕耘——那么孜孜不倦地播下善意和忘我的计划的种子,可现在甘甜的洪水正在那儿泛滥——幼苗给淹没了,美味的毒药毒杀了它们。现在我看到自己正躺在溪谷府客厅里的软榻上,在我的新娘罗莎蒙德·奥利弗的脚旁。她正在用甜美的声音跟我说话——用那双被你灵巧的手画得如此逼真的眼睛凝视着我——用她那红珊瑚般的嘴唇朝我微笑。她是我的——我是她的——这眼前的生活,短暂的世界,已经让我心满意足了。嘘!什么都别说——我的心充满了喜悦——我目眩神迷了——让我安静地度过这规定的时间吧。"

我顺从了他,表在嘀嗒嘀嗒地走着。他的呼吸一会儿急促,一会儿平缓。我默不作声地在旁边站着。在一片静谧中一刻钟过去了。他收起表,放下画,站起身子,走到火炉边。

"好了,"他说,"这一小段时间是给痴迷和幻想的。我把鬓角靠在她充满诱惑的胸脯上,心甘情愿地把脖子伸进她用鲜花造成的颈轭下,我尝了她杯中的美酒。那靠枕是烧人的,花环里有毒蛇,酒有苦味,她的许诺是空的——她的钟情是虚假的。我看穿也看清了这一切。"

我惊讶地望着他。

"事情很怪,"他继续说,"我这样狂热地爱着罗莎蒙德·奥利弗——确实怀着初恋的热忱,而被我热恋的她又是如此美丽、优雅、迷人——可是与此同时,我又冷静而清楚地意识到,她不会成为我的好妻子,她不是我合适的生活伴侣。婚后一年我就会发现这一点,十二个月的狂喜之后,随之而来的将是终生的遗憾。这我很清楚。"

"这倒真是怪了!"我禁不住嚷了起来。

"在我心里,一方面,"他继续说下去,"敏锐地感觉到她的魅力,但另一方面,却又对她的缺点有着深刻的印象。这些缺点是:我所追求的东西,她不会赞同;我所从事的工作,她不会合作。会是一个肯吃苦的人,肯干活的人?会是一个女使徒?会成为一个传教士的妻子吗?不!"

"可你不是非当传教士不可呀。你可以放弃你那个计划。"

"放弃!什么——放弃我的天职?我的伟大的工作?我为在天堂建造大厦而在人间打下的基石?我想成为那支队伍里的一员的希望?那支队伍的人把全部雄心壮志集结成一个光荣的志向,去改造他们的同类——把知识传播给无知的王国——用和平代替战争——用自由代替束缚,用宗教代替迷信——用上天堂的愿望代替下地狱的恐惧。我必须放弃这一切?这可比我血管里的血还要宝贵,这是我所企盼的,是我的生活目的。"

经过很长时间的停顿后,我说:"那么奥利弗小姐呢?你一点儿都不关心她的失望和悲哀了吗?"

"奥利弗小姐身旁围满了求婚者和奉承者。不出一个月,我的形象就会从她的心头抹去。她会把我忘掉,会嫁给一个可能远比我更能使她幸福的人。"

"你说得倒挺冷静,可是你在矛盾中受尽了苦。你越来越瘦了。"

"不,如果说我瘦了一点儿,那是因为我为悬而未决的前途担忧——我的动身日期一拖再拖。就在今天早上,我还得到消息说,我已经等待多时的那位接替者,三个月内还不能准备好来上任,说是三个月,也许会拖长到六个月。"

"可是每当奥利弗小姐一走进教室,你就发抖,满脸通红。"

他脸上又一次闪过惊诧的神情。他没想到一个女人居然敢这样对一个男人说话。可我觉得这样的交谈无拘无束很自在。在跟坚强、谨慎、高雅的有才智的人交流思想时,不管对方是男人还是女人,不突破那常有的沉默的外围工事,不跨过那推心置腹的门槛,不在他们的心底里赢得一个位置,我是绝不会罢休的。

"你这人真是有点特别,"他说,"胆子不小,你身上很有几分勇敢精神,你的眼睛也有着某种穿透力。不过,请允许我如实地告诉你,你有些误解了我的感情,把它们想得比实际深厚、强烈了。你给予我的同情也超过了我应得的程度。当我在奥利弗小姐面前脸红、发抖时,我并不可怜自己,我鄙视这种软弱。我知道那是可耻的。我声明,那只是肉体的狂热,绝不是灵魂的震颤。灵魂像磐石般一动不动,牢牢地固定在骚动不安的大海深处。要看清我本是个怎么样的人——我是个冷酷无情的人物。"

我不相信地微笑着。

"你已经用突然袭击逼我说出了心里话,"他继续说,"现在就听任你摆布了。剥掉基督教用来掩盖人类弱点的血袍,还我本来面目,我只是个冷酷无情、野心勃勃的人罢了。在所有的感情中,只有出于天性的爱好,才对我具有永久的支配力量。我的向导是理智,而不是感情。我的野心是无穷无尽的,我希望爬得更高、成就更大的欲望是永远无法满足的。我崇尚忍耐、坚毅、勤劳、才干,因为只有依靠这些,人们才能达到伟大的目标,登上显赫的高位。我很感兴趣地关注你的工作、生活,这是因为我觉得你是个典型的勤勤恳恳、有条有理、精力充沛的女人,并不是因为我同情你过去的经历和现在还在忍受的痛苦。"

"你这是完全把自己描绘成一个异教徒哲学家了。"我说。

"不,我跟那些自然神论的哲学家之间有着不同:我有信仰,而且信仰福音。你用错修饰词了,我不是异教徒哲学家,而是基督教哲学家——是耶稣这一派的信徒。作为他的门徒,我接受他纯洁、仁慈、宽厚的教义。我拥戴他的教义,并且立誓要传播它们。从我青年时代起,宗教就征服了我。它培育了我的原始品质,把我出于天性的爱好的这棵小小幼芽,培养成了仁慈博爱的参天大树;把人类天生的正直这株须根,培养成应有的神圣的正义感;把为可怜的自我赢得权力和名望的野心,变成了要扩大主的王国、为十字架旗帜获得胜利的壮志。宗教为我做了那么多好事,修剪和驯化了我的天性,使我的原始材料得到最好的利用。但是宗教无法根除天性,天性也不可能根除,直到'这必死的变成不死的'[1]时候。"

说罢,他拿起了放在桌上的我的调色板旁的帽子。他再次望了望画像。

"她的确可爱,"他低声说,"她真的不愧叫作'世上的玫瑰'[2]!"

"那要不要我再同样画一张给你呢?"

"有什么必要?[3]不用了。"

他把一张薄纸拉过来盖在画上,那纸是我画画时习惯用来垫手的,免得弄脏了画纸。他到底在这张白纸上突然发现了什么,我无法知道,可是他的眼睛确实被什么东西吸引住了。他一把抓起白纸,看了看纸边,然后朝我看了一眼,那眼色有说不出的古怪,让人难以理解。它像闪电般迅速、锐利地扫过我的全身,似乎要把我的形体、脸部和服饰的每一点都看清并且记住。他张开了嘴,像是要说话,但不管要说的是什么,他把那眼看要冲口而出的话给咽下了。

"怎么回事?"我问。

"没什么。"他只是回答说。在把那张纸放回去时,我看见他敏捷地从纸边上撕下窄窄的一条,迅速塞进手套里,接着匆匆点了点头,说了声"再见",就悄然离去了。

"嗨!"我叫了起来,说了句当地的土话,"这可真有点儿绝了!"

我也仔细看了看那张纸,可是除了我试画笔时涂上的几块颜

---

1 意指死去。引自《圣经·新约·哥林多前书》第 15 章第 54 节。
2 罗莎蒙德这一英文名字源于拉丁文"世上的玫瑰"。
3 原文为拉丁文。

色外，什么也没看到。我对这桩怪事琢磨了一两分钟，可是发觉无法解答，而且确信它也无关紧要，于是就不再去想它，不久也就把它完全给忘了。

33

圣约翰先生走时,天开始下起雪来。漫天飞旋的暴风雪整整刮了一夜。第二天,凛冽的寒风又带来几阵迷茫大雪。到黄昏时分,山谷里的雪已经积得很厚,几乎无法通行了。我关上百叶窗,在门上挡了一块毡毯,以防雪从门底下刮进来。我拨旺炉火,在炉边坐了将近一个小时,倾听着屋外暴风雪低沉的怒号。接着,我点燃了一支蜡烛,取下那本《玛米昂》,开始读了起来:

> 夕阳照耀着诺汉堡的悬崖峭壁,
> 美丽宽阔的特威德河深不见底,
> 　还照耀着孤寂的切维奥特山冈;
> 雄伟的塔楼,主楼的尖顶屋脊,

和绵延围绕着它们的侧墙一起,

　　　　全都在落日的余晖中闪着金光。

我沉浸在诗歌的韵律中,很快忘掉了暴风雪。

我突然听到一阵响声,我想准是风在摇动着门吧。不,是圣约翰·里弗斯先生。他拉开门闩,从凛冽的暴风和呼啸着的黑暗中走了进来,站在我的面前。裹着他高大身躯的披风,上下一片雪白,简直像一片冰川。我几乎吓了一大跳,我没想到那天晚上还会有人到冰封雪冻的山谷里来做客。

"有什么坏消息吗?"我问,"出什么事了?"

"没有。你真太容易受惊了!"他边说边脱去披风,把它挂在门上,又不慌不忙地把进来时弄歪了的毡毯推回到门边。他跺跺脚,把靴子上的雪跺掉。

"我要弄脏你干净的地板了,"他说,"不过你得原谅我一次。"接着他走到炉火跟前。"说真的,我费了好大的劲儿才走到这儿,"他在炉火上烤着手说,"一个雪堆把我埋到齐腰深,幸亏雪还比较松软。"

"可你为什么要来呢?"我忍不住问道。

"对客人问这样的问题,可有点儿不大好客啊。不过既然你问了,我就给你回答:我只是想来和你聊一会儿。我对我那些不会说话的书本和空荡荡的房间厌倦了。再说,打从昨天以来,我就心神不定,就像一个人听了前半个故事后,急于想听后半个一样。"

他坐了下来。我想起了他昨天的古怪举动,开始担心起他的脑子是不是真的中了邪了。不过,即使他真的疯了,他也是个非常冷静和镇定的疯子。当他把被雪沾湿的头发从额前撩开,让炉火充分照着他苍白的前额和同样苍白的脸颊时,我从未见过他那张英俊的脸比现在更像大理石雕像。我还悲哀地看到,操劳和忧伤已明显地在他的额上和脸上刻下了深深的皱纹。我等待着,指望他能说出几句至少让我理解的话来。可是这会儿他却用手托着下巴,一个手指摁在嘴唇上,陷入了沉思。我吃惊地发现,他的手看上去和他的脸一样消瘦。一阵也许是不必要的怜悯涌上了我的心头,我情不自禁地说道:

"但愿黛安娜和玛丽能回来跟你一起生活。你这样孤零零一个人实在太糟了,你又那么风里来雨里去地根本不顾惜自己的身体。"

"没有的事,"他说,"必要时我还是会照顾自己的。我现在很好。你看出我有什么不好吗?"

这话说得马虎随便,心不在焉,一副满不在乎的样子。这至少在他看来,我的关心是完全多余的。我不再作声了。他的一个手指仍在慢慢地抚摸着上嘴唇,他的眼睛依然出神地凝视着闪亮的炉栅。我觉得必须赶紧说点儿什么,就立即问他是不是感到他身后的门缝里有冷风吹进来。

"没有,没有!"他简短而又有点不耐烦地回答。

"好吧,"我想,"既然你不想说话,那你就一声不吭吧。现在就让你一个人待着。我只管看自己的书。"

于是我剪了剪烛芯，重又看起《玛米昂》来。没过多久，他动了起来，我的目光立刻让他的动作吸引过去了。他只是掏出个摩洛哥皮的皮夹，从里面取出一封信，默默地看了后，重又折起放了回去，然后又陷入沉思。有这么个不可思议的人物呆坐在面前，要想看书是怎么也看不进去的。我也不耐烦了，不愿再这样哑场下去。他尽可以阻拦我，但我还是要说话了。

"你最近收到过黛安娜和玛丽的信吗？"

"只有一星期前给你看过的那封，打那以后再没收到过信。"

"你自己的安排没什么变化吗？该不会叫你比预料的时间更早离开英国吧？"

"我怕不会，真的，这样的机会太好了，落不到我的头上。"谈话一直不顺利，我只好改换话题——我想到可以谈谈我的学校和学生。

"玛丽·加勒特的母亲身体已有好转，今天早上玛丽又来上课了。下星期我又新增四个新学生，是从铸造厂区来的——要不是下雪，她们今天就该来了。"

"真的！"

"奥利弗先生负担其中两个人的费用。"

"是吗？"

"他打算在圣诞节款待全校师生。"

"我知道。"

"是你建议的吗？"

"不。"

"那么是谁建议的呢?"

"我想是他女儿吧。"

"真像是她,她心地善良。"

"是的。"

谈话又停了下来,再次出现空白。时钟敲了八下。钟声提醒了他。他把架起的腿放下来。坐直身子,转向我。

"把你的书先放一放吧。过来,靠近炉火一点儿。"他说。

我感到纳闷儿,不知他要做什么,可我还是听从了他。

"就在半个小时以前,"他接着说,"我曾说过,我急于想听到那后半个故事。现在我考虑了一下,觉得这事还是由我来说,由你来听比较好。在开讲以前,我想最好还是先提醒你一下,这段故事在你听来也许会觉得有点儿陈旧,但是,陈旧的细节通过一张新的嘴说出来,往往又能恢复一定程度的新鲜感。至于其他嘛,不管陈旧也好,新鲜也罢,反正故事不长。"

"二十年前,有个穷牧师——暂且别管他叫什么名字——爱上了一位富家小姐。那小姐也很爱他,而且不顾所有亲友的劝阻,嫁给了他。因而他们一结婚,她的亲友们立即声明和她断绝一切关系。过了不到两年,这对冒失的夫妇就双双去世了,默默地合葬在一块石板底下(我曾见过他俩的墓,它在××郡一个发展过度的工业城市里,那儿有一座给煤烟熏得乌黑的阴森古老的大教堂,教堂周围有一大片墓地,他俩的墓已成了墓地人行道的一部分)。

"他们留下了一个女儿,这孩子一出生,就由慈善机构收留——那儿冷得就像今晚差点儿把我冻僵的雪堆。慈善机构把这个举目无亲的小东西送到她母亲一方有钱的亲戚家里,由一位舅妈抚养。舅妈就是(我现在要举名道姓了)盖茨海德府的里德太太。你吓了一跳——是听到什么响动了吗?我看只是有只老鼠在隔壁教室的椽子上跑过,那儿在我叫人改成教室以前原来是个谷仓,而谷仓向来是老鼠出没的地方——再说下去。里德太太把这个孤儿抚养了十年。至于她在那儿是不是过得幸福,我说不上,因为从没听人说起过。不过在那以后,她把她关到了一个你知道的地方——不是别处,就是洛伍德学校,你自己就在那儿待过很长一段时间。看来,她在那儿的那段时间表现得很不错,像你一样,先是当学生,后来成了教师——说真的,我发觉她的经历跟你有不少相似的地方——后来她离开那儿,去当了家庭教师。瞧,你们的命运又有相似之处。她教一个由罗切斯特先生收养的孩子。"

"里弗斯先生!"我打断了他的话。

"我能猜出你的心情,"他说,"不过,还是先克制一会儿。我很快就要结束了。听我讲完。有关罗切斯特先生的为人,我一无所知,我只知道一件事,那就是,他宣布要体面地娶这位年轻姑娘为妻,可是就在婚礼的圣坛上,她发现他原来已经有个妻子,而且还活着,尽管她是个疯子。这以后,他还有过什么举动和主张,那纯粹是凭猜测了。可是紧接着又传出一个消息,当人们势必问起那位女教师的情况时,这才发现她已经出走了——谁也不知道她是什么时候走的,上哪儿去了,怎么走的。她在那天夜里就已经离开了桑菲尔德府。有关她的行踪,经过多方查找,都毫无结果。四乡远近也都找遍了,得不到一点儿有关她的消息的线索。但一定要找到她已成为万分紧迫的事。所有的报纸上都登了寻人启事。我本人也收到了一位布里格斯先生的来信,他是个律师,是他告诉了我刚才说的这些详细情况。这不是个奇怪的故事吗?"

"你只要告诉我一点,"我说,"既然你知道得这么多,你也一定能告诉我这一点——罗切斯特先生怎么样了?他情况如何?现在在哪儿?他在干什么?他好吗?"

"有关罗切斯特先生,我真的一无所知,信中一点儿也没提到,只说了那个不合法的欺骗性企图,我这刚才已经说了。你倒还不如问问那位女教师叫什么名字——问问非要找到她不可的这件事到底是怎么回事。"

"那么没有人去过桑菲尔德府?没人看见过罗切斯特先生?"

"我想没有。"

"不过他们总写过信给他吧?"

"那当然。"

"他是怎么说的呢?谁有他的信?"

"布里格斯先生来信提到,回信答复他的请求的不是罗切斯特先生,而是一位太太,署名是'艾丽斯·费尔法克斯'。"

我感到一阵不安和冷战袭过全身。我最担心害怕的事也许已经成为事实。他完全有可能已经离开英国,在不顾一切的绝望中，跑到大陆，去了他以前常去的那种地方。他在那儿为减轻他的剧烈痛苦找到了什么样的麻醉剂——为他强烈的激情找到了什么样的发泄对象？

我简直不敢回答这个问题。哦，我可怜的主人！——他差一点儿成了我的丈夫——他是我曾经常叫作"我亲爱的爱德华"的人啊！

"他准是个坏男人！"里弗斯先生说。

"你又不了解他——别对他说三道四了。"我生气地说。

"很好，"他平静地回答，"说真的，我脑子里的确有别的事要想，顾不上多想他。我的故事还没讲完哩。既然你不愿问那家庭教师的名字，那我就只得自己来说了。等等！我这儿有着呢！——见到重要的东西都白纸黑字写着，总是更能让人满意的。"

那只皮夹又给不慌不忙地掏了出来。他打开找了个遍，终于从一个夹袋中抽出一张匆忙撕下的破纸条。从纸质和上面蓝一块、红一块、紫一块的颜料迹上，我认出这就是从我盖画的纸上撕下的纸边。他站起身，把纸条举到我眼前，我看到那上面有我用墨汁亲笔写的"简·爱"两个字——一定是心不在焉时写上的。

"布里格斯写给我的信上提到了简·爱，"他说，"寻人启事上要寻的人也叫简·爱，而我认识一个简·艾略特。我承认，我对你怀疑过，可直到昨天下午，才一下子得到了证实。你承认这个名字，取消那个化名吗？"

"对——我承认。可是布里格斯先生在哪儿?也许他比你多知道一些罗切斯特先生的情况。"

"布里格斯在伦敦,我看他不见得会知道什么罗切斯特先生的情况,他关心的不是罗切斯特先生。而且,你只顾追问这种小事,却把最要紧的事给忘了。你怎么不问一问布里格斯先生为什么要找你——他找你要干什么?"

"是啊,他要干什么?"

"只是为了要告诉你,你的叔叔、马德拉群岛的爱先生去世了,他把他所有的财产都留给了你。你现在富了——就这事——没别的。"

"我!富了?"

"是的,你,富了——不折不扣是位财产继承人了。"

接下来是一片沉寂。

"当然你得证实你的身份,"不一会儿圣约翰又说道,"这手续办起来不会有什么困难。随后你就立即可以取得所有权了。你的财产全都投资在英国公债上,布里格斯那儿有你叔叔的遗嘱和必要的文件。"

命运又翻出了一张新牌!读者啊,刹那间由穷变富,当然是件好事——是件大好事,但并不是一件一下子就让人理解因而能享受其乐趣的事。再说,人生中还有其他一些机遇,远比这更能让人狂喜激动。不过现在这件事是现实世界中一件实实在在的事,没有一点儿想象的成分。和它有关的一切联想都是具体的、实在的,它所引起的实际表现也是这样。一个人听说自己得到了一笔财产，他绝不会一下子跳起来，绝不会大声欢呼雀跃，而是会开始想到责任，考虑正事，在冷静的称心满意之余，产生出一些沉重的心事来——于是我们就会克制自己，严肃地皱起眉头，反复思考我们所交的好运。

何况，"遗产""遗赠"这类字眼，总是和"死亡""葬礼"这些字眼同时出现的。我只听说过的叔叔——我的唯一的亲人——现在已经去世了。自从知道我有这么一个叔叔之后，我内心一直抱有希望，希望哪一天能见到他，可现在，我却永远也见不到他了。而且，这笔钱只是给了我，不是给我和一个欢欢喜喜的家庭，而是给了我孤孤单单的一个人。毫无疑问，这是一个巨大的恩惠，而且，能独立生活也是件值得称道的事——是的，这点我已体会到了——这样一想，我的心里高兴起来了。

"你总算展开眉头了，"里弗斯先生说，"我还以为美杜莎[1]看了你一眼，你正在变成石头呢——也许你现在要问问你有多少财产了吧？"

"我有多少财产？"

"哦，一个小数目！实在不值一提——两万英镑，我想他们是这么说的。可是那有什么呢？"

"两万英镑？"

又是一大意外，我原来估计最多是四五千英镑。这个消息确实使我一时连气都透不过来了。我以前从没听到圣约翰先生大

1　希腊神话中的蛇发女怪，视线所及的人均化为石头。

笑过，这时他却大笑起来。

"哟！"他说，"就是你杀了人，我来告诉你罪行已经暴露，你也不见得会这么大吃一惊吧？"

"这是个大数目——你觉得你不会弄错吧？"

"一点儿也没弄错。"

"说不定你把数字看错了——也许是两千吧！"

"不是阿拉伯数字，用的是大写——两万。"

我又觉得自己像个胃口平常的人，突然坐下来独自消受可供一百人吃喝的酒席似的。这时候，里弗斯先生站起身来，披上了披风。

"今晚要不是天气这么坏，"他说，"我会让汉娜来和你做伴。你实在太可怜了，不能让你独自一人留在这儿。可是汉娜，这可怜的女人！不能像我一样踩着积雪到这儿，她的腿不够长，所以我只好让你一个人去发愁了。晚安。"

他刚拉起门闩，一个念头突然闪过我的脑际。

"等一等！"我叫道。

"怎么？"

"我实在不明白，为什么布里格斯先生为我的事要写信给你，他怎么会认识你的，怎么会想到，你这个住在这么偏僻地方的人，有能力帮他找到我。"

"哦！我是个牧师，"他说，"遇上稀奇古怪的事，人们往往总是找牧师求助的。"门闩又咔嗒响了一声。

"不，这回答不能让我满意！"我嚷了起来。而且，在这没做解释的匆匆回答中,确实暗含着什么东西,它不仅没有消除,反而更激起了我的好奇心。

"这件事非常蹊跷,"我又说,"我一定得多知道一些。"

"改天吧。"

"不,就在今天晚上!——今天晚上!"当他从门边转过身来时,我就上去站到他和门之间。他显得有点儿不知怎么办才好。

"你不把一切都告诉我,你就肯定走不了!"我说。

"我不太想现在就说。"

"你要说!——你一定得说!"

"我宁愿让黛安娜或者玛丽来告诉你。"

不用说,他这样再三推托,更把我的急迫心情推到了顶点。它必须得到满足,一刻也不能拖延。我就这么对他说。

"可是,我告诉你,我是个强硬的男人,"他说,"是很难说服的。"

"而我是个强硬的女人——是搪塞不过去的。"

"而且,"他又说,"我很冷酷,对任何热情都无动于衷。"

"可我是火热的,火能把坚冰融化。这儿的火已经把你披风上的雪全都融化了。而且你看,水都淌到了我的地上,把它弄得像泥泞的大街了。里弗斯先生,要是你希望我原谅你弄脏我铺沙厨房的大罪和恶行,就快把我想要知道的事告诉我。"

"那么好吧,"他说,"我让步了。即便不是因为你的热切心情,也是因为你的坚持不懈,就像水滴能使石穿那样。再说,这事总有一天你会知道的——现在知道和以后知道都一样。你的名字是简·爱?"

"是的,这早已解决了。"

"也许你没注意到,我跟你是同名?——我受洗时取的名字是圣约翰·爱·里弗斯。"

"没注意,真的!现在我想起来了,在你几次借给我的书上,你的签名缩写当中都有一个 E 字,不过我从没问过它代表什么名字。可那又怎么样呢?难道……"

我一下住了口。我不敢相信自己会产生这样的想法,更不敢把它说出来了,可是这一想法突然出现在我的脑海里——很快具体化了——顷刻之间就变成了确凿有力的可能的事实。各种情况彼此交织、互相吻合,一下子变得有条有理。那根原来一直像散乱的链环摊在那儿的链条,现在给拉直了——环环相扣,完整无缺。没等圣约翰再说出一个字,我凭直觉就已经知道是怎么回事了。不过我不能要求读者也有这种出于直觉的洞察力,因此我得把他的解释重述一遍。

"我母亲姓爱,她有两个兄弟。一个是牧师,娶了盖茨海德府的简·里德小姐;另一个是约翰·爱先生,生前在马德拉群岛的丰沙尔经商。布里格斯先生作为爱先生的律师,今年八月写信通知我们说,我们的舅舅去世了,还告诉说,他已把他的财产留给了他哥哥的孤女。他丝毫没有想到我们,是因为他和我父亲发生过一场争吵,一直没有和解。几星期前,布里格斯先生又来信说,那个女继承人失踪了,问我是不是知道有关她的什么情况。一个无意中写在纸边上的名字,让我发现了她。其余的你全知道了。"他又准备走了,可是我用背顶着门。

"千万让我说几句,"我说,"先让我喘口气,想一想,"我停了停——他手里拿着帽子,站在我面前,十分镇静自若。我接着说:

"你母亲是我父亲的姐姐?"

"是的。"

"那么就是我的姑妈了?"

他点点头。

"我的约翰叔叔就是你的约翰舅舅?你、黛安娜和玛丽都是他姐姐的孩子?"

"确凿无疑。"

"那么,你们三个是我的表哥表姐,我们各有一半属于同一血统?"

"没错,我们是表兄妹。"

我朝他仔细打量着。看来我找到了一个哥哥,一个值得我骄傲——值得我爱的哥哥,还有两个姐姐,在我还只把她们当陌生人相识时,她们的品质就已经引起我由衷的喜爱和敬慕。我跪在湿漉漉的地上,透过沼泽山庄厨房低矮的格子窗,怀着既觉得有趣又感到绝望的痛苦复杂心情,凝视过的这两位姑娘,原来是我的近亲;而这位曾在我倒在他家门口时发现了我的年轻端庄的先生,竟然也是我的血亲。对一个孤苦伶仃的可怜人来说,这可真是一个了不起的重大发现啊!这真是一笔财富!——一笔心灵的财富!——一个纯洁、温暖的爱的宝藏。这是一种辉煌、生动、令人狂喜的幸福——不像那沉重的黄金礼物,尽管后者有它贵重而受人欢迎的地方,但它的重量使人变得拘谨多虑。这时,我在一阵突如其来的狂喜中拍起手来——我的脉搏剧跳着,我的血管在颤抖。

"哦,我真高兴!——我太高兴了!"我大声嚷着。

圣约翰笑了。"我不是说过你只顾追问小事却把最要紧的事忘了吗?"他说,"我告诉你说你得到一笔财产时,你一脸严肃;现在为了一件无关紧要的事,你倒激动起来了。"

"你这话算是什么意思?这事对你来说也许是无关紧要,你有两个妹妹,不在乎一个表妹,可我什么人也没有。而现在,在我的生活世界里,一下子出现了三个——或者两个,要是你不愿算在里面的话——成年的亲人。我再说一遍,我真是太高兴了!"

我快步在房间里走着,蓦地停下脚步,脑子里突然涌现出一些想法,快得我来不及接受、领会和理顺,弄得我几乎喘不过气来——这些想法就是:我可以能够、应该、必须怎么怎么做,以及马上得怎么怎么做。我凝望着空空的墙壁,仿佛那是一片天空,上面布满初升的星星——每一颗都指引我奔向一个目标或者一种欢乐。迄今为止,对那些救过我命的人,我只能空自爱着而无以为报,现在我可以有所报答了。他们身负重轭——我可以使他们得到解脱;他们东分西散——我可以使他们欢聚一堂。我的自主,我的富裕,同样也可以为他们所有。我们不是有四个人吗?两万英镑平分,正好每人五千——足够宽裕了。这样既可以做到公平对待，彼此的幸福也就有了保障。这样，这笔财富就不再让我感到是种沉重的压力，它也不再仅仅是金钱的遗赠——而是生活、希望和欢乐的遗产了。

当这些想法突然袭占我整个身心时，我的神态看上去怎么样，我不知道。不过我很快发现里弗斯先生在我身后放了一把椅子；正轻轻地想拉我坐下来。他还口口声声劝我要冷静。对于他这种认为我六神无主、神志不清的暗示，我不屑理睬，便甩开他的手，又开始在房间里走了起来。

"明天就给黛安娜和玛丽去信，"我说，"叫她们马上回来。黛安娜说过，要是她们每人有一千英镑，就会认为自己富有了。所以，有了五千英镑的话，她们一定会觉得很好了。"

"告诉我，我可以上哪儿倒杯水给你喝，"圣约翰说，"你真的得尽量把情绪平静下来才行。"

"别说废话！这笔遗产对你来说会起什么作用呢？会使你留在英国，促使你跟奥利弗小姐结婚，像平常人那样安顿下来吗？"

"你扯到哪儿去了？你的头脑有点不清了。怪我告诉你这个消息太突然，使你兴奋得失去控制了。"

"里弗斯先生！你真叫我不耐烦。我的头脑清醒得很。是你在误解我，或者不如说假装误解我。"

"要是你把你的意思解释得稍微清楚一点儿，也许我就能更好地理解。"

"解释！有什么好解释的？把我们刚才说的这笔钱，这两万英镑，在一个外甥和两个外甥女、一个侄女之间平分，每人正好给五千,这你总不会弄不清楚吧?我所要求的只是,你得马上给两个妹妹写信,把给她们财产的事告诉她们。"

"你是说给你财产的事吧?"

"我已经说了对这件事的看法,不会再改变主意了。我绝不会自私自利到不讲情义,错聩到不分是非,忘恩负义到不像人样。再说,我也决心要有一个家,要有亲戚。我喜欢沼泽山庄,我要住在沼泽山庄;我喜欢黛安娜和玛丽,我要和她们相依为命。拿五千英镑,我会感到高兴和有所得益,拿两万英镑,我会感到痛苦和沉重压力。何况,公正地说,两万英镑绝不该归我一人所有,尽管法律上也许是这样。因此,我放弃掉给了你们的,对我来说完全是多余的那部分。别再反对了,也别再讨论这个问题了。让我们彼此意见一致,立即把这件事定下来吧。"

"你这是一时冲动下的行动。像这样一件事,你得先好好考虑几天,在这之后你的话才算真正有效。"

"哦!要是你不放心的只是我的诚意,那我就放心了。你认为我这样做是公正的了?"

"我确实认为它有一定的公正性。但是这完全违反常规。再说,你完全有权继承全部财产。这些财产是我舅舅通过自己的努力挣得的,他愿意把它留给谁就留给谁,现在他把它留给了你。总之,你拥有它是完全正当合理的,你可以问心无愧地认为它完全属于你。"

"对我来说,"我说,"这既是个良心问题,也是个感情问题。我要顺应一次我的感情,我一向极少有这样的机会。哪怕你争论、反对、烦扰我一年,我也绝不会放弃我已经瞥过一眼的这种乐趣——部分地报答深厚情谊,为自己赢得终生朋友。"

"你现在这么想,"圣约翰说,"是因为你不知道拥有财富是怎么回事,因而也就不知道享受财富是怎么回事。你想象不出两万英镑会使你怎样身价百倍,会使你在社会上占有怎样的地位,会给你展现怎样的前途,你还不……"

"而你,"我打断了他的话,"却根本想象不出我是多么渴望有兄弟姐妹之爱。我从未有过家,从未有过哥哥和姐姐。现在我必须有而且就要有了。你不会不愿接受我、承认我吧,是吗?"

"简,我愿意做你的哥哥——我的两个妹妹也一定愿意做你的姐姐的——但你用不着牺牲你的正当权利来作为条件啊。"

"哥哥?是有个哥哥,可是远在千里之外!姐姐?是有两个姐姐,可是在给陌生人做奴仆!我,很富有——让既不是我挣来又不是我应得的金钱撑得饱饱的!而你们,连一个子儿也没有!好一个平等和友爱!多么紧密的团聚!多么亲热的相爱!"

"可是,简,你所渴望的亲情和家庭幸福,除了你所想到的方法外,也可以用别的方法来实现。你可以结婚。"

"又是废话!结婚!我不要结婚,也永远不会结婚。"

"这话说得太过分了。你这样贸然地下断言,证明你还在极度兴奋之中。"

"我这样说一点儿也不过分。我知道自己的心情,结婚这个念头我连想都不愿去想。谁也不会为了爱来娶我,我也不想只让人当作猎取金钱的对象。我不要任何陌生人——和我毫无共同语言、格格不入、完全不同的人。我要的是我的亲属,和我相互充分了解的人。请再说一遍,你愿意做我的哥哥,你一说这话,我就感到满足、感到幸福。如果可以的话,请再说一遍,真心实意地再说一遍。"

"我想我完全可以。我知道自己一向爱两个妹妹,也知道我对她们的爱建立在什么基础上——是对她们品德的尊重和对她们才华的钦佩。你也同样既有品德又有才华。你的趣味和习性也像黛安娜和玛丽;有你在我总是感到非常愉快,和你交谈我早就觉得既有得益又很快慰。我觉得我很容易,也很自然地把你放在心上,把你作为我最小的三妹。"

"谢谢你,有你这话,今晚上我就心满意足了。现在你最好还是走吧。因为要是再待下去,说不定你又会流露出什么信不过的犹豫情绪来惹我生气了。"

"那么学校怎么办呢,爱小姐?我看这下得关门了吧?"

"不。在你找到接替的人以前,我会继续担任女教师的职务。"他用微笑表示赞同。我们握了握手,他就告辞了。

后来,为了让这件有关遗产的事按我的意愿办理,我做了多少努力,提出了多少理由,这里就不必细谈了。我的任务十分艰巨,但是因为我态度坚决——我的表哥表姐最后也看出我是真心实意、不可改变地坚持要把这笔财产平均分配。由于他们自己心里一定也觉得这种打算是公正的,而且一定也本能地意识到,他们如果处在我的地位也会像我这样做的——他们终于妥协了,同意把这件事交付仲裁。所选的仲裁人是奥利弗先生和一位能干的律师。他们两人都一致同意我的意见,我终于实现了自己的主张。转让财产的文书也随之拟订:圣约翰、黛安娜、玛丽和我,每人各得一份财产。

34

等到一切都办妥的时候,已经临近圣诞节了。这个全民休假的时节即将来到。这时,我让莫尔顿学校放了假,并且注意做到不让自己在临别时,对学生无所表示。交上好运不但使人心胸开朗,也使人手头出奇地大方起来。在我们有大宗所得时,拿出一点儿分给别人,只不过是让不寻常的激动心情有个发泄的机会罢了。我早就高兴地感到,我的许多乡下学生都喜欢我。在我们分别时,这种感觉得到了证实。她们对我表达了纯朴而热烈的爱。发现自己能在她们纯真的心里确实占有一个位置,我深深感到满意。我答应她们,以后每周一定去看她们一次,而且在学校里给她们上一小时课。

里弗斯先生到来时,我已经看着各班的六十个女孩在我面前鱼贯而出,锁上了门,手里正拿着钥匙站在那儿,特意在跟五六个最好的学生说几句告别话。这几个学生,一个个都不亚于英国农民阶层中所能找到的任何最体面、最可敬、最谦逊,也最有见识的姑娘。这个评价是很高的,因为就整个欧洲的农民来说,英国农民毕竟是最有教养、最有礼貌、最有自尊的。在那以后,我曾见过一些"法国农妇"[1]和"德国农妇"[2],和我的莫尔顿姑娘相比,就是最出色的也显得无知、粗俗和愚蠢。

"你认为辛苦了这么一段时间,得到报偿了吗?"她们走了之后,里弗斯先生问道,"趁自己年轻力壮时,做一些真正有益的事,你觉得很让人快乐吗?"

"那当然喽!"

"可你还只不过辛苦了几个月呢!如果你把一生都献给改善人类的事业,岂不是很有价值吗?"

"是的,"我说,"可我不能永远这样下去,我不但要培养别人的才能,也想要享受自己的才能。现在我就要享受了,别再让我的身心重又回到学校去,我已经走出学校,一心想着为整个假期做安排了。"

他的神情一下变得严肃起来。"这是怎么啦?你突然显得这么急迫是怎么回事?你打算做什么?"

"我要行动,尽我所能地积极行动起来。首先,我得请求你让汉娜行动自由,另外找个人照料你。"

---

[1] 原文为法语。
[2] 原文为德语。

"你需要她?"

"对,跟我一块儿去沼泽山庄。黛安娜和玛丽再过一个星期就要回来了。我要把一切收拾得妥妥帖帖等她们回来。"

"我懂了,我还以为你是急于要飞到哪儿去旅行呢。这样更好了,就让汉娜跟你去吧。"

"那叫她明天就做好准备。还有,这是教室的钥匙,我小屋的钥匙明天早上再给你。"

他接了钥匙。"你交出钥匙倒是挺高兴的,"他说,"我真不明白,你的心情怎么会这样轻松;我不知道你放弃了这个工作后,打算找个什么工作。你现在的生活目标是什么?有什么打算?有什么雄心壮志?"

"我第一个目标就是清扫干净(你理解这个词儿的全部意义吗?),把沼泽山庄从卧室到地下室彻底清扫干净。第二个目标是用蜂蜡、油和无数抹布把它擦拭一遍,直到它重新闪闪发光。第三个目标是按数学的精确性安排好每一张椅子、桌子、卧床和地毯的位置。然后,我要把每间屋子里的炉火都烧得旺旺的,用的煤块和泥炭多到叫你几乎破产。最后,在你妹妹到来前的两天,汉娜和我还要全力用来打鸡蛋、拣葡萄干、磨香料、配制圣诞节蛋糕料、剁肉饼馅,以及举行其他各种各样的烹调仪式。对你这样的门外汉,用一般语言实在没法儿充分表达出我们的忙碌景象。总之,我的目标是,在下星期四以前,为黛安娜和玛丽尽善尽美地准备好一切;我的雄心是,在她们到来时,给她们一个最理想的欢迎。"

圣约翰淡淡一笑,他还是不大满意。

"就眼前来说,这都是很好的,"他说,"不过说正经的,我相信在第一阵欢乐冲动过去之后,你就会把眼光放得更远大一些,不再把家人的亲热和家庭的乐趣看成高于一切。"

"这两样是世界上最美好的东西!"我插嘴说。

"不,简,不。这世界并不是个享乐的地方,别打算把它变成那样;它也不是个休息的处所,别让自己变得懈怠懒惰了。"

"恰恰相反,我的意思是正要大忙一番。"

"简,眼下我先原谅你,我给你两个月的宽限,让你充分享受一下你的新地位,痛快地体味一下这种刚刚发现亲属的喜悦。可是,在这以后,我希望你开始把眼光放远,越过沼泽山庄和莫尔顿,越过姐妹的团聚,越过文明富裕生活中那种自私的安逸和肉体的舒适。但愿你的精力会再一次充沛得叫你感到不安。"

我惊讶地看着他。

"圣约翰,"我说,"我觉得你这样说话简直是不怀好意。我一心想要像个女王那样称心如意,你却搅得我心烦意乱!你这是什么目的?"

"目的是要使你的才能充分发挥作用。你的才能是上帝托付给你的,有朝一日他肯定要你详细报账的。简,我会严密而关切地注视着你——这我预先要告诉你。你要竭力不让自己过分热衷于庸俗的家庭乐趣,不要那么恋恋不舍那些肉体上的联系;你应该把自己的毅力和热忱留给一种合适的事业,千万别把它们浪费在平凡而短暂的琐事上。你听见了吗,简?"

"听见了,就像你是在说希腊语似的。我觉得我已经有了使我感到快乐的合适事业。我要快乐。再见!"

在沼泽山庄我确实很快乐。同时我还拼命干活儿,汉娜也一样。她看到我在弄得天翻地覆的房子里那么高兴地忙碌着——又是刷、又是扫、又是洗、又是烧的——看得都入迷了。经过了一两天更糟的混乱之后,终于渐渐地在我们自己制造的一片混乱中建立起秩序,这委实让人感到高兴。在这以前,我已经去了一趟斯××市,购置了一些新家具。我的表哥表姐们已经给了我全权委托,任凭我随意改变任何布置,而且还特意拨出一笔款子专供这一用途。我让常用的客厅和卧室依旧保持原样。因为我知道,黛安娜和玛丽再次看到这些旧桌椅和旧床铺,肯定比看到新式家具更亲切、更喜欢。不过,稍作更新还是必要的,以便使她们归来时领略到一点儿我所希望的新鲜感。换上漂亮的深色新地毯和新窗幔,摆上几件精心挑选的瓷器和铜器的古雅摆设,换上新的椅套、镜子以及梳妆台上的梳妆盒,有了这些,就可以达到这个目的了。它们看上去新鲜,但并不刺眼。一间备用的客厅和备用的卧室,我用老桃花芯木家具和紫红的窗帘椅套等彻底重新加工布置。我还在过道上铺了帆布,在楼梯上铺了地毯。这一切安排就绪后,我认为,从内部看,沼泽山庄完全够得上是个明亮、朴实的舒适环境的典范;而从外部看,它是这个隆冬季节里荒芜、冷寂的凄凉景象的标本。

非同小可的星期四终于来临了。预料她们将在天黑时到达,而还没到傍晚,楼上楼下都已生了火,厨房里也收拾得干干净净,汉娜和我穿戴整齐,一切都已准备就绪。

圣约翰先来了。我曾请求他在一切安排好以前,千万不要来家里。实际上,一想到屋子里又脏又乱的景象,就足以吓得他不敢来了。

他发现我正在厨房里察看烘烤的茶点蛋糕,便朝炉子跟前走来,问道:"你这么干着女仆的活儿,是不是终于心满意足了?"

我的回答是请他陪我一起大体视察一下我的劳动成果。我好不容易总算拉着他在整幢房子里兜了一圈。他只是在我打开的房门口朝里望了一眼。待他楼上楼下走过一遍之后,他只说我在这么短的时间里,使房子有这么大的变化,一定费了不少心思和劳累,但对于房子的改观,他没有一句表示高兴的话。

他的这种沉默使我大为扫兴。我想,也许是这些改变打破了他所珍视的某些往事的联想了。我问他是不是这么回事,口气自然有几分沮丧。

"完全不是,恰恰相反,"他说,"我看出,你悉心照顾到每一点可以引起我们联想的东西。事实上,我是担心你在这方面花的心血太多了,有点不值得。譬如说这个房间吧,你花了多少时间来琢磨它的布置? ——顺便问一句,那本书在哪儿,你能告诉我吗?"

我把书架上他说的那本书指给他看,他取了书,就退到他常待的那个窗口的凹处,看起书来。

哦,读者,我不喜欢他这个样子。圣约翰是个好人,但我开始感到,他说自己是个冷酷无情的人,说的倒是实话。生活中的人情和乐趣对他没有吸引力——生活中恬静的享受也不能使他动心。可以毫不夸张地说,他活着仅仅为了追求——当然是追求善良和伟大的东西;可是他永远不会停歇下来,也不赞成他周围的人有所停歇。

我望着他那静止、苍白得像白石似的高高的额头——望着他那张正在专心致志看书的俊美的脸——我突然一下子明白了,他很难成为一个好丈夫,做他的妻子是件受不了的事。我仿佛刹那间受到启示似的,明白了他对奥利弗小姐的爱是什么性质。我同意他的看法,这只不过是一种感官的爱而已。我理解了:当这种爱在他身上产生狂热影响时,他怎么蔑视自己,怎么会一心要扼杀它、摧毁它,怎么会不相信这种爱能永远给他和她带来幸福。我看出,他是由特殊材料雕琢成的,大自然正是用这种材料雕琢出她的英雄——基督教和异教的英雄——雕琢出她的立法家、她的政治家\她的征服者的。他是可以寄托大事大业的坚强堡垒,可是在家庭的炉火边却往往像一根冰冷、笨重的石柱子,既阴冷乏味,放的也不是地方。

"这间客厅不是他的天地,"我心里想,"喜马拉雅山,或者南非丛林,甚至是瘟疫流行的几内亚海岸的沼泽,对他也许更适合。他还是躲开家庭生活宁静的好;这不是适合他的环境,在这种环境里,他的才能会停滞衰退——既不能发展,也显示不出长处。只有在险恶和需要奋斗的场合——在考验勇气、表现能力和需要毅力的地方——他才会出来讲话、采取行动,是个领袖和强者。而在这样的火炉边,一个快活的孩子都远比他强。他选择传教士的职业是对的——现在我明白了。"

"她们来了!她们来了!"汉娜推开客厅的门,大声嚷嚷道。就在这时,老卡洛也高兴地汪汪叫了起来。我立刻奔了出去。这时天色已黑,但是能听到车轮的辚辚声。汉娜迅速地点亮了一盏提灯。马车在小门边停了下来,车夫打开了车门,先走下来一个熟悉的身影,接着又是一个。转瞬之间我的脸就已埋到了她们的帽子下面,先是触到玛丽柔软的面颊,然后是黛安娜飘拂的鬈发。她们欢笑着——吻了我——接着又吻了汉娜,拍拍高兴得几近发狂的卡洛,急切地问是否一切都好?得到肯定的回答后,就快步走进屋去。

她们从惠特克劳斯乘车前来,长途颠簸,身子都坐僵了,夜晚的冰冷寒气又使她们冻得够呛。可是一见到熊熊的炉火,她们马上就笑逐颜开了。车夫和汉娜把箱笼拿起来时,她们问起了圣约翰。直到这时,圣约翰才从客厅里出来。姐妹俩一起奔过去搂住了他的脖子。他平静地吻了她们每人一下,低声说了几句欢迎的话,站着听她们说了一会儿,接着便说,他想她们马上会去客厅跟他在一起,说完就像逃回避难所似的回到客厅里去了。

我已经点好蜡烛,准备送她们上楼去,但是黛安娜要先吩咐几句好好招待马车夫的话,然后她们俩才跟我上楼。对她们房间的更新和装饰,对新的帷幔、新的地毯、色彩鲜艳的瓷花瓶,她们都很喜欢,毫不吝啬地表达了她们的满意之情。看到我的布置正合她们的心意,我十分高兴,我所做的一切,给她们一次愉快的回家增添了生动的魅力。

那一晚真是太美妙了。我那两位兴高采烈的表姐,滔滔不绝地说个不停,又是叙述又是议论。她们欢快的谈话掩盖了圣约翰的沉默。重又和两个妹妹相聚,他打心底里高兴,可是对她们的热情洋溢和笑语欢腾却并不赞同。这一天的大事——即黛安娜和玛丽的归来——使他高兴,但随之而来的快乐的喧闹,迎接时絮絮叨叨的欢声笑语,却使他厌烦。我看得出,他在盼望比较安静的明天早点到来。

就在大约吃过茶点后一个小时这一晚的欢乐达到高潮时,突然传来了一阵敲门声,汉娜进来通报说:"一个穷孩子来得真不是时候,他来请里弗斯先生去看他母亲,她快要死了。"

"他家住哪儿,汉娜?"

"在惠特克劳斯山坡顶上,差不多有四英里路哩,而且一路上净是荒原和沼泽。"

"告诉他,我马上去。"

"说真的,先生,你还是别去的好。天黑以后,再没有比那更难走的路了,泥沼地那段根本就没路。再说,今晚又这么冷——风从来没刮得这么猛过。先生,你最好还是叫那孩子先去回个话,说你明天早上一准到那儿。"

可是他早已走到过道里,正在披披风,没有一点儿推托,没有一句怨言,就动身走了。当时是九点钟。他直到半夜才回来。尽管他又饿又累,可是看上去却比去的时候还快活。他尽了一份职责,做了一番努力,感到自己有克己献身的毅力,自我感觉也就好了不少。

我担心的是接下来的整整一星期会使他感到厌烦。这是圣诞节的一周。这一周,我们什么正事儿也不干,把时间全花在家庭的寻欢作乐上。沼泽地的空气,家居的自由,富裕生活的开端,就像给黛安娜和玛丽的精神注进了起死回生的灵丹妙药。她们从早上到中午,从中午到晚上,整天都欢天喜地,说个不停。她们的谈话既机智精辟,又新颖独特,对我有着极大的吸引力;我宁愿听她们谈,和她们一起谈,也不愿去做其他的事情。圣约翰对我们的欢闹说笑虽然没有非议,可是他有意避开了。他很少在家,他的教区很大,居民又很分散,他每天都能找出一些事来,到各个居民点去访问病人和穷人。

一天早上吃早饭的时候,黛安娜像是沉思了一会儿后,问他道:"你的计划是不是还是没有改变?"

"没有改变,也不可能改变。"这就是他的回答。接着他告诉我们说,他离开英国的时间已经确定,就在明年。

"那么罗莎蒙德·奥利弗呢?"玛丽提醒说,这句话像是不由自主地脱口而出,因为话一出口,她就做了个手势,仿佛要把话收回去。圣约翰手里正拿着一本书——他有在吃饭时看书的不合群习惯——他合上书,抬起了头。

"罗莎蒙德·奥利弗,"他说,"快要嫁给格兰比先生了,他是弗雷德里克·格兰比爵士的孙子和继承人,是斯××城社会背景最好也最受人敬重的居民之一。我是昨天从她父亲那儿听到这个消息的。"

他的两个妹妹互相看看,又看看我,我们三人又一起看看他。

他像玻璃一般平静。

"这门婚事准是定得很仓促,"黛安娜说,"他们认识绝不会太久。"

"才两个月。他们是十月在斯××城举行的全郡舞会上认识的。不过,他们的结合,像现在这样既然没有什么障碍,而且从各方面看,这桩婚事大家也都称心如意,那就没有必要多耽搁。一待弗雷德里克爵士让出给他们的斯××府重新整修好,可以住进去了,他们就结婚。"

这次谈话以后,我第一次发现圣约翰独自一人待着时,就忍不住想要问问他,有没有为这件事感到难过。可是他看上去似乎一点儿也不需要同情,那神情不仅使我不敢多此一举,而且还为自己以前的冒失行为感到有点儿害臊。再说,我已经不知道该怎样去和他交谈了,他的沉默寡言又像冰层似的覆盖了一切,在它的下面,我的坦率也给冻结住了。

他并没有遵守自己的诺言,对我以亲妹妹相待,他经常在我和他的妹妹之间做出一些细微的、令人寒心的区别,这样做完全无助于发展诚挚的亲情。总之,尽管我现在被他认作亲人,和他同住在一座房子里,可是我却感到,我和他之间的距离,远远大于当初他只把我看作一个乡村女教师的时候。我一想起他曾对我那么推心置腹说过许多知心话,简直就不能理解他目前这种冷若冰霜的态度。

在这种情况下,当他从俯身面对的书桌上突然抬起头来,说出下面的话时,难怪我要大吃一惊了。他说:

"你瞧,简,仗已经打过了,而且取得了胜利。"

听他这么一说,我吃了一惊,没能马上作答。我迟疑了片刻后,答道:"可是你不认为你的处境有点儿像那些花过大代价才打赢仗的胜利者吗?要是再来这么一仗,不会把你给毁了?"

"我想不至于。即使我的处境是这样,也没多大关系。再也不会有这样的仗要我去打了。这场斗争的结局是决定性的,我的道路已经扫清了,为此我要感谢上帝!"说完他又回到自己的文件和沉默中去了。

随着我们(黛安娜、玛丽和我)共同的欢乐逐渐趋于较为平静时,我们重又恢复了往常的习惯和正常的学习。圣约翰待在家里的时间比以前多了;他跟我们同坐在一间屋子里,有时一坐就是几小时。玛丽画画,黛安娜继续她已在研读的百科全书这一课程(这令我既敬畏又惊异),我在苦苦学习德语,他在专心钻研一种神秘的学问——一种东方语言,他认为,学会它对实现他的计划是必不可少的。

当大家都这样忙着时,他坐在自己的角落里,显得颇为安静和专心,只是他那双蓝眼睛时不时会离开那离奇古怪的语法,朝我们瞟过来,有时还会用出奇专注的目光盯着我们这几个同学。可是一被觉察,立即就会移开,但过不多久,它又搜索似的回到了我们的桌子上。对此我感到纳闷。使我纳闷的还有,对一桩我认为无关紧要的小事——就是我每周去一次莫尔顿学校的事——他每次总要表示十分满意。更使我纳闷的是,要是遇上天气不好,下雪、下雨,或者刮大风,他的妹妹劝我不要去时,他总是嘲笑她们多余为我担心，鼓励我不管天气怎样，都应该去完成使命。

"简可不像你们想象的那么不中用，"他总是说，"她像我们当中的任何人一样，经得起山风、暴雨，或者几片雪花。她的体质既健康又有适应性——比起许多更强壮的人来，她更能适应气候的变化。"

当我回到家里疲惫不堪，被风雨吹打得够难受时，我从来不敢抱怨一声，因为我看得出，我一抱怨准会使他不高兴。任何时候，只要我表现出坚忍，他就高兴；反之，他就特别生气。

然而，有一天下午我却获准待在家里，因为我真的感冒了。他的两个妹妹代我去了莫尔顿。我坐着学习席勒的作品，他在研读他那些别扭难懂的东方文字。当我做完翻译改做别的练习时，不经意地朝他看了一眼，这才发现自己正处于他那一直在观察我的蓝眼睛的威力之下。我不知道他这样一遍又一遍仔仔细细地把我看了多久，他那目光是那么锐利，然而又那么冷漠，一时间我竟有些迷信起来——仿佛自己正和什么神秘的东西同坐在一间屋子里。

"简，你在做什么？"

"学德语。"

"我想要你放弃德语，改学印度斯坦语。"

"你说这话不是认真的吧？"

"完全认真，认真到一定要你这么做，让我来告诉你为什么。"

接着他解释说，印度斯坦语就是他眼下正在学的语言，学到后面很容易忘掉前面初学的东西。要是能教个学生，就可以借此一遍遍复习基础知识，把它们牢牢地记住。这对他将是个极大的帮助。他说他已在我和他妹妹之间犹豫不决了一段时间，最后决定选择我，因为他发现，三个人中我最有耐心坐下来干一件事。我愿意帮他这个忙吗？也许我做这种牺牲的时间不用太久，因为现在离他动身的时间只有三个月了。

圣约翰不是一个可以轻易拒绝的人。他给人的感觉是，别人给他留下的每一个印象，不管是痛苦还是欢乐，他都深深铭刻在心，永不磨灭。我同意了他的要求。等到黛安娜和玛丽回来，前者发现她的弟子已从她这儿转向她哥哥的门下时，她大笑了起来，而且她跟玛丽都异口同声地说，圣约翰是绝不可能说服她们走这一步的。他平静地回答说：

"这我知道。"

我发现他是位很有耐心，不厌其烦，而且又非常严格的老师。他对我的期望很高。当我达到他的期望时，他就以自己的方式对我大加赞许。渐渐地，他对我有了某种左右我的影响力，使我的头脑失去了自由；他的赞扬和关注比他的冷漠更能束缚人。他在我旁边时，我就不能自由自在地谈笑，因为一种讨厌的摆脱不开的本能提醒我，谈笑风生（至少在我）是他所不喜欢的。我完全意识到，只有严肃认真的态度和一本正经的工作才合他的心意；只要有他在场，你就别想想点别的、做点别的。我觉得自己仿佛已被一种把人冻僵的魔力所控制。他说"去"，我就去，他说"来"，我就来，说"做这个"，我就做这个。但是我一点儿也不喜欢这种奴隶状态，有好多次，我真希望他继续像以前那样忽视我。

一天晚上，到了睡觉的时候了，他的两个妹妹和我都围在他身旁，向他道晚安，他照例一一吻了她们，然后又照例把手伸给我。黛安娜一时兴至，想开个玩笑（她可不会甘愿受苦被他的意志所左右，因为她自己的意志也一样坚强，只是方式不同），她嚷道："圣约翰！你口口声声说简是你的三妹，可是你现在就没把她当三妹对待，你也应该吻吻她。"

她把我推到他跟前。我想黛安娜真惹人生气，我不知如何是好，感到非常尴尬。正当我抱着这样的心情和想法时，圣约翰低下了头，他那希腊型的脸低到跟我的脸一般平，他的眼睛锐利地探询着我的眼睛——他吻了我。世上没有石头吻或者冰吻之类的东西，否则我就要说，我的教士表哥给我的就是这样的吻。不过也许会有试验性的吻吧，那他的就是试验性的吻。吻完之后，他看着我，想知道结果如何。结果并不惊人，我肯定没有脸红。也许我的脸变得有点儿苍白，因为我觉得这一吻有点儿像加在我的镣铐上的铅封。打这以后，他从来没有忽略过这个礼节，我接受它时的一本正经和不动声色，倒反而使他感到有一种魅力。

至于我，我每天都希望能更多地讨他喜欢；可是这么做，我一天甚似一天地觉得我必须抛掉我的一半天性，扼杀我的一半才能，扭转我的志趣所向，强迫自己去从事并非天生爱好的钻研。他要训练我达到我永远也达不到的高度；为了要尽力达到他所要求的标准，我每时每刻都在受着折磨。可这事是不可能办到的，就像要把我不端正的五官塑成他那种端正的古典型，要把他的眼睛那种海蓝色的严肃光芒给予我的闪烁不定的碧色眼睛一样。

然而，眼下奴役着我的，还不只是他的控制。最近一些日子，我动不动就忧郁缠身。一个害人的恶魔盘踞在我的心头，吸干了我幸福的源泉——这恶魔就是焦虑。

读者啊，你也许以为，在这些境况和命运的变迁中，我已经把罗切斯特先生忘掉了。一刻也没有忘。对他的思念依然伴随着我，因为这种思念绝不是阳光所能驱散的雾气，也不是能被暴风雨冲刷掉的画在沙上的人像；这是一个刻在大理石上的名字，注定要跟这块刻有它的石碑同生共死。我日夜渴望知道他的情况，这种渴望到处紧随着我；在莫尔顿时，每晚一回到我的小屋，它就会袭上我的心头；现在到了沼泽山庄，每晚一回到我的卧室，我就为它而忧伤。

为遗嘱的事，必须跟布里格斯先生通信期间，我在信中就问过他，问他是否知道罗切斯特先生目前的地址和身体情况。但正像圣约翰猜想的那样，他对于罗切斯特先生的事一无所知。于是我又写信给费尔法克斯太太，打听这方面的消息。我满以为这一下准能达到目的，觉得这样肯定能很快得到回音。使我诧异的是：两个星期过去了，一直杳无音讯；继而两个月都过去了，邮件一天天来到，却始终没有给我带来任何回音，我陷入了极度的苦恼和焦虑之中。

我又写了一封信，因为第一封信有可能遗失了。新的努力带来了新的希望，它像上一次那样，在我心里照耀了几个星期，然后也像上一次那样，渐渐地暗淡下去，闪烁欲灭。我连一行信、一个字都没收到。当半年的时间在徒然的盼望中过去时，我的希望破灭了,我真的绝望了。

一片明媚的春光在我周围照耀着,我却无心欣赏。夏天快到了,黛安娜竭力想让我高兴起来;她说我看上去气色不好,愿意陪我一起去海滨。对此圣约翰表示反对;他说我不是需要游乐,而是需要工作,说我目前的生活太漫无目标,我需要一个目标。我想,也许是为了弥补这种不足,他进一步加重了我的印度斯坦语课程,更严格地要求我把它完成。而我,就像一个傻瓜,从没想到要反抗——我无法反抗他。

有一天,我来学习时,情绪比往常更低落。这一低落是由于一阵强烈的失望所造成的。这天早上,汉娜告诉我说有我的一封信。我急忙下楼去取,几乎肯定准是来了我盼望已久的消息,但结果却发现,那只不过是布里格斯先生写来的有关事务上的一封无关紧要的便函。这一痛苦的挫折害得我当时就流下了眼泪。而这会儿,当我坐在那儿,面对着一位印度作家难懂的词句和丰富的比喻时,我又禁不住热泪盈眶了。

圣约翰把我叫到他跟前去朗读。我正想这么做时,我的嗓音哽住了,啜泣使得我语不成声。客厅里当时只有我们两个人,黛安娜在休息室里练琴,玛丽在园子里侍弄花木——这正是个很好的五月天,天空晴朗,阳光灿烂,微风和煦。我的同伴对我的这种情绪并没表示惊异,也没问我是什么原因,他只是说:

"我们稍停几分钟吧,简,等你平静一点儿再念。"在我赶紧把这阵感情迸发竭力平复下去时,他镇静而有耐心地靠着书桌坐在那儿,就像医生用科学的眼光观察着病人身上一次完全可以理解的、意料中的危机那样。我终于压住了啜泣,擦干了眼泪,含糊地说了几句,意思是这天早上身子不太舒服,然后就重又开始做功课,并且完成了全部作业。圣约翰收起我的和他自己的书,锁上书桌,说道:

"好了,简,现在你该去散散步了,跟我一起去吧。"

"我去叫黛安娜和玛丽。"

"不,今天上午我只要一个同伴,而且必须是你。去穿戴好,从厨房门出去,沿着通往泽谷尽头的那条路走,我一会儿就来。"

我不知道折中的办法。在我这一生中,当我跟和自己截然相反的专断好强的性格打交道时,我从来不知道在绝对服从和坚决反抗之间,还有什么折中的办法。我总是忠实地奉行一种办法,直到一旦爆发——有时像火山爆发般猛烈——转向奉行另一种办法。眼前的情况既没有要我反抗的理由,我眼下的心境也不想反抗,于是我便小心地服从了圣约翰的命令。十分钟后,我就和他肩并肩地走在那条幽谷的荒凉小径上了。

微风从西边吹来,它拂过小山,带来了石楠和灯心草的扑鼻香味。天空湛蓝湛蓝的,没有一点儿云彩。几场春雨使溪流涨高了许多,它清澈见底,沿着山谷奔腾而下,从太阳那儿捕捉到粼粼金光,从天空吸取了蓝色宝石的色泽。我们往前走去,离开了小径,踏上了柔软的草地。草儿嫩得像苔藓,绿得像翡翠,草地上细微地点缀着一种小白花,还有繁星般闪烁着的朵朵黄花。不知不觉之间,四面的小山已把我们团团围住,蜿蜒而来的幽谷已到尽头,这儿已是群山的中心。

"我们就在这儿休息一下吧。"圣约翰说,这时我们正走到一个岩石群边上的零零落落的岩石旁。这一大堆岩石守卫着一个隘口似的地方,在隘口的那一边,山溪奔腾直下,形成了一道瀑布。再过去一点儿,山峦抖掉了身上的草地和花朵,只剩下石楠作衣服,岩石作佩玉了。那儿,山把荒芜扩大成蛮荒,把娇艳换成了严峻;那儿,山守护着孤寂的仅存的希望,守护着僻静的最后藏身之地。

我坐了下来,圣约翰站在我旁边。他抬头望望前面的隘口,又低头看看后面的山谷。他的目光随着溪流漂流而去,然后又回头扫过给山溪染色的无云的晴空。他脱下帽子,让微风吹拂着头发,亲吻着额头。他仿佛在跟这个常来之地的守护神默默交谈,用目光在向什么东西告别。

"我会再见到它的,"他说出了声来,"在梦中,当我睡在恒河边的时候;往后,到了一个更久远的时刻——我陷入另一次沉睡时——在另一条更阴暗的河流边,我还会再见到它!"

奇怪的言辞表达了奇怪的爱!一个诚朴的爱国者对祖国的眷恋之情!他坐了下来,有半个小时,我们谁也没有说话,他没对我说,我也没对他说。过了这段时间,他才重又开口说道:

"简,再过六个星期,我就要走了;我已经在'东印度人号'船上订了舱位,船在六月二十日起航。"

"上帝一定会保佑你的,因为你肩负着他的使命。"我回答。

"是的,"他说,"这是我的荣耀和欢乐。我是一位永远正确的主的奴仆。我的远行并不是受凡人的指引,也不是受我软弱的同类那些片面的法律和错误的领导所支使。我的皇上、我的立法者、我的领袖,是尽善尽美的主。我感到奇怪,我周围的人竟然都不急于要站到这面旗帜下来——参加这项事业。"

"并不是人人都有你那样的能力啊;而且弱者要想跟强者齐头并进,那是愚蠢的。"

"我这并不是对弱者说的,我所想到的也不是他们。我只是跟配做这项工作而且有能力完成它的人说这话。"

"那样的人是很少的,而且也很难发现。"

"你说得对,可是一旦发现了,就应该鼓励他们——敦促和劝说他们做这样的努力——应该让他们看到自己的天赋所在,以及为什么赋予他们这样的天赋——向他们传达上帝的旨意——按照上帝的指示,在他的选民中给他们一个位置。"

"要是他们真的有资格做这项工作,难道他们自己的心不会先对他们说吗?"

我感到似乎有一种可怕的魔力正在我四周和头顶围拢、聚集,我颤抖着,生怕听到他说出什么致命的话来,使这种魔力立刻显形,马上奏效。

"那么你的心是怎么说的呢?"圣约翰问。

"我的心什么也没有说——它什么也没有说。"我回答说,吓得全身颤抖,紧张万分。

"那得我来代它说了。"他继续说道,语气深沉而毫不容情,"简,跟我一起去印度吧;作为我的伴侣和同事,去吧!"

山谷和天空打起转来,山峦也在上下起伏!我仿佛听到了上

天的召唤——仿佛有个像马其顿的使者那样的异象中的使者,已经说了:

"请你过来帮助我们!"[1]

可是我不是使徒——我看不见那个使者——我不能接受他的召唤。

"哦,圣约翰!"我叫了起来,"你就行行好吧!"

但我哀求的这个人,在履行他所认为的职责时,是既不知道慈悲,也不懂得同情的。他继续说:

"上帝和大自然有意要你做一个传教士的妻子。他们给予你的不是外貌上的姿色,而是精神上的禀赋。你生来就是为了工作,而不是为了爱情的。你得做传教士的妻子——一定得做。你应该属于我。我要你——不是为了我自己的欢乐,而是为了我的主的事业。"

"我做这不合适,我没有这种才能。"我说。

他料到我一开始会这样反对,听了我的话后他一点儿也不恼火。真的,看他背靠峻岩,双臂抱在胸前,那不动声色的模样,我就知道他早有打算,准备来对付一次持久而顽强的反抗;他蓄足了耐心让他可以坚持到底——不过,他已下定决心,结局必须是他获得彻底胜利。

---

1 据《圣经》记载,使徒保罗传道途中,"在夜间有异象现与保罗,有一个马其顿人,站着求他说:'请你到马其顿来帮助我们。'"详见《圣经·新约·使徒行传》第16章第9节。

"谦卑,简,"他说,"是基督教美德的基础。你说你做这工作不适合,你说得对。可谁又适合呢?或者说,那些真正受到召唤的人,有谁相信自己配受召唤呢?就拿我来说,我不过是一粒灰尘罢了,在圣保罗面前,我承认自己是个最大的罪人,但我不让这种自惭形秽的情绪使自己气馁。我知道我的主,他不仅强大,而且公正。既然他选中一个微弱的工具来完成一项伟大的事业,为了达到这一目的,他就一定会以他那无穷的神力,来弥补所选工具的不足。像我这样想,简——像我这样相信吧。我要你依靠的是一块永久的磐石[1],你不用怀疑,它一定能承受住你人类弱点的重量。"

"我对传教士的生活一无所知,我从来没有研究过传教士的工作。"

"至于这,尽管我微不足道,但还是能给你一些你所需要的帮助。我可以给你安排好每一个小时的工作,一直待在你身边,时时刻刻帮助你。一开始我可以这样做,用不了多久(因为我知道你的能力),你就会跟我一样强,一样合适,不再需要我的帮助。"

"可是我的能力——我从事这项工作的能力在哪儿呢?我感觉不到啊。你刚才这么说的时候,我内心既没有反响,也没有触动。我没有感到热情的迸发——没有感到生命的加剧搏动——也没有听到什么忠告和鼓舞。哦,但愿我能让你明白,我此刻的

1　指耶稣基督。

心灵多么像漆黑一团的地牢,在它深处紧锁着的只有畏缩和恐惧——生怕自己硬被你说服了,试图去做我无法完成的工作。"

"我可以这样回答你——听着。自从我们第一次见面以来,我就一直在观察你。我已经研究你十个月了。在这段时间里,我对你做了各种各样的考验,我看到了什么,得出了什么结论呢?

"在乡村学校里,我发现你能忠实地按时把不合我脾性和爱好的工作做得很好;我看到你干起工作来既有能力,又机敏老练。你既能管人,又能赢得人心。你听到自己突然变富的消息,心情十分平静,从这平静中,我看到了一个毫无底马的罪过[1]的心灵——钱财对你没有过分的影响力。你毫不犹豫地把自己的财产分成四份,自己只留一份,为了道义上的公正,把其余三份都给了别人;从中我看到了一个热情兴奋地甘以做牺牲为乐的灵魂。你温顺地按我的意愿,放弃了自己深感兴趣的课程,只因为我感兴趣而改学了另一门;而且从那以后,你一直孜孜不倦地刻苦学习——用毫不松懈的努力和毫不动摇的坚毅,来应对学习中的种种困难——从上面这些,我确认我所寻求的各种品质你都已完全具备。

"简,你温顺、勤奋、无私、忠实、坚定、勇敢,非常文雅,又非常英勇。别再不相信自己了——我就可以毫无保留地相信你。作为印度学校里的一位女管理员,在印度妇女中工作的一位助

---

1 据《圣经》记载,使徒保罗的门徒底马因为贪爱现今的世界,离弃保罗而去。详见《圣经·新约·提摩太后书》第4章第9—10节。

手,你对我的帮助将是无比宝贵的。"

裹在我身上的铁网罩收紧了,说服在慢慢地稳步逼近。不管我怎么闭眼无视,他最后的一席话,还是把原来似乎已堵塞的道路打通了几分。他要我做的工作,原先是那么模糊不清,漫无头绪,随着他一句句说下去,渐渐清晰紧凑起来,在他一手塑捏下,明确成形了。他等着我回答。我要求他给我一刻钟考虑,然后我会不顾一切地做出回答。

"我很乐意。"他答道,说着他站起身来,大步朝隘口走了一小段路,倒身在石楠地上一个隆起的小土坡上,一动不动地躺在了那儿。

"他要我做的事,我是能够做的,我不得不看到并且承认这一点,"我暗自思忖,"这是说,要是不夺去我的生命的话。不过我觉得,我的生命在印度的烈日下是保不长的。到那时怎么样?他是不会在乎这点的。当我死期来临时,他会异常平静肃穆地把我交还给创造了我的上帝。事情明明白白地摆在我的面前。

"离开英国,对我是离开了一片心爱的但却空无一人的土地——罗切斯特先生不在这儿了;即使他在,对我来说,又会怎么样,又能怎么样呢?我现在的问题是要没有他而活下去。再没有什么像我现在这样荒唐而软弱的了,一天一天地挨日子,仿佛我是在等待某种不可能的环境突变,能让我重又跟他团聚。

"诚然(正如圣约翰说过的那样)我必须在生活中另找一件能引起我关心的事,来代替已经失去的那一件。他现在向我提议的这个工作,不正是人所能接受、上帝所能指派的最光荣的事业吗？从这项工作高尚的动机和崇高的成果看，它不是最适合填补被剥夺了的爱和被打破了的希望留下的空白吗？

"我相信，我应该说'好的'——然而我却禁不住一阵寒战。啊，要是我跟着圣约翰，我等于毁了自己的一半，要是我去了印度，我就是自寻夭折。而且，从离开英国到印度，再从印度到坟墓，这段时间我又会怎么度过呢？哦，我很清楚！这同样也明明白白地摆在我的面前。为了让圣约翰满意，我会把自己累得腰酸背痛，我一定会使他满意的——从他对我期望的最主要的核心部分，直到最琐碎的细枝末节，都会使他满意。要是我真的跟他去了——要是我真的按他的要求做出牺牲，我就会做得十分彻底，我会把自己的一切——心、五脏六腑、整个人——都作为牺牲，奉献到祭台上。他永远也不会爱我，但是他会赞赏我。我要让他看看他从没看到过的能力，还有他料想不到的才智。是的，我能像他一样埋头苦干，像他一样毫无怨言。

"那么，可以同意他的要求了。不过有一点——可怕的一点，那就是——他要我做他的妻子，可他那颗做丈夫的心，并不比那边峡谷中山溪冲刷而过的那块嶙峋的巨石强多少。他珍爱我，犹如士兵珍爱一件好武器，仅此而已。不嫁给他，绝不会使我感到伤心，可要是让他如愿以偿——冷静地把他的计划付诸实施——履行结婚仪礼，这我能受得了吗？我明知他完全心不在焉，我还能从他那儿接受结婚戒指，忍受爱的一切形式（这我相信他会严格奉行）吗？他给予的每一个亲热表示，都只是为了原则做出的牺牲，这种意识我能容忍吗？不，这样的殉道是极其荒诞的，我绝不愿意接受。作为他的妹妹,我可以陪他去——但不是作为他的妻子。我就这么对他说。"

我朝土坡那儿看去;他还躺在那儿,像根横放着的柱子,一动不动;他的脸朝向我,两眼闪闪发光,锐利而警觉。他一跃而起,朝我走了过来。

"要是我能保持自由,我可以随时去印度。"

"你的回答需要做点说明,"他说,"它不够清楚。"

"你一直是我的表兄,我是你的表妹,让我们继续保持这样的关系吧,你我还是别结婚的好。"

他摇摇头。"在这种情况下,表兄妹关系是不行的;要是你是我的亲妹妹,那就不同了,我会带你一起去,用不着找什么妻子了。但照现在的情况,我们俩要在一起,要不是用结婚来加以保证和神圣化,那就无法实现。任何其他办法都会碰到种种实际障碍而行不通。你难道没有看到这一点吗,简?考虑一下吧——你那坚强的理智会告诉你怎样做的。"

我真的考虑了一下。不过,我的理智仍像刚才一样,只给我指出一个事实:我们并不像夫妻间应有的那样彼此相爱。因此它的结论是:我们不应该结婚。我也就这么说。"圣约翰,"我答复说,"我把你看作哥哥——你把我看成妹妹,让我们就这样继续下去吧。"

"不能这样——不能这样,"他用粗暴严厉的断然口气答道,"这不行。你说了,你要跟我一起去印度;记住——你说过这话。"

"那是有条件的。"

"好吧——好吧。主要的一点——跟我一起离开英国,在我未来的工作中做我的助手——这你并不反对。你实际上等于已经用手扶住犁了[1]。你说话算数,不会再缩回去。你时刻想着的只应该是一个目标——怎样才能把你所承担的工作做得最好。你应该把你那些复杂的兴趣、感情、念头、愿望、目标全都简化,把你的所有思想活动都融会到一个目标上,那就是全力以赴、卓有成效地完成你伟大的主的使命。要这样做,你就得有一个帮手——不是一个哥哥——这关系太疏远——而是一个丈夫。同样,我也不需要一个妹妹,妹妹说不准哪天就会让人从我这儿带走。我需要一个妻子——一个我能在生活中给予有效影响,直到死都能绝对保有的唯一伴侣。"

他说着时,我全身直打战。我感到,他的影响已经深达骨髓——他对我的控制已经遍及我的全身。

"上别处去找吧,圣约翰,别找我,去找一个适合你的人。"

"你是说找一个适合我的目的——适合我的使命的人吧。我再跟你说一遍,我并不是作为微不足道的个人——不是作为带有男人种种私心的普通人,而是作为传教士,才希望结婚的。"

"那我就把我的能力才智给这位传教士——他需要的只是这个——而不把我自己给他,那不过是果仁外面的果皮果壳罢了,它们对他毫无用处,我就自己留着吧。"

---

1 见《圣经·新约·路加福音》第9章第62节:"耶稣说,手扶着犁向后看的,不配进上帝的国。"

"你留不住——也不应该留。你以为只有一半的祭品会使上帝满意吗?他会接受一个残缺不全的牺牲吗?我拥护的是上帝的事业,我这是把你招募到他的旗帜之下。我绝不能代表上帝接受你半心半意的忠诚。这必须是全心全意的。"

"哦,我愿意把我的心献给上帝。"我说,"你并不需要它。"

读者啊,我不想起誓说,我说这话时的语气和流露出的感情中,没有带一点儿克制住的讥讽。在这以前,我一直暗暗害怕圣约翰,因为我还不了解他。他始终令我敬畏,因为他总是让我猜不透。迄今为止,我一直说不清,他究竟有几分是圣徒,有几分是凡人。但在这次谈话中,真相却有了揭示。就在我的眼前,对他的本性进行了剖析。我看出他也有错误,这我完全理解。坐在石楠丛生的谷地边,眼看着面前这个英俊的身影,我明白了,我是坐在一个和我一样会犯错误的人脚边。遮盖着他的无情和专横的面纱落下了。一旦在他身上发现了这些品性,我就觉得他并非十全十美,因而也就有了勇气。跟我在一起的是一个和我同等的人——一个我可以和他争论的人——一个如果我认为适合可以加以反抗的人。

我说了上面那最后一句话以后,他默不作声了。过了一会儿,我大胆抬眼看了看他的脸。他的目光正对着我,见我看他,立刻露出带有厉色的惊诧和急于要探询的神情。

"她这是在讽刺,而且在讽刺我?"那目光似乎在说,"这究竟是什么意思?"

"让我们别忘了,这是件严肃的事,"过不多久他开口说道,

"这种事,不论我们轻率地想或轻率地说,都难免有罪。简,你说你要把心奉献给上帝,我相信,你是诚心的。我所要求的也正是这样。一旦把你的心从人身上拉开,把它完全交给你的造物主,那么造物主的精神王国在世上的兴旺发达,就将成为你的主要乐趣和努力目标。只要是能促进实现这个目标的事,你就会随时乐意去做。你会看到,我们俩结婚后身心两方面的结合,会给我们的努力增添多大的推动力;只有这种结合,才能使两个不同的人的命运和打算趋于永远的一致。只要摆脱掉一切细琐的任性——摆脱掉一切感情上微不足道的障碍和脆弱——摆脱掉一切纯属个人爱好的程度、类别、强弱和温情等方面的顾虑——那你就会立刻急于要实现这种结合的。"

"我会吗?"我只是简单地说了句,接着便看看他那匀称英俊,却又严肃呆板得出奇可怕的面容;看看他那威严但并不舒坦的额头;看看他那明亮、深邃、锐利,但丝毫没有温柔的眼睛;看看他那仪表堂堂的高高的身材;我把自己想象成他的妻子。哦!这绝对不行!当他的副牧师,他的同事,完全可以。以那样的身份,我可以和他一起远渡重洋;担任那样的职务,我可以和他一起在东方的烈日下、亚洲的沙漠中埋头苦干;热情赞美并且努力仿效他的勇气、虔诚和过人的精力;对他的支配和控制默默顺从,对他根深蒂固的野心一笑置之。把他身上基督徒和普通人的双重品性区别开来,深深地敬重前者,宽容地原谅后者。

毫无疑问,如果我仅以这样的身份跟着他,我会经常吃苦受难,我的身体会受到过于严格的束缚,可是我的心灵却是自由的。

我还可以求助于没有遭到摧残的自我，在孤独的时候，我还可以跟我那未受奴役的真情实感互通心曲。我心中还可以有一个只属于我自己的、他从未踏入过的隐蔽角落，各种感情可以在那儿随意而安全地滋长，不会被他的严厉无情所摧残，也不会遭到他那沉重的武士步伐所践踏。可一旦成为他的妻子——老是守在他的身边，随时受到拘束，常常遭到阻止——被迫把我天性的火焰压得低低的，迫使它只能在内心燃烧而永远不能倾吐，即使这被禁锢的烈火把五脏六腑——烧尽——这在我是无法忍受的。

"圣约翰！"想到这里，我大声叫了起来。

"怎么样？"他冷冷地回答。

"我再说一遍：我痛快地同意跟你一起去，作为你的传教事业的同事，而不是作为你的妻子；我不能嫁给你，成为你的一部分。"

"你必须成为我的一部分，"他坚定地回答，"否则这整个事情就是一句空话。除非嫁给我，要不，我一个还不到三十岁的男人，怎么能带着一个十九岁的姑娘上印度去呢？我们不结婚，怎么能一直待在一起呢——有时只有我们两人，还是在当地的野蛮部落中？"

"那很好嘛，"我简单地回答说，"在这种情况下，你完全可以把我当作你的亲妹妹，或者当作一个像你一样的男人和教士。"

"大家都知道你不是我的亲妹妹，我也不能向人家这样来介绍你，那样做准会引起对我们两人有害的猜疑。至于别的说法，尽管你有男人那样刚强的头脑，你却有一颗女人的心——这就不行了。"

"行的,"我带有几分不屑地肯定说,"完全行。我是有一颗女人的心,但并不是使在和你有关的地方。对你,我只有一个同伴的忠诚。如果你愿意的话,还有士兵和士兵之间的坦率、诚实、友爱,以及一个新教士对他的圣师的尊敬和服从。再没有别的了——别担心。"

"我需要的是这些,"他自言自语般地说道,"我需要的正是这些。但这样做还存在着障碍,必须把它们清除。简,你嫁给我不会后悔的,这一点你可以相信。我再说一遍,我们俩必须结婚,没有其他的办法。结婚之后,毫无疑问,必定会有足够的爱,甚至让你都会认为我们的结合是对的。"

"我瞧不起你的爱情观,"我忍不住说道。我站起身来,背靠岩石,站在他面前。"瞧不起你表达的这种虚假的感情。是的,圣约翰,你这么做时,我瞧不起你。"

他目不转睛地盯着我,与此同时,还紧抿起他那轮廓俊美的嘴唇。很难说清,他是激怒了,惊呆了,还是别的什么,因为他能完全控制自己而不露声色。

"我简直没料到会从你嘴里听到这样的话,"他说,"我觉得我并没有做出什么和说出什么让人瞧不起呀。"

我为他那温和的语调所感动,他的高尚、坦然的神情把我给镇住了。

"原谅我说了这样的话,圣约翰。不过,我之所以会这么冒失地说话,是你的过错。你提出了一个按我们俩的本性无法一致的话题——一个我们本来不该谈论的话题。光是爱情这两个字就会在我们之间引起争端——如果我们要求实事求是的话,我们该怎么办呢?我们该怎么来看呢?亲爱的表哥,放弃你的结婚计划吧——把它忘了。"

"不,"他说,"这个计划我已经等很久了,而且这是唯一能实现我的伟大目标的计划。不过现在我不想再劝你了。明天我要离家去剑桥,那儿有我的不少朋友,我想去和他们告别一声。我要离家两个星期——你要利用这段时间好好考虑一下我的建议。别忘了,要是你拒绝的话,你拒绝的并不是我,而是上帝。通过我,他给你开辟了一个高尚的前途,但你只有成为我的妻子,才能走上这条路。拒绝做我的妻子,你就会把自己永远局限在自私安逸和一事无成的小道上。那样的话,你就得担心被列入那些抛弃信仰的人之中,那种人比不信教的人更糟!"

他说完了,从我面前转过身去,然后又一次——看看溪流,看看群山。[1]不过这一次,他的感情却全都紧锁在心底,我不配听他说出来了。当我和他并肩往回走时,我在他那冷峻的沉默中,清楚地看出了他对我的全部心情:一个严厉专横的性格在原指望得到服从的地方遭到反抗时感到的失望——一种冷峻固执的判断发现它所不能同意的感情、观点时产生的不满。总之,作为一个常人,他恨不得强制我服从,只是作为一个虔诚的基督徒,他才肯这么耐心地忍受我的执拗,允许给我这么长时间来反省和

1　引自司各特的诗作《最后一个行吟诗人之歌》。

忏悔。

那天晚上,他在吻了两个妹妹以后,觉得连跟我握手都忘掉为好。他默默地离开了房间。我——尽管不爱他,但对他却有着深厚的友情——被他这种明显有意的疏忽刺伤了,伤心得连泪水都涌上了眼睛。

"我看得出来,简,你们在荒原上散步时,你跟圣约翰吵过架了。"黛安娜说,"快去追上他,他现在正逗留在过道里盼着你去呢——他会跟你和好的。"在这种情况下,我不会有过多的自尊,我总是宁愿维持心情愉快,而不是死死保住自己的尊严。于是我毅然跑出去追他——他正站在楼梯角下。

"晚安,圣约翰。"我说。

"晚安,简。"他平静地回答。

他只是碰了碰我的手,握得多松、多冷淡啊!白天发生的事,深深惹恼了他,已经不是热情能够温暖,眼泪可能打动的了。和他已不可能达成愉快的和解——他没有令人欢快的微笑,也没有宽宏大量的话语。不过他还保持着基督徒的耐心和温和,当我问他是否原谅我时,他回答说他没有记恨的习惯,也没有什么要原谅的,因为他并没有受到冒犯。回答了这句话之后,他就撇下我走了。我倒宁愿他一拳把我打倒在地。

35

第二天,他并没有像他说的那样去剑桥,他把去的日子整整推迟了一个星期。在这段时间里,他让我体会到,一个善良而苛刻、耿直而无情的人,对冒犯了他的人,会给予多么严厉的惩罚。没有一个公开的敌对行动,没有一句责备的话,但却能使我时刻感到,我已经不再被他喜爱了。

这倒不是说圣约翰怀有一种非基督徒的报复心理——不是说他会伤害我哪怕是一根头发,尽管他完全可以这么做。不管从自然本性还是从宗教准则来说,他都不至于去寻找那种卑鄙的报复的快感。对于我说的我瞧不起他和他的爱情这件事,他已经原谅了我,但他并没有忘记那几句话。只要他和我都还活着,他就绝不会忘记每当他朝我转过脸来时,我总能从他的神色中看出,这几句话就写在我和他之间的空气中。不管什么时候我一开口,在他听来，我的话音中总有那几句话的声音，而他给我的每一个回答，也总响着那几句话的回声。

他并没有避开我不和我说话，甚至仍和往常一样每天早上都把我叫到他的书桌跟前。但是，我担心他身上那个堕落的人，背着他身上那个纯洁的基督徒，正扬扬得意地在表现自己的能耐。表面上言谈举止完全和往常一样，但却巧妙地从中抽出了过去曾使他的言行具有一种严肃魅力的关心和赞许的态度。对我来说，他实际上已经不再是血肉之躯，而成了大理石；他的眼睛是冰冷晶莹的蓝宝石；他的舌头只是说话的工具——如此而已。

这一切对我来说是一种折磨——细细的、慢悠悠的折磨。它不断激起一种隐约的怒火和令人颤抖的烦恼，弄得我心绪不宁、垂头丧气。我体会到了，要是我做了他的妻子，这位像不见阳光的深泉般纯洁的好人，不用从我血管中抽一滴血，便会把我杀死，而他那水晶般的良心绝不会沾上一点儿犯罪的污点。每次当我试着要跟他和解时，尤其使我感到这一点。没有悔恨来回报我的悔恨，他并没有觉得疏远是痛苦的——也没有急于想和解。尽管不止一次，我簌簌滴下的泪珠，沾湿了我们一起低头看着的书页，可是这对他毫无作用，仿佛他的心真是铁石做成。可与此同时，他对他的两个妹妹却比往常更加亲热，他仿佛生怕，只用冷淡还不足以让我相信我已被完全排斥和放逐，还要用对比来增强力量。而他之所以这样做，我确信不是出于恶意，而是为了信仰。

他离家的前一天晚上，我碰巧看见他日落时独自一人在花园里散步。我望着他,想起这个人尽管现在和我疏远了,但他毕竟曾经救过我的命,而且我们又是近亲,我心里一阵冲动,想做最后一次努力,以求重新得到他的友谊。我走出屋子,朝他走去,他正靠小门站着,我马上直截了当地对他说:

"圣约翰,我很不高兴,因为你还在生我的气。让我们依旧做朋友吧。"

"我相信我们是朋友。"他毫不动容地回答说,眼睛仍旧看着冉冉上升的月亮。刚才我朝他走过去时,他就一直看着了。

"不,圣约翰,我们已经不像以前那样是朋友了,这你知道。"

"现在不是了?这就错了。在我来说,我并不希望你坏,只希望你一切都好。"

"这我相信,圣约翰,因为我相信你对任何人都不会希望他坏。不过,既然我是你的亲戚,我总希望能稍微多得到一点儿爱,超过你对陌生人的一般善心。"

"当然,"他说,"你的希望是合理的;可我远没有把你当作陌生人。"

这话用一种冷淡而平静的口气说出来,听了颇为让人屈辱而又气馁。我要是听任自尊心和怒气的驱使,我会立即就离开他。可是我的心里有什么东西在起作用,比上述的两种感情更为强烈。我深深敬重我表哥的才华和信念。对我来说,他的友谊是极为宝贵的,失去它会使我非常难受。我不愿这么快就轻易放弃重新赢得它的努力。

"我们一定要像这样分手吗,圣约翰?你去印度时,也就这样离开我,除了你刚才说的,就再没有一句亲切一点儿的话了吗?"

这时,他才转过脸来完全不看月亮,面对着我。

"我去印度时,简,我会离开你?怎么!你不去印度了?"

"你说过,除非我嫁给你,要不就不能去。"

"这么说你不愿嫁给我!你还坚持那个决定?"

读者啊,你也像我一样,知道冷酷的人能在他们冰块般的问话中放进怎样的恐怖吗?也知道他们发怒时多么像雪崩,不高兴时多么像冰海迸裂吗?

"是的,圣约翰,我不愿嫁给你,我坚持我的决定。"

冰雪摇摇欲坠,滑下来一点儿,但还没有崩塌下来。

"再问一遍,你为什么要拒绝?"他问。

"先前,"我回答说,"是因为你并不爱我;现在,我可以回答你,是因为你几乎恨死我。要是我嫁给你,你会害死我的。你现在就在害死我。"

他的嘴唇和脸颊都发白了——白得厉害。

"我会害死你——我在害死你?你不该说这样的话。这话太凶暴了,不像女人说的,也不符合事实。这暴露出一种令人遗憾的心理状态,应该受到严厉的谴责。本来这简直是不可饶恕的。不过,宽恕同伴是做人的责任,哪怕宽恕他七十七次。"

这下可完蛋了。我原本一心想从他心头抹去上次冒犯的痕迹,可结果却在那不易抚平的表面打上了另一个深得多的印迹。我简直是把它烙在上面了。

"这一下,你可真的要恨我了。"我说,"想要跟你和解已经毫无用处,我看我已成了你永久的敌人了。"

这话又铸成了新错,而且比刚才更糟,因为它触到了痛处。那毫无血色的嘴唇颤抖着,一时变成了抽搐。我知道是我磨快了那钢刀似的愤怒。我的心一阵绞痛。

"你完全误解了我的话。"我一下抓住了他的手说,"我没有想要你难受或痛苦——真的,一点儿也没有。"

他极其难看地苦笑了一下——非常坚决地从我手中抽回了自己的手。"这么说,我想你现在是收回你的诺言,根本不愿去印度了?"沉默了好一会儿后,他才说道。

"不,我愿意去的,作为你的助手。"我答道。

接着是很长时间的沉默。这期间,人性和神恩在他心里进行着怎样的搏斗,我说不上来。只见他眼中闪出阵阵古怪的光芒,脸上掠过阵阵奇特的阴影。最后,他终于开口了:

"我以前就对你说清楚了,一个像你这样年纪的未婚女人,提出要陪一个像我这样年纪的单身男子去国外,是荒唐的。说时我用了那样的措辞,满以为会让你不再提这种想法了。可你居然还提了出来,我很遗憾——真为你感到遗憾。"

我打断了他的话。任何带有明显责备的话,都会一下子鼓起我的勇气。

"要讲点儿道理,圣约翰,你这简直是在说胡话了。你假装听了我的话大吃一惊。实际上你并没有真的吃惊。你有那样高超的头脑,绝不至于迟钝或自负到误解了我的意思。我再说一遍,如果你愿意,我可以当你的副牧师,但绝不做你的妻子。"

他的脸又变得一片灰白。不过像以前一样,他完全克制住了自己的怒气。他郑重而又平静地回答说:

"一个女的副牧师,却又不是我的妻子,这对我绝对不合适。那么,看来你是不可能跟我一起去了。不过,要是你真有这样的诚心,趁我进城时,我可以去跟一个已经结婚的传教士说说,他的妻子需要一个助手。你自己有财产,可以不依靠教会的救济。这样,你就可以不至于因为破坏诺言,背弃你答应要加入的团体而丢脸了。"

正如读者所知道的,我从来没有许下什么正式的诺言,也从来没有答应要加入什么团体。在这种情况下,说这样的话,未免太严厉了,也太专断了。我答道:

"在这件事情上,我没有什么可丢脸的,我既没有破坏诺言,也没有背弃什么团体。我没有丝毫义务非去印度不可,特别是跟不相干的人一起去。我愿意冒很大的风险跟你一起去,是因为我崇敬你,信任你,并且像亲妹妹那样爱你。不过我确信,不管什么时候去,不管跟谁一起去,在那种气候下,我都是活不长的。"

"啊!原来你是在为自己担心。"他说着,撇了撇嘴。

"是的。上帝给了我生命,并不是让我随意虚抛的。现在我开始觉得,按你希望我的那样去做,几乎等于是自杀,不但这样,在我明确决定离开英国之前,我还得先弄个明白,是否我留在英国就不可能比离开英国有更大的用处。"

"你这是什么意思?"

"要解释也是白费力气的。不过有一件事情,我长期以来都抱着痛苦的疑团。在用什么方法解开这个疑团之前,我哪儿也不能去。"

"我知道你的心向着哪儿,牵挂着什么。你的这种关心是不合法的,也是不神圣的。你早就该把它打消了。现在你应该为提起它感到脸红。你是在想罗切斯特先生?"

他说得对,我默认了。

"你要去找罗切斯特先生?"

"我一定得弄清他现在怎么样了。"

"那么,"他说,"我只能在祷告时想起你了,我真诚地祈求上帝,别让你真的成了一个弃儿。我原以为我看出你是一名上帝的选民。但是上帝所见和人不同,应该按他的意旨行事。"

他打开园门,走了出去,沿着幽谷信步走着,不一会儿就看不见了。

我回到了客厅,发现黛安娜正站在窗口,一副沉思的样子。黛安娜比我高出不少,她把手摁在我的肩上,俯身打量着我的脸。

"简,"她说,"你这一阵子老是心神不定,脸色苍白。我想一定是出什么事了。告诉我,圣约翰和你怎么啦。这半个小时里,我一直从窗口看着你们,你得原谅我成了这么个密探了。不过已经有好长一段时间了,我一直在胡思乱想,自己也不知道在想些什么。圣约翰是个怪人……"

说到这里她就停住了——我没说什么。她马上又接下去说：

"我敢肯定，我的这位哥哥对你有着一种特别的看法。他已经对你关心和注意很久了，他对任何别的人从来不这样——究竟是什么目的呢？但愿他是爱上你了——是吗，简？"

我把她的手摁在我发烫的额头上，说："不，黛，根本没那么回事。"

"那他为什么老是用眼睛那样盯着你？那样经常要你单独和他在一起，老要你待在他身边？玛丽和我都断定，他希望你嫁给他。"

"他是这么希望——他已经提出要我做他的妻子了。"

黛安娜拍起手来。"这正是我们盼望的，正合我们的心意！你一定愿意嫁给他，简，是吗？这样，他就会留在英国了。"

"远远不是这样，黛安娜。他向我求婚的唯一目的是，为他在印度的辛苦工作找一个合适的同伴。"

"什么！他要你去印度？"

"正是。"

"他疯了！"她嚷了起来，"我敢肯定，你在那儿活不到三个月。

你绝不能去，你没答应吧——是吗，简？"

"我已经拒绝嫁给他……"

"因此就使他不高兴了？"她提示说。

"很不高兴。我怕他永远也不会原谅我了。不过，我提出可以作为他的妹妹陪他去。"

"你这么做真是傻到极点了,简。想想你要肩负的工作——那是一种无休无止的劳累,哪怕身强力壮的人都会累死的,而你的身体又这么瘦弱。圣约翰——你是知道他的——会迫使你去做不可能做到的事。跟他在一起,天最热的时间也会不准你休息的。而且不幸的是,我已经注意到,不管他要你做什么,你都会强迫自己去做的。真让我吃惊,你居然有勇气拒绝他的求婚。这么说你是不爱他了,简?"

"不是把他当作丈夫来爱。"

"可他是个英俊的男子呢。"

"而我,你看,黛,长得这么平常。我们一点儿也不相配。"

"平常!你?根本不是那样。你长得太美,太善良了,不能让你在加尔各答活活烤死。"

接着她拼命劝我打消跟她哥哥去印度的一切念头。

"我也真的非打消不可了,"我说,"因为方才我又提出跟他去当执事时,他却认为我这是不端行为而感到大为吃惊。他似乎认为,我提出不结婚跟他去就是品行不端,仿佛我没有一开始就希望把他当哥哥,而且一直都这么对待他。"

"你凭什么说他不爱你呢,简?"

"你该听听他自己对这事是怎么说的。他一再解释说,他希望结婚,并不是为了自己,而是为了他的圣职,他需要有个助手。他还对我说,我这人是为了工作——而不是为了爱情才给创造出来的。毫无疑问,他这话是对的。不过照我想来,既然我不是为了爱情才给创造出来,那我也就不是为了结婚才给创造出来的了。让自己一辈子和一个男人拴在一起,而他只把你当成一件有用的工具,这不奇怪吗,黛?"

"简直不可忍受——不近人情——不像话!"

"再说,"我继续说下去,"尽管我现在对他只有妹妹的感情,可要是勉强做了他的妻子,我可以想象,自己完全有可能会对他产生一种不可避免的、奇怪的、痛苦的爱,因为他是如此才华横溢,他的神情、举止和谈吐中,无不常常有着一种英勇伟大的气概。在那种情况下,我的命运就会变得说不出的悲惨。他不会让我爱他;如果我表示出这种感情,他就会叫我明白,那是多余的东西,他不需要,我也不应该有。我知道他会这么做的。"

"不过,圣约翰可是个善良的人哪。"黛安娜说。

"他是个善良而伟大的人;不过他在追求自己宏大的理想时,会毫不留情地忘掉小人物的感情和要求。所以,对无足轻重的人来说,最好还是躲开他,要不,他在前进的途中,会把他们踩踏在脚下的。他来了!我得走了,黛安娜。"一见他走进花园,我赶紧匆匆上楼去。可是,我不得不在晚饭时再次见到他。吃晚饭时,他显得和往常一样平静。我原以为他根本不会和我说话,而且我还认为他肯定已经放弃了他的结婚计划,可结果却表明我在这两点上全都错了。他完全和平常一样跟我说话,或者说用最近常用的态度跟我说话——一种小心翼翼的彬彬有礼的态度。毫无疑问,他已经求助圣灵平息了心中被我激起的怒火,现在他相信自己已再一次原谅了我。

晚祷前的读经,他选了《启示录》的第二十一章。每次听着

《圣经》的词句从他口中念出来时,总让人感到愉快。他那副好嗓子从来没像宣读上帝的神谕时这样既甜润又洪亮——他的举止神态的高尚纯朴也从来没有像此时这样使人永远难忘。而今天晚上,他的嗓音更加庄严,他的举止更加令人震颤——这时他坐在一家人围成的圈子中间(五月的月光从没有拉上窗帘的窗口流泻进来,使桌上的烛光几乎都变得多余了)。他坐在那儿,俯身对着那本很大的旧《圣经》,按照书页给我们描述着新天新地的景象——告诉大家,上帝将要降临,来跟人们同住,他要擦干他们的眼泪,许诺从今以后不会再有死亡,也不会再有悲伤、哭泣和任何痛苦,因为先前的天地已经过去了。接下来的词句,在他说出来时,奇怪地使我战栗起来。特别是当我从他那微小的、不易觉察的声调改变中,感觉到他把目光移到我身上时。

"得胜的,必承受这些为业;我要做他的上帝,他要做我的儿子。"他念得又慢又清楚,"唯有胆怯的,不信的……他们的份就在烧着硫黄的火湖里;这是第二次的死。"[1]

从这以后,我知道圣约翰为我担心的是一种怎样的命运。

在宣读那一章最后几节光辉的经文时,他流露出一种平静的、克制住的胜利感,其中还掺杂着一种热切渴望的心情。宣读的人深信自己的名字已经写在羔羊生命册上了,他渴望着那个时刻的到来,好让他进入地上的君王将自己的荣耀归与的那座城

---

[1] 见《圣经·新约·启示录》第21章第7—8节。

市;那城市不用日月光照,又有羔羊为城的灯。[1]

在读完这一章以后的祈祷中,他把全部精力都集中起来了——他激发起全部严肃的热诚,虔诚地向上帝祷告,而且决心要赢得胜利。他为心灵软弱的人祈求力量;为离开羊群的迷途者祈求指引;为受尘世和情欲所诱离开窄路[2]的人祈求在最后一刻迷途知返。他请求,他恳求,他要求把那烧灼人的火焰之刑拿开。热诚总是极其庄严感人的。一开始,我听着祈祷时,对他的热诚感到奇怪;当他继续祷告下去,声音越来越激昂时,我被感动了,最后,终于产生了敬畏之情。他是如此真诚地感到自己的目标的伟大和善良,以至于别人听着他的祈祷时,不能不产生同感。

祷告结束后,我们都向他告别。他第二天一早就要动身了。黛安娜和玛丽吻过他之后就走出房间——我想是听了他悄声的暗示才匆匆离开的。我向他伸出手去,祝他旅途愉快。

"谢谢你,简。我说过了,要过两个星期才从剑桥回来。所

---

1. 见《圣经·新约·启示录》第21章第23—27节。原文为:"那城内又不用日月光照,因有上帝的荣耀光照,又有羔羊为城的灯。列国要在城的光里行走;地上的君王必将自己的荣耀归与那城。城门白昼总不关闭;在那里原没有黑夜。人必将列国的荣耀尊贵归与那城。凡不洁净的,并那行可憎与虚谎之事的,总不得进那城;只有名字写在羔羊生命册上的才得进去。"此处所说的城为耶路撒冷,羔羊指耶稣。
2. 据《圣经》记载,耶稣在"登山宝训"中曾对门徒们说:"你们要进窄门。因为引到灭亡,那门是宽的,路是大的,进去的人也多。引到永生,那门是窄的,路是小的,找着的人也少。"因而窄门系指正门,永生之门;窄路系指正路,走向永生之路。详见《圣经·新约·马太福音》第7章第13—14节。

以这段时间还可以留给你再考虑考虑。要是我听从了人类的自尊心,就不会再向你提和我结婚的事了,但是我听从了我的职责,眼睛一直坚定不移地看着我的首要目标——为了上帝的荣耀,去做一切事情。我的主长期受苦受难,我也要这样。我不能眼看着你成为遭天罚的人坠入地狱;忏悔吧——下决心吧,趁现在还来得及。记住,我们受到吩咐,要趁着白天去工作——我们还受到警告:'黑夜将到,就没有人能做了。'[1]别忘了那个生前享尽富贵的财主的命运[2],上帝给了你力量,让你去选择那无法从你手中夺走的较好的福分![3]"说到最后几句话时,他把手放到我的头上。他说得诚挚而温和,说实在的,他的神情可不像是情人望着自己心爱的姑娘,倒像是一个牧师在召唤迷途的羔羊——或者更确切地说,像是一位保护天使在望着他负责照看的灵魂。一切有才能的人,不管他是不是狂热者、野心家,抑或暴君——只要他们是真心诚意的——都有他们超群出众的时候,每当这种

---

1 见《圣经·新约·约翰福音》第9章第4节。原文为:"趁着白日,我们必须做那差我来者的工;黑夜将到,就没有人能做工了。"

2 据《圣经》记载:有一个财主,生前穿着紫色袍和细麻布衣服,天天奢华宴乐,死后在阴间被投入火焰,受尽痛苦。详见《圣经·新约·路加福音》第16章第19—31节。

3 据《圣经》记载:马大、马利亚两姐妹接耶稣到家里,马大忙于伺候耶稣,马利亚却坐听耶稣讲道。马大要耶稣吩咐马利亚来帮忙,耶稣说:"马大、马大,你为许多的事思虑烦扰,但是不可少的只有一件;马利亚已经选择那上好的福分,是不能夺去的。"详见《圣经·新约·路加福音》第10章第38—42节。

时候,他们就能征服别人、统治别人。我心中涌起了对圣约翰的敬仰之情——这种心情是如此强烈,它一下子把我推到了我长久以来一直回避的一点上。我真想不再和他进行抗争——而是顺着他的意志的洪流,冲进他生活的深渊,淹没了我自己的一切。此时此刻,我几乎已被他紧紧地围住,就像以前一度被另一个人以另一种方式围住一样。两次我都做了傻瓜。那一次如果屈服了,将是原则上的错误,这一次如果让步了,则是判断上的错误。这是现在我透过时间这个默默无言的中介,回顾了那个关键时刻才这么想的。而在当时,我却并没有意识到自己是傻瓜。

在我的圣师的触摸下,我一动不动地站在那儿。我的拒绝被遗忘了——我的畏惧被克服了——我的抗争已经瘫痪了。不可能的事——即我和圣约翰结婚——迅速变成可能了。一切都在顷刻之间完全变了样。宗教在召唤——天使在招手——上帝在命令——生命像画卷般卷了起来——死亡的大门敞开着,显示出门那边的永生。好像在说,为了那边的平安幸福,这儿的一切都可以立即牺牲。昏暗的房间里充满了种种幻象。

"你现在可以决定了吗?"那位传教士问。问话的语气很温柔,他还同样温柔地把我拉到身边。哦,那份温柔!它比起强迫来不知要有力多少啊!我能够顶住圣约翰的愤怒,而在他温和的态度下,我却软得像根芦苇。不过,我心里一直很清楚,即使我现在屈服了,将来有一天他还是要我忏悔以前的反抗的。他的本性不可能因一小时庄严的祈祷而改变,它只不过是显得崇高一点儿而已。

"只要我能肯定,我就能决定,"我答道,"只要我确信是上帝的意旨要我嫁给你,我此时此刻就能立誓嫁给你——不管以后会怎么样!"

"我的祈祷感应了!"圣约翰喊了起来。他的手在我头上摁得更紧了,仿佛认定我是他的了。他伸出胳膊搂住了我,几乎像爱我似的(我说的是几乎——我知道其中的差别——因为我曾体验过被爱是怎么回事;不过,也像他一样,我现在已把爱置之度外,想到的只是职责了)。我跟内心的犹豫不决搏斗着,它面前依旧翻腾着疑云。我真诚热切地深深渴望做正当的事,只做正当的事。"指引我,指引我该走的路吧!"我向上帝祈求。我还从来没有这样激动过。至于接下来发生的事究竟是不是因为我过分激动所致,那就得请读者来判断了。

整幢房子寂静无声,我相信,除了我和圣约翰外,都已上床休息了。仅有的一支蜡烛正在渐渐熄灭,房间里洒满了明亮的月光。我的心急速而剧烈地跳动着,我听到了它的搏动声。突然间,它在一种说不出的感觉的震颤下骤然停止了,这种感觉紧接着又从心脏传到大脑,传到四肢。它不像电击,但像电击一样锐利、奇特、吓人。它对我的感官的作用是如此强烈,仿佛在这以前它们最活跃时也只不过是在昏睡,只有这时候它们才受到呼唤,被迫惊醒过来。它们继而期待着,眼睛和耳朵伫候着,骨头上的肌肉也兴奋得在颤抖。

"你听见什么了?你看见什么了?"圣约翰问。我没看见什么,但是我听见什么地方有个声音在呼唤:

"简！简！简！"——再没有别的了。

"哦，上帝！这是什么？"我喘着粗气。

我本来还可以问："它在哪儿？"因为它不像在房间里，不像在屋子里，也不像在花园里；它不是来自空中，不是来自地下，也不是来自头顶。我听见了它——它究竟在哪儿，从哪儿来，就永远也无法知道了！但这是人的声音——一个熟悉的、亲爱的、铭记在心的声音——是爱德华·费尔法克斯·罗切斯特的声音；这是从痛苦和悲哀中狂野、凄惨而急迫地喊出的声音。

"我来了！"我喊了起来。"等着我！哦，我就来！"我飞奔到门口，朝过道里望望，那儿一片漆黑。我跑到屋外的花园里，那儿空无一人。

"你在哪儿呀？"我喊道。

泽谷那边的群山送来了隐约的回声——"你在哪儿呀？"我倾听着。风在枞树间低声叹息，四周只有沼泽地的荒凉和午夜的寂静。

"去你的吧，迷信！"当那幽灵黑魆魆地在大门外黑沉沉的紫杉树旁出现时，我心里议论说，"这不是你的骗局，也不是你的巫术，这是大自然的功绩。她被唤醒了，做出了——虽非奇迹但却是最大的大好事。"

我挣脱了一直跟着我、一直想阻拦我的圣约翰。现在轮到我占上风了。我的力量开始起作用，并且发挥威力了。我叫他什么也别再问，什么也别再说。我要求他离开我。我要一个人待着，我只想独自一人待着。他立即听从了。只要有魄力断然下命令，别人总是会服从的。

我上楼回到卧室,把自己锁在了里面。我跪了下来,用自己的方式祈祷起来——和圣约翰的方式不同,但自有它自己的效用。我仿佛来到一个强大的神灵跟前,把我满怀感激的心灵和盘托出在他的脚下。感恩之后,我站起身来——决心已下——接着就睡下了。这时已心明眼亮,毫无畏惧,一心只盼着黎明的到来。

36

黎明终于到来了。天刚破晓我就起了床。我忙了一两个小时,把我房里、抽屉里和衣橱里的东西都收拾了一下,整理得就像我要短期外出的那种样子。在这中间,我听到圣约翰走出自己的房间,来到我的房门口停了下来。我担心他会敲门——可是没有,只是从门底下塞进来一张纸条。我捡起纸条。上面写着这样一些话:

> 昨晚你离开得太突然。要是你再多待一会儿,你就会把手放在基督的十字架和天使的冠冕上了。等我两星期后回来时,希望你能做出明确的决定。在此期间,你要多加小心并多做祈祷,不要陷入诱惑。我相信,灵是愿意的,可

我看出,肉是软弱的。我将时刻为你祈祷。

你的圣约翰

"我的灵,"我在心里回答,"愿意去做任何一件正当的事;而我的肉,我希望一旦让我清楚地知道上帝的意旨后,也能坚强得足以去执行这个意旨。不管怎样,它都坚强得能够去搜寻——探问——摸索出一条出路,冲出这团疑云,找到确然无疑的晴空。"

那天是六月一日,但早晨乌云密布,凉气袭人,雨点密密地敲打着我的窗子。我听见前门打开了,圣约翰走了出来。透过窗户,我望见他径直穿过花园,踏上了雾蒙蒙的荒原,朝惠特克劳斯的方向走去——他将在那儿搭乘马车。

"再过几小时,我就要在你之后走上那条路了,表哥,"我心里想,"我也要去惠特克劳斯搭乘马车。在我永远离开英国之前,我也有几个人要去探访和问候。"

离早饭时间还有两小时。为了打发这段时间,我轻轻地在房间里来回踱步,思考着促使我采取目前这个计划的那件怪事。我回想着当时所经历的内心感觉,我还能回想起它,回想起那说不出的奇怪滋味。我回想起我所听到的声音,再一次问自己,那声音是从哪儿来的,但和前次一样,依然找不到答案。看来它来自我内心——不是来自外部世界。我问自己,那只是一种神经质的印象——一种幻觉吗?我既无法想象,也不相信。这倒更像是一种启示。那种奇异的感情震颤,就像是那次把关着保罗和西拉的监牢的地基都摇动了的地震¹,它打开了心灵的牢门,松开了它的锁链——把它从沉睡中唤醒;它哆嗦着跳了起来,倾听着,惊得发呆了;接着就连发出三声大喊,震动了我受惊的耳朵,钻进我战栗的心,传遍我整个灵魂。但灵魂既不畏惧,也没震惊,而是欢喜雀跃,仿佛因为有幸摆脱了累赘的肉体,做了一次成功的努力而大为高兴。

"要不了几天,"我从沉思中回过神来后说,"我就可以知道一些有关他的情况了,昨晚似乎就是他的声音在呼唤我。写信已经证明没有用处——那就让我亲自去查访一番吧。"

吃早饭时,我告诉黛安娜和玛丽,我要出门去一趟,至少要去四天。

"一个人去吗,简?"她们问。

"是的。我是去看望一个朋友或者打听一下他的消息,我已经挂念他一些日子了。"

她们本可以说,她们一直以为我除了她们之外并没有朋友,我敢肯定她们心里一定是这么想的,我确实也是经常这么说的。可是她们出于天生的真诚体贴,对这没有多说什么。黛安娜只是问我,是不是肯定自己身体很好,出门不成问题,她说我看上去脸色很苍白。我回答说,我并没有什么不舒服,只是心里有些焦

---

1 据《圣经》记载,使徒保罗和西拉在马其顿传道,被捉拿下狱。半夜时,他们"祷告唱诗赞美上帝……忽然大地震动,甚至监牢的地基都摇动了,监门立刻全开,众囚犯的锁链也都松开了。"详见《圣经·新约·使徒行传》第 16 章第 24—26 节。

虑，相信不久就会好一些的。

接下来的事就好办了，因为我既没有受到盘问，也没有受到猜测的打扰。一旦向她们解释说，眼下我还不能向她们说出我的打算，她们也就好心而聪明地同意我对她们保持沉默，给了我自由行动的权利。在同样的情况下，我也会这样对待她们的。

我在下午三点钟离开沼泽山庄，四点刚过，我就站在惠特克劳斯的路标底下，等着那辆要载我去遥远的桑菲尔德府的马车到来。在荒山僻路的寂静之中，我老远就听到了它逐渐驶近的声音。正好又是一年前的那辆车，在那个夏日的傍晚，我就是在这儿从它上面下来的——当时我是多么孤单、绝望和无所适从啊！我招呼了一声，马车停下了。我上了车——这次用不着拿我的全部家当来付车费了。

重又踏上去桑菲尔德的路，我觉得自己就像是一只飞上归途的信鸽。路上走了三十六个小时。我是星期二下午从惠特克劳斯出发的，星期四一大早，马车在路边一家客店门口停了下来，给马饮水。客店周围风景如画，绿色的树篱，大片的田野，长满牧草的山丘（比起莫尔顿那严峻的北方中部荒原，它的面貌多么柔和，它的色泽多么青翠啊！），像一张熟悉的面孔扑入了我的眼帘。是啊，我熟悉这种景色，我确信我们离目的地已经不远了。

"从这儿到桑菲尔德府还有多远？"我问客店里的马夫。

"只有两英里了，小姐，穿过那片田野就是。"

"我的旅程结束了。"我暗自思忖。

我下了马车,把随身带的一只箱子交托给客店马夫,让他替我保管着,等我来取。我付过车费,使马车夫满意后,正准备上路,抬眼看到了被曙光照亮的客店招牌,那上面写着"罗切斯特纹章"几个金色大字。我的心剧跳起来,我已经来到我主人的地界了。可是接着我的心又沉下去了,我突然想到:

"你不知道,也许你的主人自己都远在英吉利海峡那边哩。再说,即使他仍在你匆忙赶去的桑菲尔德府,可除他之外那儿还有谁呢?他的疯妻子。而你跟她又毫不相干,你既不敢去跟她说话,也不敢去跟她见面。你会白费精力的——还是别再往前走的好。"我心里那告诫的声音竭力规劝道,"还是先向客店里的人打听一下消息吧,他们会把你想知道的事全告诉你的,他们能马上解开你的疑团。到那个男人那儿去,问问罗切斯特先生是否在家。"

这主意是很明智的,可我怎么也无法强迫自己去这么做。我生怕得到一个使我失望得垮了的回答。延长疑虑也就延长了希望,而且还可以在希望之星的照耀下再看一眼那座宅子。眼前就是那阶梯——就是那片田野,我偷偷溜出桑菲尔德府的那天早晨,在仇恨的怒火驱使下,不顾一切、漫无目的、心烦意乱地匆匆走过的就是这片田野。

此刻,在我还没有想好究竟该怎么办时,我就已经来到田野中间了。我走得多快啊!有时候简直是在奔跑!我多么盼望能一眼就看到那座熟悉的林子啊!我是怀着怎样的感情来迎接那一棵棵熟悉的树木,以及树林间的草地和小山啊!

最后，林子终于耸立在我的面前。林间黑压压地聚集着一大群白嘴鸦。一声响亮的鸦叫划破了清晨的宁静。一种奇特的兴奋心情激励着我，我继续快步朝前走去。又一片田野被我抛到了身后——接着走过一条小径——小径的那头就是院墙——就是下房了。宅子本身以及鸦巢，都还遮掩着看不见。

"我第一眼应该看到宅子的正面，"我心中暗自决定，"在那儿，威武的雉堞会一下子壮观地呈现在眼前；而且在那儿，我还能认出主人的窗子，说不定此时他正好站在窗口——他起得很早；也许他现在正在果园里，或者是在前面的那条石路上散步。要是我能看见他该有多好啊！——只要看一眼！当然，在那种情况下，我能肯定自己不会发疯般地朝他奔去吗？我说不上来——我不敢肯定。要是我朝他奔去，那会怎么样呢？上帝保佑他！那会怎么样呢？让我再品尝一下他的目光能赋予我的生命，那又会伤害谁呢？——我真是在说梦话，也许，他这会儿正在眺望比利牛斯山顶或者南方平静海面上的日出呢。"

我沿着果园的矮墙走着——拐过一个墙角，那儿正好有一扇门开着，通向宅前草地。门两旁有两根石柱，上面顶着石球。站在一根石柱后面，我可以把宅子的整个正面悄悄地看个一清二楚。我小心翼翼地探出头去，急于想弄清是否有哪个卧室的窗帘已经拉起。雉堞、窗户、长长的宅子正面——从这个隐蔽的角落我全都能看到。

当我在这样眺望时，盘旋在我头上的鸦群也许正在注视着我。真想知道它们在想些什么。它们准会认为我开始时非常小心胆怯，后来却渐渐过于大胆和鲁莽起来。先是窥探，接着是久久瞪大眼睛望着，然后又从隐蔽处走了出来，径直走到草地上，最后又突然在宅子的前面站住不动了，久久地朝它凝视着。"一开始何必装得那么羞羞答答？"它们可能会问，"现在怎么又这样傻里傻气什么都不顾了？"读者啊，听我打个比喻吧。

一个情人发现他心爱的姑娘正熟睡在青苔遍布的河岸上，他想要看一看她美丽的脸而不把她惊醒。他蹑手蹑脚地从草地上走过去，留神不发出一点儿声音；他停下了——仿佛觉得她动了动身子，他连忙把脚缩回——他无论如何都不想让她发现。一切都静悄悄的，他又往前走去，在她跟前俯下身来；她的脸上蒙着一块薄纱；他轻轻掀起面纱，头俯得更低了；此时他指望看到的是一幅美人图——美人正温柔、娇艳、可爱地安睡着。他投过去的第一眼是多么匆促，可是那目光突然凝滞了，他是多么得吃惊啊！他突然伸出双臂紧紧地抱住了姑娘的身子，可就在刚才，他连手指也不敢去碰一下啊！他大声呼唤着一个名字，放下了抱着的身躯，发了狂似的直愣愣盯着她！然后他又把她紧紧抱起，哭叫着、凝视着，因为他已不用担心她会被他发出的任何声音，做出的任何动作所惊醒。他原以为他的情人正酣睡着，结果却发现她已经死去了。

我怀着怯生生的喜悦指望看到一座宏伟的宅子，结果却看见了一片焦黑的废墟。

没有必要再缩在门柱后面了，真的！——没有必要再仰头窥视卧室的窗格，生怕里面已经有人在走动了！也没有必要去倾听开门的响声——想象着铺石路和沙砾小径上有脚步声传来！草坪给践踏了，庭园已经荒芜；大门空空地大张着嘴。宅子正面就像有次我在梦里见过的那样，只剩下一堵薄壳似的墙，看上去又亮又脆，上面敞开着一个个没有玻璃的窗洞；没有屋顶，没有雉堞，也没有烟囱——一切全都倒塌在里面了。

周围是一片死一般的寂静，还有荒漠僻野的凄凉。难怪写信给这儿的人永远收不到回信了，就像把信寄到教堂侧廊的墓穴里一样。石块上那阴森森的焦黑色，说明这座宅子是遭到什么厄运倒塌的——它遭了火灾。可是大火是怎么烧起来的呢？这场灾祸的背后有着怎样的故事呢？除了灰泥、大理石和木构件等之外，还有没有其他的损失？是不是有人命和财产一起遭到劫难？如果有的话，会是谁？可是这个可怕的问题，这儿没有一个人回答——就连无声的迹象，不会说话的标记也没有。

绕过断墙残壁，穿过遭受浩劫的宅子内部，我见到了一些痕迹，看出这场灾难并非新近发生。我觉得一场场冬雪曾飘过那空洞洞的拱门，一阵阵冬雨曾打进那空荡荡的窗棂，因为春天已经从那些湿漉漉的成堆垃圾中孕育出了植物；石块和落下的橡木间到处杂草丛生。哦，这期间那位遭受这场灾难的不幸主人又在哪儿呢？在哪片土地上？靠什么支持着？我的目光不由地移向大门旁那座灰色的教堂塔楼，自问道："难道他已跟戴默尔·德·罗切斯特一样，躺进那狭窄的大理石住所了吗？"

一定得让这些问题找到答案。除了上客店，哪儿也不可能找到答案。因此我很快就赶回到那里，店老板亲自把早饭送到了我的客厅。我请他关上门,坐下来,告诉他我想问他几个问题。可是待他遵命照办了,我却又几乎不知该怎么开口才好。我是那么害怕听到可能得到的回答。好在我刚刚离开那荒凉的景象,已使我对听一个悲惨的故事有了一定的心理准备。而且店老板是个样子可敬的中年人。

"你一定知道桑菲尔德府吧?"我终于斟酌着问了这么一句。

"是的,小姐,我以前在那儿待过。"

"是吗?"一定不是我在的那段时间吧,我心里想,我不认识你。

"我当过已故的罗切斯特先生的管事。"他补了一句。

已故的!我感到受到了我竭力想躲避的那重重一击。

"已故的!"我喘不过气来了。"他死了?"

"我说的是现在这位绅士爱德华先生的父亲。"他解释说。我又喘过气来了,我的血液重新开始流动。听了这话使我完全放心了,爱德华先生——我的罗切斯特先生(不管他在哪儿,愿上帝保佑他!)至少还活着。总之,是"现在这位绅士"。这话真让人高兴!这一来,下面所有的话——不管说出来的是什么——我都能平静地听下去了。只要他不在坟墓里,我想,哪怕听说他现在在安蒂波德斯群岛[1],我也受得了。

"罗切斯特先生现在还住在桑菲尔德府吗?"我问。当然知道他的回答是什么。我只是想尽量拖延一下,不急于直接探问他

1　位于新西兰南端南太平洋中,邻近南极洲。

罗切斯特先生究竟在哪儿。

"不,小姐——哦,不!没人住在那儿了。我想你不是这一带的人吧,要不你准听说过去年秋天发生的事——桑菲尔德府全都成了一片废墟;大约正好是秋收的时候,它给烧毁了。一场可怕的灾难!那么多值钱的东西全烧毁了,几乎没有抢出一件家具。火是深更半夜烧起来的,没等救火车从米尔科特赶到,宅子就已烧成一片火海。那景象真是太可怕了,我亲眼看到的。"

"深更半夜!"我喃喃说着。是啊,那一向是桑菲尔德府出事的时刻。"知道火是怎么烧起来的吗?"我问。

"大家猜测了,小姐,人们只是猜测。不过,说真的,我倒认为那是千真万确的事,没什么可怀疑的。你也许不知道吧,"他把椅子往我桌前挪了挪,悄声地接着说,"有一位太太……有一个……一个疯子,养在宅子里。"

"我听说过一点儿。"

"她给非常严密地禁闭在宅子里,小姐,多年来大家一点儿都不知道有这么个人。没人看见过她,人们只是听说府里有这么个人。至于她到底是谁,什么模样,就很难猜测了。有人说她是爱德华先生从国外带回来的,也有人认为她准是他的情妇。可是一年前发生了一件奇怪的事——一件非常奇怪的事。"

我担心现在我要听我自己的故事了,我竭力提醒他,想把他引回到正题上来。

"这位太太是怎么回事?"

"这位太太,小姐,"他回答说,"原来是罗切斯特先生的妻子!

　　这件事是在非常奇怪的情况下给发现的。府里有一位年轻小姐,是位家庭教师,罗切斯特先生爱……"

　　"那火灾又是怎么回事?"我提醒他。

　　"我马上要说到了,小姐——爱德华先生爱上了那位小姐。仆人们说,从来没见过有谁爱得像他那么深的。他不断地追求她。他们老是偷偷注意着他——小姐,你知道,仆人们总是这样的——他把她看得比什么都重要,尽管除他之外,没有人认为她长得有多漂亮。他们说她是个挺小的小个子,几乎像个孩子。我自己从没见过她,不过我听府里的女仆莉亚说起过她。莉亚很喜欢她。罗切斯特先生快四十岁了,而这位家庭教师还不到二十岁。你知道,像他那样年纪的先生们爱上了年轻的姑娘,往往会像中了魔似的。嗯,他要娶她。"

　　"这段故事你另外时间再给我说吧,"我说,"眼下我有特殊的原因想先听听有关火灾的全部情况。是不是怀疑那个疯子,罗切斯特太太,和这场火有关。"

　　"你猜着了,小姐,可以肯定是她,除了她,没有人会放火的。有个女人专门负责照管她,她叫普尔太太——在干她们那一行的人中,她称得上是个能干的女人,也很可靠,她只有一个毛病——不少像她那样干护士和看守的人都有这种毛病——她老给自己藏着一瓶杜松子酒,而且时不时地要多喝那么一口。这本是可以原谅的,因为她干这种活,日子实在不大好过,但这总归是件危险的事。因为普尔太太喝了酒以后,马上就会倒头呼呼大睡。那位疯太太狡猾得像巫婆,趁机就会掏走她口袋里的钥匙,逃出房间,在屋子里到处转悠,脑子想到什么疯念头就干什么。据说,有一次她险些把她丈夫烧死在床上,这件事我不太清楚。但这天夜里,她是先把自己隔壁房间的帐幔点着了,然后来到下面一层楼里,摸进那个家庭教师住过的房间——(她不知怎的好像有点儿知道近来发生的事,所以对她心怀怨恨)——点着了那儿的床,幸好没有人睡在里面。女教师两个月前就逃走了;尽管罗切斯特先生千方百计找她,仿佛她是他世上最心爱的宝贝,但一直打听不到她的消息。他变得脾气暴躁了——由于失望变得异常凶暴。他一向不是个凶暴的人,可自从失去了那位小姐,他的脾气变得很可怕了。他还坚持要独自一人待着。他把管家费尔法克斯太太打发到远方她的一个朋友家去住,不过这事他做得很慷慨,给了她一笔终身年金,这在她是受之无愧的——她是个很好的人。还有个受他监护的女孩,阿黛尔小姐,给送进了学校。他断绝了跟一切乡绅的往来,像个隐士似的把自己关在宅子里。"

"什么?他没离开英国?"

"离开英国?哎哟,没有!他连门槛都不愿跨出一步。只有在半夜时,他经常会像个鬼魂似的在院子里和果园里转悠——就像神智错乱了似的——我看他真的有点儿不正常了。在那个小个子女教师弄得他神魂颠倒之前,小姐,你从没见过有哪位绅士比他更有生气、更有胆识、更有头脑的了。他不像有些人那样整天沉湎于喝酒、打牌、骑马;他虽然貌不惊人,可是他有一个男人应有的勇气和意志。你知道,他还是个孩子的时候,我就熟悉他了。就我来说,我真希望那位爱小姐在来桑菲尔德府以前就淹死在海里。"

"这么说,起火时罗切斯特先生正在家里?"

"是的,他确实在家里。上上下下全都烧着时,他还奔上顶楼,把仆人们从床上叫起来,亲自扶他们下楼;然后他又返回楼上,要把他的疯妻子从小房间里救出来。这时他们叫喊着告诉他,她已爬上屋顶;她站在那儿,在雉堞上挥舞着胳膊,还大声叫嚷着,那声音一英里外都能听见。我这是亲眼所见,亲耳所闻。她是个大个子女人,头发又长又黑;她站在那儿时,我们可以看见她的头发在火光中飘动。我和另外几个人亲眼看见,罗切斯特先生从天窗爬上屋顶,我们还听见他喊着"伯莎!"看见他朝她走过去。可紧接着,小姐,她却大叫一声,纵身跳了下来,刹那间就躺在了铺石路上,摔得血肉模糊。"

"死了?"

"死了!唉,死了,就像溅满她的脑浆和鲜血的石头一样!"

"天哪!"

"你说得不错,小姐,真是太可怕了!"

他打了个寒噤。

"那后来呢?"

"唔,小姐,后来宅子就烧成一片平地,现在只剩下几堵断墙残壁在那儿了。"

"还死了别的人吗?"

"没有——说不定有的话反倒好一些。"

"你这是什么意思?"

"可怜的爱德华先生!"他突然感叹道。"我从没料到还会看到这样的事!有人说这对他是个公正的报应,因为他隐瞒了第一次婚姻,还有个妻子活着就想再娶另一个。可拿我来说,我可怜他。"

"你不是说他还活着吗?"我喊了起来。

"是的、是的,他还活着,但许多人觉得他还是死了的好。"

"为什么?他怎么了?"我的血又变得冰凉。"他在哪儿?"我问道,"他在英国吗?"

"对——对——他是在英国。他没法儿离开英国了,我想——他现在是动不了啦。"

这有多折磨人啊!这人好像是决心要拖延说出真情。

"他完全瞎了,"他终于说了出来,"是的——他全瞎了——爱德华先生全瞎了。"

我原来担心的比这更糟,我担心他疯了。我竭力定下心来,问他这不幸是怎么造成的。

"这全怪他自己的勇气,也可以说,怪他自己的好心肠,小姐。他一定要在所有的人全都离开宅子后才肯离开。直到罗切斯特太太从雉堞上跳下之后,他最后才从主楼梯上下来。可是就在这时,轰隆一声——房子整个儿塌下来了。他让人从废墟里给拖了出来,人还活着,但伤得可惨了。一根大梁掉下来,正好护住了他一部分,可是一只眼珠给砸了出来,一只手也给压烂了,外科医生卡特先生不得不马上把它截掉。另一只眼睛也跟着发炎了,最后也没能保住。他现在真是毫无指望了——瞎了眼睛,手也残废了。"

"他在哪儿?他现在住在哪儿?"

"在芬丁,他的农庄的一幢庄园住宅里,离这儿大约有三十英里,是个很荒僻的地方。"

"谁跟他在一起呢?"

"老约翰和他的妻子,别的人他全不要,听说,他完全垮了。"

"你有车吗?不管什么样的。"

"我们有辆轻便马车,小姐,一辆挺漂亮的车。"

"让他们马上把车备好,要是你的车夫能在今天天黑以前把我送到芬丁,我就付给你和他比平常多一倍的钱。"

37

芬丁庄园里的住宅是座中等大小、相当古老的建筑,朴实无华,深深地隐藏在一座林子里。这地方我以前就听说过,罗切斯特先生经常说起它,有时候他还上那儿去。他父亲买下这处产业是为了狩猎。他本想把房子出租,但因为地点不好,对健康不利,找不到租户。因而芬丁庄园的房子就一直空着,也没有陈设家具,只有两三个房间布置过,供主人在狩猎季节居住。

就在天快要黑下来的时候,我来到了这座庄园。这是个天色阴沉、冷风袭人、细雨透骨的傍晚。我按原先的许诺,付了双倍的车钱,把车子和车夫打发走了,最后一英里路我是步行走完的。甚至到了离住宅很近的地方,我还见不到房子的影子,它四周阴森森的林子中的树木,长得实在太茂密了。两根花岗岩柱子之间的铁门告诉了我该从哪儿进去。一进了门,我立刻就发现自己已经置身在密林笼罩的苍茫暮色之中。在苍老多节的树干之间和枝叶交错形成的"拱门"底下，一条杂草丛生的小径沿着林间通道蜿蜒向前。我顺着它走去，满以为很快就能走到住宅跟前，不料小径不断向前伸延，蜿蜒曲折，越伸越远，始终看不到一点儿住宅和庭园的影子。

我以为自己走错了方向，迷了路，苍茫的暮色和林间的幽暗越来越浓地笼罩着我。我四处张望，想再找出一条路来，可什么路也没找到。到处都是纵横交织的枝丫，柱子似的树干和夏日浓密的绿荫——哪儿也不见通道。

我继续往前走。前面的路终于开阔起来，树木也比较稀疏了。过不多久，我就看到了一道栏杆，接着就看到了房子——在这样昏暗的光线下，它几乎跟树木很难区别开来，它那破败的墙壁是那么潮湿，长满了青苔。踏进一道只插着门闩的门，我站在一块围起来的空地中间，树木呈半圆形，从这儿伸展开去，没有花坛，没有花，只有一条宽宽的砾石路环绕着一小片草地，周围则全是浓密的树林。房子的正面露出两堵尖尖的山墙，窗子很窄，安有格子，前门也很狭窄，登上一级台阶就到门口。总的看来，正像罗切斯特纹章客店的老板说的，这儿"是个很荒僻的地方"。它静得就像平常日子里的教堂一样，周围能听到的只有雨点儿打在树叶上的沙沙声。

"这儿会有人吗？"我问。

是的，是有一点儿生命的迹象，因为我听到了响动——那扇狭窄的前门正在打开，有个人影刚要从房子里出来。

门慢慢地打开了,一个人影出现在暮色中,站在台阶上,那是一个没戴帽子的男人。他往前伸出一只手,似乎想试试天有没有下雨。尽管暮色昏暗,我还是认出了他——那不是别人,正是我的主人,爱德华·费尔法克斯·罗切斯特!

我停下脚步,几乎屏住呼吸,站在那儿看着他——细细打量着他,他没有看到我,哦,他看不见啊!这是一次突然的会面,一次痛苦完全压倒欣喜的会面。我没有费多大劲儿就迫使自己没唤出声来,也没有奔向前去。

他的身子仍和以前一样强健、壮实,他的体态仍旧笔挺,头发依然乌黑,他的容貌也没有改变或憔悴。不管有多忧伤,一年时间还不足以销蚀他那运动员般的强壮体魄,或者摧毁他那朝气蓬勃的青春活力。但在他的面部表情上,我还是看出了变化。它看上去绝望而心事重重——它使我想起了一只受到虐待而且身处笼中的野兽或者鸟儿,在它恼怒痛苦之际,走近它是危险的。被残酷地弄瞎一对金睛的笼中雄鹰,看上去大概就像眼前这位失明的参孙吧。

啊,读者,你以为失明后处于凶暴状态的他会使我感到害怕吗?——要是你这么想,那就太不了解我了。我在伤心之中还夹杂着一种温柔的愿望,即过不了多久,我就要大胆地吻一吻他那岩石般的额头,吻一吻他额头下面如此严峻地紧闭着的双唇,但不是现在。现在我还不想招呼他。

他走下那一级台阶,慢慢摸索着朝那块草地走去。他那雄赳赳的大步如今哪儿去了啊?紧接着,他就停了下来,好像是不知道该往哪儿拐才是。他抬起一只手,睁开眼睑,费了很大的劲儿,茫然地瞪着天空,瞪着那半圆形阶梯状的树林。可以看出,一切景物对他来说都只是黑洞洞的一片。他伸出右手(被截过的左臂他一直藏在怀里),似乎想凭触摸弄清周围有些什么,然而他摸到的依然是一片空虚,因为那些树木离他站着的地方还有好几码远哩。他放弃了这番尝试,抱着胳膊,安静地默默站在雨中,任凭这会儿开始下大的雨点儿打在他没戴帽子的头上。正在这时,约翰不知从哪儿走了出来,走到他的跟前。

"要我扶你一下吗,先生?"他说,"大雨就要来了,你还是进屋去吧?"

"别管我。"他回答。

约翰退回去了,他没有看见我。罗切斯特先生这时想试着走动走动,可是不成——对周围的一切都太没有把握了。他一路摸索着朝屋子里走去,进屋后,关上了门。

这时我才走上前去,敲了敲门。来给我开门的是约翰的妻子。"玛丽,"我说,"你好吗?"

她吓了一大跳,就像看见了一个鬼似的。我极力让她平静下来。

"真的是你吗,小姐?这么晚了还到这个荒僻的地方来?"对她的问话,我握了一下她的手作为回答。然后我跟着她走进厨房,约翰这时正坐在熊熊的炉火旁。我用简单几句话向他们说明,我对自己离开桑菲尔德后这儿发生的情况已经了解,而现在我是来看望罗切斯特先生的。我请约翰到我打发走马车的那个卡子上去一趟,把我留在那儿的箱子取来。然后,我脱下帽子和披巾,并问玛丽能不能让我在庄园里过夜。等问明安排有点儿困难但还不是办不到后,我就告诉她我要在这儿住下来。就在这时,客厅里的铃响了。

"你进去的时候,"我说,"告诉你的主人,有个人想跟他谈谈,但别说出我的名字。"

"我想他不会见你的,"她回答说,"他谁也不肯见。"

她回来的时候,我问她他怎么说。

"要你报出你的姓名和来意,"她回答,然后她倒了一杯水,把它和几支蜡烛一起放在一只托盘里。

"他打铃就是要这个吗?"我问。

"是的,他虽然瞎了,可天一黑总是要叫人送蜡烛进去。"

"把托盘给我,我来送进去。"

我从她手里接过托盘,她给我指明客厅的门。我端着托盘,托盘不住晃动,玻璃杯里的水都泼出来了,我的心又响又急地撞击着肋骨。玛丽给我开了门,等我进去后又把门关上了。

客厅里有些阴暗,一小堆乏人拨弄的火在炉子里微弱地燃烧着。屋子的瞎主人的头靠在高高的老式壁炉架上,俯身对着炉火。他那条老狗派洛特躺在一边,没挡着他的路,它蜷缩着身子,仿佛生怕无意间被踩着。我一进去,派洛特就竖起耳朵,接着一跃而起,吠叫着、呜咽着,朝我直蹦过来,差一点儿把我手里的托盘都撞翻了。我把托盘放在桌子上,拍拍派洛特,轻声说:"躺下!"罗切斯特先生机械地转过身来,想看看这阵骚乱是怎么回事。可是由于什么也没看见，便又转过身去，叹息了一声。

"把水给我吧，玛丽。"他说。

我端着洒得只剩半杯的水朝他走去，派洛特跟着我，仍然兴奋不已。

"怎么回事？"他问。

"躺下，派洛特！"我又说了一遍。他刚把水端近嘴边，就停了下来。似乎在倾听。他喝完水，放下杯子。"是你吗，玛丽？是不是你？"

"玛丽在厨房里。"我回答道。

他迅疾地朝前伸出手来，但因为看不见我站在哪儿，没有摸到我。"这是谁？这是谁？"他问着，仿佛竭力想用他那双失明的眼睛来看清是谁——多么徒劳而痛苦的尝试啊！"回答我——再说一遍！"他专横地大声命令道。

"你还想要点儿水吗，先生？杯子里的水让我洒掉一半了。"我说。

"是谁？是什么？谁在说话？"

"派洛特认识我，约翰和玛丽都知道我来了。我今天晚上刚到。"我回答道。

"天啊！——我产生什么样的幻觉了？什么甜蜜的疯狂迷住我了啊？"

"不是幻觉——也没有疯狂。先生，你的头脑很坚强，不会有幻觉，你的身体很健康，绝不会疯狂。"

"说话的人在哪儿？难道只是声音吗？唉！我看不见，可我一定得摸一摸，要不，我的心跳就要停止，我的脑子就要爆裂了。不管你是什么——不管你是谁——快让我摸摸，不然我活不下去了！"

他摸索着。我抓住他那只胡乱摸着的手，双手紧紧地握住了它。

"正是她的手指！"他喊了起来。"她又细又小的手指！要是这样，一定还有别的。"

那只强有力的手挣脱了我的束缚，我的胳膊给抓住了，我的肩膀——脖子——腰——我给整个儿搂住了，紧紧贴在他的身上。

"这真是简吗？这是什么？这是她的身子——这是她的小个子……"

"还有她的声音，"我补充说，"她整个儿都在这儿，她的心也在这儿。上帝保佑你，先生！我真高兴，又能这样靠近你了。"

"简·爱！——简·爱！"他只知道这么叫唤着。

"我亲爱的主人，"我回答说，"我是简·爱，我终于找到你了——我回到你身边来了。"

"真的是吗？——真的是有血有肉的简？我那活生生的简？"

"你已摸到了我，先生——你正搂着我，而且搂得紧紧的。我可不是像尸体那样冰冷，也不像空气那样虚无缥缈，是不是？"

"我活生生的宝贝！这的确是她的四肢，这的确是她的五官。不过我受了那么多苦以后，不可能有这么大的幸福了。这是梦，是我夜里常做的那种梦，我梦见像现在这样又把她紧紧搂在怀里,吻她——我觉得她是爱我的,相信她绝不会离开我。"

"从今天起,先生,我永远不会离开你了。"

"永远不会,这是幻觉在说话吗?可是我一觉醒来,总是发现这只不过是一场空欢喜。我孤独、凄凉——我的生活一片黑暗、寂寞,毫无指望——我的灵魂干渴,却被禁止喝水;我的心饥饿,却得不到食物。温柔迷人的梦啊,这会儿你偎依在我的怀里,可你也会飞走的,就像你那些姐妹在你以前全都飞走一样。在你离去以前,吻吻我吧——拥抱我吧,简。"

"哪,先生——哪!"

我把嘴唇紧贴在他那一度炯炯有神而今暗淡无光的眼睛上——我还撩开他额上的头发,吻了吻他的额头。他仿佛突然惊醒过来,顿时相信这一切都是真的了。

"这真是你——是吗,简?这么说,你回到我身边来了?"

"是的。"

"那你并没有死在哪个沟壑里,淹没在哪条溪流中?你也没有面黄肌瘦地流落在异乡人中间?"

"没有,先生,我现在是个独立自主的人了。"

"独立自主!你这话是什么意思,简?"

"我在马德拉的叔叔去世了,他留给我五千英镑的遗产。"

"啊,这可是实实在在的——这是真的!"他大声说道,"我真是做梦也没有想到。而且,还有她那特有的声音,既温柔,又那么活泼、风趣,它使我这个枯萎的心重又有了生气——什么,简妮特!你是个独立自主的人?你是个有钱人了?"

"很有钱了,先生。要是你不让我跟你住在一起,我可以紧靠你家大门自己盖一幢房子,晚上你需要人做伴时,就可以过来,来我的客厅坐坐。"

"可是,既然你有钱了,简,不用说,你现在一定有了许多朋友,他们会关心你,不会让你献身给我这样一个瞎眼的残疾人吧?"

"我对你说过,我不但有钱,先生,还是个独立自主的人。我自己的事由我自己做主。"

"那你要跟我待在一起?"

"当然——除非你反对。我要做你的邻居、你的护士、你的管家。我发觉你很孤独,我要跟你做伴——给你念书,陪你散步,坐在你身边,侍候你,做你的眼睛和双手。别再那么一副愁眉苦脸的样子了,我亲爱的主人,只要我活着,就不会撇下你孤孤单单一个人。"

他没有答话,显得神情严肃——有点儿心不在焉。他叹了口气,刚张开嘴想说什么,却又闭上了。我感到有点儿尴尬,也许我过于冒失地不顾习俗了,而他,也像圣约翰一样,把我的这种冒失看成行为不检点了吧。我之所以提出这个建议,确实是出于这样一种想法:他希望而且一定会要求我做他的妻子。这种想法使我认定他会立刻要求我归他所有,绝不会因为还未明说而难以肯定,我对此信心十足。可是他没有流露出一点儿这方面的暗示,他的脸色反而变得更加阴郁。我猛然想到,也许我完全弄错了,说不定我无意中正在扮演一个傻瓜的角色。于是我开始慢慢地想从他的怀里脱出身来——可是他急忙把我搂得更紧了。

"不——不——简!你千万不能走。不——我摸到了你,听到了你的声音,感到了你在我身边的欢乐——你安慰我时的愉快。我不能放弃这些欢快。我已经没有多少自己的东西了——可我必须有你。世人可以嘲笑我——可以说我荒唐、自私——这都无关紧要。我的心灵需要你,它必须得到满足,否则它会对它的躯壳狠狠地进行报复。"

"好吧,先生,我会留在你的身边,我已经说过了。"

"是啊——可是你说的留在我的身边,你理解的是一回事,而我理解的是另一回事。你也许可以下个决定,待在我的手边,我的椅子旁边——像个好心的小护士那样侍候我(因为你有一颗仁慈的心和慷慨大度的精神,促使你为你同情的人做出牺牲),毫无疑问,这应该使我感到心满意足了。我想,我现在对你只该抱着父亲般的感情了,你是这样想的吗?来——告诉我。"

"你要我怎么想,我就怎么想,先生。我愿意只做你的护士,如果你认为这样更好的话。"

"可是你总不能老当我的护士啊,简妮特,你还年轻——你总有一天要结婚的。"

"我并不关心结婚不结婚。"

"你应该关心,简妮特,如果我还像以前一样,我就要想法叫你关心……可是……一段什么也看不见的木头!"

他重又陷入忧郁之中。而我正好相反,变得高兴起来,而且又有了新的勇气。那最后的几句话让我看清了问题在哪里。由于这对我来说并不是什么困难,我也就完全摆脱了刚才的尴尬处境,谈话的语气重又变得轻松愉快起来。

"现在该有人来把你重新变成人了,"我一面把他那没有梳理的又长又密的鬈发分开,一面说道,"因为我看你已经成了一头狮子,或者是诸如此类的东西了。你倒真'有几分像'[1]野地里的尼布甲尼撒[2]哩。没错,你的头发让我想起鹰毛,至于你的指甲是不是长得像鸟爪,我倒还没有注意。"

"我的这条胳膊上,既没有手也没有指甲,"说着,他从怀里抽出那条截过的断臂,伸给我看,"只剩下一截残臂了——看上去挺可怕!你看是不是,简?"

"见了这真为你惋惜,见了你的眼睛也一样——还有你前额上烧坏的伤疤。不过最糟糕的还是,有人在为这一切过分爱你,过分看重你的危险哩。"

"我认为,看到我的手和疤痕累累的脸,简,你会感到恶心的。"

"你这样想吗?别再跟我这么说了——要不,我可要对你的判断力说出一些贬低的话来了。好了,让我离开你一会儿,我去把炉火烧得旺一点儿,把炉边扫扫干净。火烧旺时,你能辨得出来吗?"

"能,我用右眼可以看到一点亮光——模模糊糊的红光。"

---

1 原文为法语。
2 据《圣经》记载:巴比伦王尼布甲尼撒"被赶出离开世人,吃草如牛,身被天露滴湿,头发长长,好像鹰毛,指甲长长,如同鸟爪"。详见《圣经·旧约·但以理书》第4章第33节。

"看得见蜡烛吗?"

"非常模糊——每一支就像一小团发亮的云雾。"

"你能看见我吗?"

"不能,我的仙女;不过,能摸到你和听到你的声音,我就已经感激不尽了。"

"你什么时候吃晚饭?"

"我从不吃晚饭。"

"可是今晚你得吃一点儿。我饿了,我敢说你也一定饿了,你只是忘了饿罢了。"

我叫来了玛丽,不一会儿就把房间收拾得整整齐齐。我还给他做了一顿舒心的晚餐。我兴致勃勃,吃饭时以及饭后很长时间,我一直轻松愉快地和他谈着话。和他在一起,没有令人烦恼的拘束,也无须克制欢快和活跃,因为和他在一起,我完全处于放松状态,这是由于我知道我合他的心意,无论我说什么做什么,似乎都能给他安慰,或者使他振作精神。这种感觉真让人高兴啊!它使我焕发和显露了整个天性。在他面前,我才真正地活着,同样,他也只有在我面前,才是真正地活着。他的眼睛虽然瞎了,但笑容依然在他脸上荡漾,欢乐依然舒展了他的眉梢,他整个面容都变得温柔热情了。

吃过晚饭,他开始问我许多问题,问我一直在哪儿,我都干了些什么,我是怎么找到他的。但我只是很简略地回答了几句,那天夜里时间太晚了,已来不及一一细谈。再说,我也不想去触动那根会强烈震颤的心弦——在他的心田打开新的感情之泉。我眼下的唯一目的是使他高兴。他确实像我说的那样高兴了,但还只是一阵一阵的。只要稍有沉默,使谈话中断片刻,他就会变得不安起来,摸摸我,然后叫着:"简。"

"你完完全全是个人,简?这你能肯定吗?"

"我打心底里认为是这样,罗切斯特先生。"

"可是,在这么个黑暗、阴郁的夜晚,你怎么会这样突然地在我孤寂的火炉边冒出来呢?我伸手从仆人手中去接一杯水,而递水给我的却是你。我问了一句,等着约翰的妻子给我回话,结果耳边却响起了你的声音。"

"因为我代替玛丽端着盘子进来了。"

"就是眼前我跟你在一起度过的这个时刻,也像是什么魔法在起作用。有谁知道,在过去的几个月里,我过的是多凄惨黑暗、毫无指望的生活啊?无所事事,万念俱灰,分不清白天和黑夜,炉火熄了才觉得冷,忘了吃饭才感到饿。然后是无穷无尽的哀伤,一心盼望再见到我的简,有时变得如痴如狂。是啊,我渴望再得到她,远远超过渴望恢复我失去的视力。简怎么可能会和我待在一起,还说爱我呢?她不会突然而来又突然而去吗?一到明天,我怕就再也找不到她了。"

我相信,在他目前这种心情下,给他一个和他混乱看法无关的普通而实际的回答,是最好、也是最能使他安心的了。我用手指抚摸着他的眉毛说:"眉毛烧焦了,我要敷上点儿什么,让它们长得和以前一样又粗又黑。"

"仁慈的精灵啊,无论你对我怎样行善,又有什么用处呢?

反正一到某个不幸时刻,你又会抛下我——像影子似的飘然逝去。上哪儿,怎么去,我都一无所知,而且从此以后,我就再也找不到你了。"

"你身上有小梳子吗,先生?"

"做什么用,简?"

"把这些乱蓬蓬的'黑鬃毛'梳好。我在近处仔细一看,发现你真是吓人。你说我是个仙女,可我敢说,你更像一个棕仙[1]哩。"

"我样子可怕吗,简?"

"很可怕,先生;你知道,你一向就是很可怕的。"

"嘿!不管你上哪儿待过,你还是改不了你那淘气劲儿。"

"可我倒是跟好人在一起待过,比你好得多,好上一百倍,有你这辈子从来没有过的思想和见解,而且还文雅和高尚得多。"

"见鬼,那你一直跟谁在一起?"

"要是你再这样扭动,我会把你的头发都拔光的,到那时候,我想你就不会再怀疑我是实际存在的了。"

"你到底跟谁在一起,简?"

"今天晚上你别想从我嘴里打听出什么来,先生,你得等到明天。要知道,我的故事只讲一半,这也是一种保证,保证我明天一定会出现在你的早餐桌边把故事讲完。顺便说一下,我得记住到时候别只端一杯水到你的壁炉边,我至少得带上个鸡蛋,更不用说煎火腿了。"

---

[1] 传说中夜间帮人做家务的善良的小精灵。

"你这个仙人生、凡人养、专爱嘲弄人的丑孩子[1]!你让我感受到了这十二个月来不曾感受到的心情。要是扫罗有你当他的大卫,那不用弹琴就能把魔鬼赶走了。[2]"

"好了,先生,这下已把你收拾得整整齐齐、体体面面。现在我得离开你了,这三天来我一直在赶路,我想我是累坏了。晚安。"

"我只问一句,简,你待过的那家人家是不是只有女的?"

我大笑着逃开了,跑上楼的时候还一直在笑。

"真是个好主意!"我快活地想,"我看在今后一段时间里,我有办法让他急得顾不上愁眉苦脸的。"

第二天一大早,我就听见他已经起床走动,从这间屋走到另一间屋。玛丽一下楼,我就听见他问:"爱小姐还在这儿吗?"接着又问,"你把她安排在哪间屋了?那屋子干燥吗?她起来了没有?去问问她需要什么?什么时候下来?"

一到我估计快要吃早饭的时候,我便走下楼去。我轻手轻脚地走进屋子,在他发现我到来之前就看见了他。看到他那么旺盛的精神竟受制于肉体上的残弱,真让人伤心。他坐在自己那把椅子上——一动不动,但却心神不定,显然在期待着。在他刚毅的眉宇间,如今已刻上惯有的愁痕。他的面容使人想起一盏已经熄

---

1 民间故事中被仙女偷换后留下的又丑又笨的怪孩子。
2 据《圣经》记载:以色列王扫罗受到恶魔扰乱。他听从臣仆劝告,找来善于弹琴的牧童大卫。此后,每当"恶魔临到扫罗身上的时候,大卫就拿琴用手而弹,扫罗便舒畅爽快,恶魔离了他"。详见《圣经·旧约·撒母耳记上》第16章第15—23节。

灭、正在等人来重新点亮的灯——唉！如今能点亮这盏生动表情之灯的,已不是他自己,而是得依靠别人来完成了！我一心想显得轻松愉快一些,然而这位坚毅的人那副软弱无力的样子,却深深地触痛了我的心。不过,我还是尽可能轻松愉快地招呼了他。

"这是个阳光明媚的早晨呢,先生。"我说,"雨已停了,不会再下了,现在是雨过天晴,一片明媚,你过一会儿就可以去散散步了。"我唤起了那光辉,他顿时变得容光焕发了。

"哦,你真的还在,我的云雀！快到我这儿来。你没有走——没有消失吗？一小时之前,我听见你的一个同类高高地在树林上空歌唱,可是对我来说,它的歌声没有音乐,就像初升的太阳没有光芒一样。在我听来,世上所有的音乐全都集中在我的简的舌头上(我很高兴它不是生来就是沉默寡言的),我能感受到的所有阳光全都聚在她的身边。"

听到他这样坦率承认自己得依赖别人,泪水涌上了我的眼睛。这犹如一只被锁在栖木上的雄鹰,竟不得不请求一只麻雀为它觅食。可是我不愿哭哭啼啼的,我挥去了那些有咸味的水珠,忙着去张罗早餐。

那天上午,大部分时间都是在户外度过的。我带他走出潮湿荒芜的林子,来到景色怡人的田野上。我给他描述,那田野是多么鲜明青翠,花草和树篱显得多么清新,天空是多么蔚蓝明亮。我在一个隐蔽可爱的地方给他找了一个坐处,那是一截干树桩。他坐定以后,拉我坐在他的膝头,我没有拒绝,既然他和我都觉得靠近比分开快活,那又为什么要拒绝呢？派洛特躺在我们身

边,四周一片寂静。他把我紧紧抱在怀里,突然发作了起来:

"你这狠心的、狠心的逃跑者啊!哦,简,我发现你从桑菲尔德逃走了,到处找不到你。查看了你的房间后,我断定你没带钱,也没带任何能抵钱用的东西,我心里有多难受啊!我给你的一条珍珠项链还原封不动地放在盒子里,你的箱子仍像准备做结婚旅行时那样捆好锁着。我问,穷得身无分文,我的宝贝该怎么办啊?她是怎么办的呢?现在说给我听听吧。"

经他这样催问,我就开始讲起我这一年的遭遇来。我轻描淡写地讲了讲那三天流浪和挨饿的情景,因为告诉他全部真相,只会给他带来不必要的痛苦。但就是我说出的这一丁点儿,也已刺痛了他那颗忠诚的心,远比我预料的要刺得深。

他说,我真不该就那么赤手空拳地离开他,我应该把我的打算告诉他。我应该信任他,他绝不会强迫我做他的情妇。他在绝望之下尽管态度粗暴,但实际上他对我是一往情深,绝不会让自己成为我的暴君。他宁可分一半财产给我,甚至不要求一个吻作为回报,也不愿让我举目无亲地投身到茫茫人海之中。他确信我一定吃了很多苦,远不止我告诉他的这些。

"算了,不管我吃了什么苦,反正很快就过去了。"我回答说。

接着,我对他讲了我怎样被沼泽山庄收留,又怎样得到女教师的职务,等等。获得遗产,发现亲戚的事,也都一一做了叙述。不用说,在我的讲述中,自然经常出现了圣约翰·里弗斯的名字。我刚一讲完,这个名字马上就给提了出来。

"那么,这个圣约翰是你的表哥了?"

"是啊。"

"你老是提到他,你喜欢他吗?"

"他是一个很好的人,先生,我不能不喜欢他。"

"一个好人?那是不是说这是个五十来岁的品行端正、值得尊敬的男人?要不那是什么意思?"

"圣约翰只有二十九岁,先生。"

"'还年轻'[1],像法国人说的那样。他是不是一个身材矮小、迟钝平庸的人?是不是那种仅仅好在没有罪过,而并不是品行出众的人?"

"他积极勤奋,不知疲倦。他活着就是为了要做一番伟大崇高的事业。"

"可是他的脑子呢?也许有点儿差劲吧?他本意不坏,可听他讲起话来,你只好耸耸肩吧?"

"他说话不多,先生,但一说就切中要害。他的头脑是一流的,我认为,虽然不容易打动,可是很坚强。"

"这么说,他是个能干的人了?"

"确实能干。"

"是个很有教养的人?"

"圣约翰是个博学多才的学者。"

"我记得你说过,他的举止不合你的口味——古板自负,一副牧师腔。"

1　原文为法语。

"我从来没说起过他的举止;不过,除非我的口味太糟,要不他的举止应该是很对我的口味的,他文雅、安静,有绅士风度。"

"他的相貌呢——我忘了你是怎样形容他的外貌的——是个粗鲁的教士,差点儿让白领带勒死,踩着一双厚底高帮皮靴是不是?"

"圣约翰穿着讲究。他长得很英俊,高高的个儿,有一双蓝眼睛和一副希腊式的脸型。"

他自言自语了一声:"这该死的!"然后问我,"你喜欢他吗,简?"

"是的,罗切斯特先生,我喜欢他;可是你已经问过我了。"

我自然看出了和我对话的人的用意,嫉妒攫住了他,刺痛着他,但这种刺痛是有益的,可以使他暂时从啃啮着他的忧郁的毒牙下摆脱出来。因此我不想马上去降服嫉妒这条毒蛇。

"也许你不太情愿再坐在我的膝头吧,爱小姐?"接着便说出这句有点儿出人意料的话。

"为什么不呢,罗切斯特先生?"

"你刚才描绘的图景让人感到一种过于强烈的对比。你的话非常优美地勾画出一个优雅迷人的阿波罗[1]。你心目中念念不忘的是他——高高的个儿、白皙的皮肤、蓝蓝的眼睛,还有个希腊式的脸型。而你的眼睛看到的却是一个伏尔坎[2]——一个地道的

---

1 希腊罗马神话中的太阳神,常用来比喻美男子。
2 罗马神话中火和锻冶之神。

铁匠,棕色的皮肤,宽阔的肩膀,外加既瞎又残。"

"这我以前倒从来没有想到过。不过你确实有点像火神,先生。"

"好吧,你可以离开我了,小姐,不过在你走之前,"(他把我搂得比原先更紧了),"请你回答我一两个问题。"他停了一下。

"什么问题,罗切斯特先生?"

接下来是一连串的盘问。

"圣约翰还不知道你是他表妹,就让你当了莫尔顿的女教师?"

"是的。"

"你常常见到他吗?他有时来学校?"

"每天来。"

"他一定赞同你的种种设想吧,简?我知道你的那些设想一定很聪明,因为你是个很有才能的家伙。"

"他是赞同的——没错。"

"他一定在你身上发现了许多他料想不到的东西吧?你有些才能确实很不寻常。"

"这我倒不知道。"

"你说你在学校附近有所小房子,他上那儿去看过你吗?"

"有时也去。"

"晚上去吗?"

"去过一两次。"

停顿了一下。

"从发现你们是表兄妹以后,你跟他和他的妹妹一起住了多久?"

"五个月。"

"里弗斯和他家里的女眷待在一起的时间多吗?"

"多的,后面那间客厅既是他的书房,也是我们的书房。他坐在窗前,我们坐在桌边。"

"他看书多吗?"

"很多。"

"看些什么?"

"印度斯坦语。"

"他看书的时候,你做什么?"

"开始时我学德语。"

"他教你吗?"

"他不懂德语。"

"他什么也没有教你吗?"

"教过一点儿印度斯坦语。"

"里弗斯教你印度斯坦语?"

"是的,先生。"

"也教他妹妹吗?"

"不教。"

"只教你?"

"只教我。"

"是你要学的?"

"不是。"

"是他要教你?"

"是的。"

又一次停顿。

"他为什么要教你?印度斯坦语对你有什么用?"

"他要我跟他一起去印度。"

"啊!现在我找到事情的根源了。他要你嫁给他?"

"他曾求我嫁给他。"

"这全是虚构的——是瞎编出来气我的。"

"对不起,这是千真万确的事实。他曾不止一次地求我,而且也像你以前一样,不屈不挠地坚持自己的要求。"

"爱小姐,我再说一遍,你可以离开我了。这话我还得说多少遍啊?我已经叫你离开,你为什么还执意要坐在我的膝头呢?"

"因为我坐在这儿挺舒服。"

"不,简,你在这儿并不舒服,因为你的心并不在我这儿,它在你那位表兄——那位圣约翰身上。唉,在这以前,我还一直以为我的小简完全是属于我的哩!就连她离开了我以后,我也还相信她是爱我的,这成了我深重苦难中仅有的一点儿安慰。我们分别了这么久,我为我们的离别抛洒过多少热泪,可我从来不曾想到,在我为她悲痛欲绝的时候,她却在爱着另一个人!可是伤心又有什么用啊!简,离开我,去嫁给里弗斯吧。"

"那就甩掉我吧,先生——把我推开,因为我自己是绝不会离开你的。"

"简,我一向喜欢你说话的声调,它现在仍能唤起新的希望,它听上去是那么真诚。我一听到它,便又会被带回到一年以前。我忘了你已经有了新的结识了。不过,我不是个傻瓜——走……"

"我得往哪儿走呀,先生?"

"走你自己的路吧——上你选中的丈夫那儿去。"

"他是谁呀?"

"你知道的——就是那位圣约翰·里弗斯嘛。"

"他不是我的丈夫,永远也不会是。他不爱我,我也不爱他。他爱的是一位叫罗莎蒙德的漂亮小姐(像他所能爱的那样,而不是像你那样的爱)。他要想娶我,仅仅是因为他认为我适合做一个教士的妻子,而那位小姐却不行。圣约翰善良、伟大,但很严厉,而且对我来说,简直就冷若冰霜。他不像你,先生,在他身边,无论是在他近旁,或者跟他在一起,我都感觉不到快活。他对我既不宠爱——也没有柔情。他在我身上看不到有什么迷人的地方,甚至看不到青春——只看到有几个有用的心灵上的特点罢了。——既然如此,先生,我还应该离开你,上他那儿去吗?"

我不由自主地颤抖起来,本能地更加紧紧依偎着我那失明然而可爱的主人。他笑了。

"什么,简!这是真的吗?你跟里弗斯之间真是这种情况?"

"绝对是的,先生!哦,你不必嫉妒,我是想故意逗你一下,好让你不要那么悲伤。我认为愤怒要比悲哀好。不过,要是你希望我爱你,那你只要看看我确实多么爱你,你就会感到心满意足了。我这颗心整个儿都是你的,先生——它属于你,即使命运把我身体的其余部分全都从你那儿夺走,我的心也依然会留在你的身边。"

他吻着我,但一些痛苦的念头又使他的脸阴郁起来。

"我这烧坏的视力!我这伤残的肢体!"他抱憾地喃喃说着。

我用爱抚安慰着他。我知道他在想些什么,想替他说出来,但又不敢。他把脸转过去了一会儿,我看到他紧闭的眼皮下涌出一颗泪珠,沿着他那男子气概的脸颊滚下,我的心一阵难受。

"我如今不比桑菲尔德果园里那棵遭过雷劈的老七叶树强了。"过了一会儿后,他说,"那么个残柱,有什么权利要求一棵正在绽放新芽的忍冬,用青翠来掩盖它的腐朽呢?"

"你并不是残桩朽木,先生——也不是棵遭过雷劈的树,你长得青翠茁壮。不管你愿不愿意,花草树木都会在你的根部周围生长,因为它们喜欢你的浓荫。它们生长的时候,喜欢偎依着你,围绕着你,因为你的强大使它们有了安全的保障。"

他又笑了,我使他得到了安慰。

"你说的是朋友吧,简?"他问道。

"是的,是说朋友,"我有些迟疑地回答说。因为我说的不仅是朋友,可我又不知道该用别的什么词儿来表达。他帮我解了围。

"哦!简。可我需要一个妻子啊。"

"是吗,先生?"

"是啊,难道你觉得这是新闻吗?"

"当然。你以前没有说起过呀。"

"这是个不受欢迎的新闻吗?"

"那得看情况了,先生——看你怎么选择了。"

"这得由你来给我选了,简,我坚决服从你的决定。"

"那就挑选,先生——最爱你的人。"

"我至少要挑选——我最爱的人。简,你愿意嫁给我吗?"

"是的,先生。"

"一个到哪儿都得要你搀扶的可怜的瞎子?"

"是的,先生。"

"一个比你大二十岁、得要你侍候的残疾人?"

"是的,先生。"

"当真吗,简?"

"完全当真,先生。"

"哦!我亲爱的!愿上帝保佑你,酬报你!"

"罗切斯特先生,如果我这辈子做过什么好事——起过什么善念——做过什么真诚无邪的祈祷——有过什么正当的愿望——那我现在已经得到酬报了。对我来说,做你的妻子,就是我在世上所能得到的最大幸福。"

"因为你喜欢牺牲。"

"牺牲!我牺牲了什么?牺牲饥饿得到食物,牺牲渴望得到满足。有权拥抱我所珍视的人——亲吻我所挚爱的人——偎依我所信赖的人,这是做出牺牲吗?要是这样,那我倒真的喜欢牺牲了。"

"还要忍受我的病弱,简,宽容我的缺点。"

"这对我来说算不了什么,先生,我现在更加爱你了,因为现在我可以对你真正有所帮助了,而过去你是那么傲慢,从不依赖别人,除了施予者和保护人之外,你不屑扮演任何其他角色。"

"以前,我一直讨厌让别人帮忙——让人领着走。今后,我觉得不会再讨厌了。过去,我不喜欢把手给仆人牵着,现在让简的小手握着,感觉真是愉快极了。我以前宁愿孤零零地独自一人,不愿老是由仆人侍候着,可是简的温柔照料,却永远是件让人高兴的事。简合我的心意,我合她的心意吗?"

"我一丝一毫都没有感到有不合我心意的地方,先生。"

"既然这样,我们还有什么可等的呢,我们得马上结婚。"

他的神态和说话都很急切,他那急躁的老脾气又上来了。

"我们应当毫不拖延地结为夫妇,简,只消领张证书——我们就可以结婚。"

"罗切斯特先生,我刚才发现太阳早已偏西了。派洛特已经回家吃饭去了。让我看看你的表。"

"把它系在你的腰带上吧,简妮特,以后就由你留着,我用不着它了。"

"快到下午四点了,先生。你不觉得饿吗?"

"大后天应该是我们结婚的日子,简。现在别去管什么华丽的衣服和贵重的珠宝了,那些东西全都一文不值。"

"太阳把雨珠全吸干了,先生。一丝风也没有,天很热了。"

"你知道吗,简?你那条小小的珍珠项链,这会儿正戴在我领带下面古铜色的脖子上呢。我从失掉我唯一的珍宝那天起,就一直戴着它,作为对她的纪念。"

"我们穿过林子回去吧,走这条路最阴凉。"

他没有注意我的话,继续顺着自己的思路想下去。

"简!我敢说,你认为我是条不信教的狗吧。可这会儿我心里对主宰大地的仁慈的上帝,充满感激之情呢。他看待事情,和世人不一样,而是清楚得多;他判断事物,也和世人不同,要比世人聪明得多。我当时是做错了,差一点儿玷污了我那清白无辜的花朵——使它的纯洁沾上了罪孽。上帝就把它从我手中夺走了。可我在固执的违抗心情下,几乎诅咒了这种神意,不但不向天命低头,反而公然藐视它。上帝的公正制裁终于执行了,灾难接连落到了我的头上,我被迫穿过了死阴的幽谷[1]。他的惩罚是有力的,一次惩罚就使得我永远抬不起头来。你知道,我以前一向以自己的力量而自豪,可如今又怎么样了呢?我不能再靠它而只能依靠旁人来引领了,就像一个孩子不能靠他的幼弱一样。最近,简——只是……只是最近——我才看到并且承认,上帝主宰着我的命运,我开始自责和忏悔,甘愿听从造物主的安排。有时我已开始祈祷,虽然很短,但很虔诚。

"几天以前,不,我能说出天数来——四天以前,是星期一的晚上,一种奇特的心情袭上我的心头,悲哀代替了狂乱,忧伤代替了恼怒。我早就有一种想法,既然我哪儿也找不到你,那你一定

---

1 语出《圣经·旧约·诗篇》第 23 篇第 4 节。原文为:"我虽然行过死阴的幽谷,也不怕遭害,因为你与我同在。"

是死了。那一天深夜——大概在十一二点之间——在我凄凄凉凉地去睡觉以前,我祈求上帝,如果他认为合适,还是尽早让我离开人世,让我去到那个世界,在那儿我还有希望和简重逢。

"当时我在自己的房间里,坐在敞开的窗子旁边,夜晚沁人的空气使我感到快慰。虽然我看不见星星,而且也只凭着一团朦胧发亮的雾气才知道月亮的存在。我渴望着,简妮特!哦,我的灵魂和肉体都渴望着你!我在既痛苦又谦卑的心情中询问上帝,我经受的寂寞凄凉和苦难折磨是不是还不够长久,是不是还不能马上让我再品尝一次幸福的安宁。我承认,我是罪有应得——但是我申辩,我再也受不了啦。我内心的全部希望,都不由自主地化作这几个字冲口而出——

"'简!简!简!'"

"你是大声说出这几个字的吗?"

"是的,简,要是当时有人听见,他准以为我疯了呢。我是用那么疯狂的劲儿喊出来的。"

"是星期一晚上将近午夜的时候吗?"

"是的,不过时间倒无关紧要,接下来发生的事才叫奇怪呢。你会认为我迷信——我的血液中是有一些迷信的成分,一向就有。不过,这件事是千真万确的——至少我真的听到了我现在要告诉你的话。

"就在我喊了'简!简!简!'以后,突然有个声音——我说不出这声音从哪儿来,但是我知道这是谁的声音——回答说:'我来了!等着我!'过了一会儿,风儿又送来了这样的低语声——

'你在哪儿呀?'

"如果我能做得到,我要告诉你这些话在我心头展现出怎样的意念和图景,可是,我很难把我想表达的东西表达出来。正像你看到的,芬丁庄园深藏在密林里,在这儿,声音显得很沉闷,没有回荡便消失了。而'你在哪儿呀?'这句话,似乎是从群山中发出的,因为我听到有一种山林的回声在重复着这句问话。这时,吹在我额上的强风似乎也显得更加凉爽清新。我真觉得,我是跟简在一个荒凉寂寞的地方相会。我相信我们在精神上一定相会过了。不用说,简,你那时一定正睡得沉沉的,也许是你的灵魂飞出了躯壳,前来安慰我的灵魂吧,因为那确是你的口音——就像我现在是活着的一样千真万确——那确是你的口音!"

读者啊,正是在星期一夜里——将近午夜时分——我也听到了那个神秘的召唤,这几句话正是我对这一召唤的回答。我倾听着罗切斯特先生的叙述,但并没有反过来向他泄露真情。我觉得,这种巧合未免太让人敬畏、太让人费解了,还是不要说出和不做议论为好。要是我告诉了他什么,我的这个故事肯定会在听的人心灵上留下深刻的印象,而他那颗因饱受折磨变得太容易阴郁的心,实在不应该再增添更加阴暗的超自然阴影了。于是我把这事藏在了心底,独自思量。

"现在你该不觉得奇怪了吧,"我的主人继续说着,"昨晚你出乎意外地出现在我面前时,我为什么会很难相信你不仅仅是一个声音和幻影,一个会突然销声匿迹的东西,就像以前那个午夜的低语和山峦的回声那样很快消失。现在,我感谢上帝!我知道不会那样了。是的,我感谢上帝!"

他把我从膝上放下,站起身来,恭恭敬敬地从头上脱下帽子,向大地俯下他那失明的眼睛,站在那儿默默地祈祷着。我只听到最后几句崇敬的祷词:

"我感谢我的创造者,在惩罚时不忘怜悯。我谦卑地恳求我的救世主赐我力量,让我从今以后能过上一种比以往纯洁的生活!"

随后他伸出手后让我领着。我握住那只亲爱的手,把它举到我唇边放了一会儿,然后让他搂住我的肩膀。我的个儿比他矮得多,因而我既可以当他的向导,又可以当他的拐杖。我们走进林子,朝家里走去。

38

读者啊,我和他结了婚。我们悄悄地举行了一个婚礼。到场的只有他和我、牧师和教堂执事。我们从教堂回来后,我走进庄园的厨房,玛丽正在做饭,约翰在擦拭餐刀。我说:

"玛丽,今天早上我已跟罗切斯特先生结了婚。"这位管家和她的丈夫都是那种知礼得体、沉着冷静的人,你任何时候都可以放心地告诉他们一条惊人的消息,而不必担心你的耳朵会遭到危险:先是被突然的尖叫声刺痛,接着又让滔滔不绝的惊讶话震聋。玛丽确曾抬起头来,睁大眼睛看着我;她正给火上烤着的两只鸡淋油的那把勺子,确曾在空中停了足有三分钟;而约翰的那些餐刀,也确曾有同样长的时间停止了擦拭。可是当玛丽重又低下头去烤鸡时,却只是说:

"是吗,小姐?喔,当然了!"

稍过一会儿,她才又接着说:"我瞧见你跟主人出去,可我不知道你们是去教堂结婚的。"说罢又给鸡去淋油了。我回过头去看看约翰,他正咧嘴笑着。

"我跟玛丽说过,事情会怎么样,"他说,"我知道爱德华先生——"(约翰是个老仆人,早在他主人还是这家的小儿子时就熟悉他,所以常用教名来称呼他)——"我知道爱德华先生会怎么做,我也料到他不会等太久。依我看来,他做得对。我祝你快乐,小姐!"说着他有礼貌地拉了拉额发,表示敬意。

"谢谢你,约翰。罗切斯特先生要我把这个给你和玛丽。"我把一张五镑的钞票放在他手里,没等再听他说什么,就离开了厨房。后来,我打他们这个小天地的门口经过时,偶尔听到了这样的话:

"对他来说,她也许比哪个阔小姐都要好。"还说,"虽说她算不上顶漂亮,可她不是个傻瓜,脾气又挺好的。而且在他眼里她是个大美人儿,这谁都看得出。"

我立刻给沼泽山庄和剑桥写了信,把我的事情告诉他们,还详尽地解释了我为什么这样做。黛安娜和玛丽毫无保留地赞成我走这一步。黛安娜还说,她只给我度蜜月的时间,等蜜月过去她就要来看我。

"她最好还是别等到那个时候,简。"我把信读给罗切斯特先生听时,他说,"那样的话,她就会太晚了,因为我们的蜜月将照耀我们一辈子,它的光辉只有在你我的坟墓上才会暗淡下去。"

圣约翰得到这个消息后怎么样,我不知道,我通知他这个消息的那封信，他一直没有回。六个月后，他给我来了封信，但只字未提罗切斯特先生的名字，也没提我的婚事。他当时那封信写得很平静，尽管严肃却还亲切。打那以后，他尽管不经常但还是定期给我来信。他希望我幸福，而且相信我不会是那种活在世上，只顾俗事忘了上帝的人。

你还没有完全忘记阿黛尔，对吧，读者？我可没有忘记。没过多久，我就提出要求并经罗切斯特先生同意，到他送她去的那所学校去看她。她重又见到我时那种欣喜若狂的情景，着实令我感动。她看上去既苍白又消瘦，她说她在那儿不快活。我发现，对她那样年龄的孩子来说，这所学校的校规未免太严了，功课也太紧，于是便把她带回家来。我打算再当她的家庭教师，可是不久就发现这不切实际。现在已有另一个人——我的丈夫——需要我用全部时间和精力去照顾他。因此我找了一所制度较为宽松的学校，离家也较近，我可以经常去看她，而且有时还可以把她带回家来。我留心不让她缺少任何东西，使她能过得舒适愉快。她很快就在新的住处安定了下来，在那儿过得很快活，学习上也有很大进步。随着她渐渐长大，完善的英国教育在很大程度上纠正了她的那些法国式缺点。到她离开学校时，我发现她已成了一个讨人喜欢、热心体贴的伴侣，温顺、和善，品行端正。她出于感激，对我和我一家人都很关心，我在力所能及范围内曾给过她的一点儿小小的帮助，她早就做了很好的报答。

我的故事已接近尾声。只要再说几句有关我婚后生活的经历，简要提一下这篇故事中常提到的那几个人的命运，我就可以结束了。

到现在,我结婚已有十年了。我知道一心跟我在世上最爱的人在一起生活,为他而生活是怎么回事。我认为自己无比幸福——幸福到难以用语言形容,因为我完全是我丈夫的生命,正像他完全是我的生命一样。没有哪个女人比我更亲近丈夫,更完完全全是他的骨中的骨、肉中的肉了[1]。我跟我的爱德华在一起,永远不会感到厌倦,正像我们俩各自对自己胸膛中那颗心的跳动永远不会厌倦一样,因而我们总是厮守在一起。对我们来说,守在一起既像独处时一样自由,又像在伙伴们中间一样欢乐。我想我们整天都在交谈,而互相交谈只不过是一种更加活跃、可以听见的思考罢了。我把全部信赖都交给了他,他把全部信赖都献给了我。我们的性情正好相投——结果自然是完美的和谐。

我们婚后的头两年,罗切斯特先生的眼睛一直是瞎的。也许正因为这样,我们才如此亲近——才结合得如此紧密。因为那时我就是他的眼睛,正如现在依然还是他的右手一样。说实在的,我(像他常叫我的那样)就是他的眼珠[2]。他通过我看大自然,看书,我也从来不知厌倦地替他仔细察看,用语言来描述田野、树木、城镇、河流、云彩、阳光——描摹我们面前的景色,周围的天气——还用声音向他的耳朵传达了光线已无法向他的眼睛传达的印象。我永不厌倦地念书给他听,领他到他想去的地方,替他

---

1. 源出《圣经》,上帝造了一个男人后,"就用那人身上所取的肋骨,造成一个女人,领他人跟前。那人说,这是我骨中的骨,肉中的肉,可以称他为女人。"详见《圣经·旧约·创世纪》第 2 章第 22—23 节。
2. 英语中,这个词还可作"宝贝""掌上明珠"解。

做他想做的事。在这种效劳中,我尽管感到有点儿悲哀,但却获得一种最为充分、最为强烈的乐趣——因为他要求我为他做事时,并没有感到痛苦羞惭,也没有感到沮丧屈辱。他是如此真心地爱我,因而他知道,在接受我的照料时,根本用不着勉强。他也感到我是如此深情地爱着他,我这样照料他就是满足我自己最愉快的愿望。

两年将尽时,一天早上,我正根据他的口授写一封信,他走过来朝我俯下身子,说:

"简,你脖子上戴着晶亮的首饰吗?"

我戴着一条金项链。我回答说:"是的。"

"你穿的是件浅蓝色的衣服吗?"

我是穿着这么一件衣服。于是他告诉我,最近一段时间来,他好像觉得蒙在他一只眼睛前面的雾障变得不那么浓了。现在他确信这是真的了。

他和我一起去了伦敦。经过一位著名眼科医生的诊治,他的那只眼睛终于恢复了视力。他现在看东西还不很清楚,还不能多看书、多写字,但已不需人搀扶就能自己走路了。对他来说,天空不再是茫然一片——大地也不再是空无所有。当他把头生子抱在怀里时,他能看出那男孩继承了他曾有过的那双眼睛——又大、又亮、又黑。这时,他怀着激动的心情再一次承认,上帝已仁慈地减轻了对他的惩罚。

因此,我的爱德华和我都很幸福。尤其使我们感到幸福的是,我们最亲爱的那些人也同样幸福。黛安娜·里弗斯和玛丽·里弗斯都结了婚。每年一次轮流,她们来看望我们,我们也去看望她们。黛安娜的丈夫是一位海军上校,是个英武的军官,也是个善良的人。玛丽的丈夫是一位牧师,是她哥哥在大学里的朋友,从他的造诣和品行来说,完全配得上这门亲事。菲茨詹姆士上校和华顿先生,都很爱他们的妻子,她们也很爱他们。

至于圣约翰·里弗斯,他离开英国,去了印度。他终于踏上了他为自己选定的道路,至今仍在这条路上走着。他在危岩和险境中埋头苦干着,再也没有比他更不屈不挠、更不知疲倦的先驱者了。他坚定、忠实、虔诚,精力充沛、热情洋溢、无限真诚地为他的同类勤奋地工作着。他为他们开辟艰难的前进之路,他像巨人般一一砍倒阻塞在这条路上关于信仰和种姓上的偏见。他也许依然严厉,他也许依然苛刻,他也许依然野心勃勃,可是他的严厉是武士大心[1]的严厉,正是大心保卫他护送的香客免受亚坡伦[2]的袭击。他的苛刻是使徒的苛刻,使徒只是代表上帝才说:"若有人要跟从我,就当舍己,背起他的十字架来跟从我。"[3] 他的野心是崇高的主的精神的那种野心,它的目标是要在那些被拯救出尘世的人们的最前列占有一个位置——这些人带着无罪之身站在上帝的宝座跟前,共同分享耶稣最后的伟大胜利,他们都是被召唤、被选中的人,都是忠贞不渝的人。

---

1 英国作家班扬所著小说《天路历程》中引导克里斯蒂安娜进天城的人。
2 《圣经》中无底坑的使者,袭击不信上帝的人的蝗群之王。详见《圣经·新约·启示录》第 9 章第 1—11 节。
3 详见《圣经·新约·马可福音》第 8 章第 34 节。

圣约翰没有结婚,他现在再也不会结婚了。他自己一人已经足以胜任这辛劳的工作,而这一工作很快就要结束了,他那光辉的太阳正匆匆地趋向沉落。

我收到的他的最后一封信,使我眼里流下了世俗的泪水,也使我心中充满了神圣的欢乐。他正等待着他肯定能得到的报酬,他那不朽的桂冠。我知道,下一次将会由一个陌生人写信给我,告诉我,这个善良、忠实的仆人终于被召唤去享受他的主的欢乐了。那为什么还要为此而哭泣呢?绝不会有死亡的恐惧来玷污圣约翰的弥留时刻;他的头脑会清晰明净,他的心灵会勇敢无畏;他的希望是可靠的,他的信念是坚定的。他自己的话就是一个很好的保证:

"我的主已经预先警告过我了,"他说,"他每天都更加明确地宣告:'是了,我必快来!'而我每小时都更加急切地回答:'阿门。主耶稣啊,我愿你来!'"[1]

(全文完)

1　详见《圣经·新约·启示录》第22章第20节。